ANJOS
REBELDES

ANJOS REBELDES

Libba Bray

Tradução
Sonia Coutinho

ROCCO
JOVENS LEITORES

Título original
REBEL ANGELS

Esta é uma obra de ficção. Nomes, personagens, lugares e incidentes são produtos da imaginação da autora e foram usados de forma fictícia. Qualquer semelhança com pessoas reais vivas ou mortas, acontecimentos e localidades, é mera coincidência.

Copyright © 2005 by Martha E. Bray

Primeira publicação pela Delacorte Press, um selo da Random House Children's Books, uma divisão da Random House, Inc.

Direitos da edição brasileira mediante acordo com
Barry Goldblatt Literary LLC e Sandra Bruna Agência Literária S.L.
Todos os direitos reservados.

Direitos para a língua portuguesa reservados
com exclusividade para o Brasil à
EDITORA ROCCO LTDA.
Av. Presidente Wilson, 231 – 8º andar
20030-021 – Rio de Janeiro – RJ
Tel.: (21) 3525-2000 – Fax: (21) 3525-2001
rocco@rocco.com.br
www.rocco.com.br

Printed in Brazil/Impresso no Brasil

preparação de originais
MARIA BEATRIZ BRANQUINHO

CIP-Brasil. Catalogação na fonte.
Sindicato Nacional dos Editores de Livros, RJ.
B838a   Bray, Libba
Anjos rebeldes/Libba Bray; tradução de
Sonia Coutinho. – Rio de Janeiro:
Rocco Jovens Leitores, 2010 – Primeira edição.
Tradução de: Rebel Angels
ISBN 978-85-7980-003-0
1. Literatura juvenil. I. Coutinho, Sonia, 1939-.
II. Título.
09-6192   CDD – 028.5   CDU – 087.5

O texto deste livro obedece às normas do
Acordo Ortográfico da Língua Portuguesa.

Para Barry e Josh, naturalmente

*E para meus amigos muito amados,
prova de que nós, de alguma forma,
damos um jeito de encontrar nossa tribo*

Agradecimentos

Os livros não se escrevem sozinhos. Se escrevessem, eu teria muito mais tempo para passar na Target. Tampouco são os livros escritos sem o conselho sábio, as informações honestas e, às vezes, a torcida de outras pessoas. Por isso tenho tanta gente fabulosa a quem agradecer.

Minha maravilhosa editora, Wendy Loggia, sem a qual eu estaria perdida. Minha charmosa e bem-informada editora Beverly Horowitz; a talentosa designer Trish Parcell Watts; a deusa do copidesque, Colleen Fellingham; a muito saudosa Emily Jacobs; as garotinhas da publicidade, Judith Haut e Amy Ehrenreich; Adrienne Waintraub e Tracy Bloom, por me manterem alimentada; a deliciosamente endiabrada e cômica Chip Gibson; e a todas as outras pessoas, por todo o restante. Os rochedos da Random House.

Meu sensacional agente, Barry Goldblatt, e não apenas porque ele intercepta meus cheques e consegue me tirar da depressão quando penso que minha escrita é tão ruim que pode causar a alguém danos internos.

Os Grandes Deuses do Material sobre a Era Vitoriana: Colin Gale, arquivista veterano no Royal Bethlem Hospital, que respondeu incansavelmente às minhas perguntas, e cujo livro, *Presumed Curable*, foi um presente divino. Mark Kirby, do London Transport Museum, que foi infalivelmente cortês e incrivelmente detalhista, mesmo quando eu dizia coisas como: "OK, mas se ela tomou o metrô em Piccadilly...", como se eu estivesse encenando um trecho do *Monty Python e o cálice sagrado*. E o encantador Lee Jackson – a fonte múltipla para se saber de *qualquer coisa*, quero mesmo dizer qualquer coisa, sobre a era vitoriana. Inteligente, engraçado, incrivelmente culto, rápido em responder aos e-mails e fã de Elvis Costello. Meu coração se enche de amor. Esses homens sabem de suas coisas. Quaisquer erros cometidos ou liberdades tomadas são culpa exclusiva da escritora.

Laurie Allee, leitora extraordinária, que mais uma vez me mostrou o que era preciso. Não mereço tanto.

Holly Black, Cassandra Claire e Emily Lauer, que sabem mais sobre fantasia e sistemas de magia que vêm e vão do que algum dia eu possa esperar saber.

Nancy Werlin, por fazer todas as perguntas certas.

A Ilustre e Venerável Kate Duffy, da Kensington Books, que não tem par quando se trata de pariato.

Meus camaradas da YAWriter, por quase tudo.

O pessoal que faz o café e atende ao balcão no Tea Lounge, no Brooklyn – Brigid, Ben, Mario, Ali, Alma, Sherry, Peter, Amanda, Jonathan, Jesse, Emily, Rachel, Geoffrey –, pela cafeína, por me fazerem rir, botarem para tocar uma música incrível, por me deixarem ficar sentada ali durante horas e, de forma geral, tornarem feliz minha experiência de trabalho. Não posso esperar até eles terminarem de construir para mim aquele cubículo perto da saída...

Os apaixonados vendedores de livros e bibliotecários que conheci. Vocês são meus heróis.

BookDivas, que por muito tempo possam ler e reinar.

Todos os leitores que conheci nessa viagem maluca. Obrigada pela inspiração e encorajamento.

E, no final, mas nem por isso de importância secundária, obrigada ao meu filho, Josh, por ser paciente. Sim, querido, agora podemos jogar Clue.

*Tudo o que vemos ou parecemos / Não passa de um sonho
dentro de outro sonho.*

– Edgar Allan Poe

⁂

*Quem primeiro os seduziu para essa torpe revolta?
A infernal Serpente; foi ela, cuja perfídia,
Misturada com a Inveja e a Vingança, iludiu
A Mãe da Humanidade, naquele tempo em que seu Orgulho
O atirara para fora do Céu, com toda sua Hoste
De Anjos Rebeldes, através de cuja ajuda aspirando
A se instalar na Glória, acima dos seus Pares,
Ele confiava ter igualado o mais Elevado,
Opondo-se a Ele; e com objetivo ambicioso
Contra o Trono e a Monarquia de Deus
Deflagrou ímpia Guerra no céu e Batalha orgulhosa
Numa vã tentativa. Ele, o poder Imenso
Atirado de cabeça para baixo, em chamas, do Céu Etéreo
Em horrenda ruína e combustão
Até a perdição sem fundo, para lá habitar...*

*Ó Príncipe, Ó Chefe de muitos Poderes Entronizados,
Que conduziram o imbatível Serafim à Guerra
Por tua conduta e feitos horrendos.
Sem temor, colocaste em risco o Rei perpétuo do Céu;
E puseste à prova sua alta Supremacia,
Fosse sustentado pela força, ou o Acaso, ou o Destino,
Demasiado bem eu vejo e deploro o medonho acontecimento,
Que com a triste queda e torpe derrota
Nos fez perder o Céu e toda sua poderosa Hoste
Em horrível destruição levados até tão baixo,
Quanto Deuses e Essências Celestiais
Podem Perecer: pois a mente e o espírito permanecem
Invencíveis, e o vigor logo volta,
Através de toda a nossa Glória extinta, e a condição de felicidade
Aqui engolida pela infelicidade interminável...*

*Reinar merece ser ambicionado, mesmo sendo no Inferno:
Melhor reinar no Inferno do que servir no Céu.
Mas por que deixamos, então, nossos fiéis amigos,
Os associados e parceiros da nossa perda,
Jazerem assim pasmos no Poço do esquecimento,
E não os chamamos para dividirem conosco sua sina,
Nesta infeliz Mansão, ou então, mais uma vez,
Com os Braços cerrados, testarem o que ainda pode ser
Reconquistado no Céu, ou que está perdido no Inferno?*

– John Milton, Paraíso Perdido, Livro 1

PRÓLOGO

7 de dezembro de 1895

EIS AQUI O FIEL E VERDADEIRO RELATO DE MEUS ÚLTIMOS SESSENTA dias, escrito por Kartik, irmão de Amar, filho leal do Rakshana, e da estranha visita que recebi e me deixou desconfiado nesta fria noite inglesa. Para começar do início, devo voltar a meados de outubro, depois do infortúnio que ocorreu.
 Estava esfriando, quando saí do bosque atrás da Academia Spence para Moças. Eu recebera, por meio de um falcão, uma carta do Rakshana. Minha presença era exigida imediatamente em Londres. Eu deveria manter-me afastado das estradas principais e ter certeza de que não era seguido. Durante várias milhas, viajei sob a cobertura da caravana cigana. O resto do caminho fiz a pé, sozinho, abrigado por árvores ou pelo largo manto da noite.
 Na segunda noite, exausto com minhas viagens, quase morto de frio e fome – pois terminara minha magra porção de carne dois dias antes –, com a mente estranha por causa do isolamento, o bosque começou a me pregar peças. Em meu estado enfraquecido, todo curiango se transformava num fantasma. Cada ramo quebrado sob os cascos de uma corça era uma ameaça das almas inquietas de bárbaros massacrados séculos atrás.
 À luz da fogueira, li vários trechos de meu único livro, um exemplar de *A Odisseia*, esperando ganhar coragem a partir das provações daquele herói. Pois não me sentia mais corajoso nem tinha certeza de nada. Finalmente, acabei caindo no sono e sonhando.

Não foi um sono tranquilo. Sonhei com relva enegrecida como gravetos. Eu estava num lugar cheio de pedras e de cinzas. Uma árvore solitária desenhava-se contra uma lua cor de sangue. E muito abaixo, um imenso exército de criaturas sobrenaturais clamava por guerra. Por cima da algazarra, ouvi meu irmão, Amar, gritar uma advertência: "Não me decepcione, irmão. Não confie..." Mas aqui o sonho mudou. Ela estava ali, curvando-se por cima de mim, com seus cachos de um louro arruivado formando uma auréola contra o céu resplandecente.

"Seu destino está ligado ao meu", ela sussurrou. Inclinou-se até bem perto; seus lábios pairaram junto dos meus. Pude sentir seu levíssimo calor. Acordei depressa, mas não havia nada perto de mim, a não ser as cinzas fumegantes da fogueira do meu acampamento e os sons noturnos de pequenos animais correndo em busca de abrigo.

Quando cheguei a Londres, estava faminto e não tinha certeza quanto ao lugar para onde deveria seguir. O Rakshana não me dera instruções sobre onde eu os encontraria; esta não era a maneira como eles agiam. Eles sempre me achavam. Enquanto eu tropeçava em meio às multidões de Covent Garden, o cheiro de empadão de enguias, quente e picante, quase me deixou louco de fome. Estava prestes a me arriscar a roubar um quando o localizei. Um homem estava em pé, apoiado numa parede, fumando um charuto. Não se destacava em nada: altura e constituição medianas, usando um terno e um chapéu escuros, o jornal da manhã bem dobrado embaixo do seu braço esquerdo. Usava um bigode bem tratado e ao longo da sua face havia o perverso sorriso de uma cicatriz. Esperei que ele desviasse a vista para que eu pudesse, sem consequências, pegar o empadão. Fingi interesse numa dupla de artistas de rua. Um deles fazia prestidigitação com facas, enquanto o outro seduzia as pessoas aglomeradas. Um terceiro homem, eu sabia, devia estar movendo-se furtivamente de um lado para outro, roubando as carteiras das pessoas. Olhei outra vez em direção à parede e o homem se fora.

Agora era a hora de atacar. Mantendo minha mão escondida embaixo da cobertura da minha capa, a estendia para a pilha de empadões fumegantes. Mal agarrara o empadão quente quando o

homem que estava encostado na parede aproximou-se de mim, pelo lado.
— A Estrela do Leste é difícil de encontrar — disse ele, numa voz baixa, mas alegre. Só então notei o alfinete em sua lapela — uma pequena espada tendo um crânio como brasão. O símbolo do Rakshana.
Respondi entusiasticamente, com as palavras que sabia que ele esperava:
— Mas ela brilha intensamente para aqueles que a procuram.
Apertamos, então, nossas mãos direitas, entrelaçando os dedos e colocando a mão esquerda em cima das duas outras, fechadas, como fazem os irmãos do Rakshana.
— Bem-vindo, novato, estávamos esperando você. — Ele se inclinou para a frente, a fim de sussurrar em meu ouvido: — Você tem de responder por muita coisa.
Não sei dizer exatamente o que aconteceu em seguida. A última visão de que me lembro é da mulher dos bolos de carne embolsando moedas. Senti uma dor aguda na parte de trás da minha cabeça e o mundo girou e escureceu.
Quando recuperei os sentidos, descobri-me numa sala úmida e escura, piscando para me proteger da luz repentina de muitas velas altas, dispostas em círculo a minha volta. Meus acompanhantes haviam desaparecido. Minha cabeça doía terrivelmente e, agora acordado, meu terror aumentava por causa do desconhecido. Onde eu estava? Quem era aquele homem? Se ele era Rakshana, por que o golpe em minha cabeça? Mantive os ouvidos bem abertos, procurando escutar sons, vozes, alguma indicação sobre o local onde eu estava.
— Kartik, irmão de Amar, iniciado na irmandade do Rakshana... — A voz, profunda e poderosa, vinha de algum lugar acima de mim. Eu não podia ver nada a não ser as velas e, atrás delas, a profunda escuridão.
— Kartik — repetiu a voz, de forma mais definida, esperando uma resposta.
— Sim — resmunguei, quando consegui dizer alguma coisa.
— Que se inicie o tribunal.
A sala começou a tomar forma na escuridão. Mais ou menos uns quatro metros acima do piso havia um trilho acompanhando

a circunferência do cômodo. Atrás do trilho, eu via indistintamente os agourentos mantos roxos dos membros dos mais altos escalões do Rakshana. Não eram os irmãos que me haviam treinado minha vida inteira, mas os homens poderosos que viviam e governavam nas sombras. Para que se reunisse um tribunal daqueles, ou eu fizera alguma coisa muito boa – ou muito ruim.

– Estamos horrorizados com seu desempenho – continuou a voz. – Você foi destacado para vigiar a moça.

Alguma coisa muito ruim. Um novo terror tomou conta de mim. Não o temor de poder ser espancado ou roubado por marginais, mas o medo de ter desapontado meus benfeitores, meus irmãos, e de enfrentar a justiça deles, que era legendária.

Engoli em seco.

– Sim, irmão, eu a vigiei, mas...

A voz se elevou agudamente:

– Você deveria vigiá-la e reportar-se a nós. Apenas isso. Essa missão foi difícil demais para você, novato?

Não pude falar, tão grande era meu medo.

– Por que você não nos informou quando ela entrou nos reinos?

– Eu... eu achei que tinha as coisas sob controle.

– E tinha?

– Não. – Minha resposta ficou no ar, como a fumaça das velas.

– Não, você não tinha. E, agora, os reinos foram invadidos. O impensável aconteceu.

Esfreguei as palmas suadas das minhas mãos contra meus joelhos, mas não ajudou. O gosto frio e metálico do medo chegou à minha boca. Havia tanta coisa que eu não sabia sobre a organização em que ingressara, prometendo minha lealdade, empenhando minha própria vida, como meu irmão fizera, antes de mim. Amar me contara histórias sobre o Rakshana e o código de honra deles. O lugar que ocupavam na história, como protetores dos reinos.

– Se tivesse nos procurado imediatamente, poderíamos ter resolvido a situação.

– Com todo o devido respeito, ela não é o que eu esperava. – Fiz uma pausa para pensar na moça que eu deixara para trás – teimosa, com uns espantosos olhos verdes. – Acho que suas intenções são boas.

A voz estrondeou:

– Aquela moça é mais perigosa do que ela própria imagina. E representa uma ameaça maior do que você percebe, rapaz. Ela tem o potencial para nos destruir a todos. E agora, com a ação de vocês dois, o poder foi desencadeado. Reina o caos.

– Mas ela derrotou o assassino de Circe.

– Circe tem mais de um espírito das trevas à disposição dela.

– A voz prosseguiu. – Aquela moça espatifou as runas que abrigavam a magia e a mantiveram segura durante gerações. Você entende que agora não há nenhum controle? A magia está solta dentro dos reinos, para que qualquer espírito a use. Muitos já a estão usando para corromper os espíritos que devem atravessar. Eles os levarão para as Winterlands e aumentarão sua força. Quanto tempo demorará, antes que eles enfraqueçam o véu entre os reinos e este mundo? Antes que encontrem um caminho para Circe, ou que ela encontre uma maneira de entrar? Quanto tempo demorará antes que ela tenha o poder que ambiciona?

Um medo escorregadio e gelado espalhou-se por minhas veias.

– Agora você percebe. Você entende o que ela fez. O que você a ajudou a fazer. Ajoelhe-se...

Vindas do nada, duas mãos fortes me obrigaram a me ajoelhar. Minha capa estava frouxa em meu pescoço e senti o aço frio e duro pressionado contra o pulsar frenético da veia ali. Era isso. Eu havia falhado, levara vergonha ao Rakshana e à memória do meu irmão. Agora, morreria por causa disso.

– Você se curva perante a vontade da irmandade? – perguntou a voz.

Minha voz, pressionada com força em minha garganta pela parte lisa da faca, soou frenética, estrangulada. A voz de um estranho:

– Sim.

– Diga tudo.

– Eu... eu me curvo perante a vontade da irmandade. Em todas as coisas.

A lâmina foi retirada. Soltaram-me.

Quando percebi que minha vida seria poupada, envergonhome de dizer que me senti perto de verter lágrimas de alívio. Eu viveria, e teria uma oportunidade de provar meu valor ao Rakshana.

– Ainda há esperança. A moça, alguma vez, mencionou o Templo?

– Não, meu irmão. Nunca ouvi falar desse lugar.

– Muito antes de serem construídas as runas, a Ordem usava o Templo para controlar a magia. Há rumores de que ele é a fonte de todo o poder nos reinos. É o lugar onde a magia pode ser controlada. Quem quer que reivindique o Templo governará os reinos. Ela precisa encontrá-lo.

– Onde ele fica?

Houve uma pausa de um instante.

– Em algum lugar nos reinos. Não sabemos com certeza. A Ordem o mantém bem escondido.

– Mas como...

– Ela precisa usar sua inteligência. Se ela realmente for da Ordem, existe uma grande probabilidade de que o Templo a chame, de alguma forma. Mas ela precisa ter cuidado. Outros o procurarão também. A magia é imprevisível, desordenada. Não se pode confiar em nada do outro lado. Isto é da maior importância. Quando ela encontrar o Templo, deve dizer estas palavras: *Prendo a magia em nome da Estrela do Leste.*

– Isso dará o Templo ao Rakshana, não?

– Nos será dado o que nos é devido. Por que a Ordem ficaria com todo o poder? O tempo deles passou.

– Por que não pedimos a ela que nos leve para dentro dos reinos, em sua companhia?

A sala ficou em silêncio por um momento e temi que a faca voltasse para minha garganta.

– Nenhum membro do Rakshana pode entrar nos reinos. Foi a punição que as feiticeiras nos impuseram.

Punição? Pelo quê? Eu ouvira Amar dizer apenas que éramos guardiões da Ordem, um sistema de verificações e avaliações de seu poder. Era uma aliança incômoda, mas uma aliança, de qualquer forma. As coisas que agora eram ditas enchiam-me de cautela.

Tinha medo de falar abertamente, mas sabia que devia.
— Não creio que ela vá trabalhar para nós voluntariamente.
— Não diga a ela seu objetivo. Conquiste sua confiança. — Houve uma pausa. — Faça-lhe a corte, se for preciso.

Pensei na moça forte, poderosa e teimosa que eu deixara para trás.
— Ela não se deixa seduzir tão facilmente.
— Qualquer garota pode ser seduzida. É apenas uma questão de descobrir a maneira certa. Seu irmão, Amar, era muito hábil em manter a mãe da moça do nosso lado.

Meu irmão usando o manto dos malditos. Meu irmão usando o grito de guerra de um demônio. Mas agora não era hora de mencionar meus sonhos perturbadores. Eles podem pensar que sou um louco ou um covarde.

— Conquiste sua simpatia. Descubra o Templo. Mantenha a moça afastada de quaisquer outros namoricos. O resto caberá a nós.

— Mas...

— Agora vá, Irmão Kartik — disse ele então, usando o título de honra que poderia um dia ser-me conferido, como membro integral do Rakshana. — Estaremos observando você.

Meus captores se adiantaram então para colocar mais uma vez a venda sobre meus olhos. Fiquei em pé com um pulo.
— Esperem! — gritei. — Quando a moça descobrir o Templo e o poder for nosso, o que acontecerá com ela?

A sala ficou quieta, apenas as velas estremeciam sob a leve aragem. Afinal, a voz ecoou para dentro do aposento:
— Então você deverá matá-la.

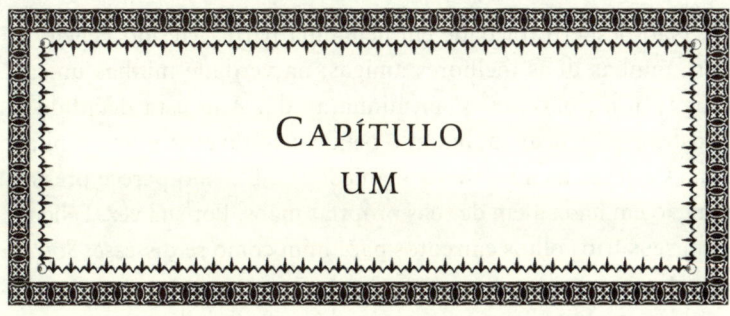

CAPÍTULO UM

Dezembro de 1895
Academia Spence para Moças

AH, NATAL! A simples menção da festa atrai lembranças tão preciosas e sentimentais para a maioria das pessoas: um pinheiro alto, todo enfeitado, com bolas de vidro penduradas; presentes em embrulhos coloridos, espalhados por toda parte; o fogo ardendo na lareira e taças preparadas para os brindes; cantores natalinos reunidos em frente à porta, com seus chapéus vistosos acumulando a neve que cai; um belo e gordo ganso repousando em cima de uma travessa, cercado de maçãs. E, claro, um pudim de figo como sobremesa.

Correto. Uma maravilha. Eu gostaria muito de ver isso.

Essas imagens da alegria do Natal estão a quilômetros de distância de onde estou sentada agora, na Academia Spence para Moças, forçada a fabricar, apenas com papel estanhado, algodão e um pequeno pedaço de cordão, um enfeite em forma de menino tocando tambor, como se estivesse executando alguma diabólica experiência de regeneração de cadáver. O monstro de Mary Shelley não poderia ser, nem de longe, tão assustador quanto esta coisa ridícula. A figura não lembrará a ninguém a felicidade do Natal. É mais provável que faça com que as crianças caiam em prantos.

– Isto é impossível – resmungo.

Não desperto piedade em nenhuma parte. Mesmo Felicity e Ann, minhas duas melhores amigas, na verdade minhas únicas amigas aqui, não virão em minha ajuda. Ann está decidida a transformar açúcar molhado e pequenos gravetos numa réplica exata de Jesus menino numa manjedoura. Ela não parece prestar atenção em nada além de suas próprias mãos. Por sua vez, Felicity volta seus frios olhos cinzentos para mim como se dissesse: *Sofra. Eu estou sofrendo.*
Não, em vez disso, é a detestável Cecily Temple quem me responde. Querida, querida Cecily, ou, como afetuosamente me refiro a ela, na privacidade da minha mente, Ela Que Inflige Infelicidade Simplesmente Respirando.

— Não consigo entender o que a perturba tanto, srta. Doyle. Na verdade, é a coisa mais simples do mundo. Veja, já fiz quatro.

Ela estende seus quatro perfeitos meninos de papel estanhado, para que sejam examinados. Há uma série de Ohs! e Ahs! diante dos seus braços maravilhosamente modelados, os minúsculos cachecóis de lã — tricotados pelas mãos hábeis de Cecily, claro — e aqueles delicados sorrisos de alcaçuz que os fazem parecer cheios de satisfação por serem pendurados pelo pescoço numa árvore de Natal.

Faltam duas semanas para o Natal e meu estado de espírito piora a cada hora. O menino de papel estanhado parece me implorar para que eu o mate com um tiro. Compelida por uma força maior do que eu, não posso evitar colocar o enfeite do menino aleijado na mesinha e criar um pequeno espetáculo. Movimento essa coisa feia obrigando o menino a arrastar sua perna inútil, como o enjoativamente sentimental Tiny Tim, do sr. Dickens.

— Que Deus nos abençoe a todos — canto, com uma voz patética, esganiçada.

Isso é recebido por um silêncio horrorizado. Todos os olhos se desviam. Até Felicity, que não é conhecida como um modelo de bom comportamento, parece assustada. Atrás de mim, ouço o som familiar de alguém pigarreando de forma altamente desaprovadora. Viro-me e vejo a sra. Nightwing, a gélida diretora da Spence, olhando para mim como se eu fosse uma leprosa. *Mas que diabo!*

– Srta. Doyle, acha isso engraçado? Fazer pouco da dor verdadeira dos infelizes de Londres?
– Eu... eu... bem...
A sra. Nightwing me examina por cima dos seus óculos. Seu cabelo grisalho, num penteado fofo, parece um nimbo alertando para a tempestade que virá.
– Talvez, srta. Doyle, se passasse seu tempo a serviço dos pobres, enrolando ataduras, como uma vez fiz, em minha juventude, durante a Guerra da Crimeia, a senhorita adquirisse uma saudável e muito necessária dose de simpatia.
– S... sim, sra. Nightwing. Não sei como pude ser tão pouco bondosa – gaguejei.

Pelo canto dos olhos, posso ver Felicity e Ann encurvadas por cima dos seus enfeites, como se eles fossem fascinantes relíquias numa escavação arqueológica. Noto que os ombros delas estão tremendo e percebo que lutam para conter as gargalhadas, por causa do meu terrível apuro. Que grande amizade!

– Por causa disso, você perderá dez pontos em bom comportamento e esperarei que faça um ato de caridade durante as férias, como penitência.
– Sim, sra. Nightwing.
– Você escreverá um relato completo desse ato de caridade e me dirá como ele enriqueceu seu caráter.
– Sim, sra. Nightwing.
– E esse enfeite precisa de muito trabalho.
– Sim, sra. Nightwing.
– Tem alguma pergunta a fazer?
– Sim, sra. Nightwing. Quero dizer, não, sra. Nightwing. Obrigada.

Um ato de caridade? Durante as férias? Será que suportar algum tempo em companhia do meu irmão, Thomas, conta como caridade? Que diabo, estou perdida.

– Sra. Nightwing? – O simples som da voz de Cecily poderia fazer minha boca espumar. – Espero que estes estejam satisfatórios. Quero muito ser útil aos desafortunados.

Posso até desmaiar, por ter reprimido, diante disso, um *Rá!* muito alto. Cecily, que nunca perde uma oportunidade de implicar com Ann por causa da sua condição de bolsista, não quer nada com os pobres. O que ela quer é ser o cãozinho de estimação da sra. Nightwing.

A sra. Nightwing ergue os enfeites perfeitos de Cecily até perto da luz para serem examinados.

– Estes estão exemplares, srta. Temple. A senhorita merece elogios.

Cecily dá um sorriso muito presunçoso.

– Obrigada, sra. Nightwing.

Ah, o Natal.

Com um profundo suspiro, desmancho meu patético enfeite e recomeço a fazê-lo. Meus olhos ardem e ficam enevoados. Esfrego-os, mas não adianta. O que preciso é de sono, mas sono é o que mais temo. Há semanas sou atormentada por pesadelos que, na verdade, são advertências. Não consigo lembrar muita coisa deles quando estou acordada, apenas fragmentos aqui e acolá. Um céu coberto de vermelho e cinzento. Uma flor pintada derramando lágrimas de sangue. Estranhas florestas de luz. Meu rosto, sério e interrogador, refletido na água. Mas as imagens que ficam comigo são as dela, linda e triste.

"*Por que você me deixou aqui?*", ela grita, e não posso responder. "*Quero voltar. Quero ficar novamente junto de você.*" Escapo e corro, mas seus gritos me alcançam: "*É culpa sua, Gemma! Você me abandonou aqui! Você me abandonou aqui!*"

Isso é tudo de que me lembro quando acordo, todas as manhãs, antes do nascer do sol, arquejando e coberta de suor, mais cansada do que ao me deitar. São apenas sonhos. Então por que me deixam tão perturbada?

– Vocês podiam ter me avisado – protestei, junto a Felicity e Ann, no momento em que fomos deixadas sozinhas.

– Você podia ter sido mais cuidadosa – repreende Ann.

Da sua manga, ela puxa um lenço que ficou cinzento de tanta lavagem e dá pancadinhas com ele em seu nariz, que escorre constantemente, e em seus olhos lacrimosos.

– Eu não teria feito aquilo se soubesse que ela estava em pé bem atrás de mim.

– Você sabe que a sra. Nightwing é como Deus – está em toda parte, ao mesmo tempo. Na verdade, pelo que sei, ela pode até ser mesmo Deus – suspira Felicity.

A luz do fogo deixa um reflexo dourado em seu cabelo louro platinado. Ela brilha como um anjo caído.

Ann olha ao redor, nervosa.

– V... v... v... vocês não deviam falar – ela sussurra a palavra – de *Deus* dessa maneira.

– E por que não? – pergunta Felicity.

– Pode trazer má sorte.

Cai o silêncio, pois todas entramos em contato com a má sorte de forma muito forte, e muito recente, e não poderíamos esquecer que há forças em ação para além do mundo visível, forças ultrapassando toda a razão e compreensão.

Felicity olha fixamente para o fogo.

– Você ainda acredita que Deus existe, Ann? Depois de tudo o que vimos?

Uma das silenciosas criadas passa rapidamente pelo corredor sombrio, com o branco do seu avental contornado pelo cinzento escuro do seu uniforme, de modo que tudo que é visto, contra a escuridão, é o avental; a mulher desaparece inteiramente na sombra. Se eu acompanhar seu movimento, enquanto ela vira num canto, posso ver o saguão feliz e iluminado do qual acabamos de vir. Um enxame de meninas de idades variadas, dos seis aos dezessete anos, irrompe num canto natalino espontâneo, convidando "Deus a repousar, sim, alegres cavalheiros". Não se menciona o "repouso de Deus, senhoras", alegres ou não.

Anseio por me unir a elas, acender as velas na árvore majestosa, abrir os lindos embrulhos dos presentes. Anseio por não ter outras preocupações, a não ser se Papai Noel será generoso comigo este ano, ou se as meias que deixei para os presentes estarão cheias de carvão.

Com os braços unidos, como bonecas de papel cortadas da mesma folha, um trio de meninas balança-se para a frente e para trás; uma delas coloca sua cabeça macia e cacheada no ombro da menina a seu lado, e esta, por sua vez, dá um minúsculo beijo na testa da primeira. Elas não têm a menor ideia de que este mundo não é o único. De que, muito além das muralhas descomunais da Academia Spence, que parecem as de um castelo, muito além da barreira da sra. Nightwing, de Mademoiselle LeFarge e das outras professoras, que estão aqui para talhar e moldar nossos hábitos e caráter como se fôssemos de barro moldável, muito além da própria Inglaterra, existe um lugar de imensa beleza e temível poder. Um lugar onde tudo com que sonhamos pode ser nosso e é preciso ter muito cuidado com o que se sonha. Um lugar onde coisas podem ferir. Um lugar que já ficou com uma de nós.

Eu sou a ligação para este lugar.

– Vamos pegar nossos casacos – diz Ann, movimentando-se na direção da imensa escada espiralada que domina o saguão.

Felicity olha para ela com curiosidade.

– E para quê? Para onde vamos?

– Hoje é quarta-feira – diz Ann, afastando-se. – Dia de visitar Pippa.

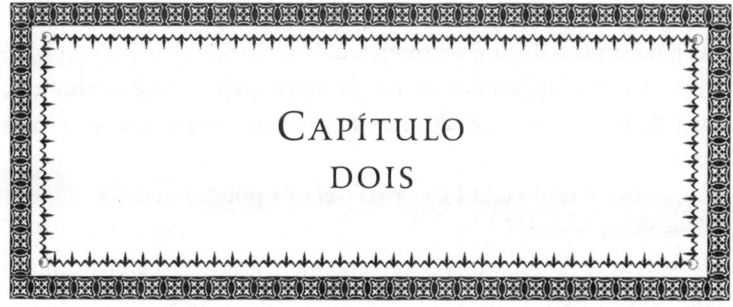

Capítulo
dois

Passamos por entre as árvores sem folhas atrás da escola e chegamos a uma clareira familiar. É terrivelmente úmida e fico satisfeita por estar com meu casaco e minhas luvas. À nossa direita fica o lago onde nos deitávamos, preguiçosamente, num barco a remo sob o céu do início de setembro. O barco a remo dorme agora nas pedras geladas e na relva áspera e morta do inverno, na beira da água. O lago é um macio e fino lençol de gelo. Meses atrás, partilhávamos esse bosque com um acampamento de ciganos, mas eles já foram embora há muito tempo, seguindo na direção de regiões mais quentes. No grupo deles, suponho, há um certo rapaz de Bombaim, com grandes olhos castanhos, lábios cheios e o bastão de críquete do meu pai. Kartik. Não posso deixar de me perguntar se ele pensa em mim, onde quer que esteja. Não posso deixar de me perguntar quando ele voltará à minha procura e o que isso significará.

Felicity vira-se para mim.

– Com o que você está sonhando aí atrás?

– Com o Natal – minto, minhas palavras saindo com pequenos jatos brancos de vapor.

Está terrivelmente frio.

– Eu me esqueci de que você nunca teve um Natal inglês adequado. Terei de explicar-lhe tudo durante as festas. Sairemos de casa às escondidas e nos divertiremos loucamente – diz Felicity.

Ann mantém voltados para o chão seus olhos treinados. Ela ficará aqui na Spence durante o feriado. Não haverá nenhum parente para recebê-la, nenhum presente para abrir nem lembranças para aquecê-la, até a primavera.

– Ann – digo, com uma animação forçada. – Como você tem sorte de ficar com a Spence inteira para você, enquanto estivermos fora.

– Você não precisa fazer isso – ela responde.

– Fazer o quê?

– Tentar fazer as coisas parecerem melhores. Ficarei sozinha e infeliz. Sei disso.

– Ah, por favor, não sinta tanta pena de si mesma. Não aguentarei ficar um só minuto com você, se fizer isso – diz Felicity, irritada.

Ela agarra uma vara comprida e a usa para dar fortes pancadas nas árvores enquanto passamos por elas. Num silêncio envergonhado, Ann continua a caminhar. Eu deveria dizer alguma coisa em seu favor, mas cada vez mais acho desagradável a recusa de Ann em se defender. Então deixo passar.

– Vocês irão a bailes durante o Natal, será? – pergunta Ann, mordendo o lábio, torturando-se.

Não é diferente dos pequenos cortes que ela faz em seus próprios braços, com suas tesouras de costura, e que suas mangas escondem; sei que ela começou de novo a fazer isso.

– Sim, claro – responde Felicity, como se a pergunta fosse tediosa. – Minha mãe e meu pai planejaram um baile de Natal. Todos estarão lá.

Ela parece dizer: *Todos, menos você.*

– Estarei presa em alojamentos fechados, com minha avó, que nunca perde uma oportunidade de apontar meus defeitos, e com meu zangado irmão, Tom. Garanto que serão umas férias muito cansativas e monótonas.

Sorrio, esperando fazer Ann rir. A verdade é que me sinto culpada por abandoná-la, mas não o suficiente para convidá-la a ir comigo para minha casa.

Ann me lança um olhar de esguelha.

– E como vai seu irmão, Tom?

– Do mesmo jeito. Ou seja, impossível.

– Então ele não depositou suas esperanças em alguém?

Ann sonha com Tom, que jamais olharia duas vezes para ela. É uma situação sem saída.

– Acredito que sim – minto.

Ann para.

– Quem é?

– Ah... Uma tal srta. Dalton. Sua família é de Somerset, eu acho.

– Ela é bonita? – pergunta Ann.

– Sim – digo. Continuamos a caminhar vigorosamente, e espero que a conversa tenha terminado.

– Tão bonita quanto Pippa?

Pippa. A linda Pip, com seus cachos de cabelos escuros e os olhos cor de violeta.

– Não – digo. – Ninguém é tão bonita quanto Pippa.

Chegamos. Diante de nós está uma grande árvore, com sua casca manchada por uma grossa cobertura de geada. Uma pedra pesada repousa em sua base. Tiramos nossas luvas e empurramos a pedra para fora do caminho, revelando o buraco deteriorado que há ali. Dentro dele há uma estranha variedade de coisas – uma luva de criança, um bilhete num pergaminho, seguro por uma pedra, um punhado de puxa-puxas e algumas flores ressecadas do funeral, que o vento leva ao passar com uma chicotada pela antiga ferida do carvalho.

– Você o trouxe? – Felicity pergunta a Ann.

Ela faz um sinal afirmativo com a cabeça e mostra alguma coisa embrulhada em papel verde. Abre o papel e revela um anjo de enfeite, feito de renda e contas. Cada uma de nós ajudou a costurar pedaços dele. Ann torna a embrulhar o presente com o papel e o coloca no altar improvisado, junto com as outras lembranças.

– Feliz Natal, Pippa – diz ela, pronunciando o nome de uma moça morta há dois meses e enterrada a cerca de sessenta quilômetros daqui. Uma moça que era nossa melhor amiga. Uma moça que eu poderia ter salvo.

– Feliz Natal, Pippa – Felicity e eu murmuramos em seguida.

Por um instante, ninguém diz nada. O vento está frio aqui na clareira, com pouca coisa para bloqueá-lo. A garoa, com suas bolinhas cortantes, atravessa a lã do meu casaco de inverno, alfinetando minha pele e causando arrepios. Desvio o olhar para a direita, para onde ficam as cavernas, silenciosas, com a entrada fechada por um muro de tijolos recém-construído.

Meses atrás, nós quatro nos reuníamos naquelas cavernas, a fim de ler o diário secreto de Mary Dowd, que nos falava dos reinos, um mundo escondido e mágico, para além deste, e que era antigamente governado por um poderoso grupo de feiticeiras chamado a Ordem. Nos reinos, podemos fazer nossos mais caros desejos tornarem-se realidade. Mas neles há também espíritos do mal, criaturas que desejam governá-los. Mary Dowd descobriu que tudo isso é verdadeiro. E nós também descobrimos, quando perdemos para sempre nossa amiga Pippa.

– Terrivelmente frio – diz Ann, rompendo o silêncio.

Sua cabeça está abaixada e ela pigarreia de leve.

– Sim – diz Felicity, cheia de desânimo.

O vento arranca da árvore uma teimosa folha marrom e a carrega para longe, roçando pelo chão.

– Acha que tornaremos a ver Pippa algum dia? – pergunta Ann.

– Não sei – respondo, embora todas saibamos que ela se foi.

Durante um momento, não há nada, a não ser o som do vento passando pelas folhas.

Felicity agarra uma vara fina e cutuca a árvore com ela, a esmo.

– Quando vamos voltar? Você disse...

– ... que voltaríamos quando encontrássemos os outros membros da Ordem – termino.

– Mas já se passaram dois meses – geme Ann. – E se não houver outros?

– E se eles se recusarem a permitir minha entrada e a de Ann? Não somos especiais, como você – diz Felicity, dando a "especiais" uma entonação desagradável. É uma barreira entre nós, o conhecimento de que apenas eu posso entrar nos reinos; que eu tenho o poder e elas não. Elas só podem entrar se eu as levar.

– Você sabe o que minha mãe nos disse: os reinos decidem quem deverá ser escolhido. Não é escolha nossa – digo, esperando que isto encerre o assunto.

– Quando, diga-me, por favor, essas senhoras da Ordem farão contato, e como? – pergunta Felicity.
– Não tenho nenhuma ideia – admito, sentindo-me tola. – Minha mãe disse que fariam contato. Não é como se eu pudesse, simplesmente, colocar um anúncio no jornal, certo?
– E aquele rapaz indiano enviado para vigiar você? – pergunta Ann.
– Kartik? Não o vejo desde o dia do funeral de Pippa. Kartik. Será que ele está por aí, agora mesmo, nas árvores, observando-me, preparando-se para me levar ao Rakshana, cujos membros me impediriam de voltar, algum dia, para os reinos?
– Talvez seja isso, então, e ele foi embora para sempre.
Esse pensamento provoca uma dor em meu coração. Não posso parar de pensar na última vez em que o vi, seus grandes olhos escuros cheios com uma nova emoção que não pude decifrar, o leve calor do seu polegar esfregado em meu lábio fazendo-me sentir estranhamente vazia e desejosa.
– Talvez – digo. – Ou talvez ele tenha ido ao Rakshana e contado tudo a eles.
Felicity medita sobre isso enquanto risca seu nome na casca seca da árvore, com um graveto pontiagudo.
– Se fosse o caso, não acha que, a esta altura, eles já teriam vindo atrás de nós?
– Acho que sim.
– Mas não vieram, não vê?
Ela empurra o graveto com força demais e ele se quebra no Y, de modo que seu nome fica escrito FELICITV.
– E você ainda não teve nenhuma visão? – pergunta Ann.
– Não. Pelo menos, não desde que espatifei as runas.
Felicity me olha friamente.
– Nada, de jeito nenhum?
– *Na-da* – respondo.
Ann enfia as mãos embaixo dos braços, para mantê-las aquecidas.
– Acha que essa era a fonte de tudo, então, e que, quando você destruiu as runas, parou para sempre de ter suas visões?

Eu não havia pensado nisso. E o pensamento me deixa pouco à vontade. Antigamente, eu tinha medo de minhas visões, mas agora sinto falta delas.

– Não sei.

Felicity toma minhas mãos nas suas, envolvendo-me com todos os sedutores poderes do seu encanto.

– Gemma, pense em toda aquela magia maravilhosa se perdendo. Há tanta coisa que não tentamos!

– Quero ser linda novamente – diz Ann, animando-se com o plano de Felicity. – Ou talvez eu pudesse encontrar um cavaleiro, como aconteceu com Pippa. Um cavaleiro para me amar de verdade.

Não é que não tenha discutido comigo mesma exatamente essas coisas. Anseio para ver o crepúsculo dourado sobre o rio, para ter todo o poder que me é negado neste mundo. É como se Felicity pudesse sentir minha decisão se enfraquecendo.

Ela me dá um beijo na face. Seus lábios estão frios.

– Gemma, querida, dê apenas um rápido olhar em volta, está bem? Entrar e sair sem ninguém notar.

Ann concorda:

– Kartik foi embora e ninguém nos vigia.

– E Circe? – lembro-lhes. – Ela ainda está por aí, em algum lugar, apenas esperando que eu cometa um erro.

– Seremos muito cuidadosas – diz Felicity. Posso ver no que isso vai dar. Elas me pressionarão até que eu concorde em levá-las para dentro.

– A verdade é que não posso entrar nos reinos – digo, olhando para o outro lado, na direção do bosque. – Eu tentei.

Felicity dá alguns passos para longe de mim.

– Sem nós?

– Apenas uma vez – digo, evitando seus olhos. – Mas não consegui fazer a porta de luz aparecer.

– Que pena – diz Felicity. O tom dela sussurra: *Não acredito em você.*

– Então, veja só, provavelmente teremos que encontrar os outros membros da Ordem para que possamos voltar aos reinos. Lamento, mas parece que não há nenhum outro meio.

É mentira. Pelo que sei, eu poderia entrar nos reinos outra vez a qualquer momento. Mas ainda não. Não até eu ter tempo de entender este estranho poder que me foi dado, esse presente-maldição. Não até eu ter tempo para aprender a dominar a magia, como minha mãe me avisou que eu deveria fazer. As consequências são graves demais. Já é bastante o fato de que viverei com a morte de Pippa em minha consciência pelo resto dos meus dias. Não cometerei duas vezes o mesmo erro. Por hora, é melhor que minhas amigas acreditem que não me restou nenhum poder. Por enquanto, é melhor que eu minta para elas. Pelo menos, é o que digo a mim mesma.

A distância, os sinos da igreja repicam, anunciando que é hora das Vésperas.

– Chegaremos atrasadas – diz Felicity, caminhando em direção à capela. Seu tom de voz se tornou frio como o vento. Ann a acompanha zelosamente, deixando para mim a tarefa de rolar a pesada pedra de volta para o lugar em cima do altar.

– Obrigada pela ajuda de vocês – resmungo, fazendo força contra a pedra. Torno a ver o pergaminho. Estranho. Não me lembro de nenhuma de nós colocando-o ali, pensando bem. Não estava ali na semana passada. E ninguém mais conhece este lugar. Tiro o papel rasgado de baixo da pedra e o desenrolo.

– *Preciso ver você imediatamente.*

Há uma assinatura, mas não preciso lê-la. Reconheço a escrita. É de Kartik.

Capítulo
Três

Kartik está aqui, em alguma parte, vigiando-me novamente. Este é o pensamento que me consome durante as Vésperas. Ele está aqui e precisa falar comigo. Imediatamente, dizia seu bilhete. Por quê? O que é tão urgente? O medo e a excitação deixam meu estômago apertado como um punho fechado. Kartik está de volta.

– Gemma – sussurra Ann. – Seu livro de orações.

Estava tão absorta que me esquecera de abrir meu livro de orações e fingir que acompanhava tudo. De sua posição no banco da frente, a sra. Nightwing vira-se para me lançar um olhar penetrante, como só ela sabe fazer. Leio um pouco mais alto do que o necessário, para parecer entusiasmada. Nossa diretora, satisfeita com minha piedade, torna a olhar para a frente e logo estou perdida em novos e perturbados pensamentos. E se o Rakshana finalmente o tiver mandado atrás de mim? E se Kartik estiver aqui para me levar até eles?

Sinto um tremor ao longo de toda minha coluna vertebral. Não vou deixá-lo fazer isso. Ele terá de vir buscar-me e não irei sem uma luta dura. *Kartik*. Quem ele pensa que é? *Kartik*. Quem sabe se ele não tentará pegar-me desprevenida? Aproximar-se de mim por trás, furtivamente, e passar seus braços fortes em torno da minha cintura? Claro que se seguiria uma luta dura. Eu lutaria contra ele, embora ele seja bastante forte, como me lembro. *Kartik*. Talvez caíssemos no chão, e ele me prenderia com o peso do seu corpo, seus braços segurando os meus para baixo, suas pernas em cima das minhas. Então eu seria sua prisioneira, incapaz de me movimentar, o rosto dele tão próximo do meu que eu poderia cheirar a doçura de sua respiração e sentir seu calor em meus lábios...

– Gemma! – sussurra Felicity, asperamente, do meu lado direito.

Corada e atarantada, torno a prestar atenção, bruscamente, ao que se passa em torno e leio em voz alta a primeira linha que vejo da Bíblia. Tarde demais, percebo que minha voz é a única no silêncio. Minha irrupção surpreende a todos, como se eu tivesse passado por uma súbita conversão religiosa. As meninas riem de espanto. Minhas faces ficam quentes. O Reverendo Waite estreita os olhos, enquanto me observa. Não ouso olhar para a sra. Nightwing, com medo de que sua mirada feroz e fulminante me reduza a cinzas. Em vez disso, faço como os outros e curvo a cabeça para a oração. Em segundos, a voz esganiçada do Reverendo Waite se arrasta sobre nossas cabeças, quase me fazendo dormir.

– Em que você estava pensando? – sussurra Felicity. – Sua expressão estava muito estranha.

– Eu estava perdida na oração – respondo, cheia de culpa.

Ela tenta contrapor alguma coisa, mas eu me inclino para a frente, com meu olhar fixo no Reverendo Waite, e ela não pode alcançar-me sem invocar a ira da sra. Nightwing.

Kartik. Senti falta dele, eu acho. No entanto, sei que, se ele está aqui, as notícias não podem ser boas.

A oração terminou. O Reverendo Waite nos abençoa, seu rebanho, e nos devolve ao mundo. O crepúsculo chegou silencioso, como um navio fantasma, e com ele veio o nevoeiro familiar. A distância, as luzes da Spence nos chamam. Uma coruja pia. Estranho. Não têm aparecido muitas corujas por aqui ultimamente. Mas lá vem outra vez o pio. Ele vem das árvores à minha direita. Através do nevoeiro, posso ver alguma coisa brilhando. Uma lanterna repousa na base de uma árvore.

É ele. Eu sei.

– Qual é o problema? – pergunta Ann, vendo que parei.

– Tenho uma pedra em minha bota – digo. – Continuem a caminhar. Demorará apenas um instante.

Por um segundo, fico em pé inteiramente imóvel, desejando vê-lo, querendo ter certeza de que ele não é nenhuma assombração criada por minha cabeça. O pio da coruja vem novamente, fazendo-me pular. Atrás de mim, o Reverendo Waite fecha as portas de carvalho da capela com um estrondo, cortando a luz. Uma por uma, as meninas desaparecem dentro do nevoeiro adiante, suas vozes tornando-se mais fracas. Ann se vira, meio devorada pela atmosfera cinzenta.

– Gemma, vamos! – Sua voz se arrasta sobre a neblina, criando ecos, antes de ser completamente engolida.

... *ma... va... mos... mos...*

O chamado da coruja vem das árvores, mais insistente desta vez. A escuridão aumentou muito nos últimos minutos. Há apenas o brilho da Spence e aquela única luz solitária no bosque. Estou sozinha na trilha. Num relâmpago, ergo a bainha da minha saia e corro impetuosamente para a frente, atrás de Ann, com um grito que não tem nada de elegante.

– Esperem por mim! Já vou!

Capítulo Quatro

Eis o que sei da história da Ordem.

Seus membros eram as mais poderosas mulheres que se poderia imaginar, pois elas eram as guardiãs do poder mágico que governava os reinos. Lá, onde a maioria dos mortais só ia durante os sonhos ou depois da morte, era a Ordem que ajudava os espíritos a atravessarem o rio para chegarem ao mundo além de todos os mundos. Era a Ordem que os ajudava, se fosse preciso, a completar as tarefas das suas almas, de modo a poderem seguir adiante. E era a Ordem que podia exercer esse formidável poder neste mundo, no sentido de lançar ilusões, moldar vidas e influenciar o curso da História. Mas isso foi antes de duas iniciadas, as alunas da Spence Mary Dowd e Sarah Rees-Toome, levarem a destruição à Ordem.

Sarah, que chamava a si mesma de Circe, o mesmo nome da poderosa feiticeira grega, era a melhor amiga de Mary. Enquanto o poder de Mary continuava a crescer, o de Sarah começou a desaparecer. Os reinos não a haviam escolhido para continuar no caminho.

Desesperada para manter o poder pelo qual ansiava, Sarah fez um pacto com um dos espíritos do mal dos reinos, num lugar proibido chamado de Winterlands. Em troca do poder de entrar nos reinos quando quisesse, ela prometeu a esse espírito um sacrifício – uma menina cigana – e convenceu Mary a seguir o seu plano. Com esse único ato, elas se ligaram ao espírito do mal e destruíram a Ordem. Para impedir os espíritos de entrarem nesse mundo, Eugenia Spence, a fundadora da Spence e uma alta sacerdotisa da Ordem, ficou atrás, sacrificando-se à criatura, e a Ordem perdeu sua líder. Seu último ato foi atirar seu amuleto – o olho crescente – para Mary e ordenar-lhe que fechasse para sempre os reinos, de modo que nada pudesse escapar. Mary fez isso, mas lutou com Sarah pela posse do amuleto e derrubou uma vela. Um incêndio terrível se espalhou pela Ala Leste da Spence e, de fato, a ala danificada ainda está até hoje trancada e fora de uso. Acreditou-se que as duas meninas tivessem morrido no incêndio, juntamente com Eugenia. Ninguém sabia que, enquanto o incêndio ardia, Mary fugira para as cavernas atrás da escola, deixando para trás o diário que finalmente descobriríamos. Sarah nunca foi encontrada. Mary foi esconder-se na Índia, onde se casou com John Doyle e renasceu como Virginia Doyle, minha mãe. Incapazes de entrar nos reinos, os membros da Ordem se espalharam, procurando e esperando um tempo em que pudessem reivindicar novamente seu mundo mágico e seus poderes.

Durante vinte anos, nada aconteceu. A história da Ordem passou de lenda a mito – até 21 de junho de 1895, o dia do meu aniversário de dezesseis anos. Foi nesse dia que a magia da Ordem começou a reviver outra vez – em mim. Foi o dia em que Sarah Rees-Toome, Circe, finalmente veio procurar-nos. Ela não morrera, afinal, naquele incêndio terrível, e estivera usando sua ligação corrupta com aquele espírito do mal das Winterlands para tramar sua vingança. Uma por uma, ela perseguiu as integrantes da Ordem, até encontrá-las, sempre em busca da filha sobre quem se sussurrava, a moça que podia entrar nos reinos e fazer voltarem a glória e o poder. Foi o dia em que tive minha primeira visão, contemplando minha mãe morrer, caçada pelo assassino de Circe – aquela criatura sobrenatural que também assassinara brutalmente Amar, do Rakshana, um homem culto que protegia e temia o poder da Ordem, ao mesmo tempo. Foi o dia em que encontrei pela primeira vez Kartik, o irmão mais novo de Amar, que se tornaria meu guardião e torturador, ligado a mim pelo dever e pela dor.

Foi o dia que moldaria o resto da minha vida. Pois, em seguida, me mandaram para cá, para a Spence. Minhas visões me levaram a entrar com minhas amigas nos reinos, onde me encontrei com minha mãe e soube do meu direito de nascença à Ordem;

onde minhas amigas e eu usamos a magia das runas para mudar nossas vidas; onde lutei contra o assassino de Circe e acabei espatifando as Runas do Oráculo – as pedras que continham a magia; onde minha mãe morreu, afinal, e nossa amiga Pippa também. Observei-a escolher ficar, observei sua caminhada de mãos dadas com um belo cavaleiro para um lugar de onde não se volta. Pippa, minha amiga.

Nos reinos, soube do meu destino: sou aquela que deve formar novamente a Ordem e continuar com seu trabalho. Esta é minha obrigação. Mas tenho outra missão, secreta: enfrentarei a antiga amiga da minha mãe – minha inimiga. Enfrentarei finalmente Sarah Rees-Toome, a Circe, e não vacilarei.

Uma chuva constante chicoteia as janelas e impossibilita o sono, embora Ann esteja roncando bastante alto. Mas não é a chuva que me mantém em pé, com a pele coçando, os ouvidos sintonizados em cada pequeno som. Acontece que, ao fechar os olhos, vejo sempre aquelas palavras no pergaminho: *Preciso ver você imediatamente.*

Será que Kartik está lá fora, agora, na chuva?

Uma rajada de vento sopra contra as janelas, fazendo-as sacolejarem como se fossem ossos. O ruído dos roncos de Ann aumenta e diminui. Não adianta ficar deitada aqui, cheia de impaciência. Acendo o abajur em minha mesa de cabeceira e reduzo a chama a um leve bruxuleio, apenas o suficiente para que eu encontre o que preciso. Remexendo em meu armário inteiro, eu o encontro: o diário de minha mãe. Corro meus dedos sobre o couro e me lembro de sua risada, da maciez de seu rosto.

Torno a fixar minha atenção no diário, que conheço tão bem, e passo meia hora esquadrinhando as palavras de minha mãe, em busca de alguma orientação, mas não descubro nenhuma. Não tenho a menor ideia de como empreender uma reforma da Ordem, ou de como usar a magia. Não há informações úteis sobre o Rakshana e o que eles talvez tenham planejado para mim. Não há nada mais que me informe sobre Circe e como poderei encontrá-la antes que ela me encontre. A impressão é de que o mundo inteiro está esperando que eu aja, e estou perdida. Queria que minha mãe tivesse deixado mais pistas para mim.

A atração da voz da minha mãe, mesmo numa página, é forte. Sentindo sua falta, olho fixamente para suas palavras, até meus olhos ficarem pesados, com o avançar da hora levando-os a se fecharem. Dormir. É disso que preciso. Dormir sem o terror dos sonhos. Dormir.

Minha cabeça se ergue bruscamente. Foi uma batida na porta da frente? Vieram buscar-me? Todos os nervos do meu corpo estão vivos, todos os músculos tensos. Não há nada a não ser a chuva. Nenhum alvoroço nos corredores sugerindo que alguém se apressa para responder a um chamado. É tarde demais para visitas e com certeza Kartik não usaria a porta da frente. Estou começando a pensar que talvez eu tivesse sonhado, quando ouço novamente uma batida – desta vez mais forte.

Agora há movimento lá embaixo. Rapidamente, apago minha lanterna. Brigid, nossa tagarela governanta, resmunga, enquanto passa trovejando, em seu percurso para atender à porta. Quem poderá estar chegando a uma hora tão tardia? Meu coração bate rápido, acompanhando a chuva, enquanto caminho furtivamente pelo corredor e me empoleiro perto da escada. A vela de Brigid deixa a parede coberta de listras de sombras, enquanto ela desce a escada pulando de dois em dois degraus, com sua trança comprida a voar loucamente atrás dela.

Que Deus nos acuda – resmunga Brigid. – Ela segue arquejando, irritada, e chega à porta exatamente quando há outra batida. A porta se escancara, deixando entrar a chuva de açoite. Alguém chegou altas horas da noite. Alguém inteiramente vestido de negro. Sinto que vou ficar doente de medo. Estou congelada num lugar, sem ter certeza se devo arremeter pelas escadas abaixo e sair porta afora ou voltar para meu quarto e aferrolhar a porta. Na escuridão do vestíbulo, não consigo distinguir um rosto. A vela de Brigid movimenta-se para mais perto, lançando uma luz sobre a figura. Se é um membro do Rakshana que veio atrás de mim, então estou imensamente confusa. Porque é uma mulher. Ela dá seu nome, mas, como a porta ainda está aberta, não consigo ouvi-lo com o uivo da chuva e do vento. Brigid faz um sinal afirmativo com a cabeça, e convida o cocheiro para entrar e deixar a bagagem da mulher no corredor. A mulher paga ao homem e Brigid fecha a porta, contra a pressão da noite.

– Vou acordar apenas a copeira, para ajudá-la a se instalar – resmunga Brigid. – Não faz sentido acordar a sra. Nightwing. Ela a verá quando chegar a hora certa, de manhã.

– Está bem assim – diz a mulher.

Sua voz é profunda, com uma pronúncia levemente diferente do "r", um sotaque que não consigo identificar.

Brigid acende as luzes com um brilho fraco. Ela não consegue resistir a dar um pigarro final de irritação, em seu caminho para os alojamentos das criadas. Deixada sozinha, a mulher tira seu chapéu, revelando cabelos cheios e escuros, e um rosto severo, emoldurado por sobrancelhas grossas. Ela olha em torno, abrangendo o candelabro em forma de serpente e os elaborados entalhes de ninfas e centauros aqui e acolá. Sem dúvida, já notou a coleção de gárgulas pontilhando o telhado e, provavelmente, pergunta a si mesma que tipo de lugar poderá ser este.

Lança um olhar pela extensão da escada e para, inclinando a cabeça. Olha de esguelha, como se me visse. Depressa, mergulho nas sombras, empurrando-me o mais que consigo contra a parede. Dentro de um instante, ouço a voz alta e esganiçada de Brigid dando ordens à copeira sonolenta:

– Esta é a srta. McCleethy, nossa nova professora. Cuide das coisas dela. Eu a levarei para seu quarto.

Mimi, a copeira, boceja e estende a mão para a parte mais leve da bagagem, mas a srta. McCleethy a toma.

– Se não se importa, gostaria de levar isso. Meus objetos pessoais. – Ela sorri, sem mostrar nenhum dente.

– Sim, senhorita. – Mimi faz uma mesura, em sinal de respeito, e, suspirando, volta sua atenção para a bagagem pesada no saguão.

A vela de Brigid transforma a escada numa dança de sombra e luz. Voo na ponta dos pés pelo saguão e me refugio atrás de uma samambaia num pote, que repousa sobre uma plataforma de madeira, e as espio por trás da cobertura dessas folhas gigantes. Brigid vai na frente, mas a sra. McCleethy para no patamar. Ela olha para tudo como se já tivesse visto isso antes. O que acontece em seguida é, de fato, altamente curioso. Diante das imponentes portas duplas que levam à Ala Leste danificada, a mulher para, achatando a palma da sua mão contra a madeira empenada ali.

Em meu esforço para ver, meu ombro esbarra na samambaia no pote. A plataforma oscila, precariamente. Depressa, estendo uma mão para firmá-la, mas a srta. McCleethy espia para dentro da escuridão.

– Quem está aí? – grita.

Com o coração batendo forte, transformo-me numa bola apertada, esperando que a samambaia me oculte. Não seria bom ser apanhada andando furtivamente pelos corredores da Spence altas horas da noite. Posso ouvir o ranger das tábuas do assoalho, indicando que a srta. McCleethy se aproxima. Estou liquidada. Perderei todas as minhas boas notas de comportamento e serei obrigada a passar uma eternidade copiando trechos da Bíblia, como penitência.

– Por aqui, srta. McCleethy, por favor – chama Brigid.

– Sim, já vou – responde a srta. McCleethy.

Ela deixa seu poleiro junto às portas e acompanha Brigid, subindo as espirais da escada, até que o saguão volta a ficar escuro e silencioso, a não ser pelo ruído da chuva.

Meu sono, quando chega, é intermitente, envenenado por sonhos. Vejo os reinos, o lindo verde do jardim, o azul-claro do rio. Mas não é tudo o que vejo. Flores que choram lágrimas negras. Três moças de branco contra o cinzento do mar. Uma figura com uma capa verde-escura. Algo se ergue do mar. Não posso ver o que é; enxergo apenas os rostos das moças, o gelado e intenso medo refletido em seus olhos, logo antes de gritarem.

Acordo por um momento, o quarto lutando para tomar forma, mas a contracorrente submarina do sono é poderosa demais e me descubro num último sonho.

Pippa vem até onde estou, usando uma grinalda de flores na cabeça, como uma coroa. Seu cabelo está negro e brilhante como sempre. Alguns fios voam em torno dos seus ombros nus, muito escuros, contra a palidez da sua pele. Atrás dela, o céu sangra, vermelho, para dentro de grossas listras de nuvens escuras, e uma árvore retorcida se enrosca sobre si mesma, como se tivesse sido queimada viva e isso fosse tudo o que resta da sua antiga e orgulhosa beleza.

– Gemma – diz ela, e meu nome ecoa em minha cabeça, até eu não conseguir ouvir mais nada.

Os olhos dela. Há alguma coisa errada com seus olhos. Estão de um branco azulado, a cor do leite fresco, cercados por um anel de negro, com um pontinho negro no centro. Quero desviar a vista, mas não consigo.

– É hora de voltar para os reinos... – diz ela, repetidamente, como se fosse a mais suave das canções de ninar. – Mas cuidado, Gemma, minha querida... eles vêm buscar você. Eles vêm todos buscar você.

Ela abre a boca, com um terrível rugido, expondo as pontas afiadas dos seus dentes horrendos.

Capítulo Cinco

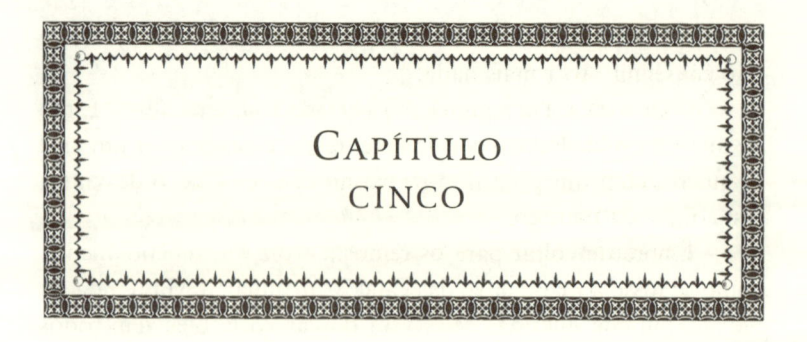

Quando a manhã finalmente chega, estou tão cansada que meus olhos parecem estar cobertos de areia. Sinto um gosto ruim na boca, de modo que gargarejo com um pouco de água de rosas, cuspindo-a na pia tão delicadamente quanto possível. Mas não consigo livrar-me dessa imagem horrível que está em minha cabeça, a de Pippa sob a forma de um monstro.

Foi apenas um sonho, Gemma, apenas um sonho. É seu remorso que vem assombrar você. Pippa preferiu ficar. Foi escolha dela, não sua. Esqueça isso.

Faço mais uma lavagem em minha boca, como se isto pudesse curar meus males.

No refeitório, as longas fileiras de mesas foram postas para o café da manhã. Arranjos florais de inverno em jarros prateados, com poinsétias e samambaias parecendo plumas, estão colocados a cada quatro lugares. É lindo e acabo esquecendo o sonho e lembrando apenas que é Natal.

Vou até onde estão Felicity e Ann e ficamos em pé, mudas, concentradas, atrás das nossas cadeiras, esperando que a sra. Nightwing nos conduza na oração. Há tigelas de compotas e grandes lâminas de manteiga ao lado dos nossos pratos. O ar está perfumado com o cheiro de bacon, com uma doçura de bosque. A espera é uma tortura. Finalmente, a sra. Nightwing se levanta e nos pede que curvemos nossa cabeça. Há uma oração misericordiosamente curta e todos temos permissão para sentar em nossos lugares à mesa.

– Vocês repararam? – pergunta Martha, num sussurro teatral. Ela é uma das leais seguidoras de Cecily e começou a se vestir como ela e até a se parecer um pouco com ela. Partilham a mesma risada treinada, melindrosa, e uma tendência a sorrir de uma maneira que pretende parecer reservada, mas a impressão é apenas de que morderam pão demais e não conseguem engoli-lo.

– Repararam no quê? – pergunta Felicity.

– Temos uma nova professora – continua Martha. – Estão vendo? Ela está sentada ao lado de Mademoiselle LeFarge.

Mademoiselle LeFarge, nossa gorducha mestra de francês, está sentada com as outras professoras numa mesa comprida, que foi colocada num lugar separado das outras. Ela anda saindo com um detetive da Scotland Yard, um tal Inspetor Kent, de que todas gostamos muito; e, desde que o namoro dos dois começou, ela passou a usar cores mais vivas e vestidos mais elegantes. Sua jovialidade recém-descoberta, porém, não chega a ponto de desculpar meu francês deplorável.

Cabeças giram na direção da nova professora, que está sentada entre LeFarge e a sra. Nightwing. Ela usa um conjunto de calças compridas e blazer de flanela cinzenta, com um broto de azevinho preso a uma das lapelas. Reconheço-a instantaneamente como a mulher que chegou de madrugada, altas horas da noite. Eu poderia partilhar essa informação. Isto talvez me tornasse muito popular à mesa. Mais provavelmente, faria com que Cecily corresse imediatamente até a sra. Nightwing e lhe contasse sobre minhas atividades durante a noite. Decido, em vez disso, comer um figo.

A sra. Nightwing levanta-se para falar. Meu garfo, que estava muito perto de ter um gosto de felicidade, precisa aquietar-se em meu prato. Faço uma prece silenciosa para que ela seja breve, embora saiba que é mais ou menos como pedir neve em julho.

– Bom-dia, meninas.

– Bom-dia, sra. Nightwing – respondemos em uníssono.

– Quero apresentar a srta. McCleethy, nossa nova professora de artes. Além de desenhar e pintar, a srta. McCleethy é instruída em latim e grego, em tênis jogado com peteca e na arte de manejar o arco.

Felicity relampeja para mim um sorriso entusiasmado. Apenas Ann e eu sabemos como isso a deixa feliz. Nos reinos, ela provou ser uma arqueira bastante hábil, fato que, sem dúvida, espantaria os que pensam que ela só se preocupa com a última moda de Paris.

A sra. Nightwing continua a falar monotonamente:
– A srta. McCleethy vem a nós da elogiada Escola para Moças Santa Vitória, em Gales. Tenho muita sorte, de fato, pois ela é uma querida amiga minha há muitos anos.

Nesse momento, a sra. Nightwing dá à srta. McCleethy um caloroso sorriso. É espantoso! A sra. Nightwing tem dentes! Sempre supus que nossa diretora tivesse saído de um ovo de dragão. O fato de ela ter uma "querida amiga" está além da minha compreensão.

– Não tenho dúvida de que ela se revelará um bem precioso para nós, aqui em Spence, e lhes peço para acolhê-la calorosamente. Srta. Bradshaw, a senhora poderia, por gentileza, cantar uma canção para nossa srta. McCleethy? Acho que uma música natalina seria simpático.

Ann se levanta, zelosamente, e caminha para a frente entre as longas mesas. Enquanto ela segue, há alguns sussurros, um ou dois risos reprimidos. As outras meninas parecem não se cansar nunca de atormentar Ann, que mantém a cabeça baixa e suporta a crueldade delas. Mas, ao abrir a boca para cantar "Lo, How a Rose E'er Blooming", sua voz clara, linda e poderosa silencia todas as críticas. Quando ela acaba, tenho vontade de ficar em pé e dar vivas. Em vez disso, damos uma rodada de aplausos breves, corteses, enquanto ela caminha de volta para a mesa. Cecily e suas amigas fazem questão de não tomar absolutamente conhecimento de Ann, como se ela não tivesse acabado de cantar para a sala inteira. Para esse grupo, é como se ela não existisse. Ela não é nada além de um fantasma.

– Foi esplêndido – sussurro para ela.
– Não – diz ela, corando. – Foi terrível. – Mas, de qualquer forma, um sorriso tímido ilumina seu rosto.

A srta. McCleethy levanta-se para nos falar:
– Obrigada, srta. Bradshaw. Foi um começo simpático para o nosso dia.

Começo simpático? Foi lindo. Perfeito, de fato. A srta. McCleethy não tem absolutamente nenhum entusiasmo, concluo. Serei forçada a lhe dar duas notas de má conduta, em meu invisível livro de registros.
– Aguardo com grande expectativa conhecer cada uma de vocês e espero ser-lhes útil. Talvez achem que sou uma professora exigente. Esperarei o melhor de vocês, todas as vezes. Mas acho que também descobrirão que sou justa. Se fizerem um esforço, serão recompensadas. Se não, sofrerão as consequências.
A sra. Nightwing está exultante. Descobriu um espírito afim, o que é o mesmo que alguém destituído de toda alegria humana.
– Obrigada, srta. McCleethy – diz ela.
Em seguida ela se senta, o que é nossa gloriosa permissão para começarmos a comer.
Ah, que maravilha. Agora, ao bacon. Ponho duas fatias grossas em meu prato. São divinas.
– Ela parece do tipo alegre – sussurra Felicity, maliciosamente, fazendo um sinal com a cabeça na direção de srta. McCleethy.
As outras dão risos abafados, com a boca fechada. Apenas Felicity pode permitir-se tamanho atrevimento. Se eu fizesse um comentário desses, seria recebida com um silêncio de pedra.
– Que sotaque estranho ela tem – diz Cecily. – Estrangeiro.
– A mim não parece galês – acrescenta Martha. – Mais escocês, eu acho.
Elizabeth Poole adiciona dois torrões de açúcar a seu chá nauseante e o mexe delicadamente. Está usando uma delicada pulseira de ouro em forma de hera, sem dúvida um presente antecipado do seu avô, que é mais rico do que a rainha, segundo se comenta.
– Acho que talvez seja irlandesa – diz ela, com sua voz tensa e alta. – Espero que não seja uma papista.
Não valeria a pena desperdiçar meu tempo comentando que nossa própria Brigid é irlandesa e católica. Para pessoas como Elizabeth, os irlandeses são ótimos – quando ficam em seu lugar. E esse lugar, para ela, é pelos cantos, trabalhando para os ingleses.
– Sem dúvida, espero que ela seja melhor do que a srta. Moore. – Cecily dá uma mordida na torrada com geleia.
Diante do nome de srta. Moore, Felicity e Ann ficam em silêncio, de olhos baixos. Não se esqueceram de que foram responsá-

veis pela demissão da nossa antiga professora de artes, uma mulher que nos levou para dentro das cavernas atrás da Spence, a fim de nos mostrar as pinturas de deusas primitivas que há ali. Foi a srta. Moore quem me contou sobre meu amuleto e sua ligação com a Ordem. Foi a srta. Moore quem nos contou histórias sobre a Ordem, e isto levou à sua queda. A srta. Moore era minha amiga, e sinto falta dela.

Cecily franze o nariz.

– Todas aquelas histórias sobre mulheres mágicas... o que era aquilo?

– A Ordem – responde Ann.

– Ah, sim. A Ordem – repete Cecily. Ela dá à dentada seguinte um jeito dramático. – Mulheres que podiam criar ilusões e mudar o mundo.

Isso faz Elizabeth e Martha rirem e chama a atenção das nossas professoras.

– Uma grande tolice, se quiserem saber a minha opinião – diz Cecily, com uma voz tranquila.

– Elas eram apenas mitos. Ela nos disse isso – afirmo, tentando não olhar nos olhos nem de Ann nem de Felicity.

– Exatamente. Que objetivo ela tinha, ao nos contar histórias sobre feiticeiras? Esperava-se que ela nos ensinasse a pintar lindos quadros, não que nos levasse para dentro de uma caverna úmida, a fim de ver rabiscos primitivos de algumas velhas feiticeiras. Causa espanto não termos pego um resfriado e morrido.

– Não precisa ser tão melodramática – diz Felicity.

– É verdade! No fim, ela teve o que mereceu. A sra. Nightwing agiu certo ao demiti-la. E você estava inteiramente certa, quando atribuiu a culpa a quem a merecia, Fee... Srta. Moore. Se não fosse ela, talvez a querida Pippa... – Cecily não terminou.

– Talvez o quê? – pergunto, com um tom de voz gélido.

– Eu não deveria dizer – Cecily hesita. Ela parece um gato com um pequeno camundongo na boca.

– Foi epilepsia que matou Pippa – diz Felicity, mexendo em seu guardanapo. – Ela teve um acesso...

Cecily baixa a voz:

– Mas Pippa foi a primeira a contar à sra. Nightwing sobre aquele perverso diário que vocês estavam todas lendo. Ela foi a única que confessou que vocês saíram uma noite para ir às cavernas e que quem teve a ideia foi a própria srta. Moore. Acho isso uma estranha coincidência, vocês não acham?
– Os bolinhos estão excepcionalmente bons, hoje – diz Ann, tentando mudar de assunto. Ela não consegue suportar conflito de nenhum tipo. Tem medo de que seja sempre sua culpa, de alguma forma.
– Do que você a está acusando? – pergunto, sem pensar.
– Acho que você sabe o que estou dizendo.
Não consigo mais me conter:
– A srta. Moore não teve culpa de nada, a não ser de falar um pouco sobre folclore. Sugiro que não falemos mais dela, de jeito nenhum.
– Por mim, tudo bem – diz Cecily, rindo. As outras seguem sua liderança. Cecily é uma idiota, mas por que ela ainda tem o poder de me fazer sentir tola? – Claro que você só poderia defendê-la, Gemma. Antes de mais nada, foi esse estranho amuleto seu que fez a conversa começar, eu me lembro. Como é mesmo que se chama?
– O olho crescente – responde Ann, com migalhas de pão presas em seu lábio inferior.
Elizabeth faz um sinal afirmativo com a cabeça, colocando lenha na fogueira:
– Acho que você nunca chegou a nos contar como exatamente o conseguiu.
Ann para de comer no meio do bolinho, com os olhos arregalados. Felicity ataca de repente.
– Ela disse, sim. Uma aldeã deu o amuleto à mãe dela, como proteção. Era um costume indiano.
É um amuleto da Ordem, dado a mim por minha mãe, antes de morrer. Minha mãe, Mary Dowd, que, com sua amiga, Sarah Rees-Toome, cometeu um ato vil de sacrifício aqui, nesta mesma escola, há mais de vinte anos, e despedaçou a Ordem.
– Sim, é isso mesmo – digo, com voz amena.
– Provavelmente, estavam mancomunadas – supõe Cecily às suas seguidoras, num sussurro que pretende ser ouvido por alto. –

Eu não ficaria surpreendida, de jeito nenhum, se ela fosse uma... – Cecily para de repente, para criar um suspense.
– Uma o quê?
– Srta. Doyle, não sabe que é falta de educação escutar às escondidas as conversas dos outros?
– Uma o quê? – insisto.
Um sorriso afetado e cruel se espalha pelo rosto de Cecily.
– Uma feiticeira.
Com as costas da minha mão, derrubo a tigela de geleia em cima do prato de Cecily. Uma parte das framboesas respinga em seu vestido, de modo que ela terá de mudar de roupa, antes da aula de Mademoiselle LeFarge. Ela chegará atrasada e perderá pontos.
Cecily fica de pé, ultrajada.
– Você fez isso de propósito, Gemma Doyle!
– Ah, mas como sou desajeitada. – Faço uma careta diabólica, mostrando os dentes. – Ou talvez tenha sido feitiçaria.
A srta. Nighwing soa um sino.
– O que está acontecendo aí? Srta. Temple! Srta. Doyle! Por que estão criando uma cena dessas?
– A srta. Doyle deliberadamente derramou geleia em meu vestido!
Levanto-me.
– Foi um acidente, sra. Nightwing. Não sei como pude ter sido tão desajeitada. Querida Cecily, venha cá, deixe que eu a ajude.
Dando meu melhor sorriso educado, bato fortemente em seu vestido com meu guardanapo, deixando-a furiosa.
Ela empurra minha mão, afastando-a.
– Ela está mentindo, sra. Nightwing! Ela fez de propósito, não foi, Elizabeth?
Elizabeth, a cadela obediente, fala em favor de Cecily:
– Foi sim, sra. Nightwing. Eu vi.
Agora quem se levanta é Felicity.
– Isso é mentira, Elizabeth Poole. Você sabe muito bem que foi um acidente. Nossa Gemma jamais faria uma coisa maldosa dessas.

Ora, isso *é* uma mentira, mas fico agradecida.
Martha se levanta e fala em defesa de Cecily:
— Ela sempre teve raiva da nossa Cecily. É uma moça nada civilizada, sra. Nightwing.
— Fico ressentida diante disso! — confesso. Olho para Ann, esperando ajuda. Ela está sentada docilmente à mesa, ainda comendo e sem vontade de entrar na briga.
— Basta! — A voz áspera da sra. Nightwing nos silencia. — É uma bela recepção para nossa srta. McCleethy. Ela, provavelmente, fará suas malas e irá para as montanhas, em vez de ficar entre nós, as selvagens. Não é possível que a tarefa de educar vocês se transforme num dos trabalhos de Hércules. Passaremos o dia aperfeiçoando nossas maneiras, meditando e rezando, até que cada uma se transforme no tipo de jovem de quem Lady Spence se orgulharia. Agora vamos terminar em paz nosso café da manhã, sem mais nenhuma explosão inconveniente.

Repreendidas, sentamos e recomeçamos nossa refeição.

— Se eu não fosse cristã, diria a ela exatamente o que penso a seu respeito — diz Cecily às outras, como se eu não pudesse ouvi-la claramente.

— Você é cristã, srta. Temple? Não tenho certeza disso — falo.

— Como poderia saber alguma coisa sobre caridade cristã, srta. Doyle, se foi criada entre os pagãos, na Índia? — Cecily vira-se para Ann. — Querida Ann, você deveria ter cuidado e não se associar com uma moça assim — aconselha ela, voltando rapidamente seu olhar para mim. — Ela poderia causar um grande prejuízo à sua reputação e, de fato, você depende de sua boa reputação para recomendá-la como governanta.

Conheci o demônio e seu nome é Cecily Temple. Este satanás sabe exatamente como semear o medo e as dúvidas em Ann — a pobre e órfã Ann, uma estudante bolsista, que só está aqui por causa da generosidade de uma prima distante, para poder, mais tarde, ao sair daqui, trabalhar para a família dela. Cecily e seu grupo jamais a aceitarão, mas se divertem em usá-la quando lhes convém.

Se eu esperasse que Ann se mostrasse à altura da ocasião, estaria tristemente enganada.

Ann não diz: "Ora, Cecily, você realmente é uma garota desprezível", "Ora, Cecily, graças a Deus você tem uma fortuna, porque, com esse atrevimento, vai precisar dela" ou "Ora, Cecily, Gemma é minha boa, querida e verdadeira amiga e eu jamais falaria contra ela."

Não. Ann fica em silêncio, sentada, deixando Cecily pensar que ganhou, já que minha amiga se recusa a ir contra ela. Cecily deixa que Ann, no momento, sinta que foi aceita no círculo delas, embora nada pudesse estar mais longe da verdade.

As batatas, agora, estão frias e sem gosto, mas eu as como, de qualquer jeito, como se não tivesse nenhum sentimento de mágoa e as risadas abafadas das outras moças não significassem mais do que o ruído da chuva.

Depois que os pratos são tirados, somos forçadas a ficar sentadas às mesas compridas e a suportar uma lição de boas maneiras. Nevou a manhã inteira. Nunca vi neve e estou ansiosa para sair e penetrar a brancura exuberante, sentir os frios e molhados cristais nas pontas dos dedos. As palavras da sra. Nightwing entram e saem pelos meus ouvidos, sem se fixar em minha mente que divaga:

– *Vocês não desejariam ser rejeitadas pela boa sociedade e eliminadas das listas de visitantes aos melhores lares...*

– *Nunca peçam a um cavalheiro para segurar seu leque, buquê ou luvas durante uma dança, a não ser que ele seja seu acompanhante ou parente...*

Como não conheço nenhum cavalheiro além de meu pai e de meu irmão, isso não deverá ser motivo de preocupação. Mas não é inteiramente verdade. Conheço Kartik. Porém, é improvável que nos vejamos nos salões de baile de Londres. Que notícia ele tem para mim? Eu deveria ter ido até ele na volta das Vésperas. Que menina tola ele deve pensar que sou.

– *A dama do mais elevado escalão deve entrar em primeiro lugar na sala de jantar. A anfitriã deve entrar em último lugar...*

– *Falar alto ou rir na rua mostra má educação...*

– *... A associação com um homem que bebe, joga ou se envolve com outros males deve ser evitada a todo custo, para que ele não arruíne sua reputação...*

Um homem que bebe. Papai. Quero afastar o pensamento. Vejo-o como o vi em outubro, os olhos vidrados pelo láudano, as mãos tremendo. As poucas cartas da minha avó, desde então, não fizeram nenhuma menção à sua saúde, ao seu vício. Estará curado? Será o pai de que me lembro, o homem jovial com um brilho nos olhos e o espírito rápido que fazia todos nós rirmos? Ou será o pai que conheço desde a morte de mamãe – o homem oco, que não parece mais me ver?

– *As damas não poderão sair de um salão de baile desacompanhadas. Fazer isso daria lugar aos mexericos.*

A neve se empilha contra as vidraças, criando nelas minúsculas vilas montanhosas. O branco da neve. O branco das nossas luvas. Da pele de Pippa. Pippa.

Estão vindo procurar você, Gemma...

Tenho um calafrio. Nada tem a ver com o frio e sim com o que não sei; o que tenho medo de descobrir.

Capítulo
seis

Todas as dificuldades da manhã são esquecidas quando nos deixam sair. O sol, forte e brilhante, se reflete no branco fresco com centelhas estonteantes. As meninas mais novas soltam gritos estridentes de satisfação, enquanto a neve molhada se derrama sobre o alto das suas botas e desce para dentro. Um grupo já começou a fazer um homem de neve.

– Não é maravilhoso? – suspira Felicity.

Ela tem seu novo agasalho para as mãos, de pele de raposa, para exibir, de modo que está inteiramente feliz. Ann a acompanha cautelosamente, com a boca fazendo um trejeito. A neve é uma maravilha para mim. Agarro um punhado e fico surpresa ao ver como ela é maleável.

– Ah, ela gruda – grito.

Felicity me olha como se eu tivesse desenvolvido duas cabeças.

– Sim, claro. – De repente, ela entende: – Você nunca viu neve!

Sinto vontade de cair de costas e tomar um banho nela, tamanha é minha alegria. Levo um montículo até a boca. Seu aspecto faz crer que tem gosto cremoso, como se fosse um doce; mas, em vez disso, é apenas fria. Os flocos se dissolvem instantaneamente, derretendo-se com o calor da minha língua. Rio alto, feito uma louca.

– Venha cá, deixa que eu lhe mostre uma coisa – diz Felicity.

Ela escava a neve com as mãos enluvadas, dando palmadas nela e moldando-a, até ter uma bola dura, que me mostra.

– Observe: a bola de neve.

– Ah – digo, sem entender nada.
Sem aviso, ela atira em mim a neve comprimida. Esta me atinge com força, na manga, lançando em meu rosto e em meu cabelo um borrifo de cristais molhados, até eu ficar espirrando.
– A neve não é maravilhosa? – pergunta ela.
Acho que deveria estar zangada, mas descubro que estou rindo. É mesmo maravilhosa. Adoro a neve e gostaria que não desaparecesse nunca.
Aos sopros e arquejos, Ann finalmente nos alcança. Ela escorrega e cai em cima de um montículo branco, com um grande barulho de água, e soltando um grito estridente que faz Felicity e eu rirmos impiedosamente.
– Vocês talvez não rissem, se estivessem inteiramente ensopadas – resmunga Ann, lutando, de maneira muito desgraciosa, para ficar em pé.
– Não seja tão tola – zomba Felicity. – Não é o fim do mundo.
– Não tenho dez pares de meias à minha disposição, como você – diz Ann.
A intenção é dizer uma coisa inteligente, mas o que sai é sombrio e petulante.
– Então não vou mais incomodar você – rebate Felicity. – Ah, Elizabeth! Cecily!
E, com isso, ela se afasta na direção das outras moças, abandonando-nos no frio.
– Mas *não* tenho mesmo uma abundância de meias – diz Ann, defendendo-se.
– Você falou como se tivesse muita pena de si mesma, foi isso.
– Parece que não consigo dizer nada certo.
Minha tarde feliz na neve está desaparecendo. Não creio que consiga suportar uma hora das lamúrias de Ann. Ainda estou um pouco zangada com ela, por não vir em minha defesa, no café da manhã. Antes mesmo de pensar, a neve já está em minha mão. Eu a atiro em Ann e ela se achata em seu rosto surpreso. Antes que Ann possa reagir, atiro outra bola de neve.
Ela gagueja:
– Eu... eu... eu...
Outra bate em sua saia.

– Vamos lá, Ann – digo, provocando ela. – Vai deixar que eu continue castigando você? Ou se vingará?

A resposta é um borrifo de neve em meu pescoço. O gelo escorre pela minha gola, entra em meu vestido e solto um grito esganiçado por causa do repentino congelamento. Estendo a mão para outro punhado de neve e a próxima bola de Ann atinge minha cabeça. Água escorre do meu cabelo, por causa do gelo molhado.

– Não é justo! – grito. – Estou sem munição.

Ann para e eu a acerto com uma bola de neve que tinha escondido atrás das minhas costas. O rosto dela é a própria expressão do ultraje.

– Você disse...
– Ann, você sempre faz o que lhe dizem? Isto é guerra!

Jogo uma que não acerta o alvo, mas a próxima bola de neve de Ann torna a bater em meu rosto. Sou forçada a procurar um lugar protegido, enquanto enxugo as bolinhas de gelo em meus olhos.

Embaixo da neve, a terra se transformou em lama grossa, por causa de toda a chuva. Os calcanhares das minhas botas afundaram nela e, sem nada em que me apoiar – nenhuma árvore ou banco –, tenho medo de ficar atolada. Ergo minha bota e me atiro para a frente – e quase caio de cara na imundície. Alguém agarra com força meu pulso, puxando-me para cima e me conduzindo até atrás de uma árvore. Quando meus olhos clareiam, vejo-me cara a cara com ele.

– Kartik! – exclamo.

– Olá, srta. Doyle – diz ele, sorrindo da minha aparência ensopada. Neve derretida pinga do meu cabelo para cima do meu nariz. – Você está com... bom aspecto.

Estou um pavor.

– Por que não respondeu meu bilhete? – ele pergunta.

Sinto-me tola. E feliz em vê-lo. E desconfiada. Tantos pensamentos que nem posso identificar a todos.

– É difícil escapar, eu...

Para além das árvores, ouço Ann chamando meu nome, procurando-me, a fim de exercer sua vingança com as bolas de neve.

O aperto de Kartik se torna mais forte.
– Não importa. Temos pouco tempo e tenho muito a dizer. Há problemas nos reinos.
– Que tipo de problemas? Quando saí, tudo parecia bem. O assassino enviado por Circe fora derrotado.
Kartik sacode a cabeça. Por baixo de seu capuz, seus longos cachos escuros se balançam.
– Lembra-se de quando você espatifou as Runas do Oráculo e libertou sua mãe?
Faço um sinal afirmativo com a cabeça.
– Aquelas runas eram a antiga ligação da Ordem ao grande poder que existe dentro dos reinos. Uma espécie de garantia para sua magia. Era uma maneira de garantir que apenas a Ordem poderia recorrer a ela.
Ann torna a chamar. Está chegando mais perto do nosso esconderijo.
Kartik fala num sussurro urgente:
– Quando espatifou as runas, srta. Doyle, a senhorita destruiu a ligação.
– Soltei a magia dentro dos reinos – concluo. Um terror escorregadio penetra meus ossos.
Kartik faz um sinal afirmativo com a cabeça.
– Agora está solta, disponível para ser usada por qualquer pessoa, com qualquer finalidade, mesmo que não saibam como. Essa magia é extremamente poderosa. E soltá-la nos reinos, sem nenhum controle... – Sua voz vai sumindo, depois ele continua a falar: – Certas criaturas podem buscar controlar todos os reinos. Podem associar-se uns com os outros... e com Circe.
– Circe... Ah, meu Deus, o que foi que eu fiz?
– Gemma, saia, saia de onde você está! – Ann ri alto.
Kartik coloca um dedo em cima dos meus lábios, comprime-se contra mim. Ele cheira a fogueira de acampamento e há uma leve sombra ao longo do seu maxilar. Mal posso respirar com sua proximidade.
– Há uma maneira de tornar a prender a magia. Uma esperança – revela Kartik.
A voz de Ann toma outra direção e ele se afasta de mim. O ar corre entre nós, para encher o vazio.

– Sua mãe, alguma vez, mencionou o Templo?
Ainda estou tonta, com a sensação de seu peito contra o meu. Minhas faces estão rosadas por algo mais além do frio.
– N... não. Que é isso?
– É a fonte da magia que há dentro dos reinos. Precisamos que você o encontre.
– Existe um mapa? Uma indicação?
Kartik suspira, sacode a cabeça.
– Ninguém sabe onde fica. É bem escondido. Apenas alguns membros da Ordem sabiam onde encontrá-lo, em determinadas ocasiões. Foi a única maneira de mantê-lo em segurança.
– Como vou encontrá-lo, então? Devo confiar nessas criaturas?
– Não. Não confie em ninguém. Não confie em nada. Em nada. *Em coisa nenhuma.* Isto me faz estremecer.
– E minhas visões? Devo confiar nelas? – Não que eu tenha tido alguma ultimamente.
– Não sei. A fonte delas são os reinos. – Ele encolhe os ombros. – Não sei dizer.
– E quando eu encontrar o Templo?
O rosto de Kartik empalidece, como se estivesse assustado. Nunca o vi assim. Ele não olha para mim, quando diz:
– Use essas palavras: *Prendo a magia em nome da Estrela do Leste.*
– A Estrela do Leste – repito. – O que isto significa?
– É um laço poderoso, um encantamento da Ordem, eu acho – diz ele, desviando a vista.
A voz de Ann se aproxima. Posso ver o azul de seu casaco em meio aos troncos das árvores. Kartik também a vê. Ele está de pé, pronto para correr.
– Manterei contato – diz ele. – Não sei o que encontrará nos reinos, srta. Doyle. Tenha cuidado. Por favor. – Ele se vira para ir embora, para, prepara-se para partir novamente, corre de volta e dá um rápido beijo em minha mão, como um perfeito cavalheiro. Como um tiro, ele se vai, correndo depressa pela neve como se ela não fosse obstáculo algum.
Não sei o que pensar. A magia está solta nos reinos. Tudo por minha culpa. Devo encontrar o Templo e restabelecer a ordem antes que os reinos estejam perdidos. E Kartik acabou de me beijar.

Mal tive tempo para refletir sobre tudo isso quando, sem aviso, sou tomada por uma dor aguda e surpreendente que me faz dobrar-me, agarrada a uma árvore, procurando equilíbrio. Estou tonta e tudo parece muito estranho. De fato, sinto-me de repente muito doente. Tenho consciência de que alguém me observa. Fico horrorizada com a possibilidade de alguém me ver em momentos tão vulneráveis. Arquejando, ergo os olhos, tentando orientar-me. De início, acho que deve ser neve em meus olhos. Pisco, mas a imagem não se desfaz. Vejo três moças inteiramente vestidas de branco. Mas não as conheço. Nunca as vi na Spence e parecem ter a minha idade. Apesar do ar gélido, não usam casacos.

– Olá! – grito para elas. Mas não respondem. – Estão perdidas?

Elas abrem a boca para falar, mas não posso ouvir o que dizem e então uma coisa curiosa acontece. As moças tremeluzem e vão sumindo, até não restar nenhum vestígio delas na neve. E, com a mesma rapidez, a dor passa. Sinto-me ótima.

Uma bola dura de neve me acerta bem no maxilar.

– Rá! – berra Ann, vitoriosamente.

– Ann! – grito, zangada. – Eu não estava preparada!

Ela me dá um raro sorriso triunfante.

– Foi você quem disse que era guerra.

E, depois de dizer disso, ela sai pulando desajeitadamente em cima da neve, numa retirada apressada.

Capítulo
sete

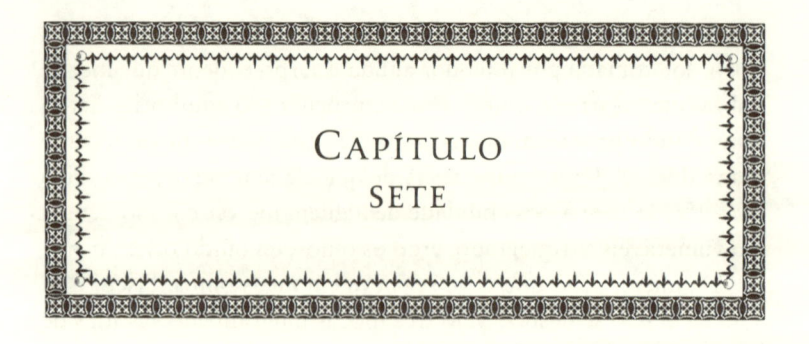

– Senhoras, sua atenção, por favor! Temos o grande privilégio de contar esta noite com os Mestres da Pantomima de Covent Garden. Eles prepararam um programa muito interessante, com a história de João e Maria, dos irmãos Grimm.

Eu esperava, depois das Vésperas e do jantar, ter tempo para ficar sozinha com Felicity e Ann, a fim de lhes contar o aviso de Kartik. Mas, por falta de sorte, esta noite a sra. Nightwing arrumou para nós uma apresentação especial de pantomima. Minha novidade vai ter de esperar. As meninas mais novas estão fascinadas por testemunharem um medonho conto de fadas, no qual não falta uma floresta ameaçadora e uma feiticeira má. Os atores da trupe nos são apresentados pelo empresário, um homem alto, corpulento, com o rosto empoado e suíças enormes, enceradas de modo a formarem belos arabescos. Um por um, os atores enfileiram-se sobre o pequeno palco do salão de baile. Os homens se curvam e as mulheres fazem mesuras. Ou melhor, os personagens se curvam e fazem mesuras. Na verdade, a trupe de pantomima é formada inteiramente por homens. Mesmo o pobre diabo que faz o papel de Maria é um menino com mais ou menos treze anos.

– Atores, para os seus lugares – berra o empresário, com sua voz alta e grave. O palco se esvazia. Uma dupla de ajudantes de teatro movimenta em direção à boca de cena uma peça móvel de cenário, com árvores de madeira.

– Vamos começar nossa história onde ela deve começar – numa casa na margem de uma floresta escura.

As luzes se tornam mais fracas. A aglomeração de pessoas silencia. Não há nenhum som, a não ser o das leves mas incessantes batidas da chuva contra as janelas martirizadas.

– Marido – grita a esposa rabugenta –, não há o bastante para todos nós comermos. Devemos levar as crianças para dentro da floresta, onde terão de se defender sozinhas.

Seu marido, um caçador, responde com gestos selvagens e uma voz tão melodramática que é como se zombasse de atores tão horrendos. Quando se torna claro que não é este o caso, o máximo que consigo fazer é manter a compostura.

Felicity sussurra em meu ouvido:

– Preciso confessar: apaixonei-me loucamente pelo pobre caçador. Acho que é sua sutileza que me seduz.

Ponho uma mão na boca para deter a risada ali.

– Acho que estou estranhamente estupidificada com a mulher dele. Talvez tenha alguma coisa a ver com a barba dela...

– Sobre o que você está sussurrando? – pergunta Ann, arrancando um forte "psiu" da sra. Nightwing, que vem ficar em pé atrás de nós.

Ficamos sentadas eretas e silenciosas como pedras tumulares, fingindo interesse. Só posso rezar para que o pudim de ameixas desta noite tivesse uma cobertura de arsênico e só me restem alguns momentos de vida para suportar esse espetáculo de homens com trajes folclóricos espalhafatosamente coloridos, desfilando como mulheres.

A mãe empurra João e Maria para o bosque.

– É isso, crianças. Caminhem um pouco mais para adiante. Tudo que vocês desejam está logo além dessa floresta.

João e Maria desaparecem dentro da floresta e vão dar na casa de doces. Com olhos arregalados e sorrisos exagerados, eles fingem comer as janelas feitas de balas de goma pintadas.

O empresário caminha empertigado pela beira do palco.

– Quanto mais eles comem, mais querem – entoa, gravemente.

A algumas fileiras de cadeiras de distância, meninas mais novas mexericam atrás de mãos levantadas. Irrompe um riso agudo. Quando mais risadas se seguem, a sra. Nightwing deixa seu posto de pastora junto de nós e vai vigiar seu rebanho em outra parte.

Desejo contar a Felicity e Ann meu encontro com Kartik, mas somos vigiadas muito de perto e não posso ter essa conversa agora. No palco, os infelizes João e Maria foram atraídos para dentro da casa de doces da feiticeira.

– Pobres crianças, abandonadas pelo mundo, darei a vocês o sustento. Darei a vocês o que procuram!

A feiticeira vira-se para a plateia, com uma piscadela astuta, e vaiamos e assobiamos, diante dessa deixa.

O menino que faz o papel de Maria grita:

– Então seremos como seus próprios filhos, querida titia? Você nos amará e ensinará como se fôssemos? – A voz dele se interrompe na última parte. Há risos sufocados na plateia.

– Sim, criança. Não tema. Porque, agora que vocês estão aqui, como tantas vezes rezei para que acontecesse, eu os apertarei contra o meu seio e os manterei agarrados para sempre!

A bruxa puxa João com força para dentro do seu enorme busto falso, quase o sufocando. Rimos alegremente neste trecho de bobagem. Encorajada, a bruxa enfia um pedaço de torta na boca de João, arrancando mais risadas da plateia.

As luzes tremem. Há um coro de repentinos arquejos e alguns gritinhos agudos de algumas das meninas mais animadas. É apenas um auxiliar de teatro trabalhando, mas teve o efeito desejado. A feiticeira esfrega as mãos e confessa seu plano diabólico de engordar as crianças e assá-las em seu imenso forno. Isto faz todos sentirem calafrios e fico imaginando que tipo de infância tiveram os irmãos Grimm. Não são uma dupla alegre de contadores de histórias, com suas crianças assadas por feiticeiras, donzelas envenenadas por velhas e assim por diante.

Há um repentino e intenso frio no ar, uma umidade que vai até a medula. Será que alguém abriu uma janela? Não, estão todas bem fechadas, como proteção contra a chuva. As cortinas não se movimentam, como aconteceria se houvesse uma corrente de ar.

A srta. McCleethy caminha pelo perímetro da sala, com as mãos entrelaçadas na frente do seu corpo, como um padre em oração. Um lento sorriso espalha-se por seu rosto, enquanto ela passa por todas nós. Alguma coisa divertida aconteceu no palco. As meninas riem. O som me chega distorcido e distante, como se eu estivesse dentro d'água. A srta. McCleethy põe a mão nas costas de uma menina sentada na ponta; ela se curva, com um sorriso, para ouvir a pergunta da criança, mas por baixo daquelas sobrancelhas grossas e escuras seus olhos encontram os meus. Embora esteja frio, começo a suar como se tivesse febre. Sinto um desejo louco de sair correndo da sala. De fato, a sensação é de que estou doente.

Felicity me sussurra alguma coisa, mas não consigo ouvir as palavras. O sussurro em si contém uma barulhada horrível, como o das asas secas e das pernas arranhando de mil insetos. Minhas pálpebras se contraem. Um rugido enche meus ouvidos e vou caindo pesada e rapidamente por um túnel de luz e som. O tempo se estende como uma fita. Tenho consciência da minha própria respiração, do fluxo do sangue em minhas veias. Estou presa ao domínio de uma visão. Mas esta não se parece com nenhuma que já tinha tido algum dia. É muito mais poderosa.

Estou perto do mar. Rochedos. Sinto o cheiro de maresia. O céu é um reflexo, nuvens parecendo carneirinhos revolvem-se lá no alto, há um velho castelo num morro. Tudo acontecendo depressa. Depressa demais. Não consigo ver... Três meninas de branco pulam de um rochedo para outro com uma rapidez incrível. O sal amargo em minha língua. Manto verde. Uma mão erguida, uma cobra, o céu que se revolve, nuvens entrançando preto e cinza. Outra coisa. Uma coisa – ah, meu Deus –, alguma coisa que se levanta. O medo, no fundo da minha garganta, como o mar. Os olhos delas! Seus olhos! Tão assustados! Abram os olhos agora. Vejam como ele se levanta do mar. Os olhos delas, um longo e silencioso grito.

Sinto meu sangue puxar-me de volta, para longe do mar e do medo.

Ouço vozes:

"*O que é?*" "*O que aconteceu?*" "*Afastem-se, deixem que ela tome ar.*" "*Está morta?*"

Abro os olhos. Um aglomerado de rostos preocupados paira por cima de mim. Onde? O que são eles? Por que estou no chão?

– Srta. Doyle...

Meu nome. Devo responder. A língua está grossa como se fosse de algodão.

– Srta. Doyle? – É a sra. Nightwing. Seu rosto começa a se tornar nítido. Ela acena com alguma coisa suja, embaixo do meu nariz. Cheiro horroroso de enxofre. Sais de cheiro. Fazem-me gemer. Giro a cabeça para fugir ao odor.

– Srta. Doyle, pode ficar de pé?

Como uma criança, faço o que me dizem. Vejo a srta. McCleethy do outro lado da sala. Ela não se moveu do lugar onde estava.

Arquejos e sussurros de espanto passam flutuando:

Vejam. Ali. Como é chocante.

A voz de Felicity se ergue acima das outras:

– Aqui, Gemma, segure minha mão.

Vejo Cecily sussurrando para suas amigas. Ouço seus sussurros:

– Mas que coisa horrorosa.

Vejo o rosto perturbado de Ann.

– O que... o que aconteceu? – pergunto.

Ann baixa os olhos timidamente, incapaz de responder.

– Venha cá, srta. Doyle, vamos levar a senhorita para seu quarto.

Só quando a sra. Nightwing me ajuda a ficar de pé posso ver a causa dos mexericos – a grande mancha vermelha que se espalha pela minha saia branca. Comecei a menstruar.

CAPÍTULO OITO

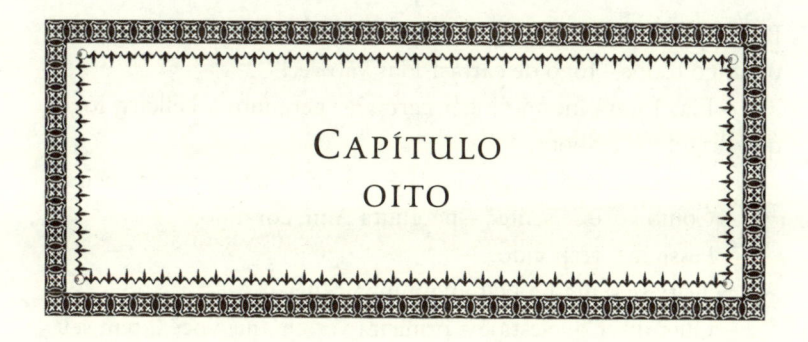

Brigid enfia a bolsa de água quente embaixo dos cobertores, em cima da minha barriga.

– Minha pobre querida – diz ela. – É sempre um aborrecimento tão grande. Eu tive meus problemas com essa droga. E precisava continuar cumprindo meus deveres o tempo inteiro. Não há descanso para os cansados, é o que lhe digo.

Não estou com bom humor para ouvir as dores e penas de nossa empregada tão sofredora. Quando ela começa, não há como fazê-la parar. E logo estarei ouvindo descrições do seu reumatismo, da sua vista fraca e do tempo em que ela, certa vez, quase trabalhou no lar do primo em décimo segundo grau do Príncipe de Gales, quatro vezes afastado.

– Obrigada, Brigid. Acho que descansarei agora – digo, fechando os olhos.

– Claro, querida. Descanso é do que você precisa. O remédio é descansar. Ora, eu me lembro de quando fui trabalhar para uma dama muito fina – antigamente ela tinha sido criada de quarto da prima da Duquesa de Dorset, ahh, era a mais respeitável das damas deste mundo, eu lhe digo...

– Brigid. – É Felicity, arrastada por Ann. – Parece que as criadas foram escondidas debaixo da escada, para jogar cartas. Achei que talvez você quisesse saber disso.

Brigid coloca suas mãos fechadas em seus quadris carnudos.

– Elas não se livrarão de mim. Essas moças novas, elas não conhecem seus lugares. Em meu tempo, a governanta era a lei. –

Brigid passa por nós pigarreando ostensivamente e resmungando o tempo todo: – Jogo de cartas! Elas vão ver!

– Elas foram mesmo jogar cartas? – pergunto a Felicity, logo que Brigid vai embora.

– Claro que não. Eu precisava despachá-la de alguma maneira.

– Como você se sente? – pergunta Ann, corando.

– Péssima – respondo.

Felicity se senta na beira da minha cama.

– Quer dizer que esta é a primeira vez em que você... tem seu incômodo mensal?

– Sim – respondo bruscamente, sentindo-me um pouco como um animal exótico, incompreendido.

Além da bolsa de água quente, eu fora despedida para a cama com um pouco de chá forte e uma minúscula dose de conhaque, cortesias da sra. Nightwing, que insistiu que, no caso, o conhaque era medicinal e não licencioso. O chá ficou frio e amargo. Mas o conhaque é calmante. Ele amortece o latejar da minha barriga. Nunca me senti mais ridícula. Se isto é o que significa ser uma mulher, não estou minimamente interessada.

– Pobre Gemma – diz Ann, dando palmadinhas em minha mão. – E ainda mais em público. Que coisa constrangedora para você.

Eu não poderia sentir-me mais humilhada do que estou neste momento.

– Se me permitem a ousadia, posso perguntar quando vocês começaram a ter...? – Minha voz vai sumindo.

Felicity movimenta-se até minha mesa, onde examina minhas coisas. Passa minha escova por seu cabelo louro platinado.

– Anos atrás.

Claro que sim. Que tolice a minha perguntar. Olho para Ann, que cora imediatamente até ficar da cor de um rabanete.

– Ah, não de-de-víamos estar f-f-falando dessas coisas.

– Tem toda razão – digo, manuseando com muito cuidado a beira da minha roupa de cama.

– Ela, provavelmente, ainda não é uma mulher – diz Felicity, friamente.

Ann protesta, com veemência:
— Sou! Faz seis meses!
— Seis meses! Vejam só. Ela é praticamente uma especialista no assunto.

Tento sair da cama, mas Ann me empurra e me obriga a tornar a me deitar.

— Ah, não. Você não deve movimentar-se de um lado para outro. Não é bom para você, em seu estado atual.
— Mas... como vou resolver isso a vida inteira?
— Você, simplesmente, precisa suportar. É nosso castigo, como filhas de Eva. Por que acha que chamam a isso de maldição?

Um ruído baixo, de gases, vem do meu estômago, fazendo-me sentir pesada e irritável.

— É mesmo? E qual é a maldição que cai sobre os Adãos do mundo?

Ann abre a boca e, presumivelmente, não achando nada para dizer, torna a fechá-la.

É Felicity quem responde, com um brilho de aço nos olhos:
— Eles são fracos, diante da tentação. E nós somos suas tentadoras.

A palavra *tentação* traz Kartik à minha cabeça. Kartik e as advertências. A magia solta nos reinos. O Templo.

— Há uma coisa que preciso contar a vocês — começo.

Conto-lhes a visita de Kartik, minha tarefa e a estranha visão que tive durante a pantomima. Quando termino, elas estão de olhos arregalados.

— Estou arrepiada. Pensem nisso, toda aquela magia solta para qualquer um usar — diz Felicity.

Não sei se ela está assustada ou entusiasmada diante de tal perspectiva.

Ann está perturbada.

— Mas como você pode encontrar o Templo se não consegue entrar nos reinos?

Eu me esquecera da minha mentira. Não há maneira de escondê-la, agora. Terei de confessar. Puxo os lençóis até o pescoço, encolho-me na cama.

– A verdade é que não tentei de fato entrar. Não tento desde o que aconteceu com Pippa.

O olhar furioso de Felicity poderia despedaçar vidro.

– Você mentiu para a gente.

– Sim, eu sei. Desculpem. Eu não estava preparada.

– Você poderia ter dito isso – resmunga Ann, magoada.

– *Desculpem*. Achei que era melhor assim.

Os olhos cinzentos de Felicity parecem o mais aguçado sílex.

– Não torne a mentir para nós, Gemma. Será uma traição à Ordem.

Não gosto da maneira como ela diz isso, mas não me sinto disposta a discutir agora. Faço um sinal afirmativo com a cabeça e estendo a mão para o conhaque.

– Quando entraremos nos reinos? – pergunta Ann.

– Que tal um encontro à meia-noite? – Felicity quase implora. – Ah, não posso esperar para ver tudo aquilo novamente!

– Não estou em condições esta noite – digo.

Elas dificilmente poderiam argumentar contra isso.

– Muito bem, então – diz Felicity, suspirando. – Descanse.

– O que é? – pergunta Ann, vendo a expressão do meu rosto.

– Provavelmente nada, de fato. Eu estava apenas pensando que a última coisa de que me lembro, antes de cair, é do rosto da srta. McCleethy. Ela olhava para mim de uma maneira muito curiosa, como se soubesse todos os meus segredos.

Um sorriso diabólico ilumina a boca inteira de Felicity.

– Você quer dizerrr a justa mas exigente srta. McCleethy – diz ela, imitando o estranho sotaque da nossa nova professora. Isto me faz rir, apesar de tudo.

– Se ela é uma velha amiga da Nightwing, sem dúvida é uma pedante horrorosa, que transformará nossa vida num inferno – digo, ainda rindo.

– Fico satisfeita em ver que se encontra num estado de espírito melhor, srta. Doyle.

É a própria srta. McCleethy à minha porta. Meu coração vai parar no estômago. Ah, não. Há quanto tempo ela estava em pé ali?

– Sinto-me bem melhor, obrigada – digo numa voz que é quase um guincho.

Tenho quase certeza de que ela ouviu tudo, porque sustenta meu olhar por um momento demasiado longo, até eu ser forçada a desviar a vista, e depois diz simplesmente, sem nenhum entusiasmo:

– Bem, fico feliz em ouvir isso. Você precisa fazer algum exercício. Exercício é o principal. Amanhã levarei todas as minhas meninas para o gramado, lá fora, a fim de praticar a arte do arco.

– Que ideia maravilhosa! Estou louca para começar – diz Felicity, com uma animação excessiva, esperando cobrir, com uma camada de encanto, qualquer coisa desagradável ouvida.

– Tem alguma experiência com arco e flecha, srta. Worthington?

– Só um pouquinho – Felicity hesita.

Na verdade, ela é excelente.

– Que maravilha. Aposto que as senhoras têm todo tipo de surpresas prontas para mim. – Um curioso meio sorriso repuxa os cantos da boca esticada de srta. McCleethy. – Espero ansiosamente que nos tornemos amigas. Minhas alunas anteriores me achavam bastante jovial, apesar da minha fama de ser uma pedante horrorosa.

Ela ouviu tudo. Estamos liquidadas. Ela nos detestará para sempre. Não, ela me detestará para sempre. *Um começo ótimo, Gemma. Bravo.*

A srta. McCleethy examina minha escrivaninha, erguendo meus poucos pertences que estão ali – o elefante de marfim da Índia, minha escova de cabelos – para uma observação mais próxima.

– Lillian, a sra. Nightwing contou-me sobre seu desafortunado envolvimento com sua antiga professora, srta. Moore. Sinto saber que ela abusou a tal ponto da sua confiança.

Ela nos lança novamente aquele olhar fixo e penetrante.

– Não sou a srta. Moore. Não haverá nenhuma confusão, nenhuma inconveniência. Não tolerarei desordem entre as alunas. Seguiremos a letra da lei e seremos melhores por causa disso. – Ela observa nossos rostos pálidos. – Ah, parem com isso! Pela cara de vocês até parece que eu as condenei à guilhotina!

Ela experimenta uma risada. Não é cativante nem calorosa.

– Agora acho que devemos deixar a srta. Doyle descansar. Estão servindo gemada no salão. Vamos até lá e vocês me falarão de suas atividades e nos tornaremos amigas, está bem?

Como um grande pássaro espalhando suas asas cinzentas, ela coloca as mãos nas costas de Felicity e Ann, conduzindo-as em direção à porta. Sou deixada para sofrer a maldição sozinha.

– Boa-noite, Gemma – diz Ann.

– Sim, boa-noite – ecoa Fee.

– Boa-noite, srta. Doyle. Durma bem – acrescenta a srta. McCleethy. – Amanhã conversaremos.

– Lamento perder o arco e flecha – digo.

A srta. McCleethy se vira.

– Perder? Não fará uma coisa dessas, srta. Doyle.

– Mas eu achei que... diante da minha condição...

– Não haverá tempo para fraqueza em meu relógio, srta. Doyle. Eu a verei amanhã na pista de disparo, se não perderá pontos em bom comportamento.

Parece mais um desafio do que uma declaração.

– Sim, srta. McCleethy – digo.

Decidi: não gosto de srta. McCleethy.

Posso ouvir risadas felizes flutuando para cima, vindas do salão. Sem dúvida, Felicity e Ann, a esta altura, contaram à srta. McCleethy todas as suas histórias. Estão provavelmente como unha e carne, sentadas em torno da lareira, beberricando a espuma da gemada, enquanto eu ficarei conhecida como a moça desagradável e mal comportada que chamou a srta. McCleethy de pedante.

Meu estômago torna a doer. Maldito incômodo. O que têm os rapazes para assinalar sua entrada na vida adulta? Calças, é isso. Belas calças novas. Neste momento, tenho raiva de todo mundo.

Aos poucos, o conhaque me aquece e me deixa sonolenta. O quarto se torna mais estreito a cada piscadela pesada. Escorrego para o sono.

Caminho pelo jardim. A relva é pontuda e espinhenta, arranha meus pés. Estou perto do rio, mas ele está amortalhado pela neblina.

– *Mais perto* – diz uma voz estranha.
– Eu me aproximo.
– *Ainda mais perto*.
Estou na beira do rio, mas não consigo ver ninguém, só ouço essa voz sobrenatural.
– Então é verdade. Você veio...
– Quem é você? – pergunto. – Não consigo ver seu rosto.
– Não – diz a voz. – Mas eu vi o seu...

Capítulo Nove

Na tarde seguinte, às dez para as três, nós nos apresentamos no grande gramado. Seis alvos foram dispostos em fileira. As moscas muito coloridas, no centro, parecem zombar de mim. *Vá em frente e nos acerte, se acha que pode.* Durante o café da manhã inteiro, tive de aguentar histórias sobre a noite esplêndida que eu perdera, com a *maravilhosa* srta. McCleethy, que queria saber *cada detalhezinho* a respeito das moças.

– Ela me contou que os habitantes da cidade de Poole são descendentes do próprio Rei Arthur! – Elizabeth gorjeia.

– Gemma, ela conta as mais lindas histórias – diz Ann.

– De Gales e da escola de lá. *Elas* tinham bailes praticamente semana sim, semana não, com *homens* de verdade presentes – diz Felicitiy.

Martha falou alto:

– Rezo para que ela convença a sra. Nightwing a nos deixar fazer a mesma coisa.

– Sabe o que mais ela disse? – pergunta Cecily.

– Não. Porque eu não estava lá – respondo. Estou com certa pena de mim mesma.

– Ah, Gemma, ela também perguntou a seu respeito – diz Felicity.

– É mesmo?

– Sim. Ela queria saber tudo a seu respeito. Não parece importar-se com o fato de que você a chamou de pedante.

– Gemma, não é possível que você tenha feito isso – diz Elizabeth, com os olhos arregalados.

– Eu não fui a única – digo, olhando furiosa para Felicity e Ann.

Felicity está imperturbável.

– Tenho certeza de que vocês se tornarão amigas com o tempo. Ah, aqui está ela agora. Srta. McCleethy! Srta. McCleethy!

– Boa-tarde, senhoritas. Vejo que estamos prontas.

A srta. McCleethy anda com passadas largas ao longo do gramado, como a própria rainha, dando curtas instruções sobre a técnica adequada para segurar um arco. As meninas gritam pedindo sua atenção, implorando para que lhes seja mostrada a forma correta. E, quando ela faz uma demonstração, com sua fleha atingindo diretamente o centro do alvo, todas aplaudem, como se tivesse mostrado o caminho para o próprio céu.

Flechas são distribuídas para o primeiro grupo de moças.

– Srta. McCleethy – chama Martha, preocupada. – Vamos usar arcos de verdade, então?

Ela segura a extremidade pontiaguda de metal da flecha longe dela, como se fosse uma pistola carregada.

– Sim, não seria melhor usarmos flechas com pontas de borracha? – pergunta Elizabeth.

– Tolice. Vocês estarão perfeitamente bem com estas, desde que não apontem umas para as outras. E agora, quem é a primeira?

Elizabeth caminha até a linha que foi traçada a giz sobre a grama morta. A srta. McCleethy a induz a se colocar na posição, guiando seu cotovelo para trás. A flecha de Elizabeth cai com uma pancada, mas a srta. McCleethy faz com que ela pratique repetidas vezes e, na quarta tentativa, ela consegue roçar a parte de baixo do alvo.

– Já é um progresso. Continue tentando. Quem é a próxima?

As moças disputam a segunda posição na fila. Confesso que eu também desejo que a srta. McCleethy goste de mim. Juro fazer o melhor que puder, a fim de conquistá-la e apagar o infeliz encontro da noite passada. Enquanto a srta. McCleethy vai seguindo pela linha, movimentando-se de uma menina para outra, pratico silenciosamente minha aproximação.

Isto é muito excitante, srta. McCleethy, porque há muito tempo eu queria ser uma arqueira. Como é inteligente, srta. McCleethy, por ter pensado nisso. De fato gosto do seu tailleur, srta. McCleethy. É o máximo do bom gosto.
— Srta. Doyle? Vem também? — A srta. McCleethy está em pé ao meu lado.
— Sim, obrigada — digo.
Nervosamente, pego meu arco e a flecha e tomo minha posição na linha. O arco é muito mais pesado do que eu imaginara. Ele me puxa para a frente, deixando-me corcunda.
— Sua postura precisa ser trabalhada, srta. Doyle. Fique em pé, ereta. Não fique assim caída. Isso. O braço para trás. Vamos, você pode puxar com mais força do que isso.
Esforço-me para puxar o cordão para trás, até que sou forçada a soltá-lo, com um resmungo. A flecha não flutua muito, enquanto geme no ar até se alojar diretamente no chão.
— Deve apontar para mais alto, srta. Doyle — diz ela. — Recomece!
Minha flecha está coberta de neve enlameada. Flechas perfuram o chão por toda parte — menos as de Felicity. As dela, na maior parte do tempo, conseguem bater em alguma porção do alvo.
— Entendi — digo, declarando o óbvio com um sorriso que não é retribuído. *Use seu charme, Gemma. Pergunte alguma coisa a ela.* — De onde a senhorita é, srta. McCleethy? Não é inglesa — digo, tentando puxar conversa.
— Sou uma cidadã do mundo, eu acho. Considere assim.
Luto para levantar meu arco até ficar na posição certa. Ele não coopera.
— Eu sou de Bombaim.
— Bombaim é muito quente. Eu mal podia respirar quando estive lá.
— Já esteve em Bombaim?
— Sim, rapidamente, para visitar amigos. Aqui, mantenha seu cotovelo próximo do seu corpo.
— Talvez tenhamos amigos em comum — digo, esperando encontrar um caminho para conquistar as boas graças de srta. McCleethy. — Conhece os Fairchild...

— Psiu, srta. Doyle. Chega de conversa. Concentre-se em seu alvo.
— Sim, srta. McCleethy — digo. Solto a flecha, que passa roçando pela grama ensopada.
— Ah, a senhorita estava bem preparada, mas então vacilou. Deve disparar sem vacilação. Veja o alvo, o objetivo, e nada mais.
— Eu vejo o alvo — digo, impaciente. — Mas não consigo acertar nele.
— Você vai embora toda magoada e cheia de arrogância ou praticará até poder realizar sua tarefa?
Cecily exulta ao me ver censurada. Ergo novamente o arco.
— Não estou magoada — digo, num sussurro.
A srta. McCleethy põe suas mãos em cima das minhas.
— Muito bem. Agora concentre-se, srta. Doyle. Não ouça mais nada, a não ser a si mesma, sua própria respiração. Olhe para o centro do alvo, até não conseguir mais olhá-lo. Até você e o centro do alvo estarem unidos e não existir mais nenhum centro.
Minha respiração sai em frias baforadas. Tento pensar apenas no alvo, mas minha mente não se aquieta. Quando ela esteve na Índia? Quem ela visitou? Amou a Índia como eu amo? E por que não gosta de mim? Olho para o centro do alvo até ele me parecer borrado.

Veja o objetivo e nada mais.
Não vacile.
Até não haver mais centro.

A flecha voa com um forte som de chicotada. Bate na parte inferior da tela e se aloja ali, tremendo.
— Melhor — concede a srta. McCleethy.
À minha direita, Felicity faz pontaria, recua e dispara bem no centro do alvo. As meninas dão loucos vivas. Felicity fica ali em pé, exultante, uma princesa guerreira.
— Excelente, srta. Worthington. A senhorita é muito forte. Sou uma admiradora dos fortes. Por que acha que é capaz de atirar tão bem?
Porque ela treinou com uma caçadora, nos reinos, penso.
— Porque espero vencer. — É a sólida resposta de Felicity.
— Bem realizado, srta. Worthington.

A srta. McCleethy marcha pelo gramado, arrancando flechas espalhadas pelo chão e na parte inferior dos alvos, enquanto fala com todas nós:

– Senhoritas, não podem vacilar em sua dedicação a nada. O que desejam pode ser de vocês. Mas, primeiro, precisam saber o que desejam.

– Não desejo ser uma arqueira – Cecily choraminga, baixinho. – Meu braço dói.

A srta. McCleethy continua com sua preleção:

– Que a srta. Worthington seja um exemplo para todas nós.

– Ótimo, então – resmungo. Serei como Felicity – toda ação e muito pouco pensamento. Zangada, ergo meu arco e disparo minha flecha.

– Gemma! – grita Ann.

Em minha pressa, não notei a srta. McCleethy passando diante do meu alvo. Rápida como uma mosca, ela levanta uma mão para deter a flecha que, com certeza, penetraria em seu crânio. Arqueja de dor. O sangue se coagula em sua luva branca. As meninas deixam cair suas aljavas e flechas e correm para ajudá-la. Sigo atrás, mudamente. Ela está no chão, puxando sua luva. Há um buraco nítido na palma da sua mão. Não é profundo, mas está sangrando.

– Deem a ela um lenço! – alguém berra.

Ofereço o meu. A srta. McCleethy o pega, disparando em mim um olhar frio e zangado.

– La... la... mento t... t... anto – gaguejo. – Não vi a senhorita.

– A senhorita vê alguma coisa, srta. Doyle? – diz a srta. McCleethy, encolhendo-se.

– Devo trazer a sra. Nightwing? – pergunta Felicity, virando-se de costas para mim.

A srta. McCleethy fixa em mim um olhar furioso.

– Não. Continuem com sua prática. A srta. Doyle pode ajudar-me a fazer um curativo no ferimento. Como penitência.

– Sim, claro – digo, ajudando-a a ficar em pé.

Caminhamos em silêncio. Quando chegamos à escola, ela me fez pegar ataduras com Brigid, que não pode resistir a uma preleção sobre o castigo de Deus à srta. McCleethy, por nos ensinar algo tão "pouco natural" como a arte de atirar com arco e flecha.

– Ela devia estar ensinando a habilidade com a agulha, ou a fazer aquelas lindas aquarelas com lírios, mas não deixam Brigid dizer o que pensa, ninguém deixa, nunca, o que é uma pena. Aqui estão as ataduras. Ponha bem apertadas.

Com as bandagens na mão, corro de volta para a srta. McCleethy, que lavou sua mão e está usando uma toalha de chá para estancar o sangramento.

– Trouxe as bandagens – digo, oferecendo-as.

Não sei o que fazer. A srta. McCleethy me olha como se eu fosse a maior idiota do mundo.

– Precisarei da senhorita para fazer o curativo do ferimento, srta. Doyle.

– Sim, claro – digo. – Desculpe. Infelizmente eu nunca...

A srta. McCleethy interrompe:

– Coloque a bandagem ao longo da minha palma e a enrole completamente em torno da minha mão; é assim. Agora passe a bandagem cruzada e repita tudo. Ahhh!

Apertei com força demais em cima do ferimento.

– Desculpe. Desculpe – digo.

Continuo e acabo enfiando a ponta da bandagem embaixo do curativo, a fim de firmá-lo.

– Agora, srta. Doyle, tenha a gentileza de pegar outra luva para mim, a fim de substituir esta. Estão em meu armário, na gaveta de cima, à direita – ordena ela. – Não perca tempo, srta. Doyle. Temos uma aula para recomeçar.

O quarto da srta. McCleethy é modesto e limpo. Mesmo assim, parece estranho, para mim, eu estar além da porta divisória, revestida com baeta presa com pregos de latão, que dá entrada aos alojamentos dos professores. Sinto-me como se estivesse invadindo terreno sagrado. Abro as portas de mogno do grande armário e encontro a gaveta no alto à direita. As luvas estão onde ela disse, numa fileira arrumada, dispostas como soldados. Faço uma escolha e dou uma última olhada em torno do quarto, para ver se há alguma pista para solucionar o mistério que é nossa nova professora. Notável é como há poucas. Nenhum toque pessoal. Nada que sugira qualquer coisa sobre ela. Pendurados no armário, estão *tailleurs*, saias e blusas de bom gosto, em tons de cinza, preto e marrom, nada que chame a atenção. Em cima de sua mesa de cabeceira há dois livros. Um é a Bíblia. O outro é de poesias de Lorde Byron. Não há fotografias de pessoas da família nem de amigos. Nenhuma pintura nem desenhos – estranho para uma artista. É como se a srta. McCleethy tivesse vindo do nada e não tivesse ninguém.

Estou prestes a ir embora quando vejo a maleta que a srta. McCleethy insistiu em carregar ela própria, na noite em que chegou. Está quietinha ali, bem debaixo da cama.

Eu não deveria. Seria errado.

Mas fecho silenciosamente a porta do quarto e puxo a maleta para fora do seu esconderijo. Há um fecho. É provável que esteja trancado, e isto será o fim de tudo. Meus dedos tremem no fecho, que se abre com a maior facilidade, para minha surpresa. Há muito pouca coisa dentro da maleta: um anúncio de uma livraria, The Golden Dawn, em Londres. Um anel estranho, de ouro e esmalte azul, com duas serpentes entrelaçadas em torno do aro. Papéis de carta e um conjunto de penas de escrever.

Um pedaço de papel cai no chão e vai para debaixo da cama. Em pânico, fico de quatro, procurando por ele. Estendo a mão para debaixo do forro da cama, puxo-o para fora. É uma lista: *Academia para Moças da srta. Farrow. A Escola para Moças MacKenzie, na Escócia. O Royal College, de Bath. A Santa Vitória. Academia Spence para Moças.* Todos os nomes foram riscados, menos o da Spence. Enfio o papel outra vez dentro da maleta, da melhor maneira que posso, esperando que nada pareça fora do lugar, e enfio a coisa toda outra vez embaixo da cama.

– Se essa é sua ideia de não perder tempo, srta. Doyle, eu detestaria ver a senhorita quando não está sendo rápida – repreende a srta. McCleethy, quando volto.

Não espero, agora, que algum dia eu e a srta. McCleethy nos tornemos amigas. Ela enfia a nova luva rapidamente, encolhendo-se de dor enquanto a luva desliza em cima da sua mão ferida.

– Desculpe – digo novamente.

– Sim, bem, tente ser mais cuidadosa no futuro, srta. Doyle – aconselha ela, bruscamente, com seu estranho sotaque.

– Sim, srta. McCleethy – digo, incapaz de sufocar um bocejo. Os olhos de srta. McCleethy se estreitam diante da minha grosseria. – Perdoe-me. Não tenho dormido bem.

– Mais exercício, é disso que a senhorita precisa. Movimentar-se de um lado para outro, no ar puro, é maravilhoso para a constituição e para o sono. Na Santa Vitória, eu insistia com minhas meninas para fazerem caminhadas e respirarem o ar marítimo, em qualquer clima. Quando chovia, usávamos nossas capas impermeáveis. Na neve, nossos casacos. E agora vamos voltar para o gramado, por favor.

É possível que a srta. McCleethy não tenha o mínimo senso de humor. E acabei de me tornar sua aluna menos favorita. De repente, o Natal pode não chegar rápido o bastante.

Capítulo Dez

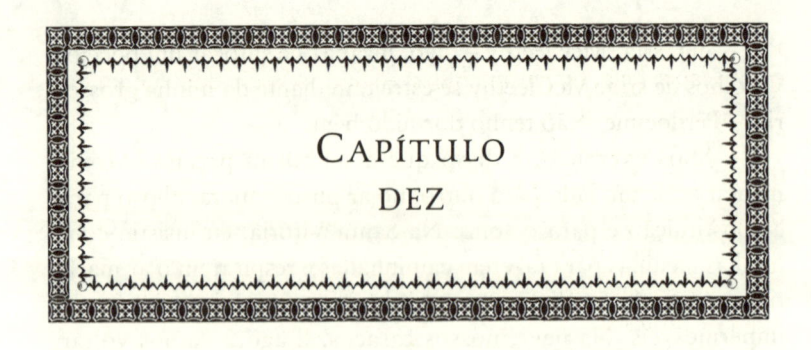

A NOITE COMEÇA COM UM DESFILE TRADICIONAL DE NATAL NO SALÃO de baile. Não se trata de uma peça formal, mas de uma leitura dramática de histórias natalinas, com todos usando fantasias tiradas de malas guardadas num dos muitos quartos não usados da Spence. Correndo pelos corredores, rindo nas escadas, há uma estranha variedade de meninas alegres de todas as idades, vestidas de pastoras, anjos, fadas, fauna e flora. Uma das meninas abriu a mala errada. Ela se movimenta de um lado para outro com atitudes de bailarina, o tempo inteiro usando um casaco puído de pirata e calças esfarrapadas. Ann é o fantasma dos Natais passados, usando uma longa túnica marrom, amarrada na cintura com uma faixa prateada. Felicity parece uma princesa medieval, usando um lindo traje de veludo vermelho, com debruns dourados nas mangas e na bainha. Ela insiste que é o espírito do Natal que ainda virá, mas na verdade acho que encontrou o traje mais bonito de todos e decidiu chamá-lo como quiser. Sou o fantasma do Natal do presente, com um vestido verde e uma coroa de ramos de azevinho no alto da minha cabeça. Sinto-me um pouco como uma árvore pesadona, embora Ann diga que estou "combinando bem com a temporada do ano".

– É um espanto que a srta. McCleethy não tenha ainda atacado você hoje. Ela parecia disposta a isso – diz Ann, enquanto seguimos para nosso jantar, passando por um aglomerado de fadas que mexericam e um ou dois sábios.

– Não fiz aquilo de propósito – protesto, endireitando o amuleto da minha mãe, meu amuleto, na base da minha garganta;

poli o metal forjado até ficar reluzindo. – Ela é estranha. Não quero saber dela, de jeito nenhum – digo. – Vocês não acham ela esquisita?

Felicity desliza pelos tapetes como a princesa que ela é.

– Acho que ela é exatamente o que a Spence precisa. Agradavelmente franca. Gosto muito dela. Ela perguntou todo o tipo de coisas a meu respeito.

– Só porque ela lhe deu atenção, você decidiu que ela é sua amiga – protesto.

– *Você* está com ciúme porque ela me destacou.

– Não é verdade – digo, com desdém, embora suspeite que seja, um pouco. Felicity parece já ter se tornado a favorita da srta. McCleethy com muito pouco esforço, enquanto eu terei sorte se ela me cumprimentar.

– Sabe que ela tem uma lista de escolas numa maleta secreta que mantém escondida embaixo da sua cama?

Felicity ergue uma sobrancelha.

– E como é que você poderia saber disso?

Sinto que estou ficando corada.

– Estava aberta.

– Bobagem! Você andou bisbilhotando! – troça Felicity. Ela engancha seu braço no meu. Ann pega o outro. – O que mais havia na mala? Conte!

– Pouca coisa. Um anel com serpentes, que parecia muito antigo, um anúncio de uma livraria chamada The Golden Dawn e a lista.

Duas meninas mais novas tentam nos empurrar para passar. Têm sorrisos malvados e roupas de anjos. Felicity dá um puxão nas asas macias da menina mais próxima, quase a derrubando.

– Temos uma posição aqui. Voltem para o fim da fila.

Aterrorizadas, as meninas mais novas fogem precipitadamente para trás de nós.

– O que mais havia na maleta? – pergunta Ann.

– Só isso – digo.

– Só isso? – repete Felicity, desapontada.

– Vocês não ouviram tudo a respeito da lista – digo. – Todas as escolas nela tinham sido riscadas, menos a Spence. O que acham disso?

Felicity minimiza o fato:

– Não acho nada. Ela tem um registro das escolas onde procurou emprego. Não há nada terrivelmente estranho com relação a isso.

– Você está aborrecida porque ela não gosta de você – diz Ann.

– Ela disse que não gosta de mim? – pergunto.

Felicity rodopia, deixando a bainha do seu vestido mover-se rapidamente.

– Ela não precisa fazer isso. É uma coisa óbvia. Você tentou empalá-la. Isso não lhe ajudou muito a conquistar sua simpatia.

– Garanto-lhe que foi um acidente!

Os dois jovens anjos voltaram. Conseguem, com alguma dificuldade, esgueirar-se à nossa frente para dentro do salão de refeições.

– Ora, seus pequenos demônios! – resmunga Felicity.

As meninas soltam gritos agudos enquanto correm, entusiasmadas com sua recém-descoberta audácia.

É uma tradição de Natal para a sra. Nightwing realizar uma última ceia antes que as meninas partam, durante as curtas férias natalinas. Aparentemente, é também uma tradição que haja, em seguida, uma comemoração no grande salão, com um xerez para os professores e sidra quente para o resto de nós. Eu poderia ficar embriagada apenas com a beleza da sala. Um fogo arde na imensa lareira de pedra. Nossa árvore, uma gorda e alegre conífera, está no centro da sala com os galhos estendidos, como um anfitrião acolhedor. Pediram com insistência ao sr. Grunewald, nosso professor de música, que tocasse violoncelo para nós, e ele está tocando com surpreendente agilidade para um homem de quase oitenta anos.

Temos bombinhas de Natal para estourar. Um rápido puxão nas fitas e elas estouram e se abrem com um barulho forte, que quase mata todo mundo de susto. Ainda não entendi direito porque isso é considerado tão divertido. São entoados cânticos de Natal. As velas na árvore são acesas e admiradas. Presentes são dados aos nossos professores. Há uma recitação em francês para Mademoiselle LeFarge. Uma canção para o sr. Grunewald. Há poemas, biscoitos e puxa-puxas. Porém, para a sra. Nightwing, nós, as moças, esvaziamos nossos bolsos. A sala abre um espaço, enquanto Cecily caminha ao longo dela carregando uma grande caixa de chapéu. Sendo a menina mais velha, ela tem a honra de levar o presente para nossa diretora.

– Feliz Natal, sra. Nightwing – diz ela, dando a caixa de presente.

A sra. Nightwing coloca seu copo numa mesinha lateral.

– Meu Deus, o que será isso?

Ela tira a tampa, empurra para o lado o papel duro e puxa para fora um maravilhoso chapéu de feltro, festonado com uma brilhante plumagem negra. Naturalmente, foi Felicity quem tomou as providências para a compra do presente. Sinceros "ahhs" saem de nossa boca. Há um senso de admiração e alegria na sala, enquanto a sra. Nightwing coloca o sofisticado chapéu em sua cabeça.

– Que tal estou? – pergunta ela.

– Parece uma rainha! – grita uma menina.

Aplaudimos e erguemos nossas taças.

– Feliz Natal, sra. Nightwing.

Durante um longo momento, a sra. Nightwing parece desfeita pela emoção. Seus olhos estão molhados, mas sua voz, quando afinal sai, está segura, como sempre:

– Obrigada. É um presente muito bonito e tenho certeza de que vou aproveitá-lo muito – diz ela.

Depois de falar, ela tira o chapéu de sua cabeça e o enfia outra vez, com cuidado, em seu berço de papel. Fecha a tampa da caixa e a empurra para debaixo da mesa, onde não é vista.

Com nossas taças novamente cheias, Ann, Felicity e eu saímos às escondidas e nos agachamos no chão, perto da árvore. O cheiro de terra dos galhos faz meu nariz escorrer e a sidra quente deixa minhas bochechas coradas.

– Para você – diz Felicity, colocando uma pequena bolsa de veludo em minha mão.

Dentro, há um lindo pente de tartaruga.

– É lindo – digo, constrangida pela extravagância. – Obrigada.

– Ah! – exclama Ann, abrindo seu presente. Eu o reconheço. É um broche de Felicity que Ann havia admirado. Sem dúvida, Felicity tem um novo para ocupar seu lugar, mas Ann fica emocionada. Ela o prende imediatamente em sua fantasia.

– Tomem – diz Ann, timidamente. Ela nos passa dois presentes embrulhados em jornal. Fez para cada uma de nós um enfeite, delicados anjos de renda como os de Pippa.

Agora é minha vez. Não sou hábil com a agulha, como Ann, e não tenho dinheiro para fazer o mesmo que Felicity. Mas posso oferecer algo especial.

– Também tenho alguma coisa – digo.

– Onde está? – pergunta Ann.

Atrás dela, as lâmpadas fazem sua dança, criando luminosas fantasias de luz que assombram as paredes.

Inclino-me para a frente, sussurrando:

– Encontrem-me aqui à meia-noite.

Elas caem em cima de mim imediatamente, soltando gritinhos de satisfação, porque vamos voltar aos reinos, afinal.

Estoura uma gargalhada alta. É um riso que nunca ouvi. É da sra. Nightwing. Ela está sentada entre as professoras, todas agora muito alegres.

– Ah, meu Deus, você me fez sair do sério – diz a sra. Nightwing, dando palmadinhas com a mão em seu peito, como se quisesse deter a risada ali.

– Pelo que me lembro, foi você quem começou o problema – diz a srta. McCleethy, sorrindo. – Você era muito ousada naquele tempo, lembro-me bem.

Meninas aproximam-se correndo, como água em um tronco fendido, fazendo perguntas sem cessar, impulsionadas por sua curiosidade insaciável:

– O que é? Por favor, contem para nós!

– Vocês não sabiam que sua diretora era a mais traquina das alunas? – pergunta srta. McCleethy. – E era também muito romântica.

– Deixe disso! – protesta a sra. Nightwing, bebendo outra taça de xerez.

– Por favor, contem para nós – implora Elizabeth.

As outras se unem, num coro de "Sim, por favor!".
Quando a sra. Nightwing para de protestar, a srta. McCleethy continua sua história:

— Estávamos num baile de Natal. Que enfeites maravilhosos havia lá. Lembra-se, Lillian?

A sra. Nightwing faz um sinal afirmativo com a cabeça, com os olhos fechados.

— Sim. Cartões com grossas borlas vermelhas. Lindos, lindos.

— Havia muitos cavalheiros presentes, mas claro que todas tínhamos nosso coração voltado para um homem em particular, com cabelos escuros e o porte mais elegante. Ele era tão bonito.

A sra. Nightwing não diz nada, apenas bebe mais xerez.

— "Aquele é o homem com quem me casarei", anunciou a diretora de vocês para todas nós, com o maior atrevimento. Rimos, mas um momento depois ela pegou meu braço, desfilou junto comigo...

— Não *desfilei*...

— ... e deixou cair seu carnê de baile muito engenhosamente aos pés dele, fingindo não notar. Claro, ele foi atrás dela. E dançaram três vezes seguidas, até os acompanhantes intervirem.

Ficamos encantadas com isso.

— O que aconteceu, então? — pergunta Felicity.

— Ela se casou com ele — responde a srta. McCleethy. — Naquele mesmo Natal.

O *sr.* Nightwing? Esqueço que a sra. Nightwing antigamente foi casada, que ela própria já foi uma mocinha. Tento imaginá-la jovem e rindo, conversando com suas amigas. Não consigo. Só posso vê-la como é agora, com seu tufo de cabelos grisalhos, seus óculos, o jeito severo.

— É incrivelmente romântico — diz Cecily, em êxtase.

— Sim, incrivelmente — concordamos todas.

— Foi muita coragem da sua parte, Lillian — diz a srta. McCleethy.

Uma nuvem passa pelo rosto da sra. Nightwing.

— Foi uma tolice.

— Quando o sr. Nightwing morreu? — sussurro para Felicity.

— Não sei. Pago a você uma libra se perguntar sobre ele — responde ela, também num sussurro.

– Nem pensar.
– Não quer saber?
– Não tanto assim.
– Você disse que paga uma libra? – É Ann quem fala.
Felicity faz um aceno afirmativo com a cabeça.
Ann pigarreia.
– Sra. Nightwing, o sr. Nightwing partiu desta vida há muito tempo?
– O sr. Nightwing está no céu há vinte e cinco anos – diz nossa diretora, sem levantar os olhos, que continuam fixos em sua taça. A sra. Nightwing aparenta ter quarenta e oito anos, no máximo cinquenta. O fato de ter passado viúva metade de sua vida dá pena.
– Ele era jovem, então? – insiste Cecily.
– Sim. Jovem, muito jovem – diz ela, olhando fixamente para o xerez vermelho-claro. – Ficamos casados durante seis anos muito felizes. Um dia... – A voz dela vai sumindo.
– Um dia? – insiste Ann.
– Um dia, ele saiu para ir trabalhar no banco. – Ela para e toma um gole da bebida. – E nunca mais tornei a vê-lo.
– O que aconteceu? – Elizabeth arqueja.
A sra. Nightwing parece surpresa, como se lhe houvéssemos feito uma pergunta que ela não entende, mas depois a resposta vem, vagarosamente:
– Ele foi atropelado por um coche, na rua.
Faz-se um terrível silêncio, do tipo que acompanha a espécie de má notícia inesperada que não se pode fazer nada para mudar ou amenizar. Penso na sra. Nightwing como a impenetrável fortaleza que é nossa diretora. Alguém que pode controlar qualquer coisa. É duro pensar que ela não pode.
– Mas que coisa horrível para a senhora – diz Martha, finalmente.
– Pobre sra. Nightwing – Elizabeth concorda.
– Isso é muito triste – diz Ann.
– Não vamos ficar sentimentais. Foi há muito tempo. Paciência. É disto que precisamos. Devemos aprender a afastar definitivamente os pensamentos desagradáveis. Se não, passaremos

nossa vida inteira perguntando "por quê?" e encharcando nossos lenços, sem nada realizar.

Ela esvazia sua taça. A rachadura na armadura foi consertada. Ela é novamente a sra. Nightwing.

– E agora, quem tem uma história de Natal para nos contar?

– Ah, eu tenho – Elizabeth gorjeia. – É uma história arrepiante, sobre um fantasma chamado Marley, com uma longa corrente...

A srta. McCleethy interrompe:

– Está falando de "Um cântico de Natal", do sr. Dickens? Acho que todos já conhecemos essa, srta. Poole.

Há risadas por causa de Elizabeth.

– Mas é a minha favorita – diz ela, fazendo beicinho.

Cecily diz alegremente:

– Tenho uma história linda, sra. Nigthwing. – É claro que ela tem.

– Esplêndido, srta. Temple.

– Era uma vez uma menina tão boa como nunca existiu. Seu caráter era impecável. Em todas as questões, ela era discreta, bondosa, gentil e delicada. Seu nome era Cecile.

Acho que sei como essa história terminará.

– Infelizmente, Cecile era atormentada por uma menina cruel e selvagem chamada Jemima. – Ela tem a coragem de olhar para mim quando diz isso. – Odiosa como era, Jemima zombava da pobre e doce Cecile, dizendo mentiras e voltando contra ela algumas de suas melhores amigas.

– Que coisa terrível – diz Elizabeth, com desprezo.

– Durante tudo isso, Cecile permanecia bondosa e virtuosa. Mas a tensão tornou-se grande demais para ela e, um dia, a pobre menina adoeceu mortalmente, levada ao leito de enferma pela crueldade incessante de Jemima.

– Espero que Jemina tenha o que merece – diz Martha, torcendo o nariz.

– Espero que essa Cecile encontre um fim prematuro – sussurra Felicity para mim.

– O que aconteceu, então? – pergunta Ann. A história é bem do seu gênero.

– Todos chegaram a saber que menina horrorosa era Jemima em seu coração, e a evitaram para sempre. Quando o príncipe ouviu falar da bondade de Cecile, ele levou seu médico para curá-la e apaixonou-se loucamente por ela. Casaram-se, enquanto Jemima vagueava pelo campo, agora uma mendiga cega, porque seus olhos foram arrancados por cães selvagens.

A sra. Nightwing parece confusa:

– Não entendo direito como esta é uma história de Natal.

– Ah – acrescenta Cecily, depressa –, ela acontece durante a estação do nascimento de Nosso Senhor. E Jemima acaba percebendo o erro de seu comportamento, implora o perdão de Cecile e vai trabalhar numa paróquia rural, varrendo o chão para o vigário e sua esposa.

– Ah – diz a sra. Nightwing.

– Deve ser difícil varrer sem enxergar nada, já que ela perdeu seus olhos – resmungo eu.

– Sim – diz Cecily, cheia de animação. – Seu sofrimento é grande. Mas é por isso que esta é uma bela história cristã.

– Ótimo – diz a sra. Nightwing, com a fala meio enrolada. – E que tal uma canção? É Natal, afinal.

O sr. Grunewald se senta ao piano e toca uma velha melodia inglesa. Algumas das professoras cantam junto. Várias meninas se levantam para dançar. A srta. McCleethy não. Lança para mim um olhar fixo e direto.

Não, ela está olhando para o amuleto. Quando me apanha espiando-a, ela me dá um largo sorriso, como se nunca tivéssemos discutido e fôssemos velhas amigas.

– Srta. Doyle – ela me chama, fazendo-me um aceno com a mão, mas Ann e Felicity estão junto de mim.

– Vamos dançar – insistem elas, puxando-me para que eu fique em pé e fazendo com que me distancie.

A noite se passa como um sonho feliz. Mas todo esse entusiasmo se revela excessivo para muitas das meninas mais jovens. Aconchegadas umas contra as outras, elas dormem junto à lareira, com as asas de anjo esmagadas embaixo dos braços moles e gorduchos de suas queridas amigas, e com as coroas de confeitos e azevinho tortas em meio ao emaranhado de seus cabelos. Num canto afastado, estão sentadas a sra. Nightwing e srta. McCleethy, com as cabeças inclinadas, em conferência. Srta. McCleethy fala num sussurro decidido, e a sra. Nightwing sacode a cabeça.

– Não – diz a nossa diretora, com uma voz mais alta por causa do xerez. – Não posso.

A srta. McCleethy coloca suas mãos gentilmente sobre as da sra. Nightwing, murmurando coisas que não posso ouvir.

– Mas pense no custo – responde a sra. Nightwing.

Seus olhos se encontram com os meus por um momento e desvio rapidamente a vista. Num instante, ela se levanta cambaleando e põe uma mão nas costas da sua cadeira, até se firmar.

Muito tempo depois de as lâmpadas serem quase todas apagadas, o fogo das lareiras se extinguir e todos irem para a cama, Ann e eu nos encontramos com Felicity no grande salão. As últimas brasas que ainda brilham na enorme lareira de pedra lançam um clarão sobrenatural no aposento cavernoso. A árvore de Natal parece um gigante agourento. No centro do salão ficam as colunas de mármore enfeitadas com fadas, centauros e ninfas. A visão me dá um calafrio, pois sabemos que são mais do que apenas entalhes. São coisas vivas, aprisionadas ali pela magia dos reinos, este lugar que estamos preparadas para ver, sentir e tocar mais uma vez, se pudermos.

– Não se esqueça de que me deve uma libra – diz Ann a Felicity. Seus dentes estão chacoalhando.

– Não me esquecerei – responde Felicity.

– Estou com medo – diz Ann.

– Eu também – digo.

Até Felicity perdeu seu habitual tom brincalhão:

– Aconteça o que acontecer, não sairemos sem as outras.

Ela não diz o resto: *como você deixou Pip... abandonou-a para morrer.*

– Combinado – digo. Respiro fundo, tentando controlar meu nervosismo. – Me deem suas mãos.

Seguramos as mãos umas das outras e fechamos os olhos. Faz tanto tempo que não entramos nos reinos. Tenho medo de não ser capaz de fazer aparecer a porta de luz. Mas logo sinto o formigamento familiar em minha pele, o calor do clarão. Abro um olho, depois o outro. Aí está, brilhando diante de nós, o magnífico portal para o outro mundo.

Felicity e Ann mostram em seus rostos a admiração que sentem.

– Não sei o que encontraremos lá – digo, antes de começarmos a caminhar.

– Só há uma maneira de descobrir – responde Felicity.

Abro a porta e passamos para os reinos.

As árvores deixam cair uma chuva de flores que provocam cócegas em nosso nariz. A grama ainda conserva o verde do eterno verão. À nossa direita está o rio gorgolejante. Posso ouvir a leve canção que flutua para cima, vinda de suas profundezas, e forma anéis de prata em sua superfície. E o céu! É como o mais deslumbrante pôr do sol, no mais feliz dos dias. Meu coração parece a ponto de explodir. Ah, como senti falta deste lugar! Como pude, alguma vez, pensar em deixá-lo?

– Ah! – grita Felicity. Rindo, ela rodopia incessantemente, com as palmas das mãos abertas em direção ao céu alaranjado. – É tão lindo!

Ann caminha até o rio. Curva-se e olha para seu reflexo, sorrindo.

– Sou tão bonita, aqui. – E de fato é. Ela é Ann com o aspecto que teria sem preocupações, medo ou humildade, sem precisar encher seu vazio com bolos e doces.

Felicity passa os dedos sobre um salgueiro que muda, como água que se encrespa, e se torna uma fonte.

– É extraordinário. Podemos fazer qualquer coisa aqui. Qualquer coisa!

– Olhem só! – grita Ann. – Ela coloca uma folha de grama entre as palmas das suas mãos juntas e fecha os olhos. Quando abre as mãos, um colar com um pingente de rubi brilha nelas. – Ajudem-me a colocá-lo!

Felicity prende o fecho. A coisa cintila em cima da pele de Ann como o tesouro de um rajá.

– Mamãe! – chamo, imaginando se ela aparecerá para me saudar. Mas não há nada a não ser a canção do rio e as encantadas risadas das minhas amigas, enquanto elas transformam flores em borboletas, pedras em joias. Acho que eu sabia que ela se fora para sempre, mas não pude deixar de ter esperança.

Para além das árvores está o arco prateado que conduz ao centro do jardim. Foi ali que lutei contra o assassino enviado por Circe, um dos espíritos da escuridão das Winterlands. Foi ali que quebrei as Runas do Oráculo, libertando minha mãe, mas também soltando a magia. Sim, a magia está solta. Por isso viemos. E, no entanto, tudo parece como era. Não parece faltar nada.

– Venham comigo – digo.

Passamos embaixo do arco brilhante e nos descobrimos num círculo familiar. Onde as runas de cristal antigamente se elevavam, altas e poderosas, há agora apenas pedaços de terra carbonizada e uma estranha variedade de minúsculos cogumelos venenosos.

– Meu Deus – diz Ann. – Você fez mesmo isso, Gemma?

– Sim.

– Mas como? – pergunta Felicity. – Como você foi capaz de quebrar alguma coisa que sobreviveu a tantos séculos?

– Não sei – respondo.

– Argh – resmungou Ann. Ela pisou num dos cogumelos. Ele se abre, negro e molhado.

– Cuidado com o lugar onde pisa – adverte Felicity.

– Onde procuraremos esse templo? – pergunta Ann.

Eu suspiro:

– Não tenho a menor ideia. Kartik diz que não há nenhum mapa. Só sei que é em alguma parte dentro dos reinos.

– Não sabemos o tamanho deste lugar – observa Ann. – Nem quantos reinos poderão existir.

– Você não tem a menor pista? – pergunta Felicity.

– Não. Sabemos que não pode ser aqui no jardim nem em nenhuma outra parte que já tenhamos visto. Acho que devemos escolher uma direção e... O que é isso?

O rosto de Felicity ficou branco. O de Ann também. O que quer que seja, está atrás de mim. Com todos os músculos tensos, viro-me vagarosamente para enfrentar meu destino.

Ela sai detrás de um pomar de oliveiras, com uma grinalda de flores presa ao seu cabelo escuro. Os mesmos olhos cor de violeta. A mesma pele clara e beleza deslumbrante.

– Olá – diz Pippa. – Estava esperando que vocês voltassem.

Capítulo
ONZE

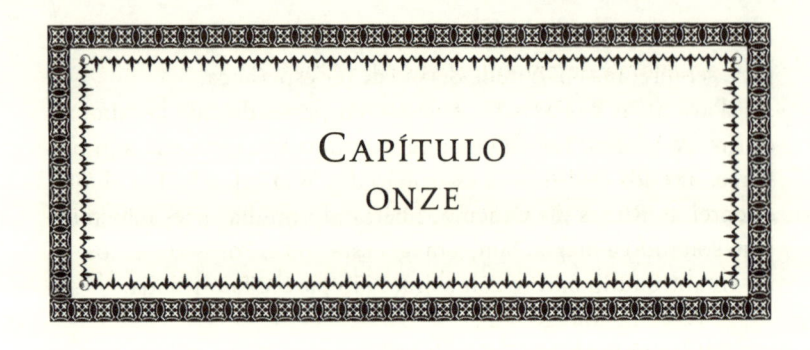

FELICITY CORRE PARA ELA.

– Espere! – digo, mas não há como detê-la. Ela corre para Pippa e lhe dá um abraço apertado. Pippa beija as bochechas de Felicity.

– É você! – exclama Felicity. Ela ri e chora, ao mesmo tempo.

– Pip, Pip, querida Pip, você está aqui!

– Sim! Eu estou aqui. Ann! Gemma! Ah, por favor, não fiquem aí paradas olhando para mim fixamente desse jeito.

– Pippa! – grita Ann, correndo para ela. Mal consigo acreditar. Pip, a nossa Pip, está aqui, linda como sempre. Algo em mim cede. Caio na grama, soluçando, e minhas lágrimas, onde caem, fazem nascerem pequenos botões de lótus.

– Ah, Gemma, querida, não chore – fala Pippa. Rápida como uma corça, ela chega ao meu lado. As mãos frias que vi em meus sonhos acariciam meu cabelo e são tão quentes quanto a chuva de verão. – Não chore.

Levanto os olhos para ela. Ela me dá um sorriso.

– Se pudesse ver seu rosto, Gemma. Realmente, tão sério!

Isto me faz rir. E chorar um pouco mais. Logo estamos todas rindo, em meio às lágrimas, com nossos braços em torno uma da outra. É como chegar em casa depois de uma longa e poeirenta viagem.

– Deixem-me olhar para vocês – pede Pippa. – Ah, senti tanto sua falta. Precisam contar-me tudo. Como vai a sra. Nightwing? Cecily e Martha ainda são as esnobes mais insuportáveis do mundo?

– Simplesmente horrorosas – diz Ann, rindo alto.

– Gemma derramou geleia no vestido de Cecily ontem de manhã, só para fazer com que calasse a boca – conta Felicity.

Pippa fica boquiaberta.

– Não acredito!

– Foi sim – admito, sentindo-me tola por meu mau comportamento.

– Gemma! – exclama ela, sorrindo alegremente. – Você é minha heroína!

Tornamos a cair na grama, rindo. Há tanta coisa para dizer. Contamos tudo a ela – sobre a Spence, as meninas, seu funeral.

– Todo mundo chorou terrivelmente? – pergunta Pippa.

Ann faz um sinal afirmativo com a cabeça.

– Terrivelmente.

Ela sopra um dente-de-leão. A lanugem espalha-se por toda parte, com o vento, e nele se torna um enxame de vaga-lumes.

– Fico feliz em saber disso. Detestaria pensar que as pessoas ficaram sentadas de olhos secos em torno do meu caixão. As flores eram lindas? Havia flores, não?

– A mais linda, a mais trabalhada cascata de flores do mundo – elogia Felicity. – Deve ter custado uma fortuna.

Pippa faz um sinal afirmativo com a cabeça, sorrindo.

– Estou tão contente por ter tido um enterro tão bonito! Ah, por favor, me contem mais histórias de casa! Falam de mim, no grande salão? Todas sentem uma falta terrível de mim?

– Ah, sim – confirma Ann, falando com seriedade. – Todas sentimos.

– Ora, mas não precisam sentir falta de mim, de jeito nenhum – diz Pippa, apertando sua mão.

Não sinto vontade de perguntar, mas preciso:

– Pippa, pensei que você estivesse... – *Morta*. Não consigo forçar a mim mesma a dizer isso. – Pensei que você tivesse cruzado o rio. Para o outro mundo, além dos reinos. Quando fui embora, você e seu cavalheiro...

Ann se senta.

– Onde está seu cavalheiro?

– Ah, ele. Tive de deixá-lo ir embora. – Pippa boceja. – Ele sempre fazia tudo o que eu pedia. Terrivelmente chato.

– Mas ele era bonito, sem dúvida – avalia Ann, em êxtase.

– Bem, isso ele era, não? – Pippa ri alto.

– Desculpe – falo, com medo de interromper nossa felicidade. – Mas não entendo. Por que você não atravessou o rio?

Pippa encolhe os ombros.

– Meu senhor, o cavalheiro, me disse que eu não precisava fazer isso, afinal. Há muitas tribos aqui, criaturas que vivem para sempre nos reinos. Fazem parte deste mundo. – Ela se inclina para trás, apoiada nos braços estendidos, dobra os joelhos e deixa que se balancem levemente, um contra o outro.

– Então você simplesmente voltou? – insisto.

– Sim. E depois parei para colher flores silvestres, a fim de fazer uma coroa. Gostam dela?

– Ah, gosto sim – diz Ann.

– Então vou fazer uma para você.

– Para mim também – pede Felicity.

– Claro – diz Pip. – Todas teremos uma.

Estou terrivelmente confusa. Minha mãe me disse que as almas têm de atravessar o rio, pois se não o fizerem, se tornarão corruptas. Mas aqui está nossa Pippa, feliz e resplandecente, com os olhos da cor de violetas frescas, a moça que sempre conhecemos.

– Há quanto tempo estou aqui? – pergunta Pippa.

– Há dois meses – digo.

– É mesmo? Algumas vezes, parece que cheguei ontem. Outras vezes, é como se eu sempre tivesse estado aqui. Dois meses... então está perto do Natal. Acho que sentirei falta da manhã de Natal.

Diante disso, nenhuma de nós sabe o que dizer.

Ann se senta.

– Talvez ela não tenha completado a tarefa da sua alma. Talvez por isso ainda esteja aqui.

– Talvez se espere que ela nos ajude a encontrar o Templo! – exclama Felicity.

– Que templo? – pergunta Pippa.

– Quando despedacei as runas, liberei o poder da Ordem para dentro dos reinos – explico. – O Templo é a fonte dessa magia. Quem encontrar o Templo e prender a magia a controlará.

Os olhos de Pippa se arregalam.
— Mas que coisa maravihosa!
Ann faz coro.
— Mas todos estão procurando por ele, inclusive os espiões de Circe.
Pippa passa seu braço pelo meu.
— Então precisamos encontrá-lo primeiro. Farei tudo o que puder para ajudar vocês. Podem pedir ajuda às criaturas.
Abanei a cabeça.
— Kartik disse que não deveríamos confiar em nada dos reinos, não com a magia à solta. *Não confiem em ninguém. Não confiem em nada.* Mas com certeza isso não inclui Pippa.
— Kartik? — pergunta Pippa, como se tentasse lembrar-se de alguma coisa de muito tempo atrás. — O rapaz indiano? O Rakshana?
— Sim.
Ela baixa a voz:
— Devem ter cuidado com ele. Os Rakshana têm seus espiões aqui também. Não se pode confiar neles.
— O que você quer dizer?
— Disseram-me que os Rakshana e a Ordem não são amigos de jeito nenhum. Os Rakshana só fingem ser seus protetores. Eles estão realmente atrás do poder da Ordem... o controle da magia e dos reinos.
— Quem lhe disse uma coisa dessas?
Pippa encolhe os ombros.
— É uma coisa muito sabida aqui. Pergunte a qualquer pessoa.
— Nunca ouvi falar disso — digo. — Certamente minha mãe teria me avisado, se fosse verdade.
— Talvez ela não tenha tido nenhuma oportunidade — supõe Pippa. — Ou talvez não soubesse de tudo. Soubemos pelo diário que ela era apenas uma novata quando o incêndio aconteceu. — Começo a protestar, mas Pippa me detém. — Pobre Gemma. Está aborrecida porque agora sei mais a respeito do assunto do que você?
— Não, claro que não — digo, embora seja verdade. — Simplesmente acho que devemos ter cuidado.

– Psiu, Gemma, quero ouvir todos os segredos sobre os reinos – repreende-me Felicity, dando as costas para mim. Pippa abre um sorriso triunfante e lembro-me do que ela me disse, no salão de baile da Spence, meses atrás, quando a substituí como favorita de Felicity: *Cuidado. A queda demora, mas chega.*

Pippa nos empurra para dentro de um gigantesco abraço e beija nossas bochechas com fervor. Seu sorriso é tão autêntico!

– Ah, senti tanto a falta de vocês! – Uma lágrima escorre por sua bochecha rosada.

Sou uma amiga horrorosa. Senti muita falta de Pip também. Aqui está ela, e eu estrago o momento com minha rabugice.

– Desculpe, Pip. Por favor, diga tudo o que sabe.

– Se você insiste! – Seu sorriso é deslumbrante e estamos todas rindo como se nunca tivéssemos nos separado. A árvores soltam uma chuva de folhas, que caem flutuando suavemente e cobrem nossas saias com as cores mais radiantes.

– Os reinos são vastos. Parecem não ter fim. Ouço dizer que há maravilhas inimagináveis aqui. Uma floresta de árvores cheias de luz, que brilham eternamente. Nevoeiros dourados e criaturas com asas que parecem fadas. E um navio com a cabeça de uma górgona.

– Uma górgona! – exclama Ann, horrorizada.

– Ah, sim! Eu a vi, à noite, quando passava deslizando, dentro do nevoeiro. Um navio enorme e com uma cara assustadora – conta Pippa.

– Assustadora até que ponto? – pergunta Ann, mordendo o lábio.

– Você poderia morrer de medo só de olhar em seus olhos – diz Pippa. Ann parece aterrorizada. Pippa beija sua face. – Não se preocupe, Ann, querida. Serei sua protetora.

– Não quero encontrar essa górgona.

– Dizem que ela foi amaldiçoada pela Ordem e condenada por seu poder a nunca descansar e a dizer sempre a verdade – diz Pippa.

– Amaldiçoada? Por quê? – pergunta Felicity.

– Não sei. É uma das lendas.

– Se ela tem de dizer a verdade, então talvez possa dizer-nos onde encontrar o Templo – falo.

– Vou procurá-la para você – diz Pippa, rapidamente.

– Precisamos fazer isso? – pergunta Ann.

– Venha cá, Ann, veja isso. – Pippa pega um punhado de grama e aperta-o entre as palmas de suas mãos. Quando as abre, um minúsculo gatinho preto está sentado nelas, piscando para nós.

– Ah! – Ann aconchega o gatinho em sua face.

– Nós nos divertiremos tanto, agora que estamos todas juntas novamente!

Mas, dentro de mim, há um toque de preocupação. Minha mãe insistia que os espíritos precisavam atravessar o rio. Mas e se ela estivesse errada?

Eu a vi morrer. Eu a vi enterrada. Eu a vi em meus sonhos.

– Andei tendo os sonhos mais terríveis a seu respeito – revelo, testando.

Pippa acaricia o gatinho, fazendo com que ele se torne cor de laranja e, depois, vermelho.

– É mesmo? E eram sobre o quê?

– Só consigo lembrar o último sonho. Você se aproximava de mim e me dizia: "Cuidado, Gemma. Eles vêm à sua procura."

Pippa franze a testa.

– Quem vem à sua procura?

– Não sei. Achei que talvez você estivesse enviando uma mensagem para mim.

– Eu? – Ela abana a cabeça. – Não fiz nada desse tipo. Agora venham comigo – grita, como o Pied Piper da lenda. – Quero fazer uma árvore de Natal.

Ficamos nisso durante o que parecem horas. E talvez tenham sido mesmo horas. Ninguém quer ser a primeira a se despedir, e então inventamos sempre motivos para ficar – mais enfeites mágicos para a árvore, outra brincadeira de esconde-esconde, mais busca pela górgona, que nunca aparece. Finalmente é chegada a hora. Precisamos ir.

– Podem voltar amanhã? – Pippa implora, com uma choradeira.

– Vou viajar para Londres – diz Felicity, tristemente. – E é melhor vocês duas não virem para cá sem mim!

– Viajo no dia seguinte – digo.

Ann fica calada.

– Ann? – pergunta Pippa.

– Vou ficar na Spence e passar o Natal com os criados, como sempre.

– Quanto tempo demorará até ficarem juntas outra vez? – pergunta Pippa.

– Duas semanas – respondo. Eu não tinha pensado nisso. Como procuraremos pelo Templo se ficaremos separadas por tanto tempo?

– Assim não funcionará, de jeito nenhum – diz Pip. – O que farei durante duas semanas inteiras? Ficarei tão entediada sem vocês! A mesma Pip de sempre.

– Felicity e eu nos veremos – digo. – Mas Ann...

Ann está com uma cara de quem vai chorar.

– Vocês, simplesmente, precisam ir comigo para minha casa – diz Felicity. – A primeira coisa que vou fazer amanhã de manhã é mandar um telegrama para mamãe, dizendo-lhe que nos espere. E passarei a noite inventando uma história muito boa sobre os motivos para isso.

Ann está exultante.

– Gostaria muito. Das férias e da história.

– Logo que pudermos... dentro de dois dias... voltaremos – garanto a Pippa.

– Estarei à espera.

– Veja o que pode descobrir por conta própria – digo. – Encontre a górgona.

Pippa faz um sinal afirmativo com a cabeça.

– Vocês precisam ir tão cedo? Acho que não vou suportar me despedir.

– São só dois dias – Felicity lhe garante.

Ela caminha conosco pelo lugar onde antigamente ficavam as runas.

– Cuidado! – grita Felicity.

Onde o cogumelo venenoso se partiu, abrindo-se, a grama transformou-se em cinzas. Uma cobra preta e molhada mexe-se para a frente e para trás.

— Argh — diz Ann, dando um passo para o lado, a fim de evitá-la.

Pippa agarra uma pedra pontuda e a deixa cair em cima da coisa.

— É isso aí — incentiva ela, limpando o pouquinho do giz da pedra que ficou em suas mãos.

— Como detesto cobras — fala Felicity, com um tremor.

É surpreendente o fato de Felicity não se deixar amedrontar por nada. Porém, mais surpreendente é o seguinte: Pippa está olhando fixamente, com um sorriso estranho, para a pedra que deixou cair. Não consigo descrever a expressão do seu rosto, mas me deixa inquieta.

Depois de um último beijo, fazemos a porta de luz aparecer e voltamos ao grande salão.

— Vejam! — grita Ann.

Em torno do seu pescoço, o rubi ainda brilha e deslumbra.

— Você trouxe a magia de volta com você — digo, tocando na pedra.

— Não tentei fazer isso — defende-se Ann, como se estivesse com um problema. — Simplesmente aconteceu.

— Não há nenhum selo na magia — observo. — Então, tudo bem.

— Deixem-me experimentar — diz Felicity. Ela fecha os olhos e, num instante, flutua bem acima de nós.

— Felicity! Desça! — sussurro, com um tom urgente.

— De jeito nenhum! Por que você não sobe?

Com um gritinho, Ann se eleva para se encontrar com Felicity. Elas se dão as mãos no meio do ar e rodopiam muito acima do chão, como fantasmas.

— Esperem por mim! — peço, subindo para encontrá-las. Com meus braços abertos, minhas pernas pendentes muito acima do alto das cadeiras e do consolo da lareira, estou cheia de uma alegria atordoada, o prazer da ausência de peso.

— Que maravilha — diz Ann, rindo alto. Estende a mão para baixo e recoloca o enfeite do anjo no alto da árvore, de modo que ele se eleva alto e ereto. — Aí.

— O que está querendo fazer? — pergunto a Felicity, que tem os olhos fechados.

Ela esfrega a palma da sua mão direita em cima da esquerda. Quando separa as mãos, há nelas um belíssimo anel de diamante. Ela o coloca em seu dedo médio e o estende para nós vermos.

– Este é o mais maravilhoso presente de Natal que já existiu – diz Felicity, olhando fixamente para seu anel. – Pensem em como nos divertiremos em Londres, com a magia à nossa disposição.

– Não acho que seja aconselhável – falo. – Devemos prender a magia. Este é nosso objetivo.

Felicity faz um muxoxo.

– Não farei nada horrível com ela.

Essa não é uma discussão que eu deseje iniciar agora.

– Vamos voar novamente – digo, mudando de assunto.

Finalmente, até Felicity se cansa. Vamos furtivamente para nossos quartos, dizendo com alegria o nome da moça por quem havíamos chorado durante dois meses: Pippa. Talvez esta noite eu durma tranquilamente. Sem nenhum sonho terrível que me deixe exausta de manhã.

Só depois de se passar uma hora e eu estar segura em minha própria cama, ouso dar um nome à expressão no rosto de Pippa, enquanto ela olhava para a coisa que matara.

Fome.

Capítulo
doze

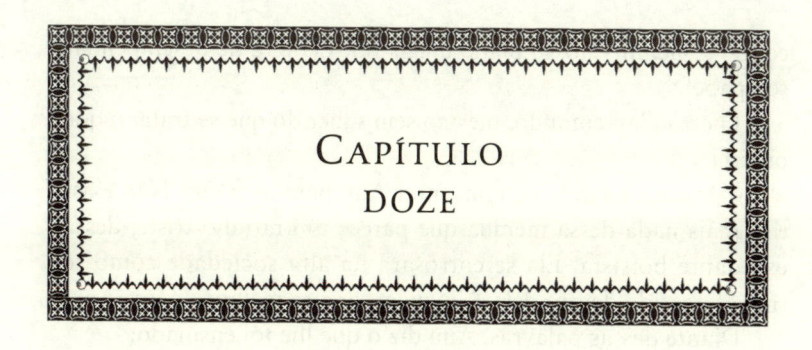

O COCHE VEM PEGAR FELICITY E ANN PARA LEVÁ-LAS À ESTAÇÃO ferroviária. Despedimo-nos no grande saguão de mármore, enquanto as criadas levam os cocheiros até onde está a bagagem das duas. Felicity parece fria e imperiosa, com seu casaco cor de malva e regalo de pele. Ann está atordoada e esperançosa, usando emprestadas algumas das coisas elegantes de Felicity, uma capa curta de veludo azul vivo, preso pelo broche com uvas.

– Ainda lhe resta alguma magia? – pergunta Felicity.

– Não – respondo. – Ela se foi. E a você?

– A mesma coisa. – Estreitando os olhos, ela adverte: – Não ouse voltar sem nós.

– Pela centésima vez, repito que não farei isso. – O cocheiro leva a última das coisas delas. – É melhor vocês irem. Não querem perder seu trem, não é?

É difícil conversar com toda a movimentação em torno. E detesto despedidas.

Ann está exultante.

– Fee me emprestou sua pelerine.

– É linda – digo, tentando ignorar o uso do apelido de Felicity. Diante do fato de que as duas passarão as férias juntas e de que Felicity nunca me deixou tomar nada dela emprestado, não posso deixar de sentir uma pontada de ciúme.

Felicity mexe nas roupas de Ann, alisando vincos.

– Farei com que mamãe nos leve para almoçar no clube amanhã. É um dos melhores clubes para mulheres, sabem? Precisamos contar a Gemma nosso plano magistral. Ela terá de desempenhar seu papel.

Já estou lamentando, mesmo sem saber do que se trata, o que ouvirei.

— Assumi a tarefa de reinventar Ann para as férias. Não existirá mais nada dessa menina que parece um ratinho triste, dessa estudante bolsista. Ela se entrosará na alta sociedade como se tivesse nascido dentro dela. Ninguém se sairá melhor do que Ann.

Diante dessas palavras, Ann diz o que lhe foi ensinado:

— Vou contar à mãe dela que sou uma descendente da realeza russa, mas só recentemente meu tio-avô, o Duque de Chesterfield, descobriu-me aqui na Spence e me informou sobre a "herança" dos meus falecidos pais.

Depois de dar uma olhada geral na rechonchuda Ann, com seu aspecto tão inglês, pergunto:

— Acha que funcionará?

— Tive a ideia ontem à noite, por causa do rubi. Pensei: e se inventarmos nossas próprias ilusões? – sugere Felicity. — E se fizermos um pequeno jogo?

— E se formos descobertas? – choraminga Ann.

— Não seremos – afirma Felicity. — Contarei às senhoras do clube que, antes da morte dos seus pais, você recebeu ensinamentos musicais de uma cantora de ópera russa mundialmente famosa. Elas ficarão emocionadas ao ouvir você cantar. Sabendo como são, digo que todas lutarão entre si para ter você cantando em seus bailes e jantares. Você será a grande novidade da temporada e, o tempo inteiro, elas não terão nenhuma ideia de que você é tão pobre quanto um ratinho de igreja.

Há alguma coisa feroz no sorriso de Felicity.

— Provavelmente eu as desapontarei – murmura Ann.

— Você precisa parar com isso agora mesmo – repreende Felicity. — Não estou trabalhando tanto por você para ver tudo desfeito.

— Sim, Felicity – diz Ann.

Com as sombrinhas abertas para nos proteger da chuva, caminhamos para fora, onde poderemos ter um momento sozinhas. Nenhuma de nós quer dizer o que realmente sentimos: que será uma tortura ter de aguardar para entrar novamente nos reinos. Tendo experimentado a magia, é difícil esperar para tornar a prová-la.

— Deslumbre aquele pessoal — falo a Ann. Nós nos abraçamos de leve e depois vem o chamado do cocheiro, em meio à cascata da chuva.

— Dois dias — diz Felicity.

Faço um sinal afirmativo com a cabeça.

— Dois dias.

Elas saem roçando a água, em direção ao coche, e chutando a lama em seu percurso.

Quando entro, Mademoiselle LeFarge está sentada no grande saguão. Usa seu melhor *tailleur* de lã e está lendo *Orgulho e preconceito*.

— Está linda — elogio. — Ahn, *très jolie*!

— *Merci beaucoup* — diz ela, sorrindo. — O inspetor logo me chamará.

— Vejo que está lendo a srta. Austen — digo, satisfeita por ela não me repreender por meu francês horroroso.

— Ah, sim. De fato, gosto dos livros dela. São tão românticos. É muito inteligente, da parte dela, sempre terminar com um final feliz, com um noivado ou um casamento.

Uma criada bate à porta.

— O sr. Kent quer vê-la, senhorita.

— Ah, obrigada. — Mademoiselle LeFarge guarda seu livro. — Bem, Mademoiselle Gemma. Eu a verei no ano novo, então. Feliz Natal para a senhorita.

— Feliz Natal para a senhorita também, Mademoiselle LeFarge.

— Ah, e por favor trabalhe com seu francês durante as férias, Mademoiselle. É uma temporada de milagres. Talvez ambas presenciemos um.

Dentro de algumas horas, a Spence está quase deserta. Resta apenas um punhado de nós. Durante o dia inteiro, meninas partiram. Da minha janela, observei-as caminhar para fora, sob o vento frio, até o coche que as levaria à estação ferroviária. Espiei suas despedidas, suas promessas de se verem em tal baile ou tal ópera. É um espanto que façam isso com lágrimas e declarações do tipo "sentirei sua falta", pois a impressão é de que mal se separarão.

O lugar agora me pertence, então passo algum tempo explorando-o. Subo escadas íngremes até as torrinhas, cujas janelas me dão uma vista, do alto, das terras que cercam a Spence. Passo rapidamente por portas trancadas e cômodos escuros, apainelados, que parecem mais de um museu do que de lugares onde se vive e respira. Perambulo até já estar escuro e passar a hora em que eu deveria estar na cama. Mas não creio que alguém esteja procurando por mim.

Quando chego ao meu próprio andar, paro, gelada. Uma das enormes portas dos restos carbonizados da Ala Leste foi deixada escancarada. Uma chave se projeta da fechadura. Durante todo o tempo em que estive aqui, jamais vi essas portas destrancadas, e me pergunto por que estarão abertas agora, quando a escola já está vazia.

Quase vazia.

Vou furtivamente até mais perto, tentando não fazer nenhum som. Há vozes vindo de dentro. Demoro um momento, mas as reconheço: são da sra. Nightwing e da srta. McCleethy. Não consigo ouvir claramente o que dizem. O vento passa uivando e me envia rajadas de palavras: "Deve começar." "Londres." "Eles nos ajudarão." "Garanti isso."

Um grande medo me impede de dar uma olhada para dentro, então coloco o ouvido na fenda, exatamente quando a sra. Nightwing diz: "Cuidarei disso. É um encargo meu, afinal."

Depois disso, a srta. McCleethy passa pela porta e me surpreende:

– Bisbilhotando, srta. Doyle? – pergunta ela, com os olhos relampejando.

– O que é isso? O que está acontecendo? – pergunta a sra. Nightwing. – Srta. Doyle! Como pôde fazer isso?

– Eu... Desculpe, sra. Nightwing. Ouvi vozes.

– O que você ouviu? – pergunta a sra. Nightwing.

– Nada – digo.

– Espera que acreditemos em você? – insiste a srta. McCleethy.

— É verdade – minto. – A escola está tão vazia que eu não conseguia dormir.

A srta. McCleethy e a sra. Nightwing trocam olhares.

— Então pode ir para a cama, srta. Doyle – ordena a sra. Nightwing. – Daqui em diante, deve deixar claro imediatamente que está presente.

— Sim, sra. Nightwing – digo, quase correndo para meu quarto, no final do corredor.

Do que elas estavam falando? Deve começar o quê?

Com esforço, tiro minhas botas, vestido, espartilho e meias, ficando apenas com a camisa. Há exatamente catorze grampos em meu cabelo. Vou contando-os, enquanto meus trêmulos dedos tiram cada um. Meus cachos cor de cobre rolam pelas minhas costas com um suspiro de alívio.

Não me sinto nada bem. Estou nervosa demais para pensar em dormir. Preciso de uma distração, alguma coisa para relaxar. Embaixo de sua cama, Ann guarda uma pilha de revistas do tipo que oferece conselhos e mostra as últimas novidades da moda. Na capa de uma delas há uma ilustração, uma linda mulher. Seu cabelo está enfeitado com penas. Sua pele é uma perfeição cremosa e seu olhar consegue ser ao mesmo tempo bondoso e pensativo, como se ela contemplasse o crepúsculo, ao longe, enquanto pensa, ao mesmo tempo, em fazer curativos nos joelhos esfolados de crianças que choram. Não sei como fazer um olhar desses. Sinto um novo temor: o de que nunca, algum dia, possa ser tão linda.

Sento-me à penteadeira, olhando atentamente para mim mesma ao espelho, virando o rosto de um lado para outro. Meu perfil é decente. Tenho o nariz reto e um bom maxilar. Virando-me novamente para o espelho, assimilo as sardas e as sobrancelhas claras. Não há esperanças. Não é que haja alguma coisa horrorosa em mim, simplesmente não há nada que se destaque. Nenhum mistério. Não sou o tipo que alguém imaginasse na capa de revistas populares, olhando adoravelmente para a distância. Não sou do tipo que tem admiradores ansiosos, a moça imortalizada em alguma canção. E não posso dizer que não me incomode saber disso.

Quando vou a jantares e bailes – melhor dizendo, quando chego a ir a algum –, o que os outros veem em mim? Será que chegarão a me notar? Ou, na realidade, um irmão suspirando de aborrecimento, tios velhos e primos distantes serão forçados a dançar comigo, por um senso de cortesia, ou porque suas esposas, mães e anfitriãs os obrigaram a isso?

Poderia eu, algum dia, ser uma deusa? Escovo meu cabelo e o arrumo ao longo dos ombros, como já vi em ousados cartazes de óperas nas quais mulheres tuberculosas morrem de amor, embora com uma aparência maravilhosa. Quando olho de viés e separo os lábios de um certo jeito, poderia talvez ser considerada sedutora. Meu reflexo quer alguma coisa. Animadamente, puxo para baixo as alças da minha camisa, desnudando a carne. Sacudo levemente meu cabelo, de modo que ele fica um pouco desarrumado, como se eu fosse uma ninfa dos bosques, uma criatura selvagem.

– Desculpe – dirijo-me ao meu reflexo. – Acho que não nos conhecemos. Sou...

Pálida. É isso que sou. Belisco minhas bochechas, para que fiquem rosadas, e começo outra vez, adotando uma voz baixa, como um rosnido:

– Quem percorre tão livremente meus bosques? Diga seu nome. Fale!

Atrás de mim, alguém pigarreia, e depois vem um sussurro:

– Sou eu, Kartik.

Um minúsculo ganido escapa da minha garganta. Pulo da minha penteadeira e imediatamente tropeço em sua beirada, caindo sobre o tapete e derrubando comigo a cadeira. Kartik sai de trás do meu biombo, com as palmas das mãos para cima, na frente do seu peito.

– Por favor. Não grite.

– Como ousa! – arquejo, correndo para meu armário e procurando o roupão pendurado lá.

Ah, meu Deus, onde estará?

Kartik olha fixamente para o chão.

– Eu... Não foi minha intenção, eu lhe garanto. Eu estava ali, mas cochilei e então... Você está... apresentável?

Encontro o roupão, mas meus dedos não conseguem funcionar, em tal estado. Abotoo o roupão de forma inteiramente errada. Ele pende num ângulo estranho. Cruzo os braços, para minimizar os danos.

– Talvez você não saiba, mas é imperdoável esconder-se no quarto de uma dama. E não se fazer anunciar, enquanto ela está se vestindo... – Estou furiosa. – Imperdoável.

– Desculpe – diz ele, com um ar envergonhado.

– Imperdoável – repito.

– Devo ir embora e voltar depois?

– Como já está aqui, pode ficar, dá no mesmo. – Na verdade, estou satisfeita por ter companhia, depois de meu infeliz encontro mais cedo. – O que é tão urgente que exige que você suba por uma parede e se esconda atrás do meu biombo?

– Você entrou nos reinos? – pergunta ele.

Faço um sinal afirmativo com a cabeça.

– Sim. Mas não parecia faltar nada. Estava tudo lindo, como sempre.

Parei, pensando em Pippa. A linda Pippa, que Kartik uma vez contemplou com admiração. Penso na advertência dela sobre o Rakshana.

– Que é?

– Nada. Pedimos a alguém de lá para nos ajudar. Para ser uma espécie de guia.

Kartik sacode a cabeça.

– Isso não é aconselhável! Eu lhe disse, nada nem ninguém que venha de dentro dos reinos merece confiança neste momento.

– Há alguém em quem podemos confiar.

– Como sabe?

– É Pippa – revelo, tranquilamente.

Os olhos de Kartik se arregalam.

– Srta. Cross? Mas pensei...

– Sim, eu também. Mas eu a vi, a noite passada. Ela não sabe onde é o Templo, mas vai ajudar-nos a encontrá-lo.

Kartik olha atentamente para mim.

– Mas, se ela não atravessar, vai tornar-se corrupta.

– Ela diz que não é o caso.

– Você não pode confiar nela. Ela pode já estar corrompida.

— Não há nada de estranho nela, de forma nenhuma — protesto. — Está exatamente como... — Ela está linda como antes, eu estava prestes a dizer.

— Ela está como o quê?

— Ela é a mesma Pippa — respondo, tranquilamente. — E sabe mais sobre os reinos do que nós, a esta altura. Ela pode ajudar-nos. É mais do que você me deu, até agora, para levar adiante a tarefa.

Se feri o orgulho de Kartik, ele não deixa transparecer. Ele anda compassadamente, passando tão perto que posso sentir seu cheiro, uma mistura de fumaça, cinamomo, o vento, o proibido. Aperto com força meu roupão em torno de mim.

— Está bem — diz ele, esfregando o queixo. — Proceda com cuidado. Mas não gosto disso. O Rakshana avisou, expressamente...

— O Rakshana não esteve lá, então como seus membros poderão saber em quem se deve confiar? — A advertência de Pippa de repente me parece muito boa. — Não sei nada sobre sua irmandade. Por que devo confiar nela? Por que devo confiar em você? Honestamente, você entra às escondidas em meu quarto e se esconde atrás do meu biombo. Você me segue de um lado para outro. Você está constantemente gritando ordens para mim: Feche sua mente! Não, sinto muitíssimo — abra sua mente! Ajude-nos a encontrar o Templo! Prenda a magia!

— Eu lhe disse o que sei — fala ele.

— Você não sabe muita coisa, não é? — retruco bruscamente.

— Sei que meu irmão era Rakshana. Sei que ele morreu tentando proteger sua mãe e que ela morreu tentando proteger você.

Aí está. A dor terrível que nos une. Tenho a impressão de que uma pancada me impede de respirar.

— Não faça isso.

— Não faça o quê?

— Não mude de assunto. Acho que darei as ordens por algum tempo. Você quer que eu encontre o Templo. Quero uma coisa de você.

— Está me chantageando? — pergunta ele.

— Pode chamar a isso como quiser. Mas não lhe direi nada mais até você responder às minhas perguntas.

Sento-me na cama de Ann. Ele se senta na minha, à frente. Aqui estamos, um casal de cães preparados para morder, se provocados.

— Pergunte — diz ele.

— Perguntarei quanto estiver pronta.

— Muito bem, então não pergunte. — Ele se levanta, como se fosse embora.

— Conte tudo sobre o Rakshana! — disparo, sem pensar.

Kartik suspira e olha para o teto.

— A irmandade dos Rakshana existe há tanto tempo quanto a Ordem. Eles surgiram no Oriente, mas outros ingressaram, ao longo do tempo. Carlos Magno foi Rakshana, como muitos dos Templários. Eles eram os guardiães dos reinos e de suas fronteiras, e juraram proteger a Ordem. O emblema deles é a espada e o crânio — ele diz isso de uma vez só, como uma lição de história recitada para um professor.

— Muito útil — provoco, irritada.

Ele levanta um dedo.

— E informativo.

Ignoro sua tentativa de mudar de assunto.

— Como chegou a fazer parte do Rakshana?

Ele encolhe os ombros.

— Sempre fiz parte.

— Nem sempre, com certeza. Você deve ter tido uma mãe e um pai.

— Sim. Mas nunca os conheci, realmente. Deixei-os quando tinha seis anos.

— Ah — digo, chocada. Nunca havia pensado em Kartik, menino pequeno, deixando os braços da sua mãe. — Lamento.

Os olhos dele não encontram os meus.

— Não há nada para lamentar. Foi acertado que eu seria treinado para o Rakshana, como meu irmão, Amar, antes de mim. Foi uma grande honra para minha família. Fui levado para o rebanho e aprendi matemática, línguas, o manejo das armas, a combater. Também o críquete. — Ele sorri. — Jogo muito bem o críquete.

— O que mais?

— Ensinaram-me a sobreviver na floresta. A seguir a pista de coisas. A roubar.

Ergo as sobrancelhas, diante disso.

– O que quer que seja necessário para sobreviver. Nunca se sabe se meter a mão no bolso de um homem dará para comprar a comida de um dia ou se haverá um impedimento exatamente no momento certo.

Penso em minha mãe, que se foi para sempre, e em como sinto sua perda profundamente.

– Você não sentiu uma falta terrível da sua família?

A voz dele, quando sai, é muito tranquila:

– No começo, eu procurava minha mãe em todas as ruas, em todas as feiras, sempre esperando vê-la. Mas eu tinha Amar, pelo menos.

– Que coisa terrível. Você não teve nenhum poder de decisão em tudo isso.

– Era meu destino. Eu o aceito. O Rakshana foi muito bom para mim. Fui treinado para uma irmandade de elite. O que teria feito na Índia? Pastoreado vacas? Passado fome? Vivido à sombra dos ingleses, forçado a sorrir enquanto servia sua comida ou tratava dos seus cavalos?

– Não pretendia perturbar você...

– Você não me perturbou – diz ele. – Não sei se entende como é grande a honra de ser escolhido para a irmandade. Logo estarei preparado para avançar até o último nível do meu treinamento.

– O que acontecerá, então?

– Não sei – responde ele, com um sorriso doce. – A pessoa deve fazer um juramento de fidelidade para a vida inteira. Depois, é introduzida aos mistérios eternos. Ninguém jamais fala disso. Porém, primeiro é preciso vencer um desafio colocado à sua frente, provar seu valor.

– Qual é o seu desafio?

Seu sorriso desaparece.

– Encontrar o Templo.

– Seu destino está ligado ao meu.

– Sim – confirma ele, baixinho. – Assim parece.

Ele olha para mim de uma maneira tão estranha que tenho outra vez consciência de como estou comprometida, com meu roupão.

– Você deve ir embora agora.

– Sim, devo – diz ele, levantando-se de um pulo. – Posso fazer-lhe uma pergunta?

– Sim – respondo.

– Conversa muitas vezes com seu espelho? É uma coisa que as moças fazem?

– Não. Claro que não. – Coro numa tonalidade carmim mais escura do que já se observou na face de qualquer moça. – Eu estava ensaiando. Para uma peça. Eu... eu vou aparecer num coro.

– Com certeza será uma apresentação interessantíssima – fala Kartik, sacudindo a cabeça.

– Tenho um dia de viagem bastante longo amanhã e preciso desejar-lhe boa-noite – concluo, um tanto formalmente.

Agora estou ansiosa para Kartik ir embora, a fim de sofrer meu embaraço sozinha. Ele passa suas pernas fortes por cima da beirada da janela e estende a mão para a corda aninhada na grossa hera que sobe pelas paredes da escola.

– Ah, como entrarei em contato com você, se encontrar o Templo?

– O Rakshana garantiu emprego para mim em Londres, durante os feriados. É mais ou menos perto. Estarei em contato.

E, depois disso, ele atravessa a janela e dispara pela corda abaixo. Observo-o unir-se à noite, desejando que pudesse voltar. Mal prendi o trinco quando há uma batida em minha porta. É a srta. McCleethy.

– Pensei ter ouvido vozes – diz ela, examinando o quarto.

– Eu... eu estava lendo em voz alta – minto, agarrando na cama a revista de Ann.

– Entendo – diz ela, com seu sotaque estranho. Oferece-me um copo. – Você disse que estava com problemas para dormir, então eu lhe trouxe um pouco de leite morno.

– Obrigada – falo, tomando-o.

Detesto leite morno.

– Sinto que você e eu não demos muito certo uma com a outra, de início.

– Lamento o que aconteceu com a flecha, srta. McCleethy. Sinceramente. E eu não estava bisbilhotando a senhorita hoje, mais cedo. Eu...

– Ora, ora. Está tudo esquecido. Você partilha este quarto com a srta. Bradshaw?

– É, sim – confirmo.

– Ela e a srta. Worthington são suas melhores amigas?

– São, sim. – Na verdade, são minhas únicas amigas.

– Elas, com certeza, são ótimas moças, mas, me atrevo a dizer, não são nem de perto tão interessantes quanto a senhorita, srta. Doyle.

Fico pasma.

– Eu... eu? Mas não sou assim tão interessante.

– Sabe – diz ela, aproximando-se –, a sra. Nightwing e eu estivemos falando de você exatamente esta mesma noite e concordamos que há algo muito especial em você.

Estou em pé diante dela com um roupão abotoado de forma errada.

– A senhorita é excessivamente gentil. Na verdade, a srta. Bradshaw tem uma voz surpreendente, e srta. Worthington é assustadoramente inteligente.

– Vê como é leal, srta. Doyle? Logo vai em defesa de suas amigas. É uma característica louvável.

Ela pretende elogiar-me, mas me sinto constrangida, como se alguém me examinasse.

– Que colar fora do comum. – Com um atrevimento sem igual, ela traça com o dedo a curva da lua crescente. – Onde o conseguiu?

– Era da minha mãe – digo.

Ela me lança um olhar penetrante.

– Deve ter sido difícil para ela separar-se de algo tão precioso.

– Ela está morta. Herdei o colar.

– Ele tem algum significado especial? – pergunta ela.

– Não – minto. – Que eu saiba, nenhum.

A srta. McCleethy me olha atentamente, até que sou obrigada a desviar a vista.

– Como ela era, sua mãe?

Forço um bocejo.

– Desculpe, mas acho que estou cansada.

A srta. McCleethy parece desapontada.
— Deve beber o leite enquanto ainda está morno. Vai ajudá-la a dormir. O descanso é muito importante.
— Sim, obrigada — digo, segurando o copo.
— Vamos, beba. — Não há como escapar. Forço-me a dar alguns goles no líquido que parece giz. Tem um gosto estranhamente doce.
— Hortelã-pimenta — anuncia srta. McCleethy, como se lesse meus pensamentos. — Ajuda a dormir. Levarei o copo de volta para Brigid. Acho que ela não gosta muito de mim; o que você pensa?
— Tenho certeza de que está enganada — digo, porque é a resposta cortês.
— Ela me olha como se eu fosse o demônio em pessoa. Acha que eu sou o demônio, srta. Doyle?
— Não — resmungo. — Claro que não.
— Estou feliz por termos decidido ser amigas. Durma bem, srta. Doyle. E chega de leitura em voz alta esta noite.

Sinto meu corpo quente e pesado. Será que é por causa do leite morno? Da hortelã-pimenta? Ou será que a srta. McCleethy me envenenou? *Não seja ridícula, Gemma.*
Abro as duas janelas, deixando o ar gelado entrar. Preciso permanecer acordada. Movimento-me pelo quarto com grandes passadas. Curvo-me pela cintura e toco os dedos dos meus pés. Finalmente, sento-me na cama, cantando canções de Natal para mim mesma. Não adianta. Minha canção vai sumindo e entro num sonho acordada.
A lua crescente brilha em minha mão. Minha mão se torna uma flor de lótus numa trilha. Grossas trepadeiras verdes forçam sua passagem por fendas, com seus minúsculos brotos florescendo e se transformando em magníficas rosas. Vejo meu rosto devolvendo meu olhar atento, refletido numa parede de água. Empurro minha mão em direção à parede até que a atravesso.
Caio ainda mais profundamente e sou engolida pelo manto negro do sono sem sonhos.

Não sei que horas são, quando alguma coisa me dá um susto e me acorda. Fico escutando, para ver se descubro o que é, mas não há nada. O leite deixou uma fina camada em minha língua. Ela parece crescer dentro da minha boca. Por mais que não deseje fazer isso, tenho de descer para beber alguma coisa.

Com um suspiro fundo, afasto o cobertor e acendo uma vela, cobrindo a chama com a mão em concha, enquanto percorro o corredor escuro, que parece ter quilômetros de comprimento. Sou a única pessoa que ainda está neste andar. Este pensamento faz meus passos se tornarem mais rápidos.

Quando chego perto da escada, a chama crepita e se apaga. Não! Terei de voltar para acendê-la. Uma repentina tontura me domina. Meus joelhos se dobram, mas consigo agarrar o alto do corrimão para me firmar. Na escuridão, há um leve e nítido som de arranhar, como giz passado com muita força em cima de uma lousa.

Não estou mais sozinha. Há alguém aqui comigo.

Mal consigo sussurrar:

– Olá! Brigid? É você?

O som de arranhar movimenta-se para mais perto. Em minha mão, a vela se acende bruscamente e ganha vida, enchendo o corredor com uma firme esfera de luz. Ali estão elas, brilhando em seus contornos. Não inteiramente reais, porém mais sólidas do que na visão delas que tive sobre a neve. Três moças, todas de branco. Os bicos pontudos das suas botas raspam o chão de madeira, fazendo um som terrível, enquanto elas flutuam para cada vez mais perto. Movimentam a boca para falar. Não consigo ouvi-las. Seus olhos são tristes e há grandes círculos escuros embaixo deles.

Não grite, Gemma. É apenas uma visão. Não pode machucar você. Ou pode?

Elas estão tão perto que preciso virar a cabeça e fechar os olhos. Estou quase vomitando, por causa do medo e do cheiro que vem delas. O que é isso? O mar e mais alguma coisa. Decomposição.

Há aquele som novamente, como milhares de asas de insetos arranhando alguma coisa. Elas falam tão baixinho que levo um momento para entender sua mensagem, mas, quando a ouço, ela me gela até os ossos:

– *Ajude-nos*. – Não quero abrir os olhos, mas abro. Elas estão tão perto, essas coisas brilhantes que se agitam. Uma delas estende uma mão. *Por favor. Por favor, não me toque. Vou gritar. Vou gritar. Vou...*

A mão dela é como gelo em meu ombro, mas não há tempo para gritar, porque meu corpo fica rígido, enquanto sou puxada para baixo. Imagens inundam minha mente. Três moças pulam ao longo de rochedos íngremes. O mar se quebra e se eleva, cobre tudo, deixa finos fios de espuma em seus pés. As nuvens se escurecem. Uma tempestade. Uma tempestade está chegando. Esperem, há uma quarta moça. Ela fica para trás. Alguém as chama. Chega uma mulher. Usa uma capa verde.

As vozes melosas das meninas deslizam para dentro do meu ouvido:

– Veja...

A mulher pega na mão da quarta menina. E então o terror vem do mar. O céu que se escurece. As meninas gritando.

Estamos de volta ao corredor incandescente. As moças se desbotam, voltando à escuridão.

– Ela mente... – sussurram as moças. – Não confie nela...

E depois se vão. A dor desaparece. Estou de joelhos no chão frio e duro, sozinha. A vela silva de repente, cuspindo uma centelha caprichosa.

Isto basta. Levanto-me e disparo de um lado para outro, confusa, como um ratinho assustado. Só paro de correr quando estou de volta ao meu quarto, com a porta bem fechada – embora eu não saiba dizer o que penso estar fechando do lado de fora. Acendo todos os abajures. Quando o quarto está bem iluminado, sinto-me um pouco melhor. Que tipo de visão era aquela? Por que se tornou tão mais intensa? Será porque a magia está solta? E isto, de alguma forma, torna a presença delas mais ousada? Senti aquela mão em meu ombro...

Pare com isso, Gemma. Pare de assustar a si mesma.

Quem são essas moças e o que querem comigo? O que queriam dizer com "Não confie nela"? Não ajuda o fato de que a escola está vazia, nem o de que amanhã estarei em Londres com minha família, e quem sabe que horrores reais me esperam por lá.

    Não tenho qualquer resposta para nada disso. E sinto medo de dormir. Quando a primeira luz do dia comprime seu nariz contra as vidraças de minhas janelas já estou vestida, com a mala feita, pronta para ir a Londres, mesmo se tiver de conduzir os cavalos eu mesma até lá.

CAPÍTULO TREZE

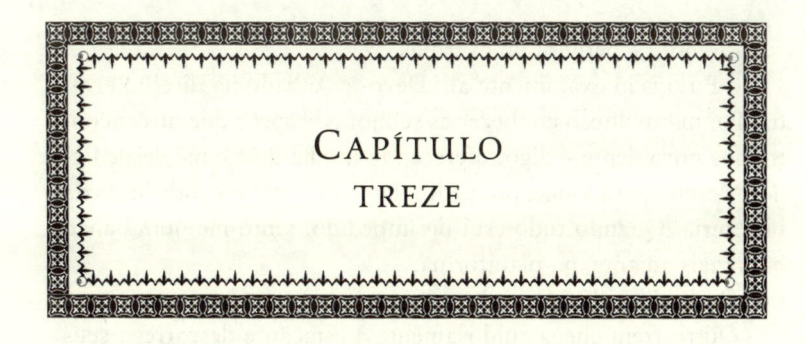

Tom está atrasado, como de costume.

Cheguei à Estação Victoria no trem das doze horas, vinda de Spence, como estava previsto, mas não encontro meu irmão em parte alguma. Talvez ele tenha sofrido um acidente horrível e esteja caído na rua, agonizante, implorando, com seu último fôlego, que um dos transeuntes chorosos corra até a estação ferroviária para socorrer sua inocente e virtuosa irmã. É a única explicação caridosa que consigo imaginar. Mais provavelmente, ele está em seu clube com seus amigos, em meio a risadas e jogos de cartas, e se esqueceu completamente de mim.

– Minha querida, tem certeza de que seu irmão vem buscá-la?

É Beatrice, uma das irmãs solteironas de setenta anos, que estavam sentadas ao meu lado no trem, conversando incessantemente, até eu pensar que enlouqueceria, sobre reumatismo e as alegrias do cultivo das rosas centifólias. Ao contrário do meu irmão, elas estão preocupadas com meu bem-estar.

– Ah, sim. Com certeza, obrigada. Por favor, não se preocupem comigo.

– Ah, meu Deus. Milicent, acho que não podemos deixá-la aqui sozinha, não é?

– Não, tem razão, Beatrice. Ela deve vir conosco. Mandaremos uma notícia para sua família.

Isto decide o assunto. Vou assassinar Tom.

– Ali está ele! – digo, olhando para a distância, onde meu irmão não está.

– Onde? – perguntam as irmãs.
– Eu o vejo exatamente ali. Devo ter olhado na direção errada. Foi maravilhoso conhecer as senhoras. Espero que nos encontremos novamente – digo, oferecendo minha mão e me despedindo. Marcho para longe, premeditadamente, e me escondo atrás da bilheteria. Quando tudo está desimpedido, sento-me num banco bem mais adiante, na plataforma.

Onde ele poderia estar?

Outro trem chega ruidosamente à estação e descarrega seus passageiros. Eles são abraçados por parentes sorridentes. Pacotes são entregues, flores, dadas. Tom está meia hora atrasado. Vou falar com papai sobre isso.

Um homem com um belo terno preto vem sentar-se junto de mim. O que deve ele pensar, vendo-me sentada aqui sozinha? Uma cicatriz raivosa desfigura o lado esquerdo de seu rosto, estendendo-se desde acima da sua orelha até o canto da sua boca. Seu terno foi feito sob medida por um bom alfaiate. Espio o broche em sua lapela e minha boca fica seca, porque sei o que é. São a espada e o crânio do Rakshana. Seria coincidência o fato de ter se sentado ao meu lado? Ou veio com um objetivo? Ele me dá um breve sorriso. Em silêncio, eu me levanto e me afasto. Quando chego ao meio da plataforma, viro-me. Ele também saiu do banco. Com seu jornal enfiado embaixo do braço, acompanha-me. Onde está Tom? Paro diante de um vendedor de flores, fingindo examinar suas mercadorias. O homem vem também. Ele escolhe um cravo vermelho para sua botoeira, inclina seu chapéu em agradecimento e deixa cair uma moeda na mão do vendedor, sem dizer nem uma só palavra.

O medo deixa minhas pernas fracas como as de um gatinho recém-nascido.

E se ele tentar levar-me? E se tiver acontecido alguma coisa errada com Kartik? E se Pippa tiver razão e não se puder confiar de forma nenhuma nesses homens?

Posso sentir o homem de terno negro aproximando-se. Se eu gritasse, quem me ouviria em meio aos silvos e aos rosnados dos trens? Quem poderia ajudar-me?

Espio um jovem em pé, sozinho, à espera.

– Aí está você! – digo, dando rápidas passadas na direção dele. Ele olha em volta para ver a quem me dirijo. – Você está atrasado, sabe?

– Estou... atrasado? Lamento profundamente, mas será que nós...

Inclino-me em sua direção, sussurrando com urgência:

– Por favor, ajude-me. Aquele homem está me seguindo.

Ele parece confuso:

– Que homem?

– *Aquele* homem. – Olho para trás, mas ele se foi. Não há ninguém. – Havia um homem com um terno preto. Ele tinha uma cicatriz horrorosa em sua face esquerda. Ele se sentou ao meu lado no banco e depois me seguiu até o vendedor de flores. – Tenho consciência de que soo como uma louca.

– Talvez ele quisesse uma flor para sua lapela – diz o rapaz.

– Mas ele me seguiu até aqui.

– Estamos perto da saída. – Ele aponta para as portas que levam até a rua.

– Ah, então estamos na saída – digo. Sou tão tola. – Peço mil desculpas. Parece que estou vendo fantasmas. Meu irmão deveria estar esperando meu trem. Mas está atrasado, infelizmente.

– Então vou ficar e lhe farei companhia até ele chegar.

– Ah, não, eu não poderia...

– A senhorita, na verdade, pode ser útil para mim – diz ele.

– Que tipo de ajuda eu poderia dar? – pergunto, desconfiada.

Do bolso de seu casaco, ele tira uma linda caixa de veludo, do tamanho de uma latinha de biscoitos.

– Preciso da opinião de uma dama sobre um presente. A senhorita me ajudará?

– Claro – digo, aliviada.

Ele coloca a caixa em cima da palma aberta da sua mão e ergue a tampa. Não há nada dentro.

– Mas está vazia – digo.

– Assim parece. Mas espie só.

Ele puxa o que parecia ser a parte inferior da caixa. Ela se levanta e revela um compartimento secreto e dentro deste espaço escondido está um lindo camafeu.

– É lindo – digo. – E a caixa é muito engenhosa.
– Então aprova?
– Tenho certeza de que ela gostará – digo.
Coro imediatamente.
– É para minha mãe – explica o rapaz. – Vim para esperar o trem dela.
– Ah – digo.
Ficamos ali, em dúvida. Não sei o que dizer ou fazer. Devo continuar em pé aqui como uma idiota ou resgatar o que resta do meu orgulho, desejar a ele um bom-dia e encontrar um lugar onde possa esconder-me até meu irmão vir buscar-me?
Abro a boca para dizer adeus exatamente quando ele estende uma mão.
– Meu nome é Simon Middleton. Ah, desculpe. O que ia dizer?
– Ah, eu... eu estava apenas... Como vai?
Apertamos as mãos.
– Vou muito bem, obrigado. Como vai, senhorita...?
– Ah, meu Deus. Sim, meu nome é...
– *Gemma!* – Meu nome é proclamado. Tom chegou, finalmente. Ele chega correndo, com o chapéu na mão, aquele aborrecido cacho de cabelo batendo em seus olhos.
– Pensei que você tinha dito Estação Paddington.
– Não, Thomas – digo, forçando um sorriso em nome da polidez. – Eu disse claramente Victoria.
– Está enganada. Você disse Paddington!
– Sr. Middleton, gostaria de apresentar meu irmão, sr. Thomas Doyle. O sr. Middleton teve a imensa gentileza de esperar comigo, Thomas – digo, incisivamente.
O rosto de Tom empalidece. Se ele está sentindo-se envergonhado, então fico satisfeita com isso.
Simon sorri amplamente. Isto faz seus olhos dançarem.
– É bom ver você, Doyle, velho camarada.
– Mestre Middleton – diz Thomas, estendendo a mão. – Como vão o visconde e Lady Denby?
– Meu pai e minha mãe vão bem, obrigado.

Simon Middleton é filho de um visconde? Como pode alguém tão gentil e encantador, chamado sr. Middleton, estar familiarizado com meu desagradável irmão?

– Já se conhecem? – pergunto.

– Estivemos juntos em Eton – diz Simon.

Isto dá a Simon – o Ilustre Simon Middleton – a idade do meu irmão, dezenove anos. Agora que meu choque passou, vejo que Simon é também bonito, com cabelos castanhos e olhos azuis.

– Não sabia que você tinha uma irmã tão encantadora.

– Nem eu – diz Tom. Pego seu braço, mas apenas para poder beliscar sua parte interna, sem ser vista por Simon. Quando Tom arqueja, sinto-me melhor e paro de beliscar. – Espero que ela não o tenha incomodado muito.

– De forma alguma. Ela estava com a impressão de que alguém a seguia. Um homem com um terno escuro e com... o que foi mesmo? Uma horrosa cicatriz em sua face esquerda.

Sinto-me muito tola com relação a isso agora.

Um rubor sobe pelo pescoço pálido de Tom.

– Ah, sim. A famosa imaginação Doyle. Provavelmente ela se tornará uma escritora de romances de mistério, a nossa Gemma.

– Desculpe-me por tê-lo incomodado – digo.

– De forma nenhuma. Foi a parte mais interessante do meu dia – diz ele, com um sorriso tão sedutor que acredito nele. – E a senhorita foi imensamente útil com isto – ele acrescenta, erguendo a caixa de veludo. – Nosso coche está bem em frente, do lado de fora. Se não se importarem de esperar, eu poderia oferecer-lhes uma carona.

– Temos nosso próprio coche esperando – diz Tom, presunçosamente.

– Claro.

– Foi uma oferta muito generosa – digo. – Um bom dia para o senhor.

Simon Middleton faz uma coisa extraordinária e ousada. Pega minha mão e lhe dá um beijo, à maneira da corte.

– Espero que nos encontremos durante os feriados. Precisa vir jantar conosco. Providenciarei para que isso aconteça. Mestre Doyle, siga em frente. – Ele faz para Tom um largo gesto com o chapéu e Tom retribui, como se fossem dois velhos amigos brincando juntos.

Simon Middleton. Nem posso esperar para contar isso a Ann e Felicity.

Do lado de fora da estação, as ruas estão fervilhando, com muito barulho, cavalos, ônibus e pessoas que vieram para Londres a fim de passar um dia fazendo compras ou se divertindo. É uma cena louca e alegre, e fico feliz por fazer parte do pulsante coração da cidade. No momento em que o ar enevoado e os sinos das igrejas, repicando, cumprimentam-me, sinto-me sofisticada e misteriosa. Eu poderia ser qualquer pessoa aqui – duquesa, feiticeira ou uma astuta caçadora de fortunas. Quem poderia dizer? Afinal, já tive um encontro realmente maravilhoso com um filho de um visconde. Sinto-me muito otimista. Sim, essa será uma visita agradável, com danças e presentes, e talvez até um jantar na casa de um belo filho de visconde. Papai adora o Natal. O espírito do Natal o deixará alegre e ele não precisará tanto do láudano. Juntas, Ann, Felicity e eu encontraremos o Templo, prenderemos a magia e, no fim, dará tudo certo.

Um homem esbarra em mim em seu apressado percurso, sem sequer se desculpar. Mas está tudo bem. Perdoo você, homem ocupado da cidade, com seus cotovelos pontudos. Saudações para você e adeus! Porque eu, Gemma Doyle, terei um Natal esplêndido na cidade de Londres. Tudo será ótimo. Que Deus nos dê descanso, alegres cavalheiros. E damas.

Tom está tentando desesperadamente conseguir um fiacre em meio à multidão.

– Mas onde está o coche? – pergunto.

– Não há coche nenhum.

– Mas você disse...

– Sim, ora, eu não queria sofrer a humilhação de que isso chegasse aos ouvidos de Middleton. Temos um coche em casa, sem dúvida. Mas não temos cocheiro. O velho Potts foi embora, inesperadamente, há dois dias. Eu queria pôr um anúncio, mas papai disse que encontrou alguém. Ah, digo...

Passando um pouco na frente das outras pessoas, conseguimos um cabriolé e partimos para o lar em Londres que nunca vi.

– Não posso acreditar que você deu com Simon Middleton, logo ele – diz Tom, enquanto o cabriolé se afasta da estação. – E agora deveremos jantar com a família dele.

Não parece valer a pena comentar que o Ilustre Simon Middleton convidou a mim para jantar, não a Tom.

– Ele é mesmo filho de um visconde, então?

– É verdade. Seu pai é membro da Câmara dos Lordes e patrono influente das ciências. Com sua ajuda, eu poderia ir muito longe. Pena que eles não tenham nenhuma filha para casar.

Pena? Eu estava exatamente pensando que é uma misericórdia.

– Então minha própria irmã não me apoiará? E, por falar nisso, não se esperava que você encontrasse para mim uma bela futura esposa, com uma pequena fortuna? Já obteve algum sucesso com relação a isso?

– Sim, alertei todas.

– E feliz Natal para você também! – diz Tom, rindo. – Soube que compareceremos ao baile de Natal da sua amiga, srta. Worthington. Talvez eu descubra lá uma esposa adequada – o que significa rica – entre as moças presentes.

– E talvez elas todas corram para o convento, gritando.

– Como vai papai? – pergunto, finalmente. Essa dúvida queima por dentro.

Tom suspira:

– Estamos progredindo. Tranquei a garrafa de láudano e dei a ele um frasco que diluí com água. Ele está tomando menos. Infelizmente, isto o deixa muito desagradável às vezes, quando está atormentado por horríveis dores de cabeça. Mas tenho certeza de que está funcionando. – Ele me olha. – Você não deve dar mais a ele, entende? Ele é inteligente e insistirá com você para que faça isso.

– Ele não fará isso – protesto. – Não comigo. Sei disso.

– Sim, bem...

Tom não conclui seu pensamento. Seguimos em silêncio, com o ruído das ruas como nossa única conversa. Logo minhas preocupações desaparecem, enquanto a excitação da cidade predomina. Oxford Street é um lugar fascinante. Todos esses prédios majestosos, um ao lado do outro. Elevam-se tão alto, são tão orgulhosos! E, no andar de baixo, seus toldos se estendem sobre as calçadas como damas que timidamente levantam suas saias para revelar a tentação. Há uma papelaria, uma peleteria, o estúdio de um fotógrafo e um teatro, onde vários patronos estão reunidos na bilheteria para cuidar do programa do dia.

– Droga!

– O que é? – pergunto.

– Eu devia pegar um bolo para a vovó e acabamos de passar pela loja. – Tom grita para o cocheiro, que para junto ao meio-fio. – Não demorará nem um minuto – diz Tom, embora eu suspeite que ele diz isso não tanto para me tranquilizar, e mais para convencer o cocheiro a não lhe cobrar uma soma imensa por essa parada não programada.

Da minha parte, estou feliz de ficar sentada e observar o mundo em toda sua glória. Um menino abre caminho entre os transeuntes, com um imenso ganso repousando precariamente em seu ombro. Em meio a um coro de trompas e oboés, uma aglomeração feliz de pessoas cantando melodias natalinas segue para cada estabelecimento, esperando receber um punhado de nozes e um pouco de bebida. Elas seguem adiante, suas canções ainda ouvidas mesmo depois que desaparecem. Na vitrine da loja para onde Tom foi há todo tipo de deliciosos confeitos em exposição: gorduchas groselhas e limões cristalizados, montanhas de peras, maçãs e laranjas, coloridas pilhas de temperos. Dão-me água na boca. Aproxima-se uma mulher alta, com um chapéu elegante e um *tailleur* de *tweed*. Ela me parece familiar, mas só quando passa eu a reconheço.

– Srta. Moore! – grito da janela, esquecendo inteiramente minhas boas maneiras.

A srta. Moore para, sem dúvida indagando a si mesma quem poderia chamá-la na rua de maneira tão rude. Quando me vê, ela vem para perto do coche.

– Srta. Doyle! Está com ótima aparência. Feliz Natal para a senhorita.

– Feliz Natal.

– Ficará muito tempo em Londres? – pergunta ela.

– Até depois do Ano Novo – digo.

– Que feliz coincidência! Precisa visitar-me.

– Gostaria muito de fazer isso – digo.

Ela parece radiante. Entrega-me seu cartão.

– Aluguei alguns cômodos na Baker Street. Estarei em casa o dia inteiro amanhã. Diga que irá.

– Ah, sim, claro! Será ótimo. Ah... – paro.

– O que é?

– Infelizmente tenho um compromisso anterior amanhã, com a srta. Worthington e srta. Bradshaw.

– Entendo.

Ela não diz mais nada. Ambas sabemos que nós, meninas, fomos responsáveis por sua demissão.

– Todas sentimos terrivelmente o que aconteceu, srta. Moore.

– O que foi feito, está feito. Só podemos seguir em frente.

– Sim. Tem razão, claro.

– Mas, se tivesse uma oportunidade, eu gostaria de torturar a srta. Worthington – diz a srta. Moore, com um brilho no olhar. – Ela tem mais atrevimento do que se poderia razoavelmente tolerar.

– Ela é inteiramente insolente – digo, sorrindo.

Ah, senti tanta falta de srta. Moore!

– E a srta. Cross? Não verá minha acusadora durante os feriados? – O sorriso da srta. Moore desaparece quando ela vê minha expressão chocada. – Ah, meu Deus, eu a perturbei. Desculpe. Apesar dos meus sentimentos para com a srta. Cross, sei que são amigas. Foi grosseiro da minha parte.

– Não, não é isso... É que Pippa está morta.

A srta. Moore cobre a boca com a mão.

– Morta? Quando foi?

– Há dois meses.

– Ah, srta. Doyle, perdoe-me – diz a srta. Moore, colocando suas mãos sobre as minhas. – Não tinha a menor ideia. Estive fora durante esses dois meses. Só voltei na semana passada.

– Foi a epilepsia dela – minto. – Deve lembrar-se de que ela tinha problemas.

Alguma coisa em mim quer contar à srta. Moore a verdade sobre aquela noite, mas ainda não.

– Sim, eu me lembro – diz a srta. Moore. – Desculpe. Esta é a época do perdão e mostrei apenas um coração duro. Por favor, convide também a srta. Bradshaw e a srta. Worthington para me visitarem. Elas são bem-vindas.

– É muito generoso da sua parte, srta. Moore. Tenho certeza de que todas gostaremos de ouvir a senhorita contar sobre suas viagens – digo.

– Então contarei a vocês. Que tal amanhã às três horas? Prepararei um chá bem forte e docinhos turcos.

Droga. Há a dificuldade de conseguir que minha avó me permita fazer uma visita sem ela.

– Gostarei muito de ir, se minha avó concordar.

– Entendo – diz ela, afastando-se do coche.

Um menino mendigo, com apenas uma perna, chega ao lado dela, coxeando.

– Por favor, senhorita. Uma moeda para o aleijado – diz ele, com os lábios trêmulos.

– Bobagem – diz ela. – Você enfiou sua perna dentro das suas calças ali, não foi? Não minta para mim.

– Não – diz ele, mas agora posso ver claramente a forma da outra perna.

– Corra, antes que eu chame o guarda.

Rápida como um relâmpago, a perna desce e ele foge correndo com os pés capazes. Rio diante disso.

– Ah, srta. Moore, estou feliz de vê-la.

– E eu à senhorita, srta. Doyle. Estou em casa na maioria das tardes, das três às cinco horas. A senhorita tem um convite permanente para me visitar, em qualquer ocasião.

Ela se afasta, tornando a se misturar com a multidão da Oxford Street. A srta. Moore foi a primeira a nos contar sobre a Ordem, e indago a mim mesma o que mais ela poderia contar-nos, se ousássemos perguntar-lhe. Provavelmente ela nos mandaria embora, se fizéssemos isso, e com toda razão. Mesmo assim, deve haver algo que ela pode esclarecer um pouco, se tivermos muito cuidado com nossas perguntas. E, se não esclarecer, pelo menos será uma escapada da casa da minha avó. A srta. Moore talvez seja minha melhor esperança de sanidade durante esses feriados.

Tom está de volta da loja. Deixa cair em meu colo a caixa artisticamente embrulhada com papel marrom e cordão.

– Um horrendo bolo de frutas. Quem era aquela mulher?

– Ah – digo. – Ninguém. Uma professora. – Quando o coche volta à vida, com solavancos, acrescento: – Uma amiga.

Capítulo
Catorze

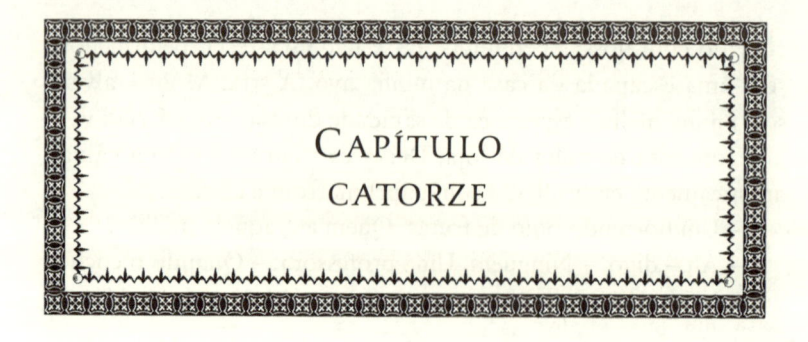

Minha avó alugou uma casa elegante, num lugar da moda, Belgrave Square, às margens do Hyde Park. Habitualmente ela fica na Sheep's Meadow, sua casa de campo, e vem para Londres apenas durante a alta temporada, de maio até meados de agosto, e para o Natal. Ou seja, ela vem apenas quando quer ver e ser vista pela sociedade londrina.

É muito estranho entrar no saguão desconhecido e ver o cabide e o aparador, com seu espelho, o papel cor de vinho nas paredes, as cortinas de veludo com borlas, como se eu devesse encontrar conforto nessas coisas estranhas, como se este fosse um lugar que eu devesse conhecer e amar, quando nunca pus os pés nele. Embora esteja cheio de cadeiras estofadas, tenha um piano, uma árvore de Natal enfeitada com pipocas e fitas, e ainda que todos os cômodos estejam aquecidos por uma lareira acesa, isto não dá a sensação de um lar. Para mim, o verdadeiro lar é a Índia. Penso em nossa governanta, Sarita, e vejo seu rosto enrugado e seu sorriso com falhas nos dentes. Vejo nossa casa com o alpendre aberto e uma tigela com tâmaras em cima de uma mesa forrada com seda vermelha. Sobretudo, penso na presença de mamãe e na risada trovejante de papai, naqueles tempos em que ele ainda ria.

Como vovó ainda está fora, fazendo uma visita, a governanta, sra. Jones, está ali para me receber. Ela pergunta se tive uma boa viagem e respondo que sim, como se espera. Não temos nada mais para dizer uma à outra, de modo que ela me conduz para meu quarto, dois lances de escada acima. É um quarto nos fundos, que dá para os abrigos dos coches, as baias das cocheiras e para a rua estreita, atrás da casa, onde moram os cocheiros e suas famílias. É um lugarzinho sombrio e pergunto a mim mesma como deve ser perambular no meio do feno, com os cavalos, sempre olhando para cima, para as luzes daquelas majestosas e altaneiras senhoras brancas, onde temos tudo o que poderíamos desejar.

Quando acabo de trocar de roupa para o jantar, torno a descer a escada. No patamar do segundo piso, paro. Papai e Tom estão discutindo, atrás das portas fechadas da biblioteca, e me aproximo para ouvir.

– Mas, papai – diz Tom –, acha aconselhável contratar um estrangeiro para ser nosso cocheiro? Acho que há muitos bons ingleses para o cargo.

Espio pela fenda de luz da porta. Papai e Tom estão em pé um em frente ao outro, uma dupla de molas em espiral.

Alguma parte do antigo papai inflama-se bruscamente e ganha vida:

– Tivemos muitos criados indianos leais em Bombaim, devo lembrar a você, Thomas.

– Sim, papai, mas aquilo era a Índia. Estamos aqui, agora, em meio aos nossos pares, e todos têm cocheiros ingleses.

– Está questionando minha decisão, Thomas?

– Não, senhor.

– Ainda bem.

Há um momento de silêncio constrangido e depois Tom diz, cuidadosamente:

– Mas deve admitir que os indianos têm hábitos que já lhe causaram problemas, papai.

– Chega, Thomas Henry! – brada papai. – Este assunto não será mais discutido.

Tom dispara pela porta, quase me derrubando.

– Ah, meu Deus – digo. Vendo que ele não responde, acrescento: – Você poderia pedir desculpas.

– Você poderia não ficar escutando pelo buraco das fechaduras – responde ele, asperamente.

Sigo-o até a escada.

– Você poderia não ficar dizendo a papai como tratar das coisas dele – sussurro, concisamente.

– É muito fácil para você dizer isso – resmunga ele. – Não é você que passa o tempo inteiro afastando-o do frasco, só para ver que ele podia ser facilmente levado a ele outra vez, por algum cocheiro.

Tom começa a descer a escada com movimentos rápidos e zangados. Luto para acompanhá-lo.

– Você não sabe se é mesmo isso. Por que precisa irritá-lo tanto?

Tom dá uma volta em minha direção.

– Eu irritar *a ele*? Não faço nada a não ser tentar agradá-lo, mas aos seus olhos nada do que eu faço está certo.

– Não é verdade – digo.

Pela expressão dele, parece que lhe bati.

– Como é que você sabe, Gemma? É a você que ele adora.

– Tom... – começo a dizer.

Um mordomo alto aparece.

– O jantar está servido, sr. Thomas, srta. Gemma.

– Obrigado, Davis – diz Thomas, severamente. E, com isso, ele dá uma volta elegante, em cima dos calcanhares, e se afasta.

O jantar é uma coisa horrorosa. Todo mundo faz um esforço tão grande para se mostrar animado e sorridente que até parece que estamos posando para um anúncio. Estamos todos, na verdade, tentando apagar o fato de que não moramos aqui, juntos, e de que este é nosso primeiro Natal sem mamãe. Ninguém quer ser a pessoa que traz a verdade para a mesa e estraga a noite, então há uma porção de conversa cortês forçada sobre planos de férias, realizações na escola e mexericos a respeito da cidade.

– Como vão as coisas na Spence, Gemma? – pergunta papai.

Bem, vocês sabem, minha amiga Pippa está morta, o que, na verdade, é minha culpa, e estou tentando desesperadamente localizar o Templo, a fonte da magia nos reinos, antes que Circe – a mulher má que matou mamãe, que também era um membro da Ordem, mas vocês não sabiam disso – descubra isso e faça coisas diabólicas, e então devo prender a magia de alguma forma, embora não tenha a mais vaga ideia de como. E é assim que estão as coisas.

– Muito bem, obrigada.

– Ah, que maravilha. Maravilha.

– Thomas contou a vocês que se tornou assistente clínico no Bethlem Royal Hospital? – pergunta vovó, pegando uma generosa porção de ervilhas com seu garfo.

– Não, não acredito que tenha contado.

Tom me dá um sorriso afetado.

– Eu me tornei assistente clínico no Bethlem Royal Hospital – ele papagueia, rapidamente.

– Mas que coisa, Thomas – repreende vovó, sem entusiasmo.

– Estão falando de Bedlam, o asilo de loucos? – pergunto.

A faca de Tom raspa seu prato.

– Não o chamamos assim.

– Coma suas ervilhas, Gemma – diz vovó. – Fomos convidados para um baile oferecido por Lady George Worthington, a esposa do almirante. É o mais cobiçado convite da temporada natalina. Que tipo de moça é a srta. Worthington?

Ah, uma boa pergunta. Vejamos... Ela beija ciganos na floresta e uma vez me trancou na capela, depois de me pedir para roubar o vinho da comunhão. À luz da pálida lua, eu a vi matar um cervo e subir um barranco nua e salpicada de sangue. Ela é também, estranhamente, uma das minhas melhores amigas. Não me peçam para explicar o motivo.

– Animada – digo.

– Acho que amanhã visitaremos minha amiga, a sra. Rogers. Ela terá um programa de música à tarde.

Respiro fundo.

– Fui convidada para fazer uma visita amanhã.

O garfo de vovó para a meio caminho para sua boca.

– A quem? Por que não há nenhum cartão para mim? Não, de jeito nenhum. Nem pensar.

Isto vai bem. Talvez da próxima vez eu possa enforcar-me com os guardanapos de linho da mesa.

– Uma visita à srta. Moore, uma professora de arte da Spence. – Não há necessidade de mencionar sua demissão dessa mesma instituição. – Ela é imensamente popular e amada, e, entre todos os seus alunos, ela só convidou a srta. Bradshaw, a srta. Worthington e a mim para visitá-la em sua casa. É uma grande honra.

— Srta. Bradshaw... Nós nos encontramos na Spence, não? Não é aquela estudante bolsista? — diz vovó, fechando a cara. — A órfã?

— Não lhe contei? — Minha recém-descoberta propensão para mentir torna-se rapidamente uma habilidade.

— Contou o quê?

— Descobriu-se que a srta. Bradshaw tem um tio-avô, um duque, que mora em Kent, e ela é na verdade descendente da realeza russa. Uma prima distante da tzarina.

— Não diga! — exclama Tom. — Mas que sorte.

— Sim — diz vovó. — Até parece uma dessas histórias que eles publicam nos jornais baratos.

Exatamente. E, por favor, não investigue mais, porque provavelmente verá as espantosas semelhanças.

— Talvez eu deva dar outra olhada na srta. Bradshaw, agora que ela tem uma fortuna — brinca Tom, embora eu suspeite que ele possa estar falando sério.

— Ela está alerta para os caça-dotes — aviso a Tom.

— Acredita que ela me acharia tão desagradável? — Tom torce o nariz.

— Como ela tem olhos e ouvidos, digo que sim — respondo, bruscamente.

— Rá! Você foi repreendido, meu rapaz — diz papai, rindo.

— John, não a encoraje. Gemma, não fica bem ser tão pouco gentil — Vovó reprova. — Não conheço essa srta. Moore. Não sei se posso permitir essa visita.

— Ela dá excelente instrução no desenho e na pintura — argumento.

— E cobra caro por isso, sem dúvida. Esse tipo de professora sempre faz isso — diz vovó, pegando algumas batatas. — Seu desenho não sofrerá, durante essas poucas semanas. Você empregará melhor seu tempo em casa, ou me acompanhando em visitas, para poder conhecer melhor as pessoas importantes.

Tive vontade de lhe dar um chute por causa desse comentário. A srta. Moore vale dez vezes mais do que suas "pessoas importantes". Pigarreio.

– Faremos enfeites, para alegrar os hospitais neste período do ano. A srta. Moore diz que nunca poderemos realizar atos caridosos que bastem.

– Isto é admirável, de fato – diz vovó, cortando em minúsculos pedaços seu lombo de porco. – Talvez eu deva ir com você e ver pessoalmente essa srta. Moore.

– Não! – digo, quase num grito. – O que quero dizer é... – O que quero dizer? – A srta. Moore ficaria terrivelmente embaraçada por ter suas boas obras tão publicamente conhecidas. Ela aconselha a discrição em todos os assuntos. Como diz a Bíblia... – Faço uma pausa. Como nunca li muito da Bíblia, não tenho a menor ideia do que ela diz. – Que seus adornos sejam apenas para os ouvidos... os dedos de Deus. Os dedos de Deus.

Apressadamente, tomo um gole de chá. Vovó parece perplexa.

– A Bíblia diz isso? Onde?

Minha boca está cheia com um excesso de chá quente. Engulo-o com dificuldade.

– Nos Salmos – digo, com uma voz rouca, tossindo.

Papai me lança um olhar curioso. Ele sabe que estou mentindo.

– Nos Salmos, você diz? Em que Salmo? – pergunta vovó.

O sorriso torto de papai parece dizer: *Ah, agora você foi apanhada numa armadilha, minha menina.*

O chá desce queimando até meu estômago, num castigo imediato.

– No Salmo do Natal.

Vovó recomeça com sua ruidosa mastigação.

– Acho que será melhor se visitarmos a sra. Rogers.

– Mamãe – diz papai –, a nossa Gemma é uma moça com interesses próprios.

– Interesses próprios? Bobagem! Ela ainda nem saiu da sala de aula. – Vovó pigarreia ruidosamente.

– Um pouco de liberdade fará bem a ela – diz papai.

– A liberdade pode levar à infelicidade – diz minha avó. Ela não disse alto o nome da minha mãe, mas apunhalou meu pai com a ameaça de fazer isso.

– Já contei que Gemma teve a mais extraordinária sorte de conhecer Simon Middleton, hoje, na estação ferroviária? – No momento em que isso saiu da sua boca, Tom percebeu que cometeu um erro.

– E como aconteceu isso? – pergunta papai.

Tom empalidece.

– Bem, não consegui garantir um fiacre e, sabe, houve um pavoroso congestionamento de vagões na...

– Meu rapaz – explode papai –, está me dizendo que minha filha ficou sozinha na Victoria?

– Só por um momento – diz Tom.

O punho de papai cai sobre a mesa, fazendo chacoalharem nossos pratos e as mãos de minha avó se agitarem.

– Você me desapontou hoje. – E, depois de dizer isso, ele sai da sala.

– Sou sempre um desapontamento – diz Tom.

– Espero que saiba o que está fazendo, Thomas – sussurra vovó. – O estado de espírito dele se torna mais sombrio a cada dia.

– Pelo menos, estou tentando fazer alguma coisa – diz Tom, amargamente.

Aparece a sra. Jones.

– Está tudo bem, madame?

– Sim, perfeitamente – diz vovó. – O sr. Doyle comerá seu bolo mais tarde – diz ela, como se nada neste mundo fosse problema.

Depois do nosso jantar inteiramente desagradável, papai e eu nos sentamos na mesa de jogo, para uma partida de xadrez. Suas mãos tremem, mas ele ainda está surpreendentemente bem. Com apenas seis movimentos, leva-me definitivamente ao xeque-mate.

– Foi incrivelmente inteligente da sua parte. Como fez isso? – pergunto.

Ele bate em um lado da sua cabeça com um dedo.

– É preciso entender a adversária, saber o que ela pensa.

– E como é que eu penso?

– Você vê o que parece ser o movimento óbvio, supõe que é o único movimento e o faz às pressas, sem pensar detidamente sobre ele, sem examinar se há outro caminho. E isto a deixa vulnerável.

– Mas aquele era mesmo o único movimento – protesto.

Papai levanta um dedo, para me fazer calar a boca. Ele coloca as peças onde estavam, no tabuleiro, dois movimentos antes.

– Agora veja.

Vejo a mesma situação difícil.

– Sua rainha está desprotegida. Depressa, depressa. Pense em alguns movimentos adiante.

Vejo apenas a rainha.

– Sinto muito, papai. Não vejo o que quer mostrar.

Ele me mostra a progressão, o bispo de emboscada, à espera, atraindo-me para um lugar apertado, de onde não há escapatória.

– Está tudo no pensamento – diz ele. – É o que sua mãe diria.

Mamãe. Ele disse alto a palavra que não podia ser dita.

– Você se parece muito com ela. – Ele enterra o rosto em suas mãos e chora. – Sinto tanta falta dela.

Não sei o que dizer. Nunca vi meu pai chorar.

– Também sinto falta dela.

Ele tira um lenço do bolso e assoa o nariz.

– Desculpe, meu amor. – Seu rosto se anima. – Tenho um presente de Natal antecipado para você. Acha que estragarei tudo, se lhe der antes da hora?

– Sim, estragará tudo! – digo, tentando tornar as coisas mais leves. – Onde está?

Papai vai até o armário das curiosidades e chacoalha as portas.

– Ah. Trancado. Acho que as chaves estão no quarto da vovó. Será que você pode ir pegá-las, querida?

Corro para o quarto da vovó, encontro as chaves em sua mesinha de cabeceira e volto com elas. As mãos de papai tremem tanto que ele mal consegue abrir o armário.

– É uma joia? – pergunto.

– Se eu dissesse, estragaria a surpresa, não? – Com esforço, ele abre as portas de vidro e movimenta coisas para um lado, procurando algo. – Mas onde deixei isso...? Espere um minuto.

Ele abre a gaveta destrancada embaixo e tira um pacote embrulhado com papel vermelho, com um raminho de azevinho preso na fita.

– Estava na gaveta o tempo inteiro.

Levo-o para o sofá e rasgo o papel. É um exemplar dos *Sonnets from the Portuguese*, de Elizabeth Barrett Browning.

– Ah – digo, esperando não me mostrar tão desapontada quanto me sinto. – Um livro.

— Era da sua mãe. Seus poemas. Ela costumava lê-los para mim, à noite. — Ele se interrompe, incapaz de continuar.

— Papai?

Ele me puxa para junto de si e me abraça com força.

— Estou contente por você estar em casa, Gemma.

Sinto que devo dizer alguma coisa, mas não sei o quê.

— Obrigada pelo livro, papai.

Ele me solta.

— Sim. Aproveite. E pode levar as chaves de volta, por favor?

A sra. Jones entra.

— Desculpe, senhor. Isto acabou de chegar para a srta. Gemma, por um mensageiro.

— Sim, sim — diz papai, com certa irritação.

A sra. Jones me entrega o pacote e um bilhete para mim.

— Obrigada — digo.

O bilhete é um convite formal para jantar, endereçado à minha avó. *O visconde e Lady Denby solicitam o prazer da companhia do sr. John Doyle, sra. William Doyle, sr. Thomas Doyle e srta. Gemma Doyle para jantar na terça-feira, dia 17, às oito horas. Pede-se uma resposta, por favor.* Não tenho dúvida de que vovó responderá com um sim entusiasmado.

Agora o pacote. Rasgando o papel, encontro a linda caixa de veludo de Simon Middleton, com um bilhete que diz: *Um lugar para guardar todos os seus segredos.*

Curiosamente, papai sequer me pergunta sobre o presente.

— Gemma, meu bem — diz ele, parecendo distraído. — Leve as chaves de volta agora. Minha garotinha querida!

— Sim, papai — digo, beijando sua testa.

Caminho alegremente até o quarto de vovó e torno a colocar as chaves no lugar, depois corro para meu quarto, onde me deito na cama, olhando fixamente para meu lindo presente. Torno a examinar, repetidas vezes, o bilhete, examinando a caligrafia dele, admirando a forte e bela maneira como ele faz suas letras. Simon Middleton. Ontem eu nem sabia que ele existia. Agora só consigo pensar nele. Estranho como a vida pode dar essas reviravoltas.

Devo ter cochilado, pois sou acordada por uma forte batida em minha porta. O relógio mostra que são doze e trinta. Tom irrompe em meu quarto. Está muito zangado:

– Você deu isso a ele?

– O... o quê? – pergunto, esfregando os olhos para afastar o sono.

– Você deu isso a papai? – Ele está segurando um frasco marrom. Láudano.

– Não, claro que não! – digo, despertando inteiramente.

– Ora, por favor, então onde ele conseguiu isso?

Ele não tem nenhum direito de invadir meu quarto e me aborrecer desse jeito.

– Não sei, mas não dei a ele – respondo, com um tom duro.

– Eu tinha trancado isso no armário dos presentes. Só vovó e eu tínhamos as chaves.

Afundo na cama, enjoada e entorpecida.

– Ah, não. Ele me pediu para abrir o armário, porque queria dar-me logo um presente de Natal antecipado.

– Eu lhe disse que ele é inteligente, não foi?

– Sim, você disse – respondo, sem conseguir acreditar no que se passou. – Lamento, Tom.

Meu irmão enfia os dedos em seu cabelo.

– Ele ia tão bem.

– Desculpe – digo novamente, embora isso pareça não adiantar nada. – Devo jogar o frasco no lixo?

– Não – diz ele. – Não podemos tirar isso dele completamente. Ainda não. – Entrega-me o frasco. – Pegue isso e esconda em alguma parte onde ele não possa encontrá-lo.

– Sim, claro. – O frasco está quente em minha mão. Uma coisa tão pequena. E tão poderosa.

Quando Tom vai embora, abro o presente de Simon e levanto o fundo falso.

Um lugar para guardar todos os seus segredos...

Coloco dentro o frasco, ponho o engenhoso fundo da caixa outra vez dentro das suas ranhuras e é como se o láudano não existisse absolutamente.

Capítulo Quinze

Vovó se mantém inflexível e não me deixa visitar a Srta. Moore, mas concorda que eu faça compras de Natal junto com Felicity e Ann, com a condição de que a criada de Felicity vá conosco, como dama de companhia. Quando o coche de Felicity para em frente à nossa casa, fico tão alegre ao ver minhas amigas – e tão desesperada para escapar da minha autoritária avó – que quase corro para saudá-las.

Ann está elegantemente vestida, com algumas das roupas de Felicity e com um chapéu novo, de feltro verde, na cabeça. Começa a assumir o papel de uma debutante. Na verdade, está parecendo uma cópia fiel de Felicity.

– Ah, Gemma, é tão maravilhoso! Ninguém sabe que não faço parte do meio deles! Não lavei um único prato e ninguém riu de mim. É como se eu fosse, de fato, a descendente de uma tzarina.

– Mas que mara...

Ann continua a tagarelar:

– Vamos assistir à ópera. E eu estarei na fileira de recepção, no baile de Natal deles, como se fizesse parte da família! – Ann sorri para Felicity, que enlaça seu braço no de Ann. – E mais tarde, hoje...

– Ann – Felicity adverte, tranquilamente.

Ann dá um sorriso embaraçado.

– Ah, desculpe, Fee.

– O que é? – pergunto, aborrecida com o aconchego delas.

– Nada – resmunga Ann. – Eu não devia dizer.

– É descortesia manter segredos – respondo, aborrecida.

– Hoje vamos acompanhar mamãe ao clube dela, para tomar chá. É apenas isso – diz Felicity. Não há convite para mim. De repente, não estou mais feliz de ver as duas. Gostaria que estivessem longe. – Ah, Gemma, não fique com essa cara tão triste. Gostaria de convidar você também, mas é dificílimo levar mais de um convidado.

Não acredito muito nisso.

– Não é problema – digo. – Já tenho um compromisso.

– É mesmo? – pergunta Ann.

– Sim, vou visitar a srta. Moore – minto. Suas bocas se escancaram quando lhes conto sobre meu encontro. Estou gostando muito do pasmo delas. – Achei que poderia perguntar a ela coisas sobre a Ordem. Então, vocês entendem, eu não teria a possibilidade de...

– Você não pode ir sem nós – protesta Felicity.

– Mas você vai para o clube da sua mãe sem mim – digo. – Felicity não tem o que responder a isso. – Vamos, então, para Regent Street, ver as lojas?

– Não – responde Felicity. – Vamos com você visitar a srta. Moore.

Ann faz um muxoxo.

– Pensei que íamos procurar um novo par de luvas para mim. Faltam apenas nove dias para o Natal. Além disso, com certeza a srta. Moore nos detesta, por tudo o que aconteceu.

– Ela não detesta vocês – digo. – Perdoou todas nós. E ficou muito triste quando soube da morte da Pippa.

– Então está tudo resolvido – diz Felicity, enlaçando seu outro braço no meu. – Faremos uma visita à srta. Moore. E, depois, Gemma irá conosco para o chá.

Ann torce o nariz.

– Mas e Franny? Você sabe que ela critica as menores infrações.

– Franny não nos incomodará, de jeito nenhum – diz Felicity.

O sol está alto, o dia claro e revigorante, quando chegamos à modesta hospedaria de srta. Moore, na Baker Street. Franny, a dama de companhia de Lady Worthington, é toda olhos e ouvidos, pronta para anotar qualquer inconveniência da nossa parte, para poder informar tudo, zelosamente, à mãe e à avó de Felicity. Franny não é muito mais velha do que nós. Não deve ser nada divertido nos seguir, sendo lembrada, diariamente, de outro tipo de vida, que é negado a ela. Se fica ressentida por causa de sua sina, não ousa falar disso. Mas tudo está presente na linha apertada da sua boca, na maneira como ela se força a olhar até o fundo de nós, vendo tudo.

– Eu deveria acompanhá-la nas lojas, senhorita – diz ela.

– Houve uma mudança de planos, Franny – diz Felicity, friamente. – Mamãe me pediu para passar na casa de uma amiga que adoeceu. É importante realizar atos de caridade, não acha?

– Ela não falou sobre isso comigo, senhorita.

– Você sabe como mamãe se esquece das coisas. Ela está tão ocupada.

O cocheiro nos ajuda a descer da carruagem. Franny dá sinais de que vai nos seguir. Felicity a detém, com um sorriso frio.

– Pode esperar no coche, Franny.

O rosto cuidadosamente treinado e plácido de Franny ganha vida por um rápido instante – olhos semicerrados, boca meio aberta – antes de alcançar uma resignação cheia de raiva.

– A sra. Worthington me pediu para acompanhá-la por toda parte, senhorita.

– E você fez isso. Mas o encontro é para três, não para três e uma criada.

Detesto Felicity quando ela se comporta assim.

– Está bastante frio do lado de fora – digo, esperando que ela entenda a sugestão.

– Tenho certeza de que Franny se lembra do seu lugar. – Felicity dá um sorriso que poderia passar por gentil, se eu não sentisse a crueldade que há por trás dele.

– Sim, senhorita. – Franny mergulha a cabeça por baixo do topo do coche e aconchega seu corpo na extremidade mais afastada do assento, para esperar a hora.

– Agora poderemos ter uma tarde agradável, livre da espiã da minha mãe – diz Felicity.

Então não se trata de ser cruel com Franny: Felicity quer vingar-se de sua mãe, por algum motivo que me escapa.

Ann fica parada, incerta, com os olhos no coche.
— Você vem ou não? — pergunta Felicity.
Ann caminha de volta para o coche, tira o casaco e o entrega à agradecida Franny. Sem uma palavra, ela passa majestosamente por mim e pela pasma Felicity, e toca a campainha para anunciar nossa visita.
— Isso é que é gratidão — resmunga Felicity para mim, quando nos aproximamos. — Eu a trago para casa e a transformo numa nobre russa, e agora ela está vivendo o papel.
A porta se abre. Uma velha carrancuda, olhando de soslaio, está em pé diante de nós, com as mãos em seus amplos quadris.
— Olá! Quem está aí? O que querem? Não podem ficar assim paradas o tempo todo, me olhando. Tenho uma casa para cuidar.
— Como vai a senhora? — começo a falar, mas sou interrompida pela impaciente mulher.
Ela envesga os olhos em minha direção. Fico imaginando se ela consegue ver alguma coisa.
— Se 'tão pedindo esmolas para os pobres, podem ir embora.
Felicity estende a mão.
— Sou Felicity Worthington. Viemos visitar a srta. Moore. Somos suas alunas.
— Alunas, vocês dizem? Ela não me falou nada de receber alunas. — Ela pigarreia alto.
— Não falei nada, sra. Porter? Tinha certeza de ter feito isso ontem.
É a nossa srta. Moore, descendo a escada para nos socorrer.
— Muito estranho, srta. Moore. Se acontecer muito, aumentarei o preço pelos cômodos. São bons, né? Tem muita gente querendo alugar cômodos assim.
— Sim, claro — diz a srta. Moore.
A srta. Porter vira-se para nós, com o peito inchado.
— Gosto de ser informada sobre o que acontece em minha casa. Uma mulher sozinha precisa ter o maior cuidado atualmente. Dirijo uma casa respeitável. Perguntem a qualquer pessoa e dirão que a sra. Porter é uma pessoa respeitável.
Sinto medo de acabarmos ficando do lado de fora, no frio, o dia inteiro. Mas a srta. Moore nos dá uma piscadela e nos conduz para dentro.

— Está bem, sra. Porter. Futuramente manterei a senhora informada. Mas que bom ver vocês todas novamente. Que surpresa maravilhosa.

— Como vai, srta. Moore?

Felicity aperta rapidamente a mão da nossa antiga professora e Ann faz o mesmo. Ambas têm a decência de parecer envergonhadas pela maneira mesquinha como a trataram antes. Por sua parte, srta. Moore não perde seu sorriso.

— Sra. Porter, permita-me apresentar-lhe as srtas. Ann Bradshaw, Gemma Doyle e Felicity Worthington. A srta. Worthington é a filha do nosso Sir George Phineas Worthington, o almirante.

A sra. Porter arqueja e se endireita.

— Mas é mesmo? Vejam só! A filha do almirante em minha casa? — Confundindo-me com Felicity, a meio cega sra. Porter aperta minha mão nas suas, sacudindo-a interminavelmente. — Ah, senhorita, mas que grande honra, nem sei o que dizer. O falecido sr. Porter era também um homem do mar. Ali está ele, na parede.

Ela aponta para uma pintura muito ruim de um cão terrier usando uma gola de tufos engomados no estilo elizabetano. Com sua expressão magoada, o cão parece implorar-me que desvie a vista e lhe permita suportar sozinho sua humilhação.

— Ah, isto pede um vinho do Porto! Não acha, srta. Moore? — exclama a sra. Porter.

— Talvez em outra ocasião, sra. Porter. Preciso dar minha aula, senão o almirante ficará de fato muito aborrecido comigo — diz a srta. Moore, inventando uma pequena mentira.

— Vou ficar calada, então. — A sra. Porter dá um sorriso conspiratório, revelando dentes grandes, tão gastos e amarelos quanto velhas teclas de piano. — A sra. Porter pode guardar um segredo. Não duvide.

— Nunca duvidaria, sra. Porter. Desculpe o incômodo.

A srta. Moore nos conduz escada acima até o terceiro andar e para dentro de seus modestos cômodos. O sofá de veludo, os tapetes floridos e as pesadas cortinas devem refletir o gosto da sra. Porter em matéria de mobiliário. Mas as estantes cheias de livros e a escrivaninha coberta de desenhos são a cara de srta. Moore.

Num canto, há um velho globo aninhado em seu berço de madeira. Pinturas, sobretudo paisagens, enchem uma parede. Em outra, há uma coleção de máscaras exóticas, horripilantes, com sua beleza feroz.

– Ah, meu Deus – diz Ann, observando-as.

– Essas são do Leste – diz a srta. Moore. – Gosta de minhas máscaras, srta. Bradshaw?

Ann estremece.

– Parecem capazes de nos devorar.

A srta. Moore se inclina mais para perto.

– Hoje não, eu acho. Já foram alimentadas.

Ann leva um momento para perceber que a srta. Moore está brincando. Há um silêncio desajeitado e temo ter cometido um erro terrível ao trazer minhas amigas até aqui. Eu devia ter vindo sozinha.

– Isso parece Aberdeen – diz Felicity, finalmente, olhando para uma pintura com montes e urzes de um rosa violáceo.

– Sim, é. Já esteve na Escócia, srta. Worthington? – pergunta srta. Moore.

– De férias, uma vez. Pouco antes de minha mãe ir para a França.

– É um belo país – diz a srta. Moore.

– Sua família está na Escócia? – pergunta Felicity, timidamente.

– Não. Infelizmente meus pais já morreram há muito tempo. Não me resta mais família, a não ser alguns primos distantes, na Escócia, tão aborrecidos que fazem a pessoa desejar ser órfã.

Rimos com isso. É ótimo não ter de fazer o papel de piedosas o tempo inteiro.

– Já viajou muito, srta. Moore? – pergunta Ann.

– Hummm – diz a srta. Moore, fazendo um sinal afirmativo com a cabeça. – E estas são minhas recordações de minhas lindas visitas.

Ela gesticula em direção a seus muitos desenhos e pinturas que revestem as paredes – uma praia deserta, um mar agitado, um idílico campo inglês.

– As viagens abrem nossa cabeça como poucas outras coisas conseguem fazer. Têm sua forma própria de hipnotismo e estou para sempre sob seu fascínio.

Reconheço um dos lugares que estão nas pinturas.
– Essas são as cavernas atrás da Spence?
– São, sim – diz a srta. Moore.

O constrangimento voltou, porque todas sabemos que nossa visita àquelas cavernas foi um dos motivos da demissão de srta. Moore.

A srta. Moore traz chá, torradas, pão e manteiga.

– Por mais humilde que seja, aqui está o chá – diz ela, colocando a bandeja numa mesinha.

O relógio tiquetaqueia nervosos segundos enquanto beliscamos nossa comida. Felicity pigarreia repetidas vezes. Ela está esperando que eu pergunte sobre a Ordem, como prometi. Agora não tenho mais certeza se é uma boa ideia.

– A sala está quente demais, srta. Worthington? – pergunta a srta. Moore, quando Felicity pigarreia pela quarta vez.

Felicity sacode a cabeça. Ela coloca sua bota em cima da minha, com uma leve pressão.

– Ui!

– Srta. Doyle? Sente-se bem? – pergunta a srta. Moore.

– Sim, ótima, obrigada – digo, afastando meus pés.

– Digam-me, senhoritas, como estão as coisas na Spence? – pergunta a srta. Moore, salvando-me.

– Temos uma nova professora – irrompe Ann.

– Ah, é? – pergunta a srta. Moore, passando manteiga numa grossa fatia de pão. Seu rosto é uma máscara. Será que está magoada por ouvir que foi substituída?

– Sim – continua Ann. – Uma certa srta. McCleethy. Ela vem da Escola para Moças Santa Vitória, em Gales.

A faca de srta. Moore escorrega, deixando uma grossa cobertura de manteiga em seu polegar.

– Isto não me deixará suficientemente doce para comer, eu acho. – Ela sorri, e todas rimos com sua brincadeira. – Santa Vitória. Acho que nunca ouvi falar dessa escola. E essa srta. McCleethy é uma professora muito boa?

– Ela nos ensina a arte do arco – diz Felicity.

A srta. Moore ergue uma sobrancelha.

– Mas que coisa diferente.

– Felicity é muito boa – diz Ann.
– Tenho certeza que sim – diz a srta. Moore. – Srta. Doyle, o que acha dessa srta. McCleethy?
– Não posso dizer ainda. – Felicity e eu trocamos olhares que não passam despercebidos à srta. Moore.
– Será que percebo uma insatisfação?
– Gemma está convencida de que ela é uma bruxa – confessa Felicity.
– É mesmo? Viu sua vassoura, srta. Doyle?
– Nunca disse que ela é uma bruxa – protesto.
Ann intervém imediatamente, quase sem fôlego. Ela adora intrigas demoníacas.
– Gemma nos contou que ela chegou à Spence altas horas da noite, exatamente quando havia uma terrível tempestade!
A srta. Moore arregala os olhos.
– Meu Deus! Chuva forte? Em dezembro? Na Inglaterra? Com certeza, um sinal de feitiçaria. – Todas riem à minha custa. – Continue. Quero ouvir a parte em que a srta. McCleethy enche seu forno de crianças.
Há uma nova onda de risos estridentes de Felicity e Ann.
– Ela e a sra. Nightwing foram para a Ala Leste – digo. – Eu as ouvi por alto, conversando sobre garantir alguma coisa em Londres. Faziam planos juntas.
Felicity semicerra os olhos.
– Você não nos contou isso.
– Aconteceu duas noites atrás. Eu era a única pessoa lá. Elas me pegaram do lado de fora da porta e ficaram zangadas comigo. E a srta. McCleethy me trouxe leite morno com hortelã-pimenta.
– Hortelã-pimenta? – diz a srta. Moore, franzindo a testa.
– Ela disse que me ajudaria a dormir.
– É uma erva conhecida por seus poderes calmantes. É curioso ela saber disso.
– Ela tem um anel esquisito, com duas cobras entrelaçadas.
– Cobras, é? Estranho.
– Além disso, ela me fez perguntas sobre meu amuleto! – digo. – E sobre minha mãe.
– E o que você disse a ela? – pergunta a srta. Moore.
– Nada – respondo.

A srta. Moore bebe seu chá, aos pequenos goles.
— Entendo.
— Ela é uma velha amiga da sra. Nightwing, embora pareça vários anos mais nova — diz Felicity, em tom de quem reflete.
Ann estremece.
— Talvez não seja. Talvez ela tenha feito um pacto com o demônio!
— Não é um pacto muito bom, já que ela continua ensinando numa escola para moças na Inglaterra — comenta ironicamente a srta. Moore.
— Ou talvez ela seja Circe — digo, finalmente.
A xícara de chá de srta. Moore para a meio caminho dos seus lábios.
— Não entendi.
— Circe. Sarah Rees-Toome. Ela foi a pessoa da Spence que causou o incêndio e destruiu a Ordem, ou, pelo menos, é o que lemos no diário de Mary Dowd. Lembra-se? — diz Ann, sem fôlego.
— Se me lembro? Como poderia esquecer? Aquele livrinho foi decisivo para minha demissão.
Faz-se um silêncio constrangido. Se a srta. Moore não nos tivesse descoberto lendo aquele diário, se ela não tivesse lido para nós trechos de suas páginas, talvez nunca houvesse sido demitida da Spence. Mas ela o fez, e isto selou seu destino com a Nightwing.
— Sentimos tanto, srta. Moore — diz Ann, olhando fixamente para o tapete turco.
Felicity acrescenta:
— Foi mais uma coisa de Pippa, sabe?
— Foi? — pergunta srta. Moore. Bebemos nosso chá cheias de culpa. — Cuidado com a atribuição de culpas. É um bumerangue. De qualquer forma, já aconteceu. Mas essa Sarah Rees-Toome — Circe —, se ela existiu de fato...
— Ah, existiu, sim! — insisto.
Sei com certeza.
— ... Ela não morreu no incêndio na Spence?
— Não — acrescenta Felicity, com os olhos arregalados. — Ela apenas queria que as pessoas *pensassem* que ela morreu. Ela ainda está à solta por aí.

Meu coração está batendo forte no peito.

– Srta. Moore? Estivemos imaginando, quero dizer, tínhamos a esperança de que a senhora pudesse contar-nos mais histórias sobre a Ordem.

Seu olhar é fixo e pétreo.

– Já andamos por esses caminhos, não foi?

– Sim, mas agora não há mais a possibilidade de que isso cause problemas, já que a senhorita foi dispensada da Spence – diz Felicity, rudemente.

A srta. Moore dá uma meia risada.

– Srta. Worthington, seu atrevimento me espanta.

– Pensamos que talvez a senhorita soubesse de algumas coisas sobre a Ordem. A senhorita mesma... – digo, e paro.

– Eu mesma – repete a srta. Moore.

– Sim – digo, sentindo-me tola de cem maneiras diferentes, mas agora não há nenhuma chance de parar e retirar o que eu disse, então posso muito bem continuar: – Pensamos que talvez a senhorita... fizesse parte dela.

Está dito. Minha xícara de chá sacode em minha mão. Espero que a srta. Moore nos repreenda, nos ponha para fora, admita que sabe de tudo, qualquer coisa. Não estou preparada para sua risada.

– Vocês pensaram...? Que eu...? Ah, meu Deus do céu!

Ela ri com tanta força que não consegue concluir suas palavras.

Ann e Felicity começam a rir também, como se achassem isso tudo ridículo, desde o início. Traidoras.

– Ah, meu Deus – diz a srta. Moore, enxugando os olhos. – Sim, é verdade. Sou uma grande feiticeira da Ordem. Vivendo aqui nesses três cômodos, dando aulas particulares para pagar o aluguel, é tudo um ardil engenhoso com o objetivo de manter escondida minha verdadeira identidade.

Minhas bochechas ficam quentes.

– Desculpe. *Nós* – digo, enfatizando a palavra – simplesmente achamos que, como a senhorita conhece tanta coisa sobre a Ordem...

– Ah, meu Deus, que desapontamento devo ser para vocês todas. – Ela dá um longo olhar em torno da sala, movimentando os olhos dos desenhos da beira-mar aos das cavernas atrás da Spence, até as máscaras, na parede oposta. Temo que nós a tenhamos perturbado de fato. – Por que tanto interesse na Ordem? – pergunta ela, afinal.

– Eram as mulheres que tinham o poder – diz Felicity. – Não é como acontece aqui.

– Temos uma mulher no trono – argumenta a srta. Moore.

– Por direito divino – resmunga Ann.

A srta. Moore sorri, amargamente.

– Sim. É verdade.

– Acho que foi por isso que o diário nos intrigou tanto – digo.

– Imagine um mundo – aqueles reinos – onde a mulher governa, onde uma moça pode ter tudo o que ela deseja.

– Seria realmente um ótimo lugar. – A srta. Moore toma um gole de seu chá. – Confesso que a ideia da Ordem, as histórias delas, exerceram sobre mim um grande fascínio, desde que eu era menina. Acho que eu também gostava da ideia de um lugar mágico, quando era uma mocinha da idade de vocês.

– Mas... e se os reinos realmente existissem? – pergunto.

A srta. Moore nos olha por um momento. Coloca seu chá sobre a mesinha e se recosta em sua cadeira, manuseando o relógio de bolso que mantém preso em sua cintura.

– Muito bem, vou entrar na brincadeira. E se os reinos realmente existissem? Como seriam?

– De uma beleza superior a tudo o que pudermos imaginar – diz Ann, sonhadoramente.

A srta. Moore aponta para um esboço que fez.

– Ah. Como Paris, então?

– Melhor! – diz Ann.

– Como é que você sabe? Você nunca foi a Paris – zomba Felicity. Ignorando Ann, ela continua: – Imagine um mundo onde qualquer coisa que se deseje pode tornar-se realidade. As árvores deixam cair uma chuva de flores. E o orvalho se transforma em borboletas na mão da pessoa.

– Há um rio e, quando a pessoa olha para dentro dele, se vê linda – diz Ann. – Tão linda que ninguém jamais a ignorará novamente.

– Parece muito bonito – diz gentilmente a srta. Moore. – E é tudo assim? Vocês disseram reinos, no plural. Como são os outros reinos?

– Não sabemos – digo.

– Não estivemos em todos... apenas imaginamos o resto – diz Ann.

A srta. Moore oferece o prato com torradas.

– Quem vive nesses reinos?

– Espíritos e criaturas. Algumas não são muito simpáticas – diz Ann.

– Elas querem controlar a magia – explico.

– Magia? – repete a srta. Moore.

– Ah, sim. Há magia. Muita! – exclama Felicity. – As criaturas fariam qualquer coisa para obtê-la.

– Qualquer coisa?

– Sim, qualquer coisa – diz Ann, com um instinto dramático.

– Elas *podem* consegui-la? – pergunta a srta. Moore.

– Agora podem. A magia ficava protegida dentro das runas – continua Ann, entre mordidas. – Mas as runas se foram e a magia está descontrolada, está lá para qualquer um usá-la como quiser.

A srta. Moore faz uma expressão de que deseja fazer uma pergunta, mas Felicity se apressa a falar:

– E Pippa está lá, linda como sempre – diz.

– Devem sentir uma falta terrível dela – diz a srta. Moore. Revira entre os dedos, repetidas vezes, o relógio de bolso. – Essas histórias são uma maneira linda de lembrá-la.

– Sim – digo, esperando que minha culpa não apareça.

– E agora que a magia está, como dizem, livre, o que acontece? Vocês se entendem com os outros membros da Ordem, lá, e trabalham com sua prestidigitação?

– Não. Elas foram todas mortas, ou se esconderam – diz Felicity. – E não é bom, de forma alguma, que a magia tenha sido libertada.

– É mesmo? E por que não?

– Alguns espíritos podem usá-la para finalidades ruins. Poderiam usá-la para vir para este mundo, ou trazer Circe até aqui – explica Felicity. – É por isso que precisamos encontrar o Templo.

A srta. Moore está confusa:
– Acho que preciso tomar notas para não me perder. Digam-me, por favor, o que é o Templo?
– É a fonte secreta da magia dentro dos reinos – digo.
– Uma fonte secreta? – repete a srta. Moore. – E onde fica este lugar, o Templo?
– Não sabemos. Ainda não descobrimos – digo. – Porém, quando descobrirmos, poderemos prender novamente a magia e formar uma nova Ordem.
– *Bon courage*, então. Que história fascinante – diz a srta. Moore. O relógio em cima do console da lareira bate quatro horas. A srta. Moore compara a hora do seu relógio com a dele. – Ah, infalivelmente certo.
– Já são quatro horas? – pergunta Felicity, levantando-se com um pulo. – Precisamos encontrar mamãe às quatro e meia.
– Que pena – diz a srta. Moore. – Precisam voltar para outra visita. Na verdade, há uma excelente exposição numa galeria particular em Chelsea, na quinta-feira. Vamos?
– Ah, vamos sim – exclamamos.
– Está bem – diz ela, levantando-se.
Ela nos ajuda a vestir nossos casacos. Colocamos nossas luvas e ajeitamos nossos chapéus.
– Então não há nada mais que possa dizer-nos sobre a Ordem? – pergunto, numa última tentativa.
– Têm uma aversão à leitura, senhoras? Quando quero aprender mais sobre qualquer assunto, procuro um ou dois bons livros – diz ela, conduzindo-nos pela escada, até embaixo, onde a sra. Porter nos espera.
– Onde estão seus lindos desenhos? – pergunta a proprietária, examinando-nos em busca de papel ou giz. – Ora, não sejam tímidas. Mostrem seus desenhos à velha Porter.
– Infelizmente não temos nada para mostrar – diz Ann.
A sra. Porter fecha a cara.
– Ora, dirijo um estabelecimento respeitável, srta. Moore. A senhorita disse que o almirante está pagando pelas aulas. Então o que fizeram durante todo esse tempo?

A srta. Moore se inclina na direção da sra. Porter até que a velha precisa recuar um passo.

– Feitiçaria – sussurra ela, maliciosamente. – Vamos, senhoritas. Abotoem seus casacos. O vento está forte e é preciso proteção.

A srta. Moore nos conduz até o lado de fora, enquanto a sra. Porter grita, do vestíbulo:

– Não gosto disso, srta. Moore. Não gosto disso, de jeito nenhum.

A srta. Moore não olha para trás nem uma só vez, nem perde seu sorriso.

– Verei vocês na quinta-feira – diz ela, acenando um adeus.

E, com isso, somos dispensadas.

Capítulo
dezesseis

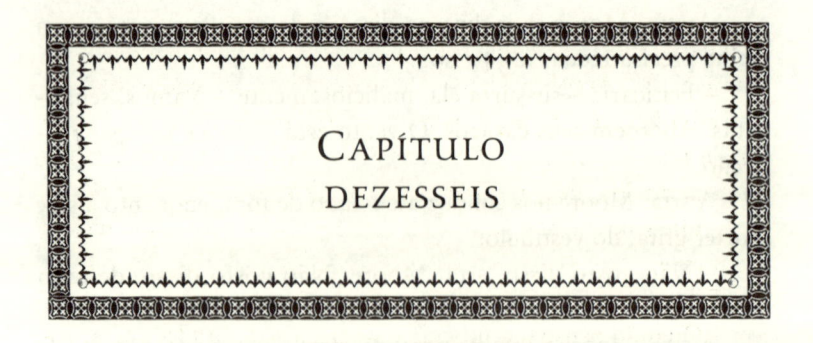

– Foi uma tarde perdida. A srta. Moore não sabe mais nada sobre a Ordem e os reinos. Devíamos ter ido às lojas, em vez de visitá-la – declara Felicity, quando chegamos ao clube de mulheres da mãe dela.

– Não obriguei você a ir comigo – digo.

– Talvez Pippa tenha sorte e descubra o Templo – diz Ann, animadamente.

– Passaram-se dois dias – diz Felicity, olhando para mim. – Prometemos voltar logo que pudéssemos.

– Como conseguiremos alguma privacidade juntas? – pergunto.

– Deixe isso comigo – responde Felicity.

As portas são mantidas abertas para nós por um criado com luvas brancas. Felicity apresenta o cartão de sua mãe e o homem magro e espigado o examina.

– Somos convidadas de Lady Worthington, minha mãe – diz Felicity, desdenhosamente.

– Peço-lhe desculpas, senhorita, mas não é o costume do Alexandra admitir mais de uma convidada. Sinto muito, mas regulamentos são regulamentos. – O criado esforça-se para parecer simpático, mas em seu sorriso vejo uma levíssima insinuação de satisfação.

Felicity lança ao homem impecavelmente uniformizado um olhar de aço.

– Sabe quem é esta? – pergunta ela, num sussurro zombeteiro que atrai a atenção de todos os que estão em pé por perto. Estou

em guarda, porque sei que Felicity prepara alguma maquinação. –
Esta é a srta. Ann Bradshaw, que se descobriu, recentemente, ser
sobrinha-neta do Duque de Chesterfield. Pisca os olhos como se o
criado fosse um idiota. – Ela é uma descendente da própria tzarina. Sem dúvida, deve ter lido a respeito disso.

– Infelizmente não, senhorita – diz o criado, agora com menos segurança.

Felicity suspira:

– Quando penso nas dificuldades que a srta. Bradshaw suportou, vivendo como uma órfã, considerada morta por aqueles que mais a amavam, ah, fico com meu coração partido ao ver como ela está sendo destratada aqui, neste momento mesmo. Que horror, srta. Bradshaw. Desculpe-me por este problema. Não tenho nenhuma dúvida de que mamãe ficará aborrecidíssima quando souber disso.

Uma das matronas da sociedade se aproxima.

– Deus do céu, srta. Worthington, esta é mesmo a sobrinha-neta da tzarina, há tanto tempo desaparecida?

Na verdade, nunca dissemos isso, mas nos serve bem.

– Ah, sim – diz Felicity, com os olhos arregalados. – E a srta. Bradshaw veio cantar para nós hoje. Então, como a senhora vê, ela não é de fato uma convidada de minha mãe, mas de Alexandra.

– Felic... Srta. Worthington! – diz Ann, em pânico.

– Ela é excessivamente modesta – acrescenta Felicity.

Há sussurros entre as matronas da sociedade. Estamos à beira de provocar uma cena. O criado está constrangido. Se admitir a todas nós, quebrará os regulamentos à vista de todos; se nos mandar embora, se arriscará a aborrecer um membro do clube e talvez a ser demitido por causa disso. Felicity usou magistralmente sua habilidade.

A matrona dá um passo à frente.

– Como a srta. Bradshaw é uma convidada do Alexandra, não vejo nenhum problema nisso.

– Como desejar, madame – diz o homem.

– Estou ansiosa para ouvi-la cantar esta tarde – diz a mulher, quando as duas passam.

– Felicity! – sussurra Ann, enquanto o criado as acompanha para uma sala de refeições revestida de carvalho, com lindas mesas cobertas com toalhas de damasco branco.

– O que é?

– Você não devia ter dito aquilo sobre o fato de eu cantar hoje.

– Você sabe cantar, não é?

– Sim, mas...

– Quer fazer esse jogo ou não, Ann?

Ann não diz mais nada. A sala está quase cheia de mulheres elegantes, que bebem chá e beliscam sanduíches de agrião. Nós nos sentamos a uma mesa num canto distante.

O rosto de Felicity assume uma expressão consternada.

– Minha mãe chegou.

Lady Worthington atravessa a sala, descrevendo uma meia-lua. Todos os olhos estão sobre ela, pois é uma bela mulher – clara como uma xícara de porcelana e parecendo ter a mesma delicadeza. Ela tem um ar de fragilidade, como alguém de quem tomaram conta a vida inteira. Seu sorriso é cordial, sem ser demasiado convidativo. Eu poderia praticar mil anos e não saberia dar um sorriso assim. E seu vestido de seda marrom é suntuoso e cortado segundo a última moda. Cordões de pérolas pendem em torno de seu pescoço esguio. Um chapéu enorme, com penas de pavão na faixa, emoldura seu rosto.

– *Bonjour*, querida – diz ela, beijando as bochechas de Felicity, como ouvi dizer que os parisienses fazem.

– Mamãe, você precisa fazer uma exibição dessas? – repreende Felicity.

– Tudo bem, querida. Olá, srta. Bradshaw – diz Lady Worthington. Ela me olha e seu sorriso se retrai um pouco. – Não creio que tenhamos sido apresentadas.

– Mamãe, quero apresentar-lhe a srta. Gemma Doyle.

– Como vai, Lady Worthington? – pergunto.

A sra. Worthington dá a Felicity um sorriso contrafeito.

– Felicity, querida, desejo que me informe quando convidar alguém para o chá. O Alexandra é muito exigente quanto às convidadas.

Tenho vontade de morrer. Quero afundar no chão e desaparecer. Por que Felicity faz essas coisas?

Uma criada aparece como uma sombra ao lado da sra. Worthington e lhe serve chá.

A sra. Worthington coloca um guardanapo em seu colo.

— Bem, não importa mais. Estou feliz de conhecer as amigas de Felicity. Foi tão bom a srta. Bradshaw poder passar o Natal conosco, enquanto seu querido tio-avô, o duque, está retido em São Petersburgo.

— Sim — digo, tentando não sufocar diante dessa mentira ultrajante. — Que sorte temos todas nós.

Lady Worthington faz algumas perguntas corteses e dou uma monótona mas bastante exata autobiografia; em troca, Lady Worthington parece prender-se a cada palavra. Ela me faz sentir como se eu fosse a única pessoa na sala. É fácil ver porque o almirante se apaixonou por ela. Quando ela fala, suas histórias são por demais divertidas. Mas Felicity fica sentada taciturnamente, brincando com sua colher, até que sua mãe põe uma mão em cima da sua, para fazê-la parar.

— Querida — diz ela. — Você precisa fazer isso?

Felicity suspira e olha em torno da sala como se esperasse ver alguém que possa resgatá-la.

Lady Worthington dá um de seus sorrisos deslumbrantes.

— Querida, tenho algumas notícias maravilhosas. Queria surpreendê-la, mas acho que não consigo esperar nem mais um instante.

— O que é? — pergunta Felicity.

— Seu pai assumiu uma custódia. A pequena Polly era filha da prima dele, Bea. E Bea, segundo nos informaram, morreu tuberculosa, embora eu arrisque dizer que ela morreu por causa de um coração partido. O pai sempre foi um inútil e transferiu os títulos de suas propriedades sem dar a ela a mínima importância. Sua própria filha.

Felicity empalideceu.

— O que quer dizer? A menina vai morar conosco? Com você e papai?

— Sim. E também a sra. Smalls, a governanta, claro. Seu pai está tão feliz de ter novamente uma pequena princesa em casa.

Felicity, querida, não ponha açúcar demais em seu chá. Não é bom para os dentes – repreende Lady Worthington, sem perder seu sorriso.

Como se não tivesse ouvido, Felicity deixa cair mais dois torrões de açúcar em seu chá e o bebe. Sua mãe finge não ter notado.

Uma mulher tão macia e rechonchuda quanto um sofá vem bamboleando até a nossa mesa.

– Boa-tarde, sra. Worthington. É verdade que sua ilustre convidada vai cantar para nós hoje?

Lady Worthington parece espantada:

– Ah, bem, não sei dizer... eu...

A mulher continua a tagarelar:

– Estávamos exatamente conversando sobre a maneira extraordinária como a senhora tomou a srta. Bradshaw sob sua proteção. Se tiver alguns momentos, por favor, venha e conte à sra. Threadgill e a mim como a parenta há muito tempo perdida da tzarina veio a estar conosco.

– Se me dão licença – diz Lady Worthington, deslizando para a outra mesa como um cisne.

– Você está bem, Fee? – pergunto. – Está pálida.

– Estou ótima. Simplesmente não gosto da ideia de um animalzinho qualquer em meu caminho, enquanto eu estiver em casa.

Ela está com ciúme. Com ciúme de alguém chamado pequena Polly. Felicity pode ser tão incrivelmente mimada às vezes...

– Ela é apenas uma criança – digo.

– Eu sei – responde bruscamente Felicity. – Não vale a pena discutir o assunto. Temos coisas mais importantes em pauta. Siga-me.

Ela nos conduz pelas mesas repletas de damas elegantes, com grandes chapéus, bebendo chá e mexericando. Elas erguem os olhos, mas não somos importantes e recomeçam sua conversa sobre quem fez o quê, com quem. Acompanhamos Felicity, subindo largas escadas atapetadas, passando por senhoras com os rígidos vestidos da moda, que parecem assumir um intenso embora discreto interesse nas jovens atrevidas tomando de assalto as barricadas de seu clube refinado.

– Para onde nos leva? – pergunto.

– O clube tem quartos de dormir privados para suas associadas. Um deles, com certeza, está vazio. Ah, não.
– O que é? – pergunta Ann, em pânico.
Felicity está espiando o vestíbulo, embaixo, por cima do corrimão. Uma mulher de aspecto sólido, com um vestido roxo e uma estola de pele, cumprimenta as outras. Ela é uma presença dominadora; as demais ouvem atentamente cada palavra sua.
– Uma das ex-amigas de minha mãe, Lady Denby.
Lady Denby? Será que essa é a mãe de Simon? Um bolo se forma em minha garganta. Minha esperança é escapulir sem ser vista, de modo que Lady Denby não forme uma opinião desfavorável a meu respeito.
– Por que você diz ex-amiga? – pergunta Ann, com uma expressão preocupada.
– Ela nunca perdoou minha mãe por viver na França. Ela não gosta dos franceses, pois a família Middleton tem como um dos seus antepassados o próprio Lorde Nelson – diz ela, mencionando o grande herói naval da Grã-Bretanha. – Quando Lady Denby gosta de alguém, essa pessoa fica bem posicionada aos seus olhos pelo resto da vida. Quando acha que falta alguma coisa a essa pessoa, ela é evitada para sempre. Veja, ela se mantém cordial, mas muito fria. E minha tola mãe é cega demais para enxergar isso. Ela continua a tentar conquistar a simpatia de Lady Denby. Eu nunca serei assim.
Felicity movimenta-se lenta, ousadamente, ao longo da sacada, observando Lady Denby. Faço o melhor que posso para manter minha cabeça abaixada.
– Ela é a mãe de Simon Middleton, então?
– Sim – responde Felicity. – Como é que você conhece Simon Middleton?
– Quem é Simon Middleton? – pergunta Ann.
– Eu o conheci ainda ontem, na estação ferroviária. Ele e Tom se conhecem.
Os olhos de Felicity se arregalam.
– Quando você pretendia contar-nos isso?
Ann tenta novamente:
– Quem é Simon Middleton?

– Gemma, você está outra vez guardando segredos!
– Não é um segredo – digo, corando. – Não é nada, realmente. Ele convidou minha família para jantar. É só isso.
Felicity dá a impressão de que alguém a deixou cair no meio do Tâmisa.
– Você foi convidada para jantar? Sem dúvida é um acontecimento.
– É falta de educação vocês conversarem sobre pessoas que eu não conheço – diz Ann, com um muxoxo.
Felicity se apieda dela:
– Simon Middleton não só é filho de um visconde, mas também é muito bonito. E parece que ele se interessou por Gemma, embora ela não queira que saibamos disso.
– Não é nada, na verdade – protesto. – Ele foi apenas generoso, tenho certeza.
– Os Middleton não são nunca generosos – diz ela, baixando os olhos. – Você deve tomar muito cuidado quando estiver perto da mãe dele. O divertimento de Lady Denby é examinar as pessoas.
– Você não me tranquilizou nem um pouco – digo.
– Uma pessoa prevenida vale por duas, Gemma.
Abaixo de nós, Lady Denby diz alguma coisa alegre, que faz suas companheiras rirem daquela maneira contida que as mulheres aprendem quando se despedem dos seus eus infantis. Ela não parece ser o monstro que Felicity descreve.
– O que você vai usar? – pergunta Ann, sonhadoramente.
– Chifres e o couro de um animal grande – digo. Ann reflete sobre isto por um momento, como se acreditasse seriamente em minhas palavras. É mesmo uma tola. – Usarei um vestido adequado. Alguma coisa que tenha a aprovação da minha avó.
– Depois você precisa contar todos os detalhes – diz Felicity. – Terei o maior interesse em saber o que se passou.
– Conhece bem o sr. Middleton? – sondo.
– Eu o conheço há séculos – diz Felicity. Em pé, com cachos soltos de cabelo dourado enroscando-se debaixo do seu queixo, ela parece um quadro, com sua estranha beleza no auge da sua sedução.

– Entendo. E já teve alguma pretensão com relação a ele?

Felicity faz uma careta.

– Simon? Ele é como um irmão para mim. Não consigo sequer imaginar um romance com ele.

Fico aliviada. É tolice minha ter esperanças, tão cedo, com relação a Simon, mas ele é encantador, bonito e parece gostar de mim. Sua atenção me faz sentir bonita. É apenas um pequeno fio de entusiasmo, mas descubro que não quero soltá-lo tão depressa.

Uma das companheiras de Lady Denby ergue os olhos e vê que as observamos atentamente. Lady Denby segue o olhar da outra.

– Vamos – sussurro. – Vamos logo!

– Precisa empurrar? – Felicity dispara, quando eu praticamente caio em cima dela. Mergulhamos num corredor. Felicity nos empurra para dentro de um quarto de dormir vazio e fecha a porta. Ann olha em torno, nervosamente.

– Deveríamos estar aqui?

– Vocês queriam privacidade – diz Felicity. – Agora a temos.

Há um penhoar jogado em cima de uma cadeira e várias caixas de chapéus a um canto. O quarto pode estar vazio – no momento –, mas, com certeza, não está desocupado.

– Teremos de trabalhar depressa – digo.

– Exatamente – diz Felicity, sorrindo.

Ann tem uma expressão de quem está doente.

– Estamos liquidadas. Sei disso.

Mas logo que seguramos as mãos umas das outras e faço aparecer a porta de luz, todo desconforto é esquecido, inteiramente eliminado por nossa admiração.

Capítulo
dezessete

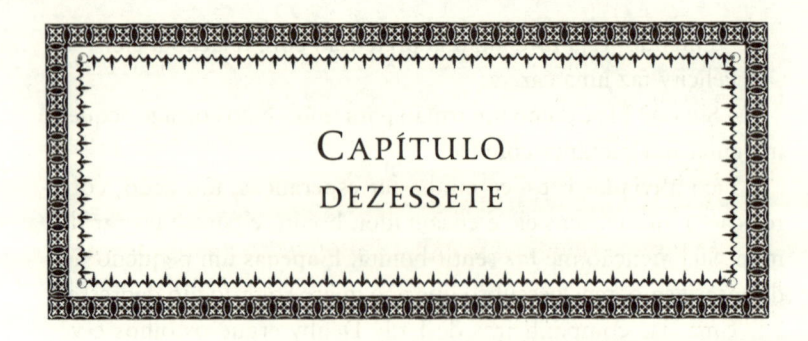

Mal caminhamos para dentro do brilho intenso dos reinos e tudo escurece; dedos frios fazem pressão em cima dos meus olhos. Deslizo para fora do abraço, dou uma meia-volta rápida e vejo Pippa em pé atrás de mim. Ainda usa sua grinalda, embora ela tenha começado a despencar um pouco. Acrescentou-lhe urtigas e um narciso cor-de-rosa para alegrá-la um pouco.

Ela sorri ao me ver arquejando.

– Ah, pobre Gemma! Assustei você?

– N... não. Bem, talvez um pouquinho.

Felicity e Ann correm para Pip, com um grito, e atiram seus braços em torno dela.

– Qual é o problema? – Ann me pergunta.

– Dei um susto na pobre Gemma. Não fique zangada comigo – diz Pippa, pegando em minha mão. Ela fala num sussurro: – Tenho uma surpresa. Sigam-me.

Pippa nos conduz em meio às árvores.

– Fechem os olhos – grita ela. Finalmente para. – Podem abrir.

Estamos no rio. Na água, há um navio como nunca vi igual. Não estou inteiramente certa de que seja um navio, pois mais parece o corpo de um dragão, negro e vermelho, com grandes asas laterais que se estendem para cima. Sem dúvida, seu tamanho é monstruoso e é curvo em ambas as extremidades, tendo um único mastro, gigantesco, que se ergue perto da proa, e uma vela tão fina quanto a casca de uma cebola. Grandes cordas de algas marinhas pendem de seus lados, como redes prateadas, cintilantes, que flutuam na superfície da água. Mas a coisa mais extraordinária de todas é a cabeça maciça, presa à frente do navio. É verde e escamosa, com serpentes tão compridas quanto galhos de árvores coleando em torno de sua face temível e imóvel.

– Eu a encontrei! – diz Pippa, cheia de entusiasmo. – Encontrei a górgona!

– Aquela coisa é a górgona?

– Depressa! Vamos perguntar a ela sobre o Templo, antes que vá embora – diz Pippa, caminhando mais para perto do intimidante navio. – Ó de bordo!

A górgona gira sua cara em nossa direção. As serpentes da sua cabeça silvam e se retorcem como se quisessem nos devorar, por perturbar sua paz. Sem dúvida fariam isso, se não estivessem presas àquela coisa. Não estou absolutamente preparada, quando a criatura abre seus grandes olhos amarelos.

– O que desejam? – pergunta ela, com uma voz que desliza sombriamente.

– Você é a górgona? – pergunta Pippa.

– Simmm.

– É verdade que você está destinada, pela magia da Ordem, a não fazer mal e a falar apenas a verdade? – continua ela.

A górgona fecha os olhos por um rapidíssimo instante.

– Simmm.

– Estamos procurando o Templo. Sabe da existência dele? – pergunta Pip.

Os olhos se abrem novamente.

– Todos sabem de sua existência. Ninguém sabe onde ele pode ser encontrado. Ninguém, a não ser a Ordem, e eles não vêm aqui há muitos anos.

– Existe alguém que possa saber onde encontrá-lo? – pergunta Pippa.

Ela está aborrecida pela górgona se mostrar tão incapaz de ajudar.

A górgona olha novamente para o rio.

– A Floresta das Luzes. A tribo de Philon. Alguns dizem que eles, antigamente, eram aliados da Ordem. Talvez saibam onde procurar esse Templo.

– Muito bem, então – diz Pippa. – Desejamos ir para a Floresta das Luzes.
– Apenas alguém da Ordem pode mandar em mim – diz a górgona.
– Ela é uma pessoa da Ordem – diz Pippa, apontando para mim.
– Veremos – silva a górgona.
– Vamos, Gemma – insiste Felicity. – Tente.
Dou um passo para a frente, pigarreio. As serpentes se desdobram em leque em torno da cabeça da górgona, como uma juba coleante. Elas silvam para mim, descobrindo suas presas pontiagudas, afiadas. Olhando para essa cara horrível, quase perco a voz.
– Queremos ir para a Floresta das Luzes. Pode nos levar até lá, górgona?
Em resposta, uma das majestosas asas da embarcação se abaixa vagarosamente até a margem, dando-nos passagem. Pippa e Felicity mal podem conter sua felicidade. Elas sorriem feito loucas, enquanto sobem na prancha.
– Devemos ir nisso? – Ann pergunta, resistindo a entrar.
– Não fique assustada, Ann, querida. Estarei com você – diz Pippa, empurrando-a para a frente.
A asa range e se balança enquanto caminhamos por ela. Felicity estende a mão e toca numa das redes penduradas do lado da embarcação.
– São leves como teias de aranha – diz ela, apalpando as fibras delicadas. – Que peixe se poderia pegar com elas?
– Não são para pegar – diz a górgona com sua voz grossa e adocicada. – São para advertir.
Abaixo de nós, a água redemoinha, enviando para a superfície um brilho em tons de cor-de-rosa e violeta.
– Veja que lindo – diz Ann, pondo uma mão na água. – Esperem, estão ouvindo isso?
– Ouvindo o quê? – pergunto.
– Está aí! Ah, é o som mais lindo que já ouvi – diz Ann, colocando seu rosto perto da água. – Está vindo do rio. Alguma coisa está ali, logo abaixo da superfície.

Os dedos de Ann tocam a água reluzente e, por um instante, acho que vejo alguma coisa movimentando-se para muito perto da sua mão. Sem aviso, a grande asa que foi baixada para nós ergue-se depressa, forçando-nos a sair correndo para dentro do navio.

– Isso foi repentino – diz Ann. – A música parou. Agora jamais saberei de onde vinha aquela linda canção. – Faz um muxoxo.

– Algumas coisas é melhor não saber – diz a górgona.

Ann estremece.

– Não gosto disso. Não temos nenhuma maneira de sair agora.

Pippa dá um beijo na bochecha de Ann, como uma mãe acalmando todos os temores.

– Devemos ser meninas corajosas agora. Devemos ir para a Floresta das Luzes, se quisermos achar o Templo.

A górgona torna a falar:

– Você é minha ama e deve ordenar-me que vá.

Percebo que ela está esperando por mim. Olho para as reviradas e voltas do rio, sem saber para onde ele vai, a partir daquele ponto.

– Muito bem – digo, respirando fundo. – Rio abaixo, por favor.

O grande barco produz um ruído surdo e se movimenta. Atrás de nós, o jardim vai sumindo de vista. Fazemos uma curva e o rio se alarga. Imensos animais de pedra, com longas presas e penteados elaborados, protegem as margens distantes. Como as gárgulas da Spence, elas são antigas guardiãs cegas, mas agourentas, do que está lá dentro. A água é agitada aqui. Ondas de crista espumosa sacodem o navio, fazendo meu estômago ficar enjoado.

– Gemma, você está verde – diz Pippa.

– Meu pai diz que, quando a pessoa pode ver em que direção vai, isto ajuda – diz Felicity, com simpatia.

– Sim, qualquer coisa. Tentarei qualquer coisa. Deixo minhas companheiras entregues às suas risadas e histórias e vou para a proa do barco, sentando-me na longa e pontuda extremidade próxima do estranho navegador.

A górgona percebe que estou ali.
– Sente-se bem, Altíssima?
Aquela língua negra e coleante me pega desprevenida.
– Estou indisposta. Mas estarei bem dentro de um instante.
– Deve respirar fundo. É assim que se resolve isso.
Respiro fundo várias vezes. Parece funcionar, e logo tanto o rio quanto meu estômago se acalmam.
– Górgona – pergunto, quando acho coragem –, existem mais criaturas como você?
– Não. – Foi a resposta. – Sou a última de minha espécie.
– O que aconteceu com as outras?
– Foram destruídas ou banidas durante a rebelião.
– Que rebelião?
– Foi há muito, muito tempo – diz a górgona, com um tom de voz cansado. – Antes das Runas do Oráculo.
– Houve um tempo antes das runas?
– Simmm. Foi um tempo em que a magia estava livre dentro dos reinos para todos usarem. Mas foi também um tempo sombrio. Houve muitas batalhas, enquanto as criaturas lutavam umas contra as outras, em busca de mais poder. E foi um tempo em que o véu entre seu mundo e o nosso era fino. Podíamos ir e voltar como quiséssemos.
– Você podia entrar em nosso mundo? – pergunto.
– Ah, sim. Um lugar tão interessante.
Penso nas histórias que li, histórias de aparições de fadas, fantasmas, criaturas marinhas míticas atraindo os marinheiros para a morte. De repente, não parecem simples histórias.
– O que aconteceu?
– Aconteceu a Ordem – diz a górgona, e não posso dizer se o tom de voz dela era de cansaço ou de alívio.
– Então a Ordem nem sempre existiu?
– De certa forma, sim. Seus membros eram uma das tribos. Sacerdotisas. Curandeiros, místicos, videntes. Guiavam espíritos para o mundo além deste. Eram os mestres fabricantes da ilusão. Seu poder sempre foi grande, mas se tornou mais forte com o tempo. Comentou-se que eles haviam encontrado a fonte de toda a magia dentro dos reinos.

– O Templo?

– Simmm. – Foi a resposta coleante da górgona. – O Templo. Disseram que os membros da Ordem bebiam de suas águas e assim a magia se tornava parte deles. Vivia neles, tornando-se mais forte a cada geração. Agora eles tinham mais poder do que qualquer outra criatura. Aquilo de que não gostavam, procuravam corrigir. Começaram a limitar as visitas das criaturas ao seu mundo. Ninguém podia entrar sem a permissão deles.

– Foi quando eles construíram as runas?

– Não – responde a górgona. – Essa foi a vingança deles.

– Não entendo.

– Várias criaturas, de todas as tribos, se associaram. Ressentiam-se do poder que a Ordem tinha sobre elas. Não queriam estar sempre pedindo permissão. Um dia, atacaram. Enquanto vários dos jovens iniciados da Ordem brincavam no jardim, eles os pegaram desprevenidos e os levaram para as Winterlands, onde mataram a todos. E foi então que as criaturas descobriram um horrível segredo.

Minha boca estava seca com a história.

– Que segredo foi esse?

– O sacrifício de outra pessoa trazia um enorme poder.

A água corre depressa embaixo de nós, com um ruído surdo, carregando-nos para a frente.

– Em sua raiva e sua dor, a Ordem construiu as runas como um lacre para a magia. Fecharam a fronteira entre os mundos, de modo que apenas eles podiam entrar. O que quer que permanecesse de um ou do outro lado da fronteira ficaria aprisionado ali para sempre.

Penso nas colunas de mármore da Spence, nas criaturas presas na pedra ali.

– Assim continuou por muitos anos. Até que um dos seus próprios membros traiu a Ordem.

– Circe – digo.

– Simmm. Ela ofereceu um sacrifício e mais uma vez deu poder aos espíritos do mal das Winterlands. Quanto mais espíritos eles traziam para seu lado, mais poderosos se tornavam, e mais o lacre das runas começava a se enfraquecer.

– Então foi por isso que fui capaz de espatifá-las? – pergunto.
– Talvez. – A resposta da górgona é como um suspiro. – Talvez, Altíssima.
– Por que me chama de Altíssima?
– Porque é mesmo a mais Alta.

As outras estão apoiadas do lado do barco. Revezam-se segurando as cordas das velas, deixando seus corpos se empurrarem contra a força do vento. Ouço a risada alegre de Pippa por cima do ruído da água. Há uma pergunta que quero fazer, mas tenho medo de formulá-la em voz alta, temendo a resposta.

– Górgona – começo –, é verdade que os espíritos das pessoas do nosso mundo precisam passar para o outro lado?

– É a maneira como sempre foi.

– Mas há alguns espíritos que permanecem aqui para sempre?

– Não conheço nenhum que, ficando, não se tornasse corrompido e fosse viver nas Winterlands.

O vento leva a grinalda de Pippa, que vai atrás dela, rindo, e a segura com força em suas mãos.

– Mas agora tudo está diferente, não é?

– Simmm – silva a górgona. – Diferente.

– Então talvez haja uma maneira de mudar as coisas.

– Talvez.

– Gemma! – grita Pippa. – Como se sente?

– Muito melhor! – grito em resposta.

– Então volte para cá!

Deixo meu poleiro ao lado da górgona e me junto às outras.

– O rio não é lindo? – pergunta Pippa, com um largo sorriso.

De fato, neste ponto a água é de um esplêndido azul esverdeado.

– Ah, senti tanto a falta de vocês todas. E vocês, também sentiram uma falta terrível de mim?

Felicity corre para abraçá-la. Segura Pip com muita força.

– Achei que nunca mais veria você.

– Você nos viu não faz nem dois dias – lembro-lhe.

– Mas mal posso suportar isso. É quase Natal – diz ela, nostalgicamente. – Já foram a algum baile?

– Não – informa Ann. – Mas a mãe e o pai de Felicity darão um baile de Natal.

– Acho que será maravilhoso – diz Pippa, fazendo um muxoxo.

– Usarei meu primeiro vestido de baile – continua Ann. Ela descreve o vestido em detalhes. Pippa nos faz perguntas sobre o baile. É como se estivéssemos de volta à Spence, sentadas no grande salão, em torno de Felicity, mexericando, fazendo planos.

Sorrindo, Pippa faz Felicity girar, enquanto o barco range vagarosamente pelo rio abaixo.

– Estamos juntas. E não precisamos nos separar nunca.

– Mas temos de voltar – digo.

A mágoa que surge nos olhos de Pippa me fere.

– Mas quando vocês formarem novamente a Ordem, voltarão para mim, não é?

– Claro que sim – diz Felicity. Ela torna a acompanhar Pippa, feliz de estar perto dela.

Pippa passa os braços em torno de Felicity e coloca a cabeça em seus ombros.

– Vocês são minhas amigas mais queridas no mundo inteiro. Nada mudará isso, jamais.

Ann se une ao abraço. Finalmente eu também ponho meus braços em torno de Pippa. Nós a cercamos como pétalas e tento não pensar sobre o que acontecerá a todas nós quando encontrarmos o Templo.

Depois de uma curva acentuada, o rio se abre, oferecendo uma majestosa vista da costa e das cavernas nos rochedos, que se elevam bem alto, acima de nós. Deusas foram entalhadas na pedra. Elas estão em pé, possivelmente com uma altura de uns dois metros e meio, enfeitadas com elaborados penteados em forma de cone. Há muitos colares preciosos em seu pescoço. Mas, fora isso, nada mais. Estão nuas e são muito sensuais, os quadris inclinados para um lado, um braço colocado atrás da cabeça, do mesmo lado, os lábios encurvados num sorriso. A decência me diz que devo desviar a vista, mas descubro que não paro de lhes lançar olhares furtivos.

– Ah, meu Deus – diz Ann, erguendo os olhos e baixando-os imediatamente.

– Quem são aquelas? – pergunta Felicity.

A górgona abre a boca:

– As Cavernas dos Suspiros. Agora são ruínas quase abandonadas, habitadas apenas pelos Hajin, os Intocáveis.

– Os Intocáveis? – pergunto.

– Simmm. Ali está um deles. – A cabeça da górgona pende para a direita. Alguma coisa sai correndo em meio aos arbustos ao longo da margem. – Vermes sujos.

– Por que são chamados de Intocáveis? – pergunta Ann.

– Sempre foi assim. A Ordem os baniu para as Cavernas dos Suspiros. Ninguém vai lá agora. É proibido.

– Ora, não é justo – diz Ann, e sua voz se eleva: – Não é justo, de jeito nenhum. – Pobre Ann. Ela sabe o que é ser uma intocável.

– Qual era o costume antes? – pergunto.

– Era o lugar onde os membros da Ordem conquistavam seus amantes.

– Pares amorosos? – pergunta Felicity.

– Sim. – A górgona faz uma pausa, antes de acrescentar: – Os Rakshana.

Não sei o que dizer diante disso.

– Os membros do Rakshana e os da Ordem eram amantes?

A voz da górgona soa distante:

– Antigamente.

Felicity dá um grito:

– Olhem para aquilo! – Ela aponta para o horizonte, onde uma neblina pesada cai do céu, como fitas de ouro, obscurecendo nossa visão do que está pela frente. Ruge como uma cachoeira.

– Vamos atravessar aquilo? – Ann pergunta, preocupada.

Pippa aperta o abraço em Ann.

– Não se preocupe. Nada de mal acontecerá, tenho certeza. Senão a górgona não nos faria atravessar aquele lugar. Não é verdade, Gemma?

– Sim, claro – digo, tentando não parecer tão aterrorizada quanto me sinto. Porque não tenho a menor ideia do que acontecerá conosco. – Górgona, a regra é que você não nos causará nenhum mal, não é?

Mas minha pergunta é afogada pelo incessante martelar da cascata dourada. Nós nos comprimimos uma contra a outra no chão do navio. Ann fecha os olhos com força. Enquanto seguimos adiante, também fecho os olhos, com medo de saber o que acontecerá. Com o rugido forte em nossos ouvidos, passamos pela cortina molhada e saímos do outro lado, onde o rio se torna como um oceano, sem nenhuma terra à vista, a não ser uma ilha verdejante a distância.

– Estamos vivas – diz Ann, surpresa e aliviada.

– Ann – diz Pippa –, veja, agora você é uma menina de ouro!

É verdade. Flocos dourados cobrem nossa pele. Felicity vira as mãos de um lado para ouro, rindo alegremente, enquanto as observa brilharem.

– Ah, estamos ótimas, não é? Nenhum problema!

Pippa ri:

– Eu disse para você não ter medo!

– A magia é forte – diz a górgona. Se é uma declaração ou uma advertência, não consigo dizer.

– Gemma – pergunta Pippa –, por que precisamos prender a magia?

– Como assim? Porque ela está solta dentro dos reinos.

– E se isso não for uma coisa assim tão terrível? Por que não deveria ser permitido a todos usar esse poder?

Não gosto do rumo desta conversa.

– Porque as criaturas poderiam usar isso para entrar em nosso mundo e causar devastação. Não haveria nenhum senso de ordem ou de controle sobre isso.

– Você não sabe se os habitantes dos reinos a usariam de forma insensata.

Ela não ouvira a história da górgona. Se tivesse ouvido, pensaria de outra maneira.

– Não sabemos? Lembra-se daquela criatura que escravizou minha mãe?

– Mas ela era ligada a Circe. Talvez nem todos sejam assim – cogita Pippa.

– E como eu poderia decidir quem deve ter a magia, em quem é possível confiar?

Ninguém tem uma resposta para isso.

Sacudo a cabeça.

– Está fora de cogitação. Quanto mais tempo a magia estiver solta, maior o perigo de os espíritos daqui se corromperem. Devemos encontrar o Templo e prender novamente a magia. Depois reformaremos a Ordem e manteremos o equilíbrio dos reinos.

Pippa faz um muxoxo. Ela tem a irritante sorte de ficar linda quando faz isso.

– Muito bem. De qualquer jeito, já estamos quase lá.

Capítulo Dezoito

O RIO ESTREITOU-SE OUTRA VEZ. ESTAMOS ENTRANDO NUM LUGAR onde as árvores crescem até ficarem muito altas, grossas e verdes. Milhares de lanternas pendem de seus ramos. Isto me faz lembrar Diwali, o festival de luzes na Índia, quando mamãe e eu ficávamos acordadas até tarde para espiar as ruas florescerem com velas e lanternas.

O navio repousa na areia macia e molhada da ilha.

– A Floresta de Luzes – diz a górgona. – Mantenham-se em guarda. Tratem do que querem com Philon e apenas com Philon.

A prancha com asa abaixa-se e saímos para um tapete macio de grama e areia, que desaparece dentro de espessos arbustos, pontilhados por gordos lótus duplos, brancos. As árvores são tão altas que somem num teto verde-escuro. Olhar para elas, acima, deixa-me tonta. As luzes se balançam e se movimentam. Uma delas se atira em meu rosto, fazendo-me arquejar.

– O que foi isso? – sussurra Ann, com os olhos arregalados.
– O que está acontecendo? – Agora é Felicity quem fala. Várias das luzes desceram sobre sua cabeça. Seu rosto, extasiado, é iluminado pela coroa resplandecente. As luzes se reúnem numa bola, que flutua à nossa frente, mostrando o caminho.

– Estão querendo que as sigamos – diz Pippa, maravilhada.

Os pequenos duendes luminosos, se é isso o que são, levam-nos para a floresta. O ar tem um penetrante cheiro de terra. O musgo cresce sobre as árvores enormes, como uma pele verde e macia. Olhando para trás, não consigo mais ver a górgona. É como se a floresta nos tivesse absorvido. Tenho o impulso de voltar correndo, principalmente quando ouço o ritmo suave de cascos que se aproximam. A bola de luz explode, as minúsculas luminárias voando a esmo para dentro da floresta.

– O que é isso? – grita Felicity, olhando loucamente em torno.
– Não sei – diz Pippa.

As pancadas parecem vir de todos os lados. Seja o que for, estamos cercadas. O ruído se aproxima e, de repente, para. Um bando de centauros sai, um a um, do meio das árvores. Eles andam compassadamente, com suas fortes pernas de cavalos e os braços grossos cruzados sobre peitos nus de homem. O maior do clã adianta-se. Seu queixo apresenta um tufo de barba.

– Quem são vocês? O que vieram fazer aqui? – pergunta ele.
– Viemos ver Philon – declara Pippa. Ela se mostra muito corajosa, enquanto eu gostaria de sair correndo.

Os centauros trocam olhares suspeitosos.

– A górgona nos trouxe – digo, esperando que isto possa abrir portas.

O maior deles avança até seus cascos ficarem a poucos centímetros dos meus pés.

– A górgona? Que jogo ela está fazendo conosco? Muito bem, então. Levarei vocês até Philon e vamos deixar que nosso líder decida seu destino. Subam, a não ser que prefiram caminhar.

Seu aperto é forte, enquanto ele me suspende até seu dorso largo e macio.

– Ah! – exclamo, porque não há nenhuma rédea, como aconteceria com um cavalo. Na verdade, não existe nenhum lugar decente para eu me segurar, e sou forçada a passar meus braços em torno de sua cintura grossa e repousar a cabeça contra a larga extensão de suas costas.

Sem sequer um pedido de permissão, ele parte a galope, levando-me agarrada às suas costas como se disso dependesse a minha vida, enquanto nos arremessamos em meio às árvores, cujos ramos chegam perigosamente perto. Alguns causam arranhões em meu rosto e em meus braços, e suspeito que ele faz isso de propósito. Os centauros que carregam Felicity, Pippa e Ann cavalgam a meu lado. Ann está com os olhos fechados e a boca retorcida numa careta. Mas Felicity e Pippa parecem quase apreciar a estranha cavalgada.

Finalmente chegamos a uma clareira onde há cabanas com tetos de palha e casas de barro. O centauro me dá a mão e me joga no chão, onde caio de costas. Ele põe as mãos nos quadris, elevando-se acima de mim, sorridente. Pergunta:

– Devo ajudá-la a se levantar?

– Não, obrigada. – Levanto-me com um pulo, limpando o capim da minha saia.

– Você é uma delas, não é? – diz ele, apontando para meu amuleto, que saiu de baixo da minha blusa durante a acidentada cavalgada. – Os boatos são verdadeiros! – grita ele para seus amigos. – A Ordem está voltando aos reinos. E aqui estão elas.

O clã se aproxima, cercando nosso pequeno bando de moças.

– O que devemos fazer em relação a isso? – pergunta o centauro, com raiva contida em suas palavras. Não me preocupo mais em ver Philon nem em lhe perguntar sobre o Templo. Só quero escapar.

– Creostus! – Vem uma nova e estranha voz.

Os centauros se dividem, recuam. Curvam suas cabeças. O grande, Creostus, inclina a sua, mas não a mantém baixa.

– O que é isso? – sussurra Ann, agarrando-se a mim.

Diante de nós está a mais magnífica criatura que já vi em minha vida. Não sei se é homem ou mulher, pois poderia ser uma coisa ou outra. É esguio, com pele e cabelo da cor poeirenta de uma flor de lilás, e um longo manto que se arrasta, feito de bolotas, espinhos e cardos. Seus olhos são de um verde vívido e puxados para cima nos cantos, como os de um gato. Uma mão é uma pata; a outra, uma garra.

– Quem vem aí? – pergunta a criatura, com uma voz que é como uma harmonia de três partes, os tons diferentes mas inseparáveis.

– Uma feiticeira – diz o centauro desafiador. – Trazida às nossas praias pela maldita górgona.

– Hummm – diz a criatura, olhando-me fixamente até eu me sentir como uma criança teimosa diante da palmatória. A ponta aguçada de sua garra ergue meu amuleto para examiná-lo. – Uma sacerdotisa. Há muitos anos não vemos nenhuma de sua espécie. Foi você quem quebrou as runas, o lacre da magia?

Puxo meu colar para fora de seu alcance e o enfio novamente em minha blusa.

– Sim, fui eu.

– O que quer de nós?

– Desculpe, mas só posso falar com Philon. Sabe onde eu poderia encontr...

– Sou Philon.

– Ah – digo. – Vim pedir sua ajuda.

Creostus interrompe:

– Não a ajude, Philon. Lembra-se do que aconteceu conosco, durante todos esses anos?

Com um olhar, Philon faz com que ele cale a boca.

– Por que eu deveria ajudá-la, sacerdotisa?

Não tenho nenhuma resposta pronta para isso.

– Porque desfiz o lacre da magia. A ordem precisa ser restabelecida.

Risadas irrompem entre os centauros.

– Então deixe-nos ser aqueles que restaurarão e controlarão! – grita um deles.

Os outros dão vivas.

– Mas só a Ordem pode prender a magia e dirigir os reinos – diz Felicity.

Philon fala novamente:

– Assim aconteceu durante gerações, mas quem pode dizer que deverá ser sempre assim? O poder é passageiro. Logo muda de mãos.

Há mais vivas dos outros. Uma multidão se reuniu. Além dos centauros, as criaturas de luz cresceram até ficar com cerca de trinta centímetros de altura. Pairam no alto, como vaga-lumes gigantes.

– Prefere que Circe o encontre primeiro? – pergunto. – Ou os espíritos do mal das Winterlands? Se eles controlarem a magia, imagina que serão generosos com você?

Philon reflete sobre isso.

– A sacerdotisa tem razão. Vocês podem vir comigo.

Creostus grita às nossas costas:
— Não prometa nada a elas, Philon. Sua lealdade, em primeiro lugar, é para com seu povo! Lembre-se disso!

Philon nos instala numa grande cabana e despeja um líquido vermelho numa taça comprida. Nada nos é oferecido, o que me faz confiar um pouco mais na estranha criatura. Pois se comêssemos ou bebêssemos qualquer coisa aqui, teríamos de ficar, como aconteceu com Pippa. Philon faz o líquido girar na taça e o engole.

— Concordo que a magia deve ser contida. É demasiado poderosa para ficar como está. Alguns nunca estiveram expostos à sua plena força e ficam tontos com ela. Querem cada vez mais. Há tumulto. Tenho medo de que entrem em alianças malfeitas e nos condenem à escravidão. É uma ameaça ao nosso modo de ser.

— Então você me ajudará a encontrar o Templo? — pergunto.

— E o que nos prometerá se a ajudarmos? — Vendo que não falo, Philon sorri, ironicamente. — Foi o que pensei. A Ordem não está interessada em partilhar o poder dos reinos.

— A górgona disse que vocês e a Ordem eram aliados antigamente.

— Sim — diz Philon. — Antigamente. — A criatura dá a volta pela sala com uma graça elegante, felina. — Os centauros eram seus mensageiros; eu, o mestre de armas. Porém, depois da rebelião, eles nos mantiveram afastados da magia, exatamente como fizeram com os outros, embora tivéssemos permanecido leais. Foi assim que nos agradeceram.

Não sei o que dizer diante disso.

— Talvez não houvesse nenhum outro jeito. — A criatura me olha fixamente por um longo momento, até que sou forçada a desviar a vista.

— Eles não vão nos ajudar, Gemma. Vamos seguir nosso caminho — diz Felicity.

Philon torna a encher a taça.

— Não posso dizer a vocês onde encontrar o Templo porque, na verdade, não sei onde ele fica. Mas posso oferecer uma coisa a vocês. Venham comigo.

Saímos outra vez para o dia nublado. Creostus detém o majestoso líder, falando baixo, numa linguagem que não podemos entender. Mas percebo a raiva em sua voz, a desconfiança em seus olhos, cada vez que ele olha em nossa direção. Philon o dispensa com um lacônico "*Nyim!*".

– Você não pode confiar nelas, Philon – diz o centauro, com veemência. – As promessas delas são como o glamour: com o tempo, desaparecem.

Philon nos leva para uma cabana baixa. As paredes brilham com um arranjo de armas reluzentes, algumas das quais nunca vi. Laços prateados para prender animais estão pendurados em ganchos. Taças com pedrarias e espelhos ornamentados com requinte estão colocados lado a lado.

– Enquanto a magia está solta, nós a usamos para voltar aos velhos costumes. Quando não sabemos o resultado de uma experiência, devemos estar preparados para tudo. Vocês precisam levar uma arma para sua viagem.

– Estas são todas armas? – pergunto.

– Usando o feitiço certo, qualquer coisa pode tornar-se uma arma, sacerdotisa.

– Há tantas. Não sei onde começar.

– Ah – arqueja Felicity. – Ela descobriu um arco leve como uma pluma e uma aljava contendo flechas com pontas de prata.

– Parece que a escolha está feita – diz Philon, entregando-os a ela. As flechas são bem trabalhadas, mas não têm nada de anormal, a não ser as estranhas marcas nas pontas de prata, uma série de números, linhas e símbolos. Não entendo absolutamente nada.

– O que é isso? – pergunta Felicity.

– É a linguagem de nossos ancestrais.

– Flechas mágicas? – pergunta Ann, espiando as pontas.

Felicity ergue o arco e fecha um olho, mirando um alvo imaginário.

– São flechas, Ann. Funcionarão como quaisquer outras.

– Talvez – diz Philon. – Se você tiver a coragem de fazer mira e disparar.

Felicity faz uma carranca. Vira o arco para Philon.

– Felicity! – grito. – O que está fazendo?

– Tenho coragem suficiente – diz Felicity, rispidamente.

– Você a terá, quando isto for o mais importante? – pergunta Philon, friamente.

Pippa empurra o arco para baixo e o afasta.
- Fee, pare com isso.
- Tenho coragem suficiente – ela torna a dizer.
- Claro que tem – Pippa tenta acalmá-la.
Philon olha para elas com curiosidade.
- Veremos. – A mim, ele diz: – Sacerdotisa, essas flechas, então, são sua escolha de arma?
- Sim – respondo. – Acho que são.
- Está na hora de irmos – diz Felicity. – Obrigada pelas flechas.
Philon inclina sua cabeça majestosa.
- Por nada. Mas não são um presente. São um lembrete de uma dívida a ser paga.
Tenho a impressão de que estou caindo num buraco e, quanto mais tento escavar meu caminho de saída, mas fundo ele fica.
- Que tipo de pagamento?
Uma parcela da magia é o que pedimos, se você encontrar o Templo primeiro. Não pretendemos viver novamente na escuridão.
- Entendo – digo, fazendo uma promessa que não sei se poderei cumprir.

Philon nos acompanha até a beirada da floresta, onde as estranhas luzes resplandecentes esperam para nos levar de volta ao navio.
- Todos tentarão impedir que cheguem ao Templo. Deve saber disso. Como se protegerão? Têm alguma aliança?
- Temos a górgona – digo.
Philon faz um sinal afirmativo com a cabeça, vagarosamente.
- A górgona. A última da sua espécie. Aprisionada num navio pelo resto dos tempos, como punição pelos seus pecados.
- O que quer dizer? – pergunto.
- Quero dizer que há muita coisa que você não sabe – diz Philon. – Tenha cuidado, sacerdotisa. Não há esconderijos aqui. Suas mais acariciadas esperanças, seus mais profundos desejos ou maiores temores poderão ser usados contra você. Há muitos que desejariam impedi-la de realizar sua tarefa.
- Por que está me dizendo isso? É leal à Ordem, afinal?

– Isto é guerra – diz Philon, com seu longo cabelo arroxeado sendo soprado ao longo de ossos do maxilar bem marcados. – Sou leal ao vencedor.

As luzes fazem círculos e se arremessam em torno da cabeça de Pippa. Ela lhes dá tapas brincalhões. Mas tenho uma última pergunta a fazer, antes de partirmos:

– A górgona é nossa aliada, não é? Ela está destinada a nos dizer sempre a verdade.

– Destinada por quem? A magia não é mais confiável. – Depois de dizer isso, a alta e magra criatura vira-se para o outro lado, com seu manto de cardos arrastando-se como uma corrente.

Quando chegamos à margem do rio, Creostus está lá à nossa espera, com os braços cruzados.

– Achou o que estava procurando, bruxa?

Felicity dá palmadinhas na aljava com flechas às suas costas.

– Então Philon deu a vocês uma lembrança. O que vocês nos darão em troca? Será que nos concederão poder? Ou nos negarão?

Não respondo, limitando-me a subir na prancha da górgona, que parece uma asa, ouvindo depois quando ela range e se fecha atrás de nós. O vento pega a larga e translúcida vela e nos afastamos da minúscula ilha, até que ela se transforma em apenas um ponto verde atrás de nós. Mas o grito rude do centauro me segue na brisa, tirando-me o fôlego:

– O que nos dará em troca, bruxa? O que nos dará?

Atravessamos mais uma vez a cortina dourada e navegamos rio abaixo. Quando tornamos a chegar às estátuas nos rochedos, às Cavernas dos Suspiros, vejo fumaça colorida – vermelhos, azuis, laranjas, roxos – elevando-se lá de cima e tenho quase certeza de que avistei uma figura atrás da fumaça. Porém, quando o vento sopra, a fumaça muda de direção e não vejo nada, a não ser fiapos de cor.

Um nevoeiro prateado chega maciçamente. Sinais da margem aparecem aqui e acolá, mas é difícil vê-la. Ann corre para o lado do navio.

– Está ouvindo? Aquela linda canção voltou!

Demoro um momento, mas finalmente a ouço. A canção vem baixinho, mas é linda. Infiltra-se em minhas veias e corre por mim, fazendo-me sentir aquecida e leve.
— Veja! Na água! — grita Ann.
Uma por uma, três cabeças carecas emergem. São mulheres em nada parecidas com as que já vi até hoje. Seus corpos brilham de leve, com suas escamas luminosas em tons de rosa, marrom e pêssego. Quando elas erguem as mãos de dentro da água, vejo uma fina membrana entre seus dedos compridos. Elas são hipnóticas e descubro que não consigo parar de olhá-las. Sinto-me tonta com sua canção. Felicity e Ann riem e se comprimem do lado da embarcação, tentando aproximar-se delas. Pippa e eu vamos também para onde elas estão. As mãos membranosas acariciam a grande embarcação como se ela fosse o cabelo de uma criança. A górgona não diminui a velocidade. A massa emaranhada de cobras silva loucamente.
Ann estende uma mão para baixo, mas não consegue alcançar as mulheres.
— Ah, queria poder tocá-las — diz ela.
— E por que não podemos fazer isso? — pergunta Pippa. — Górgona, baixe a prancha, por favor.
A górgona não responde e não diminui a velocidade.
As mulheres são tão belas; sua canção é tão linda.
— Górgona — digo —, baixe a prancha.
As serpentes se contorcem como se sentissem dor.
— É esse seu desejo, Altíssima?
— Sim, é meu desejo.
O grande navio reduz a velocidade e a prancha é baixada até pairar pouco acima da água. Com nossas saias agarradas em nossas mãos, corremos para fora e nos agachamos, procurando sinais delas.
— Onde estão? — pergunta Ann.
— Não sei — digo.
Felicity está de quatro, com as pontas do seu cabelo arrastando-se na água.
— Talvez tenham ido embora.

Fico em pé, tentando enxergar além do nevoeiro. Alguma coisa fria e molhada acaricia meu tornozelo. Grito e cambaleio, exatamente quando a mão da criatura move-se em curva, afastando-se da minha perna, mas deixando escamas cintilantes em minha meia.

– Ah, não. Eu a assustei e ela foi embora – digo. Seu corpo semelhante ao de uma sereia desliza debaixo da prancha e desaparece.

A superfície do rio está coberta por uma espessa e oleosa luminosidade. Depois de um momento, as criaturas tornam a emergir. Parecem tão fascinadas por nós quanto estamos por elas. Saltitam nas pequenas correntezas, com suas mãos estranhas movendo-se para a frente e para trás, para a frente e para trás.

Ann se ajoelha.

– Olá!

Uma das criaturas movimenta-se para mais perto e começa a cantar.

– Ah, que lindo – diz Ann.

De fato, o canto delas é tão doce que desejo segui-las para a água e ouvi-lo para sempre. Um bando delas está agora reunido, seis, depois sete e, em seguida, dez. A cada nova adição o canto cresce, torna-se mais poderoso. Sinto que me afogo em sua beleza.

Uma criatura se prende à embarcação. Seu olhar encontra o meu. Seus olhos são imensos, como espelhos do próprio oceano. Olho para dentro deles e me vejo caindo depressa nas profundezas, onde toda luz desaparece. Ela estende a mão para acariciar meu rosto. Seu canto flutua sobre meu rosto.

– Gemma! Não faça isso!

Tenho uma vaga consciência de que Pippa chama meu nome, mas ele se mistura com a canção e se torna uma melodia que me convida para dentro do rio. *Gemma... Gemma... Gemma...*

Pippa me dá um puxão para trás, rudemente, e caímos na prancha, uma em cima da outra. O canto das ninfas se torna um grito feroz que me provoca arrepios em minhas costas.

– O qu... quê? – pergunto, como se acordasse de um sonho.

– Aquela coisa quase puxou você para dentro da água! – diz Pippa. Seus olhos se arregalam. – Ann! – grita ela.

Ann deslizou as pernas por cima do lado da prancha. Seus lábios se abrem num sorriso extático, enquanto uma das coisas acaricia sua perna e canta tão docemente que partiria o coração de qualquer pessoa. Felicity estende uma mão para fora, seus dedos a alguns centímetros das mãos membranosas de duas das criaturas.

– Não! – Pippa e eu gritamos, em uníssono.

Agarro Ann, enquanto Pippa passa seus braços, como se fossem uma corda, em torno de Felicity. Elas lutam contra nós, mas as puxamos para trás.

As criaturas soltam outro horrível guincho. Enraivecidas, agarram a prancha, como se pretendessem sacudi-la e nos lançar à água, ou arrancá-la completamente.

Ann se encolhe nos braços de Pippa, enquanto Felicity chuta as mãos delas com suas botas.

– Górgona! – grito. – Ajude-nos!

– Omata! – É a voz da górgona, agora estrondeando e comandando. – Omata! Deixem-nas em paz, senão usaremos as redes!

As criaturas gritam e recuam. Olham para nós com desapontamento, antes de tornarem a deslizar, vagarosamente, para dentro da água. Não há mais nada à vista agora, a não ser uma luminosidade oleosa, na superfície, para provar que elas estiveram aqui. Empurro, praticamente, as outras para dentro da embarcação.

– Górgona, erga a prancha! – grito.

– Como desejar – responde ela, puxando para cima a pesada asa. As mulheres carecas e brilhantes ficam furiosas. Tornam a soltar gritos agudos.

– Que coisas são aquelas? – pergunto, arquejando.

– Ninfas da água – responde a górgona, como se eu as encontrasse diariamente para o chá. – Elas ficam fascinadas por sua pele.

– São inofensivas? – pergunta Ann, esfregando sua meia, para tirar as escamas coloridas.

– Isso depende – diz a górgona.

Felicity olha fixamente para a água.

– Depende do quê?

A górgona continua:
— De quanto elas se enfeitiçam pela pessoa. Se ficam particularmente encantadas, tentam atraí-la e levá-la para a morada delas na água. Quando a pessoa está presa, elas tiram sua pele. Quando percebo como cheguei perto de segui-las para as profundezas, meu corpo inteiro fica tremendo.
— Quero voltar — choraminga Ann.
E eu também quero.
— Górgona, leve-nos de volta, imediatamente, para o jardim — ordeno.
— Como desejar — diz ela.
Atrás de nós, vejo as ninfas da água aparecendo em meio à superfície revolta, suas cabeças brilhantes saltitando na água como joias de um tesouro perdido. Um trecho de seu belo canto chega até nós e, por um momento, vagueio até a beirada do navio, desejando novamente mergulhar na água. Mas a embarcação dá uma guinada e avança, afastando-nos delas, enquanto o canto das ninfas se torna raivoso, um som parecido com o que os pássaros emitem quando privados de sua comida.
— Parem — digo, sem fôlego, desejando que isso acabe. — Por que elas não param?
— Esperavam um presente, uma lembrança da viagem — responde a górgona.
— Que tipo de presente? — pergunto.
— Uma de vocês.
— Isso é horrível — digo.
— Simmm — silva a górgona. — Vocês as deixaram infelizes, lamentavelmente. Elas podem ser bem perversas quando estão zangadas. E guardam rancor.
Pensar numa daquelas mãos frias e molhadas puxando uma de nós para dentro d'água me faz tremer.
— Há mais ninfas dessas por aí? — pergunta Pippa, com seu rosto pálido iluminado pelo céu cor de laranja.
— Simmm — diz a górgona. — Mas eu não me preocuparia muito com elas. Só podem pegar a pessoa quando ela está na água.

– É um triste consolo.

O nevoeiro clareia. Minhas pernas estão trêmulas, como se eu tivesse corrido durante muito tempo. Nós quatro nos deitamos no chão da embarcação, olhando para o céu brilhante acima de nós.

– Como descobriremos o Templo, se essas criaturas usarem sua própria magia contra nós? – pergunta Ann.

– Não sei – digo.

Este não é o belo jardim que minha mãe me mostrou. Está inteiramente óbvio, agora, que os reinos para além desse jardim não são lugares onde eu possa baixar a guarda.

– Górgona – pergunto, quando tudo está novamente calmo e o jardim à vista –, é verdade que você está aprisionada nesta barcaça como castigo?

– Sim – vem a resposta, num silvo.

– Por magia de quem?

– Da Ordem.

– Mas por quê?

A grande barcaça range e geme na água.

– Fui eu quem liderou meu povo contra a Ordem, durante a rebelião.

As serpentes da sua cabeça se contorcem e se estendem. Uma delas se enrosca em torno da proa pontuda, com sua língua a apenas centímetros da minha mão. Recuo até uma distância segura.

– Você ainda é leal à Ordem? – pergunto.

– Simmm – vem a resposta.

Mas não é imediata, como uma resposta compelida pela magia. Há a hesitação de um momento. Ela parou para *pensar*. E percebo que a advertência de Philon é adequada.

– Górgona, você sabia que as ninfas da água estavam perto?

– Simmm – diz ela.

– Por que não nos alertou?

– Você não perguntou. – E, com isso, chegamos ao jardim, onde o grande animal verde fecha os olhos.

Pippa nos abraça com força, sem querer soltar-nos.

– Precisam voltar correndo? Quando poderão vir novamente?

– Assim que possível – garante-lhe Felicity. – Cuide-se, Pippa.

– Pode deixar – diz Pippa. Ela pega minhas mãos. – Gemma, salvei sua vida hoje.
– Sim, é verdade. Obrigada.
– Acho que isto nos liga uma à outra, não é? Como uma promessa?
– Acho que sim – digo, pouco à vontade.
Pippa me dá um beijo na face.
– Volte assim que puder!
A porta de luz se acende e ganha vida, e deixamos Pippa a nos acenar, como a última imagem fugidia de um sonho, antes de acordarmos.
De volta ao quarto de dormir, avaliamos a nós mesmas. Estamos todas ótimas, embora um pouco abaladas, e prontas para retomarmos nossos lugares no chá.
– Está sentindo? – pergunta Felicity, enquanto descemos com dificuldade a escada.
Faço um sinal afirmativo com a cabeça. A magia corre por mim. Meu sangue é bombeado com mais rapidez e todos os meus sentidos estão mais aguçados por causa disso. É espantoso, como ser iluminada de dentro. Por trás das portas fechadas do salão de jantar posso ouvir trechos de conversas, posso sentir as carências e desejos, os ciúmes mesquinhos e os desapontamentos de cada coração que bate, até ser forçada a afastá-los de mim.
– Ah, aqui está a nossa srta. Bradshaw – diz a larga mulher, quando entramos na sala. – Soubemos que foi educada pelos melhores professores de toda a Rússia, quando criança, e que, por este motivo, e também por causa da sua linda voz, a família da tzarina percebeu imediatamente que você era a parente há tanto tempo perdida. Quer dar-nos a honra de cantar uma canção?
Essa história vai ficando cada vez mais louca, como a magia dos reinos, a cada vez que é contada.
– Sim, você simplesmente deve – diz Felicity, pegando o braço de Ann. – Use a magia – sussurra ela.
– Felicity – sussurro de volta. – Não acho que...
– Precisamos fazer isso! Não podemos simplesmente abandonar Ann.
Ann me lança um olhar suplicante.

– Apenas esta vez – diz Felicity.
– Apenas esta vez – repito.
Ann vira-se para o grupo, sorrindo.
– Ficarei feliz em cantar.
Ela espera que silencie o farfalhar das saias, enquanto as mulheres ocupam suas cadeiras. E então fecha os olhos. Posso sentir que se concentra, buscando recursos na magia. É como se estivéssemos unidas por ela, trabalhando unidas para criar essa ilusão. Ann abre a boca para cantar. Ela já tem, naturalmente, uma linda voz, mas a música que sai dos seus lábios agora é por demais poderosa e sedutora. Levo um momento para reconhecer a língua em que canta. Depois percebo: ela está cantando em russo, um idioma que, na verdade, não conhece. É um toque muito interessante.

As mulheres do Alexandra ficam paralisadas enquanto escutam. Quando Ann chega ao crescendo da canção, algumas enxugam os olhos com seus lenços, de tão comovidas. E quando Ann termina, faz uma pequena e respeitosa mesura, as mulheres aplaudem e correm para elogiá-la. Ann exulta com a adoração delas.

Lady Denby caminha até o lado de Ann e dá seus parabéns.
– Lady Denby, como está bonita – diz a mãe de Felicity. Lady Denby faz um cumprimento com a cabeça, mas não responde. A desfeita é notada por todas. Há um silêncio constrangido na sala. Lady Denby olha friamente para Ann.
– Diz que é uma parenta do Duque de Chesterfield?
– S... sim – gagueja Ann.
– Estranho. Não creio que tenha encontrado nunca o duque.

Sinto um puxão, uma mudança no ar. A magia. Quando olho para ela, Felicity está com os olhos fechados, concentrando-se, e um leve sorriso faz seus lábios cheios se curvarem. De repente, Lady Denby solta gases intestinais com um imenso ruído, estalos sucessivos. Não há como esconder o choque e o horror em seu rosto quando ela percebe o que fez. Ela torna a soltar gases e várias das mulheres pigarreiam e olham para o outro lado, como se pudessem fingir não notar a transgressão. De sua parte, Lady Denby se desculpa, resmungando alguma coisa sobre estar indisposta, e sai rapidamente.

– Felicity, isso foi terrível da sua parte! – sussurro.

– Por quê? – pergunta ela, com a maior frieza. – Ela é uma velha tão insuportável que se torna de fato mal-educada.

Agora que Lady Denby saiu, as pessoas gravitam em torno de Ann e da sra. Worthington, parabenizando a mãe de Felicity por ter uma convidada tão ilustre em sua casa. São feitos convites em abundância para chás, jantares, visitas. A desfeita foi esquecida.

– Nunca mais ficarei sem o poder – diz Felicity, embora eu não saiba exatamente o que ela quer dizer com isso e ela também não se prontifique a explicar.

Capítulo Dezenove

Quando volto para casa, a noite instala-se sobre Londres como um bálsamo, a luz de gás suavizando as bordas duras e lhes conferindo uma uniformidade nevoenta e escura. A casa está silenciosa. Vovó saiu para jogar cartas com suas amigas. Papai está num sono inquieto em sua cadeira, com o livro aberto sobre seu colo. Meu pai, assombrado até em seus sonhos.

Os últimos resquícios de magia fluem em mim. Fecho as portas e coloco minha mão na testa dele. Apenas esta vez, como disse Felicity. É tudo de que preciso. Não estou usando este poder para ganhar um novo vestido de baile; uso-o para curar meu pai. Como pode haver algum mal nisso?

Porém, como começar? Mamãe me disse que preciso concentrar-me. Devo ter certeza do que quero e do que pretendo. Fecho os olhos e deixo meus pensamentos irem para meu pai, curando-o de sua doença.

– Quero curar meu pai – digo. – Quero que ele nunca mais torne a sentir um desejo de láudano. – Minhas mãos formigam. Alguma coisa está acontecendo. Rápida como um rio cheio, a magia passa raivosa por mim e entra em papai. Ele arqueia as costas, por causa dela. Com meus olhos ainda fechados, vejo nuvens correrem pelo céu, vejo papai novamente rindo e saudável. Ele me arrasta para uma dança brincalhona e oferece presentes de Natal a todos os criados, cujos olhos se iluminam de gratidão e zelo. Este é o papai que eu conhecia. Não percebi, até este momento, quanto sentia falta dele. Lágrimas molham meu rosto.

Papai para de gemer na cadeira. Estou preparada para tirar dele a minha mão, mas não consigo. Há uma última coisa, rápida como um truque de mágico. Vejo o rosto de um homem, com seus olhos contornados de preto.

— Obrigada, querida — diz ele, com um tom ríspido. E, depois, estou livre.

As velas da árvore de Natal ardem com um brilho forte. Estou tremendo e suando com o esforço. Papai está tão tranquilo e quieto que sinto medo de tê-lo matado.

— Papai? — digo, baixinho. Mas ele não acorda e então eu o sacudo. — Papai!

Ele pisca os olhos, surpreso de me ver tão agitada.

— Olá, querida. Cochilei, não foi?

— Sim — digo, observando-o atentamente.

Ele toca com os dedos em sua testa.

— Tive sonhos tão estranhos.

— Com o quê, papai? Com o que você sonhou?

— Eu... eu não consigo lembrar. Ora, agora estou acordado. E, de repente, morto de fome. Dormi na hora do chá? Vou ter de pedir misericórdia à nossa querida cozinheira. — Ele atravessa a sala com um andar cheio de energia. Num momento, ouço a voz estrondeante de papai e a cozinheira rindo. É um som tão lindo que percebo que estou chorando.

— Obrigada — digo, sem me dirigir a ninguém em particular. — Obrigada por me ajudar a deixá-lo bem.

Quando entro na cozinha, papai está sentado a uma mesinha, dando mordidas em um pato assado com tempero, em cima de pão, enquanto emociona nossa cozinheira e uma criada com suas aventuras.

— Ali estava eu, cara a cara com a maior cobra que se possa imaginar, levantando-se até a altura de uma árvore pequena, com um pescoço gordo, da grossura do braço de um homem.

— Meu Deus do céu — diz a cozinheira, enfatizando cada palavra. — E o que o senhor fez?

— Eu disse: "Ouça, minha boa companheira, você não vai querer me comer, não é? Sou todo feito de cartilagens. Pegue meu sócio, o sr. Robbins."

– Ah, não acredito, senhor!

– É verdade, sim. – Papai se diverte com sua plateia. – Ela foi diretamente para Robbins. Eu tinha apenas um instante para agir. Silencioso como um ratinho de igreja, peguei minha faca de mato e cortei a cobra inteiramente em fatias, pouco antes de ela atacar o velho Robbins e matá-lo.

A criada, uma mocinha mais ou menos da minha idade, está boquiaberta. Sob o pouquinho de fuligem que há em seu nariz, ela é inteiramente linda.

– Estava delicioso. – Papai está sentado, com um sorriso satisfeito. Estou tão feliz de vê-lo assim que poderia escutar suas histórias a noite toda.

– Ah, senhor, foi tão emocionante. Que aventuras o senhor teve. – A cozinheira entrega um prato à criada. – Venha cá. Leve isto para o sr. Kartik, por favor.

– Sr. Kartik? – pergunto, com a sensação de que vou desmaiar.

– Sim – diz papai, enchendo-se dos seus temperos. – Kartik. Nosso novo cocheiro.

– Vou levar, se não se importa – digo, pegando o prato das mãos da criada, que fica com um ar meio desapontado. – Gostaria de conhecer nosso sr. Kartik.

Antes que qualquer pessoa possa discordar, sigo para as cavalariças, passando por uma faxineira coberta de fuligem e uma cansada lavadeira com as mãos pressionadas nas costas. Há famílias inteiras vivendo nos cômodos sobre esses estábulos. É difícil de imaginar. O cheiro me faz pressionar minha mão em meu nariz. O abrigo de nosso coche é o quarto, seguindo pela direita. Um cavalariço cuida dos dois cavalos de papai. Ao me ver, o garoto tira seu boné.

– Boa-noite, senhorita.

– Estou procurando o sr. Kartik – digo.

– Ele está ali, senhorita, junto do coche.

Sigo contornando o coche e encontro Kartik polindo o veículo com um trapo, embora já esteja limpo. Deram-lhe um uniforme adequado – calças, sapatos, um colete listrado, uma camisa elegante e um chapéu. Seus cachos, com a aplicação de óleo, tornaram-se obedientes. Ele se parece muito com um cavalheiro. Isto me deixa sem fôlego.

Pigarreio. Ele se vira e me vê, com um sorriso travesso iluminando-lhe o rosto.

– Como vai? – digo, de forma bem formal, por causa do cavalariço, que nos espiona neste momento mesmo.

Kartik entende.

– Boa-noite, senhorita. Willie! – grita ele para o garoto.

– Sim, sr. Kartik?

– Seja um bom rapaz e faça Ginger espichar as pernas, por favor.

O rapaz leva o cavalo castanho para fora do estábulo.

– Que tal meu novo terno? – pergunta Kartik.

– Não acha muita ousadia da sua parte vir trabalhar como nosso cocheiro? – sussurro.

– Eu disse que ficaria por perto.

– E está mesmo. Como conseguiu esse emprego?

– Os Rakshana têm seus caminhos. – Os Rakshana. Claro.

Está tudo em silêncio. Posso ouvir Ginger resfolegando baixinho, do outro lado da baia.

– Bem – digo.

– Bem – ecoa Kartik.

– Aqui estamos.

– Sim. Foi gentil da sua parte vir me ver. Está com boa aparência.

Não aguento mais tanta cortesia.

– Trouxe sua ceia – digo, oferecendo o prato.

– Obrigado – diz ele, puxando um banco para mim e tirando o volume de *A Odisseia* que está em cima dele. Ele se empoleira nos degraus do coche.

– Suponho que Emily não vem, então.

– Quem é Emily? – pergunto.

– A criada. Ela deveria trazer meu jantar. Parece uma moça muito simpática.

Sinto que minhas bochechas ficam coradas.

– E você já decidiu sobre o caráter dela, depois de conhecê-la durante apenas um dia.

– Sim – diz ele, tirando a casca de uma maravilhosa laranja, sem dúvida colocada ali pela simpática Emily. Fico imaginando se

Kartik poderia, algum dia, pensar em mim como uma moça comum, alguém que ele poderia considerar "simpática".

– Você tem alguma notícia sobre o Templo? – pergunta ele, sem erguer os olhos.

– Visitamos hoje um lugar chamado a Floresta das Luzes – conto-lhe. – Encontrei uma criatura chamada Philon. Ele não sabia onde encontrar o Templo, mas ofereceu ajuda.

– Que tipo de ajuda?

– Armas.

Os olhos de Kartik se estreitam.

– Parecia que você precisaria delas?

– Sim. Philon nos deu flechas mágicas. Não sei usá-las, mas Feli... a srta. Worthington é bastante hábil nisso. Ela...

– O que ele pediu em troca? – O olhar de Kartik é penetrante.

– Uma parcela da magia, quando encontrarmos o Templo.

– Você recusou, claro. – Quando deixo de responder, Kartik atira a laranja em cima de seu prato, aborrecido. – Você fez uma aliança com criaturas dos reinos?

– Eu não disse isso! – falei, asperamente. Não é verdade, mas também não é uma mentira. – Se não estou fazendo as coisas de uma maneira que lhe agrada, por que você não vai pessoalmente?

– Você sabe que não podemos entrar nos reinos.

– Então acho que você terá de confiar que estou fazendo tudo o que posso.

– Confio em você – diz ele, suavemente.

Os pequenos sons da noite nos cercam, minúsculas criaturas correndo aqui e acolá, procurando comida e calor.

– Sabia que os membros do Rakshana e da Ordem antigamente eram amantes? – pergunto.

– Não. Não sabia – diz Kartik, depois de uma hesitação de alguns segundos. – Mas que coisa... interessante.

– Sim, é.

Ele tira um fio branco extraviado da medula da laranja e me oferece uma parte recém-arrancada.

– Obrigada – digo, pegando o pedaço da fruta dos dedos dele e colocando-a em cima da minha língua. É muito doce.

– De nada. – Ele me dá um pequeno sorriso. Ficamos sentados por um momento saboreando a laranja. – Você algum dia...

– O quê?

– Estava perguntando a mim mesmo se você algum dia viu Amar nos reinos?

– Não – respondo. – Nunca o vi.

Algum tipo de alívio transparece em Kartik.

– Então ele já deve ter atravessado para o outro lado, não acha?

– Sim, acho que sim.

– Como são os reinos? – pergunta ele.

– Uma parte é linda. Tão linda que a pessoa sente vontade de jamais sair de lá. No jardim, podemos transformar pedras em borboletas, ou ter um vestido com fios de prata, que canta... ou o que quer que se deseje.

Kartik sorri ao ouvir isso.

– Continue.

– Há um navio que parece uma embarcação Viking, com uma cabeça de górgona presa nele. Ela nos atravessou em uma muralha de água dourada que deixou centelhas de ouro sobre nossa pele.

– Como o ouro em seu cabelo?

– Muito mais bonito – digo, corando, pois é muito improvável da parte de Kartik, habitualmente, ele notar alguma coisa em mim.

– Há algumas partes que não são tão bonitas. Estranhas criaturas, coisas horrendas. Acho que é por isso que preciso prender a magia, para elas não poderem manejá-la.

O sorriso de Kartik desaparece.

– Sim, acho que sim. Srta. Doyle?

– Sim?

– Acha... quero dizer, e se a senhorita precisar permanecer lá, nos reinos, quando achar o Templo?

– O que você quer dizer?

Kartik esfrega os dedos, onde o suco da laranja os deixou com um tom branco de giz.

– Parece um lugar ótimo para se esconder.

– É uma coisa estranha para dizer.

– Quero dizer, para viver. Um bom lugar para viver, não acha? Algumas vezes não entendo Kartik absolutamente.

Uma lanterna lança sua luz sobre a palha e a sujeira aos nossos pés. A linda ajudante de cozinha aparece de repente, com uma expressão de pasmo em seu rosto.

– Desculpe-me, senhorita. Esqueci de trazer para o sr. Kartik o café dele.

– Eu estava justamente indo embora – digo-lhe, levantando-me com um pulo. Suponho que seja a já citada Emily. – Obrigada por aquela, humm, instrução altamente informativa sobre... sobre...

– Segurança nos coches? – experimenta Kartik.

– Sim. Todo cuidado é pouco nessas questões. Boa-noite – digo.

– Boa-noite – responde ele.

Emily não faz nenhum esforço para ir embora. E, enquanto passo pelos cavalos, ouço sua risada gentil – infantil – com alguma coisa que Kartik disse.

Ginger resfolega para mim.

– Não é cortês ficar olhando fixamente para alguém – digo-lhe, antes de correr para meu quarto, a fim de me entregar privadamente ao meu mau humor.

A caixa de Simon está em cima de uma mesa, ao lado da minha cama. Abro o fundo falso e vejo o perverso frasco marrom colocado ali.

– Você não mais será necessário – digo.

A caixa desliza facilmente para dentro de um canto do meu armário, onde se perde entre anáguas e bainhas de vestidos. Da minha janela, posso ver as lanternas das cavalariças e o abrigo do nosso coche. Vejo Emily voltando do estábulo, com sua lanterna na mão. A luz clareia seu rosto quando ela olha para trás, a fim de sorrir para Kartik, que lhe faz um aceno. Ele ergue os olhos e mergulho para que não me veja, apagando rapidamente minha lanterna. O quarto é engolido pelas sombras.

Por que me incomoda tanto o fato de Kartik gostar de Emily? O que somos um para o outro, senão parceiros no cumprimento de um dever? Isto, eu acho, é o que me incomoda. Ah, eu deveria esquecer essa história com Kartik. É uma tolice.

Amanhã é um novo dia, 17 de dezembro. Jantarei com Simon Middleton. Farei o que puder para seduzir sua mãe e não me tornar aborrecida. Depois irei procurar o Templo, mas durante uma noite, uma gloriosa noite despreocupada, pretendo usar um belo vestido e apreciar a companhia de Simon Middleton.

– Como vai, sr. Middleton? – digo ao ar. – Não – respondo, baixando minha voz: – Como vai, srta. Doyle? – Ah, estou absolutamente esplêndida, senhor...

A dor me prende, em seu aperto. Não consigo respirar. Meu Deus! Não consigo respirar! Não, não, por favor, deixem-me em paz, por favor! Não adianta. Sou puxada para fora, como a maré, deslizando para uma visão. Não quero abrir meus olhos. Sei que elas estão aqui. Posso sentir sua presença. Posso ouvir o que dizem.

– Venha conosco... – sussurram elas.

Abro um olho, depois o outro. Aí estão elas, as três moças fantasmagóricas. Parecem tão perdidas, tão tristes, com sua pele pálida e sombras escuras entalhadas em sua face.

– Temos uma coisa para lhe mostrar...

Uma delas põe a mão em meu ombro. Eu me enrijeço e me sinto caindo dentro da visão. Não sei onde estamos. Um castelo de algum tipo, uma grande fortaleza de pedra. Musgo de um verde profundo cresce do lado dele. Risadas animadas flutuam para fora e, através das altas janelas abobadadas, posso ver clarões brancos. São as meninas brincando. Não simplesmente quaisquer meninas – as meninas de branco. Mas como estão lindas, tão frescas, vivas e alegres!

– Peguem-me, se puderem! – Uma delas grita e sinto uma dor no coração, porque esse era o jogo que minha mãe fazia comigo, quando eu era criança. As outras duas meninas saem num pulo detrás de um muro, surpreendendo-a. Elas riem com isso.

– Eleanor! – todas as três gritam. – Onde está você? Está na hora! Teremos o poder, ela prometeu!

Elas correm para a beira do penhasco; o mar está revolto embaixo. As meninas caminham pelos rochedos, contornadas pelo céu cinzento, como estátuas gregas que tivessem adquirido vida. Estão rindo, tão felizes, tão felizes.

– Venha, não fique aí de preguiça! – gritam elas alegremente para a quarta menina. Não posso vê-la muito bem. Mas vejo a mulher com a capa verde-escura aproximando-se rapidamente, posso ver suas mangas compridas e largas agitando-se ao vento. A mulher pega a mão da menina que fica para trás.

– Está na hora? – gritam as outras.

– Sim – grita em resposta a mulher com a capa verde. Segurando com força a mão da menina entre as suas, ela fecha os olhos e levanta as mãos de ambas em direção ao mar. Resmunga alguma coisa. Não... ela está invocando alguma coisa! O terror se levanta dentro de mim como uma náusea, dando-me ânsia de vômito. A coisa está saindo do mar, ela a chama! As meninas gritam de terror. Mas a mulher de verde não abre os olhos. Ela não para.

Por que elas me mostram isso? Quero fugir. Devo fugir dessa coisa, do terror delas. Estou de volta ao meu quarto. As moças pairam por perto. Suas botas pontudas movimentam-se pelo chão, com um ruído de coisa que raspa. Tenho a impressão de que vou enlouquecer com esse ruído.

– Por quê? – arquejo, tentando não vomitar. – Por quê?

– *Ela mente...* – sussurram elas. – *Não confie nela... não confie nela... não confie nela...*

– Quem? – arquejo, mas elas já foram embora.

A pressão termina. Luto para respirar, com os olhos lacrimejantes, o nariz escorrendo. Não posso suportar essas visões horríveis. E não as entendo. Não confiar em quem? Por que não devo confiar nela?

Mas havia uma coisa diferente nessa visão, um detalhe de que me lembro agora. Alguma coisa na mão da mulher. Ela usava um anel de algum tipo, uma coisa fora do comum. Levo um momento no chão, até recuperar a consciência. E então penso que sei o que era.

O anel na mão da mulher tinha a forma de duas cobras entrelaçadas.

Já vi aquele anel – no estojo embaixo da cama de srta. McCleethy.

Capítulo Vinte

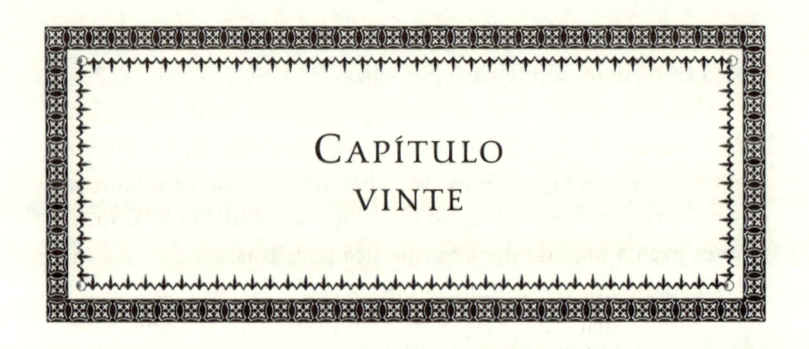

— Gemma, não mexa tanto em seu cabelo — diz Vovó, com impaciência, do seu lugar, ao meu lado, em nosso coche.

— Ah — digo. Estava tão preocupada com meus pensamentos que não havia notado que retorcia um minúsculo cacho de cabelo, repetidas vezes, em torno do meu dedo. O dia inteiro estive perdida, pensando na visão da noite passada e no que ela significa. Uma mulher usando um anel de cobras. A srta. McCleethy tem um anel de cobras. Mas que ligação poderia ela ter com aquela mulher coberta com um manto, ou com as meninas? Essas visões não fazem nenhum sentido. Quem são aquelas moças e por que precisam da minha ajuda? O que tentam mostrar-me?

Por enquanto, preciso livrar-me desses pensamentos. Vou a uma festa e o pensamento de encarar a terrível Lady Denby é mais assustador do que qualquer visão.

Conto outros três coches quando chegamos à casa de Simon, uma visão magnífica de tijolos e luz. Do outro lado da alameda, o Hyde Park é um borrão escuro, perdido no nevoeiro incandescente das luzes de gás, que nos colocam dentro de auréolas nevoentas, fazendo-nos parecer mais brilhantes do que somos, coisas tomadas de empréstimo ao céu. Kartik pega minha mão, ajudando-me a descer. Piso na frente do meu vestido e caio em cima dele, que me segura pela cintura. Permaneço em seus braços por um segundo.

— Firme, srta. Doyle — diz ele, ajudando-me a ficar em pé.

— Sim, obrigada, sr. Kartik.

– O velho Potts jamais a seguraria assim, eu acho – papai implica com Tom.

Olho para trás e vejo Kartik observando-me, com meu vestido azul e casaco de veludo, como se eu fosse alguém inteiramente diferente, uma estranha para ele.

Papai pega em meu braço e caminha comigo até a porta. Bem barbeado, com gravata e luvas brancas, ele é quase o pai de que me lembro.

– Está muito bonito, papai – digo.

O brilho voltou aos olhos dele.

– Ah, que nada! São seus olhos de filha que me veem assim – ele diz, com uma piscadela. – Só você me vê bonito.

Tenho medo. Por quanto tempo a magia funcionará? Não, não devo preocupar-me com isso agora. Por enquanto, está funcionando, ele é novamente meu querido papai de sempre. E, dentro de instantes, jantarei com um belo rapaz, que, por algum motivo que desconheço, me acha interessante.

Somos cumprimentados por uma falange de lacaios e criadas com uniformes tão bem passados a ferro que seus vincos poderiam tirar sangue, como se fossem facas. Parece que há um servo para tudo. Vovó está fora de si de tanto entusiasmo. Se ficasse ainda mais ereta, sua espinha dorsal poderia estalar. Somos conduzidos para uma sala de visitas muito grande. Simon está junto à lareira, mergulhado numa conversa com dois cavalheiros. Ele me dá um sorriso lupino. Imediatamente olho para a distância, como se tivesse acabado de notar as paredes cobertas de papel e estivesse fascinada por elas, além de toda a medida, embora meu coração bata num novo ritmo: *Ele gosta de mim; ele gosta de mim; ele gosta de mim.* Tenho pouco tempo para desmaiar. Lady Denby precipita-se pela sala, fazendo apresentações, com suas saias rígidas farfalhando a cada passo. Ela cumprimenta calorosamente um cavalheiro, mas se mostra bastante fria para com sua esposa.

Se Lady Denby gostar de você, estará feita pelo resto da vida. Porém, se ela achar que, de alguma forma, falta-lhe alguma coisa, você será afastada.

Minha língua prende-se à parte de cima da boca. Não consigo engolir. Ela me faz um exame geral, enquanto se aproxima. Num instante, Simon está ao lado dela.

– Mamãe, permita-me apresentar-lhe o sr. John Doyle; sua mãe, sra. William Doyle; sr. Thomas Doyle; e srta. Gemma Doyle. Thomas é um colega dos meus tempos em Eton. Ele é, atualmente, assistente clínico, sob a chefia do dr. Smith, no Hospital Bethlem – acrescenta Simon.

Sua mãe encanta-se imediatamente com Tom.

– Vejam só, o dr. Smith é um velho amigo. Diga-me, é verdade que você tem um paciente que era antigamente membro do Parlamento? – pergunta ela, esperando um pouco de mexerico.

– Madame, se internássemos todos os lunáticos do Parlamento, não restaria mais Parlamento – brinca papai, esquecendo-se de que o pai de Simon também é membro. Sinto vontade de morrer.

Surpreendentemente, Lady Denby ri com isso.

– Ah, sr. Doyle! O senhor é muito espirituoso. – A respiração sai do meu corpo com um pequeno ruído que espero não seja detectado.

O mordomo anuncia o jantar. Lady Denby arrebanha seus convidados como um general experiente dispondo suas tropas para o combate. Estou fazendo o melhor que posso para me lembrar de tudo o que a sra. Nightwing me ensinou sobre boas maneiras. Sinto um medo mortal de cometer alguma gafe horrorosa e lançar minha família numa vergonha perpétua.

– Vamos? – Simon oferece o braço e passo o meu pelo seu. – Nunca andei de braços dados com um homem que não fosse meu parente de sangue. Mantemos uma distância respeitosa entre nós, mas isto não consegue impedir a corrente que percorre meu corpo.

Depois da sopa, servem-nos porco assado. A visão de um porco numa travessa, com uma maçã na boca, não me abre o apetite de forma alguma. Enquanto os outros tagarelam sobre propriedades rurais, caça às raposas e o problema que é encontrar serviçais adequados, Simon sussurra:

– Ouvi dizer que ele era um porco muito desagradável. Sempre se queixando. Nunca teve uma palavra bondosa para com ninguém. Uma vez mordeu um patinho, só por maldade. Se eu fosse você, eu não me sentiria culpada por comê-lo.

Sorrio. A voz de Lady Denby interrompe o momento:
— Srta. Doyle, a senhorita me parece familiar.
— Eu... eu era convidada da sra. Worthington no Alexandra ontem, para ouvir a srta. Bradshaw cantar.
— A srta. Bradshaw cantou? — Tom está encantado de saber da ascensão social de Ann. — Que coisa agradável.
Meus olhos estão em Lady Denby, que diz:
— Sim, que coisa estranha aquilo. Sr. Middleton — diz ela, dirigindo-se ao seu marido —, foi apresentado, algum dia, ao Duque de Chesterfield?
— Acho que não, a menos que ele seja um caçador.
Lady Denby faz um muxoxo, como se estivesse ruminando alguma coisa, depois fala:
— Soube que está frequentando a Spence.
— Sim, Lady Denby — respondo, nervosamente.
— E o que acha da escola? — pergunta ela, servindo-se de batatas assadas. Sinto-me como um inseto sob o foco intenso do microscópio.
— É a mais agradável das escolas — digo, desviando o olhar.
— Claro, ela teve uma governanta inglesa adequada, enquanto estava na Índia — interpõe vovó, sempre temerosa de alguma impropriedade social. — Tive medo de mandá-la para longe de casa, mas garantiram-me que a Spence é uma ótima escola para finalização de curso.
— Que acha, srta. Doyle? Está inclinada a pensar que as moças, atualmente, devem aprender latim e grego? — pergunta Lady Denby.
Não é uma pergunta inocente. Ela está me testando, tenho certeza. Respiro fundo.
— Acredito que é tão importante para as filhas serem cultas quanto é para os filhos. De outra forma, como poderíamos ser boas esposas e mães? — É a resposta mais segura que consigo dar.
Lady Denby dá um sorriso caloroso.
— Concordo inteiramente, srta. Doyle. Que moça sensata a senhorita é.
Dou um pequeno suspiro de alívio.
— Entendo por que meu filho está encantado — anuncia Lady Denby.

Um rubor sobe para as minhas bochechas e descubro que não consigo olhar para ninguém. Tenho de lutar para impedir que apareça um sorriso ridículo. Só tenho um pensamento tonto em minha cabeça: Simon Middleton, um rapaz tão perfeito, gosta de mim, eu, a estranha e vexatória Gemma Doyle.

Risos baixos percorrem os convidados reunidos.

– Agora a senhora conseguiu – graceja um cavalheiro de bigode. – Ela nunca mais voltará aqui.

– Ah, mas que coisa, sr. Conrad – repreende Lady Denby, em tom brincalhão. Não vejo por que Felicity pensa tão mal de Lady Denby. Ela me parece muito simpática e gosto bastante dela.

A noite se passa como um sonho feliz. Só me sentia assim tranquila e contente antes de minha mãe morrer. Ver papai ganhar vida novamente é uma coisa celestial, e estou finalmente contente por esse estranho e belo poder. Durante o jantar, ele se apresenta como era antigamente, uma pessoa sedutora, divertindo Lady Denby e Simon com histórias da Índia. O rosto de vovó, geralmente cheio de rugas de preocupação, está sereno esta noite, e Tom se mostra agradável, se tal coisa pode ser dita sobre ele. Claro, ele pensa que curou papai e, desta vez, não estou com disposição para contradizê-lo. Significa muito para mim ver minha família divertindo-se. Quero preservar esta feliz bolha de tempo, este sentimento de que faço parte de alguma coisa. De que sou querida. Desejo que esta noite continue para sempre.

A conversa na mesa volta-se para o Bethlem. Tom tenta agradar, com histórias de seus deveres lá:

– ... ele insistiu que era o imperador de West Sussex e, como tal, deveria ter permissão para se servir mais uma vez de carne. Quando recusei, declarou que mandaria decapitar-me.

– Meu Deus – Lady Denby ri.

– É melhor você ficar atento, rapaz, se não quiser acordar sem cabeça – diz o pai de Simon. Ele tem os olhos azuis bondosos de Simon.

– Ou não seria uma melhora em seu caso, meu jovem? – Simon arrelia Tom, que finge estar ofendido.

– Rá, rá! *Touché!*

— Ora essa, meu filho, precisa manter sua cabeça – diz papai, parecendo muito sério. – Paguei um bom dinheiro por seu novo chapéu, e não me reembolsarão. – Todos explodem em risadas.

Vovó levanta a voz:

— É verdade que o Bethlem realiza bailes públicos quinzenalmente, Lady Denby?

— Sim, é verdade. – É sempre tão animador para eles estar em meio ao público, lembrar os encantos da vida social. Meu marido e eu fomos lá em várias ocasiões. Haverá outro baile, dentro de uma semana. Precisam ir também, como nossos convidados.

— Ficaremos encantados – diz vovó, respondendo por nós todos, como faz tão frequentemente.

Meu rosto está doendo de tanto tentar manter uma expressão agradável. Será hora de tornar a calçar minhas luvas? Devo comer minha sobremesa até o fim, como gosto tanto de fazer, ou deixar metade, para mostrar meu apetite delicado? Não quero dar nenhum passo em falso esta noite.

— Ah, conte-nos outra história – Lady Denby implora a Tom.

— Sim – diz Simon. – Senão, serei forçado a falar dos tempos em que eu perseguia infelizes faisões no campo, e todos vocês ficarão entediados a ponto da catatonia com as histórias das minhas caçadas. – Simon torna a olhar para mim. Descubro que gosto quando ele olha para ver minha reação. Agrada-me ser cortejada. É um sentimento bastante poderoso.

— Ah, vejamos... – diz Tom, pensando. – Havia o sr. Waltham, que alegava ser capaz de ouvir o que acontecia dentro de cada casa pela qual passava – e que as próprias pedras conversavam com ele. Estou feliz de dizer que ele foi curado e liberado no mês passado.

— Bravo! – exclama o pai de Simon. – Não há nada que a ciência e o homem não possam vencer com o tempo.

— Exatamente – diz Tom, emocionado por encontrar um amigo num lugar tão elevado.

— O que mais? – pergunta uma senhora com um vestido de seda cor de pêssego.

— Há a sra. Sommers, que parece pensar que esta vida não passa de um sonho e que vê espíritos em seu quarto, à noite.

– Coitadinha – diz vovó, por hábito.

Essas histórias estão acabando com minha felicidade. O que meus companheiros de jantar pensariam se soubessem que tenho visões e visito outros reinos?

Tom continua:

– Há Nell Hawkins, com a idade de dezenove anos. Teve o diagnóstico de obsessão aguda, enquanto estava na escola.

– Estão vendo? – diz o cavalheiro de bigode, sacudindo o dedo. – A constituição feminina não suporta os rigores de uma educação formal. Nada de bom pode vir daí.

– Ah, sr. Conrad – sua esposa o repreende, em tom de brincadeira. – Por favor, continue, sr. Doyle.

– Nell Hawkins sofre de delírios – diz Tom, envaidecido.

Papai entra na conversa:

– Será que ela acha que é Joana d'Arc?

– Não, isso acontece com o sr. Jernigan, na enfermaria M1B. A srta. Hawkins é única. Ela sofre da ilusão de que faz parte de uma seita mística de feiticeiras, chamada a Ordem.

A sala se estreita. Meu coração dispara. De um lugar distante, ouço a mim mesma perguntar:

– A Ordem?

– Sim. Ela declara que conhece os segredos de um lugar chamado os reinos e que lá uma mulher chamada Circe quer todo o poder. Declara que enlouqueceu numa tentativa de manter sua mente enevoada e distante do domínio de Circe. – Tom sacode a cabeça. – Um caso muitíssimo difícil.

– Concordo com o senhor, sr. Conrad, um excesso de educação formal não é bom para nossas filhas. E este é o preço. Estou tão satisfeita com o fato de que a Spence enfatiza os aspectos essenciais do treinamento de uma dama. – Vovó empurra uma porção bastante grande de creme de chocolate para dentro de sua boca.

Tudo o que posso fazer é não disparar da mesa, porque meu corpo inteiro está tremendo. Em alguma parte no Hospital Bethlem, está uma moça que pode dizer-me tudo o que preciso saber, e preciso encontrar uma maneira de chegar até ela.

– O que pode ser feito num caso desses? – pergunta o sr. Conrad.

– Ela encontra algum conforto na poesia. As enfermeiras leem para ela, quando podem.

– Quem sabe posso ler poesia para ela? – ofereço-me, esperando que minha voz não demonstre o desespero que sinto. Faria qualquer coisa para ver essa moça. – Talvez ela encontre algum conforto em falar com uma moça da sua própria idade, é o que quero dizer.

O pai de Simon ergue para mim sua taça de vinho.

– Nossa srta. Doyle é uma alma muito bondosa.

– Ela é nosso anjo – diz papai.

Não, não sou. Sou uma moça perversa por enganá-los dessa maneira, mas preciso ver Nell Hawkins.

– Está bem, então – diz Tom, de má vontade. – Vou levá-la lá amanhã à tarde.

Capítulo
Vinte e Um

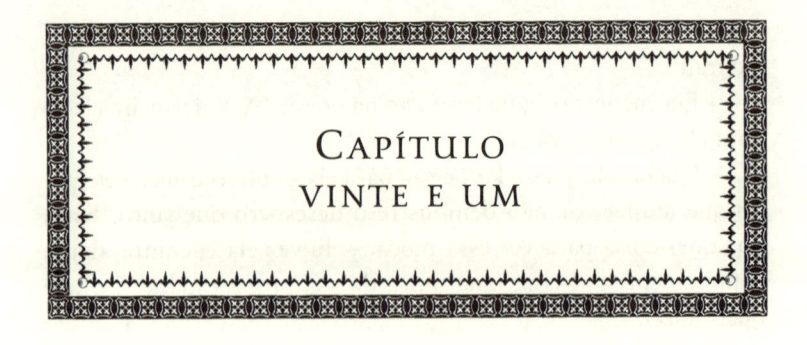

Depois que tiram a sobremesa, os homens estão prontos para tomar seu conhaque e fumar seus charutos no gabinete, enquanto as mulheres vão para a sala de visitas, a fim de tomar um chá e conversar.

– Mamãe, acho que a srta. Doyle gostaria de ver o retrato de vovô – diz Simon, alcançando-nos em nosso caminho para a sala. Eu não ouvira nenhuma menção a essa pintura.

– Sim, claro. Iremos todas – diz Lady Denby.

O sorriso elegante de Simon se desfaz.

– Eu detestaria tirar você de perto da lareira, mamãe. Venta um pouco na biblioteca, você sabe.

– Bobagem, levaremos nossos xales e nos sentiremos bem. Vocês realmente precisam ver o querido George. Ele foi pintado por um retratista famoso de Cotswold.

Não sei o que acabou de acontecer, mas entendo que Simon perdeu.

– Aqui estamos. – Lady Denby nos conduz para uma sala espaçosa, dominada por uma pintura grande, do tamanho de uma porta. É uma representação horrorosamente enfeitada de um homem com o peito inchado como um barril, escarranchado num cavalo. Ele usa um casaco vermelho e em todos os detalhes tem a aparência de um senhor rural partindo para uma caçada. Aos seus calcanhares estão sentados dois cães obedientes.

Simon faz um sinal com a cabeça, em sua direção.

– Srta. Doyle, permita-me apresentar-lhe meu avô, Cornelius George Basil Middleton, Visconde de Denby.

Vovó dá um verdadeiro espetáculo, fazendo uma festa em torno do quadro, embora tudo o que ela saiba de arte caiba dentro de um dedal. Mesmo assim, isto deixa Lady Denby orgulhosa. Ela se movimenta até um objeto artístico que está sobre um console de lareira, forçando uma criada que limpava a grade a ficar em pé à espera, com a escova na mão suja de fuligem.

– Que pintura bonita – digo, diplomaticamente.

Simon ergue uma sobrancelha.

– Se, por bonita, você quer dizer tola, exagerada e grotesca, então aceito seu cumprimento.

Sufoco uma risada.

– Os cães têm um ar muito distinto.

Simon fica em pé ao meu lado e sinto novamente aquela estranha corrente. E inclina a cabeça para um lado, absorvendo meu comentário e a pintura.

– Sim. De fato, talvez eu pudesse reivindicar os *cães* como parentes, em vez dele. – Seus olhos são tão azuis. E seu sorriso tão caloroso. Estamos em pé a apenas alguns centímetros de distância um do outro. Do canto dos olhos, posso ver vovó e os outros percorrendo a sala.

– Quantos desses você leu? – pergunto, movimentando-me na direção das estantes e fingindo estar interessada.

– Não muitos – diz Simon, acompanhando meus passos. – Tenho muitos passatempos. Eles ocupam boa parte de meu tempo. E é meu dever cuidar do nosso interesse em Denby, a propriedade e coisas assim.

– Sim, claro – digo, continuando meu lento passeio.

– Por acaso, você comparecerá ao baile de Natal do almirante e de Lady Worthington?

– Sim, comparecerei – digo, caminhando até as janelas que dão para a rua.

– Estarei lá também. – Ele me alcança. Aqui estamos nós, novamente lado a lado.

– Ah – digo –, que bom.

– Quem sabe reservará uma dança para mim? – pergunta ele, timidamente.

– Sim – digo, sorrindo. – Talvez eu reserve.

– Vejo que não está usando seu colar esta noite.

Minha mão pula para meu pescoço nu.

– Notou as joias que eu usava?

Vendo que sua mãe está ocupada, ele sussurra em meu ouvido:

– Notei seu pescoço. Por acaso, o colar estava nele. É muito incomum.

– Era da minha mãe – digo, ainda corando por causa do cumprimento ousado. – Foi dado a ela por uma aldeã, na Índia. Um amuleto para servir como proteção. Infelizmente não funcionou, no caso dela.

– Talvez não seja para proteção – diz Simon.

Nunca pensara nisso.

– Não consigo imaginar para que outra coisa serviria.

– Qual sua cor favorita? – pergunta Simon.

– Roxo – respondo. – Por que pergunta?

– Por nenhum motivo – diz ele, sorrindo. – Talvez eu tenha de convidar seu irmão para meu clube. Ele parece um bom sujeito.

Rá!

– Tenho certeza de que ele gostaria disso.

Tom pularia através de anéis de fogo por uma chance de ir para o clube de Simon. É o melhor de Londres.

Simon me olha, por um momento.

– Você não se parece com as outras moças que minha mãe faz desfilarem na minha frente.

– Ah, é? – digo, encolhendo-me, desesperada para saber de que maneira sou diferente.

– Há alguma coisa aventuresca em você. Tenho a impressão de que você tem muitos segredos que eu gostaria de saber.

Lady Denby nos observa em pé às janelas, tão próximos. Finjo interessar-me por um exemplar de *Moby Dick* encadernado em couro, que está em cima de uma mesinha lateral. A lombada estala quando ergo a capa, como se nunca o tivessem lido.

– Talvez você não queira realmente saber quais são – digo.

– Como você sabe? – pergunta Simon, mudando a posição de uma figurinha de cerâmica representando dois cupidos. – Faça um teste comigo.

O que posso dizer? Que sofro dos mesmos delírios que a pobre Nell Hawkins, mas que não são absolutamente delírios? Que tenho medo de estar, eu própria, a um passo do asilo de loucos? Seria tão bom fazer confidências a Simon e ouvi-lo dizer: Escute, não é assim tão mau. Você não é louca. Acredito em você. Estou do seu lado.

Deixo a oportunidade passar.

– Tenho um terceiro olho – digo, despreocupadamente. – Sou uma descendente de Atalanta. E minhas maneiras à mesa são imperdoáveis.

Simon faz um sinal afirmativo com a cabeça.

– Eu suspeitava disso. É por este motivo que vamos pedir a você para comer no estábulo, de agora em diante, só por precaução. Você não se incomoda, não é?

– De jeito nenhum. – Fecho o livro e me afasto. – E que segredos terríveis o senhor tem, sr. Middleton?

– Além de jogar, farrear e roubar? – Ele me acompanha, logo atrás de mim. – Quer saber a verdade?

Meu coração dá um salto.

– Sim – digo, virando-me finalmente para ele. – A verdade.

Ele me olha fixamente dentro dos olhos.

– Sou terrivelmente chato.

– Isto não é verdade – digo, afastando-me novamente, a olhar para as imensas estantes.

– Infelizmente é. Preciso encontrar uma esposa adequada, com uma fortuna adequada, e levar adiante o nome da família. É o que eles esperam de mim. Meus desejos não se encaixam nisso, absolutamente. Desculpe. Foi muita ousadia da minha parte. Você não precisa ouvir meus problemas.

– Estou feliz de ouvir, sinceramente. – E estou mesmo, o que é bastante estranho.

– Vamos retirar-nos para a sala de visitas? – pergunta Lady Denby. Com um suspiro, a criada recomeça sua esfregação logo que as damas partem. Simon e eu seguimos vagarosamente.

– Sua flor está escorregando, srta. Doyle. – A rosa presa em meu cabelo escorrega para o pescoço. Estendo a mão para ela, exatamente quando ele faz o mesmo. Nossos dedos se tocam por um momento, antes de eu me virar para o outro lado.

– Obrigada – digo, completamente atarantada.

– Dá licença? – Com grande cuidado, Simon prende a flor atrás de minha orelha. Eu deveria impedi-lo, para ele não pensar que sou demasiado permissiva. Mas não sei o que dizer. Lembro-me de que Simon tem dezenove anos, é três anos mais velho do que eu. Ele sabe coisas que não sei.

Há uma pancada na janela, seguida por outra pancada, mais forte, que me faz pular.

– Quem está jogando pedras? – Simon espia para a escuridão nevoenta do lado de fora. Ele abre a vidraça. O ar frio corre para dentro, fazendo meus braços se arrepiarem. Não há ninguém abaixo que possamos ver.

– Preciso acompanhar as damas. Vovó ficará preocupada comigo.

Fazendo uma apressada retirada, quase tropeço na criada, que nunca ergue os olhos de sua esfregação.

Já passa muito da meia-noite quando nos despedimos, e saímos para a escuridão cheia de vida, com as estrelas e a esperança. A noitada foi uma louca confusão para mim. Há o lado bom – Simon. A família dele. A simpatia que demonstraram para comigo. Meu pai recuperado. E há a perspectiva séria de encontrar Nell Hawkins em Bedlam, para ver se ela tem a pista para encontrar o Templo e Circe. E há ainda o lado curioso – as pedras atiradas contra a janela.

No coche, Kartik parece agitado.

– Uma noite agradável, senhorita?

– Sim, muito agradável, obrigada – respondo.

– Foi o que notei – resmunga ele, ajudando-me a subir no coche e se afastando do meio-fio com um entusiasmo um tanto excessivo. O que se passará com ele?

Quando minha família já está na cama, visto tranquilamente meu casaco e sigo rapidamente pelo chão frio e duro até os estábulos. Kartik está sentado, lendo *A Odisseia* e tomando uma xícara de chá quente. Ele não está sozinho. Emily está sentada perto, ouvindo-o ler.

– Boa-noite – digo, aproximando-me.

– Boa-noite – diz ele, levantando-se.

Emily parece chocada:

– Ah, senhorita, eu estava apenas... apenas...

– Emily, tenho um assunto para discutir com o sr. Kartik agora, se me der licença.

Emily sai em disparada para a casa.

– O que quis dizer com seu comentário esta noite?

– Simplesmente perguntei se teve uma noite agradável. Com o sr. Muddleton.

– Middleton – corrijo-o. – Ele é um cavalheiro, sabe?

– Parece um almofadinha.

– Agradeço se não o insultar. Não sabe nada a respeito dele.

– Não gosto da maneira como ele olha para você. Como se você fosse um pedaço de fruta madura.

– Ele não faz isso, de jeito nenhum. Espere um momento. Como sabe como ele me olha? Estava me espionando?

Envergonhado, Kartik enfia o nariz em seu livro.

– Ele olhou mesmo para você dessa maneira. Na biblioteca.

– Foi você quem jogou aquelas pedras contra a janela!

Kartik levanta-se com um salto, o livro esquecido.

– Você deixou que ele tocasse seu cabelo!

É verdade. Foi uma atitude muito imprópria para uma senhorita. Sinto-me embaraçada, mas não vou deixar Kartik perceber isso.

– Tenho uma coisa para lhe dizer. Se conseguir parar de ter pena de si mesmo por tempo suficiente para ouvir.

Kartik escarnece:

– Não estou com pena de mim mesmo.

– Boa-noite, então.

– Espere! – Kartik dá um passo atrás de mim.

Sinto-me triunfante. Não é agradável, mas consegui.

– Desculpe. Prometo comportar-me da melhor maneira que puder – diz ele. Cai de joelhos, dramaticamente, e pega uma bolota no chão, segurando-a contra seu pescoço. – Suplico-lhe, srta.

Doyle. Diga o que tem para me dizer, senão serei forçado a me matar com esta arma poderosa.

– Ora, levante-se! – digo, rindo. – Tom tem uma paciente no Bethlem. Nell Hawkins. Ele diz que ela sofre de alucinações.

– Isto explica o fato de estar internada no Bethlem. – Ele me dá um sorriso presunçoso. Quando não retribuo, ele diz, com um ar arrependido: – Desculpe. Por favor, continue.

– Ela declara que é membro da Ordem e que uma mulher chamada Circe está tentando encontrá-la. Diz que enlouqueceu tentando impedir que Circe chegasse até ela.

O sorriso afetado desaparece.

– Você precisa ver Nell Hawkins imediatamente.

– Sim, já combinei isso. Amanhã, por volta do meio-dia, lerei poesia para Nell Hawkins e descobrirei o que ela sabe sobre o Templo. Ele estava mesmo olhando para mim daquela maneira?

– Que maneira?

– Como se eu fosse um pedaço de fruta?

– É melhor ficar atenta quando estiver com ele – diz Kartik.

Ele está com ciúme! Kartik está com ciúme e Simon me acha... deliciosa? Estou um pouco tonta. E confusa. Mas não, principalmente tonta, descubro.

– Sou inteiramente capaz de cuidar de mim mesma – digo.

Viro-me elegantemente sobre meus calcanhares e bato diretamente no muro, e isto me causa um galo na testa que, provavelmente, ficará aí para sempre.

Capítulo Vinte e Dois

NA TARDE SEGUINTE, USANDO MEU *TAILLEUR* DE FLANELA CINZENTA E um chapéu de feltro, vou encontrar-me com Tom no Hospital Bethlem Royal. O prédio é magnífico. A fachada tem um pórtico apoiado por seis colunas brancas. Uma cúpula com janelas repousa no topo, como um chapéu de policial. Espero que Tom não ouça o martelar do meu coração. Se eu tiver sorte, a srta. Hawkins decifrará para mim o mistério do Templo.

– Você está bem apresentável, Gemma, a não ser por esse machucado em sua testa.

– Não é nada – digo, puxando meu chapéu mais para baixo em cima da testa.

– Não tem importância. Você será a moça mais bonita do Bethlem – diz Tom.

Ah, é maravilhoso saber que serei mais bonita do que todas as loucas. Pelo menos, tenho isto em meu favor. Pobre Tom. Suas intenções são boas. Ele tem sido muito mais simpático comigo, depois que verificou o óbvio interesse de Simon. É quase como se eu, agora, fosse humana aos seus olhos. Mas vou deixar isso para lá. Decido ter pena dele e responder de uma maneira mais contida ao que diz.

– Obrigada. Estou ansiosa para ver a srta. Hawkins.

– Não espere muita coisa, Gemma. A mente dela está torturada. Às vezes, ela faz e diz coisas ofensivas. Você não está acostumada a ver cenas assim. Deve preparar-se.

Já vi coisas que você nem acreditaria, meu caro irmão.

– Sim. Obrigada. Seguirei seu conselho.

Caminhamos por um longo corredor, janelas à nossa direita e portas à nossa esquerda. Samambaias pendem do teto, em cestas, dando ao corredor uma impressão de esplendor. Não sei bem o que eu esperava do aspecto de um asilo de loucos, mas não imaginava isto. Se não soubesse do que se trata, juraria que estou entrando num dos clubes exclusivos de Londres. As enfermeiras passam por nós com um silencioso aceno de cabeça, seus rígidos chapéus brancos empoleirados no alto de sua cabeça como merengue ligeiramente murcho.

Tom me conduz para uma sala de visitas revestida de madeira, onde várias mulheres estão sentadas, costurando. Uma mulher mais velha, levemente despenteada, concentra-se atentamente em tocar o piano, batendo uma canção que parece infantil e cantando junto, com uma voz suave e trêmula, em vibrato. Em um canto, há uma gaiola, com um belo papagaio dentro. O pássaro grita: "Como estamos nos sentindo? Como estamos nos sentindo?"

– Elas têm um papagaio? – sussurro. Estou tentando manter minha compostura, fazer parecer que visito asilos todos os dias.

– Sim. É uma fêmea e se chama Cassandra. É muito falante. Pega um pouquinho de tudo dos nossos pacientes. Botânica, navegação, divagações sem sentido. Logo teremos de curá-la também.

Como se respondesse às palavras de Tom, Cassandra grita:

– Sou um grande poeta. Sou um grande poeta.

Tom faz um sinal afirmativo com a cabeça.

– Um dos nossos pacientes, o sr. Osborne, acredita que é um poeta, e muito valioso. Fica altamente ofendido com nossos esforços para mantê-lo aqui e escreve cartas diárias, pedindo para ser libertado, ao seu editor e ao Duque de Gales.

A mulher mais velha que toca piano para de repente. Muito agitada e torcendo as mãos, ela se aproxima de Tom.

– Tudo isto é um sonho? O senhor sabe? – pergunta ela, com uma voz preocupada.

– Garanto-lhe que tudo isto é inteiramente real, sra. Sommers.

– Eles vão me machucar? Fui malvada? – Ela puxa seus cílios. Alguns saem e ficam em sua mão.

Uma enfermeira com um avental branco engomado aproxima-se rapidamente, esvoaçando, e a detém.

– Ora, ora, sra. Sommers, o que aconteceu com sua linda melodia? Vamos voltar para o piano?

A mão próxima dos cílios da mulher se agita como um pássaro ferido e desce em espiral até o lado do seu corpo.

– Um sonho, um sonho. Tudo um sonho.

– Você acabou de conhecer a sra. Sommers.

– Estou vendo.

Aproxima-se um homem alto e magro, com uma barba bem aparada e bigode. Suas roupas estão ligeiramene amassadas e seu cabelo se recusa a ficar assentado, mas, sob outros aspectos, ele parece inteiramente normal.

– Ah, sr. Snow, como estamos hoje? – pergunta Tom.

– Estou ótimo, ótimo – responde o homem. – Mandei uma carta para o dr. Smith. Ele logo examinará meu caso. Irei ao baile. Irei. Irei, senhor.

– Veremos, sr. Snow. Primeiro, há a questão da sua conduta no baile anterior. O senhor tomou algumas liberdades com as damas. Elas não gostaram.

– Mentira, mentira, tudo mentira. Meu advogado cuidará disso, senhor. Mentira, garanto-lhe.

– Conversaremos sobre isso. Então um bom dia para o senhor.

– O dr. Smith está com minha carta, senhor! Ele limpará minha reputação!

– O sr. Snow – explica Tom, enquanto atravessamos a sala de visitas – tem o hábito de deixar suas mãos vaguearem durante as danças.

– Ah – digo. Tentarei evitar dançar com o sr. Snow. Enquanto continuamos a caminhar, Tom vai dando corteses "olás" para todos que encontra. Lembrando o animal que ele é em casa, surpreende muito vê-lo tão gentil e controlado aqui. Sinto orgulho dele. Nem consigo acreditar, mas sinto.

Junto à janela, está sentada uma minúscula criatura. Ela é uma coisinha tão frágil. Seu rosto é macilento, embora eu perceba que era uma moça bonita antigamente. Há olheiras negras embaixo de seus olhos castanhos. Ela passa dedos magros por seu cabelo, que foi puxado para trás, num topete. Tufos se projetam por toda parte em sua cabeça, deixando-a um pouquinho parecida com o papagaio, Cassandra.

– Bom-dia, srta. Hawkins – diz Tom, alegremente.

A moça nada diz.

– Srta. Hawkins, posso apresentar-lhe minha irmã, srta. Gemma Doyle? Ela gostaria muito de conhecê-la. Ela trouxe um livro de poesias. Vocês duas podem ter uma boa conversa.

Silêncio novamente. A língua de Nell desliza por seus lábios gretados. Tom me olha como se me perguntasse: Tem certeza? Faço um sinal afirmativo com a cabeça.

– Muito bem, vou deixar que conversem e se conheçam enquanto faço minhas visitas, está bem?

– Como vai? – digo, sentando-me na cadeira bem em frente a ela.

Nell Hawkins continua a passar as mãos em seu cabelo.

– Soube que estava na escola. – Silêncio. – Também estou na escola. Na Academia Spence. Será que já ouviu falar dela? – Do outro lado da sala, a sra. Sommers continua a abusar do piano. – Quer que eu leia alguma coisa do sr. Browning? A poesia dele é muito calmante, eu acho.

O papagaio grita:

– Continue no caminho. Continue no caminho.

Faço da minha leitura do sr. Browning um grande espetáculo. Tom sai da sala e fecho meu livro.

– Não acredito que seja louca, srta. Hawkins. Sei que a Ordem e Circe existem mesmo, acredito no que a senhorita diz.

A mão dela para, por um momento. Treme.

– Não precisa ter medo de mim. Quero impedir Circe. Mas preciso de sua ajuda.

Os olhos de Nell Hawkins parecem ver-me pela primeira vez. A voz dela é alta e rascante, como os ramos de uma árvore batendo contra uma vidraça, com o vento.

– Sei quem você é.

O pássaro grita:

– Sei quem você é. Sei quem você é. – Isso me provoca um calafrio pela espinha abaixo.

– Sabe mesmo?

– Eles estão procurando você. Em minha cabeça, ouço o que eles dizem. São coisas terríveis. – Ela volta a puxar seu cabelo, cantando baixinho, enquanto faz isso.

– Quem está me procurando?

– Ela é uma casa de doces com a bruxa esperando para devorar você. E tem seus espiões – sussurra Nell, de uma maneira que faz minha pele ficar gelada.

Não sei o que fazer nesta situação.

– Srta. Hawkins, pode falar claramente comigo. Pode confiar em mim. Preciso saber onde encontrar o Templo. Se souber onde ele fica, é preciso...

Nell vira-se para mim com os olhos arregalados.

– Siga sempre pelo caminho. Não saia do caminho.

– O caminho? Que caminho?

Rápida como um relâmpago, Nell arranca o amuleto do meu pescoço com tanta força que minha pele fica ardendo. Antes que eu possa protestar, ela o vira, com uma sacudidela, e o embala em suas mãos. Movimenta-o para a frente e para trás, como se tentasse ler alguma coisa nas costas dele.

– O verdadeiro caminho.

– Siga o verdadeiro caminho. Siga o verdadeiro caminho – grita Cassandra.

– De que caminho está falando? É no jardim? Ou se refere ao rio? – pergunto.

– Não. Não. Não – murmura Nell, sacudindo-se violentamente. Com inesperada rapidez, joga com força o amuleto contra minha cadeira, fazendo o olho inclinar-se.

– Pare com isso – digo, agarrando novamente meu colar. Agora o olho está num ângulo estranho.

– Permaneça no caminho – repete Nell. – Eles tentarão desviar você. Eles lhe mostrarão coisas em que não pode confiar. Não confie em ninguém. Cuidado com os Guerreiros das Papoulas.

Minha cabeça gira por causa dos estranhos acessos de Nell.

– Srta. Hawkins, por favor, como posso encontrar esse caminho? E ele me levará mesmo ao Templo? – pergunto, mas Nell Hawkins está fora do meu alcance, cantarolando baixinho, batendo sua frágil cabeça contra a parede, como um desesperado acompanhamento, até que uma enfermeira movimenta-se rapidamente até o lado dela.

– Ora, ora, srta. Hawkins. O que o médico diria se a visse comportando-se dessa maneira? Vamos tentar um bordado, está bem? Tenho algumas linhas novas, são lindas.

A enfermeira afasta de mim a srta. Hawkins. Os tufos de cabelos soltos de seu coque oscilam e balançam.

– O Templo está escondido bem à vista – diz ela. – Siga o caminho.

A enfermeira senta Nell Hawkins numa cadeira, guiando sua mão para cima e para baixo, nos minúsculos pontos. Estou mais confusa do que nunca. Espio para dentro da gaiola de Cassandra.

– Você entende?

O pássaro pisca e torna a piscar, o pequenino ponto negro da sua pupila desaparecendo numa espuma de penas brancas e tornando a surgir de repente, com seu negrume, como num truque de um grande ilusionista. Ora o vemos, ora deixamos de vê-lo. Centímetro por centímetro, ela se vira em seu poleiro na gaiola, dando-me suas coloridas costas.

– É, eu sabia que você não entendia mesmo – suspiro.

Pergunto a uma das enfermeiras onde posso encontrar Tom e ela me diz para procurar na enfermaria masculina. Oferece-se para me acompanhar, e sei que o mais adequado é ir com ela, mas garanto-lhe que, em vez disso, esperarei Tom. E depois saio, furtivamente, e caminho na direção da enfermaria masculina. Passam médicos, empenhados em conversas profundas. Cumprimentam-me com a cabeça, como se me conhecessem, e lhes dou, em retribuição, um sorriso simpático, com a boca fechada. Os olhos deles se demoram em mim apenas um instante mais, e desvio rapidamente a vista. É uma sensação estranha ser vista dessa maneira. Tanto a desejo quanto a temo um pouco. Há um grande poder nessas olhadas fugidias, mas não sei o que há por trás delas e isto me assusta um pouco. Como é possível sentir-me ao mesmo tempo preparada e não inteiramente preparada para este novo universo dos homens?

Aproxima-se o sr. Snow, o homem das mãos que vagueiam. Mergulho num corredor para esperar que ele vá embora. Um homem está sentado esfregando repetidamente seus dedos uns nos outros, com os olhos fixos em frente. *Por favor, sr. Snow. Passe, para eu poder voltar ao corredor, em vez de ficar aqui.*

– Tenho uma mensagem para você – diz o homem.

Não há mais ninguém além de nós dois.

– Como?

Ele vira vagarosamente o rosto na minha direção.

– Os espíritos estão se reunindo, senhorita. Eles vêm procurá-la.

Sinto calor e fico tonta.

– O que o senhor disse?

Ele sorri e baixa a cabeça, erguendo os olhos para mim em pálpebras semicerradas. O efeito é agressivo, como se ele fosse uma pessoa inteiramente diferente.

– Nós vamos atrás da senhorita. Todos nós vamos atrás da senhorita. – Com uma feroz rapidez, ele estala seus maxilares para mim, rosna como um cachorro louco.

Vá embora, Gemma. Arquejando, corro para longe dele, virando rapidamente num canto e batendo diretamente em meu espantado irmão.

– Gemma! Mas que diabo você está fazendo aqui desacompanhada?

– Eu... eu... eu... estava procurando você! Aquele homem – digo, apontando para atrás de mim.

Tom vira e vai até o canto, e eu o acompanho. O velho está novamente sentado, olhando fixamente para a frente.

– Sr. Carey. Pobre coitado. Completamente fora de si. Infelizmente terá de ser transferido em breve para um asilo municipal.

– Ele... ele falou comigo – gaguejo.

Tom parece confuso:

– O sr. Carey falou com você? É impossível. O sr. Carey jamais diz uma só palavra. Ele é mudo. O que você achou que ele lhe disse?

– Nós vamos atrás de você – repito, percebendo, enquanto digo as palavras, que não era o sr. Carey quem falava comigo, mas outra pessoa.

Alguém dos reinos.

– O que aconteceu com Nell Hawkins, para ela ficar assim? – pergunto, enquanto tomamos um tílburi para encontrarmos Felicity e Ann na Regent Street.

– Isso é sigilo médico – responde Tom, torcendo o nariz.

– Ora essa, Tom, provavelmente não contarei a ninguém – minto.

Tom sacode a cabeça.

– Não posso falar disso, de forma alguma. É horrível e inconveniente, não é o tipo de coisa que se possa contar a uma moça. Além disso, você tem muita imaginação. Não quero aumentar o número dos seus pesadelos.

– Está bem – resmungo. – Ela se recuperará?

– É difícil dizer. Estou trabalhando para isso, embora duvide que ela possa voltar algum dia para a Santa Vitória. Sem dúvida, aconselharei que não volte.

Sento-me muito ereta, com os nervos em frangalhos.

– O que você disse?

– Eu disse que não aconselharei sua volta.

– Não, antes disso.

– A Escola Santa Vitória para Moças. Fica em Swansea, eu acho. Segundo se diz, é uma ótima escola, mas dá para duvidar. Por que você pergunta?

Há um formigamento em meu estômago, uma sensação de agouro. Um anel com cobras. Uma mulher de verde. *Não confie nela...*

Creio que uma das nossas professoras vem da Santa Vitória.

– Bem, espero que mantenham uma vigilância maior sobre as alunas na Spence do que mantêm na Santa Vitória. Isto é tudo o que posso dizer sobre o assunto – declara Tom, sombriamente.

Estou tão perturbada que fico sem fala. Será que a srta. McCleethy estava na Santa Vitória, quando Nell Hawkins era aluna de lá? O que aconteceu de tão "inconveniente" que Tom

não pode contar? O que houve com Nell Hawkins que a deixou louca?
Fosse o que fosse, rezo para não ter o mesmo destino.
— Você tem o endereço da Santa Vitória? — pergunto.
— Sim. Por quê? — Tom está desconfiado.
Olho para as lojas lá fora, que exibem seus produtos natalinos.
— Nossa diretora me encarregou — a nós — de realizarmos um ato de caridade durante as férias. Achei que talvez eu pudesse escrever para essa escola e informar-lhes que outra colegial está passando algum tempo com a srta. Hawkins e lhe lembrando tempos mais felizes.
— Muito elogiável. Neste caso, darei a você o endereço. Ah, aqui estamos.

Capítulo
vinte e três

O tílburi para diante de uma papelaria na Regent Street. Felicity e Ann correm para nos encontrar, tendo atrás delas a sempre observadora Franny. Quero desesperadamente contar-lhes o que soube sobre Nell Hawkins e fico imaginando como terei a possibilidade de fazer isso.

Tom tira o chapéu, cumprimentando minhas amigas. Há uma troca de amabilidades.

– O que está achando de Londres, srta. Bradshaw? – pergunta ele.

– Gosto muitíssimo daqui – diz Ann, dando-lhe um sorriso ridiculamente decoroso.

– Seu chapéu é muito elegante. Fica bem na senhorita.

– Obrigada – murmura Ann, olhando timidamente para o chão. Mais um momento e eu me atirarei embaixo de um coche de passagem.

– Posso acompanhá-las até a papelaria?

Felicity sorri, com impaciência.

– Ficamos muito gratas, mas não precisa ter esse trabalho. Um bom dia para você.

– Você não foi nada simpática – repreende Ann, na medida em que Ann consegue repreender alguém, quando chegamos dentro da loja.

– Eu poderia ter dito a ele que esse "chapéu muito elegante" é meu – responde rispidamente Felicity.

– Tenho novidades – digo, antes que Ann possa replicar. Agora elas concentram em mim toda a sua atenção.

— O que é? — pergunta Ann.

Franny ronda por perto, com seus olhos voltados para a distância, à nossa frente, seus ouvidos absorvendo cada palavra nossa, com a exatidão de um repórter.

— Não nos divertiremos nada com ela a reboque — sussurra amargamente Felicity, enquanto fingimos examinar os maços de grosso papel marfim, presos com fitas coloridas.

— Ela segue cada passo nosso, como se fosse a própria sra. Nightwing. É incrível pensar que temos mais liberdade na Spence, mas é isso que acontece.

Saímos da papelaria e passamos por uma chapelaria de senhoras, uma loja de tecidos, outra de brinquedos e uma tabacaria, onde cavalheiros fumam grossos charutos. As ruas estão apinhadas de pessoas que procuram o par exatamente certo de luvas para tia Prudence, ou o perfeito tambor de brinquedo para Joãozinho. Mas Franny não esmorece sua marcha, e Felicity está à beira de um ataque de nervos.

— Mamãe acha que pode escapulir para a França e depois voltar e agir como se eu estivesse inteiramente sob seu controle, e ainda sorrir por causa disso. Ora, não vai funcionar como ela deseja. Vou livrar-me de Franny — diz Felicity, com um muxoxo.

— Ah, por favor, não faça isso — suplica Ann. — Não quero causar nenhum escândalo.

— Sim, ficaríamos trancadas em nossos quartos durante os feriados inteiros — concordo.

Chegamos a uma doceria, onde suntuosas massas e gelatinas de frutas nos acenam por trás de vidro. Um rapaz varre a calçada. De repente, ele grita, ousadamente:

— Franny! Venha dar-nos um beijo!

Franny empalidece e desvia a vista.

— Tenho certeza de que está enganado, senhor — diz.

Mas Felicity ataca:

— Senhor, conhece bem minha criada?

O rapaz não sabe o que fazer ou dizer. É claro que ele conhece Franny, e bem, mas agora está com medo de ter causado problemas a ela. Para uma criada, o mais leve sopro de indecência pode ser motivo para demissão.

– Minha mãe ficaria muito interessada em saber que sua criada beijou um homem em plena luz do dia, enquanto estava na companhia de suas impressionáveis tuteladas – diz Felicity.

– Mas eu nunca fiz uma coisa dessas! – protesta Franny.

– É sua palavra contra a nossa – diz Felicity, tornando-nos suas cúmplices, gostemos ou não.

Franny fecha as mãos, que ficam com a forma de bolas. São punhos apertados dos lados do seu corpo.

– Deus está vendo sua maldade, senhorita. É uma marca negra em seu livro de registros, com certeza.

– Acho que podemos chegar a um acordo. – Felicity tira um xelim da sua bolsa. – Aqui está. Pegue. Pegue e compre um doce para você. Tenho certeza de que esse rapaz ficará feliz por ajudá-la. Podemos combinar tornar a nos encontrar aqui, digamos, às cinco horas?

O xelim brilha entre os dedos enluvados de Felicity. Se Franny o pegar, poderá divertir-se com um doce e uma tarde com seu amigo. Mas ela também estará para sempre sob o domínio de Felicity.

Franny sacode a cabeça.

– Ah, não, senhorita. Por favor, não me peça para mentir à sra. Worthington. Mentir é um pecado. Eu não poderia fazer isso, senhorita. Quer que eu ponha em risco meu emprego e minha alma imortal por apenas um xelim, senhorita?

O fato de Franny conseguir fazer esse discurso de chantagem com um rosto impassível é um feito impressionante. Sinto por ela um respeito recém-descoberto.

– Tenho a intenção de contar à minha mãe, de qualquer jeito – diz rispidamente Felicity. É uma declaração vazia, e todas sabemos disso. Felicity está conseguindo a preciosa liberdade que tanto anseia. Ela entrega a Franny uma libra, o preço de seu silêncio. Franny agarra rapidamente a moeda, segurando-a com força em sua mão. Felicity não quer correr nenhum risco.

– Se você sequer pensar em se confessar com minha mãe, insistiremos que foi você que nos deixou para se encontrar com um amigo. Pobres de nós, perdidas e sozinhas, sem nossa guia, nas ruas cruéis de Londres, e com uma libra de menos também. Muito estranho como isso tudo aconteceu.

Franny, tão triunfante um momento atrás, cora até ficar vermelha e aperta os lábios, que formam uma linha severa.

– Sim, senhorita. Cinco horas.

Enquanto corremos atrás de Felicity, viro-me para Franny, sem ter certeza do que dizer.

– Obrigada, Franny. Você, humm, mostrou que é uma moça com muitos méritos. – E, depois disso, ficamos sozinhas.

A liberdade tem o gosto de um folhado de creme comprado na Regent Street. Folhas doces de massa escamosa dissolvem-se em minha língua, enquanto os cabriolés e ônibus movimentam-se para cima e para baixo na rua, com água lamacenta misturada com neve suja espumando embaixo de suas rodas. As pessoas andam apressadamente de um lado para outro, armadas com um senso de determinação. E nós nos movimentamos entre elas sem nenhuma coerção, mais uma parte da multidão anônima chocando-se com o acaso, com o destino.

Seguimos para Picadilly e mergulhamos na grande e coberta Burlington Arcade, caminhando a passos largos e cruzando com os funcionários que mantêm a ordem com olhares ásperos e o peso de um cajado em suas mãos. Há bancas vendendo peças de todos os tipos aqui – folhas de partitura, luvas, meias, enfeites de vidro entalhado e coisas do gênero – e sinto novamente uma profunda saudade da Índia, com seus bazares e mercados frenéticos.

– Isto é quase tão bom quanto estar nos reinos – diz Ann, devorando seu petisco, toda feliz.

– Qual é a sua novidade? – pergunta Felicity.

– Meu irmão tem uma paciente no Bethlem chamada Nell Hawkins. Um caso altamente interessante...

– É tão nobre da parte de Tom cuidar dos desafortunados – diz Ann, lambendo uma grande quantidade do creme da massa e assim limpando seus lábios. – A noiva dele deve ter uma elevada opinião sobre Tom.

– Noivo? Tom? – digo, aborrecida com a interrupção. Tarde demais, lembro-me da minha mentira: – Ah, sim, você quer dizer a srta. Richardson. Claro. Que tolice a minha.

– Você disse que o nome dela era Dalton. E que ela era linda.
– Eu... eu... – Não consigo pensar em nada para dizer. Realmente meti os pés pelas mãos. – Acabaram a relação.
– Ah, é? – diz Ann, com uma expressão esperançosa.
– Quer fazer o favor de deixar que ela continue com a história? – repreende Felicity.
– Nell Hawkins não se imagina Joana d'Arc nem a Rainha de Sabá. Sua alucinação particular é que ela pensa ser um membro da Ordem e que uma mulher chamada Circe está atrás dela.

Felicity arqueja.
– Você me deu calafrios.

Ann está confusa:
– Mas pensei que você tinha dito que ela está no Bethlem.
– Bem, está sim – digo, percebendo como tudo isso deve soar ridículo. Dois jornaleiros passam, incomodando-nos enquanto seguem. Mas não lhes damos a menor atenção.
– Mas você, com certeza, não acredita que ela esteja louca. Acha que está apenas representando para se proteger? – pergunta Felicity, que segue à frente.

Chegamos a um lugar que vende caixas de rapé trabalhadas. Examino uma, com incrustações em marfim. É cara, mas ainda não tenho nenhum presente para meu pai, então digo à moça que a embrulhe para mim.
– Na verdade, visitei-a hoje, mais cedo. Ela é, de fato, louca. Fez isto – digo, mostrando meu amuleto castigado.
– Ah, meu Deus – diz Felicity.
– Não vejo como ela possa nos ajudar então – resmunga Ann.
– Ela viu Circe. Tenho certeza disso. E não para de falar do caminho. "Permaneça no caminho." Disse isso várias vezes.
– O que você acha que isso significa? – pergunta Felicity. Passamos pela arcada e saímos na Bond Street, parando, então, diante de uma vitrina cintilante. Seda púrpura cai em cascata sobre o silencioso manequim de cera. Cada dobra do tecido brilha como vinho ao luar. Não podemos deixar de olhar desejosas para ele.
– Não sei o que isso significa, mas sei que Nell Hawkins era estudante da Santa Vitória, em Gales.

– Não era lá que a srta. McCleethy ensinava, antes de ir para a Spence? – pergunta Ann.

– Sim, mas não tenho nenhuma ideia se ela foi uma das professoras de Nell. Escreverei uma carta para a diretora de lá, perguntando quando a srta. McCleethy saiu do emprego, naquela escola. Acredito que haja alguma terrível ligação entre o que aconteceu com Nell Hawkins e a srta. McCleethy, alguma coisa que tem a ver com os reinos. Se pudermos solucionar esse enigma, talvez isto nos conduza ao Templo.

– Não vejo como – resmunga Ann.

Eu suspiro:

– Também não vejo, mas, no momento, é minha única esperança.

A seda zomba de nós, do seu alto poleiro, atrás do vidro. Ann suspira:

– Vocês não adorariam ter um vestido feito com isso? Todos virariam a cabeça para ver.

– Mamãe está providenciando para mim o envio de um vestido de Paris – diz Felicity, como se conversasse sobre o tempo.

Ann põe a mão no vidro.

– Desejo... – Ela não consegue sequer terminar a frase. É demais até para desejar.

Uma balconista entra na vitrina, com o arco do letreiro que diz *Castle and Sons, Modistas* cortando-a em duas partes bem marcadas. Ela tira o tecido deslumbrante. Despojado de seu luxo, o manequim oscila e depois se firma, ereto, nada mais do que uma concha cor de carne.

Continuamos a caminhar, até chegarmos a uma pequena rua lateral, onde emudeço de espanto. Afastada e enfiada debaixo de um toldo está uma minúscula livraria – a Golden Dawn.

– O que é? – pergunta Felicity.

– Aquela livraria. A srta. McCleethy tinha um anúncio dela em sua pasta. Era uma das únicas coisas que ela tinha, então deve ter alguma importância – digo.

– Uma livraria? – pergunta Ann, franzindo o nariz.

– Vamos dar uma olhada – diz Felicity.

Mergulhamos na escura caverna da loja. A poeira redemoinha sob a luz fraca. Não é uma loja bem cuidada e me indago o motivo para a srta. McCleethy gostar dela.

Uma voz vem da escuridão:

— Posso ajudar em alguma coisa?

A voz toma forma na pessoa de um homem curvado, de cerca de setenta anos. Ele se aproxima mancando, apoiado numa bengala. Seus joelhos estalam com o esforço.

— Como vão? Sou o sr. Theodore Day, proprietário da Golden Dawn, livreiro desde o *anno regni reginae* de 1861.

— Como vai o senhor? — murmuramos em uníssono.

— O que estão procurando, então? Ah, esperem! Não me digam. Tenho exatamente o que querem. — Com a bengala à sua frente, o sr. Day coxeia rapidamente até uma estante alta, apinhada de volumes. — Alguma coisa com princesas, talvez? Ah, não — castelos mal-assombrados e donzelas em perigo? — Suas sobrancelhas, aquelas duas gordas lagartas brancas em cima dos seus óculos, contorcem-se com óbvia satisfação.

— Por favor... — começo.

O sr. Day sacode um dedo.

— Não, não, não, não estraguem tudo. Descobrirei o que estão procurando. — Seguimos atrás do sr. Day, enquanto ele examina cada prateleira, correndo seu dedo nodoso sobre lombadas de couro, murmurando para si mesmo os títulos dos livros: — *O morro dos ventos uivantes... Jane Eyre... O castelo de Otranto* — ah, este é um livro esplêndido, garanto.

— Por favor, senhor — digo, elevando ligeiramente a voz. — Estamos procurando um livro sobre a Ordem. O senhor tem um desses livros?

Deixei o sr. Day perplexo. As sobrancelhas-lagartas se chocam no cavalete do seu nariz.

— Meu Deus, meu Deus... Não ouvi bem... Quer repetir o título, por favor?

— Não é um título — diz Felicity, com tanta impaciência que posso praticamente ouvir o não dito *seu velho idiota*.

— É um assunto — diz Ann, gentilmente, salvando-nos. — A Ordem. Um grupo de mulheres que governava os reinos com a magia...

– Não eram mulheres de verdade, claro! – interrompo. – Não passa de uma história, afinal.
– É ficção que estão procurando, então? – diz o sr. Day, coçando os pontos carecas entre os tufos de cabelo brancos e indisciplinados.
Isto se revela impossível.
– Mitos – digo, depois de pensar um momento.
O rosto do sr. Day se anima.
– Ah! Tenho alguns lindos livros de mitos. Venham por aqui, por favor.
Ele nos conduz para uma estante, nos fundos.
– Gregos, romanos, celtas, os noruegueses – ah, amo os noruegueses. Aqui estão.
Felicity me lança um olhar desesperançado. Não é isso que estamos procurando, mas o que podemos fazer se não agradecer e, pelo menos, fingir olhar, antes de ir embora? A campainha em cima da porta assinala a chegada de outro cliente e o sr. Day nos abandona. Sua voz alegre pergunta se pode ajudar em alguma coisa. A cliente, uma mulher, responde. Conheço esse sotaque estranho. Pertence à srta. McCleethy.
Espiando de detrás da estante, vejo-a na frente.
– Olhem só – sussurro, com urgência.
– Onde? – Estupidamente, Ann sai de detrás da cobertura da estante. Um forte puxão e ela volta para meu lado.
– Olhe por este espaço – digo, puxando dois livros dos seus lugares da prateleira, o que nos dá um olho mágico para o outro lado.
– É a srta. McCleethy! – diz Ann.
– O que ela está fazendo aqui? – sussurra Felicity.
– Não sei – respondo, também num sussurro. – Não consigo ouvir o que ela diz.
– Ah, sim. Acabou de chegar – fala o sr. Day, em resposta a alguma pergunta inaudível por parte de srta. McCleethy.
– O que acabou de chegar? – pergunta Ann. Felicity e eu a fazemos calar, colocando nossas mãos em cima da sua boca.
– Não demorará nem um instante. Dê uma olhada na livraria, se desejar. – O sr. Day desaparece atrás de uma cortina de veludo.

A luz do dia escoa-se através das janelas fuliginosas, banhando a srta. McCleethy num nevoeiro de poeira. Ela tira a luva de sua mão direita, a fim de folhear melhor as páginas de alguns romances empilhados em cima de uma mesa. O anel de cobras fica sob a luz, cegando-me com seu brilho. A srta. McCleethy deixa a mesa e se movimenta para mais perto ainda do nosso esconderijo.

Em pânico, nós nos agachamos no chão, enquanto livros acima de nossas cabeças deslizam dos seus poleiros. Se ela olhar para as prateleiras mais baixas...

– Aqui estamos – diz o sr. Day, passando outra vez pela cortina de veludo. O livro misterioso é embrulhado, amarrado com fita e entregue à srta. McCleethy. Num momento, o tinir da sineta anuncia sua partida. Espiamos através do buraco que fizemos, para assegurar-nos de que ela foi embora, e depois corremos para o sr. Day.

– Sr. Day, acredito que foi uma querida amiga da minha mãe quem esteve aqui há pouco. Será que o senhor teria a gentileza de me dizer que livro ela comprou? Admiro tanto o gosto dela nesses assuntos – digo, da maneira mais doce possível.

Pelo canto dos olhos, vejo a boca de Felicity se abrir de surpresa e admiração. Ela não é a única que pode mentir.

– Sim, foi *Uma história das sociedades secretas*, da srta. Wilhelmina Wyatt. Eu próprio não li este livro.

– O senhor tem outro exemplar?

– Tenho, sim. – O sr. Day volta coxeando para os fundos da loja e volta carregando o livro. – Ah, está aqui. Não é curioso? Eu não tinha nenhum interesse nesse livro, mas hoje vendi dois. Uma pena o que aconteceu com a autora.

– O que quer dizer com isso? – pergunta Felicity.

– Dizem que ela morreu pouco depois da publicação. – Ele se inclina para mais perto, sussurra: – Dizem que ela estava envolvida com o ocultismo. Coisas perversas. Agora poremos uma bonita fita no livro e...

– Não, obrigada, sr. Day – digo, estendendo a mão para pegá-lo, antes que ele possa fazer o embrulho. – Infelizmente estamos com uma pressa terrível.

– Está bem, então são quatro xelins, por favor.

– Felicity? – instigo.
– Eu? – sussurra Felicity. – Por que eu devo pagar?
– Porque você tem o dinheiro – digo, mantendo o sorriso tenso.
– Não olhe para mim – contesta Ann. – Não tenho nada.
– Serão quatro xelins – declara firmemente o sr. Day.

No fim, somos obrigadas a juntar nosso dinheiro para comprar o livro com aspecto sinistro da srta. Wyatt.

– Deixem-me dar uma olhada primeiro. Afinal, paguei três xelins, enquanto vocês duas só deram um – choraminga Felicity, enquanto corremos para o dia londrino lá fora.

– Nós o leremos juntas – digo, puxando uma ponta do livro.
– Ali está ela! – arqueja Ann. A srta. McCleethy está bem à nossa frente. – O que devemos fazer?
– Vamos segui-la – diz Felicity.

Imediatamente segue na direção dela.

– Espere um momento – digo, alcançando-a e mantendo um olho na srta. McCleethy, enquanto ela se aproxima da esquina. – Não sei é aconselhável.

Ann fica do lado de Felicity, claro.

– Você quer saber o que se passa. Esta é a maneira de descobrir.

As duas jamais estão em desacordo. A srta. McCleethy para, vira-se. Com um arquejo coletivo, nós nos reunimos diante de um amolador de facas. Num instante, ela continua seu caminho.

– E aí? – pergunta Felicity. É menos uma pergunta e mais um desafio.

Os gritos do amolador de facas – "Facas! Bem amoladas!" – elevam-se acima do barulho da rua. A srta. McCleethy já quase desapareceu de vista.

– Vamos lá – digo.

Capítulo
vinte e quatro

Seguimos a srta. McCleethy durante algum tempo, passando por lojistas em mangas de camisa, que levam às pressas pacotes para carruagens à espera, e por uma mulher vestida severamente de negro, que nos implora para lembrarmos dos carentes durante este período natalino. Não prestamos nenhuma atenção a eles; só importa nossa busca de informações.

Em Charing Cross, a srta. McCleethy nos surpreende, entrando na estação do metrô.

– O que fazemos agora? – pergunta Felicity.

Respiro fundo.

– Viajamos de metrô, eu acho.

– Nunca estive no metrô – diz Ann, em dúvida.

– Nem eu – diz Felicity.

– Está na hora de começar – digo, embora o pensamento de fazer isso me deixe fria de medo. A Metropolitan District Railway. Muito bem. É apenas um trem subterrâneo, Gemma. Isto é uma aventura, e sou uma garota aventureira. Simon disse isso.

– Ouça, não fique assustada, Ann. Dê-me sua mão – digo.

– Não estou assustada – declara ela, passando à minha frente e começando a descer as escadas que levam para os túneis embaixo das movimentadas ruas de Londres, como se não houvesse nenhum problema nisso. Não há nada a fazer a não ser acompanhá-la. Respiro forte e fundo e me atiro para a frente. A meio caminho da descida, viro-me e vejo Felicity em pé no alto dos degraus, com um ar de dúvida. Ela olha fixamente para mim, como se eu fosse Eurídice sendo puxada de volta para os infernos.

– Gemma, espere! – grita ela, correndo para se unir a mim.

No fim da escada, estende-se uma sala. Estamos numa plataforma iluminada por bicos de gás. O grande e curvo teto de madeira do túnel eleva-se sobre nós. Mais adiante, na plataforma, a srta. McCleethy espera. Ficamos fora do alcance de sua vista, até o trem entrar na estação, com um ruído de investida. A srta. McCleethy entra e caminhamos rapidamente para o vagão vizinho ao seu. É difícil saber o que é mais excitante: a possibilidade de sermos descobertas por srta. McCleethy ou nossa primeira viagem no metrô. Nós nos revezamos esticando a cabeça para dentro do corredor, de uma maneira muito pouco adequada para damas, de modo a podermos espiar a srta. McCleethy no compartimento vizinho. A srta. McCleethy está muito satisfeita lendo o livro da srta. Wyatt sobre sociedades secretas. Estou desesperada para saber o que ela descobriu, mas não ouso olhar para nosso exemplar, com medo de perder de vista nossa professora.

O condutor anuncia nossa partida. Com um forte puxão, o trem dá uma guinada para dentro do túnel. Felicity agarra minha mão. É uma sensação estranha, a de nos movimentarmos por esta galeria escura, com o fraco brilho dos bicos de gás passando, como estrelas cadentes, por nosso rosto espantado.

Um condutor está próximo, pronto para proclamar cada parada da sua plataforma. A srta. McCleethy não ergue os olhos de seu livro. Porém, quando o condutor anuncia Westminster Bridge, ela fecha o livro e sai do trem, com nós três atrás dela a uma distância segura. Saímos para a rua piscando os olhos por causa da luz repentina.

– Ela vai pegar aquele bonde puxado por cavalos! – diz Felicity.

– Então estamos liquidadas – digo. – Não podemos seguir a srta. McCleethy até dentro dele. Ela nos verá.

Ann agarra minha mão.

– Podemos ir. Veja, há uma verdadeira multidão. Entramos. Se ela nos avistar, diremos, simplesmente, que estamos fazendo turismo.

É um plano muito ousado. A srta. McCleethy movimenta-se para os fundos do bonde apinhado. Ficamos em pé perto da frente, mantendo tanta gente entre nós quanto possível. Na Westminster Bridge Road, a srta. McCleethy desce e quase pisamos umas nas outras, tentando segui-la. Sei onde estamos. Estive aqui, recentemente. Estamos em Lambeth, muito perto do Bethlem Royal Hospital. Na verdade, a srta. McCleethy caminha rapidamente nessa direção. Em poucos minutos, nós a observamos atravessar os portões de ferro e seguir pela alameda curva que vai até o majestoso pórtico da entrada. Nós nos escondemos em algumas sebes ao longo da alameda, agachando-nos.

– O que ela quer no Bedlam? – pergunta Felicity, em tom de agouro.

Sinto um calafrio.

– Nell Hawkins está aí.

– Não creio que a srta. McCleethy vá fazer algum mal a ela; o que vocês acham? – pergunta Ann, de uma maneira inadequadamente excitada, sugerindo que ela não acha a ideia inteiramente desagradável, se assim a tarde se transformar numa boa história.

– Não sei – digo. – Mas isso me faz pensar que elas com certeza se conhecem, mais provavelmente da Santa Vitória.

Durante algum tempo, ficamos em pé do lado de fora, no frio, mas a srta. McCleethy não volta e corremos o risco de perder nosso encontro com Franny. Relutantes, vamos embora, e tenho mais perguntas do que nunca para fazer. O que a srta. McCleethy quer no Bedlam? O que está procurando? Tenho certeza de que a srta. McCleethy e Nell Hawkins possuem uma ligação entre elas. O que não sei é como e o porquê.

Capítulo
Vinte e Cinco

Felicity nos convida para tomar um chá muito tardio em sua casa. Com nosso apetite desperto pela aventura, devoramos vários sanduíches saborosos, sem pedir desculpas.

– Ora, o que pensam disso? A srta. McCleethy no Bedlam? – pergunta Felicity, entre mordidas.

– Será que a srta. McCleethy tem um parente louco? – propõe Ann. – Alguém que provoca um profundo constrangimento para a família?

– Ou talvez ela tivesse ido lá para visitar Nell Hawkins – digo.

– Não temos nenhuma resposta para isso no momento. Vamos ver o que a srta. Wyatt tem a dizer que é de tanto interesse para a srta. McCleethy – fala Felicity, apoderando-se do livro, como eu sabia que ela faria. – Templários, maçons, Hellfire Club, Hassassins... Apenas o índice já é uma leitura. Ah, aqui está. Página 255. A Ordem.

Ela folheia o livro até a página indicada e lê alto:

"A cada geração, adolescentes eram escrupulosamente treinadas para ocuparem seus lugares dentro dos escalões mais privilegiados da Ordem. Durante o período de seus dezesseis anos, eram vigiadas de perto, para ver quais, entre elas, seriam escolhidas pelos reinos para ter verdadeiro poder e quem seriam aquelas cujo poder não passava de uma chama bruxuleante, que ardia até às cinzas. As não escolhidas eram encaminhadas em outra direção, talvez para uma vida doméstica, na qual não pensariam mais em seu tempo com aquelas poderosas mágicas. Ainda outras conti-

nuavam com uma vida de serviço, convocadas pela Ordem de uma maneira ou de outra, quando surgia a oportunidade.

Há quem diga que a Ordem nunca existiu, a não ser como uma história semelhante à dos contos de fadas, duendes e feiticeiras, princesas e os deuses imortais do Monte Olimpo, que marcam a literatura tão valorizada por meninas impressionáveis, desejosas de acreditar em tais fantasias. Outros dizem que aquelas mulheres eram pagãs celtas que desapareceram na neblina do tempo, como aconteceu com Merlin, Arthur e seus cavaleiros. Ainda outros sussurram uma história mais sombria: a de que uma das integrantes da Ordem cometeu traição, fazendo um sacrifício humano..."

Os olhos de Felicity passam pela página. Ela está lendo para si mesma.

– Você deve ler alto! – protesto.

– É apenas o que já sabemos – diz ela.

– Dê para mim, eu lerei – digo, tomando o livro.

"Os loucos, os viciados, os bêbados, os pobres ou os famintos, esses pobres infelizes exigiram a proteção da Ordem, pois sua mente era demasiado perturbada e fraca para resistir às vozes dos espíritos das trevas, que podiam falar com eles a qualquer momento..."

Os bêbados. Os viciados. Penso em meu pai. Mas não, eu o salvei. Ele está salvo.

– Se os espíritos podem entrar na mente dos loucos, como podemos estar seguras quanto a Nell Hawkins? – pergunta Ann. – E se eles já a estiverem usando para finalidades perversas?

Felicity concorda:

– É um pensamento perturbador.

Hoje houve o caso do sr. Carey, dando-me seu arrepiante aviso, mas Nell não era assustadora. Ela estava assustada. Sacudo a cabeça.

– Creio que Nell está lutando com toda força para impedir que quaisquer espíritos a usem. Por isso, ela é tão difícil de alcançar. Tenho certeza.

– Durante quanto tempo ela conseguirá? – pergunta Ann. Não tenho resposta para isso.

– Deixe-me ler um pouco mais. É minha vez – diz Felicity, tomando o livro das minhas mãos.

– *"É um fato"* – ela lê, em voz alta –, *"embora alguns contestem este conhecimento, considerando-o uma loucura, que a Ordem ainda existe hoje, com seus membros escondidos. Eles se reconhecem por meio de vários símbolos, conhecidos apenas por seus membros. Entre estes símbolos estão o olho crescente, a flor de lótus dupla, a rosa, duas cobras entrelaçadas..."*

– Exatamente como o anel da srta. McCleethy! A srta. Moore disse que ele era um símbolo – digo. – E vi um anel como este em minha visão das três moças.

Os olhos de Ann se arregalam.

– Você viu, é?

– *"Mas isto não é tudo"* – continua Felicity, em voz alta. Ela não gosta de ser interrompida por qualquer motivo. – *"As sacerdotisas da Ordem também usavam o anagrama. Este dispositivo era particularmente efetivo para esconder suas identidades daqueles que as perseguiam. Assim, Jane Snow podia tornar-se Jane Wons, e ninguém, a não ser suas irmãs, seria informado disso."*

Felicity agarra uma folha de papel.

– Vamos fazer nossos próprios anagramas. Quero saber qual seria o meu nome secreto. – Parece uma doidivanas. Neste momento, não é uma esnobe. Não tem medo de parecer uma tola, em seu entusiasmo.

– Está bem – digo.

Felicity escreve seu nome no alto da página: *Felicity Worthington*. Olhamos atentamente para as letras, esperando que elas revelem um novo e misterioso nome.

Ann rabisca sem parar.

– Felicity Worthington se torna *City Worth Gin If Lento*.

Felicity faz uma careta.

– Que tipo de nome é esse?

– Do tipo ridículo – digo.

– Tente outra vez, Ann – Felicity ordena.

Ann leva a caneta ao papel, concentrando-se como se ela fosse uma cirurgiã com um paciente.

– *Wont Left in City Groh?* – propõe ela.

– Isto não faz nenhum sentido – queixa-se Felicity.
– Estou fazendo o melhor que posso.
– Não estou conseguindo muito mais do que isso. Arrumei e desarrumei as letras de *Gemma Doyle* e só consegui uma coisa.
– Como está se saindo com seu nome, Gemma? – pergunta Felicity.
– Nem vale a pena dizer – declaro, amassando o papel.

Felicity arrebata-o da minha mão e o desdobra, vendo o nome: *"Dog Mealy Em!"* As meninas riem ruidosamente diante disso e lamento na mesma hora elas terem pegado o papel.

– Ah, é perfeito – diz Felicity, com alegria. – Daqui em diante, você será conhecida pelo seu nome secreto, o anagrama da Ordem: "Dog Mealy Em."

– Que maravilha.

– Vou tentar de novo – digo.

– Pode tentar, se quiser – diz ela, sorrindo como um gato que acua sua presa. – Mas só chamarei você de Dog Mealy Em.

Ann tem um agudo acesso de riso que faz seu nariz escorrer. Ela dá pancadinhas nele com um lenço, murmurando, sem fôlego, "Dog Mealy Em", o que faz Felicity começar novamente a gargalhar. Estou irritada por ser a feliz recebedora da aborrecida troça das duas.

– Muito bem, e qual é seu nome secreto, Ann? – pergunto, arreliando-a.

A escrita arrumada e firme de Ann se estende pela página branca.

– Nan Washbrad.

– Isso não é justo, de forma nenhuma! – digo. – Parece um nome de verdade.

Ann encolhe os ombros.

– Não funcionaria ter um nome que chamasse a atenção, não é?

Ela sorri, triunfalmente, e no silêncio ouço o que ela está quase dizendo: *Dog Mealy Em.*

Felicity está batendo a ponta de sua caneta contra o papel, concentrando-se. Ela resmunga, frustrada:

– Não consigo juntar coisa com coisa com meu nome. Não vem nada.

– Você tem um nome do meio? – pergunta Ann. – Isto poderia ajudar. Mais letras.

– Não ajudaria nada – diz Felicity, depressa demais.

– Por que não? – pergunta Ann.

– Porque não ajudaria. – Felicity cora. Não é coisa de Felicity, corar seja lá com o que for.

– Então muito bem. Você pode ser conhecida, de agora em diante, como City Worth Gin If Lento – digo, apreciando muito sua situação desagradável.

– Se querem mesmo saber, meu nome do meio é Mildrade. – Felicity vira-se novamente para seu pedaço de papel, como se não tivesse sido sobrecarregada com o possivelmente pior nome do meio da história.

Ann enruga o nariz.

– Mildrade? Que tipo de nome é esse?

– É um antigo nome de família. – Fee faz uma expressão de desprezo. – É encontrado desde o tempo dos saxões.

– Ah – diz Ann.

– Lindo – digo, tentando desesperadamente impedir os lados da minha boca de se torcerem.

Felicity enterra a cabeça em suas mãos.

– Ah, é horroroso, não? Simplesmente o detesto.

Não há nada cortês que se possa dizer diante disso.

– De jeito nenhum. – Não consigo resistir a dizer o nome em voz alta: – Mildrade.

Felicity estreita os olhos.

– Dog Mealy Em.

Isso poderia continuar durante a tarde inteira.

– Vamos fazer uma trégua?

Ela faz que sim com a cabeça.

– Sim, vamos.

Ann começou a recortar as letras do nome de Felicity, de modo que ficaram como pequenos quadrados que podem ser deslocados de um lado para outro em cima da escrivaninha, até formarem algo parecido com um nome razoável. É um trabalho tedioso e dentro de um minuto olho atentamente para as letras, mas pensando no que gostaria de comer no jantar. Felicity declara que a tarefa é impossível e se atira na espreguiçadeira para ler mais sobre as sociedades secretas da srta. Wyatt. Apenas Ann está determinada a decifrar o código do nome de Felicity. Ela se concentra ferozmente, movimentando as letras para a esquerda e para a direita.

– Ah! – grita, finalmente.

– Deixe-me ver! – Felicity joga o livro para um lado e corre para a escrivaninha. Junto-me a elas. Ann gesticula orgulhosamente em direção ao tampo da escrivaninha, onde os quadrados desiguais formaram um novo nome, que Felicity lê em voz alta:

– Maleficent Oddity Ralingworth. Ah, mas está perfeito.

– Sim – digo. – Mau e estranho.

– Dog Mealy Em – Felicity responde, rispidamente.

Terei de trabalhar em meu nome. Em um canto do papel, Ann rabiscou várias vezes *sra. Thomas Doyle*, experimentando uma assinatura que ela nunca terá, e sinto vergonha de tê-la riscado da lista de Tom antes mesmo de ela ter alguma chance. Remediarei isso. Ann olha atentamente para um nome.

– Que nome é esse? – pergunto.

– Estou tentando o nome de srta. McCleethy – diz ela.

Felicity e eu a imprensamos.

– O que você conseguiu?

Ann nos mostra seu trabalho.

Claire McCleethy Let Her Claim Ccy I'm Clear Celt Hey C Ye Thrice Calm Cel The Mal Cire Leccy

Felicity ri:

– Esses nomes com certeza não fazem nenhum sentido. Let Her Claim Ccy? Mal Cire?

– Cire é um tipo de tecido. *Mal* significa ruim – responde Ann, orgulhosamente.

Ainda estou olhando para a página. Há alguma coisa estranhamente familiar nela, alguma coisa que faz os cabelos da minha nuca se arrepiarem.

Ann baixa outro C. Compõe *Circe*.

– Tente o nome completo – digo.

Outra vez, Ann escreve o nome completo e corta as letras em pequenos quadrados, que podem ser movimentados de um lado para outro. Ela tenta várias combinações – Circe Lamcleethy, Circe the Lamcley, Circe the Mal Cley, Circe the Ye Call M.

– Ponha o Y depois do *The* – instruo.

Circe They E Call M.

Ann muda as letras de lugar, até que fica escrito: *They Call Me Circe*. (Chamam-me de Circe.) Ficamos olhando atentamente para a frase, pasmas.

– *Claire McCleethy* é um anagrama – sussurra Ann.

Felicity estremece.

– Circe voltou para a Spence.

– Temos de descobrir o Templo – digo. – E depressa.

Pippa está sentada com a górgona quando chegamos aos reinos.

– Vejam, fiz guirlandas para vocês! São meus presentes de Natal! – Seus braços estão cobertos com pequenos círculos de flores, que ela coloca em nossa cabeça.

– Lindo!

– Ah, estão perfeitas, Pip – arrulha Felicity.

– E guardei suas flechas encantadas com toda segurança – diz Pip, fazendo a aljava deslizar para as costas de Felicity.

– Vamos fazer outra viagem pelo rio?

– Não, acho que não – respondo. – A górgona vira seu rosto verde em minha direção por um momento.

– Nenhuma viagem hoje, Altíssima? – silva ela.

– Não, obrigada – digo. Lembro-me da nossa última viagem, daquele momento de hesitação. Não sei se posso confiar na grande fera que, uma vez, liderou uma rebelião contra a Ordem. Houve um motivo para que a aprisionassem.

Faço sinal para que as outras me sigam até o jardim. Os cogumelos venenosos ficaram mais gordos. Alguns deles parecem prestes a explodir.

– Descobrimos o nome da nossa professora num anagrama que corresponde a *Chamam-me de Circe* – diz Felicity a Pippa, depois de lhe dar todas as notícias do nosso dia.

– Mas que coisa excitante! – diz Pippa. – Gostaria de estar lá para segui-la. Foi muito corajoso da parte de vocês.
– Acha que a sra. Nightwing também é suspeita? – pergunta Felicity. – Elas são amigas.
– Não tinha pensado nisso – digo, perturbada.
– Ela não queria que soubéssemos nada sobre a Ordem! Foi por isso que demitiu a srta. Moore – diz Pippa. – Talvez a sra. Nightwing tenha alguma coisa a esconder.
– Ou talvez ela não saiba nada a respeito disso – diz Ann. A sra. Nightwing é a única mãe que ela conheceu algum dia. Sei o que é ter arrancada de nós essa certeza sobre alguém que amamos.
– A sra. Nightwing era professora da Spence quando Sarah e Mary estavam lá. E se ela estivesse ajudando Sarah o tempo inteiro, esperando por um tempo em que ela pudesse voltar? – diz Felicity.
– N... não gosto desta conversa – gagueja Ann.
– E se...
– Fee – interrompo, dando um rápido olhar de esguelha para Ann. – Acho que, por enquanto, é melhor tentar descobrir o Templo. Nell Hawkins disse que deveríamos procurar um caminho. Você viu algum caminho por aqui, Pip? – pergunto.
Pip me lança um olhar esquisito.
– Quem é Nell Hawkins?
– Uma louca do Bedlam – responde Ann. – Gemma acha que ela sabe onde descobrir o Templo.
Pippa ri:
– Você está brincando!
– Não – digo, corando. – Você viu um caminho?
– Centenas. Que tipo de caminho você está procurando?
– Não sei. O verdadeiro caminho. Foi tudo o que ela disse.
– Isso não ajuda muito – diz Pippa, suspirando. – Há um que leva para fora do jardim e por onde ainda não andei.
– Mostre-me esse caminho – digo.

O caminho de que ela fala não passa de uma estreita aleia que parece desaparecer numa muralha de verde folhagem. É lento e difícil. A cada passo, precisamos afastar as largas folhas e gordos

talos bege que deixam finas fitas de seiva em nossas mãos, até ficarmos pegajosas como melaço.
– Que tarefa pesada – geme Pippa. – Espero que este seja o caminho certo. Detesto pensar que tivemos todo esse trabalho para nada.
Um caule bate diretamente em meu rosto.
– O que você disse? – pergunta Felicity.
– Eu? Não disse nada – respondo.
– Ouvi vozes.
Paramos. Ouço também. Alguma coisa se movimenta no matagal cerrado. De repente, parece uma má ideia ter vindo por este caminho sem saber nada a respeito dele. Estendo uma mão para deter minhas amigas. Felicity estende a sua para pegar uma flecha. Estamos tensas como cordas de piano.
Um par de olhos aparece entre as folhas de uma palmeira.
– Olá! Quem está aí? – pergunto.
– Vieram para nos ajudar? – pergunta uma voz suave.
Uma moça sai de trás da árvore, fazendo-nos arquejar. O lado direito do seu corpo está horrivelmente queimado. Da sua mão só restaram os ossos. Ela vê o choque em nosso rosto e tenta cobrir-se com o que restou do seu xale.
– Foi um incêndio na fábrica, senhorita. Subiu como a chama de um isqueiro e não conseguimos sair a tempo – ela diz.
– Nós? – pergunto, quando consigo voltar a falar.
Atrás dela, em meio à vegetação da selva, há mais ou menos uma dúzia de jovens, muitas delas queimadas, todas mortas.
– São as que, entre nós, não conseguiram sair. O fogo pegou algumas. Outras pularam e a queda acabou com elas – diz a moça, como se isso fosse uma coisa trivial.
– Há quanto tempo vocês estão aqui? – pergunto.
– Não sei dizer ao certo – responde ela. – Parece uma eternidade.
– Quando foi o incêndio? – Pippa pergunta.
– Em 3 de dezembro de 1895, senhorita. Ventava muito naquele dia, eu me lembro. – Elas estão aqui há duas semanas, menos tempo do que Pippa. – Já vi a senhorita antes – diz ela,

fazendo um aceno com a cabeça em direção a Pippa. – A senhorita e seu cavalheiro.

A boca de Pippa se escancara.

– Nunca vi você em minha vida. Não sei sobre o que você está falando.

– Desculpe se a ofendi, senhorita. Não pretendia causar nenhum mal, pode estar certa disso.

Não sei por que Pippa está tão mal-humorada. Ela não ajuda nada a melhorar a situação.

A moça puxa minha manga e tenho de conter o grito quando vejo essa mão em cima de mim.

– Isto aqui é o céu ou o inferno, senhorita?

– Nem uma coisa nem outra – digo, dando um passo para trás. – Como é seu nome?

– Mae. Mae Sutter.

– Mae – sussurro. – Alguma de vocês andou agindo de maneira estranha?

Ela pensa por um momento.

– Bessie Timmons – diz, apontando para outra moça queimada e com um braço muito quebrado. – Mas, na verdade, senhorita, ela sempre foi um pouco estranha. Andou falando com alguém, por conta própria, e nos disse que precisamos ir com ela para um lugar chamado Winterlands, porque podem ajudar-nos lá.

– Escute com muita atenção o que vou dizer, Mae. Vocês não devem ir para Winterlands. Logo tudo estará como deve estar e você e suas amigas atravessarão o rio e irão para o que está do outro lado.

Mae me olha assustada.

– E como isso poderá ser?

– Eu... eu não sei exatamente – digo, sem oferecer nenhum consolo. – Mas, enquanto isso, vocês não devem confiar em ninguém que encontrarem aqui. Entendem?

Ela me lança um olhar duro.

– Então por que eu deveria confiar na senhorita? – Ela volta para perto das suas amigas e, enquanto vai caminhando, ouço-a dizer:

– Elas não podem nos ajudar. Estamos sozinhas.
– Todos esses espíritos esperando para atravessar... – diz Felicity.
– Esperando para serem corrompidos – diz Ann.
– Você não sabe nada sobre isso – diz Pippa.
Ficamos em silêncio.
– Vamos continuar, depressa – digo. – Talvez o Templo esteja próximo.
– Não quero continuar – diz Pippa. – Não quero ver mais horrores. Vou voltar para o jardim. Quem vem comigo?
Olho para o verde à nossa frente. O caminho se estreita debaixo de uma pesada cobertura de folhas. Mas, em meio a elas, tenho a impressão de ver um relâmpago de algo branco e brilhante, fantasmagórico, farfalhando pelo matagal.
Bessie Timmons vem para o caminho. Seus olhos têm uma expressão severa.
– Por que não vão embora, então, se não podem nos ajudar? Sigam adiante, vão embora. Ou então...
Ela não explica o que pode significar "ou então". Algumas das outras moças vêm ficar em pé atrás dela, cerrando fileiras. Não nos querem aqui. Não vale a pena lutar contra elas, pelo menos não neste momento.
– Vamos – digo. – Vamos voltar.
Damos a volta no pequeno caminho. Bessie Timmons grita atrás de nós:
– Não sejam tão orgulhosas. Logo estarão todas como estamos. Meus amigos vêm nos buscar. Eles nos deixarão inteiras! Eles nos transformarão em rainhas! E vocês não serão nada além de pó.
A caminhada de volta para o jardim é silenciosa. Estamos cansadas, pegajosas e sombrias. Principalmente Pippa.
– Agora será que, por favor, podemos nos divertir um pouco? – diz ela, zangada, quando chegamos ao lugar onde se elevavam as runas. – Esta procura pelo Templo é tão cansativa.
– Conheço um lugar para jogos, minha senhora.
O cavalheiro surge de detrás das árvores, espantando todas nós. Ele tem um pacote enrolado num pano numa das mãos. Arquejamos e ele cai sobre um joelho.

– Assustei-as? – pergunta, inclinando a cabeça para um lado, de modo que a cortina de cabelo dourado-palha cai encantadoramente em seu rosto.

Pippa dispara sobre ele um olhar sombrio.

– Você não foi chamado.

– Desculpe – diz ele. Mas não parece lamentar nada. Parece, sim, divertir-se à nossa custa. – Como compensarei minha falta, minha senhora? O que me ordena que faça? – Coloca sua adaga contra sua garganta. – Exige sangue, minha dama?

Pippa está estranhamente fria.

– Se quiser.

– Qual é o seu desejo, minha senhora?

Pippa vira-se para o outro lado, com seus longos cachos negros pulando contra suas omoplatas.

– Desejo que me deixe em paz.

– Muito bem, minha senhora – diz o cavalheiro. – Mas eu lhe deixarei um presente.

Ele atira a trouxa no chão e recua para dentro do matagal.

– Pensei que você tinha dito que se livrara dele – diz Felicity.

– Sim. Pensei que tinha – responde Pippa.

– O que ele trouxe para você? – pergunta Ann. Ela desembrulha o pacote e cai de costas na grama com um pequeno grito.

– O que é? – Felicity e eu perguntamos, correndo para onde ela está.

É a cabeça de um bode, coberta de moscas e de sangue seco.

– Que horror! – diz Ann, colocando a mão em cima da boca.

– Se aquele homem voltasse, eu teria alguma coisa para dizer a ele – diz Felicity, com as bochechas cor-de-rosa.

Ele fizera mesmo uma coisa medonha, e fiquei imaginando como o cavalheiro por quem Pippa antigamente ansiava, com o qual sonhava, uma criatura destinada a ser dela, pela magia, poderia tornar-se tão cruel. Pippa olha fixamente para a cabeça do bode. Ela agarra o estômago e, primeiro, penso que vai ficar enjoada ou chorar. Mas então ela lambe os lábios, apenas de leve, com uma expressão de desejo em seus olhos.

Ela percebe que a observo.

– Darei a isto um enterro adequado mais tarde – diz, passando o braço pelo meu.
– Sim, seria bom – digo, afastando-me.
– Voltem amanhã! – grita ela. – Tentaremos outro caminho. Tenho certeza de que o encontraremos amanhã!

O enfeitado relógio cuco no consolo da lareira de Felicity grita a hora. Parece que estivemos fora durante horas, mas foi menos de um segundo, pelo tempo de Londres. Ainda estou perturbada pelos acontecimentos do dia – a srta. McCleethy em pé em frente ao Bedlam, o anagrama, Mae Sutter e suas amigas. E Pippa. Sim, especialmente Pippa.

– Vamos nos divertir um pouco? – pergunta Felicity, correndo para a porta da frente, seguida por nós, também às carreiras.

Shames, o mordomo, aproxima-se.

– Srta. Worthington? Qual é o problema?

Felicity fecha os olhos e estende a mão.

– Na verdade, você não me vê aqui, Shames. Estamos na sala de estar, tomando nosso chá.

Sem uma palavra, Shames sacode a cabeça, como se não entendesse por que a porta está aberta. Fecha-a atrás de nós – e ficamos livres.

O nevoeiro de Londres esconde as estrelas. Elas brilham aqui e acolá, mas não podem romper a barreira do céu nublado.

– O que faremos agora? – pergunta Ann.

Felicity dá um amplo sorriso.

– Tudo.

Voar sobre Londres numa noite fria usando a magia é uma coisa extraordinária. Ali estão os cavalheiros saindo de seus clubes, a fila de carruagens aproximando-se para pegá-los. Há os catadores de lixo, na lama do Tâmisa, aquelas pobres crianças imundas, que procuram, nas sujas margens do rio, algumas moedas e um pouco de sorte. Precisamos apenas voar mais baixo para tocar o alto dos teatros do East End, ou colocar as pontas dos nossos dedos nas grandes flechas góticas das Casas do Parlamento. Ann desce mais e se senta no alto do telhado, ao lado do alto relógio, o Big Ben.

– Vejam – diz ela, rindo –, tenho uma cadeira no Parlamento.
– Poderíamos fazer qualquer coisa! Até entrar às escondidas no Palácio de Buckingham e usar as joias da Coroa – diz Felicity, caminhando na ponta dos pés por entre as torres esguias e altas.
– Você n... Não faria isso, n... Não é? – pergunta Ann, horrorizada.
– Não, ela não faria – respondo, firmemente.
É maravilhoso ter tamanha liberdade. Voamos preguiçosamente sobre o rio e vamos descansar embaixo da Ponte Waterloo. Passa um barco a remo debaixo de nós, com sua lanterna lutando contra o nevoeiro e perdendo. É uma coisa curiosa, mas posso ouvir os pensamentos do velho cavalheiro no barco, exatamente como ouvi os pensamentos das mulheres caídas no Haymarket e dos sujeitos com cartolas que seguiam pelo Hyde Park, em suas carruagens particulares de luxo, enquanto voávamos acima deles.
Ouço apenas fracamente, por alto, como se fosse uma conversa em outro quarto, mas, mesmo assim, sei o que eles estão sentindo.
O velho põe pedras em seu bolso e sei qual é seu objetivo.
– Precisamos deter aquele homem no barco – digo.
– Deter como? – pergunta Ann, girando no ar.
– Não podem ouvir o que ele está pensando?
– Não – diz Ann. – Felicity sacode a cabeça, enquanto flutua de costas, como uma nadadora.
– Ele pretende suicidar-se.
– Como você sabe disso? – pergunta Felicity.
– Posso ouvir seus pensamentos – digo.
Elas estão em dúvida, mas me seguem para baixo, entrando no espesso nevoeiro. O homem canta uma canção lamentosa, sobre uma bonita namorada perdida para sempre, enquanto coloca a última das pedras em seu bolso e se movimenta para a beirada do barco oscilante.
– Você tem razão! – arqueja Ann.
– Quem vem aí? – grita o homem.
– Tenho uma ideia – sussurro para as minhas amigas. – Sigam-me.
Atravessamos o nevoeiro e o homem quase cai para trás, diante da visão de três moças flutuando em sua direção.

– O senhor não deve cometer um ato tão desesperado – digo, com uma voz trêmula, que espero que soe como algo do outro mundo.

O homem cai de joelhos, com os olhos arregalados.

– Q... quem s... são vocês?

– Somos os fantasmas do Natal e que tudo de ruim aconteça a quem não atender aos nossos avisos – digo, em tom de lamúria.

Felicity geme e dá um salto mortal, de bom tamanho, no ar. Ann olha fixamente para ela, boquiaberta, e eu estou também impressionada com seu raciocínio rápido e sua acrobacia.

– Qual é o aviso de vocês? – grita o velho.

– Se insistir nessa intenção terrível, cairá sobre o senhor uma pavorosa maldição – digo.

– E sobre sua família – entoa Felicity.

– E as famílias dos seus parentes – acrescenta Ann, o que acho um pouquinho demais, mas não há como recuar.

Funciona. O homem tira as pedras do seu bolso tão rápido que temo que ele vire o barco.

– Obrigado! – diz ele. – Sim, sem dúvida, obrigado.

Satisfeitas, voltamos voando para casa, às gargalhadas por causa da nossa habilidade e também nos sentindo muito orgulhosas por termos salvo a vida de um homem. Quando chegamos novamente às elegantes residências de Mayfair, sou atraída para a casa de Simon. Seria fácil voar perto dela e talvez ouvir seus pensamentos. Por um momento, pairo em cima da casa, movimentando-me para mais perto de Simon, mas, no último momento, mudo de curso, seguindo Felicity e Ann novamente para a sala de estar, onde o chá agora está frio.

– Foi emocionante – diz Felicity, sentando-se.

– Sim – diz Ann. – Mas me pergunto por que Fee e eu não pudemos ouvir também os pensamentos dele.

– Não sei – digo.

Uma menininha com um vestido e um avental imaculados entra furtivamente. Ela não pode ter mais de oito anos. Seu cabelo claro foi puxado para trás, até o cocuruto, e preso com uma larga fita branca. Seus olhos são do mesmo tom azul-acinzentado de Felicity. Na verdade, ela se parece muito com Felicity.

– O que você quer? – pergunta bruscamente Felicity.

Entra uma governanta.

– Desculpe, srta. Worthington. Parece que a srta. Polly perdeu sua boneca. Eu disse a ela que deve tomar um cuidado maior com suas coisas.

Então esta é a pequena Polly. Tenho pena dela, por viver com Felicity.

– Aqui está – diz Felicity, encontrando a boneca debaixo do tapete persa. – Espere. Deixe-me ver se ela está bem.

Felicity faz uma encenação de que é enfermeira da boneca, o que faz Polly rir, mas, quando ela fecha os olhos e põe as mãos em cima da boneca, sinto o puxão da magia que trouxemos conosco.

– Felicity! – digo, rompendo sua concentração.

Ela entrega a boneca a Polly.

– Aí está, Polly. Tudo bem agora. Já tem sua boneca para tomar conta de você.

– O que você fez? – pergunto, quando Polly já foi embora para seu quarto de criança, com a governanta.

– Ah, não me olhe desse jeito! O braço da boneca estava quebrado, eu só o consertei – diz Felicity, zangada.

– Você não faria nada para causar mal à menina, não é?

– Não – diz Felicity, friamente. – Não faria.

Capítulo
vinte e seis

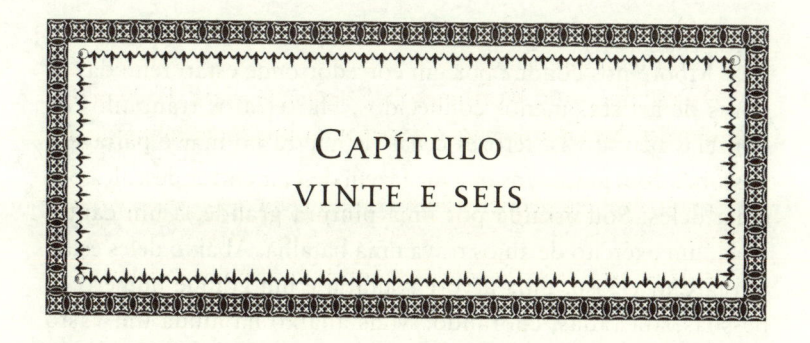

No momento em que acordo, começo às pressas a escrever uma carta para a diretora da Escola de Moças Santa Vitória, perguntando-lhe quando a srta. McCleethy esteve empregada lá. Mando Emily levá-la ao correio antes mesmo que a tinta seque.

Como é quinta-feira, a srta. Moore nos leva à galeria, como prometeu. Viajamos de ônibus pelas ruas de Londres. É maravilhoso ficar sentada na parte de cima do veículo, com o vento batendo em nosso rosto, enquanto espiamos, lá embaixo, as pessoas que se movimentam de um lado para outro pelas ruas, e os cavalos que puxam carroças cheias de mercadorias. Falta menos de uma semana para o Natal e o tempo ficou muito mais frio. No céu, as nuvens estão pesadas, com a neve que vem. Suas barrigas brancas encostam no topo das chaminés e as engolem, antes de se movimentarem para a próxima e a seguinte, sucessivamente, descansando a cada vez, como se tivessem um longo caminho a percorrer.

— Nossa parada está perto, senhoras — grita a srta. Moore, em meio ao barulho da rua. O vento ficou tão mais forte que ela precisa prender seu chapéu com uma mão. Com passos cuidadosos, descemos a escada que leva para a parte de baixo do ônibus, onde um condutor elegantemente uniformizado pega em nossas mãos e nos ajuda a sair para a rua. — Meu Deus! — diz a srta. Moore, ajustando seu cabelo por baixo de seu chapéu. — Achei que seria levada pelo vento.

A galeria fica num antigo clube para cavalheiros. Muitas pessoas vieram aqui hoje. Movimentamo-nos de uma sala para outra junto com os demais presentes, olhando para cada bela pintura. A srta. Moore nos conduz por um corredor onde estão reunidas as obras de artistas menos conhecidos. Há retratos tranquilos de donzelas pensativas, ferozes cenas de guerra no mar e paisagens pastorais com gramados que me fazem desejar correr descalça por cima deles. Sou atraída por uma pintura grande, a um canto. Nela, um exército de anjos trava uma batalha. Abaixo deles estão um jardim viçoso, uma árvore solitária e um grande número de pessoas, afastadas, chorando. Mais abaixo há ainda um vasto ermo de rochedos negros, banhados por um intenso brilho alaranjado. Uma cidade dourada está sobre as nuvens, bem acima. No centro, dois anjos combatem abraçados, com os braços de tal maneira entrelaçados que não posso dizer onde termina um e começa o outro. É como se, sem esta luta para mantê-los suspensos no ar, eles pudessem ambos cair de cabeça no vazio.

– Achou alguma coisa de que gosta? – pergunta a srta. Moore, de repente ao meu lado.

– Não sei dizer – respondo. – É perturbador.

– A boa arte muitas vezes perturba. O que considera perturbador nesta pintura?

Examino os tons vibrantes das tintas a óleo, os vermelhos e alaranjados do fogo; os brancos e cinzas pálidos das asas dos anjos; as variações dos tons de carne que fazem os músculos ganharem vida, no esforço dos anjos para obterem a vitória.

– Parece uma luta desesperada, como se houvesse coisas demais em jogo.

A srta. Moore se inclina para a frente a fim de ler a placa de latão embaixo da pintura:

– "Artista desconhecido. *Circa* 1801. *Um exército de anjos rebeldes.*" – O que ela lê parece poesia. "'Reinar merece ser ambicionado, mesmo no Inferno: É melhor reinar no Inferno do que servir no Céu', John Milton, *Paraíso perdido*, Livro Um." Vocês já leram?

– Não – digo, corando.

– Srta. Worthington? Srta. Bradshaw? – pergunta a srta. Moore. – Elas sacodem a cabeça, dizendo que não. – Meu Deus, o que será do Império, quando não lemos nossos melhores poetas ingleses? John Milton, nascido em 1608, morto em 1674. Seu poema épico, *Paraíso perdido*, é a história de Lúcifer. – Ela aponta para o anjo de cabelos escuros, no centro. – O mais brilhante e mais amado anjo do céu, expulso porque inspirou uma rebelião contra Deus. Tendo perdido o céu, Lúcifer e seus anjos rebeldes juraram continuar a combater aqui na Terra.

Ann assoa o nariz, educadamente, dentro do seu lenço.

– Não entendo por que ele precisava combater. Já estava no céu.

– É verdade. Mas não estava contente de servir. Queria mais.

– Ele tinha tudo o que poderia pedir, não? – pergunta Ann.

– O problema era esse – declara a srta. Moore. – Ele precisava pedir. Dependia do capricho de outro. É uma coisa terrível não ter nenhum poder próprio. E talvez, pedindo, receber uma negativa.

Felicity e Ann disparam um olhar para mim e sinto uma onda de culpa. Eu tenho o poder. Elas não. Será que me odeiam por causa disso?

– Pobre Lúcifer – murmura Felicity.

A srta. Moore ri:

– Esse é um pensamento inteiramente incomum, srta. Worthington. Mas a senhorita está em boa companhia. O próprio Milton parecia sentir simpatia por ele. Como acontece com este pintor. Veem como ele fez lindo o anjo de cabelos escuros?

Nós três espiamos, através das pinceladas, as costas fortes e perfeitas dos anjos. Eles parecem quase amorosos, esquecidos do resto de nós. É a luta que importa.

– Indago a mim mesma... – diz a srta. Moore.

– Sim, srta. Moore, o quê? – pergunta Ann.

– E se o mal não existir, de fato? E se o mal for uma coisa concebida pelo homem, e não houver nada contra o que lutar, a não ser nossas próprias limitações? O constante combate entre nossa vontade, nossos desejos e nossas escolhas?

– Mas existe, sim, o verdadeiro mal – digo, pensando em Circe.

A srta. Moore me lança um olhar curioso.

– Como a senhorita sabe?

– Nós o vimos – deixa escapar Ann. Felicity tosse e dá em Ann uma indelicada cotovelada nas costelas.

A srta. Moore inclina-se para mais perto.
– Tem toda razão. O mal realmente existe. – Meu coração bate forte. Será verdade? Ela nos confessará alguma coisa, aqui e agora? – Chama-se escola de aperfeiçoamento. – Finge que está tremendo e rimos. Um sombrio casal grisalho passa nesse momento, dando em nós uma severa olhada de desaprovação.
Felicity olha atentamente para a pintura, como se quisesse tocá-la.
– Acha que é possível... que algumas pessoas, de certa forma, não sejam inteiramente corretas? Que haja nelas algum mal, que faz as outras pessoas... – Sua voz vai sumindo.
– Faz as outras o quê? – pergunta Ann.
– Fazerem coisas.
Não sei o que ela quer dizer.
A srta. Moore mantém seus olhos na pintura.
– Devemos, cada um de nós, ser responsáveis por nossas próprias ações, srta. Worthington, se é isto que está perguntando.
Se é de fato o que Felicity quer saber, ela não revela. Não sei dizer se sua pergunta foi respondida.
– Vamos adiante, senhoras? Ainda temos de ver os românticos. – A srta. Moore segue pela galeria a passos largos, com decisão. Ann a acompanha, mas Felicity não se move. Está fascinada pela pintura.
– Você não me deixaria de fora, não é? – ela me pergunta.
– Deixar você de fora do quê? – pergunto eu.
– Dos reinos. Da Ordem. De tudo isso.
– Claro que não.
Ela inclina a cabeça para um lado.
– Acha que sentiram uma terrível falta dele, quando caiu? Pergunto a mim mesma, será que Deus chorou por Seu anjo perdido?
– Não sei – respondo.
Felicity enfia seu braço no meu e caminhamos atrás das outras, deixando para trás os anjos e sua eterna luta.
– Ora, é você, Ann? É a nossa Annie!
Uma mulher se aproxima de nós. Está vestida com exagero, com fios de pérolas e brincos de diamantes, que seriam mais adequados para a noite. É óbvio que ela tem dinheiro e quer que

todos saibam disso. Fico constrangida por ela. Seu marido, um homem com um bigode bem aparado, tira sua cartola negra, cumprimentando-nos. Ele carrega uma bengala enfeitada, para impressionar.

A mulher abraça Ann cautelosamente.

– Que surpresa ver você aqui. Mas por que não está na escola?

– Eu... eu... eu... – gagueja Ann. – Posso apresentar minha prima, a sra. Wharton?

São feitas apresentações e entendemos que a srta. Wharton é a prima distante de Ann, a que a ajuda com seus estudos, de modo que ela possa tornar-se governanta dos seus filhos, dentro de mais um ano.

– Espero que a exposição tenha bom gosto – diz a sra. Wharton, franzindo o nariz. – Visitamos uma exposição em Paris que era obscena, lamento dizer. Pinturas de selvagens sentados por toda parte, sem nada em cima do corpo.

– Sem dúvida, tudo era bastante caro – acrescenta o sr. Wharton, rindo, embora seja de muito mau gosto mencionar dinheiro.

A srta. Moore se enrijece ao meu lado.

– Ah, verdadeiros apreciadores de arte. Estou vendo. Não podem deixar de ver a pintura de Moretti – acrescenta ela, mencionando a ousada pintura de uma Vênus nua, a deusa do amor, que me fez corar com sua ousadia. Com certeza ofenderá os Wharton, e suspeito que ela fez isso de propósito.

– Nós a veremos, com certeza. Obrigada – diz alegremente a sra. Wharton. – É uma sorte, de fato, que nossos caminhos se cruzassem, Annie. Parece que nossa governanta, Elsa, vai embora mais cedo do que esperávamos. Ela irá em maio e precisaremos que você comece imediatamente. Sei que Charlotte e Caroline gostarão de ter sua prima como governanta, embora suspeite que Charlotte esteja querendo alguém que a chame de srta. Charlotte, agora que tem oito anos. Não deve deixar que ela lhe dê muitas ordens. – Ela ri com isso, esquecida do tormento de Ann.

– Precisamos ir, sra. Wharton – diz o sr. Wharton, oferecendo seu braço. Ele já está entediado conosco.

– Sim, sr. Wharton. Escreverei para a sra. Nightingale – diz sua esposa, equivocando-se quanto ao nome. – Que bom ter encontrado você – acrescenta, deixando seu marido levá-la embora, como se ela fosse uma criança.

Seguimos para uma sala escura, aconchegante, para tomar o nosso chá da tarde. Não é como os clubes e as salas de visita que habitualmente visitamos, cheios de flores e conversa formal. Este é um lugar para mulheres que trabalham, e pulsa de atividade. Felicity e eu estamos animadas pelo poder da arte. Discutimos nossas pinturas favoritas e a srta. Moore nos diz o que sabe sobre os artistas, o que nos faz sentir-nos muito sofisticadas, como se fôssemos convidadas de algum salão famoso de Paris. Apenas Ann está em silêncio. Ela bebe seu chá e come dois grandes pedaços de bolo, um logo depois do outro.

– Continue comendo desse jeito e não conseguirá entrar em seu vestido quando chegar o baile do Natal – repreende Felicity.

– O que importa? – pergunta Ann. – Vocês ouviram minha prima. Irei embora em maio.

– Escute, srta. Bradshaw. Há sempre outras escolhas – diz a srta. Moore, energicamente. – Seu futuro ainda não foi decidido.

– Sim, foi. Eles me ajudaram a pagar minha estada na Spence. Tenho uma dívida com eles.

– E se recusar o que eles querem, mas se oferecer para pagar sua dívida quando tiver garantido um emprego em outro lugar? – pergunta a srta. Moore.

– Eu não poderia nunca pagar a dívida.

– Pode, sim, com o tempo. Não será fácil, mas pode ser feito.

– Mas eles ficariam tão zangados comigo – diz Ann.

– Sim, provavelmente. Mas isto não matará nenhum de vocês.

– Eu não suportaria que alguém pensasse mal de mim.

– Prefere passar o resto de sua vida à mercê da sra. Wharton e das srtas. Charlotte e Caroline?

Ann olha fixamente para as migalhas em seu prato. A tristeza é que conheço Ann. Sua resposta é sim. Ela dá um sorriso fraco.

– Quem sabe serei como a heroína de uma daquelas histórias para colegiais, quem sabe alguém irá buscar-me. Um tio rico. Ou talvez eu desperte a afeição de um homem bom, e ele decida tornar-me sua esposa. – Ela diz este último trecho olhando nervosamente para mim, e sei que está pensando em Tom.

– Você tem muitas esperanças – diz a srta. Moore. Ann dá um soluço. Gordos pingos de lágrimas caem dentro do seu chá.

– Ora essa – diz a srta. Moore, dando palmadinhas na mão dela. – Há tempo. O que faremos para alegrá-la? Gostaria de me contar mais de sua história sobre as coisas lindas que faz nos reinos?

– Lá eu sou linda – diz Ann, com a voz rouca por causa da dor das lágrimas contidas.

– Muito linda – digo. – Conte a ela como assustamos e afastamos as ninfas da água!

Um sorriso fraco passa um instante pelos lábios de Ann.

– Demos a elas uma lição, não foi?

A srta. Moore finge estar confusa.

– Não me mantenham em suspense. Contem-me tudo sobre as ninfas da água.

Enquanto lhe contamos a história, com grandes descrições, a srta. Moore ouve atentamente.

– Ah, vejo que andaram lendo, afinal. Isso combina com os antigos contos gregos sobre ninfas e sereias, que levavam os marinheiros à morte com seu canto. E conseguiram, então, encontrar o templo que procuram?

– Ainda não. Mas fomos a uma livraria, The Golden Dawn, perto de Bond Street, e encontramos um livro sobre sociedades secretas, de uma tal srta. Wilhelmina Wyatt – diz Ann.

– The Golden Dawn... – diz a srta. Moore, pegando um pedacinho do seu bolo. – Acho que não conheço essa livraria.

– A srta. McCleethy tinha um anúncio dela em sua valise – Ann deixa escapar. – Gemma o viu nela.

A srta. Moore levanta uma sobrancelha.

– Estava aberta – digo, corando. – Não pude deixar de vê-lo.

– Vimos a srta. McCleethy lá na livraria. Ela pediu o livro, então também pedimos. Ele tem informações sobre a Ordem – diz Felicity.

– A senhorita sabia que a Ordem usava anagramas para esconder a verdadeira identidade de seus membros, quando era necessário? – pergunto.

A srta. Moore nos serve chá.
— Ah, é?
Ann intervém imediatamente:
— Sim, e quando fizemos um anagrama para srta. McCleethy, encontramos *Chamam-me de Circe*. Isto é uma prova.
— Prova do quê? — pergunta a srta. Moore, derramando um pouco de chá, que absorve com seu guardanapo.
— Que a srta. McCleethy é Circe, claro. E ela voltou para a Spence por algum objetivo diabólico — explica Felicity.
— Seria o de ensinar desenho ou latim? — pergunta a srta. Moore, com um sorriso irônico.
— O assunto é sério, srta. Moore — insiste Felicity.
A srta. Moore se inclina em nossa direção, com um rosto solene.
— Também é sério acusar alguém de feitiçaria porque foi a uma livraria.
Repreendidas, bebemos nosso chá.
— Nós a seguimos — diz Ann, calmamente. — Ela foi para Bedlam, onde vive Nell Hawkins.
A srta. Moore para no meio de um gole.
— Nell Hawkins. Quem é ela?
— É uma moça que acredita na Ordem. Ela diz que Circe está tentando chegar até ela. Foi por isso que ela enlouqueceu.
— Ann diz isso com prazer. Ela tem, realmente, um gosto pelo macabro.
— Meu irmão, Tom, é assistente clínico no Bethlem. Nell Hawkins é paciente de lá — explico.
— Interessante. E a senhorita falou com essa pessoa?
— Sim — digo.
— Ela lhe contou que conhecia a srta. McCleethy?
— Não — respondo, algo embaraçada. — Ela é louca e é difícil decifrar suas divagações. Mas ela estava na Escola para Moças Santa Vitória, quando esse terrível infortúnio lhe aconteceu, e temos motivos para acreditar que a srta. McCleethy ensinava lá, naquele mesmo período.
— É curioso — diz a srta. Moore, despejando leite em seu chá até o líquido ficar de um tom bege nublado. — Têm certeza disso?
— Não — admito. — Mas enviamos à diretora da escola uma carta perguntando isso. Espero saber de tudo dentro de pouco tempo.

– Então não sabem de nada, na verdade – diz a srta. Moore, alisando o guardanapo em seu colo. – Até saberem, eu lhes aconselharia a ter cuidado com suas acusações. Podem ter repercussões imprevistas.
Olhamos umas para as outras, sentindo-nos culpadas.
– Sim, srta. Moore.
– Ann, o que você fez aí? – pergunta ela.
Ann está rabiscando num pedaço de papel. Tenta cobri-lo com sua mão.
– N... nada.
É o que basta para Felicity tomá-lo.
– Devolva isso – choraminga Ann, tentando sem sucesso agarrá-lo.
Felicity lê alto: "*Hester Moore. Room She Reet.*"
– É um anagrama com seu nome. Não muito bom – diz Ann, com um tom de raiva. – Fee, por favor!
Felicity continua a ler, impávida. "*O, Set Her More. Set More Hero.*" Os olhos de Felicity lampejam. Aparece em seu rosto um sorriso selvagem. "*Er Tom? Eros He.*"
Não importa que não faça nenhum sentido. É o fato de que Tom e Eros foram combinados na mesma frase que humilha infinitamente Ann. Ela toma outra vez o papel. Outros na sala de chá notaram nosso comportamento infantil e estou terrivelmente embaraçada por nossa visita ter terminado dessa maneira. A srta. Moore, provavelmente, nunca mais nos convidará para uma saída.
De fato, ela dá uma olhada em seu relógio de bolso.
– Devo levar vocês para casa, meninas.

No cabriolé, a srta. Moore diz:
– Espero que não tornem a entrar em contato com as ninfas aquáticas. Elas parecem especialmente horripilantes.
– Somos duas a pensar assim – diz Ann, estremecendo.
– Talvez possam colocar-me dentro da história. Gostaria de lutar contra as ninfas, eu acho. – A srta. Moore adota uma expressão heroica fingida. Isto nos faz rir. Fico aliviada. Gostei tanto do nosso dia; detestaria pensar que não haveria outro parecido.

Quando Ann e Felicity estão em casa, em segurança, viajamos pela curta distância até a Belgrave Square. A srta. Moore aprecia a linda casa.

– Gostaria de entrar e conhecer vovó? – pergunto.

– Em outra ocasião, talvez. – Ela parece um pouco preocupada: – Gemma, realmente desconfia dessa srta. McCleethy?

– Há alguma coisa estranha nela – respondo. – Não sei dizer o que é.

A srta. Moore faz um sinal afirmativo com a cabeça.

– Está bem. Farei investigações por conta própria. Talvez não seja nada e riremos de como fomos todas tolas. Enquanto isso, é melhor a senhorita ter cuidado com ela.

– Obrigada, srta. Moore – digo. – Obrigada por tudo.

Capítulo
vinte e sete

Quando atravesso a porta, a sra. Jones está fora de si.
— Sua avó espera pela senhorita na sala de visitas. Ela disse que vá até lá no momento em que chegar.

A sra. Jones fala de uma maneira tão triste que sinto medo de que alguma coisa terrível tenha acontecido com papai ou com Tom. Irrompo na sala de visitas e vejo vovó sentada com Lady Denby e Simon. Acabei de vir do frio. Meu nariz está a ponto de pingar, por causa do repentino calor da sala. Farei com que pare.

— Lady Denby e o sr. Middleton vieram fazer-nos uma visita, Gemma — diz vovó com um sorriso cheio de pânico, quando observa minha aparência tosca. — Esperaremos que você se vista para poder recebê-los.

Não é um pedido, mas uma ordem.

Quando estou apresentável, damos uma caminhada pelo Hyde Park. Lady Denby e vovó seguem mais vagarosamente atrás de nós, oferecendo a Simon e a mim uma oportunidade para conversar, mas acompanhados.

— Que dia lindo para uma caminhada — digo, mesmo com uns poucos flocos de neve inconstantes aterrissando na manga do meu casaco.

— Sim — concorda Simon, apiedando-se de mim. — Frio. Mas lindo.

O silêncio se estica entre nós, como uma liga elástica prestes a se romper repentinamente.

— Você já...

– Foi...
– Desculpe – digo.
– A culpa é minha. Por favor, continue – diz Simon, fazendo meu coração bater forte.
– Eu estava, simplesmente, imaginando... – O quê? Não tenho nada para dizer. Estava apenas desesperada para conversar e me mostrar uma moça espirituosa, divertida e ponderada, do tipo que não se pode sequer imaginar viver sem ela. A dificuldade, claro, é que não estou, no momento, dominando nenhuma dessas qualidades. Será um milagre se eu puder fazer algum comentário sobre o estado das pedras do calçamento.
– ... se... o que quero dizer é... eu... As árvores não estão lindas nesta época do ano?
As árvores, despojadas de todas as folhas e feias como duendes, fazem uma careta, em resposta.
– Há uma certa elegância nelas, eu acho – responde ele.
Isto não vai bem, de jeito nenhum.
– Detesto perturbá-lo, sr. Middleton... – diz vovó. – Temo que seja a umidade em meus ossos. – Ela manca, para provocar uma impressão.
Simon morde a isca, oferecendo-lhe seu braço.
– De forma alguma, sra. Doyle.
Nunca fiquei tão agradecida por uma interrupção em toda minha vida. Vovó está no céu, caminhando pelo Hyde Park de braços dados com o filho de um visconde, um lugar onde todos podem espiar das suas janelas e sentir inveja. Enquanto vovó tagarela sobre sua saúde, o problema que são, atualmente, os criados e outros assuntos que me enlouquecem, Simon me lança um matreiro olhar de viés, e sorrio amplamente. Ele tem uma maneira de transformar até uma caminhada com vovó numa aventura.
– Gosta de ópera, sra. Doyle? – pergunta Lady Denby.
– Não dos italianos. Mas gosto dos nossos Gilbert e Sullivan. Delicioso.
Fico constrangida por sua falta de gosto.
– Que coincidência feliz. *The Mikado* será apresentada na noite de sábado na Royal Opera House. Temos um camarote. Gostaria de ir conosco?

Vovó fica em silêncio e, de início, tenho medo de que ela esteja à beira de entrar em catatonia. Mas depois percebo que, na verdade, ela está entusiasmada. Feliz. É uma ocorrência tão rara que ela está toda desmanchada.

– Bem, ficaremos encantadas! – responde ela, finalmente. A ópera! Nunca estive lá. Olá, árvores lindamente feias! Vocês ouviram? Vou assistir à ópera com Simon Middleton. O vento sussurra por entre seus galhos despidos, causando um som semelhante a um ruído distante de aplausos. Folhas secas como palha se movimentam roçando o chão e se prendem a pedras molhadas do calçamento, onde são esmagadas.

Uma reluzente carruagem negra aproxima-se devagar, puxada por dois poderosos corcéis, que brilham como se estivessem polidos. O cocheiro usa sua cartola bem abaixada sobre a testa. Quando a carruagem passa por onde estamos, seu ocupante espia para fora, das sombras do interior, dando-me um sorriso cruel. Uma cicatriz marca sua face esquerda. É o homem que vi na estação ferroviária, em meu primeiro dia em Londres, aquele que me seguiu. Não pode haver erro. Enquanto a carruagem passa, ele toca em seu chapéu, num cumprimento para mim, com um sorriso mau. A carruagem vai de encontro a uma saliência na estrada e se sacode em suas rodas gigantescas. A mão enluvada de uma mulher aparece, agarrando o lado da porta. Não posso ver seu rosto. A manga da sua capa fica sob o vento. Ela se agita como uma advertência – é de um verde forte, escuro.

– Srta. Doyle? – É Simon.

– Sim? – digo, quando consigo recuperar minha voz.

– Sente-se bem? Por um momento, parecia doente.

– Estou com medo de que a srta. Doyle esteja com um resfriado. Ela deve voltar para casa e se sentar junto à lareira, imediatamente – insiste a mãe de Simon.

A rua está tranquila agora. Até o vento parou de zunir. Mas, dentro de mim, meu coração brada tão alto que é um espanto não ser ouvido por todos. Porque aquela capa verde parecia-se muito com uma que surge em minhas visões, a que estou certa de pertencer a Circe, e agitava-se da janela de uma carruagem transportando um membro do Rakshana.

Depois que Simon e Lady Denby partem, vovó faz Emily preparar um banho quente para mim. Quando mergulho na banheira funda, a água jorra pelas beiradas e acaba por se acalmar, formando minúsculas ondas embaixo do meu queixo. Lindo. Fecho os olhos e deixo meus braços flutuarem na superfície da água.

A dor aguda vem rapidamente, quase me puxando para debaixo da superfície. Meu corpo fica rígido, fora do meu controle. Água entra pela minha boca até eu tossir e cuspir. O pânico me faz agarrar a beira da banheira, desesperada para sair. Ouço o sussurro que me aterroriza, parecido com o de um enxame de insetos:

– *Venha conosco...*

A dor passa e agora meu corpo está leve como um floco de neve, como se eu estivesse num sonho. Não quero abrir meus olhos, não quero vê-las. Mas elas podem ter respostas para minhas perguntas, então viro vagarosamente a cabeça. Aí estão elas, demoníacas e mal-assombradas, com seus vestidos brancos em farrapos e círculos negros ao redor dos olhos desumanos.

– O que vocês querem? – pergunto. Ainda estou tossindo, com a água em minha garganta.

– Siga-nos – dizem elas e deslizam até atravessarem a porta fechada como se ela não fosse nada.

Às pressas, procuro meu roupão e abro a porta, buscando um sinal delas. Estão pairando exatamente do lado de fora do meu quarto, lançando uma luz falsa na extremidade do corredor escuro. Fazem sinal para que eu as siga, enquanto deslizam para dentro de meu quarto.

Estou tremendo e molhada, mas as acompanho, criando coragem para falar:

– Quem são vocês? Podem dizer-me alguma coisa sobre o Templo?

Elas não respondem. Em vez disso, flutuam até o armário e esperam.

– Meu armário? Não há nada aí dentro. Apenas minhas roupas e sapatos.

Elas sacodem suas pálidas cabeças.

– As respostas que você procura estão aí.

Em meu armário? São tão loucas quanto Nell Hawkins. Com o máximo cuidado, passo ao lado delas e começo a afastar vestidos e casacos, separando violentamente caixas de chapéus e sapatos, procurando o que elas esperam que eu ache, embora nem consiga imaginar o que seja. Finalmente, tenho uma explosão de frustração:

– Eu disse a vocês que não há nada aqui!

É o som horrível daquelas botas pontudas raspando meus pisos que me faz recuar, aos tropeços. Ah, meu Deus, agora estou liquidada, fiz com que ficassem zangadas. Elas avançam com os braços estendidos em minha direção. Não posso mover-me mais, estou presa pela cama.

– Não, por favor – sussurro, enroscando-me como uma bola e fechando os olhos com força.

Aqueles dedos de gelo estão em meus ombros e aí vem uma visão, com tamanha fúria que mal consigo respirar, quanto mais gritar pedindo ajuda. Um campo verde vai de velhas ruínas de pedra até os penhascos junto ao mar. Com seus vestidos brancos, as meninas correm e riem. Uma delas agarra a fita de cabelo da outra.

– Será que ela nos dará o poder hoje? – pergunta a menina com a fita. – E finalmente veremos os reinos, que são tão lindos?

– Espero que sim, porque gostaria de brincar com a magia – diz outra.

A menina cujo cabelo se soltou da fita grita:

– Eleanor, ela prometeu que seria hoje?

– Sim – responde a menina, com uma voz tensa, alta. – Ela chegará logo. Entraremos nos reinos e teremos tudo o que sempre quisemos.

– E ela acha que, desta vez, você poderá levar-nos para dentro?

– Ela diz que sim.

– Ah, Nell, isto é maravilhoso!

Eleanor. *Nell*. O nome tira o ar dos meus pulmões. Pela primeira vez eu a vejo, caminhando na direção das outras. Está mais gorda e tem um cabelo cacheado e brilhante, e o rosto despreocupado, mas eu a reconheço instantaneamente: é Nell Hawkins, antes de enlouquecer.

Há o áspero som de asas de insetos próximo do meu ouvido.
– Observe...
É como ser puxada por um trem rápido, com tudo se movimentando muito depressa pelas janelas dos meus olhos. As meninas nas pedras. A mulher de verde com o rosto escondido. Sua mão pegando na de Nell. O mar erguendo-se, o terror nos olhos delas.
Tudo para. Estou arquejando, caída no chão. Elas apontam para o armário. O que poderá ser? Já examinei tudo, e não há nada... O diário vermelho da minha mãe projeta-se para fora do bolso de um casaco. Estendo a mão para ele.
– Isto? – pergunto, mas elas já estão sumindo num nevoeiro que logo desaparece completamente. O quarto volta a ser o que era. A visão acabou. Não tenho a menor ideia do que elas queriam dizer. Já li esse diário repetidas vezes, procurando pistas, e não há nada. Viro cada página até chegar ao lugar onde guardei os recortes de jornal amassados da minha mãe. Desta vez, quando leio a primeira linha, não acho mais que se trata de uma história melodramática e mal contada. Não, desta vez o texto me dá calafrios sucessivos:
"*Um trio de meninas em Gales saiu para uma caminhada e nunca mais se ouviu falar delas...*"
Continuo a ler, sentindo meu sangue correr mais depressa:
"*Jovens senhoritas que eram os anjos da Escola Santa Vitória para Moças... belas e luminosas filhas da Coroa... amadas por todos... caminharam alegremente para os penhascos junto ao mar, sem saber o trágico destino que as esperava... única sobrevivente... ficou completamente louca... tem alguma semelhança com a história de uma bela moça da Escola MacKenzie para Moças... Escócia... O trágico punhal do suicídio... declarava ter visões, assustando as outras meninas... mergulhou na morte... outras histórias inquietantes... A Academia para Moças da sra. Farrow... O Colégio Real de Bath...*"
Os nomes dessas escolas são familiares. Eu os conheço. Onde já os ouvi? E então me ocorre onde foi e sinto um intenso calafrio: srta. McCleethy. Vi esses nomes na lista que ela guardava dentro de seu estojo, embaixo da cama. Ela os riscou todos. Só restava o da Spence.

Capítulo
vinte e oito

Nell Hawkins e eu damos uma caminhada pelos tristes pátios onde se toma ar na Bethlem. O dia está frio, mas se Nell quer caminhar, então caminharei. Farei de tudo para tentar decifrar este mistério, pois tenho certeza de que, em alguma parte, dentro da mente torturada de Nell, estão as respostas de que preciso.

Apenas algumas das pessoas mais corajosas saíram hoje. Nell se recusa a usar suas luvas. Suas minúsculas mãos estão manchadas de vermelho, com o frio, mas ela não parece importar-se. Quando estamos a uma distância segura das portas da Bethlem, dou a Nell o recorte de jornal.

Nell deixa que ele repouse em suas mãos, que tremem.

– Santa Vitória...

– Você estava lá, não estava?

Ela se instala num banco, como um balão flutuando para a terra, desinflado.

– Sim – diz, como se lembrasse alguma coisa. – Eu estava lá.

– O que aconteceu naquele dia, perto do mar?

Os olhos de Nell, cheios de dor, encontram os meus, como se tivessem as respostas. Ela fecha os seus, bem apertados.

– Jack e Jill subiram o morro para pegar um balde de água – diz ela. – Jack caiu, quebrou sua coroa e... – Ela para, frustrada. – Jack e Jill subiram o morro para pegar um balde de água. Jack caiu, quebrou sua coroa e...

Ela diz isso mais depressa:

JackeJillsubiramomorroparapegarumbaldedeáguaJackcaiu quebrousuacoroa... e...

Não consigo suportar:
– Jill veio tropeçando depois... – termino para ela.
Ela torna a abrir os olhos. Estão lacrimosos, com o frio.
– Sim. Sim. Mas eu não tropecei atrás.
– O que está dizendo? Não entendo.
– Subimos o morro... subimos o morro... – Ela se balança. – Para pegar um balde de água. Da água. Aquilo saiu da água. Ela fez sair.
– Circe? – sussurro.
– Ela é uma casa de doces com uma feiticeira esperando para nos devorar.
A estranha sra. Sommers caminha por perto, arrancando suas sobrancelhas, quando ninguém a observa. Ela vem cada vez para mais perto de nós, tentando ouvir.
– O que Circe queria de você? O que ela procurava?
– Um caminho de entrada. – Nell ri de tal maneira que um calafrio corre pela minha espinha. Seus olhos se dirigem para a esquerda e para a direita, como os de uma criança com um segredo desagradável. – Ela queria entrar. Conseguiu. Conseguiu. Disse que nos transformaria em sua nova Ordem. Rainhas. Rainhas com uma coroa. Jack caiu e quebrou sua coroa...
– Srta. Hawkins, olhe para mim, por favor. Pode dizer-me o que aconteceu?
Ela parece tão triste, tão distante.
– Eu não podia levá-la para dentro, afinal. Eu não podia entrar. Não inteiramente. Apenas aqui. – Ela aponta para sua cabeça. – Eu podia ver coisas. Dizer coisas a ela. Mas não era suficiente. Ela queria entrar. Ela se cansou de nós. Ela... – A sra. Sommers movimenta-se para mais perto. Nell vira-se para ela de repente, gritando, até que a mulher, desarmada, afasta-se correndo. Meu coração bate loucamente, perturbado com a explosão de Nell.
– Ela procura a pessoa que pode levar a magia de volta para sua plena glória. A que tem o poder de levá-la para dentro, levá-la para o Templo. É isso que ela sempre desejou – sussurra Nell. – Não, não, não – grita para o ar.

– Srta. Hawkins? – pergunto, tentando conduzi-la de volta para o assunto em pauta. – Foi a srta. McCleethy? Ela estava lá? Ela é Circe? A senhorita pode me dizer?

Nell curva minha cabeça em sua direção até que nossas testas se tocam, sua minúscula mão surpreendentemente forte em minha nuca. A pele da sua palma é áspera como estopa.

– Não deixe que ela entre, Senhora Esperança. – Isto é uma resposta? Nell continua a falar, em voz baixa: – As criaturas farão qualquer coisa para controlar a senhorita. Para fazer a senhorita ver coisas. Ouvir coisas. Precisa mantê-las afastadas.

Quero livrar-me dessa mão minúscula, que me assusta com sua força escondida. Mas tenho medo de me movimentar.

– Srta. Hawkins, por favor, sabe onde posso encontrar o Templo?

– Deve seguir o verdadeiro caminho.

Outra vez isso.

– Há centenas de caminhos. Não sei a qual se refere.

– Fica onde a senhorita menos esperaria. Esconde-se em plena vista. Deve olhar e o verá, verá, verá, o mar, ele saiu do mar, do mar. – Seus olhos se arregalam. – Eu o vi! Desculpe, desculpe, desculpe!

Estou perdendo-a novamente.

– O que aconteceu com as outras meninas, Nell?

Ela começa a choramingar como um animal ferido.

– Não foi minha culpa! Não foi minha culpa!

– Srta. Hawkins... Nell, está tudo bem. Vi as meninas, em minhas visões. Vi suas amigas...

Então ela me fala rispidamente, com tamanha fúria que tenho medo de que possa me matar:

– Elas não são minhas amigas! Não são minhas amigas, de jeito nenhum!

– Mas estão tentando ajudar.

Ela se afasta de mim, gritando:

– O que você fez? O que você fez?

Alarmada, uma enfermeira deixa seu posto junto à porta e vem diretamente até onde estamos.

– Srta. Hawkins, por favor... eu não queria...

– Psssiu! Estão ouvindo nos buracos das fechaduras! Eles nos ouvirão! – diz Nell, correndo para a frente e para trás, com os braços cruzados sobre o peito.

– Não há ninguém, srta. Hawkins. Apenas você e eu...

Ela volta e se agacha junto aos meus joelhos, como se fosse um animal.

– Eles verão dentro da minha cabeça!

– Srta. H... Hawkins... N... Nell... – gaguejo.

Mas ela está perdida para mim.

– *A pequena srta. Muffet estava sentada num banquinho, comendo sua coalhada e o soro* – grita ela, olhando em torno, como se falasse para uma plateia invisível, ali, nos pátios. – *Quando apareceu uma aranha e se sentou ao seu lado, e assustou a srta. Muffet, fazendo com que fugisse.*

Depois, ela dá um pulo e corre para a enfermeira à espera, que a conduz para dentro, deixando-me sozinha no frio, com ainda mais perguntas a fazer do que antes. O comportamento de Nell, a repentina ameaça, deixaram-me muito perturbada. Não entendo o que ela quer dizer, ou o que a perturbou tanto. Eu esperava que Nell desse informações sobre Circe e o Templo. Mas Nell Hawkins, devo lembrar-me, vive em Bedlam. É uma moça cuja mente foi desgastada pela culpa e pelo trauma. Não sei mais em quem, ou no quê, acreditar.

A sra. Sommers volta e se senta ao meu lado no banco, sorrindo, da sua maneira constrangida. Nos trechos sem pelos de suas escassas sobrancelhas, a pele brilha, vermelha.

– Tudo isso é um sonho? – pergunta.

– Não, sra. Sommers – respondo, pegando minhas coisas.

– Ela mente, sabe?

– O que quer dizer? – pergunto.

As sobrancelhas arrancadas dão à sra. Sommers uma aparência perturbadora, como a de algum demônio saído de uma pintura medieval.

– Eu os escuto. Eles conversam comigo, dizem-me coisas.

– Sra. Sommers, quem conversa com a senhora e lhe diz coisas?

– *Eles* – responde ela, como se eu devesse entender. – Eles me disseram. Ela não é o que parece. Já fez muitas coisas perversas.

Está associada com os maus, senhorita. Eu a ouço em seu quarto, à noite. Coisas muito perversas, muito mesmo. Cuidado, senhorita. Eles vêm atrás da senhorita. Todos eles vêm atrás da senhorita.

A sra. Sommers sorri, mostrando dentes pequenos demais para sua boca.

Enfiando os recortes de jornais dentro da minha bolsa, afasto-me e me atiro para dentro do prédio, caminhando rapidamente pelos corredores, passando pelas aulas de costura, pelo piano desafinado e pela tagarela Cassandra. Vou aumentando a velocidade da marcha, até quase correr. Quando chego à carruagem e encontro Kartik, estou completamente sem fôlego.

– Srta. Doyle, qual é o problema? Onde está seu irmão? – pergunta ele, olhando nervosamente em torno.

– Ele diz... para voltar... por ele – falo, aos arrancos.

– Qual é o problema? A senhorita está corada. Eu a levarei para casa.

– Não. Para lá, não. Preciso falar com você. Sozinha.

Kartik observa o espetáculo que dou, arquejando, sem fôlego e obviamente abalada.

– Conheço um lugar. Nunca levei uma moça para lá, mas é o melhor que me ocorre, no momento. Confia em mim?

– Sim – digo. Ele me oferece sua mão e eu a agarro, subindo na carruagem e deixando Kartik pegar as rédeas e meu destino em suas mãos.

Viajamos por Blackfriars Bridge e entramos no coração encardido e escuro do leste de Londres, e começo a refletir melhor sobre o fato de ter deixado Kartik escolher o lugar. As ruas aqui são estreitas e esburacadas. Vendedores de verduras e açougueiros gritam de suas carroças:

– Batatas, cenouras, ervilhas!

– Cortes fresquinhos de carneiro – aliás, sem nenhum osso!

Crianças se aglomeram em torno de nós, implorando qualquer coisa – moedas, comida, migalhas, trabalho. Competem pela minha atenção. "Senhorita, senhorita!", gritam, oferecendo "ajuda" de todos os tipos, por uma moeda ou duas. Kartik faz a carruagem parar num beco, atrás de um açougue. As crianças estão em cima de mim, puxando meu casaco.

– Ei! – grita Kartik, usando um sotaque *cockney* que eu nunca ouvira. – Quem conhece o crânio e a espada, hein?

Os olhos das crianças se arregalam com essa menção ao Rakshana.

– Certo – continua Kartik. – Então saiam daqui, se entenderam o recado.

Instantaneamente as crianças se dispersam. Apenas um menino fica, e Kartik atira um xelim para ele.

– Olho na carruagem, garoto – diz.

– Está bem – responde o menino, pondo a moeda no bolso.

– Foi impressionante – digo, enquanto seguimos pelas ruas imundas.

Kartik permite-se um único sorriso triunfante.

– Tudo que for preciso para sobreviver.

Kartik permanece um passo adiante de mim. Tem uma caminhada de caçador – ombros encolhidos e passos cautelosos. Viramos para uma rua serpeante, com casas em ruínas, e depois para outra. Finalmente entramos num beco curto e paramos diante de uma pequena taverna, imprensada entre outros prédios, que buscam expulsá-la aglomerando-se em torno. Aproximamo-nos da pesada porta de madeira. Kartik bate, com uma sucessão de pequenas pancadas. Um tosco olho mágico na porta é aberto de dentro, revelando um olho humano. O olho mágico se fecha e alguém nos deixa entrar. O lugar é escuro e tem um cheiro delicioso de curry e incenso. Homens grandes estão sentados a mesas e curvados sobre pratos de comida fumegantes, com suas mãos manchadas de sujeira segurando canecas de cerveja, como se elas fossem a única posse que vale a pena proteger. Agora vejo por que Kartik nunca trouxe uma dama aqui. Pelo que posso observar, sou a única presente agora.

– Estou em perigo? – sussurro, através de dentes cerrados.

– Não mais do que eu. Simplesmente cuide de sua vida, não olhe para ninguém e ficará bem.

Por que será que sinto que esta resposta torna Kartik muito parecido com as governantas que contam às crianças contos de fadas pavorosos, antes de pô-las para dormir, e depois esperam que tenham um sono tranquilo a noite inteira?

Ele me leva para uma mesa nos fundos, debaixo de um teto baixo, de traves. O lugar dá uma sensação de ser subterrâneo, como um viveiro de coelhos.

– Para onde você vai? – pergunto freneticamente, no momento em que Kartik começa a se afastar.

– Pssiuu! – diz ele, com um dedo nos lábios. – Surpreenderei você.

Sim, é o que temo. Entrelaço as mãos em cima da áspera mesa de madeira e tento desaparecer. Dentro de um momento, Kartik volta com um prato de comida, que põe diante de mim com um sorriso. É o "dosa" da Índia! Não comia esse crepe apimentado, feito com arroz e lentilhas, desde que saí de Bombaim e da cozinha de Sarita. Uma mordida me deixa com saudade da sua bondade e do país que tive de deixar, um país que agora me indago se tornarei a ver.

– Está delicioso – digo, dando outra mordida. – Como é que você conhece este lugar?

– Amar me falou dele. O proprietário é de Calcutá. Vê aquela cortina ali? – Ele aponta para uma tapeçaria pendurada na parede. – Há uma porta atrás dela. É uma sala secreta. Se, algum dia, precisar de mim...

Entendo que ele está partilhando um segredo. É bom sentir-me digna de confiança.

– Obrigada – digo. – Você sente falta da Índia?

Ele encolhe os ombros.

– Minha família é o Rakshana. Eles desencorajam a lealdade a qualquer outro país, a quaisquer outros costumes.

– Mas você não se lembra de como eram lindas as montanhas, ao entardecer, e das oferendas de flores, que flutuavam na água?

– Você fala como Amar – diz ele, mordendo um dos crepes fumegantes.

– O que quer dizer?

– Ele sentia saudade da Índia algumas vezes. Brincava comigo. "Irmãozinho", dizia, "vou me retirar para Benares com uma esposa gorda e doze filhos para me incomodar. E, quando eu morrer, você pode jogar minhas cinzas no Ganges, para eu nunca mais voltar."

Isto é o máximo que Kartik já disse sobre seu irmão. Sei que tenho negócios urgentes para discutir, mas quero saber mais a respeito dele:

– E ele... se casou?

– Não. Os Rakshana são proibidos de se casar. Assim nos desviaríamos de nosso objetivo.

– Ah, entendo.

Kartik pega outro *dosa* e o corta em pedaços bem talhados e iguais.

– Quando se faz um juramento ao Rakshana, o compromisso é para a vida inteira. Não há como sair. Amar sabia disso. Ele cumpriu seu dever.

– Ele tinha um posto elevado?

Uma nuvem passa pelo rosto imóvel de Kartik.

– Não, mas poderia ter tido, se...

Se tivesse vivido. Se não tivesse morrido tentando proteger minha mãe, tentando proteger-me.

Kartik afasta seu prato. Seu aspecto agora é de quem só está interessado em negócios.

– O que você precisava me contar?

– Acho que a srta. McCleethy é Circe – digo.

Conto-lhe a respeito do anagrama e do fato de tê-la seguido até Bedlam, a respeito dos recortes de jornais da minha mãe e da estranha visita a Nell.

– A srta. Hawkins disse que Circe tentou entrar nos reinos por meio dela, mas não puderam fazer isso. Nell só podia ver os reinos em sua cabeça. E, quando não pôde entrar...

– Quando não pôde...

– Não sei. Tive algumas rápidas indicações, em minhas visões – digo. Kartik me lança um olhar de advertência, como eu sabia que ele faria. – Sei o que você está prestes a dizer, mas não paro de ver essas três moças de branco, que eram amigas da srta. Hawkins. É a mesma visão, mas um pouco mais clara a cada vez. As moças, o mar e uma mulher com uma capa verde. Circe. E então... Não sei. Alguma coisa terrível acontece. Mas nunca posso ver essa parte.

Kartik bate seu polegar de leve contra a mesa.

– Ela lhe disse onde encontrar o Templo?
– Não – respondo. – Ela não para de repetir alguma coisa sobre ver o verdadeiro caminho.
– Sei que gosta da srta. Hawkins, mas deve lembrar-se de que a mente dela não é confiável.
– Um pouco como a magia e os reinos neste momento – digo, brincando com minhas luvas. – Não sei por onde começar. Parece impossível. Devo descobrir uma coisa que não parece existir e o mais perto que cheguei dela é uma louca em Bedlam, que não para de repetir "não saia do caminho, siga o caminho". Eu ficaria felicíssima de não sair da droga de um caminho, se soubesse onde ele fica.

Kartik fica boquiaberto. Tarde demais, percebo que disse uma palavra grosseira.
– Ah, sinto muito – falo, horrorizada.
– Droga, deve sentir mesmo – diz Kartik. Ele explode em gargalhadas. Dou um psiu, a fim de que ele pare, e logo estamos ambos sorrindo constrangidos. Um velho em outra mesa sacode a cabeça em nossa direção, certo de que devemos ser loucos.
– Desculpe – digo. – É porque estou muito aflita.

Kartik aponta para meu amuleto danificado.
– Estou percebendo. O que aconteceu aí?
– Ah – digo, tirando-o. – Não fui eu. Foi a srta. Hawkins. Na primeira vez em que a visitei, ela o arrancou do meu pescoço. Pensei que pretendia acabar comigo. Mas ela o segurou diante de si, desta maneira – digo, fazendo uma demonstração.

Kartik franze a testa.
– Como uma arma?

Ele tira o amuleto de mim e bate no ar com ele, como se fosse um punhal. Na luz cor de âmbar das lanternas da taverna o metal tem um cálido brilho dourado.
– Não. Ela o embalou, dessa maneira. – Pego-o outra vez e o movimento em minhas mãos, como Nell fez. – Ela não parou de espiar para o lado contrário dele, como se procurasse alguma coisa.

Kartik endireita-se em seu assento.
– Faça isso novamente.

Movimento mais uma vez o amuleto, para a frente e para trás.
– O que é? Em que está pensando?
Kartik afunda na cadeira.
– Não sei. Mas o que você está fazendo me lembra uma bússola.
Uma bússola! Puxo a lanterna para mais perto e seguro o amuleto junto da sua luz bruxuleante.
– Vê alguma coisa? – pergunta Kartik, movimentando sua cadeira para tão perto da minha que posso sentir seu calor, respirar o cheiro do seu cabelo – uma mistura de fuligem de chaminé e tempero. É um cheiro bom, um cheiro de estabilidade.
– Nada – digo. Não há marcas que eu possa ver. Nenhuma orientação.
Kartik recosta-se na cadeira.
– Ora, foi um bom pensamento.
– Continue com ele – digo, ainda olhando para o amuleto. – E se só pudermos ver alguma coisa lá nos reinos?
– A senhorita tentará?
– Logo que puder – digo.
– Uma boa demonstração, srta. Doyle – diz Kartik, sorrindo largamente. – E agora vou levá-la para casa, senão perco o emprego.
Saímos da taverna e percorremos as duas ruas tortas de volta para onde deixamos nossa carruagem. Porém, quando chegamos, o menino não está mais lá. Em vez dele, há três homens com ternos negros de corte igual. Dois carregam bastões que parecem capazes de nos causar danos. O terceiro está sentado na carruagem, com um jornal aberto na frente do seu rosto. A rua, que apenas meia hora atrás estava apinhada de gente, agora se acha deserta.
Kartik estende uma mão, para tornar mais lenta minha aproximação. Os homens o veem e assobiam. O homem na carruagem dobra seu jornal bem dobrado. É o homem com a cicatriz, o que vem me seguindo desde que cheguei a Londres.
– A Estrela do Leste é difícil de encontrar – diz o homem com a cicatriz. – Muito difícil de encontrar. – Espio o alfinete com a espada e o crânio em sua lapela. Os outros não têm o mesmo.

– Olá, companheiro – diz um dos homens troncudos, aproximando-se. Ele bate o bastão contra a palma da sua mão, com uma pancada forte. – Lembra-se de mim?

Kartik esfrega distraidamente a cabeça e imagino de que diabo eles estão falando.

– O sr. Fowlson, que está ali, exige a presença de vocês, para uma espécie de encontro de negócios, junto à carruagem da dama. – Ele empurra Kartik. O outro homem me acompanha.

– Fowlson – digo. – Então o senhor tem um nome.

O homem lança um olhar mal-humorado para o capanga grande, por causa disso.

– Não há necessidade de fingimento. Sei que são Rakshana. E lhes agradecerei se pararem de me seguir de um lado para outro.

O homem fala com uma voz baixa, controlada, como se estivesse repreendendo gentilmente uma criança teimosa:

– E sei que a senhorita é uma moça impertinente, sem nenhuma consideração para com a seriedade do assunto que tem pela frente. Se não fosse assim, estaria nos reinos, procurando o Templo, em vez de se divertir percorrendo as ruas mais horrorosas de Londres. Com certeza o Templo não é aqui. Ou será que é? Diga-me, para onde este sujeito a levou?

Ele não conhece o esconderijo de Kartik. Ao meu lado, sinto Kartik prendendo a respiração.

– Ele me trouxe para fazer turismo – digo, a pouca distância de um matadouro. – Eu desejava conhecer esses cortiços.

O homem grande, com o bastão, escarnece de mim.

– Garanto-lhe, senhor. Sou séria quanto ao meu dever – digo a Fowlson.

– É mesmo, garota? A tarefa é simples: encontre o Templo e prenda a magia.

– Se a questão é tão simples, por que não trata disso pessoalmente, senhor? – digo, enraivecida. – Mas não, o senhor não pode. Então terá de confiar em mim, uma moça impertinente, não é mesmo?

Fowlson me olha com uma expressão de que baterá em mim com toda força.

– No momento, parece que sim. – Ele dá a Kartik um sorriso frio. – Não se esqueça da *sua* tarefa, novato.

Ele enfia seu jornal debaixo de seu braço e faz sinal para seus homens. Os três recuam vagarosamente, desaparecendo, afinal, ao dobrarem uma esquina. Kartik entra em ação, praticamente empurrando-me para dentro da carruagem.

– O que ele queria dizer quando falou "não se esqueça da *sua* tarefa"? – pergunto.

– Já lhe contei – diz ele, conduzindo Ginger para a rua. – Minha tarefa é ajudá-la a encontrar o Templo. É apenas isso. O que *você* queria dizer quando pediu a Fowlson para deixar de segui-la de um lado para outro?

– Ele tem me seguido! Estava na estação ferroviária, no dia em que cheguei a Londres. E, depois, quando eu caminhava pelo Hyde Park com vovó – digo, evitando propositalmente dizer o nome de Simon –, ele passou dentro de uma carruagem. E eu vi com ele uma mulher usando uma capa verde, Kartik. Uma capa verde!

– Há uma porção de capas verdes em Londres, srta. Doyle – diz Kartik. – Nem todas pertencem a Circe.

– Não. Mas uma sim. Mas quero perguntar se tem certeza de que se pode confiar no sr. Fowlson.

– Ele é membro do Rakshana, faz parte da minha irmandade – diz Katik. – Sim, tenho certeza.

Ele não olha para mim quando diz isso, e estou com medo de que qualquer confiança que tivéssemos começado a sentir fosse desgastada por minhas perguntas. Kartik sobe em seu poleiro atrás das rédeas. Com um estalo, partimos, os antolhos da égua mantendo-a dócil, mas seus cascos provocando uma tempestade de poeira em cima das pedras do calçamento.

À noite, vovó e eu pegamos em nosso trabalho de agulha, junto à lareira. Cada vez que uma carruagem passa, ela se senta um pouco mais ereta. Finalmente, percebo que ela está à espera da nossa própria carruagem, da volta de papai de seu clube. Papai tem passado muito tempo lá, especialmente à noite. Às vezes, eu o ouço chegar em casa pouco antes do amanhecer.

Esta noite está particularmente difícil para vovó. Papai partiu com um mau humor terrível, acusando a sra. Jones de perder suas luvas, praticamente derrubando toda a biblioteca à procura delas, antes de vovó as descobrir no bolso do seu casaco. Estavam lá o tempo inteiro. E ele foi embora sem sequer pedir desculpas.

– Tenho certeza de que ele voltará cedo para casa – digo, quando outra carruagem passa pela nossa casa com seu ruído característico.

– Sim. Sim, tem razão – diz ela, distraidamente. – Tenho certeza de que ele, simplesmente, não reparou na hora. Ele gosta tanto de estar entre as pessoas, não é?

– Sim – digo, surpresa por ela se importar tanto com seu filho. Saber disso torna mais difícil não gostar dela.

– Ele ama você mais do que a Tom, você sabe.

Fico tão surpresa que pico meu dedo. Uma pequena bolha de sangue vai saindo de minha carne, na ponta.

– É verdade. Ah, ele gosta de Tom, claro. Mas os filhos são algo diferente para um homem, mais um dever do que um deleite. Você é o anjo dele. Nunca o decepcione, Gemma. Ele já suportou muita coisa. Isto acabaria com ele.

Estou tentando não chorar, por causa da alfinetada e do conhecimento indesejado.

– Não decepcionarei – prometo.

– Seu bordado vai muito bem, querida. Mas acho que deve fazer pontos mais curtos em torno da beirada – diz vovó, como se não tivéssemos conversado sobre nenhuma outra coisa.

Entra a sra. Jones.

– Peço desculpas, sra. Doyle. Isto veio para a srta. Doyle esta tarde. Emily o recebeu e se esqueceu de me dizer. – Embora seja claramente para mim, ela entrega à vovó a caixa com um lindo laço de seda cor-de-rosa.

Vovó lê o cartão.

– É de Simon Middleton.

Um presente de Simon? Fico intrigada. Dentro da caixa está um lindo e delicado colar, com pequenas pedras de ametista que se desdobram em leque ao longo de uma corrente. Roxo, minha cor favorita. No cartão está escrito: *Gemas para nossa Gemma.*

– Tão lindas – diz vovó, segurando-as bem alto contra a luz.
– Acho mesmo que Simon Middleton está enfeitiçado!

É lindo, possivelmente a coisa mais linda que alguém já me deu algum dia.

– A senhora me ajuda com o fecho? – pergunto.

Tiro o amuleto de minha mãe e vovó prende o novo colar. Corro para o espelho, a fim de ver. As pedras semipreciosas caem docemente sobre minhas clavículas.

– Você deve usá-lo para ir à ópera, amanhã à noite – aconselha vovó.

– Sim, usarei – digo, observando as pedras quando a luz incide sobre elas. Cintilam e brilham até que eu mal possa me reconhecer.

Tenho um bilhete de Kartik sobre meu travesseiro: *Há uma coisa que preciso contar-lhe. Espero a senhorita nos estábulos.* Não gosto que Kartik se ache no direito de invadir meu quarto a qualquer hora. Eu lhe direi isso. E não gosto que me esconda segredos. Eu lhe direi isso também. Mas não agora. Agora estou usando um novo colar, dado por Simon. O belo Simon, que pensa em mim não como alguém que pode ajudá-lo a subir nos escalões do Rakshana, mas como uma moça que merece joias.

Cuidadosamente, tiro o bilhete do travesseiro e giro pelo quarto com ele esticado entre meus dedos. O colar pesa contra minha pele, como uma mão calmante. *Gemas para nossa Gemma.*

Atiro o bilhete de Kartik no fogo. As extremidades do papel se enroscam, ficam pretas e, num instante, ele se transforma em cinzas.

Capítulo
vinte e nove

Se me sinto ansiosa por causa da ida à ópera esta noite, vovó está fora de si.

– Espero muito que essas luvas combinem – diz ela, impaciente, enquanto uma costureira faz ajustes de último momento em meu vestido, de um cetim fino, branco, a cor que as moças usam para ir à ópera.

Vovó encomendou minhas primeiras luvas de ópera na loja de departamentos Whiteley. A costureira enfia os botões de pérola pelos ilhoses, em meus pulsos, cobrindo meus braços nus com cara pelica. Meu cabelo foi artisticamente puxado para trás, formando um coque cercado de flores. E, claro, coloquei o lindo colar de Simon. Quando me olho no espelho, devo admitir que estou linda, uma verdadeira e bem arrumada dama.

Até Tom se levanta, quando entro na sala de visitas, impressionado com minha transformação. Papai pega minha mão e a beija. Sua própria mão treme um pouco. Sei que ele ficou fora até o amanhecer e que dormiu o dia inteiro, e espero que não esteja adoecendo. Ele enxuga sua testa suada com um lenço, mas sua voz está bastante alegre.

– Você está uma rainha, querida. Não é, Thomas?

– Não causa constrangimento, com certeza – responde Tom. Para um imbecil, ele está bastante elegante, com seu fraque.

– É o melhor que você pode dizer? – repreende papai.

Tom suspira:

– Você está altamente apresentável, Gemma. Lembre-se de não roncar na ópera. Não fica bem.

– Se consigo ficar acordada enquanto você fala, Tom, tenho certeza de que lá também conseguirei.

– A carruagem foi trazida, senhor – Davis, o mordomo, anuncia, salvando-nos de mais conversa.

Enquanto caminhamos para a carruagem, dou uma olhada na expressão de Kartik. Ele me olha fixamente, com ousadia, como se eu fosse uma aparição, alguém que ele não conhece. Fico estranhamente satisfeita com isso. Sim. Deixem que ele veja que não sou nenhuma "menina impertinente", como disse o capanga do Rakshana.

– A porta, sr. Kartik, por favor – diz Tom, laconicamente.

Como se fosse arrancado de um sonho, Kartik abre rapidamente a porta da carruagem.

– Realmente, papai – diz Tom, quando já estamos a caminho. – Desejo que reconsidere. Ontem mesmo, Sims recomendou um cocheiro...

– O assunto está encerrado. O sr. Kartik me leva para onde preciso ir – diz papai, rigidamente.

– Sim, esta é minha preocupação – resmunga Tom, sem fôlego, de modo que apenas eu ouço.

– Ora, ora – diz vovó, dando palmadinhas no joelho de papai. – Vamos ficar alegres, está bem? Afinal, já é quase Natal.

Quando se abre a porta da Royal Opera House, sou tomada pelo pânico. E se eu estiver ridícula, não elegante? E se alguma coisa – meu cabelo, meu vestido, meu comportamento – estiver deslocada? Sou tão alta. Gostaria de ser mais baixa. Mais bonita. De cabelos escuros. Sem sardas. Uma condessa austríaca. Será que é tarde demais para correr de volta para casa e me esconder?

– Ah, ali estão eles – anuncia vovó.

Espio Simon. Ele está tão bonito, com sua gravata branca e fraque preto.

– Boa-noite – digo, fazendo uma mesura.

– Boa-noite – diz ele. Ele me dá um pequeno sorriso e, com isso, sinto tanto alívio e felicidade que poderia assistir a dez óperas.

Recebemos nossos programas e nos unimos à multidão. Papai, Tom e Simon são atraídos para uma conversa com outro homem, um sujeito imponente, que começa a ficar careca e usa um monóculo preso a uma corrente, enquanto vovó, Lady Denby e eu caminhamos vagarosamente, fazendo sinais com a cabeça e cumprimentando várias damas da sociedade. É um desfile necessário, projetado para exibir nossa elegância. Ouço meu nome sendo chamado. É Felicity, com Ann. Elas estão com boa aparência, em seus trajes brancos. Os brincos de granada de Felicity brilham contra seu cabelo louro platinado. Um camafeu cor-de-rosa repousa contra a concavidade da garganta de Ann.

– Ah, meu Deus – diz Lady Denby. – É aquela mulher horrorosa, a Worthington.

O comentário deixa vovó alvoroçada:

– A sra. Worthington? A esposa do almirante? Há algum escândalo?

– Não sabe? Três anos atrás, ela foi para Paris – para cuidar da saúde, disseram – e mandou embora a jovem srta. Worthington, para a escola. Mas sei por fonte segura que ela teve um amante, um francês, e agora ele a deixou e ela voltou para o almirante, fingindo que nada aconteceu jamais. Ela não é recebida nos melhores lares, naturalmente. Mas todos vão aos seus jantares e bailes, por afeto pelo almirante, que é a respeitabilidade em pessoa. Psiu, aí vêm eles.

A sra. Worthington aproxima-se a passos largos, com as meninas a reboque. Espero que o rubor em minha face não me traia, porque não gosto do esnobismo de Lady Denby.

– Boa-noite, Lady Denby – diz a sra. Worthington, com um sorriso radiante.

Lady Denby não oferece sua mão, mas abre seu leque, em vez disso.

– Boa-noite, sra. Worthington.

Felicity dá um sorriso deslumbrante. Se eu não a conhecesse melhor, não reconheceria o gelo nele.

– Ah, meu Deus. Ann, parece que você perdeu sua pulseira!

– Que pulseira? – pergunta Ann.

– A que o duque mandou de São Petersburgo. Talvez você a tenha perdido no toucador. Precisamos procurá-la. Gemma, você se importaria muito de ir também?

– Não, claro que não – digo.
– Volte depressa. A ópera já vai começar – adverte vovó.
Fugimos para o toucador. Algumas senhoras se ajeitam diante do espelho, endireitando xales e joias.
– Ann, quando digo que você perdeu sua pulseira, represente junto comigo – repreende Felicity.
– Desculpe – diz Ann.
– Detesto Lady Denby. É uma mulher horrorosa – resmunga Felicity.
– Não é verdade – argumento.
– Você não diria isso se não estivesse tão estupidificada com o filho dela.
– Não estou *estupidificada*. Ele, simplesmente, convidou minha família para a ópera.
A sobrancelha erguida de Felicity diz que ela não acredita numa só palavra do que digo.
– Talvez você gostasse de saber que descobri uma coisa sobre meu amuleto – digo, mudando de assunto.
– O que é? – pergunta Ann, tirando suas luvas, a fim de cuidar do seu cabelo.
– O olho crescente é uma espécie de bússola. Era o que Nell Hawkins tentava me dizer. Acho que ele pode nos levar até o Templo.
Os olhos de Felicity brilham.
– Uma bússola! Devemos experimentá-la esta noite.
– Esta noite? – exclamo. – Aqui? Com todas essas pessoas em torno? – Com Simon, quase digo. – Não teríamos essa possibilidade.
– Claro que podemos fazer isso – sussurra Felicity. – Pouco antes do intervalo, diga à sua avó que pede desculpas, mas precisa ir ao toucador. Ann e eu faremos a mesma coisa. Nós nos encontraremos no corredor e acharemos um lugar de onde seja possível entrar nos reinos.
– Não é tão simples assim – digo. – Ela não me deixará ir, não sozinha.
– Encontre uma maneira – insiste Felicity.
– Mas não seria apropriado!

– Tem medo do que Simon vai pensar? Mas vocês nem sequer estão noivos! – Felicity troça.

O comentário atinge o alvo como se fosse uma pancada.

– Eu nunca disse nada desse tipo.

Felicity sorri. Ela sabe que ganhou.

– Então tudo combinado. Logo antes do intervalo. Não se atrase.

Com o plano acertado, nós voltamos nossa atenção para os espelhos, colocando pentes nos lugares e alisando os vestidos.

– Ele tentou beijar você? – pergunta Felicity, de uma maneira despreocupada.

– Não, claro que não – respondo, embaraçada. Espero que ninguém tenha ouvido o que ela disse.

– Eu tomaria cuidado – diz Felicity. – Simon tem fama de ser um conquistador.

– Ele tem sido um perfeito cavalheiro comigo – protesto.

– Hummm – diz Felicity, com os olhos em seu reflexo, que é encantador, como sempre.

Ann belisca em vão suas bochechas, tentando dar-lhes alguma cor.

– Espero encontrar alguém esta noite. Alguém bondoso e nobre. O tipo que gosta de ajudar os outros. Alguém como Tom.

Dois vergões inflamados se entrecruzam perto do osso de seu pulso. As marcas são novas, talvez com algumas horas de aparecimento. Ela tornou a cortar a si mesma. Ann me vê olhando e suas bochechas recém-beliscadas empalidecem. Rapidamente, ela calça suas luvas, cobrindo as cicatrizes.

Felicity sai na frente e cumprimenta uma amiga da sua mãe, perto da porta. Agarro o pulso de Ann e ela se encolhe.

– Você me prometeu que pararia de fazer isso – digo.

– O que quer dizer?

– Você sabe muito bem o que quero dizer – advirto.

Seus olhos encontram os meus. Ela dá um sorrisinho triste.

– É melhor que eu machuque a mim mesma do que eles me machucarem. Dói menos.

– Não entendo.

– É diferente para você e Fee – diz Ann, quase chorando. – Não percebe? Não tenho nenhum futuro. Não há nada para mim. Nunca serei uma grande dama nem me casarei com alguém como Tom. Só posso fingir. É horrível, Gemma.

– Você não sabe o que será – digo, tentando acalmá-la. – Ninguém sabe.

Felicity notou que não estamos ao seu lado e voltou à nossa procura.

– Qual é o problema?

– Nada – digo, animadamente. – Já vamos. – Pego a mão de Ann. – As coisas podem mudar. Repita isso.

– As coisas podem mudar – ela papagueia, tranquilamente.

– Acredita nisso?

Ela sacode negativamente a cabeça. Lágrimas silenciosas escorrem por suas faces arredondadas.

– Encontraremos uma maneira. Prometo. Mas, primeiro, *você* precisa prometer-me que vai parar. Por favor.

– Tentarei – diz ela, esfregando uma mão enluvada em seu rosto molhado e forçando um sorriso.

– Aí vem problema – diz Felicity, quando voltamos a nos unir à massa de gente no saguão. Vejo o que ela quer dizer. É Cecily Temple. Ela está ao lado da sua mãe, esticando o pescoço, olhando de um lado para outro, com a esperança de ver alguém de interesse.

Ann entra em pânico:

– Serei descoberta! Estou arruinada! Será o fim para mim.

– Pare com isso – diz Felicity, bruscamente. Mas ela está certa, claro. Cecily pode derrubar, como se fosse um castelo de cartas, a história de Ann sobre sua nobreza russa e a distante aristocracia.

– Nós a evitaremos – diz Felicity. – Venham comigo. Subiremos pela escada do outro lado. Gemma, logo antes do intervalo. Não se esqueça.

– Pela terceira vez, não esquecerei – digo, com mau humor.

As luzes da casa piscam, numa advertência de que a ópera vai começar.

– Aí está você! – diz Simon. Ele esperou por mim. Meu estômago treme. – Achou a pulseira da srta. Bradshaw?

– Não. Ela se lembrou, afinal, de que a tinha deixado em seu porta-joias – minto.

A família de Simon tem um camarote particular bastante alto, que me faz sentir como se eu fosse a própria rainha, dominando todos os meus súditos. Ocupamos nossas cadeiras e fingimos ler nossos programas, embora ninguém esteja realmente prestando a menor atenção a *The Mikado*. Binóculos de teatro são usados para espiar disfarçadamente amantes e amigos, para ver quem está usando o quê, quem chegou com quem. Há mais escândalo e drama em potencial na plateia do que poderia haver no palco. Finalmente as luzes se apagam e a cortina sobe, mostrando uma pequena vila japonesa. Um trio de sopranos, com trajes orientais e perucas negras laqueadas, canta; dizem que são três pequenas donzelas na escola. É a primeira ópera a que assisto e a acho deliciosa. A certa altura, surpreendo Simon observando-me. Em vez de desviar a vista, ele me dá o mais radiante sorriso e mal posso imaginar como poderei afastar-me para entrar nos reinos, porque isto também é magia e não posso deixar de me sentir ressentida porque meu dever me chama.

Pouco antes do intervalo, espio Felicity através dos meus binóculos. Ela me olha com impaciência. Sussurro no ouvido de vovó que preciso pedir licença para ir ao toucador. Antes que ela possa protestar, deslizo para fora das cortinas que levam ao corredor, onde cumprimento Felicity e Ann.

– Há um camarote em cima que não está sendo usado – diz Felicity, pegando em minha mão.

Uma ária tristonha flutua pela casa de ópera, enquanto seguimos silenciosamente para o andar de cima. Afastamos as pesadas cortinas e nos sentamos no chão, logo ao entrarmos. Estendo as mãos para pegar as delas. Com os olhos fechados, concentramo-nos e a porta de luz aparece.

Capítulo Trinta

O DOCE CHEIRO DE LILASES NOS RECEBE NO JARDIM, MAS AS COISAS estão com um aspecto diferente. As árvores e a grama ficaram um pouco selvagens, como se tivessem crescido em excesso. Apareceram mais cogumelos venenosos. Eles lançam longas sombras em nosso rosto.

– Ora, mas vocês estão lindas! – grita Pippa para nós, do seu poleiro junto ao rio. Ela corre em nossa direção, com a bainha da sua saia, em farrapos, voando ao vento. As flores de sua coroa tornaram-se secas e quebradiças.

– Que lindas! Onde vocês estiveram assim tão elegantes?

– Na ópera – diz Ann, girando em seu vestido de luxo. – *The Mikado* ainda está em cena. Nós fugimos!

– A ópera – diz Pippa, com um suspiro. – É muito elegante? Vocês precisam contar-me tudo!

– É deslumbrante, Pip. As mulheres cheias de joias. Um homem piscou para mim.

– Quando? – pergunta Felicity, sem acreditar.

– Piscou mesmo! Foi quando subíamos a escada. Ah, e Gemma foi para a ópera com Simon Middleton e sua família. Ela está sentada no camarote deles – conta Ann, sem fôlego.

– Ah, Gemma, estou tão feliz por você! – diz Pippa, dando-me um beijo.

Quaisquer desconfianças que eu tivesse em relação a ela simplesmente desapareceram.

– Obrigada – digo, retribuindo seu beijo.

– Ah, parece divino. Contem-me mais – Pippa encosta-se numa árvore.

– Gosta de meu vestido? – pergunta Ann, girando novamente, para que ela a examine.

Pippa pega as mãos de Ann nas suas, dançando com ela.

– É lindo! Você está linda!

Pippa para de girar. Ela está com uma expressão de quem vai chorar.

– Nunca fui à ópera e agora nunca irei, eu acho. Como queria poder ir com vocês.

– Você seria a mais linda de todas, se estivesse lá – diz Felicity, fazendo Pip sorrir novamente.

Ann corre para mim.

– Gemma, experimente o amuleto.

– O que é isso? – pergunta Pippa.

– Gemma acha que o amuleto dela é uma espécie de bússola – diz Felicity.

– Acha que ele nos mostrará o caminho para o Templo? – pergunta Pippa.

– Vamos descobrir – digo.

Tiro o amuleto da minha bolsa e viro-o. De início, não é nada, senão a fria e dura superfície de metal, refletindo uma imagem distorcida de meu rosto. Mas, depois, alguma coisa muda nele. A superfície fica embaçada. Movimento-me vagarosamente, em círculo. Quando fico diante de duas fileiras retas de oliveiras, o olho crescente brilha forte, iluminando um indistinto mas óbvio caminho.

– Permaneça no caminho – murmuro, lembrando as palavras de Nell. – Acho que descobrimos o caminho para o Templo.

– Ah, deixe-me ver! – Pippa toma o amuleto em suas mãos e espia seu brilho, na direção das oliveiras. – Que maravilha!

– Você já andou por ali? – pergunto.

Pippa sacode negativamente a cabeça. Um vento assovia pela trilha entre as oliveiras, carregando com ele um punhado de folhas e o cheiro dos lilases. Usando o forte brilho do amuleto como guia, mergulhamos sob a cobertura das árvores, caminhando por uma distância que parece de dois quilômetros e passando por estranhos totens, com cabeças de elefantes, cobras e pássaros. Chegamos a uma passagem de barro. O amuleto flameja.

– Por aqui? – diz Ann, arquejando.

– Temo que sim – respondo.

A passagem é estreita e não muito alta. Até Ann, a mais baixa de nós, tem de se curvar para atravessar. A suavidade da trilha cede lugar a um terreno mais pedregoso. Passamos pela abertura e chegamos a um caminho margeado por campos de flores altas, de um vermelho alaranjado, que se balançam hipnoticamente. Enquanto passamos por elas, o vento as dobra para a frente, de modo que roçam suavemente em nossos ombros e rostos. Cheiram a frutas frescas de verão. Pippa arranca um broto e o enfia em sua coroa murcha.

Algo passa por mim, esvoaçando depressa.

– O que foi isso? – pergunta Ann, ao meu lado.

– Não sei – respondo. Não consigo ver nada, a não ser as flores ondulando ao vento.

– Vamos adiante – aconselha Pippa.

Seguimos o brilho forte do amuleto, até que o caminho termina bruscamente numa imensa muralha de pedra. É alta como uma montanha e parece continuar interminavelmente, de modo que não há nenhuma maneira de passar por ela.

– O que fazemos agora? – pergunta Felicity.

– Deve haver algum modo de atravessar – digo, embora não tenha a menor ideia de qual seja. – Procurem uma passagem.

Pressionamos as pedras até ficarmos exaustas com o esforço.

– Não adianta – diz Pippa, arquejando. – É pedra sólida.

– Não é possível que tenhamos vindo até tão longe inutilmente. Deve haver algum jeito de entrar. Caminho ao longo da muralha, movimentando o amuleto para a frente e para trás. Ele flameja rapidamente.

– O que é isso? – pergunto.

Viro-o outra vez, devagar, e ele brilha em minha mão. Quando olho para a pedra, há o fraco esboço de uma porta.

– Veem aquilo? – pergunto, esperando que não seja imaginação minha.

– Sim! – grita Felicity. – É uma porta!

Estendo a mão e sinto o frio aço de uma maçaneta na pedra. Respiro fundo e a puxo. É como se um grande e escuro buraco se abrisse na terra. O brilho do amuleto é forte.
– Parece que este é o caminho – anuncio, embora, na verdade, não tenha nenhum desejo de entrar nesse fundo poço negro.
Felicity lambe seus lábios, nervosamente.
– Vá em frente, então. Nós a seguiremos.
– Isso não me conforta – digo. Com o coração disparando pela expectativa de ser inteiramente engolida pela pedra, caminho para dentro e espero que meus olhos se ajustem à escuridão. O lugar é úmido e tem o cheiro de um jardim recém-cultivado. Lanternas de papel douradas e cor-de-rosa estão penduradas nas paredes de pedra, lançando uma luz fraca sobre o chão lamacento. É difícil ver mais do que alguns centímetros à frente, mas posso sentir que estamos subindo e dando uma volta. Logo nossa respiração se torna difícil. Minhas pernas tremem com o esforço. Finalmente chegamos a outra porta. Viro a maçaneta e saímos em meio a uma fumaça roxa e vermelha, que forma ondas, parecendo nuvens, em torno de nós. Um vento afasta a fumaça colorida e o cenário se abre. Estamos bem acima do rio. Muito abaixo de nós, o navio da górgona corta silenciosamente a água azul.
– Como chegamos tão alto? – pergunta Felicity, tentando voltar a respirar normalmente.
– Não sei – digo.
Ann estica o pescoço.
– Meu Deus! – Ela olha fixamente, boquiaberta, para as deusas sensuais entalhadas do lado do penhasco, para as curvas de seus quadris e bocas, seus joelhos com covinhas e a opulenta maciez de seus queixos arredondados. Essas mulheres de pedra nos olham de muito alto, como se nos notassem mas não ligassem para nós.
– Lembro-me disso – digo. – É perto das Cavernas dos Suspiros, não?
Pippa para.
– Não devíamos estar aqui. É onde moram os Intocáveis. Este lugar é proibido.
– Vamos voltar – diz Ann.

Porém, quando nos viramos, a porta desaparece e tudo se torna de pedra. Não há maneira de voltar por aqui.

– O que fazemos agora? – pergunta Ann.

– Gostaria de ter trazido minhas flechas – murmura Felicity.

Alguém se aproxima. Uma figura aparece em meio à espessa fumaça, uma mulher pequena, com a pele castigada pelo tempo, da cor de um tonel de vinho. Suas mãos e o rosto estão pintados com desenhos complicados. Mas seus braços e pernas! Estão marcados pelas mais horrendas chagas. Uma perna está tão inchada que chega ao tamanho de um tronco de árvore. Viramos para o outro lado, repugnadas, incapazes de olhar para ela.

– Bem-vindas – diz ela. – Sou Asha. Sigam-me.

– Já estávamos indo embora – diz Felicity.

Asha ri:

– Para onde pretendiam ir? Esta é a única saída. Para a frente.

Como não podemos sair pelo caminho por onde viemos, seguimos adiante. A trilha está apinhada de outros Intocáveis. Eles também são deformados, encurvados, cheios de cicatrizes.

– Não olhem fixamente – adverte Ann, calmamente. – Olhem apenas para seus próprios pés.

Asha nos conduz em torno do penhasco, por túneis arqueados, sustentados por colunas. As paredes são pintadas com cenas de fantásticas batalhas – a cabeça de uma górgona sendo cortada, serpentes obrigadas a recuar, cavaleiros vestidos com túnicas pintadas com papoulas vermelhas. Vejo a Floresta de Luzes, um centauro tocando flauta, as ninfas da água, as Runas do Oráculo. É como uma tapeçaria, com tantas cenas que não posso contá-las.

O túnel se abre para outra vista magnífica. Estamos bem alto, na montanha. Recipientes de incenso delineiam a trilha estreita. Espirais de fumaça carmim, turquesa e amarela fazem cócegas em meu nariz e deixam meus olhos ardendo.

Asha para na entrada de uma caverna. Um tosco entalhe, uma cadeia de serpentes, marca a entrada. Não parece um entalhe e sim algo que se elevou da própria terra. "A Caverna dos Suspiros."

– Você não disse que este era o caminho de saída? – pergunto.

– E é mesmo. – Asha entra na caverna e se mistura à escuridão. Atrás de nós, na estrada, os outros formaram um grupo

com cinco metros de profundidade e dez de extensão. Não há retirada possível.
– Não gosto disso – diz Pippa.
– Nem eu, mas que escolha temos agora? – digo, mergulhando na caverna.

No momento em que atravesso, entendo por que essas cavernas têm esse nome. É como se as próprias paredes suspirassem, com a felicidade de cem mil beijos.

– Tão lindo. – É Ann quem fala. Ela está em pé diante de um baixo-relevo de um rosto com um nariz comprido, achatado e largo, lábios cheios. Suas mãos traçam a curva do lábio superior e penso imediatamente em Kartik. Pippa se une a ela, gozando a sensação da pedra.

– Desculpem, mas estamos seguindo um caminho e ele parece ter desaparecido. Podem dizer-me o caminho de volta, por favor? Estamos com uma pressa terrível – pede Felicity docemente.

– Vocês procuram o Templo? – pergunta Asha.

Agora ela despertou nossa atenção.

– Sim – digo. – Sabe onde é?

– O que oferece? – pergunta Asha, com as mãos estendidas. Devo oferecer um presente? Não tenho nada para dar. Não havia a menor possibilidade de partir sem o colar de Simon ou sem meu amuleto.

– Desculpe – digo. – Não trouxe nada comigo.

Os olhos de Asha traem seu desapontamento. Porém, de qualquer forma, ela sorri.

– Algumas vezes procuramos aquilo que ainda não estamos prontos para encontrar. O verdadeiro caminho é difícil. Para vê-lo, você precisa estar disposta a deixar cair esta pele, como se fosse uma cobra. Deve estar disposta a se desprender do que é precioso para você. – Ela olha para Pippa quando diz isso.

– Devemos ir – diz Pippa.

Acho que ela pode ter razão.

– Obrigada pelo trabalho que teve, mas devemos voltar agora.

Asha faz uma reverência.

– Como desejarem. Posso colocá-las no caminho. Mas vocês precisarão da nossa ajuda.

Uma mulher cujo rosto está pintado de um vermelho vivo com listras verde-escuras despeja uma mistura de barro dentro de um longo tubo com um buraco na extremidade.

– Para que é isso? – pergunta Felicity.

– Para pintar vocês – diz Asha.

– Pintar-nos? – Ann quase grita.

– Isto oferece proteção – explica Asha.

– Proteção contra o quê? – pergunto, cautelosamente.

– Proteção contra qualquer coisa que venha atrás de vocês nesses reinos. Isto esconde o que deve ser escondido e revela o que precisa ser visto. – Outra vez, ela dá aquele olhar curioso para Pippa.

– Não gosto de como isso soa – diz Pippa.

– Nem eu – concorda Ann.

– E se for uma armadilha? – sussurra Felicity. – E se a tinta for venenosa?

A mulher de rosto vermelho manda que nos sentemos e coloca nossas mãos em cima de uma grande pedra.

– Por que deveríamos confiar em você? – pergunto.

– Há muitas escolhas a fazer. Vocês são livres para recusar – responde Asha.

A mulher com a tinta espera, pacientemente. Devo confiar em Asha, uma Intocável, ou me arriscar pelos reinos sem proteção? Ofereço minhas mãos à mulher com o rosto pintado.

– Você é corajosa, pelo que vejo – diz Asha. Ela faz um sinal afirmativo com a cabeça para a mulher, que espreme a mistura sobre minhas mãos. A sensação em minha pele é fria. Será o veneno abrindo caminho para meu sangue? Só posso fechar os olhos e esperar, na expectativa de que tudo corra bem.

– Ah, veja! – arqueja Ann.

Temendo o pior, abro meus olhos. Minhas mãos. Onde a mistura secou, ela se transformou num belo vermelho-tijolo, com um desenho mais elaborado do que o de uma teia de aranha. Ele me faz lembrar as noivas da Índia, cujas mãos são cobertas de desenhos feitos com estêncil, em homenagem a seus maridos.

– Sou a próxima – diz Felicity, tirando às pressas suas luvas. Ela não tem mais medo de ser envenenada, apenas de ficar de fora.

Nos profundos vãos da caverna há um lençol d'água liso como vidro, que parece elevar-se e cair, ao mesmo tempo. Seu fluxo me deixa sonolenta. É a última coisa que vejo, antes de dormir.

Estou em pé diante de um grande poço. A superfície está viva, com tanto movimento. Ela me mostra coisas. Rosas florescendo rapidamente, em espessas trepadeiras verdes. Uma catedral à deriva, numa ilha. Rochedos negros em meio ao nevoeiro. Um guerreiro usando um capacete com chifres, montado num cavalo selvagem. Uma árvore retorcida, contra o céu vermelho-sangue. As mãos pintadas de Asha. Nell Hawkins. A capa verde. Alguma coisa se movimenta nas sombras, assustando-me, chegando mais perto. Um rosto.

Acordo com um sobressalto. Felicity ri alegremente, mostrando suas mãos, que foram pintadas com lindos arabescos. Ela os compara com os desenhos feitos em Ann e Pippa. Asha está sentada do lado oposto de onde me encontro, tendo suas grossas e escamosas pernas cruzadas.

– O que você viu em seus sonhos? – pergunta ela.

O que vi? Nada que significasse alguma coisa para mim.

– Nada – respondo.

Outra vez, vejo desapontamento em seus olhos.

– Está na hora de vocês irem.

Ela nos conduz até a boca da caverna. O céu não está mais azul, caiu uma noite profunda, negra. Será que ficamos aqui por tanto tempo? Os recipientes de incenso expelem com força seus arco-íris de cor. Tochas margeiam o caminho. O Hajin está em pé ao lado delas, e faz uma reverência quando caminhamos.

Quando chegamos novamente ao rochedo, a porta aparece.

– Pensei que você tinha dito que a única maneira de sair era ir para a frente – digo.

– Sim. Isto é verdade.

– Mas este é o caminho pelo qual viemos!

– É mesmo? – pergunta ela. – Cuidado com o caminho. Andem depressa e em silêncio. A tinta impedirá que sejam vistas.
– Asha junta as palmas das suas mãos e faz uma reverência. – Vão agora.

Não entendo nada, mas já gastamos tempo em excesso e não podemos fazer mais perguntas. Temos de voltar para o caminho. Com o brilho do amuleto, posso ver as linhas delicadas em minhas mãos. Parece uma escassa proteção contra o que quer que esteja atrás de nós, mas espero que Asha tenha razão.

Capítulo
trinta e um

O brilho do olho crescente nos conduz para longe da montanha, até chegarmos a terreno não familiar. O céu não está tão escuro aqui. Está tinto pela luz de uma lua vermelho-escura. Estamos cercados pelos corpos retorcidos de árvores gigantescas. Seus ramos se arqueiam muito alto sobre nossa cabeça, com os dedos despidos e aduncos, cobertos de casca, entrelaçados num abraço fantasmagórico. A impressão é de que estamos numa comprida gaiola.

– Passamos antes por este caminho? – pergunta Felicity.
– Onde estamos? – pergunta Pippa.
– Não sei – digo.
– É um lugar medonho – diz Ann.
– Eu sabia que não devíamos ter confiado neles. Vermes sujos! – diz Pippa.
– Psiu! – digo. Em minha mão, o brilho do amuleto diminui, até se reduzir a um tremeluzir bruxuleante, e depois se apaga, como uma vela soprada. – Acabou.
– Ora, mas que ótimo! E agora, como voltaremos? – resmunga Ann.

A lua vermelha sangra pelos ramos magros e despidos, lançando longas sombras.

– Usaremos o luar. Continuem caminhando – digo. Por que este amuleto parou de funcionar?
– Meu Deus, que cheiro é este? – pergunta Felicity.

O vento sopra em nossa direção e também sinto o cheiro. Um cheiro de doença e sujeira. Um cheiro que parece o da morte. Uma brisa desce pelo corredor de árvores, vinda por trás de nós, fazendo farfalharem nossos cetins e sedas. É mais forte do que uma baforada de vento. É um anúncio. Alguma coisa está vindo.

Ann põe a mão em cima do nariz e da boca.

– Ah, mas é verdadeiramente nojento.

– Psssiu! – digo.

– O que é? – pergunta Pippa.

– Estão ouvindo isso?

Cavaleiros. Vêm depressa. Uma nuvem de poeira agiganta-se. Eles nos alcançarão dentro de um momento. O corredor adiante de nós parece esticar-se ainda por um quilômetro e meio. Será que poderemos nos apertar e passar pelos espaços entre as árvores? As falhas não passam de fendas de luz, estreitas demais para permitir a passagem de qualquer uma de nós.

– Para onde vocês foram? – pergunta Pippa, olhando ao redor.

– O que quer dizer? Estamos aqui mesmo – diz Felicity.

– Não consigo ver nenhuma de vocês!

A tinta! Ela nos mantém escondidas, de alguma forma. A tinta nos protege. Eles não podem nos ver.

– E eu? – pergunta Pippa, examinando suas mãos, que estão inteiramente visíveis. – Ah, meu Deus!

Sua voz está cheia de desespero e não sei o que fazer para ajudá-la. Os cavaleiros estão à vista – espectros esqueléticos, retorcidos e destituídos de qualquer forma humana que tiveram algum dia. E, atrás deles, paira uma figura de tamanho terror – uma coisa horrenda, com asas gigantescas, em farrapos, e a boca com dentes compridos e afiados. Pedaços de carne ainda estão presos a eles, em alguns lugares. Não tem olhos. Mas fareja o ar, caçando-nos. Sei o que ele é, porque já estive diante de um. É um rastreador, do tipo empregado por Circe.

Ele fareja em nossa direção. Seu cheiro basta para me causar ânsias de vômito. Luto para controlá-las.

– Você aí – uiva o espírito do mal e, por um momento, acho que ele nos encontrou. – Você não passou, espírito?

– E... eu? – diz Pippa. – E... e... eu...

A boca da coisa baba, são fitas lustrosas, viscosas. Ah, Pip! Quero salvá-la, mas estou assustada, incapaz de desistir da segurança da minha invisibilidade. A horrenda criatura fareja o ar.

– Ah, posso sentir o cheiro delas. Coisas vivas. A sacerdotisa esteve aqui. Você a viu?

Pippa treme.

– N... não... – sussurra.

A fera se aproxima mais dela. Sua voz é um grunhido, entremeado com o desespero de mil almas.

– Você não mentiria para nós, não é?

Pippa abre a boca, mas não sai nenhuma palavra.

– Não tem importância. Acabaremos por encontrá-la. Minha ama está providenciando isso. E, quando ela tiver o Templo, a balança do poder penderá para as Winterlands, afinal. – Ele se aproxima mais de Pippa, mostrando um terrível sorriso. – Cavalgue conosco. Você pode partilhar nossa vitória. Qualquer coisa que desejar poderá ser sua. Uma mocinha tão bonita. Cavalgue conosco.

Aquela cara está tão próxima da linda face de Pippa. Há uma pedra embaixo da minha bota. Cuidadosamente, estendo a mão para baixo e a atiro do outro lado da alameda. A cabeça maciça do rastreador gira naquela direção. Os espectros uivam e gritam.

– Elas ainda estão próximas. Elas têm algum tipo de magia trabalhando em seu favor. Posso sentir isso. Tenho certeza de que nos encontraremos novamente, minha querida. Cavalguem!

Com isso, eles correm, gritando, pelo corredor adentro. Ficamos em pé, sem nos mover nem falar, até o chão se aquietar e o vento cessar.

– Você está bem, Pip? – grita Felicity.

– S... sim. Acho que sim – diz ela. – Ainda não posso ver vocês. Por que será que não funcionou comigo?

Sim, é o que também me indago. *Esconde o que deve ser escondido e revela o que deve ser visto.* Por que Pippa não precisaria ser escondida, a menos que já tivesse proteção nos reinos? Não, Pippa não é assim. É o que minha cabeça diz. Mas, em meu coração, há outro pensamento, terrível: logo ela poderá ser.

– Quero sair deste lugar imediatamente – diz Ann.

Caminhamos depressa e em silêncio, como Asha aconselhou. Quando alcançamos o fim do corredor, o amuleto ganha vida, explosivamente, em minhas mãos.

– Ele voltou! – digo. Movimento-o de um lado para outro. Brilha mais forte à minha esquerda. – Por aqui!

Logo vemos a beirada rasgada do crepúsculo dourado que caracteriza o reino do jardim. Quando chegamos à arcada prateada e ao rio, tornamos a ficar visíveis.

Pippa está com o corpo todo tremendo.

– Aquela criatura... tão horrível.

– Tem certeza de que está bem? – pergunto.

Ela faz que sim com a cabeça.

– Gemma – diz ela, mordendo o lábio –, o que acontecerá quando você achar o Templo?

– Você sabe o que acontecerá. Devo prender a magia.

– E o que acontecerá comigo? Terei de ir embora? – Sua voz está fraca como um sussurro.

Esta é a pergunta cuja resposta venho tentando evitar. Mas esta noite comecei a perceber – a ver claramente, como Asha disse – que isto pode não ser para sempre. Que Pippa pode tornar-se ela própria um daqueles espíritos do mal se não atravessar. Não consigo dizer isso. Recolho do chão o orvalho que dá para encher a mão. As gotas se juntam em meus dedos, tornando-se uma rede prateada.

– Gemma – suplica Pippa.

– Claro que você não precisa ir – diz Felicity, passando raivosamente por mim. – Encontraremos uma maneira de mudar as coisas com a magia. A Ordem nos ajudará.

– Nós não sabemos se isso acontecerá – digo, com brandura.

– Mas é possível, não é? – pergunta Pippa, com a esperança fazendo seus olhos tornarem a brilhar. – Pensem nisso! Eu poderia ficar. Ficaríamos juntas para sempre.

– Sim, claro. Encontraremos uma maneira. Prometo – diz Felicity.

Disparo em Felicity um olhar de advertência, mas Pippa está chorando lágrimas de alegria, passando seus braços em torno do peito de Felicity, embalando-a em seus braços.

– Fee, obrigada. Amo tanto você.

A pintura em nossas mãos desbotou até não passar de uma sombra de linhas e rabiscos, que desaparece debaixo da fina película branca das nossas luvas.

– Vocês não devem ir ainda – implora Pippa. – Quero fingir que também estou na ópera. E há um baile em seguida! Vamos, dancem comigo!

Ela corre para o gramado, jogando seu vestido de um lado para outro, batendo os calcanhares no ar. Rindo, Ann corre atrás dela. Puxo Felicity para um lado.

– Você não deve prometer essas coisas a Pippa.

Os olhos de Felicity relampejam.

– Por que não? Gemma, ela se perdeu para nós e agora a temos de volta. Deve haver algum motivo para isso, você não acha?

Penso na passagem da minha mãe, em como ainda é aguda a dor de sua perda, como um ferimento que pensamos estar curado até sofrer uma pancada no machucado quase desaparecido e ele voltar a doer. É horrível. E, no entanto... A magia de Asha não funcionou com Pip. Aqueles espíritos do mal a viram. Eles a cortejaram e nos caçavam.

– Não sei quem está conosco, mas não é Pippa. Não é nossa Pippa, pelo menos.

Felicity se afasta de mim.

– Não a perderei duas vezes. Você pode ver que ela não mudou. Ela ainda é nossa Pippa, linda como sempre.

– Mas ela comeu as amoras. Ela morreu. Você a viu enterrada.

Felicity não quer ouvir.

– A magia. Ela mudará as coisas.

– O objetivo dela não é esse – digo, baixinho. – Pippa é uma criatura dos reinos, agora, e deve passar para o outro lado, antes de ser corrompida.

Felicity olha para o lugar onde Pippa e Ann brincam, em cima da grama viçosa, girando como bailarinas.

– Você não sabe se isso é verdade mesmo.

– Fee...

– Você não sabe! – Ela sai correndo.

– Dance comigo, Fee – chama Pippa, com um sorriso radiante. Ela toma as mãos de Felicity nas suas. Algo se passa entre elas, que não sei descrever. Uma ternura. Uma união. Exatamente como se estivéssemos todas reunidas no majestoso salão de baile da Spence. Felicity põe as mãos na cintura de Pippa e a puxa para uma valsa. Elas dão voltas sucessivas, com os cachinhos de Pippa ao vento, selvagens e livres.

– Ah, Fee, sinto tanto sua falta. – Ela passa seu braço em torno da cintura de Felicity, e Felicity faz a mesma coisa com Pippa. Poderiam ser gêmeas siamesas. Pippa sussurra alguma coisa para Felicity e esta ri. – Não me deixe – diz Pippa. – Prometa-me que voltará. Prometa-me.

Felicity põe suas mãos sobre as de Pippa.

– Prometo.

Preciso de um momento para me estabilizar. Caminho para a beira do rio para me sentar e pensar. A górgona aparece, deslizando silenciosamente.

– Está preocupada, Altíssima? – pergunta, com sua voz cínica.

– Não – resmungo.

– Você não confia em mim – diz ela.

– Eu não disse isso.

Ela gira sua enorme cabeça verde na direção do jardim, onde minhas amigas dançam na grama macia.

– As coisas estão mudando. Você não pode parar a mudança.

– O que quer dizer com isso?

– Você terá de fazer uma escolha, e depressa, infelizmente.

Levanto-me, limpando a grama da minha saia.

– Sei que você ajudou a matar membros da Ordem. Você não nos avisou quando as ninfas da água estavam perto. Pelo que sei, você pode fazer parte das Winterlands. Por que devo escutar qualquer coisa que você tenha a dizer?

– Fui obrigada pela magia a falar a verdade e a não fazer nenhum mal às pessoas do seu tipo.

Antigamente.

Viro-me para ir embora.

– Como você disse, as coisas estão mudando.

Voltamos para o camarote vazio da Royal Opera House exatamente quando a cortina é baixada para o intervalo. Estamos carregando magia conosco. Ela se prende ao meu corpo de uma maneira que me torna consciente de tudo. O lento silvo da lâmpada a gás montada na beira do camarote privado ruge em minha cabeça. As luzes que se intensificam fazem meus olhos arderem. E os pensamentos das pessoas correm por mim até eu sentir que vou enlouquecer.

– Gemma? Você está bem? – pergunta Ann.
– Não sente isso? – arquejo.
– Sente o quê? – pergunta Felicity, irritada.
– A magia. É demais. – Ponho as mãos em cima dos meus ouvidos, como se isso pudesse parar as coisas. Ann e Felicity não parecem absolutamente incomodadas. – Tente fazer alguma coisa mágica – faça um gafanhoto, ou um rubi.

Felicity fecha os olhos e estende as palmas para fora. Alguma coisa tremeluz nelas por um momento, mas depois desaparece.

– Por que não posso fazer com que aconteça?
– Não sei – digo. Mal posso respirar. – Tente você, Ann.

Ann põe suas mãos em taça, juntas, e se concentra. Ela deseja uma coroa de diamantes. Posso sentir seu desejo erguendo-se dentro de mim. Dentro de um momento, ela para de tentar.

– Não entendo – diz.
– É como se toda a magia estivesse em mim – digo, tremendo. – Como se eu a tivesse triplicada.

Felicity espia por cima da beira do camarote.

– Eles saíram de seus assentos! Devem estar procurando por nós! Temos de ir até eles. Gemma, pode ficar em pé?

Minhas pernas parecem as de um potrinho novo. Felicity e Ann se colocam cada uma de um lado, com nossas mãos presas umas nas outras. Desabamos atrás de um homem e sua esposa. Ele tem um caso com a irmã dela. Planeja encontrar-se com a amante esta noite, depois da ópera. Seus segredos correm pelas minhas veias, envenenando-me.

– Ah – arquejo, sacudindo a cabeça, para me livrar dos pensamentos dele. – É terrível. Posso ouvir e sentir tudo. Não consigo parar com isso. Como vou enfrentar esta noite?

Felicity me guia pelas escadas abaixo.

– Levaremos você para o toucador e diremos à sua avó que você está indisposta. Ela a levará para casa.

– Mas assim vou perder minha noite com Simon! – gemo.

– Quer que Simon a veja assim? – sussurra Felicity.

– N... não – digo, com lágrimas escorrendo por minhas faces.
– Vamos, então.
Ann cantarola baixinho. É um hábito nervoso que ela tem, mas de alguma forma é calmante e fico ouvindo apenas sua voz. Descubro que posso caminhar e parecer razoavelmente em forma. Quando chegamos ao pé da escada e ao grande vestíbulo, Tom está lá, procurando por mim. Ann para de cantarolar e sou assaltada pelo barulho dos segredos de todos. *Concentre-se, Gemma. Rejeite isso. Escolha um.*
Ann. Sinto seu coração batendo no mesmo ritmo que o meu. Ela imagina a si mesma dançando nos braços de Tom, com ele a olhá-la com um ar de adoração. Ela deseja isto desesperadamente e lamento saber.
Aí vem ele, juntamente com Lady Denby. E Simon. Perco o fio que é Ann. Tudo chega num jorro novamente. Estou em pânico. Só consigo pensar em Simon, o lindo Simon com sua gravata branca e sua casaca negra, e eu, desfeita pela magia. Ele se aproxima a passos largos. Por um momento, seus pensamentos forçam sua entrada. Imagens fugidias. Sua boca em meu pescoço. Sua mão tirando minha luva.
Meus joelhos se dobram. Felicity me puxa para cima com força.
– Srta. Doyle? – pergunta Simon, com curiosidade.
– A srta. Doyle está um pouco indisposta – diz Felicity, para grande embaraço meu.
– Lamento saber disso – diz Lady Denby. – Mandaremos chamar a carruagem imediatamente.
– Se acha que é o melhor, Lady Denby – diz vovó, desapontada por ter de encerrar tão rapidamente sua noitada.
– Lady Denby, que bom ver a senhora!
É a mãe de Cecily Temple, marchando em nossa direção, com Cecily ao seu lado. Os olhos de Cecily se arregalam quando ela vê Ann.
– Boa-noite – diz ela. – Ora, srta. Bradshaw, que surpresa vê-la aqui. Por que não está de volta à Spence, com Brigid e os criados?
– Temos a felicidade de ter a srta. Bradshaw conosco para passar os feriados, porque seu tio-avô, o Duque de Chesterfield, ficou detido na Rússia – a mãe de Felicity informa a ela.

– Duque de Chesterfield? – repete Cecily, como se não tivesse ouvido direito.

A sra. Worthington conta a Cecily e sua mãe a história do nascimento nobre de Ann. A boca de Cecily se escancara de pasmo, mas a crueldade a corrige, curvando-a num sorriso malicioso. Algo frio e duro flui por mim. É a intenção de Cecily. Ela vai fazer isso. Ela vai contar. Agora o estado alarmado de Ann me agride, misturando-se à malignidade de Cecily, e me deixam tonta. Não consigo respirar. Preciso pensar.

Ouço a voz de Cecily:
– Ann Bradshaw...
Meus olhos se agitam. *Por favor, pare.*
– ... é...
Pare. Por favor.
– ... a mais...
Incapaz de suportar isso, grito:
Pare!
Um delicioso alívio me domina. Há profundo e completo silêncio. Nenhum jorro de pensamentos. Nada dos barulhos da multidão. Nenhum instrumento sendo afinado. Nada, absolutamente, de fato. Quando abro meus olhos, vejo o motivo. Fiz tudo ficar paralisado: as damas recolhendo suas saias, conversando. Os cavalheiros examinando seus relógios de bolso. São como quadros de cera atrás das vitrines gigantescas de uma loja de departamentos. Não pretendia que isso acontecesse, mas aconteceu e devo usar a situação a nosso favor. Devo salvar Ann.

– Cecily – digo, colocando minha mão sobre seu braço rígido. – Você não dirá mais nenhuma palavra contra Ann. Acreditará em tudo o que dissermos e, além disso, tratará Ann como se ela fosse a própria rainha.

– Ann – digo, ajeitando seu cabelo, afastando-o de seu rosto preocupado. – Você não tem nenhum motivo para ficar nervosa. Você merece estar aqui. Você é amada.

O homem que está tendo o caso com a irmã de sua esposa está em pé nas proximidades. Não consigo resistir. Dou uma forte bofetada em sua face. É estranhamente gratificante.

– O senhor é um patife. Vai redimir-se imediatamente e se dedicar à felicidade de sua esposa.

Simon. Que estranho vê-lo em pé, concentrado, com aqueles olhos azuis abertos, mas sem ver nada. Muito suavemente, tiro minha luva e acaricio o lado do seu maxilar. A pele ali está macia, recém-barbeada. Minha mão fica com o cheiro do perfume de seu creme de barbear. Será meu segredo.

Calço minha luva e fecho meus olhos, desejando que tudo ocorra como desejo.

– Comece de novo – digo.

O mundo se sacode e entra em ação, como se não tivesse ocorrido nenhuma pausa. O marido sente a dor da minha bofetada. Simon põe os dedos em seu maxilar, como se lembrasse um sonho. A expressão presunçosa de Cecily não mudou, e prendo a respiração, esperando que a magia tenha cumprido seu objetivo, quando ela abre a boca: *Srta. Bradshaw é a mais...*

– ... bondosa e querida moça de toda a Spence – anuncia Cecily. – De fato, sua modéstia a impediu de nos contar sobre seu sangue real. Ela é a melhor moça que se poderia imaginar conhecer um dia.

Não sei quem parece mais estupefata – Ann ou Felicity.

– Srta. Bradshaw, espero poder ter o prazer de visitá-la enquanto está em Londres – diz Cecily, com uma seriedade recém-descoberta.

Tom fala com uma voz estridente:

– Srta. Bradshaw, precisa dar-me a honra de comparecer ao baile de Natal do Hospital Bethlem.

Será que o feitiço se estendeu a todos? Mas não, começo a perceber. A mera sugestão de fama e fortuna tem um glamour próprio. É bastante alarmante quão rapidamente as pessoas transformam a ficção de outra pessoa em fato, a fim de apoiar suas próprias ficções quanto a si mesmas. Mas, vendo o rosto encantado de Ann, sabendo o que está em seu coração, não posso deixar de ficar satisfeita com a ilusão.

– Ficaria encantada – diz Ann a todos. Ela poderia ter usado a oportunidade para tripudiar. Eu teria feito isso. Mas, em vez disso, mostrou-se digna do sangue real.

– Devemos mandar buscar a carruagem para levar a srta. Doyle – diz Lady Denby.

Eu a impeço:
— Por favor, não faça isso. Gostaria de ficar para o resto da ópera.
— Pensei que estivesse doente — diz vovó.
— Estou ótima agora. E é verdade. Usar a magia me acalmou, de alguma forma. Ainda posso ouvir os pensamentos de algumas pessoas, mas não são tão urgentes.
Felicity sussurra:
— O que aconteceu?
— Eu lhe contarei mais tarde. É uma história muito boa.

Quando subo na cama, a magia já quase se foi. Estou exausta e trêmula. Minha testa está quente, quando ponho a mão nela. Não tenho certeza se é a magia que faz isso, ou se, de fato, estou adoecendo. Só sei que preciso desesperadamente dormir.

Quando vêm, meus sonhos não são tranquilos. São caleidoscópios selvagens, de loucura. Felicity, Ann e eu correndo por túneis iluminados por tochas, correndo para salvar nossas vidas, o terror aparecendo claramente em nosso rosto. As Cavernas dos Suspiros. O amuleto rodopiando. O rosto de Nell Hawkins agiganta-se diante de mim. "Não siga a Estrela do Leste, Senhora Esperança. Eles pretendem matar você. A tarefa deles é essa."

— Quem? — murmuro, mas ela se foi e estou sonhando com Pippa desenhada contra o céu vermelho. Os olhos dela estão estranhos novamente, são de um horrível azul e branco, com pontinhos pretos no centro. Seu cabelo está emaranhado com flores silvestres deterioradas. Sombras profundas contornam seus olhos. Ela sorri, revelando dentes aguçados, pontudos, e quero gritar, ah, meu Deus do céu, quero gritar. Ela oferece alguma coisa com as mãos, alguma coisa sangrenta e suja. A cabeça de um bode arrancada de seu corpo.

Trovões estrondeiam pelo céu avermelhado. "Salvei sua vida, Gemma. Lembre-se disso..." Ela sopra um beijo para mim. E depois, rápida como um relâmpago, agarra a cabeça do bode e afunda os dentes em seu pescoço.

Capítulo
Trinta e Dois

Ficou determinado pelo nosso médico, Dr. Lewis, que estou com uma gripe e nada mais e, depois de vários espirros, concordo com seu diagnóstico. Sou forçada a ficar na cama. A sra. Jones traz chá quente e caldo numa bandeja de prata. E, à tarde, papai passa uma hora me contando lindas histórias da Índia.

– Então ali estávamos, Gupta e eu, viajando para a Caxemira, com um jumento que não podia ser movimentado nem por todas as joias da Índia. Ele viu aquele estreito desfiladeiro na montanha, mostrou os dentes para nós e simplesmente se deitou, recusando-se a continuar. Puxamos várias vezes a corda e, quanto mais puxávamos, com mais força ele lutava. Pensei que estávamos liquidados. Foi a ideia de Gupta que nos salvou, no fim.

– O que ele fez? – pergunto, assoando o nariz.

– Ele tirou seu chapéu, curvou-se diante do jumento e disse: "Iremos atrás de você." E o jumento foi em frente, com nós dois seguindo-o.

Estreito meus olhos para ele.

– O senhor inventou essa história.

Papai põe a mão em seu peito, dramaticamente.

– Você duvida da palavra de seu pai? Merece uma surra, filha ingrata!

Isto me faz rir – e espirrar. Papai me serve mais chá.

– Beba tudo, querida. Não quero que perca o baile de Tom, com os loucos, esta noite.

– Ouvi dizer que o sr. Snow gosta de excessos de familiaridade com seus pares – digo.

– Louco ou não, acabo com ele se ousar fazer uma coisa dessas – diz papai, inflando o peito e esbravejando, como se fosse um oficial da marinha aposentado. – A não ser que ele seja maior do que eu. Então precisarei de você para me proteger, minha querida.

Rio novamente. Ele está de bom humor hoje, embora esteja magro e suas mãos ainda tremam de vez em quando.

– Sua mãe teria adorado a ideia de um baile em Bedlam, tenho certeza. Ela amava tanto as coisas incomuns.

Cai o silêncio. Papai brinca com a aliança de casamento que ainda usa, virando-a repetidas vezes em torno do seu dedo. Fico dividida entre falar honestamente e mantê-lo aqui. A honestidade vence.

– Sinto falta dela – digo.

– Como eu também, querida. – Ele fica calado por um instante, nenhum de nós dois sabendo o que dizer para fechar a lacuna entre nós. – Sei que ela ficaria feliz de ver você na Spence.

– Ficaria?

– Ah, sim. A ideia foi dela. Disse que, se alguma coisa acontecesse a ela, eu deveria mandá-la para lá. Uma coisa estranha para ela dizer, pensando bem, agora. Quase como se ela soubesse...

Ele para e olha através da janela.

Esta é a primeira vez em que ouço falar do desejo da minha mãe de que eu fosse para a Spence, a escola que quase a destruiu e que a fez conhecer sua amiga-transformada-em-inimiga Sarah Rees-Toome. Circe. Antes que eu possa perguntar a papai mais alguma coisa a respeito, ele se levanta e se despede. A animação foi invadida pela fria verdade e ele não pode ficar e fazer amizade com ela.

– Então vou indo, meu anjo.

– Não pode ficar um pouquinho mais? – choramingo, embora saiba que ele detesta quando faço isso.

– Não devo manter os velhos camaradas do clube à minha espera.

Por que parece sempre que tenho apenas a sombra de meu pai? Sou como uma criança constantemente agarrando as abas de seu casaco, sem conseguir prendê-lo.

– Está bem – digo.

Dou-lhe um sorriso, fingindo ser sua menina animada e alegre. *Não parta o coração dele, Gemma.*

– Verei você no jantar, querida.

Ele beija minha testa e depois vai embora. O quarto não parece sentir sua falta. Ele sequer deixou uma marca na cama, no lugar onde estava sentado.

A sra. Jones entra afobada com mais chá e a correspondência da tarde.

– Carta para a senhorita.

Não consigo pensar numa só pessoa que pudesse enviar-me um cartão de Natal, então fico surpresa até espiar e ver que veio de Gales. A sra. Jones passa uma eternidade arrumando o quarto e abrindo as cortinas. A carta fica em meu colo, troçando de mim.

– Mais alguma coisa, senhorita? – nossa governanta pergunta, sem nenhum entusiasmo.

– Não, obrigada – digo, com um sorriso.

Não é retribuído.

Finalmente, a sra. Jones vai embora e abro a carta. É da diretora da Santa Vitória, uma certa sra. Morrissey.

Cara srta. Doyle,

Obrigada por sua indagação. É tão confortador saber que nossa Nell encontrou uma amiga que é uma pessoa tão bondosa. A Santa Vitória de fato empregou uma professora com o nome de Claire McCleethy. A srta. McCleethy esteve conosco do outono de 1894 até a primavera de 1895. Ela era uma excelente professora de artes e poesia, e era muito popular entre algumas de nossas meninas. Nell Hawkins figurava entre estas. Infelizmente, parece que não tenho nenhuma fotografia da srta. McCleethy para a srta. Hawkins guardar, como pediu, tampouco tenho o endereço dela. Quando saiu da Santa Vitória, deveria assumir um emprego numa escola próxima de Londres, onde sua irmã é diretora. Espero que esta carta possa ajudá-la e que tenha um Natal muito feliz.

Cordialmente,
sra. Beatrice Morrissey

Então ela estava lá! Eu sabia!

... deveria assumir um emprego numa escola próxima de Londres, onde sua irmã é diretora...

Uma escola próxima de Londres. A Spence? Isto significa que a sra. Nightwing é irmã de srta. McCleethy?

Ouço vozes altas vindas de baixo.

Num momento, Felicity entra às carreiras pela minha porta com uma envergonhada Ann e uma furiosa sra. Jones atrás dela.

– Olá, Gemma, querida. Como se sente? Ann e eu pensamos em vir fazer-lhe uma visita.

– O médico disse que deveria descansar, senhorita. – A sra. Jones poda os finais das suas palavras, como um jardineiro zangado.

– Está tudo bem, sra. Jones, obrigada. Acho que uma visita me fará bem.

Felicity sorri, triunfante.

– Como quiser, senhorita. Uma visita *curta*. – Ela enfatiza, fechando a porta com força.

– Agora você conseguiu. Deixou a Jonesinha louca – arrelio.

– Que coisa aterrorizante – diz Felicity, girando os olhos.

Ann examina o vestido exposto em meu armário.

– Você ficará suficientemente bem para comparecer ao baile do hospital esta noite, não é?

– Sim – digo. – Estarei lá. Não se preocupe, *Tom* estará lá. Ele não pegou meu resfriado.

– Fico satisfeita de saber que ele está com boa saúde – diz ela, como se não estivesse o tempo inteiro esperando para ouvir isso.

Felicity me examina.

– Você tem uma expressão zangada em seu rosto.

– Tenho notícias interessantes. – Entrego-lhes a carta.

Felicity e Ann se sentam em minha cama, lendo em silêncio, com os olhos arregalando-se.

– É ela, não é? – pergunta Ann. – A srta. McCleethy é realmente Circe.

– Nós a pegamos – digo.

– Quando saiu da Santa Vitória, deveria assumir um emprego numa escola próxima de Londres, onde *sua irmã é diretora...* – Felicity lê em voz alta.

– Se isso for verdade – digo –, a sra. Nightwing também é suspeita. Não podemos mais confiar nela.

Capítulo trinta e três

Depois de meia hora gasta caminhando de um lado para outro, fica decidido que despacharemos um bilhete para a única pessoa que pode ajudar-nos: srta. Moore. Espero impacientemente pela volta do mensageiro e, pouco antes da minha saída para o baile no Bethlem, sua resposta chega:

Cara Gemma,
  Também estou perturbada por essas coincidências. Talvez haja uma explicação para tudo isso, mas, no momento, aconselho-a a se proteger. Se ela aparecer em pessoa no Bethlem Royal, faça o que for preciso para mantê-la afastada da sua Nell Hawkins.

Sua amiga,
Hester Asa Moore

Papai não veio jantar, como prometeu. Não há nenhuma notícia dele. E ele está com Kartik e com a carruagem, então Tom e eu somos obrigados a contratar um cabriolé para nos levar até o Bethlem. O hospital foi enfeitado de forma muito bonita, com azevinho e hera, e os pacientes estão vestidos com suas melhores roupas, cheios de alegria e fazendo travessuras.

Levei flores para Nell. Uma das enfermeiras me leva até a enfermaria feminina, para eu poder dá-las a ela.

– Que lindo buquê – diz a enfermeira.

– Obrigada – murmuro.

— É um dia de sorte para a nossa srta. Hawkins. É a segunda vez em que ela ganha flores.

— O que quer dizer?

— Ela teve uma visitante hoje que lhe trouxe algumas belas rosas.

Um paciente passa valsando com um par imaginário.

— Uma visitante? Como era o nome dela?

A enfermeira faz beicinho, pensando.

— Não consigo lembrar, infelizmente. Foi um dia muito movimentado! O sr. Snow ficou num estado mental muito agitado. O dr. Smith lhe disse que, se ele não se acalmasse, perderia seu privilégio de ir ao baile. Aqui estamos — diz ela, quando chegamos a uma pequena sala de visitas.

Eu nunca vira Nell tão despenteada. Seu cabelo fino e partido cai por seus ombros como uma ruína. Ela está sentada sozinha, segurando a gaiola de Cassandra em seu colo. O pássaro grita para Nell, que murmura, em retribuição, palavras doces. Em cima da mesa, ao lado dela, está um jarro com rosas de um vermelho vivo.

— Srta. Hawkins — diz a enfermeira. — Aqui está a srta. Doyle para visitá-la, e ela trouxe, além disso, um lindo buquê. Não vai dizer boa-noite?

— Boa-noite! Boa-noite! — Cassandra diz, em tom agudo.

— Vou deixá-las em sua visita, então — diz a enfermeira. — Logo precisará vestir-se, srta. Hawkins.

— Nell — digo, quando ficamos sozinhas. — Você teve uma visitante hoje. Foi a srta. McCleethy?

Nell se encolhe ao ouvir o nome, segurando a gaiola tão próxima que Cassandra pula de um lado para outro, agitada.

— Ela nos levou para os rochedos. Ela nos prometeu o poder e depois nos traiu. Ele saiu do mar. Jack e Jill subiram o morro...

— Ela era sua professora na Santa Vitória, não era? O que ela fez com você? O que aconteceu?

Nell enfia seus dedos minúsculos pelas grades da gaiola, tentando tocar em Cassandra, que grita e pula de um lado para outro, evitando ser agarrada por ela.

— Nell! — Seguro suas mãos.

– Ah, Senhora Esperança – diz ela, com um sussurro feroz, seus olhos enchendo-se de lágrimas. – Ela me encontrou. Ela me encontrou e minha mente está tão perturbada. Estou com medo de não conseguir mantê-los fora. Eles não me perdoam.

– Quem não perdoa você?

– Eles! – Ela quase grita. – Aqueles com quem você conversa. Eles não são meus amigos, não são meus amigos, não amigos.

– Pssiuu, está tudo bem, Nell – murmuro.

Posso ouvir violinos distantes sendo afinados. A orquestra de câmara chegou. O baile está quase começando.

Nell se balança, cheia de tensão.

– Preciso fugir logo. Jack e Jill subindo o morro, subindo o morro esta noite. Esta noite, eu lhe direi onde encontrar o Templo.

Com surpreendente agilidade e ferocidade, Nell agarra a perna de Cassandra. O pássaro grita sob seu aperto. Mas Nell está determinada, com sua boca fixa num estranho sorrisinho.

– Nell! Nell! Solte Cassandra – digo.

Puxo seus dedos e ela morde com força minha mão. Um fino e denteado crescente de sangue aparece em minha luva.

– Ora, o que é todo esse tumulto?

Uma enfermeira se aproxima, com um ar muito profissional. Se ela vir a mordida, Nell não terá permissão para ir ao baile desta noite e então jamais saberei a localização do Templo.

– O pássaro me bicou – digo. – Ele me assustou.

– Cassandra, você é uma menina ruim – cacareja a enfermeira, enquanto arranca a gaiola das mãos de Nell.

– Menina ruim, menina ruim! – grita Cassandra.

– Esta noite – diz Nell, com voz rouca. – Você deve escutar. Você deve ver. É sua última chance.

Minha mão dói muito. E, o que é pior, no corredor o sr. Snow espera, com um olhar malicioso. Ele não deveria estar aqui, na enfermaria das mulheres, e me indago como conseguiu entrar às escondidas. Não há como evitar. Precisarei passar na frente dele para chegar ao baile. Juntando toda minha coragem, endireito os ombros e ando a passos largos como se fosse a dona do Bethlem Royal. O sr. Snow me acompanha.

– Você é bem bonita, sabe?

Continuo a caminhar, recusando-me a responder. O sr. Snow pula à minha frente, caminhando para trás. Olho em torno em busca de ajuda, mas todos estão no salão de baile.

– Quer fazer o favor de me deixar passar, senhor?

– Então dê um beijo na gente. Um beijo, para ser lembrada.

– Sr. Snow, lembre-se de si mesmo, por favor – digo. Tento falar com voz firme, mas minha voz treme.

– Tenho uma mensagem delas para você – sussurra ele.

– Delas?

– Das moças de branco. – Seu rosto está tão próximo que posso sentir o cheiro azedo de seu hálito. – Ela está associada com os espíritos do mal. Com aquele que vem. Ela desencaminhará você. Não confie nela – sussurra ele, lançando-me aquele mesmo olhar doente, de esguelha.

– Está tentando me assustar? – pergunto.

O sr. Snow coloca suas mãos contra a parede, de cada lado da minha cabeça.

– Não, estamos tentando avisar a senhorita.

– Sr. Snow! Vai ver só!

Afinal, uma das enfermeiras aparece e o sr. Snow escapole pelo corredor abaixo, mas antes ele grita para mim, urgentemente:

– Cuidado, senhorita! Uma cabecinha tão bonita.

Só quando estou em segurança, longe dele, é que tiro minha luva e examino o machucado feito em minha mão. Não é terrível. Parece mais um arranhão fundo. Mas, pela primeira vez, tenho minhas dúvidas sobre Nell Hawkins.

Pela primeira vez, tenho medo dela.

Capítulo
trinta e quatro

O BAILE DO BETHLEM É UM ACONTECIMENTO MUITO POPULAR. O hospital está repleto de pessoas que chegaram por convite e pela compra de um ingresso. Alguns vieram pela música e pela dança, ou por um sentimento de caridade; outros, pela curiosidade de ver os loucos do Bedlam fazendo mesuras e se curvando uns para os outros, com a esperança de que alguma coisa estranha, escandalosa, ocorra; algo que possam contar a outra pessoa no baile ou no jantar. De fato, duas damas espiam discretamente, enquanto uma enfermeira tenta tirar uma boneca em frangalhos do aperto feroz de uma paciente, acalmando a velha com garantias de que sua "filhinha" será melhor servida por uma boa noite de descanso no "quarto para crianças". "Pobre querida", murmuram as senhoras, e "Parte o coração", embora eu possa dizer, pela luz em seus olhos, que obtiveram um gosto daquilo que vieram procurando – uma espiada, por trás da cortina, no desespero, horror e falta de esperanças, de modo que possam ficar felizes de fechar novamente a cortina e manter essa mancha longe das fronteiras seguras de sua vida bem cuidada. Desejo para elas uma longa dança com o sr. Snow.

A dança já está em pleno andamento quando vejo Felicity e Ann avançando pouco a pouco em minha direção, pela multidão. A sra. Worthington veio como acompanhante, mas está ocupada com outra coisa, conversando com o médico superintendente do hospital, dr. Percy Smith.

– Gemma! Ah, o que aconteceu aqui? – pergunta Felicity, vendo minha luva manchada de sangue.

– Nell Hawkins me mordeu.
– Que horror! – diz Ann.
– A srta. McCleethy já esteve aqui hoje. Nell está num estado muito ruim. Mas ela sabe onde encontrar o Templo e esta noite revelará isto.
– Se for possível confiar nela.
– Sim – admito. – Se.
Tom está de repente ao meu lado. Ele brinca nervosamente com sua gravata.
– Acho que a festa vai bastante bem, e vocês, o que pensam?
– É o melhor baile a que já compareci – diz Ann. É o único baile a que ela já compareceu, algum dia, mas não parece de modo algum a ocasião para mencionar isto.
– Espero que a apresentação desta noite seja satisfatória – diz Tom, olhando na direção do dr. Smith. – Mandei alguns dos pacientes prepararem um pequeno programa de diversão.
– Tenho certeza de que será um deleite para todos – diz Ann, como se fosse uma questão de grave importância.
– Obrigado, srta. Bradshaw. A senhorita é por demais gentil – Tom oferece um sorriso autêntico.
– De jeito nenhum – diz Ann, antes de olhar fixamente, com um ar desejoso, para o local da dança.
Felicity me belisca de leve. Ela tosse delicadamente dentro de seu lenço, mas sei que está tentando com todas as suas forças não rir diante desta desesperada troca de palavras. *Vamos, Tom,* suplico-lhe, silenciosamente. *Convide-a para dançar.*
Tom faz uma reverência diante dela.
– Espero que tenham uma noite agradável – diz ele, desculpando-se.
O rosto de Ann registra desapontamento e depois choque.
– Ela está aqui! – ela sussurra.
– Quem?
Ann abre bem seu leque. Por trás da proteção dele, ela aponta para a extremidade afastada da sala. Vejo apenas o sr. Snow valsando com a risonha sra. Sommers, mas depois meus olhos encontram algo familiar. Não a reconheço imediatamente, com

seu vestido claro, cor de lavanda, com um decote descobrindo-lhe o pescoço.

– É a srta. McCleethy. Ela veio.

– O que devemos fazer? – pergunta Felicity.

Lembrando-me da carta da srta. Moore, digo:

– Devemos mantê-la afastada de Nell, custe o que custar.

A orquestra parou de tocar e as lâmpadas são obscurecidas até ficarem com um brilho aconchegante. As pessoas abandonam o local da dança em pares, movimentando-se para os lados da sala. Tom toma seu lugar no centro. Ele ia passar os dedos por seu cabelo – um hábito nervoso –, mas, lembrando-se das suas luvas e da brilhantina, decide não fazer isso. Vem-lhe um pigarro excessivo. Estou ansiosa por ele. Finalmente ele encontra sua voz:

– Senhoras e cavalheiros, peço sua atenção, por favor. Obrigado por terem vindo numa noite tão fria. Como sinal de gratidão, os atores do Bethlem Royal prepararam uma pequena apresentação para os senhores. E agora, ah, bem... fiquem com os atores do Bethlem Royal.

Tom desembaraça-se e sai debaixo de corteses aplausos. Descubro que perdi de vista a srta. McCleethy na multidão. Um terror frio rasteja lentamente pela minha espinha acima.

– Perdi a srta. McCleethy de vista – sussurro para Felicity. – Você a vê?

Felicity espicha o pescoço.

– Não. Para onde você vai?

– Vou procurá-la – digo, deslizando para dentro da aglomeração de pessoas, que me esconde.

Enquanto a sra. Sommers toca estridentemente uma melodia ao piano, movimento-me através da sala, silenciosamente como o nevoeiro, procurando a srta. McCleethy. A música da sra. Sommers é de alguma forma dolorosa de ouvir, mas a multidão bate palmas para ela, de qualquer maneira. Ela fica em pé, indecisa, curvando-se e sorrindo; em seguida, com a mão cobrindo sua boca. Quando ela começa a arrancar seu cabelo, Tom manda gentilmente que se sente. O fantasmagórico sr. Snow diz um solilóquio de *Conto de inverno*, de Shakespeare. Ele tem uma voz treinada para o palco e seria comovente, se eu pudesse esquecer seu desempenho para mim, mais cedo, esta noite.

Passei por metade da multidão, mas não consegui tornar a ver a srta. McCleethy.

Nell fica em pé olhando atentamente para a multidão, até que as pessoas murmuram, confusas: O *que ela está fazendo? Isto faz parte da apresentação?*

Sua voz sobrenatural, áspera, parecendo o som de um fonógrafo, soa alta. "Jack e Jill subiram o morro para pegar um balde de água. Jack caiu e quebrou sua coroa, e Jill veio caindo atrás."

Uma leve onda de riso baixo e cortês flutua pela sala, mas tenho medo de chorar. Ela me prometeu. E agora sei que sua promessa não passava de outra ilusão tecida por sua mente perturbada. Ela não sabe onde encontrar o Templo. Ela é uma pobre moça louca e sinto vontade de chorar por nós duas.

Nell se anima, fala com paixão. É como se ela fosse uma moça diferente.

– Para onde deveremos ir, donzelas? Para onde deveremos ir? Vocês devem sair do jardim. Deixem-no para trás com um triste adeus. Sigam pelo rio, com as graças da górgona, passando pelos apertos das escorregadias ninfas que beliscam. Através do nevoeiro dourado da magia. Encontrem a gente da bela Floresta de Luzes. As flechas, as flechas, devem usá-las bem e com sabedoria. Mas guardem uma. Guardem uma para mim. Porque precisarei dela.

Uma senhora a meu lado vira-se para seu marido.

– Isto é do *Pinafore*? – pergunta ela, confusa, pensando que a recitação é de uma opereta de Gilbert e Sullivan.

Estou pegando fogo. Ela sabe! Ela descobriu uma maneira engenhosa de revelar a localização do Templo. Quem, a não ser nós, as moças, poderia entender essa algaravia? A srta. McCleethy sai de trás de uma coluna, com seu lado esquerdo aparecendo, o direito escondido nas sombras. Ela também escuta atentamente.

– Ofereçam esperança aos Intocáveis, pois eles precisam de esperança. Continuem a viajar, para muito além das flores de lótus. Sigam o caminho. Sim, atenham-se ao caminho, donzelas. Porque eles podem extraviar vocês, com falsas promessas. Cuidado com os Guerreiros das Papoulas. Os Guerreiros das Papoulas roubam sua força. Eles as engolirão. Engolirão, engolirão! Isto faz todos rirem. Vários dos pacientes repetem "Engolirão vocês", para se divertirem. São como galinhas cacarejando, até que as enfermeiras dizem psiu e os fazem ficar outra vez calados. O pelo da minha nuca se arrepia, de tanta atenção. É como se Nell fizesse uma pantomima para mim, falando num código que posso decifrar – ou então ela deslizou para a completa loucura.

– Não saiam do caminho, porque ele é difícil de tornar a encontrar, quando perdido. E eles levarão a canção para a pedra. Não deixem que a canção morra. Precisam ter cuidado com a beleza. A beleza deve passar. Há sombras escuras de espíritos. Logo além das Borderlands, onde se ergue a árvore solitária e o céu se transforma em sangue...

Algumas das senhoras batem com seus leques, incomodadas pela menção a sangue.

– ... nas Winterlands eles tramam e planejam com Circe. Eles não descansarão até que o exército seja convocado e os reinos se tornem seus, para que os governem.

Há inquietação na multidão, uma sensação de que foi dada atenção a Nell durante tempo demais. Tom abre caminho para a frente. Não! Não até ela me dizer onde encontrar o Templo! Tom já está lá.

Obrigado, srta. Hawkins. E agora...

Nell não se senta. Fica mais agitada.

– Ela quer entrar! Ela me descobriu e não posso impedir que entre!

– Enfermeira, por favor...

– Vá para onde ninguém vai, para onde é proibido ir, ofereça esperança... Jack e Jill subiram o morro, o mar, o mar, veio do mar... vá para onde a escuridão esconde um espelho de água. Enfrente seu medo e prenda a magia, com força, a você!

– Vamos agora, srta. Hawkins – diz a enfermeira, agarrando-a. Nell não quer se mexer. Ela luta contra a enfermeira, com ferocidade brutal. Sua blusa se rasga ao longo da costura do braço, de modo que a manga inteira sai e fica na mão da enfermeira. A plateia arqueja.

Nell está fora de si:

— Ela pretende me usar para encontrá-lo, Senhora Esperança! Ela usará nós duas e eu estarei perdida, perdida para sempre! Não deixe que ela me leve! Não hesite! Liberte-me, Senhora Esperança! Liberte-me!

Dois corpulentos enfermeiros chegam com uma camisa de força.

— Venha conosco, senhorita. Nenhum problema agora.

Nell chuta e grita, mostrando novamente aquela força surpreendente, mas ela não pode enfrentá-los. Um deles enfia o pescoço esguio no gancho de um braço carnudo, enquanto o outro força as mãos de Nell — que tentam agarrá-lo — para dentro dos braços da camisa de força e amarra os cordões em suas costas. O corpo dela desfalece contra os homens, que carregam a moça sem forças, quase arrastando-a, até que sejam ouvidos apenas os seus gemidos e a pancada surda de seus calcanhares contra o piso.

A multidão faz barulho por causa do choque com o espetáculo. Tom pede aos músicos que voltem a tocar. A música funciona para aquietar a sala e logo algumas das pessoas mais corajosas estão outra vez dançando. Estou com o corpo todo tremendo. Nell está em perigo e preciso salvá-la.

Vou empurrando as pessoas para abrir caminho até Felicity e Ann.

— Preciso escapulir e encontrar Nell — digo.

— O que ela queria dizer com "Cuidado com os Guerreiros das Papoulas"? — pergunta Ann.

— Parecia loucura — acrescenta Felicity. — O que você pensa daquilo?

— Acho que era um código para nós encontrarmos o Templo — digo. — E tenho certeza de que a srta. McCleethy também estava ouvindo.

Felicity examina o aglomerado de pessoas.

— Onde está ela?

A srta. McCleethy foi embora de seu lugar perto da coluna. Também não está entre os dançarinos. Desapareceu.

Felicity me olha, com os olhos arregalados.

– Vá imediatamente até onde ela está!

Fujo da sala tão rapidamente quanto possível, correndo para a enfermaria das mulheres. Tenho de chegar até ela antes da srta. McCleethy. *Ela me encontrou!* Certo. Ora, mas não vou deixar que ela leve você, Nell. Não se preocupe.

O corredor está movimentado, com as idas e vindas das enfermeiras. Quando a última enfermeira vai embora, puxo minha saia para cima e voo até o quarto de Nell, tão depressa quanto posso.

Nell está sentada em um canto. Eles tiraram dela a camisa de força. O lindo buquê foi estragado, as pétalas foram arrancadas ou achatadas. Nell se balança para trás e para a frente, a cada vez batendo a cabeça contra a parede, apenas levemente. Pego suas mãos nas minhas.

– Srta. Hawkins, é Gemma Doyle. Nell, não temos muito tempo. Preciso saber a localização do Templo. Você estava prestes a dizer quando eles a levaram. Agora é seguro. Você pode dizer-me.

Um fino fio de baba está saindo vagarosamente pelo canto da sua boca. Um cheiro como o de uma fruta madura demais vem com as minúsculas rajadas da sua respiração. Deram a ela alguma coisa para sedá-la.

– Nell, se você não me contar como encontrar o Templo, tenho medo de estarmos perdidas. Circe o encontrará antes de nós e então não podemos saber o que acontecerá. Ela poderia governar os reinos. Ela poderia fazer isto com uma moça depois da outra.

De longe, abaixo de nós, a música muda de ritmo, enquanto começa outra dança. Não sei quanto tempo posso ficar fora antes de começarem a me procurar.

– Ela nunca parará. – A voz áspera de Nell sai arranhando o silêncio. – Nunca. Nunca. Nunca.

– Então nós mesmas devemos pará-la – digo. – Por favor. Por favor, ajude-me.

– É você que ela quer, é você que ela sempre quis – diz ela, com uma voz enrolada. – Ela me fará dizer-lhe onde encontrar o Templo, exatamente como me fez dizer a ela onde encontrar você.

– Que quer dizer?

Um som arde em meus ouvidos. Passos no corredor, aproximando-se. Levanto-me e vou até a porta, fico espiando para fora. Alguém vem. Alguém com uma capa verde-escura. Ela para e verifica cada quarto na galeria. Fecho devagarinho a porta.

— Nell — digo, com meu coração disparando. — Precisamos nos esconder.

— A pequena srta. Muffet sentou-se num banquinho... eles a assustaram e ela foi embora.

— Pssiuu, Nell. Você precisa ficar calada. Aqui, depressa, debaixo da cama.

Nell é uma moça pequena, mas, derrubada pelos remédios, ela é difícil de manobrar. Caímos juntas no chão, formando uma pilha. Com esforço, consigo empurrá-la para debaixo da cama e depois a sigo. Os passos param na porta de Nell. Estou com minha mão em cima de sua boca, quando a porta se abre. Não sei do que tenho mais medo, de que Nell fale de repente e revele nosso local de esconderijo ou de que as batidas do meu coração nos denunciem.

Há um sussurro na escuridão:
— Nell?

Nell fica rígida contra mim.

O sussurro vem novamente:
— Nell, querida, você está aí?

A bainha da sua capa verde chega à vista. Embaixo dela, posso ver os delicados cordões de botas polidas, avermelhadas. Tenho certeza de que poderia ver meu próprio medo refletido em seu alto brilho. Essas botas chegam mais perto. Prendo minha respiração; mantenho a mão na boca aberta de Nell, com a saliva acumulando-se em minha palma.

Ao meu lado, Nell está tão quieta que tenho medo de que esteja morta. As botas se afastam de nós e a porta se fecha com um clique. Dou uma espiada para fora, de baixo da cama, e puxo Nell para fora, em seguida. Nell prende sua mão em meu pulso. Suas pálpebras se agitam; seus lábios se estreitam numa careta que deixam apenas quatro palavras escaparem:

— Veja o que vejo...

Estamos caindo com força e rapidez numa visão. Mas não é minha visão. É de Nell. Vejo o que ela vê, sinto o que ela sente. Estamos correndo pelos reinos. Capim lambe nossos tornozelos. Mas está acontecendo depressa demais. A mente de Nell é uma confusão e não consigo encontrar sentido no que estou vendo. Rosas atravessando uma parede. Barro vermelho sobre a pele. A mulher de verde segurando com força a mão de Nell, junto de um poço profundo e claro.

E estou caindo para trás, dentro dessa água.

Não consigo respirar. Estou sufocando. Caio para fora da visão e encontro a mão de Nell apertada em torno do meu pescoço. Seus olhos estão fechados. Ela não me vê, não parece saber o que está fazendo. Frenética, puxo sua mão, mas ela não se move.

– Nell – digo, com uma voz rascante. – Nell, por favor.

Ela me solta e caio no chão, arquejando em busca de ar, com a cabeça doendo pela repentina brutalidade dela. Nell desapareceu outra vez dentro da sua loucura, mas seu rosto está molhado de lágrimas.

– Não hesite, Senhora Esperança. Liberte-me.

Capítulo
Trinta e Cinco

Hoje é véspera de Natal. Por toda Londres, as lojas e tavernas estão cheias de pessoas alegres, e as ruas, movimentadas, com gente ocupada de várias maneiras: uma carrega para casa uma árvore cheirosa, outra escolhe um ganso gordo para a ceia. Eu deveria estar imbuída do espírito natalino e da necessidade de espalhar a boa vontade para os meus companheiros homens e mulheres. Em vez disso, reflito sobre o quebra-cabeça que Nell Hawkins me deixou para montar.

Vá para onde ninguém vai, para onde é proibido ir, ofereça esperança. Vá para onde a escuridão esconde um espelho de água. Enfrente seu medo e prenda a magia, com força, a você. Não faz nenhum sentido. *Mantenha-se no caminho. Porque eles podem extraviar vocês com falsas promessas.* Quem? Que falsas promessas? Tudo isso é um enigma embrulhado dentro de outro e mais outro. Tenho o amuleto para me guiar. Mas não sei onde encontrar o Templo e, sem saber disso, não tenho nada. Fico tão aborrecida com essas coisas a ponto de desejar jogar minha bacia do outro lado da sala.

Para piorar as coisas, papai não está em casa. Ele não voltou de seu clube a noite passada. E sou a única que parece preocupada com isso. Vovó está ocupada gritando para os criados ordens relativas ao nosso jantar de Natal. A cozinha está em polvorosa, com cozinheiros cuidando dos pudins, dos molhos e do faisão com maçãs.

– Ele não esteve aqui para tomar o café da manhã? – pergunto.

— Não – diz vovó, empurrando-me para poder passar e ir gritar com o cozinheiro: – Acho que devemos tirar a sopa do cardápio. Ninguém gosta de tomar sopa.

— Mas e se ele estiver com algum problema? – pergunto.

— Gemma, por favor! Sra. Jones, a seda vermelha será o bastante, eu acho.

A ceia da véspera de Natal vem e vai, e ainda não há sinal de papai. Nós três nos ocupamos abrindo nossos presentes, na sala de visitas, e fingindo que não há nada de errado.

— Ah – diz Tom, desembrulhando um comprido cachecol de lã. – Perfeito. Obrigado, vovó.

— Estou contente por você gostar. Gemma, por que não abre o seu?

Começo a mexer na caixa de vovó. Talvez seja um lindo par de luvas, ou uma pulseira. Descubro que dentro há lenços que combinam, são todos bordados com minhas iniciais. Muito lindos.

— Obrigada – digo.

— Presentes práticos são sempre os melhores, eu acho – comenta vovó, fungando.

Em poucos minutos, acabamos de desembrulhar os presentes. Além dos lenços, ganho um espelho de mão e uma lata de chocolates de vovó, e de Tom um alegre quebra-nozes vermelho, que me diverte. Dei a vovó um xale e a Tom um crânio, para ele colocar em seu consultório, um dia.

— Vou chamá-lo de Yorick – diz Tom, encantado. Estou satisfeita porque ele ficou feliz. Os presentes de papai estão embaixo da árvore, sem abrir.

— Thomas – diz vovó. – Talvez você deva ir ao clube de seu pai e perguntar por ele. Faça algumas perguntas discretas.

— Mas devo ir ao Athenaeum esta noite, como convidado de Simon Middleton – protesta Tom.

— Papai está desaparecido – digo.

— Ele não está desaparecido. Tenho certeza de que chegará em casa a qualquer momento, provavelmente carregado de presentes que viajou para comprar, em alguma parte, por um capricho.

Lembra-se da vez em que ele chegou, na manhã de Natal, parecendo o próprio Papai Noel, e montado num elefante?
— Lembro, sim — digo, sorrindo com a lembrança. Ele tinha comprado para mim meu primeiro sari e Tom e eu tomamos leite de coco lambendo-o das tigelas, como se fôssemos tigres.
— Ele virá para casa. Ouça o que estou dizendo. Ele não aparece sempre?
— Você tem razão, claro — digo, porque quero desesperadamente acreditar em suas palavras.

A casa entra numa atmosfera de sons abafados de fogos agonizantes e de relógios inalteráveis, as lâmpadas silenciadas até se tornarem murmúrios bruxuleantes, tendo perdido seu brilho anterior. Como já passa das onze horas, os criados retiraram-se para seus quartos. Vovó está aninhada em sua cama e pensa que também estou na minha. Mas não posso dormir. Não com papai sumido. Quero que ele volte para casa, com ou sem um elefante. Então fico sentada na sala de visitas, esperando.

Kartik entra furtivamente na sala, ainda vestido com seu casaco e botas. Está sem fôlego.
— Kartik! Onde esteve? O que aconteceu?
— Seu irmão está em casa? — Ele está muito agitado.
— Não. Ele saiu. Por que pergunta?
— É absolutamente necessário que eu fale com seu irmão.
Ergo-me até toda a minha altura.
— Já lhe disse, ele não está em casa. Você pode contar tudo a mim.
Ele pega um atiçador e remexe nos toros quebradiços, que explodem em chamas. Ele não diz nada e só me resta imaginar o pior.
— Ah, não. É papai? Sabe onde ele está? — Kartik faz um sinal afirmativo com a cabeça. — Onde?
Kartik não consegue olhar-me dentro dos olhos.
— Bluegate Fields.
— Bluegate Fields? — repito. — Onde é isso?
— É onde vive a pior ralé, um lugar habitado apenas por ladrões, viciados, assassinos e gente desse tipo, lamento dizer.

– Mas meu pai... por que ele está lá?

Outra vez, Kartik não consegue olhar para mim.

– Ele é viciado em ópio. Está no Chin-Chin, um antro de ópio.

Não é verdade. Não pode ser. Curei o papai. Ele está melhor, desde que eu fiz a magia, e não pediu uma só gota de láudano.

– Como você sabe disso?

– Porque ele me ordenou que o levasse para lá, na noite passada, e não saiu mais de lá.

Sinto um profundo desânimo diante disso.

– Meu irmão está com o sr. Middleton em seu clube.

– Devemos mandar chamá-lo.

– Não! Haveria um escândalo. Tom ficaria humilhado.

– Não quer perturbar o Ilustríssimo Simon Middleton.

– Sua ousadia não tem limites – digo.

– E a senhorita mente quando diz que não quer humilhar Tom. Está salvando a si mesma.

A dura verdade disso me fere, e eu o odeio um pouco por dizê-la.

– Não há nada que possamos fazer, a não ser esperar seu irmão voltar – diz Kartik.

– Quer dizer, deixar meu pai nesse lugar.

– Não há outra alternativa.

– Ele é tudo o que tenho – imploro. – Leve-me até onde ele está.

Kartik sacode a cabeça.

– Nem pensar. Bluegate Fields não é lugar para senhoras.

Caminho rapidamente até a porta. Kartik segura meu braço.

– Sabe o que poderia acontecer com a senhorita lá?

– Terei de correr o risco. – Kartik e eu ficamos em pé, um diante do outro. – Não posso deixá-lo lá, Kartik.

– Está bem – diz ele, cedendo. Avalia ousadamente minha figura. – A senhorita precisará pedir emprestadas as roupas de seu irmão.

– O que quer dizer?

– Se quiser ir, terá de se vestir de homem.

Subo correndo a escada, com a esperança de não acordar vovó nem os criados. As roupas de Tom são um mistério para mim. Com dificuldade, consigo despir-me, tirando as muitas camadas de roupas e meu espartilho. Suspiro de alívio quando me liberto dele. Visto as calças de Tom por cima das minhas meias de lã e escolho uma camisa e um casaco. Ficam um pouco apertados. Sou alta, mas não esguia como Tom. Mesmo assim, terão de servir. Mas prender meu cabelo embaixo do chapéu dele é uma tarefa difícil. O chapéu ameaça saltar da minha cabeça. E usar os sapatos de meu irmão exige que eu recheie as pontas com lenços, porque os pés dele são vários centímetros maiores do que os meus. Isto me faz caminhar como se estivesse bêbada.

– Que tal estou? – pergunto, descendo a escada.

Kartik zomba:

– Parece alguém que será atacado por todos os arruaceiros do East London. Foi uma ideia horrorosa. Vamos esperar até seu irmão voltar.

– Não deixarei meu pai morrer num antro de ópio – digo. – Traga a carruagem.

A neve começa a cair suavemente. Cobre a crina de Ginger com um fino pó cinzento, enquanto entramos vagarosamente por entre os cortiços do East London. A noite está imóvel e fria. Cada respiração é dolorosa. Vielas estreitas e sujas se retorcem entre prédios em ruínas, elevando-se curvos como mendigos. Chaminés aleijadas projetam-se dos telhados encharcados, tortos braços metálicos pedindo aos céus esmolas, esperança, alguma garantia de que esta vida não é tudo o que poderão conhecer, algum dia.

– Puxe seu chapéu mais para baixo, em cima do seu rosto – adverte Kartik.

Mesmo à noite, e com este frio, as ruas estão apinhadas, há bêbados falando alto e xingando. Um trio de homens, no vão da porta aberta de uma taverna, observa minhas roupas finas, e Kartik ao meu lado.

– Não olhe para eles – diz Kartik. – Não se aproxime de ninguém.

Um grupo de meninos de rua se aglomera em torno de nós, pedindo. Um deles tem em casa uma irmã ainda bebê, doente; outro se oferece para engraxar minhas botas, por um xelim.

Ainda outro, um menino de não mais de uns onze anos, conhece um lugar para onde podemos ir e ele "será gentil" comigo, por quanto tempo eu quiser. Ele não sorri nem demonstra qualquer sentimento enquanto diz isso. Fala de maneira tão trivial quanto o menino que se oferece para engraxar minhas botas.

Kartik tira seis moedas do seu bolso. Elas brilham em cima da lã negra da palma enluvada da sua mão. Os olhos dos meninos se arregalam, no escuro.

– Três xelins para quem vigiar esta carruagem e o cavalo – diz.

Três meninos vão para cima dele imediatamente, prometendo todos os tipos de danos para quem mexer na carruagem de um cavalheiro tão fino.

– E três para quem puder nos acompanhar, sem problemas, até o Chin-Chin – diz ele.

Eles ficam quietos. Um menino sujo, com roupas esfrangalhadas e sapatos gastos até terem buracos, agarra as últimas moedas.

– Conheço o Chin – diz.

Os outros meninos o olham com um ar de inveja e troça.

– Por aqui, cavalheiros – diz ele, conduzindo-nos por um labirinto de vielas úmidas, com o vento que vem das docas próximas. Ratos gordos correm sobre as pedras do calçamento, cutucando Deus sabe o que no meio-fio. Apesar do vento forte e da hora tardia, as pessoas estão nas ruas. Ainda é véspera do Natal e elas se aglomeram nas tavernas e nas ruas, algumas caindo da bebedeira.

– Bem aqui – diz o menino, quando chegamos a um alpendre dentro de um minúsculo pátio.

O menino empurra a porta decrépita e passamos por ela, subindo em seguida uma escada íngreme e escura, que fede a urina e a umidade. Tropeço em alguma coisa e percebo que é um corpo.

– É só o velho Jim – diz o menino, sem se preocupar. – Ele está sempre aqui.

No segundo andar, chegamos a outra porta.

– Aqui estão os senhores. É o Chin-Chin. E ganharemos um gim pelo trabalho, hein, cavalheiro? – diz o menino, estendendo a mão, com a esperança de receber mais dinheiro.

Empurro mais dois xelins na palma de sua mão.

– Feliz Natal, cavalheiro.

Ele desaparece e bato na porta que a sujeira torna mais grossa. Ela range e se abre, revelando um velho chinês. As sombras embaixo dos seus olhos vazios fazem com que ele pareça mais uma aparição do que um homem de carne e osso, mas então ele sorri, mostrando um punhado de dentes manchados de marrom, como uma fruta apodrecida. Manda que o acompanhemos para dentro da sala de teto baixo, cheia de gente. Por toda parte para onde olho há corpos. Estão caídos em torno, com os olhos batendo; alguns tagarelam sem parar, dizendo longos fios de frases que nada significam. São interrompidas por demoradas pausas e por ocasionais risadas baixas, que dão um frio na alma por seu vazio. Um marinheiro com a pele cor de tinta nanquim faz sinais afirmativos com a cabeça, enquanto dorme a um canto. Do lado dele está um homem parecendo que não acordará nunca mais.

Os fumadores de ópio fazem meus olhos lacrimejarem e minha garganta arder. Desse jeito, tudo indica que será impossível fugirmos da sala sem sucumbir, nós próprios, à droga. Ponho meu lenço em cima da boca, para evitar o enjoo.

– Cuidado com o chão – diz Kartik.

Vários cavalheiros prósperos estão amontoados juntos em torno de uma tigela de ópio, num estupor, com a boca aberta. Em cima deles, uma corda esticada atravessa a sala com trapos sujos pendurados, que formam uma cortina podre, cheirando a leite azedo.

– Em que navio está você, meu rapaz? – Vem uma voz da escuridão.

Um rosto se movimenta para o brilho de uma vela. O homem é indiano.

– Não sou taifeiro, nem rapaz – responde Kartik.

O marinheiro indiano ri com a resposta. Uma feia cicatriz nasce do canto do seu olho e serpenteia por sua face. Tremo só em pensar como ele pode tê-la ganho, ou o que aconteceu com o outro homem. Ele apalpa a faca que tem ao seu lado.

– Você é um cão treinado dos ingleses?

Ele aponta para mim com sua faca. Faz um som de latido, que se transforma em mais risadas, e depois ele tem um terrível acesso de tosse, que deixa sangue em sua mão.

– Os ingleses. – Ele cospe. – Eles nos dão esta vida. Somos seus cães, você e eu. Cães. No que eles prometem, não podemos confiar. Mas o ópio de Chin-Chin torna doce o mundo inteiro. Fume, meu amigo, e você esquecerá o que eles fazem. Esquecerá que é um cão. Que sempre será um cão.

Ele aponta a extremidade de sua faca para a bola preta e pegajosa de ópio, pronto para fumar, afastar seus problemas e flutuar para um estado de esquecimento, no qual não é o inferior de ninguém. Kartik e eu seguimos adiante, através do nevoeiro fumacento. O chinês nos leva para um minúsculo quarto e nos manda esperar um momento, depois desaparece atrás dos trapos que cobrem a porta. O maxilar de Kartik permanece cerrado.

– O que aquele homem disse... – Paro, sem certeza de como devo continuar. – O que quero dizer é... espero que você não se sinta daquela maneira.

O rosto de Kartik se endurece.

– Não sou como aqueles homens. Sou Rakshana. Uma casta mais elevada.

– Mas você também é indiano. Eles são seus compatriotas, não são?

Kartik sacode a cabeça.

– O destino determina a casta da pessoa. Devemos aceitá-la e viver de acordo com as regras.

– Você não pode acreditar realmente nisso!

– Acredito, sim. A infelicidade do homem é que ele não consegue aceitar sua casta, seu destino.

Sei que os indianos usam sua casta como uma marca sobre suas testas, para todos verem. Sei que, na Inglaterra, temos nosso próprio sistema de castas, não reconhecido. Um operário jamais terá uma cadeira no Parlamento. Tampouco uma mulher. Acho que nunca questionei essas coisas, até este momento.

– Mas e a vontade e o desejo? E se alguém quiser mudar as coisas?

Kartik mantém seus olhos na sala.

– Não se pode mudar a própria casta. Não se pode ir contra seu destino.

– Isto significa que não há nenhuma esperança de uma vida melhor. É uma armadilha.
– Esta é a maneira como a senhorita vê as coisas – diz ele, baixinho.
– O que quer dizer?
– Pode ser um alívio seguir o caminho que foi estabelecido para a pessoa, saber seu curso e desempenhar sua parte nele.
– Mas como você pode ter certeza de que está seguindo o curso certo? E se não existir essa coisa que chamam de destino, e se existir apenas a escolha?
– Então não escolho viver sem destino – diz ele, com um leve sorriso.
Parece tão seguro, enquanto eu não sinto nada, a não ser incerteza.
– Você tem alguma dúvida, alguma vez? Sobre alguma coisa?
Seu sorriso desaparece.
– Sim.
Gostaria de saber quais são, mas o chinês volta, interrompendo nosso debate. Nós o seguimos, empurrando para o lado os fétidos trapos. Ele aponta para um inglês gordo, com braços do tamanho de pernas de elefante.
– Estamos procurando pelo sr. Chin-Chin – diz Kartik.
– Está olhando para ele – diz o inglês. – Aceitei uma oferta do primeiro proprietário há três anos. Alguns me chamam de Chin. Outros me chamam de Tio Billy. Vieram provar a felicidade?
Em cima de uma mesa baixa está a tigela de ópio. Chin agita o grosso grude preto. Tira uma pegajosa bolinha de ópio, semelhante a alcatrão, e a empurra para dentro do cachimbo de madeira. Com horror, vejo que ele usa a aliança de casamento do meu pai num cordão em torno do seu pescoço.
– Onde conseguiu esse anel? – pergunto, num sussurro rouco, esperando que ele passe pela voz de um rapaz.
– Lindo, não é? O dono me deu. Foi uma troca justa pelo meu ópio.
– Ele ainda está aqui? Esse homem?
– Não sei. Não estou administrando uma pensão, não é, chefe?

– Chin... – A voz urgente, mas rouca, vem do outro lado da cortina esfarrapada.
Uma mão se projeta para fora. Ela treme, enquanto procura o cachimbo. Há um belo berloque, um relógio de ouro, pendente dos dedos magros.
– Chin, fique com isto... Me dê mais...
Papai.
Afasto a cortina suja. Meu pai está deitado no sujo colchão rasgado, apenas com suas calças e a camisa. Seu casaco e paletó enfeitam uma mulher que está jogada por cima dele, roncando de leve. Sua bela gravata e as botas se foram – roubadas ou trocadas, não sei qual das duas coisas. O fedor de urina é esmagador e tenho de lutar para não ficar enjoada.
– Papai.
Na luz obscura, ele luta para ver quem fala. Seus olhos estão injetados, as pupilas grandes e vítreas.
– Olá – diz ele, sorrindo sonhadoramente.
Minha garganta se aperta, enquanto tento impedir o vômito.
– Papai, é hora de ir para casa.
– Só mais um. Estou ótimo. Depois eu vou...
Chin pega o relógio e o coloca em seu bolso. Passa o cachimbo para papai.
– Não lhe dê mais – imploro.
Tento tomar o cachimbo, mas papai o arranca da minha mão e me dá, enquanto isso, um forte empurrão. Kartik me ajuda a me firmar em pé.
– Chin, o fogo. Ah, que bom sujeito...
Chin baixa a vela até o cachimbo. Meu pai aspira a fumaça. Seus olhos batem e uma lágrima escapa, fazendo um lento percurso por sua face sem barbear.
– Deixe-me, querida.
Não consigo suportar mais nem um instante. Com todos os farrapos de força que tenho, puxo a mulher de cima de papai e o coloco de pé. Nós dois tropeçamos para trás. Chin ri ao nos olhar, como se aquilo fosse uma noitada de briga de galo, ou algum esporte qualquer. Kartik pega o outro braço de papai e, juntos, nós o conduzimos pelos grupos de comedores de ópio. Estou tão

envergonhada de ver meu pai nesse estado. Tenho vontade de chorar, mas temo que, se começar, não pare nunca mais.

Tropeçamos na escada, mas, de alguma forma, conseguimos chegar à nossa carruagem sem maiores incidentes. Os meninos cumpriram sua palavra. O grupo aumentou para cerca de vinte crianças, que deslizaram todas para fora dos assentos e das costas de Ginger. O ar frio da noite, que antes agredia, agora é um bálsamo, depois dos sufocantes eflúvios do ópio. Respiro fundo, ansiosamente, enquanto Kartik e eu ajudamos papai a entrar na carruagem. As calças de Tom ficam presas na porta, rasgando-se ao longo da costura. E, com isso, eu também me arrebento. Tudo o que eu estava prendendo – desapontamento, solidão, medo e a esmagadora tristeza de tudo isso – jorra para fora, por uma torrente de lágrimas.

– Gemma?

– Não... olhe... para... mim... – soluço, virando meu rosto na direção do frio aço da carruagem. – É tudo... tão... horrível... e... é... minha... culpa.

– Não é sua culpa.

– Sim, sim, é! Se eu não fosse quem sou, mamãe não teria morrido. Ele nunca ficaria desse jeito! Arruinei sua felicidade! E... – paro.

– E...?

– Usei a magia para tentar curá-lo. – Tenho medo de que Kartik fique zangado, mas ele não diz nada. – Eu não podia suportar ver papai sofrer dessa maneira. Qual é o bem de todo esse poder, se não posso fazer nada com ele?

Isto traz uma nova onda de lágrimas. Para minha grande surpresa, Kartik as enxuga com sua mão.

– *Meraa mitra yahaan aaiye* – murmura ele.

Entendo apenas um pouco de hindi, o suficiente para saber o que ele disse: *Venha cá, minha amiga.*

– Nunca conheci uma moça mais corajosa – ele diz.

Ele me deixa apoiar-me na carruagem, por um momento, até minhas lágrimas pararem e meu corpo se sentir como sempre se sente depois de um bom choro – calmo e limpo. Do outro lado do Tâmisa, as batidas profundas do Big Ben cantam as duas horas.

Kartik me ajuda a subir para o assento ao lado do meu pai adormecido.

– Feliz Natal, srta. Doyle.

Quando chegamos em casa, as lâmpadas estão acesas. Um sinal agourento. Não há jeito de esconder o que aconteceu.

– Gemma, onde você estava uma hora dessas? Por que está vestida com minhas roupas? E o que fez com minhas melhores calças?

Kartik se movimenta para dentro da sala, apoiando papai da melhor maneira que pode.

– Papai! – diz Tom, examinando seu estado, seminu, drogado.

– O que aconteceu?

Minhas palavras jorram numa torrente aterrorizada.

– Nós o descobrimos num antro de ópio. Estava lá há dois dias. Kartik queria chamar você, mas eu não quis causar um escândalo no clube, e então eu... eu... e eu...

Ouvindo a agitação, a sra. Jones chega, com sua touca de dormir ainda na cabeça.

– Algum problema, senhor? – ela pergunta.

– O sr. Doyle adoeceu – diz Tom.

Os olhos da sra. Jones dizem que ela sabe que é uma mentira, mas entra em ação imediatamente.

– Vou buscar chá agora mesmo, senhor. Quer que mande chamar o médico?

– Não! Apenas o chá, obrigado – brada Tom. – Ele lança um olhar duro para Kartik. – A partir de agora, posso resolver.

– Sim, senhor – diz Kartik.

Por um momento, não sei se vou para meu irmão ou para Kartik. No final, ajudo Tom e a sra. Jones a levarem meu pai para a cama. Troco as roupas de Tom, limpo-me da sujeira do East London e me visto com minhas próprias roupas de dormir. Encontro Tom sentado na sala de visitas, olhando fixamente para o fogo da lareira. Ele pega ramos pequenos demais para serem de qualquer utilidade, parte-os em dois e os atira metodicamente para dentro das iradas chamas.

– Desculpe, Tom. Eu não sabia que outra coisa fazer – digo.

Espero que ele me responda que desonrei a família e que não deverei nunca mais sair desta casa.

Outro ramo se acende. Grita no fogo e silva até se tornar cinzas. Não tenho nenhuma ideia do que dizer.

– Não consigo curá-lo – diz Tom, tão baixinho que tenho de fazer um esforço para ouvir. – Um estudante de medicina e um homem de ciência. Alguém assim, segundo se supõe, deve ter as soluções. Mas não posso ajudar sequer meu próprio pai a vencer seus demônios.

Apoio a cabeça contra a madeira do batente da porta, algo sólido para me segurar, a fim de não escorregar para fora desta terra e cair sem parar.

– Você encontrará uma maneira, no devido tempo. – Pretendo dar confiança. Mas não estou dando.

– Não. A ciência acabou para mim. Está acabada.

Sua cabeça cai para a frente, dentro das suas mãos. Há um som estrangulado. Ele está tentando não chorar, mas não consegue evitar. Quero correr por cima do tapete e abraçá-lo com força, arriscando-me ao seu desdém, se assim fizer.

Mas, ao contrário, viro silenciosamente a maçaneta da porta e vou embora, deixando que ele salve as aparências e me detestando por causa disso.

Capítulo
trinta e seis

Sou acordada pelo som distante de sinos de igreja. É manhã de Natal. A casa está silenciosa como um necrotério. Papai e Tom ainda estão dormindo, depois da nossa longa noite, e vovó também preferiu ficar na cama. Apenas os criados e eu estamos acordados.

Visto-me rápida e silenciosamente e sigo para o abrigo das carruagens. O sono ainda paira em torno de Kartik, de uma maneira doce e encantadora.

– Vim desculpar-me pela noite passada. E lhe agradecer por ajudar papai – digo.

– Todos precisam de ajuda, algumas vezes – ele diz.

– Menos você.

Ele não responde. Em vez disso, entrega-me alguma coisa mal-embrulhada num fragmento de pano.

– Feliz Natal, srta. Doyle.

Estou pasma:

– O que é isso?

– Abra.

Dentro do pano está uma pequena lâmina do tamanho do polegar de um homem. No alto da lâmina há um pequeno e tosco totem, um homem com muitas armas e uma cabeça de búfalo.

– Megh Sambara – explica Kartik. – Os hindus acreditam que ele oferece proteção contra os inimigos.

– Pensei que você não fosse leal a nenhum outro costume, além dos costumes do Rakshana.

Embaraçado, Kartik enfia as mãos em seus bolsos e se balança nos calcanhares de suas botas.

– Era de Amar.

– Não devia separar-se dele, então – digo, tentando devolvê-lo.

Kartik pula para evitar a lâmina.

– Cuidado. É pequena, mas afiada. E talvez precise dela. Detesto ser lembrada, aqui e agora, dos meus objetivos.

– Ficarei com ela. Obrigada.

Vejo que há outra pequena trouxa ao lado dele. Adoraria perguntar se é para Emily, mas não consigo forçar-me a fazer isso.

– Esta noite é o baile de Natal da sra. Worthington, não é? – pergunta Kartik, passando os dedos por seu espesso emaranhado de cachos.

– Sim – digo.

– O que se faz nesses bailes? – pergunta Kartik, timidamente.

– Ah – suspiro. – Há uma porção de sorrisos e conversas sobre o clima e sobre a beleza e a elegância de todos. Há uma leve ceia e bebidas. E dança, naturalmente.

– Nunca estive num baile. Não sei como são essas danças.

– Não é tão difícil para um homem conduzir seu par. A mulher tem de aprender a acompanhá-lo sem pisar em seus pés.

Kartik ergue suas mãos, na posição de quem segura um par imaginário.

– Assim?

Ele dá muitas voltas.

– Um pouco mais devagar. Agora está certo – digo.

Kartik adota um tom de voz afetado:

– Escute, Lady Fulana de Tal, já recebeu muitas visitas, desde que chegou a Londres?

– Ah, Lorde Metido a Besta – respondo, no mesmo tom –, tenho tantos cartões, das mais graduadas pessoas daqui, que tive de pegar duas tigelas de porcelana para mostrar todos.

– Duas tigelas, diz a senhora?

– Duas tigelas.

– Que transtorno para a senhora e para sua coleção de porcelanas – diz Kartik, rindo.

Ele é tão lindo quando ri.

– Gostaria de ver você de casaca e gravata branca. Kartik para.
– Acha que eu ficaria parecido com os ilustres cavalheiros?
– Acho.

Ele faz uma reverência para mim.

– Concede-me esta dança, srta. Doyle?

Faço também uma mesura.

– Ah, mas naturalmente, Lorde Metido a Besta.
– Não – diz ele, baixinho. – Gostaria de dançar *comigo*? – convida.

Kartik quer que eu dance com ele. Olho em volta. A casa ainda está fechada, com o sono. Até o sol está escondido atrás das nuvens cinzentas, suas roupas de cama. Ninguém está por perto, mas estarão a qualquer momento. Minha cabeça sussurra frenéticas advertências: *Você não deve. É impróprio. Errado. E se alguém nos vir? E se Simon...*

Mas minha mão toma a decisão por mim, empurrando o frio da manhã de Natal até se unir à dele.

– Ahn, humm, sua outra mão deveria estar em minha cintura – digo, olhando para nossos pés.

– Aqui? – pergunta ele, repousando a palma da sua mão em meu quadril.

– Mais alto – digo, com uma voz nervosa. A mão dele encontra minha cintura. – É aí.

– E depois?

– Nós, nós dançamos – digo, com minha respiração saindo em baforadas rasas.

Ele me faz girar lenta e desajeitadamente, de início. Há tanto espaço entre nós que uma terceira pessoa poderia ficar em pé ali. Mantenho meus olhos em nossos pés, que dão passos muito próximos uns dos outros, deixando desenhos na fina camada de pó de serragem.

– Acho que seria mais fácil se você não se afastasse – diz ele.

– É assim que se faz – respondo.

Ele me puxa para mais perto de si, muito mais perto do que é apropriado. Há apenas um espaço mínimo entre seu peito e o meu. Instintivamente, olho em torno, mas não há ninguém para nos ver, a não ser os cavalos. A mão de Kartik viaja da minha cintura para a altura dos meus rins e eu arquejo. Girando sem parar, com sua mão quente nas minhas costas, sua outra mão agarrando a minha, fico tonta de repente.

– Gemma – diz ele, de modo que preciso olhar para cima, para aqueles magníficos olhos castanhos. – Há uma coisa que preciso dizer a você...

Ele não deve dizê-la. Estragará tudo. Afasto-me e ponho minha mão em meu estômago, para me firmar.

– Você está bem? – pergunta Kartik.

Sorrio fracamente e faço um sinal afirmativo com a cabeça.

– O frio – digo. – Talvez eu deva voltar.

– Mas, primeiro, preciso dizer a você...

– Há tanta coisa para fazer – digo, interrompendo-o.

– Bem, então... – diz ele, com um tom de mágoa na voz. – Não se esqueça de seu presente.

Ele me entrega a lâmina-talismã. Nossas mãos se tocam e, por um instante, é como se o mundo prendesse sua respiração, e depois os lábios dele, aqueles lábios quentes e macios, estão em cima dos meus. É como se eu fosse apanhada por uma chuva repentina, esse sentimento.

Há em meu estômago uma sensação como a de pássaros batendo as asas quando me afasto.

– Por favor, não.

– É porque sou indiano, não é? – pergunta ele.

– Claro que não – digo. – Nem sequer penso em você como um indiano.

Ele parece ter levado um soco. Depois, lança a cabeça para trás e ri. Não sei o que eu disse de tão divertido. Ele me dá um olhar tão duro que temo que meu coração se parta.

– Então você nem sequer pensa em mim como um indiano. Ora, isso é um imenso alívio.

– Eu... Eu não quis dizer isso.

– Vocês, ingleses, nunca querem.

Ele caminha para dentro dos estábulos e eu o sigo, bem próxima.

Eu nunca pensara em como isto poderia soar insultante. Mas agora, tarde demais, percebo que ele tem razão, que sempre tive como certo que sou tão franca com Kartik, tão... eu mesma... porque ele é indiano e, assim, jamais poderia acontecer nada entre nós. Qualquer coisa que eu dissesse agora seria uma mentira. Fiz uma confusão tão grande.

Kartik está juntando suas magras posses dentro de uma mochila.

– Para onde você vai?

– Ao Rakshana. Chegou a hora de reivindicar meu lugar. De começar meu treinamento e avanço.

– Por favor não vá, Kartik. Não quero que você vá. – É a coisa mais verdadeira que eu disse o dia inteiro.

– Lamento por você, por causa disso.

As cavalariças estão acordando. Criados entraram rapidamente em ação, como as minúsculas figuras mecânicas de um relógio cuco.

– É melhor você entrar. Será que me faria o favor de dar isto a Emily para mim? – diz ele, gelidamente.

Entrega-me o outro presente, que se abre apenas o suficiente para revelar *A Odisseia*.

– Diga a ela que lamento, mas não posso continuar a ensiná-la a ler. Ela terá de conseguir outra pessoa.

– Kartik – começo a dizer.

Noto que ele deixou meu presente para ele, de meses atrás, apoiado contra a parede. – Não quer levar o bastão de críquete?

– Críquete. Um jogo tão inglês – diz ele. – Adeus, srta. Doyle.

Ele coloca a mochila às suas costas e se afasta, dirigindo-se para dentro da fraca luz da manhã que começa.

Capítulo
trinta e sete

AO MEIO-DIA, AS RUAS DE LONDRES SÃO UM CONCERTO DE SINOS chamando todos para irem à igreja. Vovó, Tom e eu estamos sentados em duros bancos de madeira, deixando as palavras do reverendo fluírem por nós:

– E então Herodes, tendo chamado em particular os sábios, perguntou-lhes a que horas a estrela havia aparecido. E mandou que fossem a Belém, dizendo: "Vão e procurem diligentemente o recém-nascido; e quando o descobrirem, tragam-me notícias, para que eu possa ir adorá-lo também..."

Dou uma olhada pela igreja. Por toda parte, em torno de mim, as cabeças estão curvadas, em oração. As pessoas parecem contentes. Felizes. Afinal, é Natal.

Um vitral salpicado de luz mostra um anjo fazendo a Anunciação. Aos seus pés, Maria está ajoelhada, tremendo, ao receber essa assustadora mensagem de seu visitante celestial. Seu rosto mostra respeito e o temor dessa notícia, da dádiva que ela não pediu, mas que, não obstante, terá. E indago a mim mesma por que não existe nenhum trecho bíblico que descreva sua terrível dúvida.

– E então Herodes, quando viu que os sábios zombavam dele, ficou extremamente irado e enviou seus homens para matarem todas as crianças que estavam em Belém e nas regiões costeiras por lá...

Por que não há nenhum painel mostrando mulheres que dizem: *Não, desculpe, não quero essa dádiva. Pode ficar com ela.*

Tenho os carneiros para cuidar e o pão para assar, e não tenho nenhuma vontade de ser uma mensageira divina.
 — Esse é o vitral que desejo ver.

Um raio de sol atravessa o vidro e, por um momento, o anjo parece chamejar.

Tenho permissão para passar a tarde com Felicity e Ann, a fim de que vovó e Tom possam tratar de papai. A sra. Worthington está cuidando das roupas da pequena Polly, o que deixa Felicity num estado de espírito odiento, combinando com o meu próprio. Apenas Ann está gostando do dia. É o primeiro Natal que ela passa num verdadeiro lar, com um baile para comparecer, e está inteiramente tonta com relação à festa, aborrecendo-nos com perguntas:

— Devo usar flores e pérolas em meu cabelo? Ou é deselegante? – ela pergunta.

— Deselegante – responde Felicity. – Não vejo por que devemos levá-la. Há uma porção de parentes mais adequados, eu acho.

Sento-me na penteadeira de Felicity, passando uma escova pelo meu cabelo e contando as escovadelas, enquanto vejo a mágoa nos olhos de Kartik a cada movimento da escova.

— Sessenta e quatro, sessenta e cinco, sessenta e seis...

— Eles ficam em cima dela, bajulando-a freneticamente, como se ela fosse uma princesa visitante – resmunga Felicity.

— Ela é uma menina muito bonita – diz Ann, impensadamente. – Estou com vontade de usar um perfume. Gemma, Tom acha ousadas demais as moças que se perfumam?

— Ele é atraído pelo cheiro de estrume – diz Felicity. – Você deve chafurdar nos estábulos, para provocar seu amor total.

— Você está mesmo com um mau humor terrível – resmunga Ann.

Eu não devia ter dançado com ele. Eu não devia ter deixado que me beijasse. Mas eu queria que ele me beijasse. E, depois, eu o insultei.

— Ah, é tudo um aborrecimento tão grande – Felicity diz, irritada, enquanto segue para a cama, que está coberta de meias, seda e anáguas descartadas. Parece que o conteúdo total dos armários de Felicity está espalhado para todo mundo ver. E, no entanto, ela não encontra nada adequado.

– Eu não vou – explode Felicity.

Está esparramada numa espreguiçadeira, com seu penhoar e meias curtas de lã despencadas em torno dos seus tornozelos. Todo o fingimento de decoro foi abandonado.

– É o baile de sua mãe – digo. – Você deve ir. Sessenta e sete, sessenta e oito...

– Não tenho nada para usar!

Gesticulo largamente em direção à cama e recomeço minha contagem.

– Não quer usar um dos vestidos que sua mãe mandou fazer para você em Paris? – pergunta Ann. Ela está segurando um dos vestidos contra seu corpo, virando-se de um lado para outro. Faz uma leve reverência para um acompanhante imaginário.

– São tão *bourgeois* – diz Felicity, rindo desdenhosamente.

Ann corre seus dedos sobre a seda azul-água e o bordado com contas ao longo do decote delicado.

– Acho este lindo.

– Então você o usará.

Ann tira os dedos do vestido, como se queimassem.

– Não cabe em mim, de jeito nenhum.

Felicity sorri, afetadamente.

– Poderia caber, se você tivesse renunciado àqueles bolinhos matinais.

– Não faria nenhuma d... d... diferença. Eu apenas insultaria o vestido.

Felicity levanta-se com um pulo, dando um suspiro que é quase um resmungo.

– Por que você faz isso?

– Faço o quê? – pergunta Ann.

– Deprecia a si mesma em todas as oportunidades.

– Eu estava apenas brincando.

– Não, não estava. Estava, Gemma?

– Oitenta e sete, oitenta e oito, oitenta e nove... – respondo, em voz alta.

— Ann, se continuar a dizer quanto você é desprezível, as pessoas acabarão acreditando.

Ann encolhe os ombros, devolvendo o vestido à pilha em cima da cama.

— Eles acreditam no que veem.

— Então mude o que eles veem.

— Como?

— Use o vestido. Podemos afrouxá-lo dos lados.

— Cem. — Viro-me para encará-las. — Sim, mas então não daria mais em você.

O sorriso de Felicity é furioso.

— Exatamente.

— Você acha mesmo que é uma boa ideia? — pergunto.

O vestido é muito caro e foi feito em Paris sob medida para Felicity.

— Sua mãe não ficará zangada? — pergunta Ann.

— Ela estará envolvida demais com seus convidados para notar o que estamos usando. Só se preocupará com o que ela própria está usando, e se a roupa a faz parecer jovem.

Parece uma má ideia, mas Ann já está tocando novamente a seda como se fosse um gatinho de estimação e não serei a pessoa que estragará seu prazer.

Felicity levanta-se com um pulo.

— Chamarei Franny. Por mais chata que seja, ela é uma costureira de primeira.

Franny é convocada. Quando Felicity explica o que deseja, os olhos da moça se arregalam de descrença.

— Devo perguntar primeiro à sra. Worthington, senhorita?

— Não, Franny. Será uma surpresa para minha mãe. Ela ficará felicíssima de ver a srta. Bradshaw bem apresentada.

— Está bem, senhorita.

Franny mede Ann.

— Será difícil, senhorita. Não posso dizer se haverá tecido suficiente.

Ann cora.

— Ah, por favor, não se incomode. Usarei o mesmo que usei para a ópera.

– Franny – diz Felicity, transformando o nome dela numa doce canção de ninar –, você é uma costureira tão hábil. Tenho certeza de que, se alguém pode fazer isso, é você.

– Mas, quando eu modificar o vestido, senhorita, não poderei fazer com que volte ao que era antes – diz Franny.

– Deixe isso por minha conta – diz Felicity, empurrando-a porta a fora, com o vestido em seus braços.

– Agora vamos tentar dar a você uma cintura – rosna Felicity.

Ann se segura na parede com os braços. Ela começa a se virar para trás, a fim de dizer alguma coisa a mim, mas Felicity torna a empurrar sua cabeça para a frente.

– Você não vai me beliscar com força demais, vai?

– Vou, sim – digo, com um tom de voz trivial. – Agora fique quieta.

Dou um forte puxão nos cordões do seu espartilho, apertando a cintura de Ann o máximo que posso.

– Meu D... D... Deus – arqueja ela.

– Novamente – diz Felicity.

Puxo com força, e Ann se endireita, tentando respirar, aos arquejos, com lágrimas aparecendo em seus olhos.

– Apertado demais – diz ela, com voz rouca.

– Quer usar o vestido? – arrelia Felicity.

– Sim... mas não quero morrer.

– Está bem, não adianta fazer você desmaiar em cima de nós. Afrouxo um pouco os cordões e a cor invade o rosto de Ann.

– Venha, sente-se – digo, guiando-a para a espreguiçadeira.

Ela não tem escolha a não ser sentar-se, ereta como uma vara. Respira tão pesadamente quanto um cavalo cansado.

– Não é tão ruim, quando a gente se acostuma – sussurra Ann, dando um fraco sorriso.

Felicity torna a se jogar na espreguiçadeira.

– Mentirosa.

– O que você achou da apresentação de Nell Hawkins? Para mim, aquilo foi puro palavreado – diz Ann, lutando para respirar.

– Tom estava muito bonito, eu acho. Ele é tão gentil.

– Eu própria não pude entender aquilo tudo – respondo. – *Ofereçam esperança aos Intocáveis; não deixem a canção morrer. Tenham cuidado com a beleza; a beleza deve passar.*

— *Não saiam do caminho*. O que isso queria dizer? – Ann indaga a si mesma, em voz alta.

— E que tal *as escorregadias ninfas que agarram*? – pergunta Felicity, rindo alto. – Ou *Cuidado com os Guerreiros das Papoulas! Eles as engolirão. Engolirão, engolirão!*

Ann começa a rir, mas o espartilho logo impede sua alegria. Ela só pode sorrir e arquejar.

— Ela tentava dizer-nos alguma coisa, tenho certeza.

Sinto-me inteiramente na defensiva com relação a esse assunto.

— Vamos, Gemma, era um poema sem sentido. A pobre Nell Hawkins é completamente louca.

— Então como ela sabia a respeito da górgona, da Floresta de Luzes? Ou do nevoeiro dourado?

— Talvez você tivesse contado a ela.

— Não contei!

— Então ela leu isso em alguma parte.

— Não – protesto. – Acho que ela falava para nós num código, e se pudermos decifrá-lo, desvendaremos o mistério da localização do Templo.

— Gemma, sei que você deseja acreditar que Nell tem a chave para tudo isso, mas devo dizer, depois de vê-la, que você está enganada.

— Você fala como Kartik.

Imediatamente lamento ter mencionado o nome dele.

— O que é, Gemma? Você está franzindo a testa – pergunta Ann.

— Kartik. Ele foi embora.

— Foi embora? Embora para onde? – pergunta Felicity, puxando para cima uma meia de seda e examinando-a contra a curva da barriga de sua perna.

— Voltou para o Rakshana. Eu o insultei e ele partiu.

— O que você disse? – pergunta Felicity.

— Disse a ele que sequer pensava nele como um indiano.

— E o que há de insultante nisso? – pergunta Felicity, sem entender. Ela tira a meia e a deixa cair no chão. – Gemma, iremos aos reinos esta noite? Quero mostrar a ela meu vestido novo e lhe desejar um feliz Natal.

– Será difícil escapar – digo.
– Bobagem. Há sempre oportunidades de escapar das acompanhantes. Já fiz isso.
– Quero apreciar o baile – digo.
Felicity me olha fixamente, com um sorriso zombeteiro.
– Você quer apreciar Simon Middleton.
– Tenho esperança de dançar com Tom – admite Ann.
– Iremos amanhã – digo, para consolar Felicity.
– Detesto quando você fica assim. Algum dia terei meu próprio poder e então entrarei nos reinos à hora que quiser – diz Felicity, zangada.
– Felicity, não fique aborrecida – suplica Ann. – É apenas uma noite. Amanhã. Amanhã iremos novamente para os reinos.
Ela se afasta, com um ar de menosprezo.
– Sinto falta de Pip. Ela estava sempre pronta para o que desse e viesse.

Depois da rude partida de Felicity, Ann e eu conversamos um pouco e passamos o tempo brincando com fitas. Depois, como se nada tivesse acontecido, Felicity irrompe pela porta, junto com Franny, que carrega em seus braços, com cuidado, o vestido de seda azul.
– Ah, vamos dar uma olhada, está bem? – exclama Felicity.
Ann entra no tecido leve, enfia seus braços por ele. Franny põe dentro das laçadas os pequenos botões de pérolas, nas costas. É lindo. Ann gira com ele, como se não conseguisse acreditar que a moça no espelho pudesse ser seu próprio reflexo.
– O que acha? – pergunto, segurando o cabelo de Ann afastado do seu pescoço, com um efeito fantástico.
Ela faz que sim com a cabeça.
– Sim. Gosto assim. Obrigada, Felicity.
– Não me agradeça. Será um prazer enorme espiar a cara de aborrecimento da minha mãe.
– O que quer dizer? – pergunta Ann. – Pensei que você tinha dito que ela não se importaria.
– Eu disse? – pergunta Felicity, fingindo surpresa.

Lanço em Felicity um rápido olhar de advertência. Ela me ignora e tira um vestido de veludo cor de vinho da pilha em cima da cama.

– Franny? Você é uma costureira tão maravilhosa que tenho certeza de que não será problema nenhum para você fazer um pequeno ajuste neste vestido. Sei que pode fazer isso a tempo.

Franny cora.

– Sim, senhorita?

– O corpete deste vestido é arrebicado demais para uma jovem que vai para uma festa tão grandiosa. Você não concorda?

Franny examina o corpete.

– Acho que poderia baixá-lo só um pouquinho, senhorita.

– Ah, sim, por favor! Imediatamente – diz Felicity, empurrando Franny porta afora. Ela toma meu lugar na penteadeira e dá um sorriso maldoso. – Isso será muito divertido.

– Por que você a detesta tanto? – pergunto.

– Estou até começando a gostar de Franny, na verdade.

– Estou falando de sua mãe.

Felicity ergue um par de brincos de granada, para examiná-los.

– Não aprecio o gosto dela para vestidos.

– Se não quer discutir isso...

– Não, não quero – diz Felicity.

Algumas vezes, Felicity é tão misteriosa para mim quanto a localização do Templo. Ela é maldosa e infantil, num momento, e animada e corajosa, no outro; uma moça tão bondosa que trouxe Ann para sua casa no Natal, e tão mesquinha que pensa em Kartik como seu inferior.

– Ela me parece muito simpática – diz Ann.

Felicity olha fixamente para o teto.

– Ela investiu muito em parecer simpática, leve e divertida. É isto o que importa para ela. Mas não cometam o erro de procurá-la para lhe falar de alguma coisa importante.

Alguma coisa sombria e dura passa rapidamente pelo rosto de Felicity.

– O que quer dizer? – pergunto.

– Nada – resmunga ela.

E o mistério que é Felicity Worthington se aprofunda.

Para me divertir, deslizo para dentro de um dos vestidos de Felicity, de um cetim verde escuro. Ann prende os ganchos e uma cintura bem modelada surge à vista. É surpreendente ver a mim mesma dessa maneira – as meia-luas de meus seios pálidos espiando acima da pressão da seda e das flores. Será essa a moça que todos os outros veem?

Para Felicity e Ann, sou um meio para entrar nos reinos.

Para vovó, sou alguma coisa que deve ser moldada, para chegar a uma forma.

Para Tom, sou uma irmã que ele tem de suportar.

Para papai, sou uma boa moça, sempre a um passo de distância de desapontá-lo.

Para Simon, sou um mistério.

Para Kartik, sou uma tarefa que ele tem de realizar.

Meu reflexo me olha de volta, esperando uma apresentação. *Olá, moça no espelho. Você é Gemma Doyle. E não tenho a menor ideia de quem você realmente é.*

Capítulo
Trinta e Oito

Todas as luzes estão acesas no majestoso lar dos Worthingtons, na Park Lane. A casa brilha em meio à neve que cai suavemente. Chegam carruagens, numa longa fila negra. Os lacaios ajudam as damas a subirem graciosamente para o meio-fio, onde elas pegam os braços de seus cavalheiros e vão caminhando até a porta da frente, com as cabeças muito erguidas, joias e cartolas em exibição.

Nosso novo cocheiro, sr. Jackson, observa enquanto o lacaio ajuda vovó a descer da carruagem.

– Cuidado com a poça, madame – diz Jackson, notando a dúbia área molhada na rua.

– Você é um bom homem, Jackson – diz Tom. – É muita sorte termos você, já que o sr. Kartik parece ter desaparecido sem deixar vestígios. Com certeza, nada direi a favor de seu caráter se seu futuro empregador entrar em contato comigo.

Encolho-me diante disso. Será que tornarei a ver Kartik?

O sr. Jackson tira seu chapéu para mim. É um homem alto e abrutalhado, com o rosto comprido e fino e um bigode de pontas viradas que me faz lembrar uma morsa. Ou talvez eu esteja sendo cruel porque sinto falta de Kartik.

– Onde você encontrou o sr. Jackson? – pergunto, quando nos unimos aos casais bem-vestidos que desfilam para o baile.

– Ah, ele nos encontrou. Apareceu perguntando se precisávamos de um cocheiro.

– No dia de Natal? É estranho – digo.

– É muita sorte – diz Tom. – E agora lembre-se, papai adoeceu e não pode comparecer a esta noitada, mas nos pediu para dizer que lamenta profundamente.

Quando não digo nada, vovó segura meu braço, o tempo inteiro sorrindo e cumprimentando com a cabeça os outros que chegam.

– Gemma? – diz ela.

– Sim – respondo, com um suspiro. – Eu me lembrarei.

Quando chegamos, Felicity e sua mãe nos cumprimentam. O vestido de Felicity, ajustado por Franny, exibe um ousado decote, que não passa despercebido aos convidados, o choque registrado em seus demorados olhares. O sorriso forçado da sra. Worghinton diz tudo o que ela está sentindo, mas não há nada que ela possa fazer, a não ser mostrar uma expressão corajosa, como se sua filha não a estivesse envergonhando em seu próprio baile. Não entendo por que Felicity irrita tanto sua mãe, nem por que sua mãe suporta isso sem fazer quase nada além de soltar um suspiro de quem sofre um martírio.

– Como vai? – murmuro para Felicity, quando trocamos mesuras.

– Que bom que veio – diz ela. Ambas estamos tão formais que tenho de lutar para conter uma risada. Felicity faz um gesto na direção do homem à sua esquerda.

– Acho que não conhece meu pai, Sir George Worthington.

– Como vai, senhor? – digo, fazendo uma mesura.

O pai de Felicity é um homem bonito, com olhos luminosos, cinzentos, e um cabelo claro que se tornou de um louro baço. Ele tem o tipo de perfil forte que se pode imaginar sublinhado pelo cinza do mar. Posso vê-lo com os braços atrás das costas, como estão agora, gritando ordens para seus homens. E, como sua filha, ele tem um sorriso carismático, que surge agora, com a entrada da pequena Polly na sala, com seu vestido de veludo azul e o cabelo cheio de cachinhos.

– Posso ficar para as danças, tio? – pergunta ela, tranquilamente.

– Ela devia ir para seu quarto – diz a mãe de Felicity.

– Ora, ora, é Natal. Nossa Polly quer as danças e as terá – diz o almirante. – Acho que sou um velho tolo; sempre cedo aos desejos das jovens.

Os convidados riem com isso, encantados com seu espírito alegre. Enquanto seguimos adiante, ouço-o cumprimentar as pessoas com grande afabilidade e encanto.

– ... sim, vou partir amanhã para Greenwich para visitar os velhos marinheiros no hospital real. Acha que me darão uma cama?... Stevens, como é que vai a perna? Ah, ótimo, ótimo...

Numa mesa lateral, lindos carnês de baile foram enfileirados. São elegantes, enfeitados com galões dourados e têm preso a eles um lápis minúsculo, para podermos escrever o nome de nosso par, ao lado da dança – valsa, quadrilha, galope, polca – para a qual ele nos convida. Embora eu desejasse escrever o nome de Simon ao lado de todas as danças, sei que não devo dançar mais de três vezes com qualquer cavalheiro. E terei de dançar uma vez com meu irmão.

O carnê será um belo suvenir do meu primeiro baile, embora, na verdade, eu ainda não esteja "pronta para ingressar na sociedade", pois ainda não fiz meu debute nem tive minha primeira temporada social. Mas esta é uma festa de família e, como tal, terei todos os privilégios de uma jovem de dezessete ou dezoito anos.

Vovó passa uma cansativa quantidade de tempo indo falar com várias damas, enquanto sou forçada a segui-la, sorrindo, fazendo mesuras e, em geral, sem dizer nada, a não ser que se dirijam a mim. Sou apresentada às acompanhantes – todas entediadas tias solteironas – e a sra. Bowles promete à vovó que me observará como se fosse uma mãe galinha, enquanto vovó se ocupa jogando cartas em outro lugar. Do outro lado da sala, vejo Simon entrando com sua família e meu estômago se aperta. Estou tão absorta em sua chegada que não ouço uma pergunta dirigida a mim por uma Lady Qualquer Coisa. Ela, vovó e a sra. Bowles estão em pé olhando para mim, à espera de uma resposta. Vovó fecha rapidamente os olhos, de vergonha.

– Sim, obrigada – digo, pensando que é o mais seguro.

Lady Qualquer Coisa sorri e se refresca com um leque de marfim.

– Maravilhoso! A próxima dança já vai começar. E aqui está o meu Percival.

Aparece um rapaz ao lado dela. O alto da sua cabeça alcança a parte inferior do meu queixo e ele tem a infelicidade de parecer um peixe grande, com olhos protuberantes e a boca excepcionalmente larga. E acabei de concordar em dançar com ele.

Chego a duas conclusões, durante a polca. Uma, a de que é mais ou menos como ser sacudida durante uma eternidade. A outra, o motivo pelo qual Percival Qualquer Coisa tem a boca tão excepcionalmente grande é o excesso de uso. Ele fala durante a dança inteira, só parando para me fazer perguntas que, em seguida, responde por mim. Sou lembrada de histórias de sobrevivência, nas quais homens corajosos foram forçados a amputar seus próprios membros, a fim de escapar de armadilhas para animais, e temo ter de recorrer a uma medida drástica dessas, se a orquestra não parar. Graças a Deus para, e consigo escapar, enquanto "lamento" informar a Percival que meu carnê já está cheio para o resto do baile.

Enquanto saio cambaleando da pista de dança para voltar à companhia da sra. Bowles e das acompanhantes, vejo Ann saindo para dançar com Tom. Ela não poderia estar com um aspecto mais feliz. E Tom parece encantado por estar em sua companhia. Sinto-me bastante satisfeita de vê-los juntos.

– Concede-me esta dança, srta. Doyle?

É Simon, fazendo uma pequena reverência para mim.

– Ficarei encantada.

– Vejo que Lady Faber colocou você numa armadilha, forçando-a a dançar com o filho dela, Percival – diz Simon, enquanto me faz girar gentilmente, na valsa. Sua mão enluvada repousa suavemente em minhas costas, guiando-me com facilidade em torno da pista.

– Ele é um dançarino muito cuidadoso – digo, tentando ser cortês.

Simon sorri.

– É assim que você chama aquilo? Bem, suponho que seja mesmo uma habilidade dançar a polca e, ao mesmo tempo, falar sem parar.

Não posso deixar de sorrir diante disso.
— Veja ali — diz Simon —, a srta. Weston e o sr. Sharpe.
Ele indica uma jovem com aspecto melancólico, sentada sozinha em sua cadeira, com o carnê de baile na mão. Ela lança rápidos olhares na direção de um homem alto, com cabelo escuro. Ele conversa com outra jovem mulher e sua aia, de costas para a srta. Weston.
— É do conhecimento geral que a srta. Weston está apaixonada pelo sr. Sharpe. É também do conhecimento geral que o sr. Sharpe nem toma conhecimento da existência da srta. Weston. Veja como ela anseia para que ele a tire para dançar. Aposto que manteve seu carnê de baile vazio, contando com a possibilidade de que ele a convide.
O sr. Sharpe caminha na direção da srta. Weston.
— Veja — digo. — Talvez ele vá tirá-la para dançar.
A srta. Weston se senta ereta, com um sorriso esperançoso em seu rosto fino. O sr. Sharpe passa por ela, que agora finge ostensivamente estar olhando para algum lugar distante, como se não estivesse em absoluto incomodada pela rejeição dele. É tudo tão cruel.
— Ah, talvez não — diz Simon. Ele faz comentários tranquilos sobre os casais em torno de nós. — O sr. Kingsley está atrás dos bens apreciáveis da viúva Marsh. A srta. Byrne está muito maior do que estava durante a temporada de maio. Ela come como um passarinho em público, mas ouço dizer que, em particular, pode comer a despensa inteira num piscar de olhos. Comenta-se que Sir Braxton está tendo um caso com sua governanta. E há a situação de nosso anfitrião e nossa anfitriã, os Worthington.
— O que quer dizer?
— Eles mal se falam. Vê como ela o evita?
A mãe de Felicity se movimenta de um convidado para outro, dando-lhes sua atenção, mas não chega sequer a olhar para seu marido.
— Ela é a anfitriã — digo, sentindo a necessidade de defendê-la.
— Todos sabem que ela viveu em Paris com seu amante, um artista francês. E a jovem srta. Worthington está desnudando a

pele demais esta noite. Já estão mexericando a respeito. Ela, provavelmente, terá de se casar com algum americano atrevido. É pena. Seu pai foi feito Sir pela rainha, tendo recebido o título de Cavaleiro Comandante da Ordem de Bath, por sua destacada carreira naval. E, agora, ele até assumiu a custódia de uma menina, a filha órfã de um primo distante. Ele é um bom homem, mas sua filha está se tornando uma mancha em sua bela reputação.

O que Simon diz sobre Felicity é verdade, mas eu não gosto de ouvi-lo falar dessa maneira sobre minha amiga. É um lado de Simon que eu não vira.

— Ela é simplesmente alegre — protesto.

— Deixei você zangada — diz Simon.

— Não, não é verdade — minto, embora não saiba por que finjo que não estou zangada.

— Sim, deixei. Foi muito pouco cavalheiresco da minha parte. Se você fosse um homem, eu lhe concederia uma pistola para defender a honra dela — diz ele, com aquele seu diabólico meio sorriso.

— Se eu fosse um homem, pegaria essa pistola — digo. — E faria tudo para não errar o tiro.

Simon ri diante disso.

— Srta. Doyle, Londres é um lugar muito mais interessante com a senhorita aqui.

A dança termina e Simon me acompanha na saída da pista, prometendo convidar-me para outra quando meu carnê permitir. Ann e Felicity correm para meu lado, insistindo que eu as acompanhe até outra sala, a fim de tomarmos limonada. Com a sra. Bowles a reboque, passamos pelas salas, de braços dados, mexericando rápida e tranquilamente.

— ... e então ela disse que eu era jovem demais para usar meu vestido tão decotado e ela poderia muito bem não ter deixado que eu viesse, se soubesse que eu a envergonharia de maneira tão pública, e que o vestido de seda azul está arruinado... — tagarela Felicity.

— Ela não está zangada comigo, está? — pergunta Ann, com a preocupação estampada em seu rosto. — Você contou a ela que tentei impedir?

– Você não precisa preocupar-se tanto. Sua reputação está intacta. Além disso, papai veio em minha defesa e mamãe se esquivou imediatamente. Ela nunca o enfrentaria...

O salão de baile dá para a sala onde são servidas as bebidas. Tomamos nossa limonada, que está fresca. Apesar do frio do inverno, estamos aquecidas com as danças e o entusiasmo. Ann olha ansiosamente na direção do salão de baile. Quando a música recomeça, ela pega às pressas seu carnê.

– Isso é a quadrilha?

– Não – digo. – Soa como outra valsa.

– Ah, graças a Deus. Tom me convidou para dançar a quadrilha. Eu não desejaria perder isso.

Felicity está momentaneamente espantada:

– Tom?

Ann está radiante:

– Sim. Ele disse que queria saber tudo sobre meu tio e como me tornei uma lady. Ah, Gemma, acha que ele gosta de mim?

O que fizemos? O que acontecerá quando o ardil for descoberto? Tenho um sentimento desagradável com relação a isso.

– Você gosta mesmo dele?

– Muito. Ele é tão... respeitável.

Sufoco com a polpa da minha limonada.

– Como está se saindo com o sr. Middleton? – pergunta Felicity.

– Ele é um excelente dançarino – digo. Estou torturando-as, claro.

Felicity me dá uma pancada brincalhona com seu carnê de baile.

– É tudo o que você tem para dizer? Que ele é um excelente dançarino?

– Conte – insiste Ann. A sra. Bowles nos alcançou. Agora ela paira por perto, esperando ouvir um pouquinho da conversa, ficar sabendo de algum escândalo.

– Ah, meu Deus, estou com um rasgão em meu vestido – digo.

Ann inclina o corpo, a fim de olhar minha saia.

– Onde? Não estou vendo nada.

Felicity entende.

– Ah, sim. Precisamos levar você imediatamente para o vestiário. Uma das criadas pode consertá-lo. Dá licença, sra. Bowles!

Antes que nossa acompanhante possa dizer uma só palavra, Felicity nos arrebata, fazendo-nos descer um lance de escada e chegar a um pequeno conservatório.

– E aí?

– Ele é muito bonito. É como se eu o conhecesse durante toda a minha vida – digo.

– Ele não gosta muito de mim – diz Felicity.

Será que ela sabe o que ele me disse sobre ela? Coro, pensando em como eu podia ter saído mais em sua defesa.

– Por que você diz isso?

– Ele tentou cortejar-me. Eu o recusei, no ano passado, e ele nunca me perdoou.

Tenho a impressão de que fui chutada com força.

– Pensei que você não tinha nenhum interesse em Simon.

– Sim, exatamente. Não sinto nada por *ele*. Você não me perguntou se ele gosta *de mim*.

Meus bons sentimentos caíram no fundo do meu estômago, como confetes cobrindo uma pista de dança. Será que Simon tem prestado atenção em mim durante todo esse tempo como uma maneira de irritar Felicity? Ou será que ele realmente gosta de mim?

– Acho que devemos voltar para o baile – digo, seguindo para o primeiro andar a passos mais rápidos do que o necessário, só para deixar um grande espaço entre Felicity e eu. Não tenho vontade ainda de me unir à feliz multidão. Preciso de um momento para me recompor. Na extremidade mais afastada da sala há um par de portas envidraçadas até o chão, dando para uma pequena sacada. Vou para fora e fico observando a ampla extensão do Hyde Park. Nas árvores nuas, vejo Felicity, tentadora, com seu vestido muito decotado, e eu, a criatura alta, magricela, brincando de me vestir com apuro; a moça que é assombrada por visões. Felicity e Simon. Eles poderiam levar juntos uma vida sem complicações. Seriam belos, elegantes, viajados. Será que ela entenderia as piadas espirituosas dele? Será que ele chegaria a contar a ela essas piadas? Talvez ela transformasse a vida dele num horror. Talvez.

O ar frio me ajuda. A cada respiração fortalecedora, minha cabeça clareia um pouco mais. Logo descobrirei que estou recuperada o suficiente para ficar gelada. Embaixo, os cocheiros e lacaios se juntaram em torno de uma banca que vende café. Eles cobrem as xícaras da bebida quente com as mãos em concha, enquanto caminham de um lado para outro, na neve, tentando manter-se aquecidos. Esses bailes devem ser uma infelicidade para eles. Por um momento, penso ter visto Kartik. Porém, depois, lembro que ele foi embora.

A noite se desdobra em danças e sussurros, sorrisos e promessas. O champanhe fluiu livremente, e as pessoas riem, alegres, esquecendo-se das suas preocupações. Logo as acompanhantes perdem o interesse em proteger suas tuteladas, preferindo dançar elas próprias, ou jogar *whist* e outros carteados, numa sala no andar de baixo. Quando, finalmente, Simon volta para o salão de baile, vindo de seu jogo de cartas, estou com os nervos em frangalhos.

– Aí está você – diz ele, sorrindo. – Reservou outra dança para mim?

Não consegui conter-me:

– Pensei que talvez você estivesse dançando com a srta. Worthington.

Ele franze a testa.

– Uma dança com a carnívora Felicity? Por quê? Ela devorou todos os outros cavalheiros disponíveis?

Fico tão aliviada com isso que rio, apesar da minha amizade com Felicity.

– Eu não deveria rir. Você está sendo horrível.

– Sim – diz Simon, erguendo uma sobrancelha. – Sou muito bom em ser horrível. Gostaria de descobrir?

– O que quer dizer?

– Vamos dar uma caminhada?

– Ah – digo, com meu medo misturado com um toque de excitação. – Então apenas informarei à sra. Bowles.

Simon sorri.

– É apenas uma caminhada. E veja como ela está apreciando uma dança. Por que deveríamos interromper sua felicidade?

Não quero perturbar Simon, fazer com que ele pense que sou muito chata. Mas é impróprio para mim sair com ele sozinha. Não sei o que fazer.
– Realmente devo informar à sra. Bowles...
– Está bem – diz Simon.
Sorrindo, ele pede licença. Agora acabei com tudo. Eu o afastei. Porém, momentos depois, ele volta com Felicity e Ann.
– Agora estamos em segurança. Ou, pelo menos, *sua* reputação está a salvo. Não sei quanto à minha.
– Do que se trata? – pergunta Felicity.
– Se as senhoras me derem o prazer de se unir a mim no salão de bilhar, logo descobrirão – diz Simon, saindo.
Esperamos uma parcela respeitável de tempo, antes de subirmos a escada para o salão de bilhar dos Worthington, no andar de cima. Se me sentia constrangida por estar sozinha com Simon, estou duplamente constrangida por ter Felicity conosco.
– O que está planejando, Simon? – pergunta ela.
Ouvi-la usar tão livremente o nome de Simon me dá uma sensação de enjoo no estômago.
Simon caminha até a estante e tira um volume da prateleira.
– Pretende ler para nós? – Felicity franze o nariz. Ela empurra uma bola branca pelo largo feltro verde da mesa. A bola bate no triângulo ao centro, fazendo as outras bolas baterem nos amortecedores.
Ele estende a mão para o espaço atrás do livro e tira uma garrafa com um líquido grosso, verde-esmeralda. Não se parece com nenhuma outra bebida que eu já tenha visto.
– O que é isso? – pergunto, com a boca seca.
Seus lábios se curvam, num sorriso maroto.
– Um pouco da fada verde. Ela é uma amante altamente agradável. Acho que descobrirão isso.
Ainda estou confusa.
– Absinto. A bebida dos artistas e dos loucos. Alguns dizem que a fada verde vive num copo de absinto e ela arrebata as pessoas para seu covil, onde todo tipo de estranhas e lindas coisas podem ser vistas. Gostariam de tentar viver em dois mundos ao mesmo tempo?

Não sei se rio ou choro diante disso.

– Ah – diz Ann, preocupada. – Acho que talvez devêssemos voltar. Com certeza, estão sentindo nossa falta.

– Se isso acontecer, diremos que estávamos no vestiário, consertando um rasgão no seu vestido – declara Felicity. – Quero experimentar absinto.

Eu *não quero* experimentar absinto. Ora, talvez um pouquinho – se eu pudesse ter certeza de como ele me afetaria. Tenho medo de ficar, mas não quero sair da sala agora e deixar Felicity partilhar essa experiência sozinha com Simon.

– Gostaria de experimentá-lo também – digo, num murmúrio.

– Um espírito aventureiro – diz Simon, sorrindo para mim. – É o que amo.

Tornando a enfiar o braço na estante, Simon tira uma colher chata, com aberturas. Pega uma garrafa ornamental e serve para si mesmo meio copo de água. Ele coloca o copo em cima da mesa e põe a estranha colher em cima dele. Com dedos graciosos, procura dentro do seu bolso e pega um cubo de açúcar, que ajeita em cima da colher.

– Para que é isso? – pergunto.

– Para tirar o amargor do absinto.

Espesso como seiva de árvore, verde como a grama no verão, o absinto flui sobre o açúcar, dissolvendo-o, à sua maneira inexorável. Dentro do copo ocorre uma bela alquimia. O verde redemoinha e se transforma num branco leitoso. É extraordinário.

– Como é que acontece isso? – pergunto.

Simon tira uma moeda de seu bolso, coloca na palma da sua mão e em seguida me mostra sua mão vazia. A moeda desapareceu.

– Magia.

– Vamos ver se é – diz Felicity, estendendo a mão para o copo. Simon afasta-o, entrega-o a mim.

– As damas primeiro – diz.

Felicity faz uma expressão de quem poderia cuspir dentro do olho dele. É uma coisa cruel de se fazer, espicaçá-la de tal maneira, mas devo ser cruel eu mesma porque não posso deixar de ficar satisfeita por ser escolhida como a primeira. Minha mão treme ao pegar o copo. Estou mais ou menos esperando que essa estranha bebida me transforme num sapo. Mesmo o cheiro é embriagador, como alcaçuz temperado com noz-moscada. Engulo, sinto-o queimar minha garganta. No momento em que termino, Felicity o arranca das minhas mãos e bebe sua cota. Ela o oferece a Ann, que toma um gole o mais minúsculo possível. Finalmente ele vai para Simon, que toma sua parte e torna a passá-lo para mim. O copo faz mais três rodadas, até ficar vazio.

Simon usa seu lenço para enxugar o final do absinto do copo e torna a colocar tudo atrás do livro, para ser novamente retirado em data posterior. Ele se movimenta mais para perto de mim. Felicity se coloca entre nós, agarrando meu pulso.

– Obrigada, Simon. E agora acho que é melhor fazermos aquela visita ao vestiário, para dar mais credibilidade à nossa história – diz ela, com um brilho de satisfação em seus olhos.

Simon não fica satisfeito, pelo que posso ver. Mas ele se curva e deixa que sigamos nosso caminho.

– Não me sinto muito diferente – diz Ann, enquanto estamos em pé no vestiário, abanando-nos, deixando as criadas procurarem rasgões imaginários em nossos vestidos.

– É porque você não tomou mais do que um pequeno gole – sussurra Felicity. – Eu me sinto ótima.

Há um doce calor em minha cabeça, uma leveza que faz parecer que tudo está bem e nenhum mal pode alcançar-me. Sorrio para Felicity, não mais perturbada, apenas apreciando nossa imprudência, juntas. Por que alguns segredos podem derrubar a pessoa, enquanto outros nos colocam tão próximos de alguém, de uma maneira que não se quer mais perder?

– Você está linda – diz Felicity. Suas pupilas estão grandes como luas.

– Você também – digo. Não consigo parar de sorrir.

– E eu? – pergunta Ann.

– Sim – digo, sentindo-me mais leve a cada momento. – Tom não será capaz de resistir a você. Você é uma princesa, Ann. – Isto faz a criada que cuida do meu vestido erguer os olhos para mim, por um instante, mas em seguida ela volta ao seu trabalho.

Quando tornamos a entrar no salão de baile, ele parece transformado, com as cores mais escuras, as luzes mais nevoentas. A fada verde dissolve-se no fogo líquido que corre em minhas veias como o mexerico, como as asas de mil anjos, como o sussurro do mais delicioso segredo que já guardei algum dia. Em torno de mim, a sala reduziu-se a um lindo borrão de cor, som e movimento; as saias rígidas das damas, com seu movimento rápido, numa mistura de verdes, azuis, prateados, tons de vinho, em seus corpos cheios de joias. Elas se curvam e se balançam nos braços dos cavalheiros, como imagens em espelhos, que beijam e fogem, beijam e fogem.

Meus olhos têm uma sensação molhada e linda. Minha boca está inchada como uma fruta de verão e só consigo sorrir, como se soubesse tudo o que há para saber, mas não pudesse segurar nada. Simon me encontra. Ouço a mim mesma aceitando uma dança com ele. Unimo-nos à multidão que gira. Estou flutuando. Simon Middleton é o homem mais encantador que já conheci. Quero dizer-lhe isso, mas as palavras não vêm. Através dos meus olhos enevoados, o salão de baile se transformou numa dança em espiral, a dança sagrada dos Dervixes Dançantes, com suas brancas batinas voando como a primeira neve do inverno, altos chapéus roxos desafiando a gravidade no topo de suas cabeças delicadamente giratórias. Mas sei que não posso estar vendo isso.

Com esforço, fecho meus olhos para clarear a cena, e depois, quando torno a abri-los, há damas e cavalheiros, com as mãos experimentalmente unidas na valsa. Sobre seus ombros brancos e macios, as damas comunicam-se entre elas, com sutis sinais de cabeça e olhares silenciosos – "A filha dos Thetford e o filho dos Roberts, um casal muito adequado, não concorda?" –, futuros selados, destinos decididos, nos quinze minutos sob a cintilante ilusão produzida pelo candelabro, que atira prismas de luz duros como diamantes e banhando tudo com um reflexo de beleza fria.

Terminada a dança, Simon me guia para fora da pista. Tonta, tropeço de leve. Minha mão se estende para encontrar um ponto de apoio e acha a larga extensão do peito de Simon. Meus dedos se curvam em torno das brancas pétalas da rosa em sua lapela.

– Firme, Srta. Doyle, está inteiramente bem?

Sorrio. *Ah, sim, inteiramente. Não posso falar nem sentir meu corpo, mas estou tão absolutamente linda – por favor, deixe-me aqui.* Sorrio. Pétalas caem e se espalham, girando suavemente até o chão, em própria dança em espiral. A palma da minha luva está manchada com o pegajoso resíduo da rosa. Não consigo imaginar como ela foi até lá, nem o que fazer a respeito disso. O fato me parece de repente insuportavelmente humorístico e descubro que estou rindo.

– Firme aí... – diz Simon, fazendo um pouco de pressão em meu pulso.

A dor me traz ligeiramente de volta à consciência. Ele me faz caminhar ao longo das grandes samambaias em potes, perto do vão da porta, e me leva para trás de um biombo enfeitado. Por suas fendas, posso ver frações do salão de baile passarem girando. Estamos escondidos aqui, mas poderíamos ser descobertos. Eu deveria estar alarmada, mas não estou. Não me importa.

– Gemma – diz Simon.

Seus lábios me roçam logo abaixo do lóbulo da minha orelha. Eles traçam um arco úmido para baixo da concavidade de meu pescoço. Minha cabeça está quente e pesada. Tudo em mim se sente inchado e maduro. O salão ainda está fazendo sua dança giratória de luzes, mas os sons da festa são abafados e distantes. É a voz de Simon que flutua dentro de mim:

– Gemma, Gemma, você é um elixir.

Ele se pressiona contra mim. Não sei se é o absinto ou alguma coisa mais profunda, alguma coisa que não posso descrever, mas estou afundando dentro de mim mesma, sem nenhum desejo de parar.

– Venha comigo – sussurra ele. Isso ecoa em minha cabeça. Ele pega meu braço e me conduz, como se estivéssemos prontos para dançar. Em vez disso, ele me leva para fora do salão de baile, para o andar de cima, longe da festa. Ele me leva para dentro de um pequeno quarto no sótão; acho que é o quarto da criada. Está muito escuro, iluminado apenas por uma vela. É como se eu não tivesse nenhuma vontade própria. Afundo na cama, maravilhada com o aspecto das minhas mãos sob a luz da vela, como se não fossem minhas. Simon me vê olhando atentamente para minhas mãos. Ele começa a desabotoar minha luva. Na abertura, beija as minúsculas veias azuis.

Quero dizer a ele que pare. O nevoeiro do absinto clareia um pouco. Estou sozinha com Simon. Ele beija meu pulso nu. Não deveríamos estar aqui. Não deveríamos.

– Eu... eu quero voltar.

– Pssiuu, Gemma. – Ele tira minha luva. Minha pele nua está com uma sensação tão estranha. – Minha mãe gosta de você. Daríamos um belo casal, não pensa assim?

Pensar? Não consigo pensar. Ele começa a tirar a outra luva. Meu corpo se arqueia, fica tenso. Ah, meu Deus, está acontecendo. Está acontecendo. Por sobre o arco das costas de Simon, vejo o quarto tremeluzindo, sinto meu corpo ficar tenso com a visão, que não posso impedir que venha. A última coisa que ouço é a voz preocupada de Simon dizendo "Gemma, Gemma!", e depois estou caindo, caindo dentro daquele buraco negro.

As três moças de branco. Elas flutuam logo acima de Simon.

– *Nós o descobrimos. Nós encontramos o Templo. Olhe e veja...*

Sigo-as rapidamente pelos reinos, até o cume de um morro. Posso ouvir gritos. Depressa, nós vamos depressa. O monte se afasta e vem a mais magnífica catedral que já vi. Tremeluz, como se fosse uma miragem. O Templo.

– Depressa... – sussurram as moças. – Antes que eles o descubram.

Atrás delas, juntam-se nuvens escuras. O vento sopra seus cabelos em torno de seus rostos pálidos, sombreados. Alguma coisa vem. Alguma coisa se aproxima por trás delas. Eleva-se por trás e sobre elas, como uma fênix escura. Uma grande criatura negra, com asas. As moças não olham, elas não veem. Mas eu sim. A criatura abre suas asas, até encherem o céu, revelando a coisa que está dentro, uma horrenda agitação de rostos que choram e gritam.

E então quem grita sou eu.

– Gemma! Gemma! – É a voz de Simon que ouço, chamando-me de volta. Sua mão está em cima da minha boca, a fim de abafar meus gritos. – Desculpe. Não pretendia causar nenhum dano.

Às pressas, ele me devolve minhas luvas. Levo um momento para voltar outra vez ao quarto, para perceber que Simon beijava meus ombros nus e pensa que os gritos são por causa disso. Ainda estou tonta, por causa da bebida, mas agora tenho uma sensação de enjoo. Vomito dentro da bacia da criada. Simon me traz uma toalha.

Estou mortificada e minha cabeça dói. Também estou toda trêmula, tanto por causa da visão como pelo que aconteceu entre nós.

– Devo chamar alguém? – pergunta Simon. Ele está em pé no vão da porta, sem chegar mais perto do que isso.

Sacudo a cabeça.

– Não, obrigada. Quero voltar para o baile.

– Sim, imediatamente – diz Simon, com um tom de voz que revela ao mesmo tempo medo e alívio.

Desejo explicar tudo a ele, mas como posso? E então descemos a escada em silêncio. No primeiro andar, ele me deixa. A campainha toca para a ceia e eu simplesmente me misturo às outras damas.

A ceia é uma coisa demorada e, aos poucos, com a comida e com o tempo, sinto-me mais eu mesma. Simon não veio para a ceia e, à medida que minha cabeça fica mais clara, meu embaraço cresce. Fui tola de ter bebido o absinto, de ter saído sozinha com ele. E então aquela visão medonha! Mas, por um instante, vi o Templo. Eu o vi. Está ao nosso alcance. Não é um grande conforto, esta noite, mas é algum conforto e me prenderei a ele.

O sr. Worthington faz um brinde ao Natal. Ann é apresentada e convidada para cantar. Ela o faz e a plateia a aplaude, ninguém mais alto do que Tom, que grita "Bravo!". A governanta se adianta com Polly, sonolenta, que agarra sua boneca.

O Almirante Worthington chama a menina:

– Sente-se em meu joelho, criança. E então, sou um bom tio?

Polly sobe no colo dele e dá um sorriso tímido. Felicity observa, com a boca retorcida numa careta. Não consigo acreditar que ela possa ser tão infantil a ponto de sentir ciúme de uma menina. Por que ela faz essas coisas?

– O quê? É este todo o pagamento devido aos tios, atualmente? Vamos ter um verdadeiro e adequado beijo para seu tio.

A criança se retorce um pouco, com os olhos dardejando de uma pessoa para outra. Cada uma dá a ela a mesma expressão ansiosa: *Vá em frente. Dê um beijo nele.* Resignada, Polly se inclina, com os olhos fechados, e dá um beijo na bonita face do Almirante Worthington. Murmúrios de aprovação e afeição flutuam pela sala. "Ah, bem dado." "É isso mesmo." "Vê, Lorde Worthington, a criança o ama de fato, como se fosse seu próprio pai." "Um homem tão bom."

– Papai – diz Felicity, levantando-se –, Polly deve ir para a cama agora. Já é tarde.

– Senhor? – A governanta olha para o Almirante Worthington, à espera de suas ordens.

– Sim, está bem. Vá então, Polly, querida. Subirei mais tarde, para salpicar você com o pó das fadas, querida, a fim de garantir que você tenha belos sonhos.

Felicity detém a governanta:

– Ah, deixe que eu leve a nossa Polly para a cama.

A governanta faz uma leve mesura com a cabeça.

– Como desejar, senhorita.

Não gosto disso. Por que Felicity quer ficar sozinha com Polly? Ela não faria mal à criança, não é? Pedindo desculpas, saio da sala, a fim de segui-las. Felicity conduz Polly para o andar de cima, onde fica o quarto da criança. Fico do lado de fora da porta, observando. Felicity está agachada, com os braços nos ombros franzinos de Polly.

– Veja bem, Polly, você deve prometer-me uma coisa. Prometa-me que trancará sua porta antes de ir para a cama. Prometa.

– Sim, prima.

– E deve trancar sua porta todas as noites. Não se esqueça, Polly. É muito importante.

– Mas por quê, prima?

– Para não deixar os monstros entrarem, claro.

– Mas se eu trancar a porta, o tio não poderá me salpicar com o pó das fadas.

– Eu salpicarei você com o pó das fadas, Polly. Mas deve manter o tio do lado de fora.

Não entendo. Por que ela seria tão insistente em manter seu próprio pai do lado de fora? O que poderia fazer o almirante que, possivelmente...

Ah, meu Deus. Toda a horrível compreensão ergue-se em mim como um grande pássaro, as asas da verdade desdobrando-se vagarosamente, lançando uma sombra terrível.

"*Não se pode falar com ela de nada importante.*"

"*Não. Nada de almirantes.*"

"*Você acha que há alguma coisa má nas pessoas que leva os outros a fazerem coisas?*"

Movimento-me para dentro das sombras, enquanto Felicity sai do quarto de Polly. Ela fica em pé por um momento, escutando o clique da fechadura. Parece tão pequena. Na escada, adianto-me, surpreendendo-a.

– Gemma! Você me deu um susto. Sua cabeça está tinindo? Nunca mais provarei absinto, garanto! Por que não está na festa?

– Ouvi o que você disse a Polly – falo.

Os olhos de Felicity estão desafiadores. Mas desta vez não tenho medo dela.

– É mesmo? E o que foi?

– Não havia trinco em sua porta? – pergunto.

Felicity respira fundo.

– Não sei o que você está sugerindo, mas acho que deveria parar imediatamente – diz ela. Coloco a palma da minha mão na sua, mas ela a retira. – Pare! – diz ela com veemência.

– Ah, Fee, sinto tanto...

Ela sacode a cabeça e se vira para o outro lado, de modo que não posso ver seu rosto.

– Você não sabe como realmente é, Gemma. Não é culpa dele. A culpa é minha mesmo. Provoco isso nele. Foi o que ele disse.

– Felicity, com a maior certeza não é sua culpa!

– Eu sabia que você não entenderia.

– Entendo que ele é seu pai.

Ela torna a olhar para mim, com o rosto riscado pelas lágrimas.

– Ele não tinha a intenção. Ele me ama. Ele disse isso.
– Fee...
– É alguma coisa, não é? É alguma coisa.

Ela está engolindo os soluços, com a mão contra sua boca, como se pudesse pegá-los, empurrá-los novamente para baixo.

– Os pais deveriam proteger os filhos.

Os olhos relampejam. A mão aponta.

– Você é mesmo uma grande especialista nisso, não é? Diga-me, Gemma, como é que seu pai protege você, em seu estupor com o láudano?

Estou chocada demais para responder.

– Esse é o verdadeiro motivo para ele não estar aqui esta noite, não é? Ele não está doente. Pare de fingir que tudo está bem, quando você sabe que não está!

– Não é a mesma coisa, de jeito nenhum!

– Você é tão cega. Vê o que quer ver. – Ela olha furiosa para mim. – Sabe o que é ser impotente? Desamparada? Não, claro que não. Você é a grande Gemma Doyle. Você tem todo o poder, não é?

Ficamos ali em pé, olhando uma para a outra com raiva, sem que nenhuma das duas diga uma só palavra. Ela não tem o direito de me atacar dessa maneira. Eu só estava tentando ajudar. No momento, só posso pensar que não quero tornar a ver Felicity nunca mais.

Sem dizer mais nada, começo a descer a escada.

– Sim, vá. Vá embora. Você está sempre indo e vindo. Os demais estão presos aqui. Acha que ele ainda a amaria, se soubesse quem você é? Ele na verdade não se importa – só quando lhe convém.

Por um momento, não sei se ela está falando de Simon ou do meu pai. Vou embora, deixando Felicity em pé nas sombras do alto da escada.

O baile terminou. A pista de dança está uma confusão. Juntando casacos, dando boa-noite com bocejos, os convidados caminham pelos detritos no chão – confetes, migalhas, carnês esquecidos, as pétalas murchas das flores. Alguns dos cavalheiros estão com o nariz vermelho e tontos. Eles apertam a mão da srta. Worthington com um excesso de ardor, suas vozes estão altas demais. Suas esposas puxam-nos para a frente, com um cortês mas firme "Nossa carruagem está esperando, sr. Johnson". Outros os seguem. Alguns partem com o ardor de um novo amor em seus rostos sonhadores; outros mostram, através dos olhos caídos e dos sorrisos trêmulos, suas esperanças destruídas e seus corações partidos.

Percival pergunta se pode visitar-nos em nossa casa, algum dia. Não vejo Simon. Parece até que os Middleton foram embora. Ele partiu sem se despedir.

Fiz uma confusão com tudo – Kartik, Simon, Felicity, papai. Feliz Natal. Que Deus nos abençoe a todos e cada um.

Mas vi o Templo, numa visão.

Só queria ter alguém a quem contar isso.

Capítulo trinta e nove

Dois dias infelizes e solitários se passam, antes que eu encontre a coragem para visitar Felicity, a pretexto de devolver um livro.

— Vou verificar se ela está em casa, senhorita — diz Shames, o mordomo, pegando o cartão de minha avó, ao qual acrescentei meu nome, com uma caligrafia bem desenhada.

Num instante, ele me devolve meu cartão — sozinho.

— Desculpe, senhorita. Parece que a srta. Worthington saiu.

Na caminhada, viro-me para trás. Erguendo os olhos, vejo o rosto dela na janela. Ela imediatamente mergulha atrás da cortina. Está em casa e preferiu desconsiderar-me.

Ann sai e vem até onde estou, na carruagem.

— Lamento, Gemma. Tenho certeza de que ela não está agindo a sério. Você sabe como ela é, às vezes.

— Isto não é desculpa — digo. Ann parece agitada por mais do que isso. — Qual é o problema?

— Recebi um bilhete de minha prima. Alguém fez indagações sobre minhas reivindicações a ser uma parenta do Duque de Chesterfield. Gemma, serei descoberta.

— Você não será descoberta.

— Serei! Quando os Worthington souberem quem eu sou e que os enganei... Ah, Gemma, estou liquidada!

— Não conte nada sobre o bilhete à sra. Worthington.

— Ela já está tão zangada por causa do vestido. Ouvi de longe ela dizer a Felicity que está destruído, agora que foi alargado para eu usar. Eu não devia ter deixado que ela me convencesse a fazer isso. E agora... Estarei arruinada para sempre, Gemma. – Ann está quase doente, com seu medo e preocupação.

– Daremos um jeito – digo, embora não tenha a menor ideia de como. Lá no alto, na janela, torno a ver Felicity. Esqueço o jeito. – Você daria, para mim, um recado a Felicity?

– Sem dúvida – geme Ann. – Se ainda estiver aqui para poder dar.

– Quer dizer a ela que vi o Templo? Eu o vi numa visão, na noite do baile.

– É mesmo?

– As três moças de branco me mostraram o caminho. Diga a ela que, quando estiver pronta, voltaremos lá.

– Direi – jura Ann. – Gemma... – Outra vez, não. Não posso ajudá-la agora. – Você não contará a Tom sobre tudo isso, não é?

Se ele descobrir, não sei a quem detestará mais pelo engodo, se Ann ou eu.

– Seu segredo está bem guardado.

Não posso suportar voltar para casa. Papai se deteriora rapidamente, chorando pelo láudano ou pelo cachimbo, por algum tipo de narcótico para eliminar sua dor. Tom fica sentado do lado de fora da porta do quarto de papai, com seus braços compridos repousando no alto dos joelhos dobrados. Está com a barba por fazer e há olheiras escuras em seus olhos.

– Trouxe chá para você – digo, entregando-lhe a xícara. – Como ele está?

Como se respondesse, papai geme do outro lado da porta. Posso ouvir a cama rangendo, sob o peso da sua agitação. Ele chora baixinho. Tom põe as mãos de cada lado da sua cabeça, como se pudesse espremer todos os pensamentos do seu crânio.

– Falhei com ele, Gemma.

Desta vez, sento-me ao lado do meu irmão.

– Não, não falhou.

– Talvez eu não tenha talento para ser médico.

– Claro que tem. Ann acha que você será um dos melhores médicos de Londres – digo, esperando alegrá-lo.

É duro ver Tom – o impossível, arrogante, incontrolável Tom – tão deprimido. Ele é uma constante em minha vida, mesmo se essa constante for a irritação.

Tom dá um sorriso tímido.

– A srta. Bradshaw disse isso? Ela é muito generosa. E também rica. Quando lhe pedi para encontrar uma esposa adequada para mim, com uma pequena fortuna, estava apenas brincando. Mas você me levou a sério, pelo que vejo.

– Sim, bem, sobre essa fortuna... – começo a dizer. Como explicarei essa mentira a Tom? Deveria contar a ele antes que as coisas vão muito adiante, mas não consigo obrigar-me a confessar que Ann não é nenhuma herdeira, apenas uma pessoa bondosa e cheia de esperanças, que pensa maravilhas dele.

– Ela é rica de outras maneiras, Tom. Lembre-se disso.

Papai geme alto e Tom parece querer rastejar para fora de sua própria pele.

– Não aguento muito mais. Talvez eu deva dar a ele um pouco de alguma coisa – um pouco de conhaque, ou...

– Não. Por que você não sai para dar uma caminhada, ou vai para seu clube? Ficarei aqui sentada com ele.

– Obrigado, Gemma. – Ele me dá um impulsivo beijinho na testa. O lugar do beijo fica quente. – Não ceda a ele. Sei como são vocês, senhoras – suaves demais para serem guardiãs adequadas.

– Vá, então. Vá embora – digo.

O quarto de papai está banhado pelo nevoeiro arroxeado do crepúsculo. Ele geme e se contorce na cama, torcendo a roupa de linho branca até deixá-la numa imensa confusão. O ar cheira a suor. Papai está encharcado, a roupa de cama colada em seu corpo.

– Olá, papai – digo, puxando as cortinas e acendendo a lâmpada.

Despejo água num copo e o levo aos lábios dele, que estão gretados e brancos. Ele bebe com goles vacilantes.

– Gemma – ele arqueja. – Gemma, querida, ajude-me.

Não chore, Gem, seja forte.

– Gostaria que eu lesse para você?

Ele agarra meu braço.

– Estou tendo os sonhos mais horrendos. Tão reais que não posso dizer se estou sonhando ou acordado.

Meu estômago se aperta.

– Que tipo de sonhos?

– Criaturas. Elas me contam histórias terríveis sobre sua mãe. Que ela não era quem declarava ser. Que ela era uma bruxa, uma feiticeira, que fazia coisas horríveis. Minha Virgínia... minha esposa.

Ele explode em soluços. Alguma coisa dentro de mim se despedaça. *Meu pai, não. Deixem meu pai em paz.*

– Minha esposa era virtuosa. Ela era uma mulher nobre. Uma boa mulher. – Seus olhos encontram os meus. – Elas dizem que é por sua culpa. Tudo isso é por sua causa.

Tento respirar. Os olhos de papai se suavizam.

– Mas você é minha menina querida, minha menina muito boa, não é, Gemma?

– Sim – sussurro. – Claro.

Seu aperto é forte.

– Não posso suportar mais nem um só minuto. Seja minha boa menina, Gemma. Encontre a garrafa. Antes que esses sonhos voltem.

Minha decisão se enfraquece. Não tenho mais certeza quanto a mim mesma, enquanto suas súplicas se tornam mais urgentes, sua voz encharcada de lágrimas num sussurro rouco:

– Por favor. Por favor. Por favor. Não posso suportar isso. – Uma pequena bolha de saliva flutua em seus lábios gretados.

Tenho a impressão de que vou enlouquecer. Como a mente de Nell Hawkins, a do meu pai foi desgastada até seus últimos limites. E, agora, essas criaturas o encontraram em seus sonhos. Por minha causa, elas não lhe darão nenhuma paz. É minha culpa. Devo remediar a situação. Nesta noite, irei aos reinos e não sairei de lá até descobrir o Templo.

Mas não deixarei meu pai sofrer, enquanto faço isso.

– Pssiuu, papai. Vou ajudá-lo – digo.

Erguendo minhas saias até uma altura indecorosa, corro até meu quarto e encontro a caixa onde escondi a garrafa. Corro de volta até a beira do leito de meu pai. Ele está torcendo as roupas de cama entre as juntas de seus dedos, balançando a cabeça para a frente e para trás, contorcendo-se e cada vez mais coberto de suor.

– Papai, veja. Veja! – Levo a garrafa aos seus lábios.

Ele bebe todo o láudano, como um homem morto de sede.

– Mais – implora ele.

– Pssiuu, só há isso.

– Não basta! – grita ele. – Não basta! Dentro de um momento, funcionará.

– Não! Vá embora! – grita ele, e bate com a cabeça contra a cabeceira da cama.

– Papai, pare! – Ponho minhas mãos de cada lado da sua cabeça, a fim de impedir que se machuque mais.

– Você é minha boa menina, Gemma – sussurra ele.

Seus olhos piscam. Seu aperto se torna mais leve. Ele se acomoda num cochilo sedado. Espero ter feito a coisa certa.

A sra. Jones está à porta.

– Senhorita, está tudo bem?

Afasto-me, aos tropeços.

– Sim – digo, mal conseguindo respirar. – O sr. Doyle vai descansar agora. Acabei de me lembrar de uma coisa que preciso fazer. Será que a senhora poderia ficar sentada ao lado dele, sra. Jones? Não me demorarei.

– Sim, senhorita – diz ela.

Começou outra vez a chover. Não há nenhuma carruagem à vista e então tomo um fiacre para o Hospital Bethlem. Quero contar a Nell que vi o Templo em minha visão e que ele está ao meu alcance. E quero perguntar-lhe como posso encontrar a srta. McCleethy – Circe. Se ela pensa que pode mandar suas criaturas atormentarem meu pai, está enganada.

Quando chego, há um pandemônio. A sra. Sommers corre pelo corredor, torcendo as mãos. Sua voz é alta. Ela se encontra num estado de grande excitação:

– Ela está fazendo coisas perversas, senhorita. Coisas tão perversas!

Vários dos pacientes reuniram-se no corredor, ansiosos para ver o que está causando toda a perturbação. A sra. Sommers puxa seu cabelo.

– Moça perversa, perversa!
– Ora, Mabel – diz uma enfermeira, prendendo o braço da sra. Sommers ao lado do seu corpo. – Qual é o motivo de toda essa confusão? Quem está fazendo coisas perversas?
– A srta. Hawkins. Ela é uma moça ruim.
Há uma terrível gritaria, vinda de mais adiante, no corredor. Duas das mulheres começam um jogo de imitação. O som, em toda parte ao mesmo tempo, perfura-me.
– Meu Deus – exclama a enfermeira. – O que é isso?
Passamos correndo pelas mulheres que gritam, com nossos passos ecoando no piso brilhante, até chegarmos à sala de estar. Nell está em pé, de costas para nós. A gaiola de Cassandra está vazia, com a porta escancarada.
– Srta. Hawkins? O que é toda essa balbúrdia... – A enfermeira fica em silêncio, quando Nell se vira para nós, com o pássaro aninhado em suas pequenas mãos. Penas verdes e vermelhas caem sobre suas palmas, numa cascata de cor. Mas a cabeça está toda errada. Está caída num ângulo impossível para o frágil corpo. Ela quebrou o pescoço de Cassandra.
A enfermeira arqueja:
– Ah, Nell! O que você fez?
Uma aglomeração se reuniu atrás de nós, pressionando para se aproximar e ver o que aconteceu. A sra. Sommers corre de uma pessoa para outra, sussurrando:
– Perversa! Perversa! Disseram que ela é perversa! Disseram!
– Não se pode engaiolar as coisas – diz Nell Hawkins com voz neutra.
Horrorizada, a enfermeira só consegue repetir:
– O que você fez?
– Eu a libertei. – Nell parece ver-me, agora. Dá um sorriso de partir o coração. – Ela vem atrás de mim, Senhora Esperança. E, depois, irá atrás da senhora.
Dois homens troncudos chegam, com uma camisa de força para Nell. Aproximam-se calmamente e a embrulham nela, como se a moça fosse um bebê. Ela não luta. Não parece ter consciência de nada.
Só quando passa por mim dá um grito:
– Eles a desencaminharão com falsas promessas! Não saia do caminho!

Capítulo Quarenta

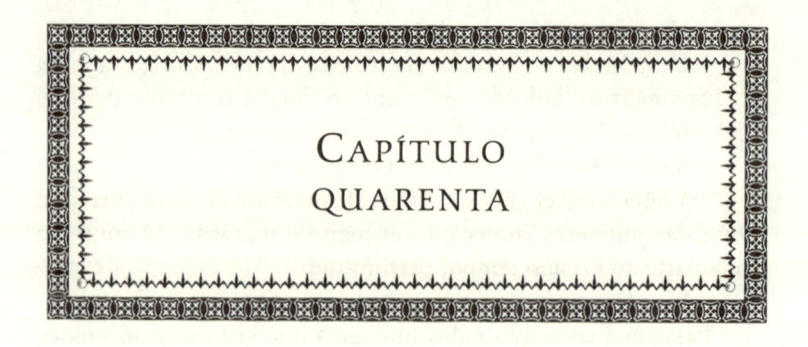

Tarde, no dia seguinte, a curiosidade de Felicity já superou sua raiva de mim. Ela e Ann retribuem minha visita. Nossos dias em Londres estão terminando. Logo deveremos voltar para a Spence. Tom cumprimenta Ann calorosamente e ela se anima. Tornou-se mais confiante, nessas duas semanas em Londres, como se acreditasse que, afinal, é digna de felicidade, e me preocupo com a possibilidade de tudo terminar mal.

Felicity me puxa para a sala de visitas.

– O que aconteceu no baile não deve ser comentado nunca mais. – Ela não quer olhar para mim. – De qualquer forma, não é o que você pensa. Meu pai é um homem bom, amoroso e um perfeito cavalheiro. Ele nunca faria mal a ninguém.

– E Polly?

– Como Polly? – diz ela, olhando-me de repente com desprezo. Felicity pode, quando quer, colocar um gelo imenso em seus olhos. – Ela tem sorte de ter sido acolhida por nós. Terá tudo o que quiser – as melhores governantas, escolas, roupas e uma apresentação social sem igual. Melhor, de longe, do que o orfanato.

Este é o preço de sua amizade, meu silêncio.

– Chegamos a um acordo?

Ann se une a nós.

– Será que perdi alguma coisa?

Felicity está esperando minha resposta.

– Não – digo a Ann.

Os ombros de Felicity caem.

– Não vamos nos preocupar mais com os horrores das visitas às nossas casas durante os feriados. Gemma sabe onde encontrar o Templo.

– Eu o vi, eu acho.

– O que estamos esperando? Vamos – diz Ann.

O jardim está quase irreconhecível para mim. Ervas daninhas cresceram, grossas, secas e altas como sentinelas. A carcaça de um pequeno animal, um coelho ou ouriço-cacheiro, jaz aberta no capim quebradiço. As moscas formam um enxame em torno dela. Fazem um zumbido terrível, alto.

– Tem certeza de que estamos no jardim? – pergunta Ann, olhando em torno.

– Sim – digo. – Veja, lá está o arco prateado. – Está embaçado, mas ainda lá, de qualquer forma.

Felicity encontra a pedra onde Pippa escondeu suas flechas e pendura a aljava nas costas.

– Onde está Pip?

Um lindo animal sai dos arbustos. Parece um cruzamento de uma corça com um pônei, com uma crina comprida e brilhante e flancos num tom de malva manchado.

– Olá – digo.

A criatura vem em nossa direção e para, farejando o ar. Fica arisca, como se tivesse cheirado algo que a alarma. De repente, irrompe numa corrida, exatamente quando alguma coisa pula dos arbustos, com um grito de guerreiro.

– Afastem-se! – grito, empurrando as outras para dentro das pesadas ervas daninhas.

Há uma luta e o animal cai no chão, gritando. Há o som doentio de osso quebrado e depois nada.

– O que era aquela coisa? – sussurra Ann.

– Não sei – digo.

Felicity agarra seu arco e a seguimos até a beira das ervas daninhas. Algo está encurvado sobre o lado do animal, onde ele foi rasgado e aberto.

Felicity se posiciona.

– Pare onde está!

A criatura ergue os olhos. É Pippa, com o rosto listrado pelo sangue do animal. Por um momento, juro que vejo seus olhos se tornarem de um azul quase branco, com uma expressão de fome passando por seu rosto habitualmente lindo.
– Pippa? – pergunta Felicity, baixando o arco. – O que está fazendo?
Pippa se levanta. Seu vestido está em frangalhos e seu cabelo todo despenteado.
– Tive de fazer isso. Ele ia machucar vocês.
– Não, não ia – digo.
– Sim, ia! – grita ela. – Vocês não conhecem essas coisas.
Ela caminha em nossa direção, e eu, instintivamente, recuo.
Ela arranca do chão um dente-de-leão e o oferece a Felicity.
– Vamos passear novamente pelo rio? É tão lindo no rio. Ann, conheço um lugar onde a magia é muito forte. Poderíamos tornar você tão linda que teria tudo o que seu coração desejasse.
– Gostaria de ser linda – diz Ann. – Depois que encontrarmos o Templo, claro.
– Ann – advirto. Não pretendia dizer isso. Simplesmente escapuliu.
Pippa olha de Ann para Felicity e depois para mim.
– Sabem onde fica?
– Gemma o viu numa vi...
Interrompo Felicity:
– Não. Ainda não.
Os olhos de Pippa se enchem de lágrimas.
– Vocês sabem onde é. E não querem me levar junto.
Ela tem razão. Estou com medo de Pip. Ou do que ela está se tornando.
– Claro que queremos você junto, não é? – diz Felicity a mim.
Pip destrói a flor. Olha para mim com raiva.
– Não, ela não quer. Ela não gosta de mim. Jamais gostou.
– Não é verdade – digo.
– É! Você sempre teve inveja de mim. Você tinha ciúme da minha amizade com Felicity. E tinha ciúme da maneira como aquele rapaz indiano, Kartik, costumava olhar para mim, como se

me desejasse. Você me odiava por causa disso. Não se dê ao trabalho de negar, porque vi isso em seu rosto.

Ela me perfurou com a verdade, e sabe disso.

– Não seja ridícula – digo. Não consigo respirar direito.

Ela me olha fixamente, como um animal ferido.

– Eu não estaria aqui, se não fosse por sua causa. Aí está, a coisa que não havia sido dita.

– Você... você escolheu comer as amoras – digo, numa explosão. – Você escolheu ficar.

– Você me deixou aqui para morrer no rio!

– Eu não podia lutar contra o assassino de Circe, aquela coisa escura! Voltei procurando você.

– Diga a si mesma o que quiser, Gemma. Mas, em seu coração, você sabe a verdade. Você me deixou aqui com aquela coisa. E, se não fosse eu, você não saberia... – Ela para.

– Não saberia do quê? – pergunta Ann.

– Não saberia que eles estavam procurando você! Fui eu quem avisou você, em seus sonhos.

– Mas você disse que não sabia disso – fala Felicity, com um tom de voz magoado. – Você mentiu. Você mentiu para mim.

– Fee, por favor, não fique zangada – diz Pippa.

– Por que você não me disse antes? – pergunto.

Pippa cruza os braços.

– Por que eu me arriscaria a contar tudo a você, quando você não quer prometer nada a mim?

Sua lógica é uma teia habilmente tecida e sou apanhada nela.

– Muito bem. Se não mereço confiança – diz Pippa, virando as costas –, então podem encontrar o Templo sem mim. Mas não venham procurar-me depois, pedindo ajuda.

– Pippa! Não vá embora! – Felicity chama, enquanto a outra se afasta. Eu nunca vira Felicity suplicar nada a ninguém. E, pela primeira vez, Pippa não atende a seu chamado. Continua a caminhar, até não podermos mais vê-la.

– Devemos ir atrás dela? – pergunta Ann.

– Não. Se ela quer comportar-se como uma criança mimada, então deixe que aja assim. Não devemos ir atrás dela – diz Felicity, agarrando com força seu arco. – Vamos em frente.

O amuleto aponta o caminho e entramos na floresta, passando pelo matagal onde esperavam as infelizes senhoras do incêndio na fábrica. Seguimos o caminho do olho crescente numa longa e serpeante trilha, até alcançarmos a estranha porta que conduz às Cavernas dos Suspiros.

— Como terminamos aqui novamente? — pergunta Felicity. Estou terrivelmente confusa.

— Não sei. Acho que, infelizmente, perdi por completo meu rumo.

De repente, Ann para, com uma expressão de medo em seu rosto.

— Gemma...

Viro-me e as vejo, flutuando sobre o caminho.

Felicity pega uma de suas flechas, mas detenho sua mão.

— Está tudo bem — digo. — Essas são as moças de branco.

— O Templo está próximo — sussurram elas, com aquelas vozes que parecem o ruído de um enxame de insetos. — Sigam-nos.

Elas viajam rapidamente. O máximo que podemos fazer é mantê-las à nossa vista. A trilha, de um verde que parece o de uma selva, vai dar em colinas ondulantes, que se transformam em extensões arenosas. Quando descemos uma terceira colina, não as vejo mais. Elas desapareceram.

— Onde estão elas? — pergunta Felicity. Ela baixa sua aljava para esfregar o ombro.

— Não as vejo — digo, tentando recuperar o fôlego.

Ann se senta numa pedra.

— Estou cansada. A sensação é de que estamos caminhando há dias.

— Talvez a gente veja alguma coisa se subirmos numa dessas colinas — aconselha Felicity. — Elas disseram que estava próximo. Vamos, Ann.

De má vontade, Ann se levanta e vamos seguindo para o monte pedregoso à nossa direita.

— Estão ouvindo alguma coisa? — pergunto.

Ficamos à escuta e aí está: um som bem baixinho de choro.

— Pássaros? — pergunta Felicity.

— Gaivotas — diz Ann. — Devemos estar perto de água.

Estamos próximas do alto do morro. Ofereço minha mão a Ann, puxando-a para cima.
– Caramba – diz Ann, observando a cena.
Diante de nós, em meio a uma extensão de água, há uma pequena ilha. Nela se ergue uma majestosa catedral, com uma cúpula pintada de azul e dourado. As gaivotas que ouvimos antes fazem círculos em torno dela.
– É isso aí. É uma das minhas visões – digo.
– Nós o descobrimos! – grita Felicity. – Descobrimos o Templo!
Em nossa louca pressa para acompanhar as moças, me esqueci de olhar para meu amuleto, a fim de verificar nosso curso. Quando faço isso, vejo que ele parou de brilhar.
– Estamos fora do caminho – digo, em pânico.
– O que importa? – pergunta Felicity. – Descobrimos o Templo, afinal.
– Mas não está no caminho – digo. – Nell disse para nos mantermos no caminho.
A exaustão tornou Felicity irritável:
– Gemma, ela estava dizendo um palavreado maluco. Você está seguindo o conselho de uma louca completa!
Viro-me em círculo, movimentando o amuleto para cima e para baixo, numa tentativa de conseguir algum tipo de sinal vindo dele. Não há nada.
Ann coloca suas mãos sobre as minhas.
– É verdade, Gemma. Não temos nenhuma ideia se o que ela nos diz merece confiança. Na melhor das hipóteses, ela é uma louca. Na pior, ela pode estar trabalhando com Circe. Não sabemos.
– Como você sabe sequer se o amuleto é confiável? Honestamente, para onde ele nos conduziu? Para os Intocáveis? Para aquelas moças no matagal? Ele quase causou nossa morte, por aqueles horríveis rastreadores, na noite da ópera! – insiste Felicity.
Ann faz um sinal afirmativo com a cabeça.
– Você mesma disse que as moças de branco lhe apareceram numa visão. Elas lhe mostraram o Templo e aqui está ele!
Sim, e no entanto...

Está fora do caminho. Nell disse que não deveríamos ter nos desviado. Nell, que estrangulou um papagaio numa raiva maluca, e tentou também me estrangular.

Não confie nela, disseram as moças de branco.

Mas Kartik disse que não se devia confiar em nada dos reinos.

Não sei mais em que acreditar.

A catedral ergue-se ali como uma coisa que existe há muitos anos. Tem de ser o Templo. O que mais poderia ser? Na margem, um pequeno barco a remo está esperando, como se soubessem da nossa chegada.

– Gemma? – pergunta Felicity.

– Sim – digo, guardando o amuleto. – Deve ser o Templo.

Com um uivo, Felicity corre deslizando pelo morro abaixo até o barco. A distância, a magnífica catedral acena com mil luzes ardendo. Desamarramos o barco e nos afastamos da margem, remando em direção à ilha.

No meio da água, chega um nevoeiro. A noite cai repentinamente. Os gritos das gaivotas estão por toda parte, em torno de nós. A vala que nos separa do Templo é surpreendentemente larga. Olho através do nevoeiro e, por um momento, a elevada igreja não parece mais do que uma ruína. A lua amarelada sangra através de uma das janelas altas e vazias da catedral, janelas ocas, brilhando por causa dos fragmentos de vidro que permanecem nelas, como um farol chamando um navio extraviado. Fecho os olhos e, quando os abro novamente, ela ainda está magnífica e inteira, um enorme monumento de pedra e agulhas, com grandes janelas góticas.

– Parece deserto – diz Felicity. – Não consigo imaginar ninguém vivendo aí.

Ou nada – tenho vontade de dizer.

Puxamos o barco para a margem. O Templo eleva-se alto na colina. Para chegar lá, teremos que subir pela íngreme escada entalhada no penhasco.

– Quantos degraus você acha que são? – pergunta Ann, observando todo o percurso, até o topo.

– Há apenas uma maneira de descobrir – digo, e começo a subir. É uma escalada dura. No meio do caminho para cima, Ann precisa sentar-se para recuperar o fôlego.

– Não consigo fazer isso – diz ela, com raiva.
– Sim, você consegue – digo. – É apenas um pouco mais longe. Veja.
– Ah! – diz Ann, surpresa.
Um grande pássaro negro bate as asas perto do seu rosto e se empoleira nos degraus ao nosso lado. É uma espécie de corvo. Ele grasna alto, fazendo os pelos de meus braços se arrepiarem. Outro se une a ele. O par parece nos desafiar a continuarmos.
– Vamos então – digo. – São apenas pássaros.
Nós os empurramos e passamos por eles até o topo da escada, onde nos deparamos com uma enorme porta de ouro. As mais lindas flores foram entalhadas nela.
– Que lindo – diz Ann.
Ela põe os dedos nas pétalas e a porta se abre. A catedral é imensa, com tetos que se elevam bem alto acima de nós. Por toda parte, velas e tochas ardem.
– Olá? – diz Ann.
Sua voz ecoa: *Olá, lá, á.*
Os azulejos do chão de mármore foram dispostos de modo a formar um desenho com flores vermelhas. Quando viro a cabeça para um lado, o chão parece sujo e lascado, com os azulejos quebrados em pedaços. Pisco e ele está novamente reluzente e lindo.
– Vocês veem alguma coisa? – pergunto.
Alguma coisa, coisa, coisa.
– Não – diz Ann. – Esperem aí, o que é isso?
Ann estende a mão para algo na parede. Aquela parte da pedra se despedaça e cai em migalhas. Alguma coisa salta pelo chão e vem parar aos meus pés. Uma caveira.
Ann estremece.
– O que isso estava fazendo ali?
– Não sei.
Os pelos de minha nuca formigam de medo. Meus olhos estão pregando peças em mim, porque o chão está lascado novamente. A beleza da catedral crepita como as velas, transformando-se, num relâmpago, de majestosa em macabra. Por um segundo, vejo outra catedral, apenas um esqueleto esmigalhado e quebrado do

que era um prédio, as janelas espatifadas acima de nós tendo um aspecto sobrenatural, como as órbitas vazias da caveira.

– Acho que devemos ir – sussurro.

– Gemma! Ann! – A voz de Felicity está alta de medo. Corremos até onde ela está. Ela segura uma vela próxima da parede. E então vemos. Encravados nela há ossos. Centenas deles. O medo grita dentro de mim.

– Isto não é o Templo – digo, olhando fixamente para os ossos de uma mão enfiada profundamente na pedra que se esmigalha.

Fico gelada ao perceber a verdade. *Mantenham-se no caminho, donzelas.*

– Elas nos desencaminharam, exatamente como Nell disse que fariam.

Acima de nós, alguma coisa passa correndo. Sombras correm pela cúpula.

Ann agarra meu braço.

– O que foi isso?

– Não sei.

Sei, sei, sei.

Felicity dá palmadinhas na aljava em suas costas. A corrida vem do outro lado. Parece próxima.

– Vamos embora – sussurro. – Agora.

De repente, há movimento por toda parte, em torno. As sombras se agitam no alto da cúpula dourada como morcegos gigantescos. Estamos quase na porta quando ouvimos um lamento em alto diapasão, que transforma meu sangue em gelo.

– Corram! – grito.

Disparamos para a porta, com nossos sapatos estalando pelo chão de mosaicos quebrados. Mas isto não basta para abafar os horrendos gritos, grunhidos e latidos.

– Vão, vão! – berro.

– Vejam! – grita Felicity.

A escuridão do vestíbulo movimenta-se. O que quer que estivesse acima chegou à porta antes de nós, aprisionando-nos aqui. O lamento vai morrendo e se transforma numa baixa e gutural ladainha:

– Bonecas, bonecas, bonecas...

Eles saem das sombras, mais ou menos meia dúzia das mais grotescas criaturas que já vi. Vestidos todos com mantos brancos esfarrapados e sujos sobre antigas cotas de malha e com botas pontudas, com a parte dos dedos dos pés em metal. Alguns têm cabelos compridos e emaranhados, que caem sobre seus ombros. Outros rasparam a cabeça até ficarem carecas, com cortes ainda novos e sangrando. Uma criatura assustadora não tem senão uma longa faixa de cabelo no centro da sua cabeça, correndo da testa até a gola. Seus braços estão cheios de braceletes e em torno do seu pescoço há um colar feito com ossos de dedos. Este, o líder, adianta-se.

– Olá, boneca – diz ele, com um sorriso horrendo.

Oferece sua mão. Suas unhas foram pintadas de negro. As profundas linhas negras feitas a tinta em seus braços rijos são caules espinhosos chorando lágrimas de breu. Terminam acima do seu cotovelo, onde gordas flores vermelhas vicejam numa faixa em torno do seu braço. Papoulas.

As palavras de Nell voltam à minha mente: *Cuidado com os Guerreiros das Papoulas.*

Capítulo
quarenta e um

As sombras se movimentam. Há mais deles. Muitos mais. Bem acima de nós, estão empoleirados em trilhos e caibros, como um rebanho de gárgulas. Um deles está com uma maça pendente da sua corrente, balançando-a para a frente e para trás, como um pêndulo. Tenho medo de olhar para o homem que está à minha frente, mas finalmente o faço, bem dentro de seus olhos contornados por *kohl* negro, dando-lhes uma forma de diamantes. É como olhar para uma máscara viva de Arlequim.

Minha garganta ficou seca. Mal posso gaguejar um cumprimento:

– C... como vai?

– Como vai o quê, boneca?

Os outros riem com as palavras dele, um som que me provoca calafrios.

Ele se adianta, chegando mais perto. Tem uma espada tosca, que usa como uma bengala, com a mão fechada sobre o cabo. Todos os dedos têm anéis.

– Desculpem-nos por termos invadido... – Minha boca está seca demais.

Não vêm outras palavras.

– Estamos perdidas – diz Felicity com voz rouca.

– E não estamos todos, boneca? Não estamos todos? Meu nome é Azreal. Sou um Cavaleiro da Papoula, como somos todos nós. Ah, mas não nos disseram seus nomes, belas senhoras.

Não dizemos nada.

Azreal faz um ruído repreensivo com a língua.

– Ah, mas assim não vai funcionar, de jeito nenhum. O que temos aqui? Ah, vejo que fizeram amizade com o pessoal da floresta. – Ele tira o arco e a flecha da mão de Felicity e os atira no chão. – Boneca tola. O que você "prometeu" a eles?

– Foi um presente – diz Felicity.

A multidão irrompe numa ladainha que é um silvo:

– Mentiras, mentiras, mentiras, mentiras...

Azrael sorri.

– Não há presentes nos reinos, boneca. Todos esperam alguma coisa. O que uma garota tão doce faz com um presente tão terrível? Digam-me, bonecas, o que procuravam? Pensaram que isto era o Templo?

– Que Templo? – pergunta Felicity.

Azreal ri diante disso.

– Mas que espírito. Será quase uma pena acabar com você. Quase.

– E se estivéssemos procurando esse Templo? – digo, com o coração batendo rápido em meu peito.

– Ora, boneca. Precisaríamos impedir vocês de chegarem lá.

– O que quer dizer?

– Prenderam a magia? Não, boneca. Se tivessem prendido, não teríamos ninguém vagueando perto de nós. Ninguém com quem brincar.

– Não estamos aqui para prender a magia. Queremos o que você quer, um pouco dela – minto.

– Mentiras, mentiras, mentiras, *mentiras*!

– Pssiuu – diz Azreal, abrindo suas mãos, contorcendo seus dedos. – Os Guerreiros das Papoulas sabem por que vocês vieram. Sabemos que uma de vocês é a Altíssima. Podemos cheirar a magia em vocês.

– Mas... – digo, tentando encontrar uma maneira de argumentar.

Ele coloca seu dedo sobre meus lábios.

– Pssiu, não há como negociar. Não conosco. Quando acabarmos com vocês, poderemos sugar a magia dos seus próprios ossos. Um sacrifício. Isto nos dará um poder imenso.

– Mas isso condena vocês – sussurra Ann.

– Já estamos condenados, boneca. Não adianta chorar pelo sangue derramado. Agora, qual de vocês deveremos oferecer primeiro? – Azreal para diante de Felicity. – Que jogos poderíamos fazer juntos, boneca. – Ele arrasta sua unha afiada pela face de Felicity abaixo, desenhando uma fina linha de sangue. – Sim, você seria uma companheira tão boa, minha garota bonita. Encontramos nossa primeira oferta.

Ele agarra o braço de Felicity e ela cai de joelhos, aterrorizada.

– O que posso oferecer a vocês? – grito.

– Oferecer a nós, boneca?

– O que querem?

– Ora, fazer nossas brincadeiras, claro. Não nos restam mais procuras, nem cruzadas. Apenas jogos.

Ele bate palmas e duas das feras agarram Felicity.

– Esperem! – grito. – Isso não é esporte, é?

Azreal faz os homens pararem.

– Continue – ele me diz.

– Proponho um jogo.

Azreal sorri, dando ao seu rosto a aparência de uma máscara da morte.

– Estou intrigado, boneca. – Ele enrola sua mão em torno do meu pescoço, acariciando-o, enquanto sussurra em meu ouvido: – Diga-me, que tipo de jogo?

– Uma caçada – sussurro.

Azreal dá uns passos para trás.

– O que você está fazendo? – adverte Ann.

Mantenho meus olhos dirigidos para os de Azreal. Se eu puder nos manter juntas, posso fazer a porta de luz aparecer e assim escaparemos dos Guerreiros das Papoulas. Azreal torna a bater palmas, irrompendo numa gargalhada deliciada. Os Guerreiros das Papoulas os acompanham. Juntos, eles soam como os pássaros que ouvimos enquanto atravessávamos para cá.

– Uma oferta muito interessante. Sim, sim, gosto dela. Aceitamos, boneca. A caçada abrirá nosso apetite. Veem aquela porta?

Ele aponta para uma porta de ferro arqueada na extremidade mais afastada da catedral.

– Sim – digo.

– Ela leva às catacumbas abaixo e a cinco túneis. Um deles conduz para fora e para longe. Talvez vocês o encontrem. Isto seria magia de fato, bonecas. Vamos deixar que comecem.

– Sim, mas precisaremos de um momento para conferenciar – digo.

Azreal acena um dedo para mim.

– Não haverá tempo para procurar a porta, sacerdotisa da Ordem – diz ele, como se lesse meus pensamentos. – Sim, sei tudo a respeito disso. Seu medo nos deixa entrar. – Ele sacode suas mãos sobre nós, como se estivesse salpicando poeira de fadas, seus braceletes produzindo um som desagradável, com um eco. – Vejam se podem achar o túnel. Vão agora, bonecas. Corramcorramcorram. – Ele entoa isto como se fosse uma bênção. – Corram. Corram. Corram.

Os Guerreiros das Papoulas acompanham a ladainha – *Corram. Corram. Corram* –, até que ela ressoa pelas paredes da catedral como um grande rugido:

Ccooorrrammm! Ccooorrrammm! Cccooorrraaammm!

Como um disparo de canhão, Ann e eu saímos em direção à porta.

– Felicity! – grito.

Ela parou, a fim de pegar seu arco e a aljava com as flechas.

– Inteligente, boneca! – grita Azreal. – Mas que coragem você tem!

– Vão! – grita ela, alcançando-nos. Não perdemos tempo. Atravessamos a porta pesada e entramos num comprido corredor com velas enfileiradas.

– Vamos dar as mãos! – grito.

– Agora? – grita Felicity. – Eles estão bem atrás de nós.

– Mais um motivo para irmos embora imediatamente.

Nós nos damos as mãos e tento concentrar-me. Os mais terríveis uivos e gritos primais ecoam na imensa catedral. Eles vêm atrás de nós. Dentro de segundos, atravessarão a porta e não teremos nenhuma chance. Todo meu corpo treme de medo.

– Gemma, faça aparecer a porta de luz! Tire-nos daqui! – grita Ann, quase histérica.

Tento novamente. Um grito penetrante me deixa nervosa e perco meu curso de pensamento. O rosto de Felicity está selvagem de medo.

— Gemma! — grita ela.

— Não consigo. Não posso concentrar-me! — digo.

A voz monótona de Azreal retine:

— Não haverá nenhuma magia aqui, boneca. Não, quando temos tantas brincadeiras para fazer.

— Eles não nos deixam fazer a magia. Teremos de encontrar outra maneira de sair — digo.

— Não, não, não! — choraminga Felicity.

— Vamos! Olhem em toda parte! — grito. Seguimos pelo corredor, aos tropeços, dando palmadas nas paredes, à procura de algum lugar para escapar. É um trabalho horripilante: as palmas das minhas mãos passam por cima de fragmentos de osso e dentes. Um pouco de cabelo é arrancado pelos meus dedos e tenho ânsias de vômito, de medo e repulsa. Ann grita. Ela encontrou um esqueleto preso com correntes a uma parede, uma advertência do que virá.

— Prontas ou não, bonecas, vamos atrás de vocês!

— O que é isso? — pergunto.

A porta se abre com um rangido e quase caímos por uma longa fileira de degraus perigosos. Eles serpenteiam em torno da parede, terminando muito abaixo, onde a sala dá para cinco túneis.

— É por aqui! — grito.

Felicity e Ann entram e fechamos a pesada porta, trancando-a. Sem fôlego, resmungo uma oração para que a prancha de madeira que recolocamos no lugar se segure.

— Fiquem apoiadas na parede — digo, espiando por sobre a beira.

As botas de Ann provocam a queda de uma pedra. Ela leva muitos segundos para atingir o chão — um longo percurso até embaixo. Rápida, mas cuidadosamente, vamos descendo. É como descer para o inferno. Tochas lançam um brilho sobrenatural sobre as paredes de pedra molhadas. Finalmente chegamos ao fundo. Estamos num círculo que se ramifica em túneis, como uma estrela de cinco pontas.

Lágrimas escorrem pelo rosto de Ann, misturando-se com o muco de seu nariz, que escorre. Seus olhos estão arregalados de medo.

– E agora?

Os gritos dos Guerreiros das Papoulas passam pelas fendas da porta trancada. Eles batem impiedosamente nela, a madeira espatifando-se com estalos ensurdecedores.

– Precisamos encontrar o túnel que leva para fora.

– Sim, mas qual é? – pergunta Felicity.

Os túneis, iluminados por tochas, tremulam com as sombras. Cinco túneis. E não temos ideia do comprimento de cada um – ou do que nos espera nas extremidades.

– Temos de nos separar. Cada uma seguirá por um túnel.

– Não! – geme Ann.

– Pssiuuu! É a única maneira. De cada vez, voltaremos para o centro. Se acharem o certo, gritem.

– Não posso, não posso – chora Ann.

– Ficaremos juntas, lembra-se? – diz Felicity invocando as palavras que dissemos em meu quarto, na Spence.

Foi apenas há duas semanas, mas parece o tempo de uma vida inteira.

– Está bem, então – digo.

Agarro uma tocha da parede medonha e entramos pela boca de um túnel escuro. A chama ilumina alguns metros à nossa frente e nada mais. A luz incide sobre os ratos que correm aos nossos pés e temos de abafar um grito. Continuamos em frente até chegar a uma extremidade fechada.

– Não é este – digo, virando-me para voltar.

Um lamento em alto diapasão ecoa pelas paredes. Ele ricocheteia em torno dos ossos dos mortos, esses infelizes brinquedos dos Guerreiros das Papoulas. Eu daria qualquer coisa para escapar desse som terrível. Acima de nós, a porta foi golpeada, mas graças a Deus ainda resiste firmemente.

Os grandes pássaros negros que vimos do lado de fora circulam ao nosso redor nas catacumbas. Alguns empoleiraram-se nos degraus. Outros batem as asas até o chão, grasnando. O segundo túnel leva a outra extremidade fechada. Ann soluça alto, quando seguimos tropeçando pelo terceiro túnel e a fraca luz da tocha não mostrou nenhuma saída.

A voz de Azreal desce até nós, vinda de alguma parte:

– Posso ouvir você, minha queridinha. Sei quem é você – a gorducha. Como pode correr de mim, meus belos ossos?

– Ann, pare de chorar! – Felicity sacode Ann, mas não adianta.

– Estamos presas. – Ela soluça. – Eles nos encontrarão. Morreremos aqui.

O lamento dos Guerreiros das Papoulas transformou-se em grunhidos e gritos agudos, como uma caçada ao contrário, na qual os animais encurralam os seres humanos. O som faz minha pele arrepiar-se.

– Pssiuu, nós o encontraremos – comando, conduzindo-as de volta ao círculo aberto.

Mais pássaros chegaram. O ar está espesso, por causa deles.

– Só restam dois túneis – grita Azreal. Como é que ele sabe disso? Ele não está na porta. A não ser que haja outra maneira de entrar, uma maneira que só eles conhecem.

Meu coração bate furiosamente e tenho medo de desmaiar, mas então Felicity grita:

– Gemma, seu amuleto!

Ele brilha fracamente embaixo do tecido de meu vestido.

Ann para de chorar.

– Ele deve estar nos mostrando o caminho da saída.

– Meu Deus, sim, um caminho de saída! Com dedos frenéticos, puxo o colar, mas está preso na renda de meu vestido. Com um único puxão forte, solto o amuleto. Ele navega pelo ar e segue roçando o chão. Vai aterrissar em alguma parte, na escuridão.

– Precisamos encontrá-lo. Depressa, ajudem-me a procurar! – grito.

A caverna está escura. Caímos de quatro no chão, caçando alguma coisa que brilhe. Meu coração é um martelo batido com força e depressa. Nunca senti tanto medo. *Vamos, vamos. Descubra-o. Gemma, seja uma boa menina. Afaste o medo de sua cabeça.*

Alguma coisa brilha na escuridão. Metal. Meu amuleto! Corro para o lugar.

– Encontrei-o! – digo.

Minha mão se estende para baixo, mas o metal não sobe em minha mão. Está preso a alguma coisa. Uma bota com a ponta de metal. Ela toma forma sob meus dedos, enquanto um grito se aloja em minha garganta. Quando ergo os olhos, vejo Azreal brilhando à luz da tocha.

– Não, minha linda queridinha. Eu encontrei você.

Capítulo
quarenta e dois

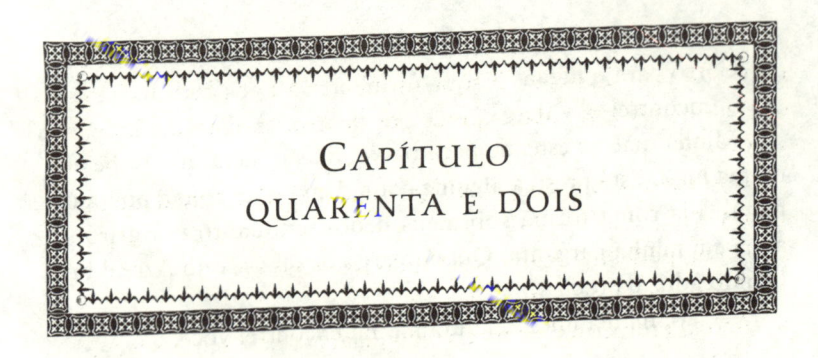

Os grandes pássaros grasnam. Há um imenso bater de asas, quando eles saem dos seus poleiros. Ao voarem para baixo, mudam de forma, tornando-se homens, até virarem os Guerreiros das Papoulas, cercando-nos e barrando toda a escapada.

Ao ver minha expressão chocada, Azreal explica:

– Sim, a Ordem que nos amaldiçoou, por causa de nossos jogos. Faz tanto tempo desde que não tínhamos belezas assim para brincar. Tanto tempo desde que éramos capazes de visitar seu lindo mundo e trazer brinquedos de volta conosco. Ele enrosca meus cabelos em torno de seus dedos como se fossem cordões. Sua respiração se torna quente em meu ouvido quando ele se inclina em minha direção, aproximando-se.

– Há tanto, tanto tempo.

Minha garganta está seca como um graveto e minhas pernas tremem.

– Não creio que isso vá ajudar muito agora – diz ele, deixando cair em minha mão o amuleto sem vida. – Agora, com quem brincaremos primeiro? – Azreal para diante de Ann. – Quem sentiria sua falta, querida? Será que alguém suspiraria por causa de mais uma donzela perdida? Talvez, se ela fosse a mais bela de todas. Mas isto não é nenhum conto de fadas. E você não é bonita. Não é bonita de jeito nenhum.

Ann está tão dominada pelo terror que entrou quase num transe.

– Seria uma bênção se pegássemos você, hummm? Nada mais queimando por dentro de você, enquanto as outras têm tudo o que poderiam algum dia desejar e mais. Nenhuma necessidade de cortar sua própria carne. Não mais manter a boca bem fechada, para não dar o grito que explode por dentro, enquanto zombam de você.

Ann faz um sinal com a cabeça, concordando. Azreal inclina-se para ela.

– Sim, podemos acabar com tudo isso para você.

– Pare com isso! – grita Felicity.

Azreal movimenta-se na direção dela, acaricia seu pescoço.

– Que coragem, queridinha. Quanto tempo você durará? Se eu quebrar você e te deixar sangrando? Uma semana? Duas? – Ele dá um lento sorriso. – Ou... ou será que você se afastaria para dentro de algum lugar, como fazia cada vez em que ele tocava em você?

A vergonha de Felicity aparece sob a forma de uma única lágrima correndo por sua face abaixo. Como é que ele sabe disso sobre ela?

– Fique calado – sussurra ela, com sua voz revelando sua angústia.

– Todas aquelas noites em seu quarto. Nenhum lugar para ir. Ninguém em quem confiar. Ninguém para escutar você. Você não tinha essa coragem naquele tempo, queridinha.

– Pare – sussurra Felicity.

Ele lambe sua face.

– Você aceitou aquilo. E, em seu íntimo, você disse a si mesma: "É minha culpa. Fui eu quem fez isso acontecer."

Felicity está com tanto medo. Posso sentir isso nela. Todas podemos. O que foi que ele disse? *Sentimos o cheiro do medo de vocês. Deixem-nos entrar.* Há alguma coisa em nosso medo que dá poder à magia deles?

– Fee, não ouça o que ele diz! – grito.

– Sabe de uma coisa, queridinha? Acho que você até gostava daquilo. É melhor do que ser completamente ignorada, não é? É disso que você realmente tem medo, não? De ser tão pouco merecedora de amor, afinal?

Felicity soluça, incapaz de responder.

– Você não quer viver mais com isso, não é, boneca? A vergonha. O coração partido. A mancha em sua alma. Por que não pega esta lâmina e acaba com sua vida?

Felicity estende a mão e pega a adaga que ele oferece.

– Não – grito, mas sou contida por um dos Guerreiros.

Ele fala amorosamente com ela, como uma mãe com um bebê.

– É isso. Acabe com tudo. Com toda essa dor. Terminada para sempre.

– Não deixe que eles convençam você – digo a Felicity. – Estão usando seu medo contra você. Deve ser forte. Seja forte! – Forte. Força. Lembro-me de algo que Nell disse. – Felicity, Nell disse que os Guerreiros das Papoulas roubariam nossa força. Fee, você é nossa força! Precisamos de você!

Estou cara a cara com Azreal e com seus olhos mortos, cercados de *kohl*.

– E o *seu* próprio medo, boneca? Por onde devemos começar? Você não consegue nem ajudar seu pai.

– Não estou ouvindo o que você diz – falo. Tento concentrar-me, abandonar meu medo. Mas é muito difícil. Azreal continua a falar.

– Todo esse poder, mas você não consegue fazer a única coisa que realmente tem importância.

Um momento atrás, o amuleto começou a brilhar, para me mostrar o caminho da saída. Agarro-o em minha mão, virando-o em segredo na direção dos dois últimos túneis. Qual é o certo?

Uma forte bofetada dói em minha face.

– Está ouvindo, boneca?

Continue a se concentrar, Gemma. Será que estou imaginando isso ou o amuleto brilha de fato? Ele está brilhando, sim! É um brilho fraco, mas real. O túnel diretamente atrás de Azreal é o certo. Descobri o caminho.

– Visitamos seu pai de vez em quando – diz ele.

– O que quer dizer? – pergunto. Minha concentração se foi. O brilho desaparece.

– Quando ele está sob o efeito da droga, sua mente é altamente receptiva a nós. Ah, que brincadeiras, mas que brincadeiras.

Contamos a ele sobre você. Sobre sua mãe. Mas ele está ficando mais fraco. E estamos perdendo todos os nossos divertimentos.

– Deixem meu pai em paz.

– Sim, sim. Por enquanto. Vamos brincar.

– Pare onde está!

Felicity está posicionada numa pedra, com seu arco puxado para trás, um olho semicerrado sobre a flecha, que ela aponta num arco amplo, abrangendo toda a sala. Os Guerreiros das Papoulas grasnam para ela. A boca de Felicity se curva num sorriso de raiva, uma mímica da corda do arco.

– Ponha esse arco no chão, boneca.

Felicity vira a flecha para Azreal.

– Não.

O sorriso dele desaparece.

– Vou comer você viva.

– Acho que não vai não – diz ela, entre lágrimas.

Com um grande grasnido, ele investe na direção dela. A flecha de Felicity voa certeira e rápida, perfurando o pescoço de Azreal exatamente acima da proteção de sua cota de malha. Seus olhos se arregalam, enquanto seus joelhos se dobram e ele cai no chão poeirento, morto. Há um momento de silêncio pasmo, seguido pelo pandemônio. Os Guerreiros das Papoulas gritam de raiva e dor. Não há tempo a perder.

– Por aqui! – grito, correndo para o túnel que o amuleto me mostrou. Felicity e Ann estão em meus calcanhares, mas também os Guerreiros das Papoulas. Não tivemos a oportunidade de agarrar uma tocha. O túnel está escuro feito breu, enquanto nos atiramos por ele, esbarrando umas nas outras, com os ratos fazendo cócegas em cima dos nossos pés, ouvindo os arquejos desesperados e a respiração interrompida das demais. E logo atrás de nós há o grasnar horrendo daqueles cavaleiros que mudam de forma.

– Onde é? – grita Felicity. – Onde está a saída?

Ainda está escuro demais para eu poder ver minha própria mão.

– Não sei!

– Gemma! – Ann berra. Eles estão no túnel conosco. Posso ouvi-los aproximando-se rapidamente.

– Continuem em frente! – grito.
O túnel dá uma volta acentuada. De repente, vejo adiante uma abertura e, para além dela, a cinzenta cerração do nevoeiro. Com uma urgente irrupção de velocidade, corremos para fora, para o ar espesso, respirando com profundos arquejos. Estamos na praia.
– Lá está o barco! – grita Felicity. Ele está onde o deixamos.
Ann sobe com dificuldade para dentro dele e ergue os remos, enquanto Felicity e eu empurramos o barco para longe da margem, patinhando na água suja. Com esforço, embarcamos nele.
Os pássaros vêm num grande enxame negro de gritos.
Ann e eu remamos contra a corrente, enquanto Felicity faz pontaria contra aquelas terríveis coisas com asas. Fecho meus olhos e remo com todas as minhas forças, ouvindo o som daquele grasnar terrível e das flechas de Felicity cortando o ar.
Alguma coisa bate no barco.
– O que foi isso? – pergunta Ann.
– Não sei – respondo, abrindo os olhos. Olho em volta, mas não vejo nada.
– Continue remando! – instrui Felicity, enquanto dispara suas flechas.
Pássaros caem do céu. Eles se transformam em homens e afundam na água.
– Eles estão voltando! – grita Felicity. – Estão indo embora!
Damos um viva. O remo de Ann é arrancado da sua mão. O barco recebe uma pancada tão forte que somos sacudidas em cima da água.
– O que está acontecendo? – pergunta Ann, aterrorizada.
Com um grande empurrão, o barco vira e somos lançadas para dentro da vala suja. Saio cuspindo ruidosamente e enxugando com os dedos a água de meus olhos.
– Felicity! Ann! – grito. Não há nenhuma resposta. Chamo mais alto: – Felicity!
– Aqui! – Ela aparece repentinamente, também cuspindo água, ao meu lado.
– Onde está Ann?
– Ann! – torno a gritar seu nome. – Ann!

A fita azul do seu cabelo flutua sobre a água, abandonada. Ann se foi, e tudo o que vemos é o brilho oleoso das ninfas da água.

– Ann! – gritamos até ficarmos roucas.

Felicity mergulha, torna a aparecer.

– Elas pegaram Ann.

Molhadas e tremendo, caímos em terra seca. A distância, as janelas ocas da catedral piscam para mim. Com o glamour mágico descartado, ela voltou à sua verdadeira realidade, uma imensa ruína. Ponho a cabeça em cima dos meus joelhos, tossindo.

Felicity chora.

– Fee – digo, pondo minha mão em suas costas. – Vamos encontrá-la. Prometo. Não será como...

Não será como Pippa.

– Ele não devia ter dito aquelas coisas para mim – diz ela, com grandes gritos soluçantes. – Ele não devia ter dito aquilo.

Levo um momento para perceber que ela está falando de Azreal e do que aconteceu nas catacumbas. Penso nela em pé naquela pedra, perfurando nosso torturador com sua flecha.

– Você não deve lamentar o que fez.

Ela olha para meu rosto, com seus soluços desaparecendo e se transformando numa fria fúria sem lágrimas. Ela suspende a aljava quase vazia em seu ombro.

– Não lamento.

A caminhada de volta para o jardim é longa e difícil. Logo reconheço o matagal denso como a selva onde encontramos as moças do incêndio da fábrica.

– Estamos perto – digo. Posso ouvir as moças da fábrica conversando.

– Para onde vamos? – pergunta uma das moças.

– Para onde estão as amigas de Bessie. Elas sabem de um lugar onde poderemos ficar inteiras novamente – a outra responde.

Puxo Felicity para baixo. Ficamos agachadas sob uma grande samambaia. Agora eu as vejo. As três moças de branco, as da minha visão – elas estão levando embora as moças, desse lugar na floresta para outro onde ainda não estivemos. *Elas as desencaminharão com falsas promessas...*

Nell tinha razão. Quem quer que fossem essas moças, algum dia, agora são espíritos das trevas, associados com Circe.

– Para onde elas vão? – sussurra Felicity.

– Infelizmente, acho que para as Winterlands – digo.

– Devemos impedir que vão? – pergunta Felicity.

Sacudo negativamente a cabeça.

– Temos de deixá-las ir. Temos de tentar salvar Ann.

Felicity faz um sinal afirmativo com a cabeça. Parece uma escolha terrível, mas ela é feita. E então nós as observamos irem, algumas de mãos dadas, outras cantando, todas em seu caminho para a condenação inevitável.

Capítulo
quarenta e três

Quando chegamos ao conhecido crepúsculo alaranjado do jardim, a silenciosa e infeliz caminhada, com nossas botas encharcadas, já havia provocado bolhas em nossos calcanhares. Elas beliscam e doem a cada passo. Mas não posso pensar nisso agora. Temos de salvar Ann, se ela ainda estiver viva.

– Meu Deus, o que aconteceu com vocês? – É Pippa. O sangue foi lavado de sua face. Ela não está mais com um aspecto medonho, mas calma e linda.

– Não temos tempo para explicar – digo. – As ninfas da água pegaram Ann. Temos de encontrá-las.

– Claro, vocês não abandonariam Ann – resmunga Pippa. Deixo passar. – Disse a vocês que não viessem atrás de mim pedindo ajuda.

– Pip! – grita Felicity. – Juro a você que, se nos faltar agora, jamais voltarei para ver você pelo resto da minha vida.

Pippa fica surpresa com a repentina fúria de Felicity.

– Você faria isso?

– Sim, faria.

– Está bem – diz Pippa. – Como propõem que lutemos com elas? Somos apenas três.

– Pip tem razão. Precisamos de ajuda – admito.

– Que tal a górgona? – pergunta Pip. – Ela já nos ajudou uma vez.

Sacudo a cabeça, negando.

– Não sabemos se podemos confiar nela nesse momento. De fato, não sabemos se qualquer criatura dos reinos é confiável.

– Quem pode ser? – pergunta Pippa.
Respiro fundo.
– Terei de voltar para pedir ajuda.
Os olhos de Felicity se estreitam, tornando-se fendas zangadas.
– Você disse que não deixaria Ann para trás. Isto seria como...
como a última vez.
Pippa desvia a vista.
– Estou pensando na srta. Moore – digo.
Pippa está incrédula:
– Srta. Moore? O que ela poderia fazer?
– Não sei – respondo bruscamente, esfregando os lados da minha dolorida cabeça. – Não posso procurar nenhum de nossos parentes e contar a eles. Seria trancada em casa para sempre. Ela é a única pessoa de que me lembro que daria atenção.
– Está bem, então – diz Felicity. – Traga para cá a srta. Moore.

É preciso magia e concentração para fazer a porta de luz aparecer e para seguir rapidamente meu caminho, sem ser percebida, pelas ruas de Londres. Estou assumindo um risco terrível ao fazer isso, usando um poder que é imprevisível, mas nunca fiquei mais desesperada. A magia, porém, não faz nada para me proteger da chuva de Londres. Quando chego ao apartamento de srta. Moore, estou pingando de tão molhada. Felizmente, a sra. Porter está fora e é a minha própria ex-professora quem atende.
– M... Srta. M... Moore – digo, gelada até os ossos.
– Srta. Doyle! Qual é o problema? Está encharcada! Pelo amor de Deus, entre.
Ela me conduz para o andar de cima, para seu apartamento, e me põe diante da lareira, para me aquecer.
– Desculpe, mas preciso contar-lhe uma coisa. É urgente.
– Sim, está bem – diz ela, sentindo o medo em minha voz.
– Precisamos de sua ajuda. Aquelas histórias que lhe contamos sobre a Ordem, lembra-se? Não fomos inteiramente honestas. É real. Tudo. Os reinos, a Ordem, Pippa, a magia. Estivemos lá. Vimos tudo. Vivemos aquilo. Em cada detalhe. E, agora, as ninfas da água pegaram Ann. Estão com ela, e precisamos trazê-la de volta. Por favor. Precisa nos ajudar.

Minhas palavras saem numa torrente, que combina com a chuva a martelar nas janelas do apartamento de srta. Moore. Quando termino, a srta. Moore me examina, por um momento.
– Gemma, sei que esteve sob muita tensão, depois de perder sua mãe e sua amiga... – Ela põe uma mão em meu joelho. Sinto vontade de chorar. Ela não acredita em mim.
– Não! Não estou contando histórias por querer simpatia! É verdade! – gemo.
Espirro duas vezes. Minha garganta está em carne viva e inchada.
– Quero acreditar em você, mas... – Ela caminha de um lado para outro em frente à lareira. – Pode me provar isso?
Faço um sinal afirmativo com a cabeça.
– Muito bem, então. Se puder me provar, aqui e agora, acreditarei em você. Se não, levarei você imediatamente para casa e conversarei com sua avó.
– Combinado. – Faço que sim com a cabeça. – Hester...
Não perco tempo. Agarrando sua mão, uso o magro poder que me restou para fazer a porta aparecer. Quando abro meus olhos, ela está ali, a luz brilhante iluminando a expressão de completo pasmo no rosto de srta. Moore. Ela fecha os olhos e torna a abri-los, mas a porta ainda está ali.
– Venha comigo – digo.
Com sua mão na minha, puxo-a através da porta. É um esforço. Estou ficando cada vez mais fraca. Mal posso sentir o fluxo do sangue em suas veias alimentando o coração que está, agora mesmo, aceitando que a lógica é mais uma ilusão criada por nós.
O jardim tremeluz e se torna visível. Há o chão entulhado com flores roxas. Há a árvore cuja casca se solta, transformando-se em pétalas de rosas. Há as altas ervas daninhas e os estranhos cogumelos venenosos. Por um momento, tenho medo de que o choque tenha sido demasiado para a srta. Moore. Ela ergue uma mão trêmula até a boca e põe a outra na árvore. Arranca um punhado de pétalas e as deixa cair de seus dedos, enquanto perambula atordoada pela grama verde esmeralda.
Senta-se numa pedra.
– Estou sonhando. Isto é uma ilusão. Deve ser.

– Eu lhe disse – falo.
– É, disse mesmo. – Ela toca numa das flores roxas. Ela se torna uma cobra de jardim, coleia pela árvore acima e some de vista. – Ah!
Os olhos de srta. Moore se arregalam.
– Pippa! – Pippa e Felicity correm para nos encontrar. A srta. Moore estende uma mão vacilante para tocar a seda do cabelo de Pippa. – É mesmo você, não é?
– Sim, srta. Moore. Sou eu – responde ela.
A srta. Moore põe uma mão em seu estômago, como se tentasse firmar-se.
– Estou realmente aqui, não é? Não estou sonhando?
– Não, não está sonhando – garanto-lhe.
A srta. Moore sai tropeçando pelo jardim, a observar tudo. Lembro-me da minha primeira viagem para cá, de como fiquei pasma. Nós a seguimos por debaixo do arco de prata embaçado, até chegarmos ao lugar onde antigamente se erguiam as runas. Ela olha atentamente para a terra ressequida que há ali.
– Foi aqui que Gemma espatifou as Runas do Oráculo, que prendiam a magia – diz Pippa.
– Ah – diz a srta. Moore, como se estivesse a milhares de quilômetros de distância. – É por isso que estavam procurando o Templo?
– Sim – digo. – Ainda estamos.
– Não o encontraram, então?
– Não. Estávamos tentando, quando fomos desencaminhadas por alguns espíritos das trevas. E então as ninfas da água levaram Ann – digo.
– Temos de salvá-la, srta. Moore! – grita Felicity.
A srta. Moore se endireita.
– Sim, claro que temos. Onde encontramos essas criaturas?
– Elas vivem no rio – digo.
– Esse é o lar delas? – pergunta a srta. Moore.
– Não sei – digo.
Pippa levanta a voz:
– A górgona sabe onde elas vivem.
Os olhos de srta. Moore se arregalam.

– Há uma górgona?
– Sim – respondo. – Mas não tenho certeza se podemos confiar nela, neste momento. Ela estava obrigada pela magia da Ordem a dizer apenas a verdade e a não causar nenhum dano. Mas a magia não é mais como era.
– Entendo – diz a srta. Moore. – Há outra maneira?
– Nenhuma mais rápida – argumenta Felicity. – Não temos tempo. Precisamos confiar na górgona.
Não gosto de depositar minha fé numa criatura dos reinos, mas Felicity tem razão. Precisamos encontrar Ann o mais rapidamente possível.
A górgona está sentada, pacientemente, no rio. Quando nos aproximamos, ela vira em nossa direção sua horrenda cabeça, que se contorce. A srta. Moore empaca, diante dessa visão.
Os perturbadores olhos amarelos da górgona piscam.
– Vejo que trouxe uma nova amiga.
– Uma velha amiga – diz Felicity. – Górgona, gostaria de apresentar-lhe a srta. Hester Moore.
– Srta. Moore... – silva a cabeça verde e coleante.
– Sim. Hester Moore – responde a srta. Moore. – Como vai?
– Como sempre estive – diz a górgona.
A prancha se abaixa e a srta. Moore caminha para dentro da embarcação como se esperasse que a coisa inteira fosse evaporar-se a qualquer momento.
– Górgona – digo –, no dia em que visitamos a Floresta de Luzes, as ninfas da água afastaram-se nadando naquela direção. – Aponto para mais adiante, no rio. – Sabe onde elas moram?
– Sssiiimmm – diz a górgona, com seus olhos parecendo de serpente, abrindo e se fechando, vagarosamente. – A lagoa é o lar delas. Mas está cercada de pedras negras. Só posso levar vocês até essas pedras. De lá em diante, precisam ir a pé.
– Será suficiente – diz Pippa.
– A canção delas é linda – adverte a górgona. – Poderão resistir à sua atração?
– Teremos de tentar – digo.
Subimos a bordo e a grande embarcação vira-se para a viagem pelo rio abaixo. Pego meu amuleto em minhas mãos.

– O olho crescente... – diz a srta. Moore. – Dá licença? Entrego-o a ela.

– É uma bússola. Segure-o assim.

Ela o embala em suas mãos, mas o amuleto não me dá nenhum brilho para nos guiar. Com certeza, agora estamos fora do caminho e completamente sozinhas. O barco se movimenta do crepúsculo do jardim para um nevoeiro verde que dificulta enxergar muito de qualquer coisa.

– Como vocês descobriram este lugar? – pergunta a srta. Moore, olhando em torno, maravilhada.

– Minha mãe – digo. – Ela era membro da Ordem. Ela era Mary Dowd.

– A mulher do diário? – pergunta ela.

Faço que sim com a cabeça.

– E você acha que sua srta. McCleethy é uma dos que a mataram?

– Sim. Acredito que ela está viajando de uma escola para outra à minha procura.

– E o que você fará, se ela vier buscá-la?

Olho fixamente para o nevoeiro, que forma pequenos funis, enquanto redemoinha.

– Garantirei que ela nunca mais cause danos a qualquer outra pessoa.

A srta. Moore pega em minha mão.

– Estou assustada por você, Gemma.

– Eu também estou.

Está ficando mais quente. O suor escorre entre minhas omoplatas e cola em minha testa mechas úmidas de cabelo.

– Que calor – diz Felicity, enxugando a testa com as costas da mão.

– É horroroso. – Pippa levanta seu cabelo, impedindo-o de tocar em seu pescoço.

Porém, como não há nenhum vento para refrescá-la, ela o solta.

A srta. Moore volta seus olhos para o rio, observando todo o cenário, ouvindo todos os sons. Enquanto espio a água fluir debaixo de nós e se afastar, imagino o que terá acontecido com

Mae, Bessie Timmons e o resto das moças da fábrica. Será que foram engolidas e escravizadas pelos espíritos do mal das Winterlands? Terá acontecido rapidamente ou terão tido tempo de perceber todo o horror do que ocorria com elas? Fecho os olhos, tentando evitar esses pensamentos e deixar que o movimento do barco me embale.

– Nós nos aproximamos dos bancos de areia – diz a górgona. O rio começou a mudar de cor. Posso ver o fundo. É marcado por pedras e baixios fosforescentes, que fazem nossas mãos parecerem verdes e azuis. A embarcação para.

– Não posso ir mais longe – diz a górgona.

– Daqui iremos a pé – digo. – Górgona, será que poderemos levar conosco as redes?

A górgona faz um sinal afirmativo com sua gigantesca cabeça. As outras lutam para soltá-las. A górgona me chama, para que me aproxime dela.

– Cuidado para não ser apanhada numa rede, Altíssima – diz ela.

– Terei cuidado – digo, sentindo-me pouco à vontade.

Mas a górgona sacode a cabeça. As serpentes silvam e se contorcem.

– Algumas redes são difíceis de ver, até a pessoa estar inteiramente presa.

– Gemma! – chama Felicity, com um sussurro alto.

Corro para me unir às outras. Felicity está com suas flechas; Pip e a srta. Moore têm as redes e uma corda. Saímos da embarcação para a água na altura dos tornozelos, numa terra obscurecida por uma massa de nuvens. O chão abaixo de nós é duro e difícil. Temos de nos dar as mãos, para nos firmar. O nevoeiro clareia um pouco e posso ver a paisagem erma, com montes negros e rochosos. Lagoas pequenas e fumegantes aparecem aqui e acolá, entalhadas na pedra. Nevoeiro se eleva delas, em turbilhões verdes e sulfurosos.

Usando as mãos e os joelhos, subimos até o topo de um rochedo denteado. Estendida abaixo está uma lagoa profunda e larga. As pedras fosforescentes, no fundo da lagoa, dão-lhe um brilho

azul-esverdeado que vaza para dentro do nevoeiro, partindo da superfície.
– Vejo Ann! – diz Felicity.
– Onde? – pergunta a srta. Moore, examinando o horizonte.
Felicity aponta para um rochedo achatado na extremidade mais distante da lagoa. Usando apenas sua camisa interna, Ann foi amarrada ao rochedo, como se fosse a cabeça de proa de um navio. Ela olha diretamente para a frente, como se estivesse num transe.
Elas pegarão a canção, a prenderão ao rochedo. Não deixem que a canção morra.
– Não deixem que a canção morra – digo. – Ann é a canção. Era o que Nell tentava dizer.
– Vamos – diz Felicity, começando a descer.
– Espere – digo, puxando-a para trás.
As ninfas da água sobem das profundezas, com suas cabeças brilhantes parecendo pedras polidas, com o brilho da água. Elas cantam docemente para Ann. A atração de suas vozes começa a trabalhar em mim.
– Elas são como as sereias de antigamente. Não escutem. Cubram seus ouvidos – ordena a srta. Moore.
Fazemos isso, com exceção de Pippa. Ela não é susceptível à sedução delas, e me lembro novamente que ela não é mais a Pippa que conhecemos, não adianta o quanto queiramos que sim.
Adiante, as ninfas da água movimentam algum tipo de esponja-do-mar pela massa emaranhada de cabelos de Ann, dando aos fios um tom azul-esverdeado e perolado. Passam a esponja com seus dedos membranosos pelos braços e pernas dela. Ela está coberta com o leve brilho das escamas cintilantes que as ninfas deixaram cair. Agora elas passam a esponja sobre a pele de Ann, fazendo-a tremer. Sua pele se torna do mesmo verde-dourado brilhante.
As ninfas pararam de cantar.
– O que estão fazendo? – sussurro.
A expressão de srta. Moore é sombria.
– Se as lendas são exatas, elas estão preparando a srta. Bradshaw.

– Preparando-a para o quê? – pergunta Felicity.
A srta. Moore faz uma pausa.
– Elas se preparam para tirar sua pele.
Arquejamos de horror.
– É isso que torna a água tão linda e quente – explica a srta. Moore. – Pele humana.
Bem longe, do outro lado da lagoa, o nevoeiro se torna mais claro, tomando forma. Uma moça aparece, depois outra e mais outra, até todas as três formas fantasmagóricas estarem presentes. As três de branco. Por um momento, olham em nossa direção, com um curioso sorriso, mas não nos traem.
– Abaixe-se – digo, puxando a saia de srta. Moore.
Ela se deita na pedra, inteiramente esticada.
– Aqueles são espíritos muito maus. A senhorita não desejaria ser vista por eles.
As moças chamam as ninfas num idioma que não conheço. Quando espio por cima da pedra, vejo que conduzem as ninfas em torno de um píer, até sumirem de vista.
– Agora – digo.
Tão depressa quanto podemos, descemos com dificuldade o penhasco rochoso e chegamos na margem próxima.
– Quem irá? – pergunta Pippa, ansiosamente.
– Eu irei – diz a srta. Moore.
– Não – digo. – Eu irei. A responsabilidade por ela é minha.
A srta. Moore faz um sinal afirmativo com a cabeça.
– Como desejar.
Ela amarra a corda pela metade de seu corpo.
– Se as coisas ficarem difíceis, puxe a corda e nós a arrastaremos para cá.
Pego a outra ponta e nado em direção a Ann, no rochedo. A água está surpreendentemente agradável, mas tremo em pensar por que ela é tão linda. Ao me afastar, descubro que tenho de fechar os olhos para continuar. Finalmente, chego até onde está Ann.
– Ann? – sussurro, e depois digo, com mais urgência: – Ann!
– Gemma? – diz ela, como se despertasse brevemente de um estupor drogado. – É você?

— Sim — sussurro. — Viemos buscar você. Fique firme.

Passo a corda em torno da cintura de Ann e a amarro com força. Meus dedos estão escorregadios com a água da lagoa, mas consigo afrouxar os nós que prendem seus pés e mãos. Ann desliza para dentro da água, com uma pequena pancada.

— Gemma! — Felicity diz da margem, num sussurro que é quase um grito. — Não deixe que ela se afogue!

Puxo a corda para cima e Ann aparece na superfície, tossindo, acordada. Ela se debate de um lado para outro.

— Ann! Pssiuu! Você fará com que elas voltem...

Tarde demais. Do outro lado da lagoa, as ninfas terminaram seu encontro com as abomináveis moças de branco. Elas veem que estou por perto. Zangadas e rosnando, soltam um grito furioso, que me rasga profundamente. Elas não gostam de eu ter ousado tomar seu bichinho de estimação. E, depois, há apenas a curva prateada dos seus dorsos, enquanto elas mergulham para o fundo, uma a uma, nadando rapidamente em nossa direção, famintas de nossa bela pele.

Afasto-me do rochedo, levando Ann a reboque. Sinto que a srta. Moore está puxando a corda com força, mas ambas lutamos com o peso morto de Ann.

— Vamos, Annie, você tem de nadar para chegar lá — suplico.

Ela tenta nadar, grogue, com os braços se agitando de um lado para outro na água, mas não podemos competir com as ninfas furiosas que vêm em nossa direção.

Grito, não me preocupando mais em ficar em silêncio:

— Puxem! Com a corda — puxem com força!

Felicity e Pippa correm para ajudar a srta. Moore. Grunhindo e lutando, elas puxam com a máxima força que podem. Avançamos a custo pela água. Não é o suficiente.

— Use as redes! — grito, com a boca se enchendo de água suja, de modo que tusso e sinto náuseas.

Pippa corre à procura das redes. Ela atira uma. A rede percorre o espaço acima das cabeças e cai com uma pancada na água. As ninfas gritam de raiva. A rede as assustou, mas apenas temporariamente. Elas renovam seus esforços. Desta vez, a rede de Pippa cai em cima de quatro das ninfas. Há um grito horrível, quando a

rede queima a pele delas. Criam bolhas e pústulas, e acabam não sendo mais nada além de espuma do mar.
  As outras ficam para trás, com medo de irem mais longe. Felicity e Pippa nos tiram da água e ficamos em cima da areia dos baixios.
  A srta. Moore me ajuda a me levantar.
  – Você está bem?
  Ann vomita em cima da areia. Ela está fraca, mas viva.
  Nós as enganamos e tomamos sua presa. Não consigo conter-me. Grito de alegria e satisfação:
  – Querem fazer o favor de tirar a pele de vocês mesmas? Rá! Fiquem com ela!
  – Gemma – aconselha a srta. Moore, puxando-me da água. – Não as irrite.
  De fato, as ninfas não aceitam bem minha celebração. Abrem a boca e começam a cantar. A atração de sua canção é como uma rede que me puxa na direção da água. Ah, esse som, como uma promessa de que não haverá necessidade de se preocupar com mais nada, nem sentir falta de nada, pelo resto da vida. Eu poderia ficar bêbada com essa melodia.
  A srta. Moore coloca os dedos sobre seus ouvidos.
  – Não escutem!
  Felicity entra na água quente até seus tornozelos, e depois até seus joelhos, arrastada pela canção. Pippa corre até a beira, gritando seu nome:
  – Fee! *Fee!*
  Ann começou a cantar junto com elas. Por um momento, sou distraída por sua voz. O que estou fazendo na água? Saio. Ann para de cantar e as ninfas me invadem novamente com suas doces promessas.
  Estou vagamente consciente dos gritos de srta. Moore.
  – Ann! Cante! Você precisa cantar!
  Ann encontra novamente sua canção. Ela me puxa para longe da água o bastante para ver o que está acontecendo. Felicity está nadando para mais longe.
  – Cante, Ann! – grito. Minhas mãos encontram o fraco pulsar da sua garganta. – Cante como se sua vida dependesse disso!

A canção de Ann, fraca de início, não consegue competir com a tentação que chega aos ouvidos de Felicity. Mas sua voz ganha força. Ela canta mais alto e mais poderosamente do que jamais a ouvi cantar, até que ela é a própria canção. Olha fixamente para as criaturas, como uma guerreira avisando do combate por vir. Na água, Felicity para. Pippa entra correndo atrás dela.

– Fee, volte comigo.

Ela estende a mão e Felicity a pega.

– Vamos – diz Pippa, suavemente, atraindo-a para fora da água. – Vamos.

Felicity segue a voz de Ann e a mão de Pippa até estar de volta a terreno sólido.

– Pippa? – diz Felicity.

Pippa a abraça e Felicity a aperta com tanta força que tenho medo de que quebre Pippa.

As ninfas, percebendo que perderam, gritam de raiva.

– Não vamos esperar, não é? – diz a srta. Moore. Ela junta a corda em cima do seu ombro. Sou tão grata à srta. Moore, neste momento, que poderia até chorar.

– Obrigada, Hester – digo.

– Sou eu quem deveria agradecer a você, Gemma.

– Por quê? – pergunto.

Mas não há resposta para essa pergunta. Porque as moças de branco voltaram. E não estão sozinhas. Trouxeram a aterrorizante criatura que vi em minha visão, aquela que nos acompanhou de volta das Cavernas dos Suspiros – um rastreador. Ele surge de trás delas, na escuridão, elevando-se, espalhando-se, até que somos forçadas a erguer os olhos para sua vasta e agitada extensão. As moças caminham para dentro dela como crianças agarrando-se às saias da sua mãe.

– Finalmente – diz ele.

Corra. Vá embora. Não posso mover-me. O medo. Mas que medo. As asas se desdobram, revelando as faces horríveis lá dentro. *O ódio. O terror.*

A srta. Moore me empurra para fora do caminho e sua voz vem forte:

– Corram!

Descemos caindo pela pedra negra. Deslizamos em superfície áspera. Ela corta minhas mãos, mas chegamos rapidamente ao chão.
— Vamos para a górgona — grita Felicity.
Ela está à frente, com Pippa logo atrás. Puxo Ann, que mal pode correr. Mas onde está a srta. Moore? Eu a vejo! Ela aparece no nevoeiro verde sulfuroso. A fera e as moças estão bem em seus calcanhares.
Ela nos acena para continuarmos.
— Vão! Vão!
Puxando Ann junto comigo, corro tão depressa quanto posso, até ver a górgona nos baixios. Nós quatro subimos com dificuldade para a embarcação.
A srta. Moore aparece, mas a coisa é rápida. Ela bloqueia sua passagem.
— Srta. Moore! — grito.
— Não! Gemma, corra! — grita ela. — Não espere por mim!
Com um forte gemido, a górgona nos recoloca no curso para o jardim. Subo para o parapeito, mas Felicity e Pippa puxam meus braços. Luto como uma louca.
— Górgona, pare agora mesmo! Estou ordenando que pare!
Mas ela não para. Deslizamos para longe da margem, onde aquela terrível criatura se ergue sobre minha amiga.
— Srta. Moore! Srta. Moore! — grito, até minha voz ficar rouca, até não ter mais voz. — Srta. Moore — grasno, deslizando para o convés do navio.
Estamos de volta ao jardim. Meus olhos doem de tanto chorar. Estou exausta e enjoada. Viro-me para a górgona.
— Por que você não parou, quando lhe ordenei que parasse?
Aquela grande cabeça escamosa volta-se vagarosamente em minha direção.
— Em primeiro lugar, minha ordem é evitar qualquer perigo para você, Altíssima.
— Nós poderíamos salvar a srta. Moore! — grito.
A cabeça gira para o outro lado.
— Acho que não.

– Gemma – diz Ann, gentilmente. – Você tem que fazer a porta aparecer.

Felicity e Pippa, sentadas juntas, com os braços entrelaçados, detestam deixar uma à outra.

Fecho os olhos.

– Gemma – diz Ann.

– A criatura de Circe a pegou, e eu não pude impedir.

Ninguém tem uma palavra de consolo para dizer.

– Vou matá-la – digo, minhas palavras duras como aço. – Vou enfrentá-la e então a matarei.

Custa um esforço tremendo fazer a porta de luz aparecer. As outras precisam ajudar-me a ficar de pé. Mas, finalmente, ela aparece, tremeluzindo. Pippa acena num adeus e sopra beijos para todas nós. Sou a última a atravessar e, enquanto espero, lanço um último olhar para Pippa. Ela puxou alguma coisa de seu esconderijo atrás de uma árvore. É a carcaça de um pequeno animal. Ela a olha cheia de desejo, antes de se agachar, sentada em suas ancas, como se fosse ela própria alguma fera. Leva a carne até sua boca e se alimenta, com os olhos brancos por causa da fome.

Capítulo
quarenta e quatro

A SRTA. MOORE SE FOI. ELA SE FOI. NÃO DESCOBRI O TEMPLO. OS Rakshana estavam errados ao confiar em mim para executar essa tarefa. Não sou a Senhora Esperança de Nell Hawkins. Não sou a Altíssima, aquela que trará de volta a glória da Ordem e da magia. Sou Gemma Doyle e falhei.

Estou tão cansada. Meu corpo dói; tenho a sensação de minha cabeça estar cheia de algodão. Eu gostaria de me deitar e dormir durante dias. Estou cansada demais até para tirar a roupa. Deito-me atravessada em minha cama. O quarto gira por um momento e em seguida adormeço profundamente e sonho.

Estou voando sobre ruas escuras, lambidas pela chuva, por vielas onde crianças sujas mordem pão farinhento, cheio de insetos que zumbem. Continuo a voar, até que desço flutuando até os corredores do Bethlem e para dentro do quarto de Nell.

– Senhora Esperança – sussurra ela. – O que você fez?

Não entendo. Não posso responder. Há passos no corredor.

– O que você fez? O que você fez? – grita ela. – Jack e Jill subiram o morro; Jack e Jill subiram o morro.

Distancio-me de suas divagações, flutuando, flutuo bem alto acima do corredor, onde a dama com a capa verde segue às pressas na escuridão, sem ser notada. Enquanto flutuo para fora, para a noite negra por cima de St. George, ouço o grito fraco e sufocado de Nell Hawkins.

Não sei até que hora já tardia dormi, que dia é hoje, onde estou, quando sou acordada por uma ansiosa sra. Jones.

– Senhorita, senhorita! É melhor vestir-se depressa. Lady Denby veio em visita com o sr. Simon. Sua avó me mandou buscá-la imediatamente.

– Não me sinto bem – digo, deixando-me cair novamente sobre os travesseiros.

A sra. Jones me puxa para uma posição sentada.

– Quando eles forem embora a senhorita pode descansar o quanto quiser. Mas, agora, devo fazer com que se vista, e depressa.

Quando desço, eles estão todos reunidos na sala de visitas, bem juntos, em torno de xícaras de chá. Se isto é uma visita social, não vai bem. Alguma coisa está faltando. Até Simon não está sorrindo.

– Gemma – diz vovó. – Sente-se, filha.

– Infelizmente, tenho algumas notícias bastante perturbadoras, referentes à sua conhecida srta. Bradshaw – diz Lady Denby.

Meu coração para de bater.

– Ah, é? – digo, fracamente.

– Sim. Achei estranho eu não conhecer a família dela, então andei perguntando a respeito. Não existe nenhum Duque de Chesterfield em Kent. De fato, não consegui encontrar nada sobre uma moça que descobriu que pertence à nobreza russa.

Vovó sacode a cabeça.

– É chocante. Chocante.

– O que descobri é que ela tem uma prima bem vulgar, a esposa de um comerciante, que mora em Croydon. Infelizmente, a srta. Bradshaw não passa de uma caçadora de fortunas – diz Lady Denby.

– Jamais gostei dela – diz vovó.

– Deve haver algum engano – digo, com voz fraca.

– É uma avaliação generosa, minha querida – diz Lady Denby, dando palmadinhas em minha mão. – Mas lembre-se de que você também foi maculada por esse escândalo. E a sra. Worthington, claro. Pensar que eles abriram seu lar para ela. Claro, a sra. Worthington não se destaca por um julgamento sólido, se me permitem a ousadia.

Vovó decreta:

– Você não deve mais ter nenhuma relação com essa moça.

Entra Tom. Seu rosto está cansado e pálido.
– Thomas, qual é o problema? – pergunta vovó.
– É a srta. Hawkins. Ela adoeceu durante a noite, com uma febre. Não quer acordar. – Ele sacode a cabeça, incapaz de continuar.
– Sonhei com ela a noite passada – deixo escapar.
– É mesmo? E o que você sonhou? – pergunta Simon.
Sonhei com Circe e com o grito sufocado de Nell. E se não fosse nenhum sonho?
– Eu... eu não me lembro – digo.
– Ah, pobre querida, você está pálida – diz Lady Denby. – É muito duro saber que se foi enganada por uma suposta amiga. E agora a sua srta. Hawkins está doente. Deve ser um choque terrível.
– Sim, obrigada – digo. – Não me sinto bem.
– Pobre querida – murmura novamente Lady Denby. – Simon, seja um cavalheiro e ajude a srta. Doyle.
Simon pega meu braço e me acompanha para fora da sala.
– Não consigo suportar pensar que Ann está com um problema tão terrível – digo.
– Se ela se apresentou como quem não é, merece o que vem – diz Simon. – Ninguém gosta de ser enganado.
Como estou enganando Simon, deixando-o pensar que sou essa colegial inglesa sem complicações. Será que ele sairia correndo para longe de mim se soubesse a verdade? Será que acharia que o enganei? Manter segredos é uma ilusão igual a desempenhar um elaborado papel falso.
– Sei que este é um pedido difícil de ser atendido, sr. Middleton – digo. – Mas será que teria a possibilidade de retardar a visita da sua mãe à sra. Worthington, até eu ter uma oportunidade de falar com a srta. Bradshaw?
Simon me dá um sorriso.
– Farei o que puder. Mas deve saber que, quando minha mãe tem alguma coisa em vista, há pouco que se possa fazer para mudar suas decisões. E acho que ela tem você em vista.
Eu deveria estar lisonjeada. E, de uma maneira reduzida, estou. Mas não posso livrar-me da sensação de que, para ser

amada por Simon e sua família, terei de ser um tipo muito diferente de moça, e que, se eles me conhecessem – se me conhecessem de verdade –, não me acolheriam tão calorosamente.
– E se você se desapontasse comigo?
– Jamais ficaria desapontado com você.
– Mas e se descobrisse alguma coisa... surpreendente, a meu respeito?
Simon faz um sinal afirmativo com a cabeça.
– Sei o que é, srta. Doyle.
– Sabe? – sussurro.
– Sim – diz ele, com seriedade. – A senhorita tem um calombo nas costas, que só aparece depois da meia-noite. Jamais contarei seu segredo.
– Sim, é isso – digo, sorrindo, e piscando com força para evitar as lágrimas que fazem meus olhos arderem.
– Está vendo? Sei tudo a seu respeito – diz Simon. – Agora vá descansar um pouco. Eu a verei amanhã.

Ouço-as na sala de visitas, mexericando. Ouço-as porque estou na escada, suave como o brilho das estrelas. E, depois, saio pela porta o mais silenciosamente possível e vou até a casa da sra. Worthington avisá-las. Depois, encontrarei a srta. McCleethy e ela responderá pela srta. Moore, por minha mãe, Nell Hawkins e os outros. Com este objetivo, enfio dentro da minha bota a lâmina que Kartik me deu.

O mordomo de Felicity abre a porta e entro à força, apesar dos protestos dele.
– Felicity! – grito, sem me preocupar com as boas maneiras nem com o protocolo. – Ann!
– Estamos aqui! – responde Felicity, da biblioteca.
Entro às pressas, com o mordomo atrás de mim.
– A srta. Doyle quer vê-la, senhorita – diz ele, decidido a fazer voltar algum senso de decoro aos procedimentos.
– Obrigada, Shames. E basta – diz Felicity. – Que é? – pergunta, quando estamos sozinhas. – Alguma coisa a respeito da srta. Moore? Encontrou uma maneira de trazê-la de volta?

Sacudo negativamente a cabeça.
– Fomos descobertas. Lady Denby fez indagações. Ela descobriu sua prima, Ann. Sabe que andamos inventando histórias o tempo todo. – Afundo numa cadeira. Estou cansadíssima.
– Então todos saberão. Podem estar certas disso – diz Felicity, parecendo verdadeiramente aterrorizada.
Ann empalidece.
– Pensei que você tinha dito que ninguém descobriria.
– Não pensei em Lady Denby e no ódio que ela sente por minha mãe.
Ann fica sentada, tremendo.
– Estou arruinada. E nunca mais teremos permissão para nos ver.
A mão de Felicity, com a forma de um punho, está em cima do seu estômago.
– Papai acabará comigo.
– A ideia foi sua – diz Ann, apontando um dedo para Felicity.
– Você ficou satisfeitíssima em desempenhar seu papel!
– Por favor, parem – digo. – Temos de impedir Lady Denby de contar o que ela sabe.
– Ninguém pode impedi-la de fazer isso – diz Felicity. – Ela é uma mulher muito determinada. E este é o tipo de mexerico que ela adora.
– Poderíamos aparecer com outra história – diz Ann, caminhando de um lado para outro.
– Por quanto tempo, até ela fazer indagações também sobre essa? – pergunto.
Ann se senta no sofá, põe a cabeça em cima do braço e chora.
– Poderíamos usar a magia – diz Felicity.
– Não – digo.
Os olhos de Felicity relampejam.
– Por que não?
– Esqueceu-se da noite passada? Precisaremos de cada pedacinho da magia para encontrar o Templo e enfrentar Circe.
– Circe! – diz Felicity, com raiva. – Pippa tinha razão. Você só cuida de si mesma.
– Não é verdade – digo.

— Ah, e então não é?
— Por favor, Gemma — Ann balbucia, entre soluços.
— Você viu como a magia me pesa — digo. — Não sou eu mesma hoje. E Nell Hawkins caiu num transe. À noite passada sonhei que ela havia sido encontrada por Circe.

Entra o mordomo de Felicity.

— Está tudo bem, srta. Worthington?
— Sim, Shames. Obrigada.

Ele sai, mas não leva consigo nossa raiva. Ela paira na sala, nos olhares magoados e no silêncio hostil. Minha cabeça dói.

— Acha que é verdade? Acha que Circe realmente dominou Nell Hawkins? — pergunta Ann, em meio às suas lágrimas.
— Sim — digo. — Então, você vê, é obrigatória nossa ida aos reinos outra vez, esta noite. Quando encontrarmos o Templo e prendermos a magia, você poderá usá-la, se quiser, para fazer as pessoas pensarem que você é a própria Rainha Vitória. Mas, primeiro, encontraremos o Templo. E Circe.

Felicity solta ruidosamente a respiração.

— Obrigada, Gemma. Posso manter mamãe ocupada e afastada das garras de Lady Denby até amanhã. Ann, você vai ficar muito doente.
— É mesmo?
— Ninguém ousaria falar mal de uma inválida — explica ela. — Agora desmaie.
— Mas, e se disserem que estou fingindo?
— Ann, não é tão terrivelmente difícil desmaiar. As mulheres desmaiam o tempo todo. Você simplesmente cai no chão, fecha os olhos e não fala.
— Sim — diz Ann. — Devo cair no chão ou aqui no sofá?
— Ah, honestamente, não tem importância! Simplesmente desmaie!

Ann faz um sinal afirmativo com a cabeça. Com a astúcia de uma atriz nata, ela gira os olhos para trás e se dobra até o chão, dramaticamente, como um suflê caindo para dentro de si mesmo. É o mais gracioso desmaio que já vi. Uma pena que tenha sido desperdiçado, tendo apenas nós duas como plateia.

– Esta noite – diz Felicity, pegando minhas mãos.
– Esta noite – concordo.
Atravessamos às pressas a sala de visitas, da forma mais frenética que podemos.
– Shames! Shames! – chama Felicity.
O alto e gélido mordomo aparece.
– Sim, senhorita?
– Shames, a srta. Bradshaw desmaiou! Acho que está doente. Precisamos chamar mamãe imediatamente.
Até o plácido Shames está perturbado.
– Sim, senhorita. Imediatamente.
Enquanto a casa irrompe num excitado frenesi – porque todos, segundo parece, adoram o potencial de desastre, uma quebra na tediosa rotina –, aproveito para ir embora. Devo admitir que encontro um encantamento selvagem em ensaiar o que direi a vovó sobre essa visita. *"... e então o bondoso e gentil espírito da srta. Bradshaw ficou tão ferido por essas falsas acusações que ela adoeceu e desmaiou..."*
Sim, esse será um momento altamente satisfatório. Se, pelo menos, eu não estivesse tão cansada.
O crepúsculo se instalou sobre Londres, juntamente com um pouquinho de saraiva. É um fim de tarde frio e ficarei satisfeita de me sentar junto da minha lareira. Indago a mim mesma o que aconteceu com a srta. Moore e se há alguma coisa que eu possa fazer para salvá-la de seu destino terrível. E também me indago se, algum dia, tornarei a ver Kartik ou se ele foi absorvido pelas sombras do Rakshana.
Jackson está esperando pacientemente no meio-fio. Isso só pode significar que eles descobriram que eu saí e chegaram à conclusão lógica. Estou diante de tantos problemas, agora, quanto Felicity e Ann. O mais provável é que Tom esteja sentado dentro da carruagem, furioso.
– Boa-noite, senhorita. Sua avó ficou muito preocupada com a senhorita – diz Jackson, abrindo a porta da carruagem para mim. Ele pega minha mão para me ajudar a subir e entrar.
– Obrigada, Jack... – Fico gelada.

Não é Tom nem vovó quem está esperando por mim. Sentada em minha carruagem, está a srta. McCleethy. Junto dela, Fowlson, do Rakshana.

– Entre, por favor, senhorita – diz Jackson, empurrando minhas costas.

Abro a boca para gritar. A mão dele faz uma forte pressão contra mim, prendendo o som em minha garganta.

– Sabemos onde sua família mora. Pense em seu pobre pai, deitado num quarto de doente, inteiramente vulnerável.

– Jackson – diz a srta. McCleethy. – Isto basta.

Relutantemente, Jackson me solta. Ele fecha a porta atrás de mim e sobe para seu lugar atrás dos cavalos. As luzes de Mayfair desaparecem, enquanto a carruagem dá uma guinada e entra no trânsito que segue para a Bond Street.

– Para onde me levam? – pergunto.

– Para algum lugar onde possamos conversar – diz srta. McCleethy. – A senhorita é uma moça muito escorregadia, difícil de pegar, srta. Doyle.

– O que fez com Nell Hawkins? – pergunto.

– A srta. Hawkins é a menor das minhas preocupações neste momento. Precisamos conversar sobre o Templo.

Fowlson encharca um lenço com o líquido de um pequeno frasco.

– O que está fazendo? – pergunto, com o terror apertando minha garganta.

– Não podemos deixar que saiba como encontrar nosso esconderijo – diz Fowlson.

Ele se eleva sobre mim. Luto contra ele, virando a cabeça para a esquerda e a direita, a fim de evitá-lo, mas é forte demais. O branco do lenço é tudo o que posso ver, enquanto ele desce e cobre, afinal, meu nariz e minha boca. Há o inescapável e sufocante cheiro de éter. A última coisa que vejo, antes de sucumbir à escuridão, é a srta. McCleethy jogando um bombom em sua boca, sem se preocupar com nada neste mundo.

Aos poucos, recupero a consciência. Primeiro, há em minha boca, em cima da minha língua, o gosto de alguma coisa suja e sulfurosa, que me deixa nauseada. Depois, há a visão borrada. Tenho de levantar meu braço para tapar a luz que oscila e dança. Estou numa sala escura. Vejo velas acesas. Não há mais ninguém? Não consigo ver ninguém, mas tenho consciência de que há outras pessoas. Sinto que estão na sala. Um som farfalhante vem da escuridão, em cima.

Dois homens mascarados entram na sala, acompanhando alguém com os olhos vendados. Tiram a venda. É Kartik! Os outros homens recuam e se afastam, deixando-nos juntos.

– Gemma – diz ele.

– Kartik – respondo com voz rouca. Minha garganta está seca. Minha voz vem rachada: – O que você está fazendo aqui? Pegaram você também?

– Você está bem? Beba um pouco de água – responde ele.

Tomo um gole.

– Sinto muitíssimo o que eu disse aquele dia. Não pretendia sugerir nada com aquilo.

Ele sacode a cabeça.

– Está esquecido. Tem certeza de que está bem?

– Você precisa me ajudar. Fowlson e a srta. McCleethy me sequestraram e me trouxeram para cá. Se ela tem o apoio dele, então não podemos confiar no Rakshana.

– Pssiuu, Gemma. Ninguém me trouxe aqui contra minha vontade. A srta. McCleethy faz parte da Ordem. Ela está trabalhando com o Rakshana para encontrar o Templo e devolver à Ordem seu pleno poder. Ela veio para ajudar você.

Baixo minha voz até que ela se transforma num sussurro:

– Kartik, você sabe que a srta. McCleethy é Circe.

– Fowlson diz que ela não é.

– Como ele sabe? E como você sabe se ele também não foi corrompido? Como sabe que pode confiar nele?

– A srta. McCleethy não é quem você pensa. O nome dela é Sahirah Foster. Ela tem caçado Circe. Ela assumiu o nome McCleethy como uma isca, com a esperança de chamar a atenção da verdadeira Circe, pois este foi o nome que ela assumiu, quando do estava na Santa Vitória.

– E você acredita nessa história?

– Fowlson acredita.
– Tenho certeza de que Nell Hawkins lhe diria outra coisa. Não vê? – suplico. – Ela é Circe! Ela matou aquelas meninas, Kartik. Ela matou minha mãe e seu irmão! Não deixarei que faça o mesmo comigo.
– Gemma, você está enganada. Ele foi enganado por ela. Não posso mais confiar em Kartik.

A srta. McCleethy entra na sala. Sua longa capa verde roça no chão.

– Isso já demorou demais, srta. Doyle. A senhorita me levará para dentro dos reinos e eu a ajudarei a encontrar o Templo. Então prenderemos a magia e restabeleceremos a Ordem.

De cima, ressoa uma voz solene:

– Com acesso aos reinos e a magia garantida, finalmente, para o Rakshana.

À luz das velas, só posso ver um rosto mascarado.

– Sim, claro – diz a srta. McCleethy.

– Sei de tudo a seu respeito – digo. – Escrevi para a Santa Vitória. E sei o que você fez com Nell Hawkins e com as outras moças, antes dela.

– Não sabe de nada, srta. Doyle. Apenas pensa que sabe, e aí está o problema.

– Sei que a sra. Nightwing é sua irmã – anuncio, triunfalmente.

A srta. McCleethy parece surpresa:

– Lilian é uma querida amiga. Não tenho irmã.

– Está mentindo – digo.

A voz de cima volta a ressoar:

– Basta! Já é hora.

– Não a levarei para dentro dos reinos! – berro, para todos ouvirem.

Fowlson agarra brutalmente meu braço.

– Já estou bastante cansado de seus jogos, srta. Doyle. Já nos custaram tempo demais.

– Não pode me forçar – digo.

– Será que não?

A srta. McCleethy intervém:

– Sr. Fowlson, deixe que eu fique um momento sozinha com a moça, por favor.

Ela me puxa para um lado. Sua voz forte está reduzida a um sussurro:

– Não se preocupe, minha querida. Não tenho nenhuma intenção de deixar que o Rakshana tenha qualquer poder nos reinos. Estou apenas os acalmando, com uma promessa.

– Depois que eles a ajudarem, a senhorita os tirará de cena.

– Não se preocupe muito com isso. – Ela baixa ainda mais a voz. – Eles pretendiam ficar com os reinos para si mesmos. Que palavras lhes deram, para prender a magia?

– *Prendo a magia em nome da Estrela do Leste.*

Ela sorri.

– Com essas palavras, a senhorita daria a eles o poder sobre o Templo.

– Por que deveria acreditar na senhorita? Kartik me disse...

– Kartik? – Ela sorri desdenhosamente, com repugnância. – Por favor, ele lhe disse qual é sua tarefa?

– Ajudar-me a encontrar o Templo.

– Srta. Doyle, a senhorita é, de fato, inteiramente ingênua. A tarefa dele era ajudá-la a encontrar o Templo para os Rakshana poderem controlá-lo. Uma vez que tivessem todo esse poder, acha mesmo que precisariam de mais alguma coisa, da sua parte?

– O que quer dizer?

– A essa altura, a senhorita não seria nada mais que um problema. Um risco. E isto nos leva à verdadeira tarefa dele: matar a senhorita.

A sala fica menor. Sinto que não posso respirar.

– Está mentindo.

– Será que estou? Por que não pergunta a ele? Ah, não espere que ele lhe diga a verdade. Mas observe-o – observe seus olhos. Eles não mentirão.

Não se esqueça da sua tarefa, novato...

Tudo era uma mentira? Alguma coisa era verdade?

– Como vê, minha querida, estamos presas uma à outra, afinal.

Sinto uma amargura tão grande que não posso chorar. Meu próprio sangue está doente, com o ódio.

– Assim parece – digo, com uma fúria semelhante a uma serpente enroscada em minha barriga.

– Você possui talentos extraordinários, Gemma. Sob minha proteção, aprenderá muita coisa. Mas primeiro lembre-se, deve prender a magia em nome da Ordem. – A srta. McCleethy sorri e me faz lembrar uma cobra. – Esperei vinte anos por esse momento.

Prefiro morrer.

– Preciso saber a verdade – digo.

Ela faz que sim com a cabeça.

– Está bem. Fowlson! – chama ela.

Momentos depois, ele entra com Kartik. Acima de nós, o aposento se enche. O chão está vivo com os ruídos suaves de passos discretos. Depois, tudo fica imóvel na sala, menos a luz das velas, que se agita.

– Kartik – pergunto, e minha voz ecoa nas paredes. É uma sala menor do que eu percebera. – Qual era sua tarefa para o Rakshana? Não estou falando da descoberta do Templo – digo, com minha voz cheia de ódio. – A outra.

– A... outra? – diz ele, tropeçando em suas palavras.

– Sim. Quando eu tivesse encontrado o Templo. Qual era sua tarefa, então? – Eu jamais olhara para ninguém dessa maneira, com uma raiva que poderia matar. E nunca vira Kartik tão assustado.

Ele engole em seco. Seus olhos se dirigem para cima, para os homens sem rosto, nas sombras.

– Cuidado agora, irmão – sussurra Fowles.

– Minha tarefa era ajudar você a encontrar o Templo. Não havia nenhuma outra – diz Kartik. Mas ele não me olha nos olhos enquanto diz isso, e agora eu sei. Sei que ele está mentindo. Sei que sua tarefa é me matar.

– Mentiroso – digo. Isto o força a me olhar e, com a mesma rapidez, ele desvia a vista. – Estou preparada.

– Muito bem – diz a srta. McCleethy.

Seguro as mãos fortes da srta. McCleethy e fecho os olhos. É tão fácil desmaiar. *As mulheres fazem isso o tempo todo. Elas fecham os olhos e caem no chão.*

– Ahhh – gemo, e faço exatamente isso.
Não sou tão graciosa quanto minha amiga Ann. Em vez disso, dobro-me para a frente, de modo que minha mão fica a centímetros de minha bota. Meus dedos encontram o cabo da lâmina que escondi ali, em Megh Sambara. Se, alguma vez, precisei de proteção contra meus inimigos, é neste momento.
– E agora? – suspira Fowlson.
– Ela está fingindo – diz a srta. McCleethy, chutando-me. Eu não me mexo. – Garanto que é um logro.
– Coloquem-na em pé – a grande voz troveja de cima.
Kartik enfia seus braços debaixo dos meus e me levanta, carregando-me para a porta, que se abre para nós.
– Vá buscar os sais – ordena Fowlson.
– Ela está blefando – diz rapidamente a srta. McCleethy. – Não confiem nela nem por um momento.
Mantenho meus olhos levemente fechados, espiando por estreitas fendas, a fim de ver para onde Kartik me leva. Estamos numa sala obscura. De alguma parte, bem acima, ouço homens rindo, numa conversa abafada. É uma saída?
Meus dedos seguram com força meu totem. Empurro Kartik para longe de mim e puxo a lâmina, ameaçando a todos.
– Não escapará. Não sabe que porta leva para fora – diz Fowlson.
Ele tem razão. Estou presa numa armadilha. Fowlson e Jackson se aproximam. A srta. McCleethy fica em pé, à espera, com uma expressão de quem me devoraria alegremente no jantar.
– Pare com essa tolice, srta. Doyle. Não sou sua inimiga.
Que porta leva para fora? Kartik. Olho para ele. Por um momento, ele vacila. Depois, seus olhos vão para a porta à minha esquerda. Ele faz um minúsculo aceno com a cabeça e sei que os traiu e me mostrou o caminho.
– O que está fazendo aí, rapaz? – grita Jackson.
É distração suficiente para eu ser capaz de atravessar a porta com Kartik nos meus calcanhares. Ele empurra a porta, fechando-a.
– Gemma! A lâmina – depressa! Através do trinco, ali!
Encaixo a lâmina através do trinco de ferro, bloqueando a porta. Posso ouvi-los batendo com força e gritando do outro lado.

Ela não resistirá para sempre; só posso esperar que resista tempo suficiente para sairmos.

– Por aqui – diz Kartik.

Saímos numa rua escura de Londres. Flocos de neve se misturam com o negro giro do nevoeiro nas lâmpadas a gás, dificultando a visão a grande distância. Mas há outras pessoas na rua. Reconheço esta área. Não estamos longe de Pall Mall Square e dos clubes masculinos mais exclusivos de Londres. Eram essas as vozes de homens que eu ouvia!

– Eu os manterei afastados até você poder escapar – diz Kartik, sem fôlego.

– Espere! Kartik! Você não pode voltar – digo. – Você não pode voltar nunca mais.

Kartik pula sobre seus calcanhares, com as pernas divididas entre ficar ali em pé e voltar correndo, da maneira como uma criança corre para sua mãe a fim de dizer "Desculpe pelo que fiz, agora, por favor, me perdoe". Mas o Rakshana não perdoa. Kartik apenas começa a perceber o que o seu ato precipitado significa. Ao me ajudar, ele se desfez de qualquer oportunidade de se unir a eles como membro pleno. Virou as costas para a única família que conhece. Está sem amparo, sem um lar. Está sozinho, como eu.

Fowlson e Jackson saem correndo para a calçada, olhando selvagemente para a esquerda e a direita. Eles nos localizam. A srta. McCleethy os segue. Kartik ainda está ali em pé, como se não soubesse para que lado virar-se.

– Vamos – digo, enfiando meu braço ousadamente no dele. – Vamos dar uma caminhada.

Fazemos o melhor que podemos para nos misturar às pessoas que se movimentam apressadamente pelas ruas, os homens saindo de seus clubes depois de seu jantar, de seus charutos e do conhaque; os casais a caminho do teatro ou de uma festa.

Atrás de nós, ouço Fowlson assobiando uma melodia militar, algo que ouvi os soldados ingleses cantarem na Índia.

– Eu não faria aquilo – diz ele.

– Apenas caminhe, por favor – digo.

– Eu deixaria você escapar.

O assobio de Fowlson, desonestamente puro, atravessa o ruído da rua e do trânsito e me deixa gelada até os ossos. Dou uma olhada para trás. Depois, olho para a frente e me deparo com um horror ainda maior: Simon e seu pai estão acabando de sair do Clube Athenaeum. Não devem me ver aqui. Deixo cair o braço de Kartik e me viro para trás.

– O que está fazendo? – pergunta ele.

– É Simon – digo. – Não posso ser descoberta.

– Bem, com certeza não podemos seguir por esse caminho!

Estou em pânico. Simon sai de baixo do olhar vigilante da estátua de Atena, no alto da grandiosa entrada do clube. Encaminha-se para nosso lado. Sua carruagem espera no meio-fio. Alguém sai de um fiacre, pagando ao cocheiro. Empurrando outro casal para fora do caminho, Kartik abre a porta para mim.

– É a Duquesa de Kent – diz ele, sorrindo ao homem e à mulher, que ficam furiosos. – Ela precisa chegar imediatamente ao Palácio St. James.

O homem fala num alvoroço e grita, chamando a atenção das pessoas na rua, inclusive de Simon e seu pai. Abaixo-me para não ser vista.

O homem, furioso, pede que eu saia do seu cabriolé.

– Tenho de protestar, senhora! Por direito, era nosso!

Por favor, por favor, deixem-me ficar com ele! Fowlson avistou-nos. Parou seu assobio e apressou o passo. Chegará onde estamos em questão de segundos.

– Qual é o problema? – É a voz de Lorde Denby.

– Essa jovem mulher pegou nosso cabriolé. – O homem torce o nariz. – E este rapaz indiano alega que ela é a Duquesa de Kent.

– Ora, papai, esse não é o antigo cocheiro do sr. Doyle? É sim! Lorde Denby endireita os ombros.

– Ouça, rapaz! O que quer dizer tudo isso?

– Será que devemos chamar um guarda? – pergunta Simon.

– Por favor, senhorita – diz o homem, imperiosamente, oferecendo sua mão através da janela, enquanto eu luto para me manter escondida. – Já fez sua brincadeira. Agora eu lhe agradecerei se sair imediatamente de meu cabriolé.

– Vamos, senhorita – diz o cocheiro. – Não vamos criar todo esse problema numa noite tão fria.

Isto é o fim. Ou serei descoberta por Simon e seu pai, e minha reputação estará arruinada para sempre, ou Fowlson e a srta. McCleethy me levarão embora, quem sabe para fazerem o quê.

Minha mão está na maçaneta da porta, quando Kartik começa a pular de um lado para outro, feito um louco, cantando uma melodia animada e batendo os calcanhares.

– Ele está bêbado ou é louco? – pergunta Lorde Denby.

Kartik se inclina para dentro do fiacre.

– Você sabe onde me encontrar.

Ele lança as mãos para o ar e abaixa uma delas, com força, dando uma palmada no couro do cavalo. Com um relincho alto, o cavalo dá uma brusca guinada para a rua, com o cocheiro gritando "Ô Tillie, pare!", sem nenhum resultado. O melhor que ele pode fazer é dirigir o animal para longe dos clubes e para dentro do fluxo do trânsito que sai de Pall Mall. Quando dou uma última olhada para trás, vejo que Kartik ainda está fazendo o papel de louco. Um policial chega, soprando seu apito. Fowlson e Jackson recuam. Não pegarão Kartik no momento. Só a srta. McCleethy não está em parte alguma que eu possa ver. Desapareceu como um fantasma.

– Para onde, senhorita? – o cocheiro pergunta, afinal.

Para onde posso ir? Onde posso esconder-me?

– Baker Street – grito, em resposta, dando o endereço da srta. Moore. – E depressa, por favor.

Capítulo
Quarenta e Cinco

Chegamos à Baker Street a tempo de eu perceber que não tenho bolsa. Não tenho nenhum meio de pagar a viagem.
– Aqui está, senhorita – diz o cocheiro, ajudando-me a sair do fiacre.
– Ah, meu Deus – digo. – Parece que me esqueci de minha bolsa. Se me der seu nome e endereço, providenciarei para que seja muito bem pago. Prometo.
– Pensa que sou algum idiota?
– Estou falando sério, senhor.
Um policial vem do lado oposto da rua, com os botões de latão do seu uniforme brilhando na escuridão. Meu coração bate mais rápido.
– Diga isso ao guarda, então – ele fala. – Olá, Bob! Venha cá!
Saio correndo, com o apito do guarda soando com força atrás de mim. Depressa, escapulo para dentro da sombra de um beco e espero. A neve transformou-se em saraiva. O gelo minúsculo e duro morde minhas faces, fazendo meu nariz escorrer. As casas tremeluzem sob a nova luminosidade do gelo e das lâmpadas a gás. Cada ato de respirar é uma dolorosa raspagem, uma luta por ar, contra o frio. Mas é mais do que isso. A magia me deixou exausta. Sinto-me estranha, como se estivesse com febre.
Os passos do guarda são fortes e estão próximos.
– E então ele disse que ela era a Duquesa de Kent – explica o cocheiro.
Achato-me contra a parede. Meu coração bate forte contra minhas costelas; minha respiração está trancada com força, como um criminoso acorrentado.

– Seria aconselhável não transportar mulheres estranhas, companheiro – diz o guarda.

– Como poderia saber que ela era estranha? – protesta o cocheiro.

Continuando a discutir, eles passam a centímetros de mim, sem dar sequer uma olhada em minha direção, até que seus passos e suas vozes não passam de fracos ecos, engolidos finalmente pela noite. A respiração que eu estava contendo volta-me com uma espécie de silvo. Não perco tempo. Sigo mancando pela rua, na direção do apartamento da srta. Moore, com a maior rapidez com que posso movimentar-me em meu estado de enfraquecimento. A casa está escura e dou altas batidas à porta, esperando poder inventar um ardil que me permita entrar. A sra. Porter enfia a cabeça para fora da janela de cima, gritando para baixo, com irritação:

– O que deseja?

– Sra. Porter, lamento muito incomodá-la. Mas tenho um recado urgente para a srta. Moore.

– Ela não está em casa.

Sim, eu sei, e é tudo por minha culpa. Tenho a impressão de que vou desmaiar. Meu rosto está dormente por causa do cruel bombardeio da saraiva. A qualquer momento o guarda pode voltar. Tenho de entrar. Só preciso de um lugar para me esconder, pensar, descansar.

– Ouça, já é tarde. Volte amanhã.

Passos ecoam nas escorregadias pedras do calçamento. Alguém está vindo.

– Querida sra. Porter – digo, desesperadamente. – Sou Felicity Worthington. A filha do Almirante Worthington.

– Filha do Almirante Worthington, diz a senhorita? Ah, minha querida filha, como vai o almirante?

– Muito bem, obrigada. Quero dizer, não, ele não está bem, de jeito nenhum. E foi por isso que vim procurar a srta. Moore. É muito urgente. Posso esperar por ela?

Por favor, deixe-me entrar. Só o tempo suficiente para pôr a cabeça no lugar.

Mais adiante, na rua, posso ouvir as firmes batidas dos sapatos do policial, que volta.

– Está bem – diz a sra. Porter.
Ela já está com suas roupas de dormir.
– Não pediria isso, se não soubesse que a senhora é uma pessoa boa e generosa. Tenho certeza de que meu pai desejará agradecer-lhe pessoalmente, quando puder.
A sra. Porter se envaidece com isso.
– Não demorará nem um minuto.
A lanterna do guarda espalha dedos de luz em minha direção. *Por favor, sra. Porter, depressa.* Ela abre o trinco e me deixa entrar.
– Boa-noite, sra. Porter – grita o guarda, tirando o chapéu para ela.
– Boa-noite, sr. John – responde ela.
Ela fecha a porta. Eu me firmo com uma mão contra a parede.
– Que bom ter companhia. Tão inesperado. Deixe-me tirar seu casaco.
Aperto meu casaco com força em torno da minha garganta, que dói.
– Querida sra. Porter – digo, com voz rouca. – Perdoe-me, mas infelizmente preciso tratar com a srta. Moore e depois voltar para a beira do leito de papai.
A sra. Porter faz uma expressão de quem deu uma mordida num pedaço de bolo de chocolate e descobre que ele é recheado com picles.
– Humm. Não é correto deixar a senhorita entrar no quarto dela. Administro um estabelecimento honesto, sabe?
– Sim, claro – digo.
A sra. Porter medita sobre seu dilema por um momento, antes de esvaziar um jarro numa mesinha lateral e tirar a chave dos cômodos da srta. Moore do seu esconderijo.
– Por aqui, por favor.
Sigo-a pela estreita escada acima, até a porta da srta. Moore.
– Mas se ela não voltar dentro de meia hora, a senhorita terá de sair – diz ela, enfiando ruidosamente a chave na fechadura. A porta se abre e caminho para dentro.
– Sim, obrigada. Por favor, não se dê ao trabalho de esperar, sra. Porter. Sinto uma corrente de ar aqui e, se pegasse um resfriado por minha causa, eu nunca me perdoaria.

Isso parece, por um momento, abrandar a sra. Porter e ela me deixa e desce a escada, com um andar pesado.

Fecho a porta. Na escuridão, o quarto é pouco familiar, agourento. Deslizo os dedos pelo papel de parede amarelado, até encontrar a lâmpada a gás. Ela se acende com um silvo, a chama se agitando contra o anteparo de vidro. O quarto desperta da sua modorra – o sofá de veludo, o globo em seu suporte, a escrivaninha em seu estado habitual de completa desordem, as fileiras de livros bem-amados. As máscaras estão com um aspecto horripilante, na escuridão da noite. Não suporto olhá-las. Conforta-me espiar as pinturas da srta. Moore – as roxas urzes da Escócia, os penhascos denteados perto do mar, as cavernas cheias de limo nos bosques atrás da Spence.

Empoleiro-me no sofá, para me acalmar, tentando entender tudo. Tão cansada. Quero dormir, mas não posso. Ainda não. Preciso pensar no que farei a seguir. Se o Rakshana está associado com a srta. McCleethy, com a própria Circe, então não é possível confiar neles. Kartik tinha a tarefa de me matar, quando eu encontrasse o Templo. Mas Kartik traiu seus companheiros para me ajudar a fugir. O relógio bate os minutos. Cinco. Dez. Abrindo a cortina, dou uma olhada na rua, lá fora, mas não vejo nenhum sinal do sr. Fowlson nem da carruagem negra.

Uma batida na porta quase me mata de medo. A sra. Porter entra com uma carta.

– Queridinha, pode parar de esperar. Parece que não prestei atenção. A srta. Moore deixou isto em minha mesinha lateral esta manhã.

– Esta manhã? – repito. Não é possível. A srta. Moore está perdida nos reinos. – Tem certeza?

– Ah, sim. Vi quando ela saiu. Mas desde então não a vejo. Só agora li a carta. Diz que ela viajou para visitar sua família.

– Mas a srta. Moore não tem família – digo.

– Ora, tem sim. – A sra. Porter lê alto: "Querida sra. Porter. Perdoe dar a notícia de última hora, mas devo partir imediatamente, pois aceitei um emprego numa escola perto de Londres, onde minha irmã é diretora. Virão buscar-me logo que possível. Cordialmente, Hester Asa Moore." Humm. O mais provável é ter faltado dinheiro para o aluguel. Ela me deve duas semanas. Eu devia ter adivinhado.

– Uma escola? Onde a irmã dela é diretora? – pergunto, com voz fraca.

Eu ouvi essa frase antes, na carta da sra. Morrissey, da Santa Vitória. Mas ela estava falando da srta. McCleethy.

– É o que parece – diz a sra. Porter.

Alguma coisa horrível está lutando para tomar forma dentro de mim. As pinturas. A Escócia. Spence. E essa paisagem marítima é tão familiar, parecida com aquela das minhas visões. Poderia ser Gales, percebo, com horror crescente. Todos os lugares da lista da srta. McCleethy estão representados nessas paredes.

Mas a srta. McCleethy é aquela que ensinou em todas essas escolas. Ela era a professora que procurava a moça que poderia levá-la para os reinos.

A não ser que a srta. McCleethy e Kartik estivessem dizendo a verdade. A não ser que a srta. Moore não seja absolutamente a srta. Moore.

– Não faz sentido esperar por ela agora, srta. Worthington – diz a sra. Porter.

– Sim – digo, com voz rouca. – Talvez eu deixe apenas um bilhete, para ser entregue junto com as coisas dela.

– Fique à vontade – diz a sra. Porter, saindo. – Pergunte, por favor, sobre o que ela me deve. Não me pagou o aluguel.

Remexendo em torno, encontro uma caneta e uma folha de papel de carta e respiro fundo. Não é a srta. Moore. Não pode ser. A srta. Moore é quem acredita em mim. Quem primeiro nos falou sobre a Ordem. Que escutou quando eu lhe contei... tudo.

Não. A srta. Moore não é Circe. E provarei isso.

Escrevo as palavras, grandes e ousadas: *Hester Moore*.

Elas devolvem meu olhar. Ann já fizera um anagrama para a srta. Moore. Não deu em nada, a não ser tolices. Olho fixamente para o bilhete. Cordialmente, *Hester Asa Moore*. Asa. O nome do meio. Risco isso e começo outra vez. Troco as letras de seu nome para transformá-las em algo novo. S, A, R. Finalmente, coloco as letras restantes no lugar. H, R, E. O quarto se dissolve, quando o nome gira à minha frente.

Sarah Rees-Toome.

A srta. Moore é Sarah Rees-Toome. Circe. Não. Não posso acreditar. A srta. Moore nos ajudou a salvar Ann. Ela nos disse para correr, enquanto ela combatia a criatura de Circe. *Sua* criatura. E eu a levei para os reinos. Dei a ela o poder.

Coisas me voltam à memória – o vivo interesse da srta. Moore na srta. McCleethy. Como ela nos disse para mantê-la afastada de Nell Hawkins. A maneira como as moças de branco a olhavam, nos reinos, como se a conhecessem.

"*Quando você puder ver o que eu vejo,*" foi o que Nell disse.

– Preciso ver. Quero saber a verdade – digo.

A visão me vem tão ferozmente como uma repentina chuva indiana. Meus braços tremem e caio de joelhos com sua força. *Respire, Gemma. Não lute contra isso.* Não posso controlar a situação e entro em pânico, enquanto caio com força, e depressa.

Tudo para. Há calma. Conheço este lugar. Já vi alguma coisa dele antes. O rugido do mar enche meus ouvidos. Seus borrifos beijam os rochedos denteados e cobrem meu cabelo e meus lábios com seu sal nevoento. O chão está rachado e gasto, a superfície da pedra espatifando-se em milhares de minúsculas fissuras.

Adiante e acima vejo as três moças. Mas elas não são espectros fantasmagóricos. Estão vivas, felizes e sorridentes. O vento pega suas saias, que se agitam atrás das três, feito lenços de mães. A primeira menina tropeça e cambaleia, seus gritos transformando-se em risadas, quando ela se endireita.

Seu riso ricocheteia em torno da minha cabeça, como um vagaroso eco.

– Venha conosco, Nell!

Nell. Estou vivendo este momento como se eu fosse Nell. Estou vendo o que ela viu.

– Ela vem para nos dar o poder! Entraremos nos reinos e nos tornaremos irmãs da Ordem! – grita a segunda moça de branco. Ela está exultante com essa promessa. Sou tão lenta. Não posso acompanhá-las.

As moças acenam para alguém atrás de mim.

Aqui está ela, a mulher com a capa verde, caminhando pelo território partido. Elas a chamam:

– Srta. McCleethy! Srta. McCleethy!
– Sim, já vou – responde ela.
A mulher tira o capuz de cima de seu rosto. Mas não é a srta. McCleethy que conheci. É a srta. Moore. E agora entendo a expressão chocada da srta. Moore quando mencionamos pela primeira vez seu nome, sua pressa em desacreditar nossa nova professora. Ela entendeu que alguém da Ordem a caçava. Eu fiz tudo errado desde o início.
– A senhorita nos dará o poder? – gritam as mocinhas.
– Sim – diz a srta. Moore, com a voz vacilando. – Caminhem sobre as pedras até um pouco mais longe.
As moças sobem pelas pedras, gritando, com uma feliz imprudência. De repente, o vento sopra forte contra elas, fazendo com que, por um momento, sintam-se mortais. Tento alcançá-las.
– Nell! – grita a srta. Moore. – Espere comigo.
– Mas, srta. McCleethy – Ouço a mim mesma dizer. – Elas estão indo para longe de nós.
– Deixe que vão. Fique comigo.
Confusa, Nell fica ali, em pé, observando suas amigas lá longe, nas pedras. A srta. Moore levanta a mão. Não há anel com serpentes em seu dedo. Nunca houve, percebo agora. Contei à srta. Moore sobre o anel que eu vira e as moças de branco me fizeram ver o que ela queria que eu visse.
A srta. Moore murmura algo, numa língua que não consigo ouvir. O céu, de um cinza cor de ferro, torna-se vivo, retorcendo-se e se virando. As moças sentem a mudança. Seus rostos mostram apreensão. A criatura se eleva do mar. As moças gritam de terror. Tentam correr, mas o grande fantasma se estende como uma nuvem. Ele corre para cima delas e desce, engolindo as moças inteiras. Elas somem, como se nunca tivessem existido. A criatura suspira e geme. Ela desdobra suas grandes asas-braços e vejo as moças aprisionadas dentro dela, gritando.
A mão da srta. Moore treme. Ela fecha os olhos.
A criatura vira sua cabeça horrenda em nossa direção.
– Há mais uma, eu vejo – silva ela. O som faz meu sangue gelar.
– Não – diz a srta. Moore. – Esta não.

– Ela não pode levar você para dentro dos reinos. Por que quer impedir que seja sacrificada? – grita ela, com aquela voz medonha.

– Esta não – repete a srta. Moore. – Por favor.

– Nós decidimos quem será poupado, não você. Infelicidade sua, se começar a gostar delas. – A coisa se expande e enche o céu.

A cara de esqueleto é tão grande quanto a lua. A boca se abre e revela dentes irregulares.

– Corra! – grita a srta. Moore. – Corra, Nell! Continue correndo! Bloqueie isso em sua mente!

Saio correndo. No corpo de Nell, corro tão depressa quanto posso, deslizando em cima das pedras. Meu calcanhar fica preso numa fenda e meu tornozelo cede, com uma forte torcedura. Encolhendo-me de dor, continuo a caminhar, mancando, desço os penhascos com aquela coisa a me caçar.

A criatura grita de raiva.

O medo é esmagador. Morrerei de susto. Tenho de manter isso afastado de minha mente.

– Jack e Jill subiram o morro para pegar um balde de água. Jack caiu e quebrou sua coroa, e Jill veio caindo depois.

Estou nos rochedos escorregadios. O mar me pega pelos tornozelos e me encharca toda. Está vindo. Ah, meu Deus, está vindo à minha procura.

– Jack e Jill, Jack e Jill, Jack e Jill...

Está tão perto. Escorrego e caio no mar agitado. Estou afundando. Meus pulmões doem, na busca pela respiração. Bolhas sobem para a superfície. Luto contra a correnteza. Vou me afogar! Abro meus olhos. Ali estão elas: as três. Que rostos pálidos! As cavidades escuras embaixo de seus olhos. Meu grito fica enterrado dentro d'água. E, quando sou puxada das profundezas pelas mãos de um pescador, ainda estou gritando.

A pressão volta. A visão está terminando. Descubro-me novamente sob a luz amarela do apartamento de srta. Moore.

Sei a verdade. Tento ficar em pé e minhas pernas cedem. Com esforço, levanto-me, afinal. Quando vou embora, nem me preocupo em fechar a porta. Os degraus mudam de lugar à minha frente. Ponho os pés num deles e caio.

– Você 'tá bem? – pergunta a sra. Porter. Não posso responder. Preciso sair. Ar, preciso de ar. Ela vem atrás de mim.
– Já sabe alguma coisa do meu aluguel?
Saio aos tropeços para o ar noturno. Estou tremendo toda, mas não é por causa do frio. É a magia tomando conta de meu corpo, desgastando-me.
– Srta. Moore! – brado para dentro da escuridão. Minha voz não vai muito além de um grito rouco: – Srta. Moore!
Elas estão na curva da rua, esperando por mim, aquelas horrorosas moças de branco. Suas sombras se tornam mais altas, são longos dedos escuros que rastejam pelas pedras molhadas do calçamento, com a distância entre nós diminuindo. A voz conhecida vem furtivamente:
– Nossa ama está lá dentro dos reinos. Temos a vidente. Ela nos mostrará o Templo.
– Não... – digo.
– Já é quase nosso. Você perdeu.
Tento bater com força nelas, mas meus braços mal se movimentam. Caio na rua molhada. Suas sombras passam pelas minhas mãos, banhando-me em escuridão.
Hora de morrer...
O agudo apito do guarda soa em meus ouvidos. A sombra recua.
– Calma aí, senhorita. Vamos levá-la para casa.
O guarda me carrega pela rua. Ouço as fortes e ritmadas pancadas de seus sapatos nas pedras do calçamento. Ouço o apito sendo soprado, as vozes. Ouço a mim mesma murmurando, repetidas vezes, como se fosse um mantra:
Perdoem-me, perdoem-me, perdoem-me...

Capítulo
quarenta e seis

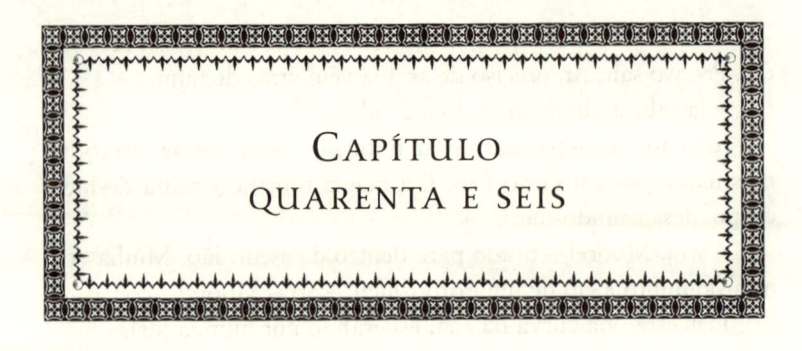

Alguém fecha a cortina. O quarto fica numa escuridão cor de chumbo. Não posso falar. Tom e vovó estão ao lado de minha cama. Ouço outra voz. Um médico:
– Febre... – diz ele.
Não é febre. É a magia. Tento dizer-lhes isso, dizer alguma coisa, mas não consigo.
– Você precisa descansar – diz Tom, segurando minha mão.
No canto do quarto, vejo as três moças à espera, as aparições agora silenciosas, sorridentes. As cavidades escuras embaixo de seus olhos fazem-me lembrar o rosto esquelético daquela coisa horrenda, nos penhascos.
– Não – digo, mas sai apenas como um sussurro.
– Psiu, durma – diz vovó.
– Sim, durma – sussurram as moças de branco. – Continue dormindo.
– Uma coisa para ajudar... – A voz do médico é metálica.
Ele traz um frasco marrom. Tom hesita. Sim, isso, Tom. O médico insiste, e Tom coloca o frasco em meus lábios. Não! Não devo beber. Não devo submergir. Mas não tenho mais como lutar. Rolo a cabeça, mas a mão de Tom é forte.
– Por favor, Gemma.
As moças estão sentadas, com as mãos no colo.
– Sim. Tão doce. Beba e durma. Nossa ama está lá dentro agora. Então vá dormir.
– Durma agora – a voz de Tom aconselha, de muito longe.

– Veremos você em seus sonhos – dizem as moças, enquanto sucumbo ao efeito da droga.

Vejo as Cavernas dos Suspiros, mas não como eram. Este lugar não é nenhuma ruína, mas um templo magnífico. Caminho por túneis estreitos. Enquanto roço meus dedos sobre as paredes fendidas, os desenhos desbotados ganham vida, em vermelhos e azuis, verdes e rosados, e alaranjados. Aqui estão pinturas mostrando todos os reinos. A Floresta de Luzes. As ninfas da água, em suas profundezas tenebrosas. O navio da górgona. O jardim. As Runas do Oráculo, onde ficavam antigamente. O horizonte dourado, do outro lado do rio, para onde nossos espíritos devem viajar. As mulheres da Ordem, com seus mantos, de mãos dadas.

– Eu o encontrei – murmuro, com a língua enrolada por causa do narcótico.

– Pssiuu – alguém diz. – Durma agora.

Durma agora. Durma agora.

As palavras descem por um túnel e deslizam para dentro do meu corpo, onde se tornam pétalas de rosa sopradas sobre meus pés descalços, que pisam no chão poeirento. Espeto meu dedo num espinho que se projeta por uma fenda na parede. Gotas de sangue descem em espiral para dentro da poeira de meus pés. Gordas trepadeiras verdes abrem caminho pelas fendas. Elas ziguezagueiam rapidamente em torno das colunas, formando desenhos tão intrincados quanto as tatuagens do Hajin. Rosas de um tom corado vivo surgem em botão, florescem e se abrem, enrolando-se em torno das colunas como dedos entrelaçados de namorados. É tão lindo, tão lindo.

Alguém se aproxima. É Asha, a Intocável. Pois quem melhor para guardar o Templo do que aqueles que ninguém suspeita terem qualquer poder?

Ela me cumprimenta pressionando as palmas de suas mãos uma contra a outra e tocando-as em sua testa, enquanto faz uma reverência. Faço a mesma coisa.

– O que você oferece?

Ofereça esperança aos Intocáveis, porque eles precisam de esperança. Senhora Esperança. Sou a esperança. Sou a esperança.

O céu se parte, abrindo-se. O rosto de Asha se enche de preocupação.

– O que é isso? – pergunto.
– Ela sente sua presença. Se ficar, ela descobrirá o Templo. Deve deixar este sonho. Interrompa a visão, Altíssima. Faça isso agora!
– Sim, irei embora – digo.
Tento sair da visão, mas a droga me domina. Não consigo sair.
– Vá embora! Corra para dentro dos reinos – Asha diz. – Feche sua mente para o Templo. Ela verá o que você está vendo.
Estou pesada, por causa da droga. Tão pesada. Não consigo fazer meus pensamentos obedecerem. Saio tropeçando da caverna. Atrás de mim, as pinturas perdem suas cores, as rosas voltam a ser botões e as trepadeiras deslizam para dentro das fendas de onde haviam surgido. Quando saio da caverna, o céu ficou escuro. Os recipientes de incenso enviam suas plumas coloridas para as nuvens, como um aviso. A fumaça se divide. A srta. Moore está em pé à minha frente, com a pobre Nell Hawkins, seu sacrifício.
– O Templo. Obrigada, Gemma.

Abro os olhos. O teto, sujo de fuligem por causa da lâmpada a gás, aparece à minha vista. As cortinas estão fechadas. Não sei que horas são. Ouço sussurros.
– Gemma?
– Ela abriu os olhos. Eu vi.
Felicity e Ann. Aproximam-se depressa e se sentam na cama, ao meu lado, tomando minhas mãos nas delas.
– Gemma? É Ann. Como se sente? Estamos tão preocupadas com você.
– Disseram que você estava com febre, então não nos deixaram vir, mas insisti e consegui entrar. Você dormiu durante três dias – diz Felicity.
Três dias. E ainda estou tão cansada.
– Encontraram você na Baker Street. O que estava fazendo lá, perto do apartamento da srta. Moore?
Srta. Moore. A srta. Moore é Circe. Ela encontrou o Templo. Falhei. Perdi tudo. Viro minha cabeça para a parede.
Ann continua a tagarelar:

– Apesar de toda sua excitação, Lady Denby não teve uma chance ainda de contar à srta. Worthington a meu respeito.
– Simon esteve aqui todos os dias, Gemma – diz Felicity. – Todos os dias! Isto deve deixar você feliz.
– Gemma? – diz Ann, preocupada.
– Não me importa. – Minha voz está tão fraca e seca.
– O que quer dizer com isso, que não se importa? Pensei que fosse louca por ele. Ele é louco por você, pelo que parece. Esta é uma boa notícia, não? – diz Felicity.
– Perdi o Templo.
– O que quer dizer? – pergunta Ann.
É muita coisa para explicar. Minha cabeça lateja. Quero dormir e nunca acordar.
– Estávamos enganadas a respeito da srta. McCleethy. A respeito de tudo. A srta. Moore é Circe.
Não quero olhar para elas. Não posso.
– Eu a levei para dentro dos reinos. Ela tem o poder agora. Acabou. Sinto muito.
– Não haverá mais magia? – pergunta Ann.
Sacudo a cabeça. Dói fazer isso.
– Mas e Pippa? – diz Felicity, começando a chorar.
Fecho os olhos.
– Estou cansada – digo.
– Não pode ser – diz Ann, fungando. – Nada mais dos reinos?
Não respondo. Em vez disso, finjo dormir, até que ouço a cama ranger com a partida delas. Fico deitada, olhando fixamente para nada. Uma fenda de luz espia através das cortinas fechadas. É dia, afinal. Mas não estou ligando a mínima para isso.

À noite, Tom me carrega para a sala de visitas, para me sentar junto à lareira.
– Você tem uma visita surpresa – diz ele.
Segurando-me em seus braços, ele empurra e abre as portas da sala de visitas. Simon veio sem sua mãe. Tom me coloca no sofá e me cobre com um cobertor. Provavelmente, estou horrorosa, mas não me importo com isso.
– Mandarei a sra. Jones trazer chá – diz Tom, recuando e saindo da sala.

Embora ele deixe as portas abertas, Simon e eu estamos sozinhos.

– Como se sente? – ele pergunta. Não digo nada. – Você nos deu um grande susto. Como foi parar num lugar tão horroroso? Essa árvore de Natal secou. Está perdendo suas folhas, aos feixes.

– Achamos que talvez alguém quisesse um resgate. Talvez aquele sujeito que seguiu você na Victoria não fosse, afinal, uma fantasia da sua imaginação.

Simon. Ele parece tão preocupado. Eu deveria dizer alguma coisa para confortá-lo. Pigarreio. Não sai nada. O cabelo dele é exatamente da cor de uma moeda embaçada.

– Tenho uma coisa para você – diz ele, aproximando-se. Tira um broche do bolso do seu casaco. É enfeitado com muitas pérolas e parece bastante antigo e valioso.

– Isto pertenceu à primeira Viscondessa de Denby – diz Simon, segurando o broche de pérolas, leve como uma pluma, entre seus dedos. Ele pigarreia duas vezes. – Tem mais de cem anos e foi usado pelas mulheres de minha família. Iria para minha irmã, se eu tivesse uma irmã. Mas não tenho, você sabe disso. – Pigarreia novamente.

Prende-o na renda de meu casaco leve de dormir. Entendo vagamente que estou usando sua promessa. Entendo que as coisas mudaram muito, com este único pequeno gesto.

– Srta. Doyle. Gemma. Posso ter a ousadia? – Ele me dá um beijo casto, muito diferente do que me deu na noite do baile.

Tom volta com a sra. Jones e chá. Os homens ficam sentados conversando jovialmente, enquanto eu continuo a olhar fixamente para as folhas do pinheiro, que vão caindo de leve no chão, enquanto eu afundo no sofá, com o peso do broche puxando-me para baixo.

Achei que poderíamos fazer uma visita ao Bethlem hoje – diz Tom, na hora do almoço.

– Por quê? – pergunto.

– Você está com roupa de dormir há dias. Seria bom para você sair. E pensei que talvez uma visita sua possa mudar a situação da srta. Hawkins.

Nada mudará sua situação. Uma parte dela está presa para sempre nos reinos.

– Você me fará esse favor? – pede Tom.

Acabo cedendo e vou com Tom. Temos outro novo cocheiro, já que Jackson desapareceu. Não posso dizer que fiquei surpresa com isso.

– Vovó diz que Ann Bradshaw não é parente do Duque de Chesterfield – diz Tom, quando estamos a caminho. – Ela também diz que a srta. Bradshaw desmaiou quando lhe contaram essas acusações. – Quando não confirmo nem nego isso, ele continua: – Não entendo como isso poderia ser verdade. A srta. Bradshaw é uma pessoa tão bondosa. Ela não é do tipo que engane alguém. O próprio fato de ela ter desmaiado prova que seu caráter é bom demais até para ter uma ideia dessas.

– As pessoas nem sempre são o que desejamos que sejam – murmuro.

– Como? – pergunta Tom.

– Nada – digo.

Acorde, Tom. Os pais podem voluntariamente magoar seus filhos. Eles podem ser viciados. E fracos demais para abrir mão dos seus vícios, não importa a dor que isto cause. As mães podem fazer com que os filhos se tornem invisíveis, com sua negligência. Podem apagá-los com uma negativa, uma recusa em ver. Os amigos podem nos enganar. As pessoas mentem. Este mundo é frio e duro. Não culpo Nell Hawkins por se retirar dele, por meio de uma loucura de sua própria escolha.

Os corredores do Bethlem parecem quase calmantes para mim agora. A sra. Sommers está sentada ao piano, tocando uma melodia cheia de notas erradas. Um círculo de costura foi organizado a um canto. As mulheres trabalham atentamente em suas peças, como se costurassem, com cada ponto cuidadoso, sua salvação.

Sou conduzida ao quarto de Nell. Ela está espichada em sua cama, com os olhos abertos, mas sem ver nada.

– Olá, Nell – digo. O quarto está silencioso. – Talvez, se você nos deixar sozinhas – digo a Tom.

– O quê? Ah, está bem. – Tom sai.
Pego as mãos de Nell nas minhas. São tão pequenas e frias.
– Sinto muito, Nell – digo, a desculpa vindo como um soluço.
– Sinto muito.
As mãos de Nell, de repente, agarram as minhas. Ela está lutando contra alguma coisa, com cada fiapo de força que lhe restou. Estamos unidas e, em minha cabeça, posso ouvi-la falando:
– *Ela... não pode... prender a magia* – vem seu sussurro. – *Ainda... há... esperança.*
Seus músculos relaxam. Suas mãos deslizam para fora das minhas.
– Gemma? – pergunta Tom, quando me arremesso para fora do quarto de Nell e sigo diretamente para a carruagem. – Gemma! Gemma, para onde você vai?

São cinco e quinze quando consigo um tílburi. Com sorte, chegarei à Estação Victoria antes de Felicity e Ann embarcarem no trem das cinco e quarenta e cinco para a Spence. Mas a sorte não está do meu lado. As ruas estão congestionadas com pessoas e veículos de todos os tipos. É a hora errada do dia para se ter pressa.
O Big Ben bate a meia hora. Enfio a cabeça para fora, do lado do tílburi. Estendido à nossa frente há um mar de cavalos, carroças, fiacres, carruagens e ônibus. Estamos talvez a um quilômetro da estação e presos sem esperanças.
Grito para o cocheiro:
– Por favor, gostaria de descer aqui.
– Arremessando-me por entre cavalos que resfolegam, atravesso rapidamente a rua, até a calçada. A caminhada até a Victoria é curta, mas descubro que estou fraca, por causa de meus dias na cama. Quando chego à estação, tenho de me apoiar à parede, para não desmaiar.
Cinco horas e quarenta minutos. Não há tempo para descansar. A plataforma está apinhada. Jamais as encontrarei neste caos. Vejo um engradado de jornais vazio e fico em pé em cima dele, buscando em meio à multidão, sem me preocupar com os olhares repreensivos dos passantes, que acham meu comportamento ultrajante para uma dama. Finalmente vejo-as. Estão em pé na

plataforma, com Franny. Os Worthington nem se preocuparam em vir se despedir de sua filha com um beijo e uma ou duas lágrimas.
– Ann! Felicity! – grito.
Mais notas ruins para meu caráter. Vou mancando até elas.
– Gemma, o que você está fazendo aqui? Pensei que não partiria para a Spence, a não ser daqui a alguns dias – diz Felicity.
Ela usa um elegante *tailleur* de viagem, num tom lilás que lhe fica bem.
– A magia não é dela – explico, sem fôlego. – Ela não conseguiu prendê-la.
– Como você sabe? – pergunta Felicity.
– Nell me contou. Ela não deve ter um poder próprio suficiente para isso. Precisa de mim para conseguir.
– O que devemos fazer? – pergunta Ann.
Um apito soa. O trem para a Spence está no trilho, em meio a um nevoeiro de fumaça. Tudo pronto. O condutor está em pé na plataforma, chamando os passageiros para embarcarem.
– Vamos entrar depois deles – digo.
Vejo que Jackson e Fowlson chegaram. Eles também nos veem. Vêm diretamente para nós.
– Temos companhia – digo.
Felicity observa os homens.
– Eles?
– Rakshana – digo. – Tentarão fazer-nos parar, querem controlar tudo.
– Então vamos escapulir deles – diz Felicity, embarcando no trem.

CAPÍTULO
QUARENTA E SETE

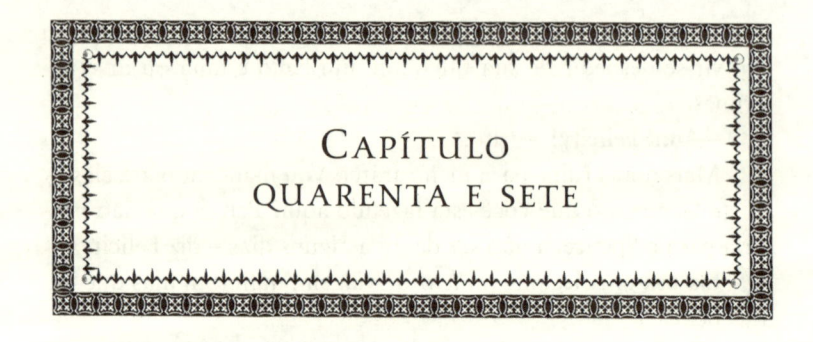

– Eles também estão entrando no trem! – diz Ann, em pânico.
– Então teremos de sair – digo. Estamos quase na porta, quando o trem dá uma guinada e começa a se movimentar. A plataforma desaparece atrás de nós, com as pessoas que se despedem acenando através da primeira janela, depois as outras, sucessivamente, até não poderem mais ser vistas.
– O que fazemos agora? – pergunta Felicity. – Com certeza, eles nos descobrirão.
– Encontre uma cabine – digo.
Procuramos à esquerda e à direita, até encontrarmos uma cabine desocupada. Entramos nela e fechamos a porta.
– Teremos de trabalhar rapidamente – digo. – Peguem minhas mãos.
E se eu não puder fazer a porta aparecer? E se estiver fraca demais, ou a magia tiver sido comprometida de alguma maneira? *Por favor, por favor, deixem-nos entrar mais uma vez.*
– Nada está acontecendo – diz Felicity.
Mais adiante, no corredor, ouço uma porta abrindo-se e a voz de Fowlson, que diz:
– Peço mil desculpas, não é minha cabine, afinal.
– Estou fraca demais. Preciso da ajuda de vocês – digo. – Devemos tentar novamente. Tentem com força, com mais força do que jamais tentaram fazer alguma coisa na vida de vocês.
Fechamos novamente os olhos. Eu me concentro na respiração. Posso sentir o calor macio e carnudo da mão de Ann embaixo de sua luva. Posso ouvir o corajoso bater do coração magoado de Felicity, sentir a grande mancha em sua alma. Posso sentir o

cheiro da proximidade grosseira de Fowlson, no corredor. Posso sentir um profundo poço de força abrindo-se dentro de mim. Todas as partes de mim estão ganhando vida.

A porta aparece.

– Agora – digo, e a atravessamos, entrando novamente nos reinos.

O jardim está selvagem. Há mais cogumelos venenosos. Mordidas causaram profundos buracos negros em seus caules gordos e pastosos. Uma cobra verde-esmeralda sai coleando de um dos buracos e cai em cima da grama.

– Ah! – grita Ann, quando ela por pouco não acerta seu pé.

– O que aconteceu aqui? – Felicity está maravilhada com a mudança.

– Quanto mais cedo chegarmos ao Templo, melhor.

– Mas onde ele está? – pergunta Ann.

– Segundo creio, ele esteve debaixo de nosso nariz o tempo todo – digo.

– O que quer dizer? – pergunta Felicity.

– Aqui não – digo, olhando em torno. – Não é seguro.

– Deveríamos procurar Pip – diz Felicity.

– Não – digo, detendo-a. – Não se deve confiar em ninguém. Vamos sozinhas.

Estou preparada para uma argumentação, mas Felicity não me diz nada.

– Ótimo. Mas levarei minhas flechas – ela diz, procurando o esconderijo.

– Você quer dizer flecha – corrige Ann.

Felicity usou todas, menos uma.

– Terá de servir – diz ela, tirando-a da aljava. Pendura o arco em seu ombro. – Estou pronta.

Seguimos pelo caminho ao longo do matagal, até chegarmos à base da montanha.

– Por que vamos por este caminho? – pergunta Felicity.

– Vamos para o Templo.

– Mas este é o caminho para as Cavernas dos Suspiros – diz Felicity, com a voz cheia de descrença. – Claro que você não está sugerindo...

Ann está pasma:

– Mas aquilo são apenas cavernas e algumas antigas ruínas. Como pode ser o Templo?
– Porque não o vimos da maneira como realmente é. Se você quisesse esconder seu bem mais valioso, não o esconderia num lugar onde ninguém pensaria em procurá-lo? E por que não fazer com que seja guardado por aqueles que todos supõem não ter nenhum poder?
– *Ofereça esperança aos Intocáveis, porque eles precisam ter esperança* – diz Ann, repetindo as palavras de Nell.
– Exatamente – digo. Aponto para Felicity e depois para Ann.
– Força. Canção. Sou Esperança. Senhora Esperança. É assim que ela não para de me chamar.
Felicity sacode a cabeça.
– Ainda não entendo.
– Entenderá – digo.
Seguimos nosso caminho até a estreita e poeirenta estrada que leva ao topo da montanha, onde nos esperam as Cavernas dos Suspiros. Tenho de parar para descansar durante o percurso.
Felicity me apoia em seu ombro.
– Você está bem?
Ergo os olhos, cobrindo-os com minha mão. Parece tão longe o topo.
– Gemma! Felicity! – grita Ann. – Ali! – Ela aponta para mais adiante, no rio.
A barcaça da górgona avança velozmente em nossa direção. Pippa subiu até o alto, está no cesto de gávea. O vento faz seu cabelo negro chicotear atrás dela, como uma pelerine de seda.
– Pippa! – grita Felicity, acenando.
– O que você está fazendo? – digo, puxando seu braço para baixo.
Tarde demais. Pippa nos localizou. Ela retribui ao aceno, enquanto a górgona desliza para a margem do rio.
– Se vamos prender a magia, Pip deve estar aqui – diz Felicity.
– E talvez haja uma maneira... – Sua voz vai sumindo.
Força. Canção. Esperança. E Beleza. *Tenha cuidado com a beleza; a beleza deve passar...*
– Você sabe que não posso prometer isso, Fee. Não sei dizer o que acontecerá.

Ela faz um sinal afirmativo com a cabeça, lágrimas enchendo seus olhos.
– Olá! – grita Pippa, fazendo Felicity sorrir amargamente.
– O mínimo que você pode fazer é nos deixar dar um adeus adequado, então. Não como na última vez – diz ela, baixinho.
Observo Pippa saltitando alegremente pelos arbustos, enquanto sobe a estrada arenosa. Ela parece tão viva.
– Ela está vindo – diz Ann, olhando para mim, à espera de uma resposta.
– Esperaremos por ela – digo, finalmente.
Não demora para Pippa nos alcançar.
– Para onde vão? – pergunta ela.
Sua coroa de margaridas se foi. Há apenas algumas flores secas em seu cabelo emaranhado.
– Descobrimos o Templo – diz Felicity.
Pippa está pasma:
– O lugar? Não podem estar falando sério.
– Gemma diz que é uma ilusão, que não o vemos como ele verdadeiramente é – explica Ann.
– Este é o lugar onde a magia nasceu? – pergunta Pippa.
– E onde pode ser presa – digo.
Uma nuvem passa pelo rosto de Pippa.
Levanto-me.
– Esperamos tempo demais. Devemos continuar.
Os recipientes de incenso soltam fumaça em tons vermelhos e azuis quando entramos no longo corredor de afrescos desbotados. O vento sopra pétalas secas de rosas, numa espiral que se ergue e cai. Por um momento, sou acossada por dúvidas. Como pode este lugar destroçado ser a fonte de toda a magia nos reinos? Talvez minha visão estivesse errada e eu esteja novamente procurando no lugar errado. Asha se adianta, como uma miragem. Ela coloca suas mãos juntas e faz uma reverência. Devolvo o gesto. Ela sorri.

– O que você nos oferece? – pergunta ela.
– Ofereço a mim mesma – digo. – Ofereço Esperança.
Asha sorri. É um sorriso lindíssimo.
– Sou sua criada.
– E eu a sua – respondo.
– Está preparada para prender a magia?

– Acho que sim – digo, repentinamente assustada. – Mas como?

– Quando estiver pronta, deve atravessar a cachoeira para chegar ao poço onde a eternidade espera.

– O que acontece, então?

– Não posso dizer. Lá você enfrentará seu medo e talvez chegue ao outro lado.

– Talvez chegue? – pergunto. – Não é certo?

– Nada é certo, jamais, Senhora Esperança – diz ela.

Talvez. Esta palavra é um escudo muito fino.

– E se eu atravessar?

– Deve escolher as palavras com que prenderá a magia. Suas palavras dirigem o curso que ela tomará. Escolha-as bem.

– Gostaria de começar – digo.

Asha me conduz até a estranha cachoeira, que parece cair e se elevar, ao mesmo tempo.

– Quando estiver pronta, caminhe através dela, sem medo.

Fecho meus olhos. Respiro uma vez e mais outra. Posso sentir o Templo ganhando vida ao meu redor. As rosas passam pelas fendas nas paredes. O ar está perfumado com seu cheiro. Os afrescos florescem em cores. Os suaves suspiros se tornam vozes diferentes, em muitos idiomas, mas posso ouvi-las todos. O tamborilar do meu coração se une a esse coro.

– Estou pronta.

Caminho através do espelho d'água, para abraçar meu destino. O poço da eternidade é um perfeito círculo de água, tão liso que não há a mínima ondulação. Sua superfície me mostra tudo de uma só vez. Mostra-me os reinos, o mundo, o passado, o presente e talvez o futuro, embora eu não possa ter certeza disso. Meu destino está nessas águas? Ou é apenas uma possibilidade? Olho fixamente para a água, pensando em meu desejo de prender a magia, pensando qual será a forma disso, de que palavras precisarei.

Sou distraída por um som. Há movimento nas sombras da caverna.

Lá você enfrentará seu medo e talvez passe para o outro lado.

Alguma coisa está vindo. A srta. Moore caminha para a luz, com Nell, sua prisioneira, ao seu lado.

– Olá, Gemma. Estava esperando por você.

Capítulo
Quarenta e Oito

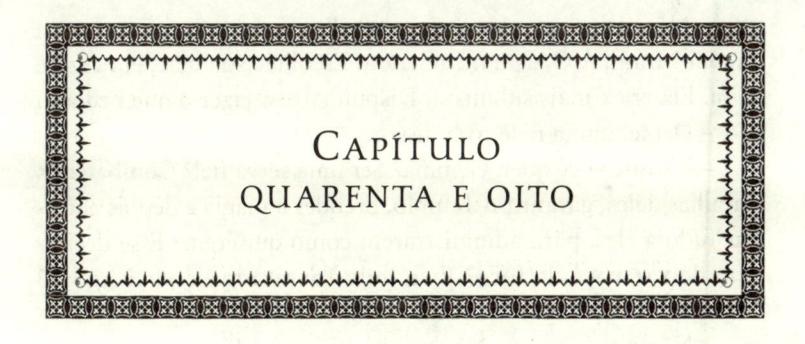

Olho para trás, para o espelho d'água que atravessei. Claros como num quadro, posso ver os rostos preocupados de Felicity, Pippa e Ann. Só Asha não demonstra nenhuma emoção. Sinto vontade de voltar correndo e atravessar de volta a cachoeira, para alcançar a segurança. Mas a segurança é outra ilusão. Só posso movimentar-me para a frente.

– Você não pode tocar na magia, não é? Por isso precisava de Nell. Por isso precisa de mim. Você só pode controlar a magia por meio de outra pessoa.

– Você, afinal, é a Altíssima. A magia quer suas palavras, afinal – diz ela. – Gemma, juntas, você e eu podemos restabelecer o poder e a glória da Ordem. Podemos fazer boas coisas – coisas gloriosas. Você tem em si mais magia do que qualquer outra pessoa na história da Ordem. Não há limite para o que você e eu podemos fazer. – Ela estende sua mão. Não a pego.

– Você não está preocupada comigo – digo. – Você só deseja controlar a magia e os reinos.

– Gemma...

– Você não tem nada para me dizer que eu queira ouvir.

– Quer fazer o favor de me escutar? – ela implora. – Sabe o que é ter seu poder tirado de você? Render-se para sempre a outra pessoa? Tive o poder em minhas mãos, controlei meu próprio destino e me tiraram isso.

– Os reinos não escolheram você – digo, mantendo o poço entre nós.

– Não. Isso é uma mentira que dizem. Os reinos me foram presentearam. A Ordem me rejeitou. Escolheu sua mãe, em vez de mim. Ela era a mais submissa. Dispunha-se a fazer o que pediam.
– Deixe minha mãe fora disso.
– É o que você quer, Gemma? Ser uma serva fiel? Combater as batalhas deles, garantir o Templo, prender a magia e depois entregar tudo a eles, para administrarem como quiserem? E se decidirem deixar você de fora? E se tudo for tirado de você agora? Prometeram-lhe alguma coisa?
– Não prometeram. Não questionei nada. Fiz como pediram.
– Você sabe que estou falando a verdade. Por que não ofereceram nenhuma ajuda? Por que eles próprios não prenderam a magia? Porque não podem fazer isso sem você. Porém, quando você prender a magia e não houver mais nenhum perigo, pedirão que os traga para dentro. Assumirão o poder. E você não será de nenhum valor para eles, se não fizer exatamente o que dizem. Não se preocuparão com você, como eu me preocupo.
– Como você se preocupou com Nell. Como você se preocupou com minha mãe. – Eu praticamente cuspo as palavras.
– Ela prometeu me ajudar. Depois, mandou-me uma carta de Bombaim dizendo que mudara de intenção. E me traiu com o Rakshana.
– Então você a matou?
– Não. Não fui eu. Foi a criatura.
– É a mesma coisa.
– Não, não é. Você sabe muito pouco sobre os espíritos do mal, Gemma. Eles a comerão viva. Você precisa da minha ajuda. – Ela faz um último apelo: – Sem a magia, não posso livrar-me da minha ligação com essas criaturas, Gemma. Você pode salvar-me desta existência desgraçada. Passei anos procurando a pessoa certa, você. Tudo o que fiz foi por este momento, por esta oportunidade. Podemos formar uma nova Ordem, Gemma. Basta que diga as palavras...
– Vi o que você fez com aquelas moças.
– É horrível. Não negarei. Fiz muitos sacrifícios para isto – diz a srta. Moore. – Que sacrifícios você desejará fazer?
– Não farei o que você fez.

– Você diz isso agora. Todo líder tem sangue em suas mãos.
– Confiei em você!
– Eu sei. E sinto muito. As pessoas a desapontarão, Gemma. A pergunta a fazer é se você pode aprender a conviver com o desapontamento e seguir adiante. Ofereço-lhe um novo mundo.
Não posso viver com isso.
– Eles estavam certos em rejeitar você. Eugenia Spence tinha razão.
Os olhos dela relampejam.
– Eugenia! Você não sabe o que ela se tornou, Gemma. Ela esteve com os espíritos do mal todo esse tempo. Como você a combaterá, se for preciso? Você precisará de mim, no futuro. Garanto-lhe.
– Você está tentando me deixar confusa – digo.
– Você não pode atravessar! – É a voz de Asha. Pippa passou . correndo pela muralha de água.
– Pip! – Felicity corre atrás dela. Ann vacila por um momento, mas depois as segue.
– O que está acontecendo? – pergunta Pippa.
Felicity ergue seu arco.
– Ainda me resta uma flecha.
– Se atirar em mim, levarei comigo todos os segredos que sei sobre os espíritos do mal e as Winterlands. Vocês nunca saberão.
– Sabe como usar a magia para manter um espírito aqui, e livre? – pergunta Pippa, com voz insegura.
– Sim – responde a srta. Moore. – Posso encontrar uma maneira de lhe dar o que você quer. Você não terá de atravessar para o outro lado. Pode ficar aqui nos reinos para sempre.
– Ela está mentindo, Pippa – digo.
Mas já vejo o incontrolável desejo nos olhos de Pippa. E a srta. Moore também vê.
– Eu não teria de deixar você, Fee – diz Pippa. – Srta. Moore – ela pergunta –, doerá muitíssimo?
– Não. De forma nenhuma. Não doerá nada.
– E permanecerei como sou?
– Sim.
– Não acredite nela, Pip.

– E o que você me prometeu, Gemma? Eu a ajudei, e o que você fez por mim?

Ela caminha em torno do poço e pega a mão de srta. Moore.

– Assim poderemos ficar juntas, Fee. Exatamente como antes.

A mão de Felicity vacila no arco. A corda se afrouxa.

– Felicity, você sabe que não pode ser – sussurro.

– Atire nela – sussurra Ann. – Atire em Circe.

Felicity faz pontaria, mas Pippa se movimenta para a frente de srta. Moore, protegendo-a como um escudo. Não sei o que aconteceria com Pippa, um espírito, se ela fosse morta dentro dos reinos.

Felicity fica em pé com os músculos tensos, por causa do peso do arco esticado e da tarefa cruel. Finalmente, ela baixa o arco.

– Não posso. Não posso.

O sorriso de Pippa é de partir o coração, em seu amor.

– Obrigada, Fee – diz ela, correndo para abraçá-la.

Agarro o arco e o seguro com força. Não tenho a mestria de Felicity e há apenas uma flecha.

A srta. Moore segura Nell em seus braços.

– Eu poderia oferecer Nell agora mesmo, como um sacrifício. Una-se a mim e a deixarei ir tranquilamente.

– Você me deu uma escolha impossível – digo.

– Apesar disso, é uma escolha, é mais do que você me deu.

Nell se apoia na srta. Moore como uma boneca sem vida. Qualquer centelha que brilhasse em seus olhos antigamente se foi, enterrada embaixo de camadas de dor. Posso poupar Nell, unir-me à srta. Moore e partilhar o Templo com ela. Ou posso vê-la oferecer Nell à criatura e usar o poder assim obtido para fazer o que quiser.

Nell vira seus olhos angustiados para mim. *Não hesite...*

Disparo. Veloz e direta voa a flecha, indo perfurar Nell na garganta. Com um pequeno arquejo, ela cai no chão. Como sacrifício, ela é inútil agora.

A srta. Moore ergue os olhos, tendo neles uma mistura de fúria e choque.

– O que você fez?

– Sujei minhas mãos de sangue – digo.

A srta. Moore corre atrás de mim. Não há tempo para seguir as regras. Fechando os olhos, corro para a frente, em direção ao poço. Mas a srta. Moore é rápida. Ela agarra minha mão, prendendo-a. Perco o equilíbrio e caímos juntas, com os braços entrelaçados no combate, naquelas águas grandes e eternas.

Posso sentir a respiração da srta. Moore, ouvir o seu coração bater loucamente, enquanto ele descarrega sangue, esse mensageiro necessário. Sinto o fraco cheiro de fuligem de chaminé de Londres, pó de lilás e algo mais. Embaixo da pele, há medo. Dor. Remorso. Anseio. Desejo. Uma vontade feroz de ter poder. Tudo isso. Estamos unidas. É como se estivéssemos no centro de uma grande tempestade. Em torno de nós, o mundo dos reinos revolve-se como um gigantesco caleidoscópio, imagens vezes sucessivas refratadas. Tantos mundos! Tanta coisa para conhecer.

Sim. A srta. Moore parece dizer dentro da minha cabeça. *Tanta coisa que você não conhece.*

Estou sendo esticada por tudo isso. Posso sentir cada pedacinho de mim estendendo-se até fazer parte de tudo o que vejo. Sou a folha, enquanto ela se transforma numa borboleta, e sou o rio polindo as pedras da margem. Sou a barriga faminta da faxineira, o vago desapontamento do banqueiro com seus filhos, o desejo de excitação da moça. Quero rir e chorar ao mesmo tempo. É muito, tanto.

Aparece um deserto gelado. Estamos pairando nas alturas, sobre montanhas escarpadas e debaixo de um céu selvagem. Abaixo de nós, um exército de espíritos, uns mil, uiva para o vazio. Posso senti-los dentro de mim. O medo. A raiva. Eu sou o fogo. Sou o monstro que destrói. Não tenho nenhum desejo de parar com a luta cruel. É a luta que me mantém viva.

Sinto os braços de srta. Moore se apertarem em torno dos meus. Ela não será rejeitada uma segunda vez. Não tenho consciência de nada, a não ser da nossa luta agora. Apenas uma de nós pode emergir do poço. Como se pudesse ler meus pensamentos, a srta. Moore pressiona com força seu corpo contra o meu. Ela deseja vencer, deseja com todo seu coração.

Também quero vencer.

Você deve refletir sobre o curso que deseja tomar, a forma como prenderá a magia. Devo pensar numa maneira de conter a magia, mas é difícil, no meio dessa luta desesperada. Tudo o que posso ver é a srta. Moore, minha professora, minha amiga, minha inimiga. E, de repente, sei o que devo fazer, como posso levar tudo isso a um final.

Com um único grande empurrão, afasto-me e chuto a srta. Moore, o que a faz voar de costas. Seus olhos se arregalam. Ela sabe o que está em minha cabeça, o que pretendo fazer. Ela investe para cima de mim, mas, desta vez, minha determinação me torna rápida. Subo e chego até o alto do poço, emergindo lustrosa e brilhante como um bebê recém-nascido. Mantenho minhas mãos sobre a superfície da água e digo as palavras que espero que vão restaurar o equilíbrio:

– Coloco o selo sobre o poder. Que o equilíbrio dos reinos seja restaurado e ninguém perturbe sua majestade. Prendo a magia em nome de todos que partilharão o poder um dia. Pois eu sou o Templo; a magia vive em mim.

Há uma súbita irrupção de luz forte e branca. Sinto-me como se fosse inteiramente partida por sua força. Isto é a magia. O ato de prender me usa como seu caminho. Ela corre por mim como se fosse água. E então está feito. Fico de joelhos, arquejando.

Mas a caverna está encharcada de cor. Os afrescos estão mais uma vez vibrantes. As rosas florescem e as grandes estátuas parecem vivas.

– O que aconteceu com a srta. Moore? – pergunta Ann.

– Fiz o que ela pediu. Salvei-a de sua infeliz existência e a prendi num lugar onde ela não pode causar mais nenhum dano.

– Então foi feito? – É a voz de Pippa.

Ann dá um leve arquejo quando Pippa sai de trás de uma pedra. Não se encontrando mais a magia em estado selvagem, o glamour começou a desaparecer. Em cima de seus cachos, a coroa de flores agora floresce novamente, fresca, mas Pippa não é a Pippa que conhecemos e amamos. A criatura diante de nós está mudando. Os dentes um pouco irregulares, a pele mais fina, mostrando o fraco azul de suas veias. E seus olhos...

Eles se tornaram de um branco turvo, com pontinhos negros.

– Por que estão olhando para mim dessa maneira? – pergunta ela, com medo.

Nenhuma de nós pode responder.
– Foi feito, mas ainda estou aqui – ela diz.
Sorri, mas o efeito é arrepiante.
– É tempo de nos deixar, Pip – digo, baixinho. – De se desprender.
– Não! – geme ela, como um animal ferido, e tenho a sensação de que meu coração vai partir-se. – Por favor, não quero ir. Ainda não. Por favor, não me deixem! Por favor! Fee!
Felicity está chorando.
– Sinto muito, Pip.
– Você prometeu que nunca me deixaria. Você prometeu! – Ela enxuga as lágrimas com o braço. – Você vai lamentar isso.
– Pippa! – chama Felicity, mas é tarde demais.
Ela nos deixou, correndo para o único lugar que a abrigará. Algum dia, nós nos encontraremos novamente, não como amigas, mas como inimigas.
– Eu não podia usar a magia para mantê-la aqui. Vocês entendem, não é?
Felicity não quer olhar para mim.
– Estou cansada deste lugar. Quero ir para casa. – Ela marcha pela montanha abaixo, até se perder na fumaça colorida dos potes de incenso.
Ann desliza sua mão para dentro da minha. É sua maneira de me dizer que me perdoa, e fico grata por isso. Só posso esperar que Felicity também, mais adiante, perdoe-me também.
– Veja, Senhora Esperança! – grita Asha.
Ao longo do rio, eu os vejo – milhares, atravessando para o mundo além deste, prontos, afinal, para fazerem a viagem. Movem-se para além de nós, esquecidos. Querem apenas seu repouso. Espero, contra todas as possibilidades, ver entre eles Bessie Timmons e Mae Sutter. Mas não vejo. Então foram para as Winterlands, como logo acontecerá com Pippa. Mas esta é outra luta, para outro dia.
– Senhora Esperança!
Viro-me e vejo Nell Hawkins acenando sonhadoramente para mim, da praia. Ela está como me lembro dela, em minhas visões, uma coisinha minúscula e feliz. Sinto uma punhalada de remorso.

Minhas mãos estarão manchadas para sempre com o sangue de Nell Hawkins. Será que fiz a coisa certa? Haverá outras coisas assim, em seguida?
– Sinto muito – digo.
– Não se pode manter as coisas engaioladas – ela responde. – Adeus, Senhora Esperança. – Depois de dizer isso, ela chapinha para dentro do rio, submerge e emerge do outro lado, caminhando na direção do céu cor de laranja, até eu não vê-la mais, absolutamente.

A górgona espera por nós, no rio.
– Devo levá-la para o jardim, Altíssima? – pergunta ela.
– Górgona, eu a liberto de sua servidão à Ordem – digo. – Você está livre, como suspeito que está desde que a magia foi solta.
As serpentes dançam em cima de sua cabeça.
– Obrigada – responde a górgona. – Devo levá-la até o jardim?
– Você ouviu? Está livre.
– Ssiimm. Escolha. É uma boa coisa. E escolho levá-la de volta, Altíssima.
Flutuamos rio abaixo, nas costas da górgona. O ar já dá uma sensação de maior leveza. As coisas estão mudando. Não posso dizer como nem que forma elas tomarão no final, mas o que importa é a mudança. É o que me faz sentir que tudo é possível.
O povo da floresta reuniu-se na margem abaixo das Cavernas dos Suspiros. Enfileiram-se na margem do rio, enquanto passamos. Philon pula em cima de uma pedra, gritando para mim:
– Esperaremos seu pagamento, sacerdotisa. Não se esqueça.
Junto minhas mãos e me curvo, como vi Asha fazer. Philon retribui o gesto. Estamos em paz, por enquanto.
Não posso dizer por quanto tempo a paz durará.
– Você tentou me avisar a respeito da srta. Moore, não foi? – pergunto à górgona, quando chegamos à parte larga do rio. Acima de nós, espalham-se nuvens brancas, formando faixas granulosas, como açúcar espalhado pelo chão do céu.
– Eu a conheci com outro nome, antigamente.

– Você deve saber muita coisa – digo.

O silvo da górgona sai como um suspiro.

– Algum dia, quando houver tempo, eu lhe contarei histórias dos tempos passados.

– Sente falta desses tempos? – pergunto.

– São apenas os dias em que meu povo vivia – diz ela. – Mas agora tenho a expectativa dos dias que virão.

O quarto de papai está escuro como um túmulo quando, afinal, volto para casa. Ele dorme um sono interrompido, em cima de lençóis encharcados de suor. É a primeira vez que usarei a magia, desde que a prendi. Rezo para fazer um melhor uso dela. Da primeira vez, tentei curá-lo, mas acho que as coisas não funcionam assim. Não posso usar a magia para controlar outra pessoa. Não posso torná-lo sadio. Posso apenas guiá-lo.

Ponho minha mão sobre seu coração.

– Encontre sua coragem, papai. Encontre seu desejo de lutar. Ele ainda está aí, garanto-lhe.

A respiração dele se torna menos ruidosa. Sua testa se suaviza. Acho que até vejo uma sugestão de sorriso em seu rosto. Talvez seja apenas a luz. Mas talvez seja o poder dos reinos, funcionando por mim. Ou talvez seja alguma combinação de energia e desejo, amor e esperança, alguma alquimia que cada um de nós possui e pode colocar em uso, se soubermos, antes de mais nada, para onde olhar e sem recuar.

Capítulo Quarenta e Nove

É MEU ÚLTIMO DIA EM LONDRES ANTES DE VOLTAR PARA A SPENCE. Vovó concordou em mandar papai para um sanatório, onde ele passará um período de repouso. Amanhã ela partirá para o campo, a fim de ter seu próprio período de repouso. A casa está numa agitação de criados que cobrem os móveis com lençóis. Grandes malas estão ficando repletas. Salários são pagos. Londres está esvaziando suas casas elegantes até abril, quando chega a temporada.

Nesta noite, deveremos jantar uma última vez com Simon e sua família. Porém, primeiro, tenho duas visitas a fazer.

Ele fica surpreso quando me vê. Ao entrar rapidamente em seu quarto, pela portinha atrás da cortina, que ele certa vez me mostrou, tiro o capuz de cima de meu rosto com dedos ousados e ele se põe gentilmente em posição de sentido, como uma criança esperando uma surra ou um beijo de perdão. O que eu trouxe não é nem exatamente uma coisa nem outra. É meu meio-termo.

– Você se lembrou – diz ele.

– Sim, lembrei.

– Gemma... Srta. Doyle, eu...

Três dedos enluvados bastam para silenciá-lo.

– Serei breve. Há trabalho a ser feito. Posso querer sua ajuda, se a oferecer livremente, sem obrigações para com outros. Você não pode servir tanto à nossa amizade quanto ao Rakshana.

Seu sorriso me pega desprevenida. Agita-se pelos ramos macios de seus lábios, um pássaro quebrado sem saber ao certo onde se instalar. E, depois, seus olhos escuros se enchem de lágri-

mas, que ele pisca para eliminar, com uma concentração desesperada.
— Parece... — Ele pigarreia. — Parece uma coisa estabelecida que não sou mais desejado pelo Rakshana. Portanto, talvez não faça nenhum bem à sua causa ser defendida por alguém que caiu em tamanha desgraça.
— Acho que deverá fazer bem. Somos um grupo sem nenhuma qualificação.
Os olhos dele secam. Sua voz se fortalece. Ele faz um sinal afirmativo com a cabeça, que não é dirigido a ninguém em particular.
— Parece que você mudou seu destino, afinal — digo.
— Mas talvez fosse meu destino fazer isso — ele responde, sorrindo.
— Está bem, então — digo, puxando novamente meu capuz para a frente. Estou perto da porta, incólume, mas ele não consegue deixar de dizer uma última coisa:
— E a adesão à Ordem... é a única fidelidade que exige de mim?
Por que esta única pergunta tem o poder de me tirar o fôlego?
— Sim — sussurro, sem me virar para ele. — É só isso.
Num farfalhar de veludo e seda, atravesso a porta, levando atrás de mim o cheiro de pinheiro, o silêncio e a sombra de um sussurro: *Por enquanto...*

Os cômodos de srta. McCleethy são em Lambeth, não distantes da Bethlem Royal.
— Posso entrar? — pergunto.
Ela me introduz, com um fingimento de amabilidade.
— Srta. Doyle. A que devo essa visita de surpresa?
— Tenho duas perguntas a lhe fazer. Uma se refere à sra. Nightwing; a outra, à Ordem.
— Continue — diz ela, instalando-me numa cadeira.
— A sra. Nightwing está entre seus membros?
— Não. Ela é, simplesmente, uma amiga.
— Mas vocês brigaram na festa de Natal, e outra vez na Ala Leste.

– Foi qualquer coisa sobre os reparos aos danos que sofreu a Ala Leste. Argumentei que era tempo de reconstruir. Mas Lillian é tão econômica.

– Mas ela a aceitou como Claire McCleethy, embora este não seja seu verdadeiro nome.

– Eu disse a ela que adotara um novo nome para fugir a um caso de amor que não dera certo. É uma coisa que ela compreende. E foi apenas isso. Qual é sua outra pergunta?

Não posso ter certeza se ela me diz a verdade ou não. Mas continuo:

– Por que a Ordem nunca partilhou seu poder?

Ela dirige para mim aquele seu olhar fixo, perturbador.

– O poder é nosso. Combatemos por ele. Fizemos sacrifícios e derramamos sangue por ele.

– Mas também prejudicaram outras pessoas. Negaram a elas qualquer oportunidade de ter uma parte da magia, de ter qualquer poder de decisão.

– Tenho certeza de que elas fariam o mesmo. Cuidamos de nós mesmos. Assim são as coisas.

– É uma coisa feia – digo.

– O poder é assim – diz ela, sem arrependimento. – Não fiquei feliz quando você me deixou com o Rakshana. Mas entendo que pensou que eu fosse Circe. Agora não tem mais importância. Você baniu Circe do Templo e da magia. Você agiu bem. Agora poderemos restabelecer a Ordem, com nossas irmãs e...

– Acho que não – digo.

A boca da srta. McCleethy quer sorrir.

– O quê?

– Estou forjando novas alianças. Felicity. Ann. Kartik, do Rakshana. Philon, da Floresta. Asha, a Intocável.

Ela sacode a cabeça.

– Você não pode estar falando sério.

– O poder deve ser partilhado.

– Não. Isto é proibido. Não sabemos se eles merecem confiança, com a magia.

– Não, não sabemos. Precisaremos ter boa-fé.

A srta. McCleethy se enfurece:

– Absolutamente não! A Ordem deve permanecer pura.
– Isso funcionou bem, não foi? – digo, com o máximo de veneno que consigo concentrar.

Quando vê que não está chegando a parte alguma, a srta. McCleethy muda de curso, falando-me com a gentileza de uma mãe que procura acalmar uma criança ansiosa:

– Você pode tentar dar a mão a eles, mas todas as chances são de que não dê certo. Os reinos guiam quem se tornará parte da Ordem. Não temos nenhum poder sobre isso. Sempre foi dessa maneira.

Ela tenta acariciar meu cabelo, mas me afasto.

– As coisas mudam – digo, indo embora.

Abandonando o decoro, a srta. McCleethy me grita, da sua janela:

– Não nos transforme em inimigas, srta. Doyle. Não desistiremos de nosso poder com tanta facilidade.

Não me viro para olhá-la. Em vez disso, mantenho meus olhos diretamente para a frente, olhando para a entrada do metrô. Um anúncio emoldurado, na parede, exalta as virtudes da nova revolução nas viagens. Os trilhos, em algumas estações, já começaram a ser eletrificados. Logo, todos os trens correrão com o poder invisível dessa invenção altamente moderna.

É, de fato, um mundo novo.

O jantar com os Middleton é agridoce. É duro manter a mente concentrada na conversa cortês da hora da sopa de ervilhas, quando tenho tanta coisa para fazer. Quando chega o momento de homens e mulheres retirarem-se para aposentos separados, Simon me sequestra para a sala de visitas e ninguém reclama.

– Vou sentir falta de sua companhia – diz ele. – Será que me escreverá?

– Sim, claro – digo.

– Já lhe contei como a srta. Weston fez um papel de tola, caçando o sr. Sharpe numa dança, durante um chá?

Não acho a história divertida. Só sinto pena da pobre srta. Weston. Estou com a repentina sensação de que não consigo respirar.

Simon fica preocupado:
— Gemma, o que é?
— Simon, você ainda gostaria de mim se descobrisse que não sou quem digo que sou?
— O que quer dizer?
— Quero dizer, você ainda gostaria de mim, não importa o que pudesse vir a saber?
— É uma coisa para refletir a respeito. Não sei o que dizer.
A resposta é não. Ele não precisa dá-la.
Com um suspiro, Simon escava o fogo com o atiçador de ferro. Pedacinhos da tora carbonizada caem, revelando entranhas zangadas. Por um momento, lançam chamas alaranjadas; em seguida, se aquietam novamente. Depois de três tentativas, ele desiste.
— Parece que este fogo se apagou.
Posso ver algumas brasas restantes.
— Não, acho que não. Se...
Ele suspira e isto diz tudo.
— Não preste atenção ao que digo — falo, engolindo em seco. — Estou cansada.
— Sim. — Ele se agarra a essa desculpa. — Ainda recuperando-se. Você deixará tudo isso para trás, muito breve, e as coisas voltarão a ser o que eram.
— Nada será como era. Tudo já mudou. Estou mudada.
A criada bate à porta.
— Peço-lhe desculpas, senhor. Lady Denby mandou chamá-lo.
— Muito bem. Srta. Doyle... Gemma, com licença. Não me demorarei.
Quando fico sozinha, pego o atiçador e bato novamente nos toros fumegantes, até que um deles se acende e um pequeno fogo arde, voltando à vida. Ele foi embora cedo demais. Era preciso apenas um pouco mais de cuidado. O silêncio da sala se fecha em torno de mim. Os móveis cuidadosamente agrupados. As pessoas nos retratos olhando para baixo, com olhos passivos. O relógio alto medindo o tempo que me resta. Pelas portas abertas, posso ver Simon e sua família sorrindo, contentes, sem a menor preocupação deste mundo. Tudo é deles — não para tomar, mas para ter.

Não conhecem a fome, o medo, as dúvidas. Não têm de lutar pelo que desejam. Está tudo simplesmente ali, à espera, e eles caminham e chegam lá. Meu coração dói. Eu gostaria tanto de me embrulhar no cobertor quente que eles são. Mas já vi demais para poder viver debaixo desse cobertor.

Deixo o broche de pérolas no consolo da lareira, agarro meu casaco, antes que a criada possa dá-lo a mim, e caminho para fora, para o entardecer frio. Simon não virá atrás de mim. Ele não é desse tipo. Ele se casará com uma moça que não é como eu, e que não achará o broche pesado, de jeito nenhum.

O ar está frio e cortante. O acendedor de lampiões caminha sem fazer ruído pela rua acima, com sua longa vara. Atrás dele, as luzes ardem. Em frente à Park Lane, o Hyde Park se desdobra, com a mortalha do inverno cobrindo sua eventual primavera. E, para além dele, ergue-se o Palácio de Buckingham, governado por uma mulher.

Todas as coisas são possíveis.

Amanhã estarei de volta à Spence, que é o meu lugar.

Capítulo cinquenta

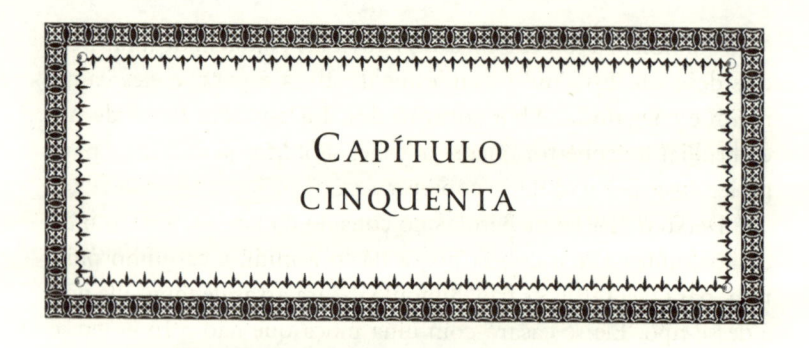

A Spence, essa dama severa e imponente, a leste de Londres, desenvolveu um rosto amável em minha ausência. Nunca me senti tão feliz de ver um lugar, em todos os meus dezesseis anos de vida. Até as gárgulas perderam sua ferocidade. São como bichinhos de estimação extraviados, que não tiveram o bom-senso de saírem do telhado e se aproximarem, e então nós as deixamos viverem lá, com seus olhares raivosos, mas alegres.

Os boatos em torno da noite em que o guarda me encontrou na Baker Street já correram largamente por toda a escola. Fui sequestrada por piratas, fiquei às portas da morte. Quase perdi uma perna – não, um braço, por causa da gangrena! Na verdade, morri e fui enterrada, mas puxei o cordão da campainha com o dedo do pé, dando um susto ao coveiro, que me libertou do esquife na hora H. São espantosas as histórias que as moças inventam para aliviar seu tédio. Mesmo assim, é simpático ter todo mundo oferecendo-se para fazer coisas para mim, ver como todas se viram para mim quando entro numa sala. Não mentirei; estou gostando imensamente de minha convalescença.

Felicity assumiu o encargo de dar às meninas menores lições da arte de manejar o arco. Elas a adoram, claro, com seus pentes parisienses e seu status de uma das moças mais velhas e elegantes. Suspeito que elas a seguiriam como ao flautista de Hamelin, por mais mal-humorada que se mostrasse. E suspeito que Felicity tem consciência disso e aprecia bastante ter um bando de adoradoras.

Como estou sob ordens estritas de vovó e da sra. Nightwing de não fazer nenhum exercício até estar novamente bem, fico sentada debaixo de um monte de cobertores, numa cadeira grande que foi trazida para fora especialmente para mim. Esta é, descubro, a melhor maneira de me exercitar, e tentarei estendê-la durante o maior tempo que puder.

Adiante, no grande gramado, os alvos estão em seus lugares. Felicity instrui um grupo de meninas de dez anos sobre a técnica apropriada, corrigindo a posição de uma, repreendendo outra por rir alto. Censurada, a menina que riu fica em pé ereta, fecha um olho e dispara. A flecha sai pulando pelo chão e fica presa num monte de sujeira.

– Não, não – suspira Felicity. – Preste atenção. Farei novamente uma demonstração da posição adequada.

Abro a correspondência matinal. Há uma carta de vovó. Só no final ela diz algo sobre papai: *Seu pai está melhorando no sanatório e lhe manda um abraço muito afetuoso.*

Há também um pequeno pacote de Simon. Tenho medo de abri-lo, mas, finalmente, a curiosidade ganha. Dentro está a pequena caixa preta que lhe devolvi por um mensageiro, juntamente com seu bilhete: *Um lugar para guardar todos os seus segredos.* Apenas isso. Ele me surpreendeu. De repente, não me sinto absolutamente segura de ter feito a coisa certa, quando o deixei ir embora. Há algo tão seguro e confortante em Simon. Mas esse sentimento é um pouco como a caixa com o fundo falso. Algo em mim sente que, no final, eu poderia cair no fundo de sua afeição e ficar presa lá.

Estava tão absorta que não havia notado a sra. Nightwing atrás de mim. Ela examina as meninas com arcos e flechas e faz um ruído desaprovador com a língua.

– Não tenho certeza quanto a isso – diz.

– É bom ter escolhas – digo, com a caixa em minha mão. Estou tentando não chorar.

– Em meu tempo, não havia essas escolhas. Essa *liberdade*. Não havia ninguém que dissesse: "Aqui está o mundo diante de você. Você precisa apenas estender a mão e pegá-lo."

Neste momento, a mão de Felicity desprende-se com um recuo, liberando a flecha. Esta corta o ar e acerta seu alvo diretamente no centro, bem na mosca. Felicity não consegue conter-se.

Grita, com a alegria da vitória, de uma maneira altamente natural e nada apropriada para uma dama, e as meninas fazem o mesmo.

A sra. Nightwing sacode a cabeça e ergue seus olhos rapidamente para o céu.

— Não há dúvidas de que a derrocada da civilização está bem próxima.

Escapa-lhe um fraco sorriso e, com a mesma rapidez, ela o elimina. Pela primeira vez, noto a pele flácida do maxilar da sra. Nightwing e suas faces encovadas, como se nelas houvesse a marca da mão de uma criança, e imagino como deve ser observar a si mesma amolecendo com o tempo, incapaz de deter isso. Como deve ser passar os dias ensinando meninas a fazerem reverências, e bebendo todas as noites taças de xerez, enquanto se tenta acompanhar a marcha de um mundo que nos faz girar para o futuro, mesmo sabendo que estamos sempre um pouco para trás.

A sra. Nightwing dá uma olhada para a caixa em minhas mãos. Pigarreia.

— Soube que decidiu contra o sr. Middleton.

Vejo que outros boatos também se espalharam.

— Sim — digo, lutando para conter as lágrimas. — Todos acham que estou louca. Talvez eu esteja mesmo louca. — Tento rir, mas o que sai é um pequeno soluço. — Talvez haja alguma coisa em mim que me impeça de ser feliz com ele.

Espero que a sra. Nightwing confirme que este é o caso, que todos sabem disso, que devo secar meus olhos e parar de agir como uma tola. Em vez disso, a mão dela vem repousar em meu ombro.

— É melhor ter completa certeza — diz ela, mantendo seus olhos fixos nas meninas que correm e brincam no gramado. — Se não, você poderia descobrir-se um dia voltando para uma casa vazia, onde há apenas um bilhete: *Saí*. Você poderia esperar a noite inteira que ele voltasse. As noites se transformariam em semanas, em anos. É horrível a espera. Você mal pode suportá-la. E talvez anos mais tarde, numas férias em Brighton, você o visse, caminhando pelo passeio de tábuas ao longo de uma praia, como se tivesse saído de algum sonho. Não mais perdido. Seu coração bate mais depressa. Você deve gritar, chamando-o. Mas outra pessoa chama primeiro. Uma moça bonita, com uma criança. Ele

para e se curva para erguer a criança em seus braços. O filho dele. Ele dá um beijo furtivo em sua jovem esposa. Entrega-lhe uma caixa de bombons, que você sabe que são de chocolate, da Chollier. Ele e sua família continuam a caminhar. Alguma coisa em você se despedaça. Você jamais tornará a ser o que era. O que lhe resta é a chance de se tornar algo novo e incerto. Mas, pelo menos, a espera terminou.
Mal consigo respirar.
– Sim. Obrigada – digo, quando consigo recuperar minha voz.
A sra. Nightwing dá em meu ombro uma pequena palmada, antes de afastar sua mão e ajeitar sua saia, alisando a cintura para tirar-lhe os vincos. Uma das meninas grita. Ela descobriu um pequeno passarinho órfão que, de alguma forma, sobreviveu ao inverno. Pia em suas mãos, enquanto ela corre com ele na direção da sra. Nightwing.
– Ah, mas que loucura é essa? – nossa diretora resmunga, mobilizando-se para a ação.
– Sra. Nightwing, por favor... posso ficar com ele? – O rosto da menina é franco e sério. – Por favor, por favor! – As meninas também piam, como os pintinhos ansiosos que elas são.
– Ah, está bem.
A menina dá vivas. A sra. Nightwing grita, para seu ouvida:
– Mas não serei responsável por ele. A responsabilidade é sua. Você cuidará dele. Não tenho dúvidas de que acabarei por me arrepender desta decisão – diz ela, fungando. – E agora, se me dão licença, gostaria de terminar de ler meu livro sozinha, sem a presença de uma única menina cheia de cachinhos para me interromper. Se me procurarem para o jantar e me encontrarem morta em minha cadeira, tendo ido afinal para a companhia dos anjos, saberão que morri sozinha, o que quer dizer em estado de profunda felicidade.
A sra. Nightwing marcha pela colina abaixo, em direção à escola. No mínimo quatro meninas a detêm ao longo do caminho, para perguntar sobre uma coisa ou outra. Elas a acossam. Finalmente não resiste mais e, com um bando de meninas a reboque, entra na Spence. Não lerá seu livro até esta noite e, de alguma forma, sei que é isso o que quer – ser necessária. É seu papel. É seu lugar. Ela encontrou. Ou ele a encontrou.

Depois do jantar, quando nos reunimos em torno da lareira do grande salão, Mademoiselle LeFarge volta do seu dia em Londres com o Inspetor Kent. Está exultante. Nunca a vi tão feliz.

— *Bonjour, mes filles!* — diz, entrando às pressas na sala, com seu belo conjunto de saia e blusa novo. — Tenho notícias.

As moças arremetem loucamente para cima dela, mal lhe dando tempo para se sentar junto à lareira e tirar suas luvas. Quando faz isto, notamos imediatamente a presença de um pequeno diamante no terceiro dedo da sua mão esquerda. Mademoiselle LeFarge tem mesmo notícias para dar.

— Nós nos casaremos em maio próximo — diz ela, sorrindo como se seu rosto estivesse prestes a se partir de alegria.

Não paramos de olhar para o anel, reunidas em torno da nossa professora, e de bombardeá-la com perguntas: Como foi que ele a pediu em casamento? Qual a data do casamento? Todas poderemos comparecer? Será um casamento em Londres — não, um casamento no campo! Para trazer sorte, ela usará flores de laranjeira? Ela as usará em seu cabelo ou bordadas em seu vestido?

— É fantástico pensar que até uma velha solteirona como eu pode encontrar a felicidade — diz ela, rindo, e então eu a surpreendo movimentando o terceiro dedo de sua mão esquerda. Ela olha para o anel sem querer mostrar-se tão deslumbrada com ele quanto está.

Na primeira quarta-feira do ano novo, fazemos nossa peregrinação até o altar de Pippa. Sentamos na base do velho carvalho, vigilantes, à procura de sinais da primavera, embora saibamos que ainda estamos a meses de distância dela.

— Escrevi para Tom e lhe contei a verdade — diz Ann.
— E então? — Felicity pergunta.
— Ele não gostou de ser iludido. Disse que sou uma moça terrível, por ter fingido ser alguém que não sou.
— Sinto muito, Ann — digo.
— Bem, acho que ele é um chato e, além disso, não é um bom sujeito — declara Felicity.
— Não, ele não é nada disso. Ele tem todo o direito de estar zangado comigo.

Não há nada que eu possa dizer como resposta a isso. Ela tem razão.

– Nos livros, a verdade torna tudo bom e ótimo. Os bons saem vitoriosos. Os maus são punidos. Existe a felicidade. Mas de fato não é assim, é?

– Não – digo. – Acho que ela só faz tornar tudo conhecido. Inclinamos nossas cabeças para trás, apoiando-as na árvore, e erguemos os olhos para as nuvens gordas e brancas.

– Por que nos preocupamos com ela, então? – pergunta Ann.

Um castelo de nuvens passa flutuando preguiçosamente e, no processo, torna-se um cachorro.

– Porque não se pode manter a ilusão para sempre – digo. – Ninguém tem tanta magia assim.

Durante um longo momento, ficamos sentadas sem dizer nada. Ninguém tenta dar as mãos nem contar uma piada bem alegre, falar do que aconteceu ou do que deverá acontecer. Simplesmente ficamos sentadas, com nossas costas apoiadas na árvore, nossos ombros roçando-se. O contato mais leve possível e, no entanto, suficiente para me prender à Terra.

E, por um momento, compreendo que tenho amigos nesse caminho solitário e que, algumas vezes, nosso lugar não é algo que descobrimos, mas algo que temos e está à nossa disposição quando precisamos dele.

O vento volta a soprar. Faz as folhas correrem em busca de uma cobertura, até que uma brisa mais suave vem e faz com que tornem a se assentar, como se dissesse: *Pssiuu, calma, calma, está tudo bem.* Uma folha ainda dança no ar. Ela gira mais alto, ainda mais alto, desafiando a gravidade e a lógica, indo atrás de alguma coisa fora do alcance. Terá de cair, claro. No final. Contudo, por enquanto, prendo minha respiração, esperando que ela continue a subir, e me reconfortando com sua luta.

Sopra outra rajada de vento. A folha é carregada na direção do horizonte, nas asas poderosas do vento. Observo-a, até que ela se torna uma linha e, depois, um pontinho. Observo até não poder ver nada, até o caminho que ela percorreu ser apagado por uma agitação repentina de novas folhas.

Este livro foi impresso na Editora JPA Ltda.,
Av. Brasil, 10.600 – Rio de Janeiro – RJ.